José Donoso

Nace en Santiago de Chile, en 1924. Interrumpió sus estudios para trabajar un año como pastor en Magallanes y regresó a Santiago a terminarlos, para continuar en la Universidad de Chile y en Princeton.

Ha sido profesor de Literatura inglesa en la Universidad de Santiago de Chile y varias veces profesor de Literatura Hispano-Americana en Princeton, y en el Writers Workshop de la Universidad de Iowa. En 1968 obtuvo la beca Guggenheim. Sus libros han sido traducidos a casi todos los idiomas europeos, al japonés, al hebreo y al turco. Su más reciente novela ha merecido el Premio de la Crítica, en 1979. Donoso reside actualmente en España.

Obras:

VERANEO Y OTROS CUENTOS (Edición privada de 1.000 ejemplares)
CORONACIÓN, novela (1958)
EL CHARLESTON, cuentos (1960)
EL LUGAR SIN LÍMITES, novela (1965)
ESTE DOMINGO, novela (1966)
EL OBSCENO PÁJARO DE LA NOCHE, novela (1970)
CUENTOS (1970)
HISTORIA PERSONAL DEL BOOM (1972)
TRES NOVELITAS BURGUESAS (1972)
CASA DE CAMPO, novela (1978)

El obsceno
pájaro de la noche

José Donoso
El obsceno pájaro de la noche

EDITORIAL ARGOS VERGARA, S. A.

Sobrecubierta
Depares & Ortiz
Ilustración © AGE

Copyright © 1970 y 1979, José Donoso

Editorial Argos Vergara, S. A.
Aragón, 390, Barcelona-13 (España)

ISBN: 84-7017-698-6

Depósito Legal: B-20.902-1979

Impreso en España - Printed in Spain

Impreso por Publicaciones Reunidas, S. A.,
Alfonso XII, s/n. Badalona (Barcelona)

Every man who has reached even his intellectual teens begins to suspect that life is no farce; that it is not genteel comedy even; that it flowers and fructifies on the contrary out of the profoundest tragic depths of the essential dearth in which its subject's roots are plunged. The natural inheritance of everyone who is capable of spiritual life is an unsubdued forest where the wolf howls and the obscene bird of night chatters.

HENRY JAMES SR., writing to his sons Henry and William.

1

MISIÁ RAQUEL RUIZ lloró muchísimo cuando la Madre Benita la llamó por teléfono para contarle que la Brígida había amanecido muerta. Después se consoló un poco y pidió más detalles:

—La Amalia, esa mujercita tuerta que medio la servía, no sé si se acuerda de ella...

—Cómo no, la Amalia...

—Bueno, como le digo, la Amalia le hizo su tacita de té bien cargado, como a ella le gustaba de noche, y dice la Amalia que la Brígida se quedó dormida al tiro, tranquilita como siempre. Parece que antes de acostarse había estado zurciendo una camisa de dormir preciosa de raso color crema...

—¡Ay, qué bueno que me dijo, Madre por Dios! Con la pena se me estaba olvidando. Que hagan un paquete con ella y que la Rita me la tenga en la portería. Es la camisa de dormir de novia de mi nieta la Malú, la que se acaba de casar, se acuerda que le estuve contando. En la luna de miel la rajó con el cierre de la maleta. Me gustaba llevarle trabajitos así a la Brígida para que la pobre se entretuviera un poco y todavía se sintiera parte de la familia. Nadie como la Brígida para estos trabajos finos. ¡Tenía una mano...!

Misiá Raquel se hizo cargo del funeral: velorio en la capilla de la Casa de Ejercicios Espirituales de la Encarnación de la Chimba, donde la Brígida pasó sus últimos años, con misa solemne para las cuarenta asiladas, las tres monjas y las cinco huerfanitas, y asistencia de sus propios hijos, nueras y nietas. Como se trataba de la última misa que se celebraría en la capilla antes de ser execrada por el Arzobispo y demoler la Casa, la cantó el Padre Azócar. Luego, entierro en el mausoleo de los Ruiz, como ella siempre se lo había prometido. El mausoleo, por desgracia, estaba bastante lleno. Pero con unos cuantos telefonazos misiá Raquel dispuso que, fuera como fuera, se las arreglaran para hacerle un lugar a la Brígida. La confianza en que misiá Raquel cumpliría su promesa de dejarla descansar a ella también bajo ese mármol hizo que los años postreros de la pobre vieja transcurrieran tan apacibles: su muerte fue *como una llamita que se apagó*, según la retórica anticuada pero conmovedora de la Madre Benita. Dentro de un tiempo, claro, iba a ser necesario efectuar una reducción de algunos restos sepultados en el mausoleo: tanta guagua de cuando no había remedio ni para la membrana, una mademoiselle muerta lejos de su patria, tíos solterones cuyas identidades se iban volviendo borrosas, para encerrar esa miscelánea de huesos en una cajita que ocupara poco espacio.

Todo resultó tal como misiá Raquel lo dispuso. Las asiladas se entretuvieron durante toda la tarde en ayudarme a decorar la capilla con colgaduras negras. Otras viejas, las íntimas de la finada, lavaron el cadáver, lo peinaron, le metieron los dientes postizos en la boca, le pusieron su ropa interior más primorosa, y lamentándose y lloriqueando durante las deliberaciones acerca de la toilette final más adecuada, se decidieron por el vestido de jersey gris-marengo y el chal rosado, ese que la Brígida guardaba envuelto en papel de seda y se ponía los domingos. Arreglamos alrededor del féretro las coronas enviadas por la familia Ruiz. Encendimos los cirios. ¡Así, con una patrona como misiá Raquel, sí que vale la pena ser sirviente! ¡Qué señora tan buena! ¿Pero cuántas tenemos la suerte de la Brígida? Ninguna. La semana pasada no más, miren lo de la pobre Mercedes Barroso: un furgón de la Beneficencia Pública, ni siquiera respetuosamente negro, vino a llevarse a la pobre Menche, y nosotras mismas, sí, parece mentira que nosotras mismas hayamos tenido que cortar unos cuantos cardenales colorados en el patio de

la portería para adornarle el cajón, y sus patrones,
que por teléfono se lo llevaban prometiéndole el oro
y el moro a la pobre Menche, espera, mujer, espera,
ten paciencia, para el verano será mejor, no, mejor
cuando volvamos del veraneo porque a ti no te gusta
la playa, acuérdate cómo te azorochas con el aire de
mar, cuando volvamos, vas a ver, te va a encantar el
chalet nuevo con jardín, tiene una pieza ideal para ti
encima del garage... y ya ven, los patrones de la Menche ni se aportaron por la Casa cuando falleció. ¡Pobre
Menche! ¡Tan mala suerte! Y tan divertida para contar chistes cochinos y tantísimos que sabía. Quién sabe
de dónde los sacaba. Pero el funeral de la Brígida fue
muy distinto: tuvo coronas de verdad, con flores blancas y todo, como deben ser las flores para los entierros,
y hasta con tarjetas de visita. Lo primero que hizo la
Rita cuando trajeron el ataúd fue pasarle la mano por
debajo para comprobar si esa parte del cajón venía
bien esmaltada como en los ataúdes de primera de antes: yo la vi fruncir la boca y dar su aprobación con la
cabeza. ¡Bien terminadito, el ataúd de la Brígida!
Hasta en eso cumplió misiá Raquel. Nada nos defrau-
dó. Ni la carroza tirada por cuatro caballos negros
enjaezados con mantos y penachos de plumas, ni los
autos relucientes de la familia Ruiz alineados a lo largo de la vereda esperando la partida del cortejo.

Pero el cortejo no puede partir todavía. En el último momento misiá Raquel se acuerda que en su celda
tiene una bicicleta un poco averiada, pero que con unos
cuantos arreglitos puede quedar de lo más buena
para regalársela a su jardinero el día de San Pedro y
San Pablo, anda, Mudito, anda con tu carro y tráemela
para que mi chófer la meta en la parte de atrás de
la camioneta y así aprovecho el viaje.

—¿Que no piensa venir a vernos más, misiá Raquel?

—De venir voy a tener que venir, cuando vuelva la
Inés de Roma.

—¿Ha tenido noticias de misiá Inés?

—Nada. Le carga escribir cartas. Y ahora que le
fracasó el famoso asunto de la beatificación y que
Jerónimo firmó traspasando la capellanía de los Azcoitía al Arzobispado, debe estar con la cola entre las

piernas y ni postales va a mandar. Si se queda mucho más en Roma será milagro que encuentre esta Casa en pie.

—El Padre Azócar me estuvo mostrando los proyectos de la Ciudad del Niño. ¡Son preciosos! ¡Viera qué ventanales! Los planos me consolaron un poco... que ésta haya sido la última misa en la capilla.

—¡Cuentos del Padre Azócar, Madre Benita! ¡No sea inocente! Es un cura politiquero, de lo peor. Esta propiedad que Jerónimo Azcoitía traspasó al Arzobispo es muy, pero muy, muy valiosa. ¡Ciudad del Niño! Apuesto que después de la demolición lotean todo esto y lo venden y la plata se hace sal y agua. ¡Por Dios que se está demorando el Mudito, Madre, y la Brígida esperando para que la enterremos! ¿En qué se habrá quedado el Mudito? Claro que es tan grande la Casa, uno se demora en llegar por los pasillos y corredores a la celda donde tengo guardados mi cachivaches y el Mudito es flaco y enclenque. Pero estoy cansada, quiero ir a enterrar a la Brígida, quiero irme, es demasiado impresionante para mí todo esto, toda una vida que entierro, la pobre Brígida sólo un par de años mayor que yo, Dios mío, y yo para cumplir con mi promesa le cedí mi nicho en el mausoleo para que ella se vaya pudriendo en mi lugar, calentándome el nicho con sus despojos para que los míos, cuando desalojen a los suyos, no se entumezcan, no sientan miedo, cederle mi nicho por mientras fue la única manera de cumplir mi promesa porque hasta parientes a que una le ha quitado el saludo durante años reclaman no sé qué derechos a que los entierren en en el mausoleo, pero ahora no tengo miedo que me quiten mi lugar, ella está ahí, reservándomelo, calentándomelo con su cuerpo como cuando antes me tenía la cama abierta y con un buen guatero de agua caliente, para acostarme temprano cuando llegaba cansada con mis correteos en el invierno. Pero cuando yo me muera ella tendrá que salir de mi nicho. ¡Qué le voy a hacer! Sí, sí, Brígida, voy a emplear abogados para que despojen a esos parientes de sus derechos, pero dudo que ganemos los pleitos... tendrás que salir. No será culpa mía. Ya no será responsabilidad mía,

Brígida, qué sabe una qué van a hacer con una después de muerta. No puedes decir que no me he portado bien contigo, te he obedecido en todo, pero tengo
miedo porque cuando te saquen no sé qué harán con
tus huesos que entonces ya no le importarán nada
a nadie..., qué sé yo en cuántos años más me voy
a morir, por suerte tengo muy buena·salud, fíjese que
este invierno no he pasado ni un solo día en cama,
ni un solo resfrío, Madre Benita, nada, la mitad de
mis nietos con la gripe y mis hijas telefoneándome
que por favor las vaya a ayudar porque en la çasa tienen hasta a las empleadas enfermas...

—¡Qué suerte! Lo que es aquí casi todas las asiladas cayeron. Claro, esta Casa tan fría, y tan caro que
está el carbón...

—Fíjese. ¡Es el colmo! Tanto hablar de la Ciudad
del Niño y mire la miseria en que las tienen. Yo les
voy a mandar una limosnita cuando vaya al fundo. No
sé qué habrá quedado de las cosechas de este año
pero algo les mandaré para que se acuerden de la pobre Brígida. ¿Cupo la bicicleta, Jenaro?

El chofer se sienta junto a misiá Raquel. Ahora pueden partir: el cochero se encarama en la carroza, la
nuera se pone los guantes calados para manejar, los
caballos negros piafan inquietos, lagrimean los ojos de
las viejas que salen a la vereda arrebozadas, tiritonas,
tosiendo, para despedir el cortejo. Antes que misiá Raquel dé la orden de partida yo me acerco a su ventanilla y le entrego el paquete.

—¿Qué es esto?

Espero.

—¡La camisa de dormir de la Malú! ¡Por Dios! Si
este pobre hombrecito no se acuerda a mí se me olvida
y hubiera tenido que tirarme la carreta para acá otra
vez. Gracias, Mudito, no, no, espera, que espere el Mudito, Madre, toma, para tus cigarrillos, para tus vicios, toma. Toca la bocina, Jenaro, que parta el cortejo. Adiós, entonces, Madre Benita...

—Adiós, misiá Raquel...

—Adiós, Brígida...

—Adiós...

Cuando el último auto desaparece al doblar la es-

quina, nosotros entramos, la Madre Benita, yo, las
viejas que van dispersándose murmuradoras hacia sus
patios. Yo cierro el portón con tranca y llave. La Rita
cierra la mampara de vidrios tembleques. Una vieja
rezagada recoge una rosa blanca de las baldosas de la
portería, y bostezando, agotada con tanta excitación,
se la prende en el moño antes de perderse en los corredores para buscar a sus amigas, su plato de sopa
aguachenta, su chal, su cama.

EN EL RECOVECO de un pasillo se detuvieron delante
de la puerta que condené con dos tablas clavadas en
cruz. Yo ya había aflojado los clavos para que resul-
tara fácil sacar las tablas y ellas subieran al otro piso.
Las huérfanas sacaron los clavos y las tablas y ayuda-
ron a subir a la Iris Mateluna. Ya, guatona, es que me
da miedo, la escalera no tiene baranda, le faltan pel-
daños, todo cruje con el peso de esta gorda. Suben
despacio, estudiando dónde poner cada pie para que
no se derrumbe todo, buscando lo firme para izar a
la Iris hasta el piso de arriba. Hace diez años que la
Madre Benita me mandó condenar esas puertas para
olvidar definitivamente esa región de la Casa, no volver a pensar en limpiarla y ordenarla porque ya no nos
queda fuerza, Mudito, mejor que se deteriore sin in-
quietarnos. Hasta que las cinco chiquillas aburridas de
revolotear por la Casa sin nada que hacer descubrieron
que esa puerta se podía abrir para escalar hasta las galerías clausuradas que rodean los patios por el piso de
arriba, subamos, chiquillas, no tengan miedo, miedo a
qué si es de día, vamos a ver qué hay, qué va a haber,
nada, mugre como en toda la Casa, pero por lo menos
tiene la gracia de que está prohibido andar por ahí porque dicen que puede desmoronarse. La Eliana les reco-
mienda sigilo para que no las vayan a ver desde abajo,
aunque hoy el peligro es poco, todas están congre-
gadas en la portería despidiendo a la Brígida. Pero
mejor no exponerse, la Madre Benita anda de malas,
hagan algo útil, chiquillas de moledera, recojan eso,
ayuden a limpiar este montón de cucharas y platos que

hay que limpiar ahora que van a hacer remate, doblen
las servilletas, cuéntenlas, barran, pónganse a lavar,
laven siquiera la ropa de ustedes, andan asquerosas
de cochinas, no se lo lleven jugando... shshshshshsh,
chiquillas, shshshshshsh... cuidado, que después nos
castigan...

Circundan un patio y luego otro hasta llegar a la
puerta que la Eliana empuja: una habitación con veinte catres de fierro mohoso, unos desarmados, otros
cojos, ruedecillas que faltan, remiendos en los alambres de los somieres, dispuestos en dos hileras contra
los muros como los catres de un internado. Dos ventanas idénticas: altas, angostas, alféizar amplio, vidrios
pintados color chocolate hasta la altura de una persona para que nadie vaya a ver lo que hay afuera salvo esos nubarrones velados por la rejilla metálica y los
barrotes. También aflojó los clavos con que yo mismo
había clausurado esas dos ventanas. Las huérfanas ya
saben abrirlas y las abrieron a tiempo para despedirse
de la carroza de la Brígida conducida por los cuatro
caballos empenachados, seguida por nueve autos cuenta la Eliana, ocho la Mirella, no, nueve, no, ocho, no,
nueve y cuando desaparece el cortejo los chiquillos del
barrio vuelven a invadir la calzada con sus carreras
detrás de la pelota. ¡Buena, Ricardo! ¡Chutéala, Mito!
Córrele, córrele fuerte, Lucho, pásala, ahora, chutéala,
ya, gol, goooool, agudo chillido de la Mirella que celebra el gooooooooool de sus amigos y aplaude y les hace
señas.

La Iris se ha quedado atrás, amodorrada en el
fondo del dormitorio, sentada en un somier. Bosteza.
Hojea su revista. Las huérfanas hacen morisquetas a
los transeúntes, hablan a gritos con sus amigos, se
sientan en el alféizar, se ríen de una señora que pasa,
bostezan. Cuando comienza a escasear la luz la Iris
llama a la Eliana.

—¿Qué querís?

—Me prometiste que me ibai a leer ésta del perro
Pluto con el marinero Popeye.

—No. Me debís el pago de dos leídas.

—Esta noche me voy a juntarme con el Gigante
para hacer nanay. Mañana te pago.

—Mañana te leo, entonces.

La Eliana vuelve a pegarse a los barrotes de la ventana. Comienzan a encenderse los faroles de la calle. En la casa de enfrente una mujer abre su balcón. Mientras se peina el pelo largo y retinto, mirando la calle, pone la radio, rat-tat-tat-tatatat-tat-tatat, estridencias sincopadas de guitarras eléctricas y voces gangosas invaden el dormitorio, levantan a la Iris del somier, la ponen de pie en el pasillo entre las dos hileras de catres al oír babalú, babalú ayé, ya, échanos un bailecito, Gina, la animan las huerfanitas, échale no más, con un gesto de yegua hace caracolear las largas ondas de su pelo contoneándose entre los catres al avanzar, éxtasis en los ojos entornados igual a las artistas que salen en las novelas, ya no tengo flojera, ya no bostezo, quiero salir a bailar como esa artista que se llamaba Gina y que vivía en un convento de monjas malas en esa de Corín Tellado que me leyó la Eliana. La Iris se detiene. Hurga en sus bolsillos. Saca un rouge morado y se pinta los labios: su blanda carne infantil se transforma en masa cruda cuando se pinta la boca con ese horrible lápiz oscuro. Ya pues Gina, échale, báilanos, y avanza bailando entre las dos filas de catres, muévete bien movida, así, así, más, más. En el alféizar la Eliana está encendiendo dos cirios que se robó de la capilla ardiente de la Brígida: ella sólo puede promover, es menor, los chiquillos de la calle no la llaman a gritos a ella sino que a la Iris, ella no tiene tetas que mostrar ni muslos que lucir. Despacha a las otras huérfanas a la ventana de más allá y ayuda a la Iris a subirse al alféizar.

—Mira, Gina, llegó el Gigante.

—Grítale que voy a salir cuando se acuesten las viejas.

—Los cabros quieren que les bailes.

Queda sola en la ventana iluminada. Quiebra la cadera. Adelantando los pechos se ciñe el suéter con una larga caricia que recorre todo su cuerpo y termina arremangándose la pollera para mostrar los muslos gruesos, de masa vibrante, mientras con la otra mano se sube el pelo, frunciendo los labios como para besar con loca pasión. En la calle, el grupo que se va juntando debajo del farol la aplaude. La mujer que se está peinando en la ventana de enfrente aumenta el volumen de la música, acodándose en su balaustrada para mirar. La Iris comienza a moverse, muy lenta, sólo restregando un muslo contra otro al principio, agitándose entera al ritmo del babalú desenfrenado después, girando, el pelo embravecido, los brazos estirados, las manos abiertas como si buscaran algo o alguien, girando otra, otra vez, encorvándose, estirándose, deja caer hacia atrás su cabeza, la cabeza y todo el pelo vertido hacia adelante después, gira toda encajada dentro del ritmo del rock, del frug, qué sé yo qué será con tal de bailar girando para mostrar los muslos y los calzones cochinos y las tetas bamboleándose, la lengua caliente que también busca, bailar en el alféizar para que la aplaudan y la gente de la calle la celebre gritándole échale no más, Gina, mijita, échale no más mijita linda, que se te muevan harto las tetas, que se te desarme el poto, que arda la Casa, que ardamos todos. Y el Gigante, con su enorme cabezota de cartonpiedra sale al medio de la calle a bailar como si bailara con la Iris, la Iris se cimbra, mueve su cintura y gira y se agita y chilla allá arriba encerrada en su jaula iluminada por los cirios, suspendida en el flanco de la Casa, bailando como una Virgen que se hubiera vuelto loca en su hornacina. El Gigante se para en la vereda de enfrente para llamarla: Gina, Gina, baja para que hagamos nanay, grítale tú, cabro, a mí no me oye porque estoy encerrado aquí dentro de esta cabeza de cartonpiedra hedionda.

—¡Que bajís, Gina!

—Oye, Eliana, pregúntale al Gigante qué me trajo de regalo hoy, si no, no bajo.

—Plata no, dice, pero te tiene cinco revistas de Corín Tellado y un rouge no nuevo pero bueno, con estuche de oro.

—Dorado será, de oro son muy caros.

—No le recibai porquerías, Iris, no seai lesa. Tenís que sacarle plata para que me paguís las leídas.

—Si no me leís tú me lee la Mirella, así que no me importa.

—Pero a ti te gusta como te leo yo porque te voy

contando el cuento y explicándote, porque si no, no
entendís nada. Te tengo aquí, Iris Mateluna, aquí, porque si yo no te leo y te explico las novelas de Corín
Tellado y del Pato Donald, te morís de aburrimiento
en esta Casa de mierda...

Se prende de los barrotes para mirarlo: es él, los
ojos redondos del porte de dos platos, la risa que no
cambia porque nunca se enoja, él es bueno, hacemos
nanay rico y me dice Gina, la ceja arqueada que sujeta
con las arrugas de su frente el ridículo sombrerito... es
él, se quiere casar conmigo porque le gusta cómo hago
nanay, me va a llevar a ver películas donde las artistas
se mueven solas y hablan sin que la pesada de la Eliana me tenga que estar leyendo nada, el Gigante me va
a llevar a uno de esos edificios altos que se ven allá
en el centro para que yo baile en un concurso y me
den el premio, pinturas para la cara dicen que le dan
a la chiquilla que baila mejor y después la sacan retratada en todas las novelas y la tonta de la Eliana
y la señora Rita y el Mudito y la Madre Benita y las
chiquillas y todas las viejas me van a ver retratada en
las novelas cuando yo salga.

—¿Con qué me vai a pagar si el Gigante no te da
plata hoy?

La Iris se encoge de hombros.

—Porque me tenís que pagar antes que te casís,
oye, si no, te mando a los carabineros que se llevaron
a tu papá, para que te cobren, y si no pagai te van a llevar presa a ti también. Con dos revistas de las que el
Gigante te va a dar hoy y el rouge, quedo pagada.

—¿Me creís huevona? Una revista y un par de pintadas y tranquila...

—Hecho. Pero me regalai el estuche del rouge cuando se te acabe la pintura.

—Hecho.

LA MADRE BENITA permanece en la portería, muy
quieta un segundo, las manos juntas y los ojos cerrados. La Rita y yo esperamos que se mueva, que abra
los ojos, y los abre y se mueve y me hace una seña para

que la siga, ya sé que la tengo que seguir encorvado
y enclenque arrastrando mi carrito, como si fuera
su hijo imbécil arrastrando un juguete. Sé para qué
quiere que la siga. Lo hemos hecho tantas veces: limpiar lo que dejó la muerta. Que repartiera sus cosas
entre sus amigas dijo misiá Raquel, no, entre sus compañeras dijo como si esto fuera un colegio para señoritas, no quiero ver la pieza de la Brígida, Madre por
Dios, no quiero, no quiero revisar nada ni ver nada,
no, si no puede haber nada que tenga valor así es que
no quiero ver nada le digo, haga lo que quiera con las
cosas, Madre Benita, regálelas, estas viejas tan pobres
van a quedar felices con cualquier recuerdo de la Brígida, tan querida que era aquí en la Casa.

La sigo por los corredores arrastrando la plataforma
sobre cuatro ruedas, donde pongo escobas, baldes, trapos, plumeros. En el patio de la cocina un grupo de
viejas rodea a la Madre Anselma pelando papas en
un fondo... lindo el funeral de la Brígida... el abrigo
de misiá Raquel estilo princesa, dicen que vienen mucho otra vez... el cochero tenía bigotes, no sé si está
bien que permitan que los cocheros de las carrozas
de primera usen bigotes, es como una falta de respeto...
tema para meses, otro grupo de viejas más allá ya olvidaron el funeral, ya olvidaron a la Brígida, están jugando a la brisca sobre un cajón de azúcar. Cuidado
con esa grada, Madre, es grada, no sombra, y desembo-
camos en otro patio que no es el patio donde vivía
la Brígida así es que hay que seguir por más pasillos,
una, otra pieza vacía, hileras de habitaciones huecas,
más puertas abiertas o cerradas porque da lo mismo
que estén abiertas o cerradas, más piezas que vamos
atravesando, los vidrios astillados y polvorientos, la
penumbra pegada a las paredes resecas donde una gallina picotea el adobe secular buscando granos. Otro patio. El patio del lavado donde ya no se lava, el patio de
las monjitas donde ya no vive ninguna monjita porque
ahora no quedan más que tres monjitas, el patio de la
palmera, el patio del tilo, este patio sin nombre, el
patio de la Ernestina Gómez, el patio del refectorio
que nadie usa porque las viejas prefieren comer en la
cocina, patios y claustros infinitos conectados por pa-

sadizos interminables, cuartos que ya nunca intentare-
mos limpiar aunque hasta hace poco usted decía sí,
Mudito, con escobas y plumeros y trapos y baldes y
jaboncillo, uno de estos días, en cuanto tengamos
tiempo, lo vamos a limpiar todo, porque esto está
hecho un asco. Cuidado, Madre, yo la ayudaré, demos
la vuelta alrededor de estos escombros, mejor por
este corredor que remata en otro patio más, en un
nivel distinto, para cumplir con funciones olvidadas,
abierto a habitaciones donde las telarañas ablandan
las resonancias y a galerías donde quedaron pegados
los ecos de tránsitos que no dejaron noticia, o serán
ratones y gatos y gallinas y palomas persiguiéndose
entre las ruinas de esta muralla que nadie terminó
de demoler.

Me adelanto a la Madre Benita. Me detengo junto a
un grupo de casuchas de lata, de tablas, de cartón, de
ramas, frágiles y plomizas, como construidas con los
naipes manoseados con que las viejas juegan a juegos
antiquísimos. Usted ha intentado tantas veces convencer a las viejas que duerman en las habitaciones. Hay
cientos de piezas, buenas, grandes, todas vacías, elijan
las que quieran, en el patio que quieran, yo y el Mudito se las acondicionaremos para que queden cómodas, no, Madre, tenemos miedo, son demasiado grandes
y los techos demasiado altos y las murallas demasiado
gruesas y pueden haberse muerto o rezado mucho en
esas piezas y eso da miedo, son húmedas, malas para el
reuma, son oscuras y vastas, demasiado espacio, y nosotras no estamos acostumbradas a piezas con tanto espacio porque somos sirvientes acostumbradas a vivir
en piececitas chicas repletas de objetos, en la parte de
atrás de las casas de nuestros patrones, no, no Madre
Benita, gracias, preferimos estas casuchas endebles
construidas al resguardo de los corredores porque queremos estar lo más cerca posible unas de otras para
sentir otra respiración en la casucha del lado y el olor
a hojas de té añejas y otro cuerpo parecido al de
una agitándose en otro insomnio al otro lado del tabique y las toses y los pedos y las flatulencias y las
pesadillas, qué importa este frío que se cuela por
las ranuras de las tablas mal ajustadas con tal de es-

tar juntas a pesar de la envidia y de la codicia, a pesar
del miedo que va apretujando nuestras bocas desdentadas y frunciendo nuestros ojos legañosos, juntas para
ir a la capilla al atardecer en bandadas porque da miedo ir sola, agarradas unas de los harapos de las otras,
por los claustros, por los pasadizos como túneles que
no se acaban nunca, por las galerías sin luz donde quizás una polilla me roza la cara y me hace chillar porque me da miedo que me toquen en la oscuridad cuando no sé quién me toca, juntas para espantar las
sombras que se descuelgan de las vigas y avanzan des-
perezándose ante nuestros ojos cuando la penumbra
comienza. Aquí viene la vieja alegadora que se pinta
las cejas con carboncillo. Y aquí viene la Amalia, buenas tardes, Amalia, no tengas pena, espérame por aquí
que quiero hablar contigo después que termine de arreglar la casucha de la Brígida, no, no, gracias, el Mudito me va a ayudar como siempre, mira, está abriendo el candado de la ruca de la Brígida. Y la Rosa Pérez, capaz de alborotar un patio entero con sus chismes. Buenas tardes, Carmela, sí, sí te van a venir a
buscar, espera, mujer, pero hace diez años que esperas y nadie viene, dicen que Rafaelito arrendó una
casa en que le sobra una pieza, este pelito que tengo
guardado aquí, mire no más madre Benita, es de él,
del niño, de cuando yo lo criaba, rubio como pelo de
choclo y nada de agua de manzanilla como otros, así lo
tenía antes que comenzara a oscurecérsele, lástima que
ahora, dicen, está pelado, lo llamé por teléfono el
otro día pero la señora nueva esa que tiene me dijo llá-
melo otro día, espera, Carmela, pero la Carmela espera
lo que todas esperan con las manos cruzadas sobre la
falda, mirando fijo a través de los grumos de resina
acumulados en los ojos, por si divisan eso que avanza y crece y comienza a taparles la luz un poquito al
principio, casi toda la luz, y después toda, toda, toda,
toda, toda, tinieblas de repente en que no se puede
gritar porque en la oscuridad no se puede encontrar la voz para pedir auxilio y una se hunde y se
pierde en las tinieblas repentinas una noche cualquiera como anteanoche la Brígida. Y mientras esperan, las viejas barren un poco como lo han hecho

toda la vida o zurcen, o lavan o pelan papas o lo que
haya que pelar o lavar, siempre que no se necesite
mucha fuerza porque fuerza ya no queda, un día igual
a otro, una mañana repitiendo la anterior, una tarde
remedando las de siempre, tomando el sol sentadas en
la cuneta de un claustro, espantando las moscas que se
ceban en sus babas, en sus granos, los codos clavados
en las rodillas y la cara cubierta con las manos, cansadas de esperar el momento que ninguna cree que
espera, esperando como han esperado siempre, en
otros patios, junto a otras pilastras, detrás de los vidrios de otras ventanas, o se entretienen cortando cardenales colorados para adornar el cajón de palo en que
se llevaron a la Mercedes Barroso, para que no se
vaya sin ni siquiera una flor la pobre Menche aunque no sean más que estos cardenales polvorientos, por
Dios que era divertida cuando bailaba esos bailes que
le enseñó la Iris Mateluna, frug, rock, y las otras huerfanitas y hasta nosotras llevando el compás palmo-
teando para que bailaran juntas, la Iris con la Menche... pobre Menche... de puro gorda se debe haber
muerto la Mercedes Barroso una noche igualita a la
que va a comenzar ahora.

Me retiro un poco para que usted entre. Aquí caben apenas el peinador con espejo y el catre de bronce. El desorden de las sábanas es tan leve que nadie
adivinaría que una mujer agonizó en ellas hace cuarenta y ocho horas. Aquí sigue viva la Brígida. Esta unidad
es ella todavía, mantiene viva a otra Brígida mientras
su cuerpo comienza a agusanarse: este orden peculiar,
estos objetos que fue gastando con sus aficiones o sus
manías, esta intención de elegancia, mire, Madre Benita, cómo colocó las palmas del Domingo de Ramos
en un ángulo de la estampa de la Anunciación, cómo
recubrió con papel de regalo de Pascua la botella de
cocacola que usaba como florero. Retratos de la familia Ruiz. Santos. Sus manos cuidadísimas fueron capaces de reconstituir los bordados de unas casullas
que el Padre Azócar se llevó porque dijo que eran del
siglo dieciocho, demasiado valiosas para dejarlas perderse en esta Casa, lo único de valor que hay aquí
Madre Benita, lo demás es todo basura, increíble que

la oligarquía de este país haya sido incapaz de reunir más que mugres aquí. Y sobre el peinador usted palpa con la punta de los dedos, sin mover los objetos, la fila perfecta formada por el dedal, el alfiletero, la lima, la tijerita, las pinzas, el *polissoir* para las uñas, todo en orden sobre la carpeta blanca, fresca, almidonada. Usted y yo hemos venido a descuartizar a esta Brígida viva, Madre Benita, repartirla, quemarla, aventarla, eliminar a la Brígida que quiso perdurar en el orden de sus objetos. Borrar sus rastros para que mañana o pasado nos manden a otra vieja, que comenzará a hollar este sitio con la forma particular, a penas distinta pero inconfundiblemente suya, que irá tomando su agonía. Suplantará a la Brígida como la Brígida suplantó a... no recuerdo cómo se llamaba esa vieja silenciosa, de manos deformadas por las verrugas que vivía en esta casucha antes que llegara la Brígida...

La noticia de que la Madre Benita ya comenzó a limpiar la ruca de la Brígida cunde por la Casa. Acuden viejas de otros patios a curiosear. La Madre Benita jamás les da preferencia a las pedigüeñas y por eso, al principio, no se acercan mucho: merodean calladas, o murmurando bajito, pasan y vuelven a pasar frente a la puerta, acercándose poco a poco más y más. Alguna se atreve a detenerse un segundo: le sonríe angelicalmente a usted, a mí me guiña un ojo y yo le guiño el ojo del Mudito. Pasan cada vez más lentamente frente a la puerta hasta que ya casi no se mueven, pegadas como moscas a una gota de almíbar van ennegreciendo la entrada, susurrantes, torpes, clamorosas, hasta que usted me ruega que las ahuyente, que se vayan, Mudito, váyanse, por Dios, déjennos trabajar en paz, después las vamos a llamar. Ellas vuelven a alejarse un poco. Se sientan en el borde del corredor, al pie de las pilastras, las manos inquietas en la falda, mira la colcha de raso azulino de la Brígida, dicen que es de pura pluma, a quién se lo irán a dar, yo creo que esas cosas buenas se las irá a llevar misiá Raquel para su casa de ella, mira la radio, Zunilda, apuesto que la van a mandar a un remate porque las radios son caras, a mí me gustaría tener radio como la Brígida porque ella se quedaba en cama los domingos para oír la misa cantada de la Catedral y a mí me gustaría oír misa desde mi cama algún domingo cuando haga frío. Y ese chal negro, mire pues Clemencia le digo, ése es el chal negro que yo le contaba el otro día, no ve, el que le regaló la señorita Malú para su cumpleaños y ella no se lo puso nunca porque no ve que a la Brígida no le gustaba el negro... estará nuevecito...

Usted envuelve las manchas y los olores de la agonía que nadie presenció en las sábanas de la difunta: al lavado. Yo levanto las dos hojas del colchón para sacarlas al corredor y dejarlas orearse. Usted arranca el cotí que protege el colchón del orín corrosivo del somier: una jaula de alambres, adentro se agazapan animales, gordos, chatos, largos, blandos, cuadrados, sin forma, docenas, cientos de paquetes, cajas de cartón amarradas con tiras, ovillos de cordel o de lana, jabonera rota, zapato impar, botella, pantalla abollada, gorra de bañista color frambuesa, todo aterciopelado, homogéneo, quietísimo bajo el polvo blanduzco que cubre todo con su pelambre frágil, suave, que un movimiento mínimo como parpadear o respirar podría difundir por el cuarto ahogándonos y cegándonos, y entonces, los animales que reposan bajo las formas momentáneamente mansas de aditos de trapos, fajos de revistas viejas, varillas de quitasol, cajas, tapas de cajas, trozos de tapas de cajas, se movilizarían para atacarnos. Más y más paquetes debajo de la cama, y mire, Madre Benita, también debajo del peinador, entre el peinador y el tabique y detrás de la cortina del rincón, todo agazapado justo debajo, justo detrás de la línea hasta donde alcanza la mirada.

No se quede así, con las manos caídas. ¿Desconoce a esta Brígida que domó el polvo y la inutilidad? ¿La desconcierta esta Brígida? Ah, Madre, usted no lo sabe, pero esa vieja tenía más vericuetos que esta Casa: el alfiletero, la tijerita, el *polissoir*, el hilo blanco, sí, todo ordenado a la vista de cualquiera sobre la carpeta blanca. Muy conmovedor. Pero ahora, de repente, usted tiene que encarar a esta otra Brígida no oficial, la que no se exhibía sobre la carpeta almidonada, reina de las asiladas con su funeral de reina, que desde la pulcritud de sus sábanas bordadas, con sus manos perfectas y sus ojos afables dictaminaba con sólo insinuar, ordenaba con un quejido o un suspiro, cambiaba el rumbo de vidas con el movimiento de un dedo, no, usted no la conocía ni la hubiera podido conocer, la mirada de la Madre Benita no penetra debajo de las camas ni en los escondrijos, es preferible compadecer, servir, permanecer a este lado, aunque eso signifique matarse trabajando como se ha matado usted durante años entre estas viejas decrépitas, en esta Casa condenada, rodeada de imbéciles, de enfermas, de miserables, de abandonadas, de verdugos y víctimas que se confunden y se quejan y tienen frío y hambre que usted se desespera por remediar, la enloquecen con la anarquía de la vejez dueña de todas las prerrogatigas..., pobre viejecitas, hay que hacer algo por ellas, sí, usted se ha matado trabajando para no conocer el revés de la Brígida.

Suspira al inclinarse para sacar de debajo del somier un paquete cuadrado hecho con papel de manila amarrado con un cordelito. Lo sacudo con mi trapo y arriscamos las narices porque el cuartucho se llena de pelusas. Usted comienza a desenvolver el paquete: un cartón de esos en que antes venían montadas las retratos de estudio, con guirnaldas en realce y la firma del fotógrafo grabada en oro en una esquina, pero sin la fotografía. Llevo el papel y el cartón al centro del patio para iniciar la pila de mugre que será hoguera. Las viejas acuden con la intención de escarbar para apoderarse de lo que encuentren, pero es poco, muy poco. Nada. Claro, esto recién comienza. Y va a ser bueno. Porque la Brígida era rica. Millonaria, dicen. Es cuestión de esperar un rato más. Las viejas siguen vigilándonos apostadas en sus sitios del corredor o paseándose.

Todo lo que usted encuentra está amarrado, empaquetado, envuelto en algo, dentro de otra cosa, ropa harapienta envuelta en sí misma, objetos trizados que se rompen al desenvolverlos, el asa de porcelana de una tacita de café, galones dorados de una cinta de

Primera Comunión, cosas guardadas por el afán de
guardar, de empaquetar, de amarrar, de conservar,
esta población estática, reiterativa que no le comunica
su secreto a usted, Madre Benita, porque es demasiado
cruel para que usted tolere la noción de que usted y
yo y las viejas vivas y las viejas muertas y todos
estamos envueltos en estos paquetes a los que usted
exige que signifiquen algo porque usted respeta a los
seres humanos y si la pobre Brígida hizo tantos paquetitos, reflexiona la Madre Benita refugiada en lo sentimental, fue para levantar una bandera diciendo
quiero preservar, quiero salvar, quiero conservar,
quiero sobrevivir. Pero le aseguro, Madre, que la Brígida tenía métodos más complejos para asegurar su
sobrevivencia... paquetitos, sí, todas las viejas hacen
paquetitos y los guardan debajo de sus camas.

Abramos los paquetes, Mudito, no vaya a haber
algo importante, algo que... es incapaz de concluir su
frase porque teme amarrar con ella una idea que
carezca de coherencia, y en vez, comienza a jugar al
juego de suponer que desatando nudos, desenvolvien-
do trapos, abriendo sobres y cajas, va a encontrar algo
que vale la pena salvar. No, todo a la basura. Trapos
y más trapos. Papeles. Algodón café con la sangre de
una herida pretérita. Envoltorio tras envoltorio. ¿No
ve, Madre Benita, que lo importante es envolver, que
el objeto envuelto no tiene importancia? Voy amon-
tonando basura en el patio. Zumba el enjambre de viejas escarbando, peleándose por un corcho, una perilla
de bronce, los botones guardados adentro de una caja de
té, una plantilla para zapato, la tapa de una lapicera.
A veces limpiamos la ruca de una asilada recién muerta
y entre sus cosas aparece un objeto que reconocemos:
esta anilla negra de madera para colgar cortinas, por
ejemplo, es la misma que tiramos a la basura la semana pasada cuando se murió la Mercedes Barroso, y
ella, a su vez, la había rescatado porque sí, para nada,
de los despojos de otra muerta, y ésa de otra y de otra
y de otra...

La vieja desdentada que me guiñó el ojo se prueba
la gorra de baño color frambuesa contoneándose al son
de los aplausos de las demás. La Dora deshace los res-

tos de una chomba apolillada, ovillando la lana crespa
y añadiendo pedazo con pedazo para lavarla y tejer
una chaquetita para el niño que va a nacer. Este paquete: éste. Usted se va poniendo tensa, impaciente,
tiene que ser este paquete el que contiene la clave para
saber lo que la Brígida quiso decir. Éste. ¿Quiere abrirlo? Bueno. Sí, Mudito, abrirlo con respeto porque la
Brígida lo envolvió para que yo comprendiera, no, Madre Benita, no, no se engañe, la Brígida hizo este paquete y los demás porque tenía miedo. Fue reina, verdugo, dictadora, juez, pero amarraba cosas y las
guardaba como todas las viejas. Sé que usted está
implorando que este paquete contenga algo más que
basura. Le saca el papel café y lo bota. Aparece otro
papel, más frágil, arrugado, lo rompe, lo deja caer
al suelo. ¿Para qué sigue abriendo y rompiendo envoltorios, éste de tafetán color manzana, debajo un
envoltorio de diario —Roosevelt y Fala y la sonrisa de
Stalin a bordo de un barco—, si tiene que saber que
no va a encontrar nada? Esta hombrera de algodón plomizo era lo que le daba blandura y volumen al paquete.
Escarba, deshace la hombrera con sus uñas urgentes y
deja caer el algodón. Queda un paquetito duro que usted
sostiene entre su índice y su pulgar. Quita la capa de
lienzo apercancado y aprieta un poco... sí, sí, Dios mío,
hay algo adentro, algo duro, definido, esta unidad que
palpo ansiosa. Sus dedos se entorpecen desanudando
el lienzo: una bola de papel plateado. La raja, la rompe: el papel plateado queda convertido en escamas
sobre la palma extendida de su mano que tiembla.
Yo voy a soplar esas escamas para que se dispersen
pero usted alcanza a apretar el puño a tiempo arreba-
tándoselas a mi aliento, y sus dedos, en un segundo,
reconstituyen la bola plateada. La redondea, la endurece con la ansiedad de sus gestos lamentables. La
mira. Me mira a mí, invitándome a reconocer yo también la unidad de lo que ha reconstituido. Avanza
hasta la puerta. Las viejas se detienen, callan: sus
ojos siguen la trayectoria de su brazo y luego el
arco de la bolita brillante al caer. Corren para lanzarse al montón de basura en busca de eso plateado
que surcó el aire. Seguro que volveremos a encon-

trar esa bolita entre los despojos de otra muerta.

¿Por qué se cubre la cara con las manos, Madre? Huye corriendo por los pasillos, por las galerías, por los patios, por los claustros, las viejas siguiéndola, pidiéndole, las caras nudosas, los ojos implorantes y legañosos, una voz opaca porque la chalina le protege la boca de un frío imaginario, de un contagio imaginario, otra voz áspera de tanto fumar, de tanto tomar té hirviendo para calentar el cuerpo aterido, manos extendidas para tocarle el hábito, para retenerla, para sujetarla por el delantal de mezclilla, por una manga, no se vaya, Madre, yo quiero el catre de bronce, a mí sus anteojos que a veces me prestaba porque yo no tengo anteojos y me gusta leer diarios aunque sean viejos, una frazada para mí porque paso tanto frío en las noches hasta en las noches de verano, yo era amiga, a mí me quería más, yo era vecina por la derecha, yo por la izquierda, yo le cortaba las uñas hasta las uñas de los pies y además los callos porque cuando yo era joven trabajaba de manicura, a mí me quería mucho más que a la Amalia que le cobraba de más por lavarle la ropa, tenazas con dedos de madera me sujetan los brazos, bocas arrugadas exigen cosas que no sé qué son, yo soy viuda, la tijerita era mía, mire el pelo de Rafaelito, Madre Benita, que pena que el niño esté pelado ahora y hasta gordo dicen que se ha puesto, una aguja que le presté el otro día no más, y yo un crochet, y yo unos botones. Estas manos resecas tienen más fuerza que las mías, dedos que crecen como ramas para retenerme, sus ruegos y letanías me amarran, para mí, para mí, Madre Benita, yo quiero, yo necesito, por qué no me regala a mí el té que le sobró a la Brígida mire que soy tan pobre, no, a ésa no, a mí, démelo a mí, ésa tiene fama de ladrona, no se descuide con las cosas mire que se las puede robar, démelo a mí, a mí, viejas de voces blandas como bolas de pelusas que la necesidad o la codicia alborotan en un rincón, uñas requebrajadas, ropa inmunda que se les cae del cuerpo, cuerpos hediondos de vejez me arriman contra esta mampara de vidrios rotos, la llave, abro, salgo, cierro. Hago girar la llave por fuera. La saco y me la meto en el bolsillo del delantal. ¡Por fin, Dios mío! Se quedaron prisioneras detrás de la puerta, acumulando polvo. Por los hoyos de los vidrios quebrados se asoman sus brazos, sus rostros descompuestos por los visajes... se apaga el rumor de sus voces implorando.

2

LAS VIEJAS, EN pares o en grupos, van abandonando la cocina como si partieran, no a dormir, sino a reincorporarse a la oscuridad. En el ámbito de la cocina llena de escaños, de mesas de mármol pringosas con sobras de comida, de pilas de ollas como monumentos de hollín y grasa en los lavaplatos atorados, las voces, como los carbones, van extinguiéndose a medida que pasan las horas y los minutos que no pasan.

Las últimas en partir eran siempre las seis que se sentaban en la mesa más cerca del calor de la cocina, junto a la Brígida, un grupo de íntimas que yo siempre veía revolotear alrededor de la Iris Mateluna, regalándole dulces y revistas, entreteniéndose en hacerle peinados estrafalarios como a una muñeca. Yo me sentaba un poco más allá en la misma mesa. Escuchando el runruneo sempiterno de sus voces me iba adormeciendo hasta que después de tomar mi último sorbo de té dejaba caer mi cabeza sobre mis brazos cruzados en la mesa. Las oía comentar cosas: una de ellas se hizo daño con una piedrecita en el pie, la Brígida informaba que misiá Raquel recibió una postal de misiá Inés desde Roma, alguna adivinanza cien veces repetida, o un cuento para entretener a la Iris sentada en la falda de la Rita, que la arrebozaba con la punta de su chal.

Esa noche, no me acuerdo cuál de ellas, repetía más o menos este cuento:

Érase una vez, hace muchos, muchos años, un se-

ñorón muy rico y muy piadoso, propietario de grandes
extensiones de tierra en todo el país, de montañas en
el norte, bosques en el sur y rulos en la costa, pero más
que nada de ricos fundos de riego en la comarca limi-
tada al norte por el río Maule, cerca de San Javier,
Cauquenes y Villa Alegre, donde todos lo reconocían
como cacique. Por eso, cuando vinieron malos tiempos,
años de cosechas miserables, de calor y sequía, de
animales envenenados y de niños que nacían muertos
o con seis dedos en una mano, los ojos de los campesinos se dirigieron hacia el cacique en busca de alguna explicación para tanta desgracia.

Este señor tenía nueve hijos varones que lo ayudaban a atender sus tierras, y una hija mujer, la menor,
la luz de sus ojos y la alegría de su corazón. La niña
era rubia y risueña como el trigo maduro, y tan ha-
cendosa que su habilidad para los quehaceres de la
casa llegó a darle fama en la región entera. Cosía y bor-
daba con primor. Fabricaba velas con el sebo que el
fundo producía y frazadas con la lana. Y en verano,
cuando los abejorros zumbaban golosos sobre la fruta
remadura, el aire de la arboleda se ponía azul y picante
con el fuego que sus sirvientes encendían debajo de las
pailas de cobre, donde revolvía moras, alcayotas, mem-
brillos y ciruelas, transformándolos en dulces para regalar el gusto de los hombres de su casa. Aprendió
estas inmemoriales artes femeninas de una vieja de
manos deformadas por las verrugas que, cuando murió
la madre de la niña al darla a luz, se hizo cargo de
cuidarla. Al terminar la última comida del día, después de presidir la mesa donde su padre y sus hermanos cansados se sentaban con las botas polvorientas,
ella, mimosa, los iba besando uno a uno antes de retirarse por el pasadizo alumbrado por la vela con que
su nana la guiaba, para dormir en la habitación que
compartían.

Quizá por los privilegios que el lazo con la niña
granjeó a su nana, o porque como no encontraban explicación para tanta desgracia era necesario culpar a
alguien y los malos tiempos producen malas ideas,
comenzaron a circular rumores. El caballerizo se lo
debe haber dicho al quesero o el quesero al caballe-

rizo o al hortalicero o a la mujer o a la sobrina del
herrero. En la noche, grupos de peones murmuraban
encuclillados junto a las fogatas encendidas detrás del
chiquero, y si sentían acercarse a alguien se callaban
de repente. El rumor cundió lentamente pero cundió,
hasta que lo supieron los gañanes de la era y los pas-
tores en los cerros más lejanos del fundo: se decía,
se decía que decían o que alguien había oído decir
quién sabe dónde, que en las noches de luna volaba
por el aire una cabeza terrible, arrastrando una larguísima cabellera color trigo, y la cara de esa cabeza
era la linda cara de la hija del patrón... cantaba el
pavoroso tué, tué, tué de los chonchones, brujería,
maleficio, por eso las desgracias incontables, la miseria que ahogaba a los campesinos. Sobre las vegas
secas donde las bestias agonizaban hinchadas por la
sed, la cabeza de la hija del patrón iba agitando enormes orejas nervudas como las alas de los murciélagos,
siguiendo a una perra amarilla, verrugosa y flaca como
su nana, que guiaba al chonchón hasta un sitio que los
rayos del astro cómplice señalaban más allá de los
cerros: ellas eran las culpables de todo, porque la niña
era bruja, y bruja la nana, que la inició también en
estas artes, tan inmemoriales y femeninas como las
más inocentes de preparar golosinas y manejar la casa.
Dicen que fueron sus propios inquilinos los que comenzaron estas murmuraciones, y que siguieron los
inquilinos de los fundos colindantes, y se lo contaban
a los afuerinos, que, al dispersarse después de la vendimia o de la trilla, esparcieron los rumores por toda
la comarca, hasta que nadie dudó que la hija del cacique y su nana tenían embrujada a toda la región.

Una noche en un rancho, el mayor de los hermanos se levantó demasiado pronto de la cama de la
mujer con que tenía amores, para regresar a la casa
de su padre a una hora decente. Ella le gritó desde el
revoltijo de mantas caldeadas por su cuerpo:

—Apuesto que tu hermana no ha llegado a la casa
todavía. Las brujas vuelven cuando canta el gallo y
comienza a clarear...

Él la azotó hasta hacerle sangrar la boca, hasta
que lo confesara todo. Y después de oír le pegó más.

Corrió a las casas del fundo a contárselo a su segundo hermano y después a otro y a otro, y los nueve hermanos, ni en conciliábulos ni solos, se resignaban a aceptar que el rumor fuera más que una mentira nefasta que los manchaba a todos. El terror entraba desde la intemperie de los miserables al ámbito resguardado de la casa regida por la hermana a quien era imposible creer otra cosa que una niña transparente y feliz. No debían creerlo. Bastaba con no aceptarlo. Y dejaron de hablar del asunto. Sin embargo, volvían cabizbajos del trabajo del día, sin vender animales en la feria ni acordarse de recoger la cosecha antes que cayera el chubasco. Ya no bebían libre y alegremente como antes, porque los frenaba el temor de que el vino les soltara la lengua frente al padre, que no debía saber nada.

Sin embargo, todos juntos algunas veces, y después que decidieron que era mentira, solos, cada uno por su cuenta, como escondiéndose de los demás para que no fueran a suponer que aceptaban siquiera una pizca de verdad en los rumores, los hermanos solían acudir de noche a la puerta de la habitación de la niña. Oían siempre lo mismo. Adentro, la hermana se reía con su vieja y contaba adivinanzas o cantaban un poco, y después las oían rezar salves y rosarios hasta que las sentían apagar las velas y quedarse dormidas. Jamás oyeron otra cosa y jamás dejaron de oír la repetición de lo mismo. No era nada. Sólo una isla femenina en esa casa de hombres, inaccesible para ellos, pero no peligrosa. ¿Cuándo salían a hacer las correrías de que las acusaban, entonces? Después de un tiempo de vigilancia, seguros de la falsedad de los rumores, fueron a contárselos al padre para que castigara a los culpables de la difusión de tamaño chisme. El cacique, loco de ira y de dolor, interrogó a su hija: los ojos de la niña permanecieron tan claros al responder con negativas a acusaciones que su inocencia no alcanzaba a comprender, que el padre se calmó, y sentando a su regalona en sus rodillas le pidió que le cantara alguna cosa. El hermano menor, sonriente ahora, tomó la guitarra de un rincón del estrado para acompañarla:

Al mar me arrojara por una rosa
pero le temo al agua que es peligrosa
repiquen las campanas con el esquilón
que si no hay badajo con el corazón.

En el cuarto contiguo los hermanos decidieron que
sería sabio esperar unos días, pero que sin duda era
necesario deshacerse de la nana, porque de haber culpa
fue suya, al envolver con su presencia equívoca la inocencia de la niña. ¿Qué importancia tenía, por lo demás, sacrificar a una vieja anónima si eso saldaba el
asunto en forma limpia? Se fueron a dormir con el
ánimo tranquilo después de mucho tiempo de desvelo.
A la una de la madrugada un peón golpeó la puerta del
dormitorio del cacique:

—Patrón, patroncito, allá afuera andan la perra
amarilla y el chonchón....

Y huyó a perderse antes que el cacique, blandiendo
su ramal, apareciera envuelto en la camisa de dormir
y el poncho, en la puerta del cuarto, gritando para despertar a sus hijos, para despertar a todo el mundo, que
se vistieran, que corrieran, que los mozos ensillaran y
montaran y salieran... los diez hombres dejaron una
polvareda en la noche galopando a campo traviesa, preguntando, buscando, escuchando, no fueran a perderse
el chonchón y la perra, y esta oportunidad única para
desvelar la verdad. Un aullido lejano torcía el rumbo del
tropel hacia el bosque. Un graznido, una piedra que ro-
daba por una ladera los hacía remontar montañas buscando en cuevas que podían ser entradas a la sala-
manca de las brujas. Bajaban al río porque el ladrido
de un perro, que podía ser la perra amarilla, los con-
ducía hasta allá, pero no era, no era nunca la perra
amarilla, y cantó el gallo y clareó el alba y dejó de ser
la hora de las brujas y los diez hombres tuvieron que
regresar abatidos por la derrota a las casas del fundo.
Al llegar sintieron alboroto de hojas en las viñas:

—Agárrenla, agárrenla, es la perra amarilla que se
quiere meter en la casa, el chonchón no debe andar
lejos.

Y los diez hombres se precipitaron sobre ella para
cercarla como en una topeadura y cortarle el paso,

para pillarla y azotarla y matarla ahí mismo, los caballos encabritados y los ramales volando, la perra perdida en la polvareda de los cascos que no lograron impedir que se hurtara a ellos y se perdiera en la luz imprecisa de la alborada. Mandaron a los peones que la buscaran. Que la encontraran costara lo que costara porque la perra era la nana y la nana era la bruja. Que no se atrevieran a volver sin la perra amarilla. Que la mataran y trajeran el pellejo.

El cacique, seguido por sus hijos, forzó la puerta del cuarto de la niña. Al entrar dio un alarido y abrió los brazos de modo que su amplio poncho ocultó inmediatamente para los ojos de los demás lo que sólo sus ojos vieron. Encerró a su hija en la alcoba contigua. Sólo entonces permitió que los demás entraran: la vieja yacía inmóvil en su lecho, embadurnada con ungüentos mágicos, los ojos entornados, respirando como si durmiera, o como si el alma se hubiera ausentado del cuerpo. Afuera la perra comenzó a aullar y a arañar la ventana:

—Aquí está, mátenmela o los mato yo a todos...

La perra dejó de aullar. La niña lloraba en la pieza donde su padre la dejó encerrada.

—¡Nana! ¡Nanita! Que no la maten, papá, que no la maten, que la dejen volver a su cuerpo. Si no la matan yo le juro que confieso todo...

—Tú cállate. No tienes nada que confesar.

Salieron al patio a reconocer el cuero ensangrentado. No resultó difícil pillarla, parecía cansada, acurrucándose temblorosa bajo la ventana de la niña: eso fue lo que aseguraron los peones mientras los diez señores examinaban el pellejo de la perra amarilla. Ahora no quedaba más que deshacerse del cuerpo de la bruja. No estaba ni viva ni muerta. Podía seguir siendo peligrosa: enterrar el cuerpo de una bruja suele envenenar leguas y leguas de buena tierra de labranza, de modo que hay que deshacerse de ella de otra manera, dijo el cacique. Mandó que ataran el cuerpo de la malhechora a un árbol para que la azotaran hasta que despertara y todos oyeran la confesión de sus crímenes. El cuerpo lacerado sangró, pero ni los ojos ni la boca de la bruja se abrieron, aunque no dejó de respirar, suspendida en una región distinta a la vida y a la muerte. Entonces, como ya no quedaba otra cosa que hacer, tumbaron el árbol a hachazos. Y los nueve hermanos con sus inquilinos y los inquilinos de los fundos vecinos llevaron el cuerpo de la bruja al Maule, y lo echaron al agua, amarrado al tronco para que no se hundiera.

El cacique se quedó en las casas. Una hora después que se apagó la gritadera del gentío partió con su hija a la capital. La encerró en un convento, para que unas monjitas de clausura se ocuparan de ella: nadie, nunca más, ni siquiera sus nueve hermanos que tanto la querían, volvieron a verla.

Mientras tanto, por la orilla del Maule se desplegó la cabalgata, siguiendo el cuerpo que flotaba río abajo. Si lo veían acercarse a la orilla lo alejaban con picanas. Cuando la corriente parecía arrastrarlo al centro del caudal lo atraían con garfios. En la noche, con los mismos garfios, sujetaban el cuerpo de la bruja a la orilla mientras ellos desensillaban sus cabalgaduras, encendían fuego, comían cualquier cosa, y tendiéndose en sus pellones y ponchos, antes de dormir relataban cuentos de brujas y aparecidos y de otros monstruos con cuyos rostros se disfraza el miedo en tiempos malos. Contaron lo que sabían de las brujas, lo que se murmuraba desde hacía generaciones, que alguien le dijo una vez a un abuelo que era necesario besarle el sexo al chibato para poder participar en las orgías de las brujas, y hablaron del miedo, del de antes y del de ahora y del de siempre, y caía el silencio, y para ahuyentar las figuras que se querían perfilar en la noche se felicitaban porque por suerte, esta vez, las brujas no lograron robarse a la linda hija del cacique, que eso era lo que querían, robársela para coserle los nueve orificios del cuerpo y transformarla en imbunche, porque para eso, para transformarlos en imbunches, se roban las brujas a los pobres inocentes y los guardan en sus salamancas debajo de la tierra, con los ojos cosidos, el sexo cosido, el culo cosido, la boca, las narices, los oídos, todo cosido, dejándoles crecer el pelo y las uñas de las manos y de los pies, idiotizándolos, peor que animales los pobres, sucios, pio-

josos, capaces sólo de dar saltitos cuando el chiva-
to y las brujas borrachas les ordenan que bailen...
el padre de alguien, una vez, había hablado con
alguien que decía que una vez vio un imbunche y el
miedo le paralizó todo un lado del cuerpo. Aullaba
un perro. Volvía a caer el silencio sobre las voces asus-
tadas. Los ojos de los peones semiadormecidos bri-
llaban cuando las llamas de la fogata vencían las sombras de las alas de sus chupallas.

Ensillaron temprano a la mañana siguiente. Soltaron las amarras del tronco y durante todo el día, a
rayo del sol y por los cerros pelados de la costa siguieron el curso del cuerpo de la bruja río abajo. De caserío en caserío se fue corriendo la noticia de que por
fin se llevaban a la bruja, que la comarca quedaría libre de maleficios, que las mujeres tendrían partos normales y no habría inundaciones, y a medida que avanzaba la cabalgata una legión de pobladores y colonos
se fue uniendo a ella. Antes que cayera el sol se dieron
cuenta que el mar estaba cerca. El río se ensanchó, so-
segándose. Apareció un islote. Bancos de arena sua-
vizaron las riberas. El agua, en vez de verde, era ceni-
cienta, hasta que allá lejos avistaron rocas negras y
la línea blanca de las olas de la barra.

Los nueve hermanos en una lancha, con garfios y
cordeles, arrastraron a la bruja hasta la barra: las
corrientes la habían ido desvistiendo y revolviéndole
los jirones de ropa y de pelo. Los pescados que mor-
disquearon su carne flotaban muertos alrededor de
la lancha. El tropel de inquilinos a pie y a caballo, de
colonos, de niños con sus perros, de vecinos, de curiosos, subieron a la colina frente al mar. Muy tarde, el
viento que soplaba en sus ponchos trajo el aullido de
triunfo que lanzaron los nueve hermanos: por fin habían logrado que el cuerpo de la bruja traspasara la
montaña de olas vertiginosas y que el mar se lo tragara. Quedó apenas un punto que fue disolviéndose
sobre el mar dorado del poniente. Lentamente la cabalgata se dispersó en el camino de regreso. Cada uno
volvió a su pueblo o a su rancho, tranquilo ahora y
con el miedo apaciguado porque por fin se iban a terminar los tiempos malos en la comarca.

Dije que esa noche en la cocina, las viejas, no me acuerdo cuál de ellas, da lo mismo, estaban contando *más o menos* esta conseja, porque la he oído tantas veces y en versiones tan contradictorias, que todas se confunden. Algunas variantes afirman que los hermanos no eran nueve sino que siete o tres. La Mercedes Barroso contaba una versión en la que los peones aterrorizados ante la furia del cacique habrían carneado a una perra cualquiera para mostrarle el pellejo, y que así la verdadera perra amarilla habría quedado viva. Sólo lo esencial siempre permanece fijo: el amplio poncho paternal cubre una puerta y bajo su discreción escamotea al personaje noble, retirándolo del centro del relato para desviar la atención y la venganza de la peonada hacia la vieja. Ésta, un personaje sin importancia, igual a todas las viejas, un poco bruja, un poco alcahueta, un poco comadrona, un poco llorona, un poco meica, sirviente que carece de sicología individual y de rasgos propios, sustituye a la señorita en el papel protagónico de la conseja, expiando ella sola la culpa tremenda de estar en contacto con poderes prohibidos. Esta conseja, difundida por todo el país, es originaria de las tierras del sur del Maule, donde los Azcoitía han poseído sus feudos desde el coloniaje. Inés, claro, porque al fin y al cabo tiene sangre Azcoitía por el lado de la madre de su madre, también sabe una versión de este cuento. La Peta Ponce se la debe haber contado cuando Inés era niña. En su mente aterrada separó, y seguramente olvidó, la conseja de la niña-bruja de la otra cara de la misma leyenda: esa orgullosa tradición familiar que conservan los Azcoitía, de una niña-beata que murió en olor de santidad encerrada en esta Casa a comienzos del siglo pasado y cuya beatificación ha sido un fracaso tan estruendoso que hasta los comentaristas de la radio y de los periódicos se han reído de ella. Pero la conseja sigue viviendo en las voces de las abuelas campesinas que invierno tras invierno la repiten, alterándola cada vez un poquito, para que sus nietos acurrucados junto al brasero vayan aprendiendo lo que es el miedo.

Aquí mismo, en la cocina de la Casa, se ha contado

tantas veces, que la Iris se quedó dormida de aburrimiento en la falda de la Rita, chupándose el pulgar. Ya
está grandota para eso pues Rita, tiene que quitarle esa costumbre tan fea, dicen que poniéndole ají en
el dedo se les quita, o caca, caca de perro... no, no,
déjenla a la pobre que va se le irá a pasar, no ven que
los primeros meses del embarazo son los peores, andan cansadas, soñolientas, con la guata llena de flatos,
se les hinchan las piernas, se les ponen coloradas, y
hasta varices salen, miren las piernas de la Iris, gordas
las ha tenido siempre pero ahora parece que el elástico
de los soquetes le fuera a rebañar los tobillos.

Yo no estaba dormido. Pero no levanté la cabeza
de mis brazos cruzados sobre la mesa al oír que la Iris
iba a tener un hijo, porque tampoco la hubiera levantado si hubieran repetido que los parches de papa son
mejores que los parches de colillas para el dolor de
cabeza, o que si la Clemencia no fuera tan egoísta
me prestaría ese lavatorio floreado que tiene, son sólo
quejumbres que el hilo de sus voces va ovillando y
el ovillo no crece, es otra versión del silencio... no:
una arcada, la Iris vomitando, las viejas sostenién-
dole la frente para que vomite sin dolor, la Iris lloriqueando, Mudito, ven a limpiar el vómito, apúrate
antes que se apersone por aquí la Madre Benita y comience a preguntar cosas.

Me negué a hacerlo.

Miré a las seis viejas de frente. Entonces, hice un
gesto indicando que me había dado cuenta del embarazo de la Iris, sí, sí, no me vengan con cosas, por eso
es que ustedes andaban tan juntas, calladitas alrededor
de esta tonta de la Iris, regaloneándola y consintién-
dola en todo, por eso es que tiene las tetas tan grandes,
sí, ya estaba notando algo raro yo, voy a llamar a la
Madre Benita que dirá lo que hay que hacer en un caso
así, yo no me quiero meter en boches, capaz que después me echen la culpa a mí...

—¿A ti, Mudito?

—Si no eres más que un pedazo de hombre.

—Quién te va a estar echando la culpa a ti...

Lloraban de la risa a pesar de que el Mudito seguía
blandiendo su amenaza: la fueron inutilizando con la

risa que anegaba sus ojos, con el insulto de sus índices
retorcidos señalándolo, hasta que sus burlas pisotea-
ron y aniquilaron la amenaza, no Mudito lindo, por
favor no nos acuses, no seas malo mira que estamos
enamoradas de ti, tan precioso que eres, quédate aquí
con nosotras, te conviene, te vamos a hacer cariñitos
ricos que te van a gustar porque eres tan macho, tan
hombre sobre todo, cómo serás de hombre que ni te
atreves a salir a la calle, si no te quedas callado Mudo
de mierda te vamos a echar a la calle y te vamos a
robar las llaves y no te vamos a dejar entrar nunca
más a la Casa y te vas a perder en las calles como soca-
vones oscuros donde te persigue don Jerónimo de Azcoitía y los doctores y los carabineros con sus perros.
Sí. Fueron a buscarlos. ¿No sabes que los tienen sin
comer varios días para que estén hambrientos y sanguinarios? Zás... basta el chasquido de dos dedos del
carabinero para que los perros se lancen a la noche
ladrando. Aúllan persiguiéndome por las calles y la
lluvia, el parque lleno de bestias ladrándome por avenidas intolerables, por el puente, me descuelgo por
los fierros del puente hasta el río, aúllan persiguiéndome por las piedras resbaladizas, por estos montones de basura podrida, tropiezo en una rama, caigo, me
corto en un tarro filudo que puede envenenarme, cep-
ticemia, tétano, mírenme las manos coloreando de
sangre, me incorporo con las manos y las rodillas san-
grientas, huyendo por debajo de los puentes, entre los
matorrales raquíticos de este tajo de piedra donde el
viento se traga mi voz y me deja mudo, no puedo
más, ayúdenme, les imploro que me ayuden, les juro
que no las voy a delatar, no te creemos, acusete, maricón, Mudito de mierda, eres una porquería, basura,
basura, corro y corro para que no me alcancen porque
oigo patas galopando detrás de mí, sus alientos fétidos
y sus getas hirviendo, sus garras me derriban y quiero
incorporarme pero no puedo porque sus colmillos me
tumban a la orilla del agua que arrastra los desperdicios de la ciudad... me están destrozando, estos animales de hocicos fosforecentes, me descuartizan, colmillos, lenguas humeantes, ojos que agujerean la noche, bestias que me despedazan y gruñen arrancán-

dole al doctor Azula los trozos de mis vísceras calientes que él se está apropiando, que chapotean en el
charco de mi sangre disputándose tripas y cartílagos,
orejas y glándulas, pelo, uñas, rótulas, cada miembro
mío que ya no es mío porque yo ya no soy yo sino
esas piltrafas sanguinolentas.

—¿Quibo?

Me quito las manos de la cara. Las miro, las reconozco: la Dora, la Brígida, la María Benítez, la Amalia, la Rosa Pérez, todas salvo la Rita que se llevó a la
Iris para acostarla.

—¿Nos vai a acusar?

Les prometo que no. Me pongo en cuatro patas en
el suelo a limpiar el vómito de esa hija de un presidiario que una mañana en la cama le rebanó el gaznate
a su mujer y la Iris despertó nadando en la sangre de
su madre: mírenme limpiar el vómito de la Iris. ¿Pero
por qué se van? ¿No las aplaqué con mi sometimiento? No se vayan así, no me dejen, óiganme, yo las puedo ayudar, sí, sí puedo, yo guardo las llaves de todas
las puertas de esta Casa por si alguna vez las necesitan,
y pueden necesitarlas, no me digan que no, no me des-
precien este poquito de poder que pongo a disposición
de ustedes... ustedes no saben que son sólo seis viejas
y necesitan ser siete, siete es un número mágico, seis
no, déjenme ser la séptima bruja, no se vayan, quiero
ayudarlas y puedo...

No se fueron. Aceptaron mi ayuda y yo se los agra-
decí. La Brígida fue la que dijo:

—Éste conoce bien la Casa. Que él nos busque una
pieza, un entretecho escondido, alguna parte que nadie
sepa que existe, para criar el niño milagroso que va
a nacer del vientre de la Iris... Mudito, entiendes, bús-
canos dónde... que nadie sepa... que nadie oiga... que
nadie vea...

Sólo cuando les dije que había encontrado el lugar
justo, un sótano, quedé aceptado y me permitieron ser
la séptima bruja.

3

LA CAPELLANÍA FUNDADA por el padre de la religiosa cuya beatificación Inés intentó promover en Roma, ha mantenido esta Casa unida a la familia Azcoitía durante un siglo y medio. Fue, al comienzo, una modesta Casa para monjas de clausura que el terrateniente construyó en sus ricas propiedades de la Chimba, al norte de la capital, que alojaría a su hija durante su vida, y después de su muerte el Arzobispo podía decidir qué uso darle a la Casa. Sin embargo, legalmente ya que no en la práctica, el mayor de los descendientes del fundador, el que lleva y transmite el apellido, conserva el derecho a venderla, traspasarla, dividirla, demolerla, o donarla si se le ocurre. Jamás ningún Azcoitía ha ejercido estos derechos, reiterando así de generación en generación la lealtad de la familia con la Iglesia, además de cierta indiferencia por algo tan improductivo como una capellanía de fines del siglo dieciocho. Sin embargo, al testar, o en el lecho de muerte, ningún Azcoitía deja de poner en claro el traspaso de la propiedad de esta Casa, entre sus cuantiosos bienes, a su heredero, recordando así, finalmente, lo que en realidad nunca olvidaron: que esta capellanía sepultada en archivos, preocupación de tías beatas y primas pobretonas, vincula y emparienta desde hace mucho tiempo a los Azcoitía con Dios, y que ellos le *ceden* la Casa, a cambio de que Él les conserve sus privilegios. En todo caso, antes de que comiencen a sentirse rondados por lo indescifrable, que no nos molesten con cuestiones de monjitas y asilos y curas entrometidos y solteronas vergonzantes y capellanías que carecen de vigencia en el mundo contemporáneo. Que Monseñor haga lo que se le antoje con la famosa Casa. Por suerte estamos muy lejos de necesitar el dinero que podría producir la venta de la propiedad. Los cambullones y componendas, los heroísmos y sacrificios de la política de esta Patria que estamos creando nos envuelven, no podemos derrochar atención en cosas que no conducen a nada. ¿Que Monseñor dice que la hija del fundador de la Capellanía hizo milagros y merece una beatificación? Bueno, que él se preocupe si le interesa: a él le corresponde lo místico, lo espiritual. A nosotros, la rudeza de lo político, de lo material. ¡Que el Arzobispo no nos moleste con consultas innecesarias respecto a la Casa! Monseñor sabe perfectamente bien que tiene licencia para agregar todos los patios que quiera, construir cuántos pabellones necesite, levantar otro piso más, ampliar claustros y prolongar galerías y derribar murallones si se le ocurre hacerlo, con tal que no pretenda que el dinero para obras salga de nuestros bolsillos.

Abandonado a las necesidades sin concierto de distintos tiempos, este edificio creció tanto y tan anárquicamente que ya nadie recuerda, y quizá sólo a la pobre Inés le interesa saber, cuál fue el sector inicial, los patios primitivos destinados a encerrar a la hija del fundador. La ciudad cruzó el río hacia el norte y se pobló esta orilla. Se organizaron callejuelas miserables que fueron desplazando más y más lejos las chacras cuyos tomates y melones nutrían a la ciudad, hasta que las callejuelas de la Chimba, al avanzar, se transformaron en avenidas con nombres de reivindicadores de derechos obreros, y al rodear y dejar atrás a la Casa de Ejercicios Espirituales de la Encarnación de la Chimba, la enquistaron, muda y ciega, en un barrio bastante central.

En la época de la fundación de la capellanía nadie pensó que podría llegar a faltar un hombre del apellido para heredar y transmitir sus derechos, ya que los hijos varones del fundador eran, como consta en las actas de la época que tuve cuidado en incluir en el *dossier* que Inés se llevó a Roma, nueve, y se casarían, y como todo el mundo, tendrían muchos hijos y nietos y bisnietos. Pero los Azcoitía, desde siempre, fueron gente muy de a caballo, muy pendenciera, de modo que en cuanto estallaron las guerras de la Independencia organizaron montoneras tan feroces que la comarca al sur del Maule resultó infranqueable para el enemigo español. Los Azcoitía se cubrieron de gloria. Todos los patriotas hablaban de ellos. Pero su número quedó muy mermado.

Además, como por una maldición, durante el siglo que siguió a la Independencia, la familia Azcoitía produjo más que nada hembras, bellas y acaudaladas y virtuosas, que se casaban pronto y bien, emparentando a los Azcoitía con toda la sociedad de la época por *la sábana de abajo*, manejando el poder que emerge del corrillo junto al brasero, moviendo los hilos tenues que enredan a los hombres con sus cuchicheos y murmuraciones, con ese beso nocturno que rige el sueño de sus hijos, con la sonrisa de despedida que destruye o preserva reputaciones y tradiciones, mujeres discretas, silenciosas en su mundo de costuras y sirvientes y enfermedades y visitas y novenas, con los ojos gachos sobre las sedas multicolores del bastidor mientras las ásperas voces masculinas se enardecen discutiendo cosas que nosotras no entendemos ni debemos entender porque nosotras sólo entendemos cosas sin importancia como el calado que adorna el borde de un escote, o si vale la pena encargar a Francia guantes de cabritilla, o si el cura de Santo Domingo es buen o mal predicador. Y mientras el poder de la familia cundía, oculto bajo generaciones de mujeres emparentadas pero incapaces de transmitir el apellido ni conservar la unidad de la familia, la línea masculina de los Azcoitía se fue debilitando: cada generación producía muchas mujeres, pero un solo hombre, menos en el caso del clérigo don Clemente de Azcoitía, hermano del padre de don Jerónimo. El apellido corría peligro de extinguirse, y con él, prebendas, derechos, posesiones, poder, sinecuras, honores, que al repartirse entre primos de otros apellidos disolverían la fuerza de ese único Azcoitía necesario en cada generación.

Inés y Jerónimo no han tenido hijo. El apellido desaparecerá después de ellos. Eso lo saben. La fortuna se repartirá entre parientes que no los estiman, instituciones que no les interesan, legados, caridades. El Arzobispo esperaba esta Casa con el proyecto de la Ciudad del Niño listo. Jerónimo podía traspasarla cuando quisiera, pero como con una esperanza insana de que el útero inservible de su mujer procreara, jamás ha podido desprenderse de nada, ni siquiera de las cosas más inútiles. Por eso es que cuando de repente firmó la serie de documentos traspasando en vida la propiedad real de esta Casa al Arzobispo, mientras Inés se demora en Roma, nadie lo pudo creer. Ni la Madre Benita lo cree, a pesar de su entusiasmo con el proyecto. Ni yo, a pesar de mi miedo. Pero el Padre Azócar nos advirtió que fuéramos pensando en preparar la Casa para un remate de lo que él llama *todas estas mugres*, previo a la demolición que no tardará en iniciarse en cuanto la Casa quede vacía.

Esta manzana de muros llagados por los enlucidos que se han ido desprendiendo tiene el color neutro del adobe. Rara vez se vislumbra desde afuera un reflejo de luz en sus cientos de ventanas ciegas de polvo, o ciegas porque yo las cerré con tablas remachadas y vueltas a remachar, y otras aún más ciegas porque, por ser peligrosas, yo las tapié. En las tardes, el barrio bullanguero de casas modestas que nos rodea, en casas también de teja y adobe pero pintadas de rosa o celeste o lila o crema, se van encendiendo las luces, atronan las radios de las peluquerías y panaderías y los televisores en las cantinas repletas, mientras en ellas y en el taller de reparaciones de motos y en el negocio de compra-venta de novelas y revistas usadas y en el despacho de la esquina, se teje y entreteje la vida de este barrio que nos excluye.

No sólo he ido condenando todas las ventanas que dan hacia afuera. También adentro de la Casa he clausurado secciones peligrosas, como el piso de arriba, por ejemplo, después que la Asunción Morales se apoyó en la balaustrada y se desplomó todo, con balaustrada, madreselva y Asunción. Ahora no se necesita tanto espacio, por eso hay que ir limitándolo. No es como antes, cuando el Arzobispo subvencionaba regia-

mente la Casa y todos los años la elegía para hacer su
retiro, acompañado de clérigos copetudos, canónigos,
secretarios, diáconos y subdiáconos, amigos, parientes,
y hasta algún Ministro de Estado muy beato. Grupos
de caballeros principales, congregaciones religiosas, colegios de señoritas de corazón purísimo, las corpora-
ciones más distinguidas del país solicitaban fecha con
meses de anticipación con el fin de venir a encerrarse
en esta Casa para retomar contacto con el Señor. Desde el púlpito y en el confesionario, frailes de pico de
oro exhortaban a la penitencia y al sacrificio, a la mag-
nanimidad y al arrepentimiento, inflamando vocacio-
nes cuya luz, a veces, iluminaba la Historia. Algunas
noches se oían hasta muy tarde, detrás de las puertas
de las cien celdas que formando U abrazan el patio de
los naranjos, llantos y quejidos: el dolor de los que
descargaban sus culpas en flagelaciones nocturnas,
quedando con el cuerpo lacerado pero con el alma prís-
tina, para entregarla a la mañana siguiente, después
de una comunión fervorosa, a plácidos sueños mona-
cales en el rincón más florido de la huerta, sueños que
solían culminar en una limosna espléndida.

Hoy, claro, a nadie se le ocurre venir a hacer ejercicios espirituales en la Casa de la Encarnación de la
Chimba. Existen colegios inundados de luz, con calefacción o ventilados según la época del año, sus
ventanales abiertos al panorama incomparable de la
cordillera nevada, dispuestos a acoger penitentes.
¿Para qué arriesgarse, entonces, a que sean los górgo-
ros de las cañerías descompuestas y los guarenes corriendo en el entretecho, no un examen de conciencia,
los que produzcan el desvelo? Hasta hace poco —ahora
ya no— solían retirarse a esta Casa las alumnas de algún colegio insignificante o los miembros de cualquier
corporación mezquina, para sostener sus platiquillas
con el Señor y escuchar tibios sermones inspirados en
las consabidas injusticias sociales, no en la Magnificencia y en la Cólera y el Amor de Dios, como en los buenos tiempos.

Pero qué se le va a hacer. Dicen que ya nada es
como en los buenos tiempos. Sin embargo, esta Casa
se conserva igual, con la persistencia de las cosas inú-

tiles. Ahora hay sólo tres monjas donde antes una con-
gregación entera velaba por la comodidad de los penitentes para que sus almas volaran sin trabas materiales
a las regiones más puras del éxtasis. Sólo tres monjas,
y, claro, las viejas, que van muriendo y siendo reem-
plazadas por otras viejas idénticas que también mueren cuando llega la hora de dejar sitio para otras viejas
que lo reclaman porque lo necesitan. Y las huérfanas
que mandaron un día, hace casi un año, por un par de
semanas, Madre Benita, usted tiene espacio de sobra
para alojarlas por un par de semanas mientras le ponen
las terminaciones al pabellón nuevo del orfelinato,
usted sabe que las terminaciones demoran tanto y que
los obreros de ahora se emborrachan y no cumplen, y
aquí andan las cinco huerfanitas perdidas en este laberinto, hambrientas, aburridas, sin que nadie les or-
ganice una vida porque el Padre Azócar siempre pro-
mete que en una semana más, Madre Benita, un par de
semanas más, y nadie se acuerda de ellas. Yo tengo las
llaves y cierro las puertas. Señoras recomendadas por
el Arzobispo o por Inés nos alquilan celdas para guardar sus cachivaches, no tienen ningún valor, pero son
cositas de las que una no se resuelve a desprenderse y
que no caben en las casas tanto más chicas en que
una vive ahora. Ellas aparecen de vez en cuando por
aquí a buscar alguna cosa, o a pagar meses atrasados,
sí, nos hace falta esa plata, hemos llegado a eso, a
la necesidad de arrendar las celdas para pagar las
cuentas más apremiantes porque el Arzobispo manda
muy poco dinero. Lo que más manda son camiones
con desechos, santos quebrados que no se pueden tirar a la basura porque son objetos de culto y hay que
respetarlos, montones de revistas y diarios viejos que
van poblando habitaciones y habitaciones con sus noticias de urgencia desvanecida transformadas en alimento de los ratones, completando mi biblioteca de
enciclopedias truncas, de colecciones empastadas de
Zig-Zag, Life, La Esfera, de literatura que ya nadie lee,
Gyp, Concha Espina, Hoyos y Vinent, Carrere, Villaespesa, camionadas de objetos inconexos, relojes que
no funcionan, sacos para retobar quién sabe qué, pedazos de alfombras gastadas, colgaduras, sillones des-

fondados, cualquier cosa, que van llenando piezas y piezas que nunca terminan de llenarse.

Jerónimo, jamás en toda su vida, ha pisado esta Casa. Inés, en cambio, antes de partir a Roma, venía muy seguido, dos, a veces tres veces por semana, para escarbar en las maletas y entre los trastos de las cuatro celdas grandes que, como *dueña* de esta Casa, se apropió. La autoridad del timbre en que mete el dedo y no lo saca hasta que la pobre Rita con sus juanetes incurables corre a abrirle indica su preeminencia. A veces la acompañaba misiá Raquel Ruiz, que la escuchaba paciente sin tratar de disuadirla, mientras la veía hurgar en sus cajones repletos, sacando papeles y retratos y planos y reliquias que quizá podrían llegar a servirle, indicándome que le bajara el canasto redondo de encima del armario, que moviera el rollo de alfombra de pasillo para alcanzar una sombrerera de cuero donde podía haber un envoltorio donde podía haber un sobre donde podía haber guardado hace años miles cierto certificado importante o cierta fotografía, y yo le bajaba el canasto y le pasaba la sombrerera a pesar que yo sabía que el certificado no estaba ahí, porque yo conozco lo que contiene cada cajón, cada canasto, cada maleta, cada baúl, cada armario de sus celdas mejor que ella misma... Sin embargo, reuniendo lo que pudo, Inés partió a Roma, muy elegante, muy sobria, con los papeles que yo mismo le metí en una plebeya bolsa de plástico para presentar su petición ante los cardenales purpúreos, que movieron la cabeza, solemnes, magníficos, insinuándole que todo lo que llevaba era inservible, que mejor se quedara tranquila en su patria y diera una limosna digna de su rango.

La falta de interés de los Azcoitía por esta Casa es secular. Como si le tuvieran un miedo que no se confiesan ni a sí mismos y prefieren desentenderse de ella en todo sentido menos en el de mantener el derecho de propietarios. Yo sólo sé que hayan hecho uso de sus derechos esa vez que mandaron a don Clemente a agonizar aquí. Esa vez también dijeron hay tanto espacio de más en la Casa, pero agregaron: al fin y al cabo es un Azcoitía y tiene derecho a que lo reciban.

Era un ancianito muy tranquilo y muy triste cuando lo trajeron. La Madre Benita le daba de comer cucharada por cucharada como a una guagua, y entre ella y yo lo desvestíamos para acostarlo. Yo lo ayudaba a hacer sus necesidades, porque como no avisaba teníamos que estar atentos para que no ensuciara su ropa varias veces al día. Don Clemente sonreía triste, sin decir nada, sentado en un sillón junto a la ventana, apoyado en su bastón, hasta que poco a poco, como quien va descorriendo muy lentamente una cortina, la sonrisa se le fue desvaneciendo y dejó sólo una pena fija tallada en sus facciones de Azcoitía. Después fuimos notando que esa tristeza de sus ojos azules se anegaba en lágrimas, que un buen día comenzaron a resbalarle por las mejillas como si sus ojos ya no tuvieran fuerza para retenerlas. Se pasaba semanas enteras sentado en su poltrona de terciopelo mirando los naranjos del patio, tranquilo, sin pedir alimento, sin reclamar que lo limpiaran, silencioso, con las lágrimas cayéndole por la cara y empapándole la sotana como la baba de un niño empapa su pechera. Hasta que comenzó a quejarse suavemente al principio, como un animal, como si algo le doliera, nada más, como un perro que uno acaricia cuando se queja y le pregunta qué te pasa viejo, qué te pasa, aunque uno sabe que el pobre bruto no puede contestar y se queja por algo que uno no entiende, y uno se desespera porque no entiende para hacer algo por aliviarle el dolor y acallar esos quejidos enloquecedores. Después de un tiempo los quejidos de don Clemente no eran quejidos sino gemidos, ya no se quedaba tranquilito, como antes, sentado en su poltrona mirando los naranjos del patio. Comenzó a agitarse en su celda, a golpear la puerta y los vidrios de la ventana, hasta que sus gemidos se transformaron en aullidos y rompió los vidrios y casi derribó la puerta con sus golpes, así es que tuvimos que cerrarla con llave porque de otro modo lo encontrábamos perdido por estos corredores y era muy difícil arrastrarlo hasta su celda porque pataleaba y gritaba con el poco de voz que pareció encontrar otra vez, sílabas que sonaban a miedo y noche y cárcel y oscuridad y engaño, esas cosas, o pedazos de esas cosas que gritaba cuando lo dejábamos para que se durmiera en la noche y nos agarraba la ropa para que no nos fuéramos, se incorporaba, quería seguirnos, no nos dejaba ponerle la camisa de dormir para acostarlo peleando con nosotros para que no lo desvistiéramos ni lo abrigáramos, pero tampoco quería quedarse vestido, rajó sus sotanas, las ancianas las iban remendando, pero las volvía a rajar y no dejaba que se las pusiéramos. Andaba a medio vestir en su celda, y completamente desnudo después que le cerramos la puerta con llave, y desnudo se asomaba a su ventana pidiendo socorro, que vinieran a acompañarlo, a rescatarlo de este hospital terrible en que lo maltrataban. Ni la Madre Benita ni las viejas entraban a la pieza de don Clemente desnudo, sólo yo, y me echaba, roto de mierda, ándate de aquí, no me toques, si me tocas te mato de un bastonazo, y volvía a asomarse desnudo a su ventana de vidrios rotos. Las viejas y las monjitas ya no se atrevían a cruzar el patio de los naranjos. Decidimos que lo mejor era condenar los postigos de su celda. Pero lograba romperlos. Hasta que yo, una noche, mientras don Clemente dormía, con ladrillos y cemento, le tapié la ventana, la primera ventana de la Casa que tapié. Después —esto fue iniciativa mía— la pinté por fuera del mismo color del muro. Ahora no se nota donde hubo ventana.

Hasta que una tarde don Clemente derribó la puerta de su celda. Salió a recorrer los pasillos, desnudo, apoyado en su bastón, y durante el rosario, con todas las asiladas reunidas, se presentó como Dios lo echó al mundo en el presbiterio, rompiendo a bastonazos todo lo que encontraba, mientras las viejas gemían y chillaban y huían escandalizadas por don Clemente desnudo que profanó la capilla, que profanó sus ojos purificados por la vejez y la miseria y el sufrimiento. Al dar un bastonazo, el anciano se cayó y se golpeó en la cabeza. Yo corrí a cubrirlo con un alba. Me lo llevé a su celda, donde murió llorando de pena, mudo otra vez, un par de días más tarde.

Quedan viejas que se enorgullecen del hecho de que han estado tanto tiempo en la Casa que recuerdan esa tarde terrible en que don Clemente de Azcoitía entró desnudo en la capilla. Yo no les creo. Quizá lo digan porque saben que es tan fácil confundir a una vieja con otra vieja. En todo caso, una de sus mayores causas de terror, lo que les impide transitar solas por los corredores cuando se acerca el anochecer, es que dicen que don Clemente se aparece completamente desnudo y las persigue, y que ellas ya están demasiado viejas para correr. Cuentan que a veces lleva el sombrero y las ligas puestas. O los calcetines y los zapatos. O una camiseta que no le tapa el ombligo. Nunca lleva puesto nada más. Cuando se sabe que don Clemente ha hecho una de sus apariciones, un estremecimiento de fervor sacude la Casa, las viejas se encierran en sus rucas a rezar rosario tras rosario, avemarías y padrenuestros y salves, he oído el murmullo de las viejas enloquecidas, irracionales, reiterativas, rezando más y más rosarios porque aseguran que con sus rosarios conseguirán vestir el ánima del pobre don Clemente, a quien Dios tiene condenado a rondar por la Casa desnudo en castigo por haberlas escandalizado con la exhibición de sus vergüenzas y que Dios sólo perdonará al clérigo cuando tantas, tantas viejas hayan rezando tantos, tantos rosarios, que Él, en su Misericordia, consienta en ir devolviéndole poco a poco su indumentaria, para que así pueda entrar vestido en el Reino de los Cielos. Mientras tanto, tiene que seguir rondando esta Casa para recordarles a las viejas que recen por él y así Dios le vaya devolviendo zapatos, sotana, calzoncillos sí, los calzoncillos son lo más urgente. Dicen que hace mucho tiempo que don Clemente no aparece sin calcetines ni camiseta. Por lo menos eso. Es lo lógico que los calzoncillos sean lo próximo que Dios le conceda. Que sean largos, rezan las viejas. Y de franela para el invierno. El murmullo de sus rosarios al atardecer envuelve la Casa con un runruneo de insectos atareados en hilar la tela de esos calzoncillos y don Clemente, desnudo, de repente asalta a una vieja en la penumbra cuando ella cree que va pensando en otra cosa.

4

LA RITA JAMÁS veía sangre en los calzones de la Iris.
Ella misma se los lavaba. Pobre chiquilla sin madre.
Y con el frío, los sabañones le hinchaban las manos.
Pero sangre, nada.

Se encerró con ella en una pieza para interrogarla.
¿Nunca has tenido sangre? Bah, ustedes creen que yo
soy una pura cabra chica no más, y no, soy mujer, me
da la regla todos los meses y me sale harta sangre, soy
la única de las huérfanas que tiene la regla, las demás
sí que son cabritas chicas y por eso me aburro con
ellas... es que cuando tengo sangre yo misma lavo mis
calzones para no molestarla a usted que es tan buena
conmigo, pues señora Rita.

La Rita no le creyó ni una palabra. La conocía demasiado bien: la Iris no era limpia, ni considerada con
los demás. Trató de insinuarle cómo sucedían las cosas
entre un hombre y una mujer. ¿Pero cómo, si ella misma era virgen? No estaba muy segura de nada. No sabía qué pensar. No entraban nunca hombres en la
Casa. La Iris ni se había asomado a la calle desde que
la trajeron. Pero la pobre chiquilla sabía tan poco
del asunto que pasa con los hombres, que bostezaba
aburrida con la conversación, incapaz de fijar su mente en lo que la Rita le preguntaba con toda cautela
para no abrirle los ojos porque era inocente, casi no
la oía, chupándose el pulgar, ya, déjate, no te metas el
dedo en la nariz ni te comas los mocos chiquilla cochina, encrespándose el pelo con un dedo mientras
la Rita hacía prodigios de discreción con sus pregun-

tas... sí, era inocente. Pero la Rita no le pudo creer
que lavaba sus propios calzones cuando tenía la regla.
La estuvo observando: claro, nada este mes, ni el siguiente, mentira que lavaba ninguna cosa. Y lo peor
era que seguía engordando y engordando, y poniéndose más floja y más soñolienta.

La Rita acudió donde la Brígida con la zozobra de
su secreto. Ella, que lo sabía todo, debía saber también cómo eran esas cosas: tuvo dos guaguas, claro
que nacidas muertas, quién sabe por qué, así lo quiso
Dios. Y al poquito tiempo se le murió el marido. Desde
su cama la Brígida escuchó con muchísimo interés lo
que la Rita le contaba y después de meditarlo medio
minuto dijo que, claro, era un milagro. Cuando nacen
niños sin que un hombre le haga la cochinada a una
mujer es milagro... baja un ángel del cielo y ya está.
Milagro. Claro que lo primero era hacer examinar a
la Iris para quedar seguras del embarazo. La María
Benítez es meica. Pero cómo le vamos a contar el milagro, pues Brígida, para que lo sepa toda la Casa
antes de la hora de la oración y nos roben a la Iris
y al niño o se la lleven para castigarla porque la
gente de ahora es muy hereje y no cree en milagros,
dicen que ahora hay gente que no cree ni en la Virgen.
Pero la Brígida insistió en convocar a la meica: que la
examinara con mucho cuidado, sin meterle nada porque la Iris era virgen, para que la chiquilla no se diera
cuenta de lo que le estaba pasando. La María Benítez
dijo que sí: está esperando guagua, no digo yo, si estas
chiquillas de ahora quedan preñadas con oler un par
de pantalones.

Para pegarle un tapaboca y que no dijera más porquerías sacrílegas, le participaron que se trataba de un
milagro. Quedó apabullada. Que nadie más lo supiera.
Todas las viejas eran unas envidiosas que iban a tratar
de robarles el niño, mientras que así, lo cuidarían entre ellas tres no más, en secreto, y las tres tomaron
té en el cuartucho de la Brígida y como la Amalia les
estaba sirviendo, también le contaron lo del milagro:
somos cuatro, no, cinco confesó la Rita, que le había
confiado sus primeras sospechas a la Dora, que como
también sabía escribir la reemplazaba en la portería

y anotaba los mensajes telefónicos del Padre Azócar
y de los parientes y patrones de las asiladas. Así es
que eran cinco. Y cuando se dieron cuenta que la Rosa
Pérez comenzó a rondarlas, curiosa por saber qué
hacían siempre con la Iris, la Brígida, que tenía muy
buena cabeza, opinó que para protegerse sería mejor
contarle lo del milagro a esa chismosa, porque si no,
de puro metete las iba a descubrir y entonces, por
Dios, se iba a venir la Casa abajo, capaz que se le
ocurriera telefonear al Arzobispo para delatarlas: sí,
mejor contarle todo. Así sería ella la que con más celo
defendería el secreto. Porque era necesario que nadie,
absolutamente nadie más que ellas seis tuvieran el
privilegio de saber que la Iris estaba esperando una
guaguita. Entonces, la Brígida comenzó a hablarles:

—Amalia, sirve las galletas que hay en ese tarro.
La Madre Benita anda en Babia con esto de que van a
demoler la Casa y van a construir la Ciudad del Niño
y a ella le van a dar el puesto de ecónoma jefe, eso
dicen que le prometió el Padre Azócar. No se fija en
nada, ni en las chiquillas, después que al principio
trató de hacerles clases y todo, y ustedes ven cómo
las anda trayendo vestidas. Cuando a la Iris se le comience a notar la guagua voy a regalarle un abrigo café
que tengo guardado. Le va a quedar grande. Si la Madre Benita me pregunta algo voy a contestarle pero
Madre, si este pobre ángel andaba tiritando de frío,
por eso le regalé este paltó que le queda un poco grande pero en cuanto tenga un tiempecito se lo voy a arreglar para que le quede bien. Y después, sin que nadie
más que nosotras seis sepa, va a nacer la guaguita.
Hay que buscar una pieza en el fondo de la Casa para
guardarla escondida, que nadie vaya a saber que el
niño nació, y así va a crecer lindo y santo, sin salir
jamás en toda su vida de esa pieza en que lo escon-
dimos de los males del mundo. Y cuidarlo bien cuidadito, al niño. Tan lindo que es cuidar una guagua…
arroparla con chales para que no vaya a tener frío…
darle de comer… lavarla… amarrarla bien amarrada
en sus pañales… vestirla. Y cuando vaya creciendo lo
más importante de todo es no enseñarle a hacer nada
él mismo, ni a hablar siquiera, ni a caminar, así siem-

pre nos va a necesitar a nosotras para hacer cualquier
còsa. Ojalá que ni vea ni oiga. Nosotras seremos sus
mamás buenas que le vamos a adivinar cualquier señal
que nosotras no más comprenderemos y tendrá que
depender para todo de lo que nosotras le hagamos. Así
es la única manera de criar a un niño para que sea
santo, criarlo sin que jamás, ni cuando crezca y sea
hombre, salga de su pieza, ni nadie sepa que existe,
cuidándolo siempre, siendo sus manos y sus pies. Claro que nosotras nos iremos muriendo. Pero no importa. Viejas siempre habrá. Y a pesar de lo que dicen,
Casa siempre habrá, misiá Raquel me estuvo diciendo
que lo de la demolición eran puras cosas del Padre
Azócar para sacarle plata a la familia Azcoitía, al marido de misiá Inés, que es tan buena. Cuando una de
nosotras se muera hay que elegir a otra y el niño irá
pasando de vieja en vieja, de mano en mano, hasta
que él haga su voluntad y un día decida que ya está
bueno de tanta muerte y nos lleve a todas a la Gloria.

El imbunche. Todo cosido, los ojos, la boca, el culo,
el sexo, las narices, los oídos, las manos, las piernas.
Desde el fondo de su origen rural en otra región y en
otro siglo, cuando alguna abuela medio india amenazó
a la niña asustada que la Brígida sería entonces con
transformarla en imbunche para que se portara bien,
la tentación de serlo, o de hacerlo, quedó sepultada
en su mente y surgía ahora convertida en explicación
y futuro del hijo de la Iris. Todo cosido. Obstrui-
dos todos los orificios del cuerpo, los brazos y las
manos aprisionadas por la camisa de fuerza de no saber usarlas, sí, ellas se injertarían en el lugar de los
miembros y los órganos y las facultades del niño que
iba a nacer: extraerle los ojos y la voz y robarle las
manos y rejuvenecer sus propios órganos cansados
mediante esta operación, vivir otra vida además de la
ya vivida, extirparle todo para renovarse mediante ese
robo. Y lo harán. Estoy seguro. El poder de las viejas
es inmenso. No es verdad que las manden a esta Casa
para que pasen sus últimos días en paz, como dicen
ellos. Esto es una prisión, llena de celdas, con barrotes en las ventanas, con un carcelero implacable a
cargo de las llaves. Los patrones las mandan a encerrar

aquí cuando se dan cuenta que les deben demasiado a estas viejas y sienten pavor porque estas miserables, un buen día, pueden revelar su poder y destruirlos. Los servidores acumulan los privilegios de la
miseria. Las conmiseraciones, las burlas, las limosnas,
las ayuditas, las humillaciones que soportan los hacen
poderosos. Ellas conservan los instrumentos de la venganza porque van acumulando en sus manos ásperas y
verrugosas esa otra mitad de sus patrones, la mitad
inútil, descartada, lo sucio y lo feo que ellos, con-
fiados y sentimentales, les han ido entregando con
el insulto de cada enagua gastada que les regalan,
cada camisa chamuscada por la plancha que les permiten que se lleven. ¿Cómo no van a tener a sus
patrones en su poder si les lavaron la ropa y pa-
saron por sus manos todos los desórdenes y sucie-
dades que ellos quisieron eliminar de sus vidas?
Ellas barrieron de sus comedores las migas caídas
y lavaron los platos y las fuentes y los cubiertos, co-
miéndose lo que sobró. Limpiaron el polvo de sus salones, las hilachas de sus costuras, los papeles arrugados de sus escritorios y oficinas. Reestablecieron
el orden en las camas donde hicieron el amor legítimo
o ilegítimo, satisfactorio o frustrador, sin sentir asco
ante esos olores y manchas ajenos. Cosieron los jirones de sus ropas, les sonaron las narices cuando niños,
los acostaron cuando llegaron borrachos y limpiaron
sus vómitos y meados, zurcieron sus calcetines y lus-
traron sus zapatos, les cortaron las uñas y los callos,
les escobillaron la espalda en el baño, los peinaron, les
pusieron lavativas y les dieron purgantes y tisanas
para la fatiga, el cólico o la pena. Desempeñando estos menesteres las viejas fueron robándose algo inte-
gral de las personas de sus patrones al colocarse en
su lugar para hacer algo que ellos se negaban a hacer... y la avidez de ellas crece al ir apoderándose de
más cosas, y codician más humillaciones y más calcetines viejos regalados como dádivas, quieren apoderarse de todo. Por eso la Brígida ha armado esta conspiración, para robarle los ojos y las manos y las
piernas al niño que la Iris lleva en su vientre, quieren
atesorarlo todo en un gran fondo común de poder que

algún día, quién sabe cuándo, quién sabe para qué, utilizarán. A veces siento que a pesar que las viejas debían estar durmiendo, no duermen, sino que están atareadísimas sacando de sus cajones y de debajo de sus camas y de sus paquetitos, las uñas y los mocos, las hilachas y los vómitos y los paños y algodones ensangrentados con menstruaciones patronales que han ido acumulando, y en la oscuridad se entretienen en reconstituir con esas porquerías algo como una placa negativa, no sólo de los patrones a quienes les robaron las porquerías, sino del mundo entero: siento la debilidad de las viejas, su miseria, su abandono, acumulándose y concentrándose en estos pasillos y habitaciones vacías, porque es aquí, en esta Casa, donde vienen a guardar sus talismanes, a reunir sus debilidades para formar algo que reconozco como el reverso del poder: nadie va a venir aquí a arrebatárselo. Y porque Jerónimo de Azcoitía siempre ha tenido pavor, aunque no lo confiese su orgullo que no acepta tener pavor de nada, sí, pavor de las cosas feas e indignas, jamás en toda su vida se ha atrevido a venir aquí, aunque la Casa le pertenecía hasta que se desprendió de ella. No debió hacerlo. Fue un error. Hay que conservar las cosas, siempre queda esperanza. Habrá que arreglar eso de alguna manera porque, aunque usted no lo sabe, su estirpe se prolongará, y su hijo debe seguir propietario de esta Casa: las viejas, nosotras siete ahora que me han despojado de mi sexo y me han aceptado dentro de su número, estamos cuidando a su hijo en el útero de la Iris, yo se lo restituiré a don Jerónimo para que herede esta Casa a pesar de los papeles firmados, para que no la destruyan jamás y yo pueda permanecer refugiado aquí donde don Jerónimo jamás vendrá a buscarme porque le tiene terror a los callos que las viejas cortaron y guardaron, a los pelos que taparon el desagüe del lavatorio y que ellas conservan envueltos en trapos y papelitos. Sí, don Jerónimo, no las desprecie, no son tan tontas como parecen, o su estupidez constituye una especie de sabiduría. Por eso guardan esos amuletos, para mantenerlo a usted a raya. ¡No se venga a meter aquí! Yo fui su fiel servidor, don Jerónimo.

Aunque quisiera dejar de serlo, no puedo. Usted me marcó en la oreja como a un carnero. Yo sigo sirviéndolo. Y al servir a estas rémoras, al ser sirviente de sirvientes, al exponerme a sus burlas y obedecer sus mandatos, voy haciéndome más poderoso que ellas porque voy acumulando los desperdicios de los desperdicios, las humillaciones de los humillados, las burlas de los escarnecidos. Soy la séptima vieja. Yo me encargaré de velar por el Azcoitía que nacerá. El vómito de la Iris que fregué en las baldosas de la cocina, me ungió. Y lo guardo envuelto en un estropajo, con mis libros y mis manuscritos, debajo de mi cama, donde guardan sus cosas todas las viejas.

LO PRIMERO QUE tuve que hacer fue ganármelas. Mientras no las deslumbrara de algún modo quedaría aceptado sólo nominalmente, pese a haberme sometido como me sometí. Dejé pasar unos días mientras lo iba preparando todo, permitiéndoles que me hablaran poco y que me miraran con cierta desconfianza. Hasta que una tarde les participé que creía haber encontrado el sitio ideal para que la Iris diera a luz sin que nadie lo supiera, y donde las siete viejas del secreto podíamos criar al niño para siempre, sin que nadie nos molestara.

Las llevé al patio donde vivo en el fondo de la Casa, que también sirve de cementerio de santos. Las viejas se persignaron al pasar frente a la capilla, cruzamos el patio de los naranjos y nos perdimos en los vericuetos de la parte de atrás de la Casa, en ese revoltijo de patios y pasillos menores que sólo yo conozco, hasta que llegamos a mi patio.

Al abrirles la puerta y oír sus exclamaciones me di cuenta que con sólo eso, con abrirles la puerta al cementerio de santos rotos, las había conquistado. Avanzaron gritando de alborozo entre San Franciscos decapitados, San Gabriel Arcángeles sin el dedo alzado, San Antonios de Padua cojos y mancos, Vírgenes del Carmen, del Perpetuo Socorro, de Lourdes con las vestiduras desteñidas y sus distintivos borrados,

de Niños Jesuses de Praga sin corona ni mano sosteniendo la bola, la elegancia simulada de sus armiños y la falsedad de sus pedrerías de yeso pintado
desvaneciéndose al sol y con la lluvia, santos de facciones disueltas, un monstruo abrazando al mundo bajo
unos pies que dijo la Brígida que iba a guardar porque
eran de la Inmaculada Concepción, guárdamela por
ahí, Mudito, a ver si después encontramos lo demás y
la armamos, ángeles sin alas, santos sin identidad,
fraccionados, sin miembros, de todos los tamaños,
fragmentos que los años y el clima fueron reduciendo,
que las palomas han ido cagando, que los ratones
roen, que los pájaros picotean en los ojos o en el
ombligo, sí, claro, no se pueden tirar a la basura los
fragmentos de objetos que han sido de culto, hay
que respetarlos, no se puede confundirlos en el ba-
surero con los desperdicios de la comida y del aseo,
no, hay que traerlos a la Casa de Ejercicios Espirituales de la Encarnación de la Chimba, donde todo
cabe. La Madre Benita me pide que traiga mi carrito,
cargo los fragmentos y los arrastro hasta mi patio
para que los años y las lluvias terminen con ellos,
mientras en los altares sus existencias son sustituidas
por imágenes casi idénticas encargadas al fabricante,
quizás esta versión de la Bernardita tenga menos biz-
cos los ojos, quizá los rizos del niño Jesús sean de
otro tono de amarillo, quizá la pose de San Sebastián
parezca menos ambigua. La Madre Benita no conoce
mi patio. Tiene estrictamente prohibido que nadie se
venga a meter aquí. Es el patio del Mudito. Él lo eligió.
Él sabrá por qué le acomoda. Que por lo menos tenga
eso suyo para que haga lo que quiera, ese pedacito de
vida privada, hay que respetársela a este pobre hombre que hace tantos años se está sacrificando aquí en
la Casa por nosotras.

Las viejas se distribuyeron por el patio dando exclamaciones, encuclillándose y volviéndose a parar,
blandiendo trozos de yeso, manos, torsos, coronas, drapeados, escarbando, exhumando santidades oscuras
que sólo ellas son capaces de reconocer, Santa Ágata
y San Cristóbal y San Ramón No Nato, no pues Dora
ese hábito es de San Francisco, no de Santo Domingo

de Sales, que no ve el capuchón café, le diré que los San Sebastianes son bastante escasos, oye Amalia, encuéntrame el otro pedazo de la Inmaculada, va a ser difícil, aunque aquí hay una cabeza con estrellas y quizá tenga algo que ver, no sé, y a este San Gabriel voy a buscarle su dedito parado para completarlo y me voy a conseguir una Virgen cualquiera, quién se va a estar fijando, y voy a armar una Anunciación encima de mi cómoda.

—El 25 de marzo es la Encarnación...

—Qué pena que aquí en la Casa no la celebremos.

—Pero el nacimiento del Niño, nueve meses después que apareció San Gabriel Arcángel, sí que se celebra...

—Pero la Encarnación no es lo mismo que la Anunciación...

—No sé, vamos a preguntarle a la Madre Benita.

—A ver si encuentro el dedito del arcángel.

Tuve que golpear las manos como en el recreo de un colegio para llamarles la atención y devolverlas a la realidad de lo que teníamos que hacer, por aquí, no tropiecen, aquí vivo yo, ésta es mi habitación y ésta mi cama, nada más hay aquí salvo esta puerta falsa que conduce a un sótano, el sótano que les tengo listo, yo estaré siempre aquí, cuidando la entrada. No sólo me había ocupado en pulir y encerar el suelo de tablas resecas y en empapelar los muros con diarios viejos, sino que como sé muy bien qué cosas guarda cada señora en cada maleta y en cada cajón de cada una de las celdas, y cuáles son las celdas de las señoras que jamás se aportan por la Casa, desvalijé varios armarios cerrados desde hace años, arrastrando alfombras y cuadros, camas con frazadas y colchas, veladores, una cuna de bronce con pirinolas y baldaquino, todo un poco estropeado pero en fin, qué se le iba a hacer, en la penumbra del sótano todo relucía ante los ojos de las viejas.

Hubiera querido también traer la ropa de Boy que Inés tiene guardada en un baúl especial en su segunda celda, la que más visita. No me atreví porque Inés sabe exactamente qué cosas tiene y dónde están guardadas. Es maniática, pulcra, meticulosa. Hace años que no abrimos el baúl que contiene el ajuar completo de Boy, ese mundo negro con remaches de bronce lleno de maravillas destinado al Azcoitía que su útero empecinado no quiso producir. Cuando yo andaba buscando cosas para este Boy que otra va a producir, no pude refrenarme, abrí el mundo para verlas otra vez y me costó resistir la tentación de robarme siquiera algo, un babero bordado por la Peta Ponce, un par de botines de lana celeste. No lo hice. Quizá cuando Inés regrese de Roma con la cola entre las piernas después de haber hecho el ridículo con lo de la beata, ya sin ninguna ocupación ni esperanza con que matar su tiempo, vendrá más que nunca a la Casa, a vivir en el limbo de sus cachivaches, que ordenará y limpiará y reordenará. Si pregunta quién tocó algo de su celda durante su ausencia le diré que fui yo, que emprendí una limpieza a fondo y puse naftalina entre la ropa, por si acaso. Entonces ella me dará una propina que aceptaré como un insulto más para sumar a los muchos que he ido acumulando.

Hace dos meses que las vidas de nosotras las siete viejas gira alrededor de completar los preparativos para recibir al niño. Le estamos cosiendo ropita, pañales finos con una sábana de hilo que regaló la Brígida, este chal hay que deshacerlo para lavar bien lavada esta lana que es muy buena no como las lanas de ahora que son con electricidad, y volver a tejer el chal, que la Dora lo teja, tan curiosa que es la Dora para cuestiones de tejidos. Y vamos a adornar la cuna de bronce con estos tules un poco parchados pero qué se le va a hacer, somos pobres pero el niño va a tener una cuna que en la penumbra se ve como cuna de rey. Lástima que la pobre Brígida se haya muerto y no lo vaya a conocer. Era la más entusiasta. Claro que el niño la sacará de su tumba para que se vaya con todas nosotras al cielo. En fin. Así es la vida. Estos meses van a ser los difíciles porque la Iris no se siente nada de bien, pasa con jaqueca, se está hinchando demasiado, usted que es meica pues María, usted sabrá qué tiene así a la chiquilla esta.

Hay que tenderla en la cama. ¿Te sientes mal otra vez? Ésta es tu cama y ésta la cuna para que juguemos contigo a las mamás, juguemos a que tú te tendías y eras la mamá. Pero si vamos a jugar a las mamás pues señora Rita por qué no me traen una muñeca, algo amarrado en trapos siquiera como cuando yo jugaba a las muñecas cuando era chica, el juego sin muñeca no vale, me dijeron que me iban a regalar una muñeca grande que mueve los ojos y dice mamá, del porte de una guagua de verdad, pero es mentira. Espera, Iris, descansa, ya te la vamos a dar, quédate tranquilita, duérmete, no tienes que saber que estás esperando guagua porque te va a dar miedo de estar esperando un niño milagroso y puedes acusarnos a todas y nos pueden robar al niño.

El sótano está caliente con el brasero que tenemos encendido día y noche para que se seque el engrudo con que el Mudito empapeló la pared. La Amalia plancha pañales. La María Benítez quiere tenerlo todo preparado con tiempo para el nacimiento: revuelve mixtos fragantes sobre el fuego, espera que hiervan, echa otras yerbas que cambian el olor de la habitación, un poco más de agua, cuela, deja enfriarse, vierte aguas de colores dentro de frascos. Esto sirve para restañar la sangre, una nunca sabe con una primeriza. Y esto desinfecta. Y esto para ponerle fomentos por si le siguen las jaquecas. No hablen tan fuerte, déjenla que se quede dormida. ¡Mírenla dormir! Vengan a ver qué linda es. Miren la cara de santa que tiene, igualita a esa virgen a todo color que la Madre Benita tiene en su oficina. Tan jovencita. Tan bonito cutis. ¿No dicen que el cutis siempre se pone bonito con el embarazo? No siempre, a algunas se les echa a perder que es una calamidad, pero a ella no. La Damiana, la nueva, le toca la mejilla apenas con el dorso de su mano... una seda. ¡Qué linda se irá a ver con su guaguita, dándole el pecho aquí en este cuarto tibio, oloroso, soterrado! Todas nos movemos en la punta de los pies para no despertar a la futura mamá, reverentes ante lo misterioso envuelto en el útero, protegido por las capas sucesivas de sus entrañas y su carne y su piel, que para eso son.

La Iris duerme en la cama, con el pulgar en la boca, chupando, mientras nosotras nos ocupamos de las milenarias tareas femeninas de preparar el cuarto donde un niño va a nacer, regodeándonos con esos ritos que encandilan nuestros instintos adormecidos junto al vacío en que cayó la Brígida hace tan poco, y entonces, para esa ocasión, también solemne, nuestros instintos también revivieron con la magnificencia de los ritos de la muerte, y lloramos y nos lamentamos porque desde el comienzo del tiempo uno de los papeles de las viejas es el de llorona, y es bueno llorar y lamentarse en los funerales, así como es bueno regocijarse con un nacimiento. Se quiebran nuestras voces añosas, ese ovillo interminable de comentarios, shshshshsh, más despacito, no la vayan a despertar, ese rumor adornado ahora con una tibieza nueva, con un rubor, como si nuestras voces hubieran resucitado con los ritos previos al nacimiento, una liturgia en que ningún hombre puede participar.

Sí. El embarazo de la Iris es un milagro. Una vez establecido el hecho, nadie lo discutió: aceptamos con toda facilidad la ausencia de un hombre en el fenómeno de la gestación. ¡Con qué alegría olvidamos el acto mismo que engendró al niño, sustituyéndolo por el milagro de una encarnación misteriosa en el vientre de una virgen, que destierra al hombre! Necesitamos rechazar la idea de que un hombre intervino. Tenemos que alejar el miedo de que un padre venga a reclamar a su hijo. ¿Por qué vamos a compartir el hijo con un hombre si es una la que sufre, él no sabe criar, es una la que se sacrifica, el hombre sólo tuvo el placer de engendrarlo, un placer sucio, efímero, que si alguna vez sentimos, lo dejamos olvidado allá lejos, detrás del placer de ser madre, las que tuvimos esa dicha? La Iris es casta. Ningún hombre tiene derecho sobre lo que lleva en su vientre. Que nadie sepa. Que nadie la vea. Aquí en el sótano que nos preparó el Mudito, tan bueno el Mudito, qué hubiéramos hecho sin él, estamos realizando nuestra plenitud al planchar y doblar pañales para el niño, tejiendo chales, muchos chales para no tener que envolver a la criatura en trapos cualquiera cuando haga frío, es peligroso que se resfríen los niños chicos aunque dicen que ahora hay unos supositorios que cortan los mocos en un par de días, hay

que comprar de esos supositorios, y sujetamos blondas con lazos de seda a los cortinajes que caen del
baldaquino de pirinolas de bronce, y aquí tienes el
hule para que el colchón no se pudra con los meados
porque los colchones podridos son harto hediondos y
este sótano no es mucha la ventilación que tiene, habrá
que hacer baberos con esta seda tan bonita, tan fina,
seda celeste porque va a ser niño, no, los baberos de
seda no sirven para nada porque después no se pueden
lavar a mano, no ven, y no vamos a estar mandándolos
a la tintorería cada vez que la guagua los ensucie y las
guaguas ensucian muchos baberos, varios cada día, pero
si la seda se lava pues Amalia, cómo va a ser tan tonta
que no sabe ni eso siquiera, la seda natural, la fina
de veras, hay que rociarla bien rociadita y se deja orear
un poco y entonces, después, con la plancha no muy
caliente...

5

NO ES QUE oyera pasos ni voces, ni que sintiera que me vigilaban en los pasillos que me levanto a recorrer en esta Casa insondable. Pero poco a poco se me fue ocurriendo, y después advertí, que alguien había comenzado a recorrer los patios, las habitaciones huecas, los pasadizos, igual que yo. No eran las viejas, guarecidas desde temprano en sus covachas, ni las monjitas, que caen agotadas, sin fuerzas ni para rezar en cuanto las asiladas se encierran en sus patios.

Eras tú. Lo adiviné desde el principio. No te veía ni te oía, pero me acometió la certeza de que tú, tu cuerpo infantil y obsceno y mal lavado, estaba compartiendo el mismo espacio que me envolvía a mí. ¿Por qué? A estas horas debías dormir como las demás huérfanas y no andar vagando despierta, caminando quizás, o detenida, a veces no muy lejos de donde yo caminaba. ¿Por qué merodeabas los pasillos en la noche? ¿Sólo simulabas, entonces, participar en el miedo de las viejas por la oscuridad, telarañas, cucos, imbunches, derrumbamientos, asaltantes, don Clemente, perros malos, huecos en que una cae, gitanos que se roban a los niños, cosas negras, cuco, cuco...? ¿Por qué me seguías? ¿O me perseguías? No, no me perseguías. Era sólo que una presencia, y esa presencia tenía que ser la tuya, iba invadiendo el equilibrio de mi vacío nocturno, donde nada me rozaba, ni siquiera recuerdos, ni siquiera deseos, donde ninguna presencia se ofrecía a mi vulnerabilidad. Te tienes que haber levantado de tu cama sin que las otras huerfanitas se dieran cuenta para cerciorarte de que todas las noches me quedo rondando por la Casa hasta muy tarde, a veces toda la noche, porque yo no duermo, y te pusiste en mi camino sin mostrarte al comienzo, sólo obligándome a sentirte ocupando el espacio de la noche, mi comarca, exigiéndome que te siguiera sin verte, como un perro sigue la pista insinuada por un olor.

De día, yo iba cruzando un patio para acudir a taponear un tubo roto que amenazaba inundar un claustro, y te veía a ti, jugando al luche con tus compañeras, al lado del tilo... antes de seguir me quedaba mirándote desde la sombra del corredor, por si me dieras un indicio o me hicieras una señal. Ni siquiera sé si me veías. Aunque quizá me hayas visto, porque sabes mirar sin mirar, y saber sin darte cuenta que sabes. No estoy enamorado de ti. Ni siquiera despiertas en mí una de esas nostalgias aberrantes que los hombres de mi edad sienten con la proximidad de una vida joven: eres un ser inferior, Iris Mateluna, un trozo de existencia primaria que rodea a un útero reproductor tan central a tu persona que todo el resto de tu ser es cáscara superflua. Pero tu presencia en la Casa exigía mi atención en forma tan perentoria, que tuve que dejar de quedarme esperando encontrarte por casualidad durante el día y comencé a inventar maneras de toparme contigo, esperando una señal. No me mirabas. No me veías. Estoy acostumbrado a ser una presencia sobre la que los ojos se resbalan sin que la atención encuentre nada en qué fijarse. ¿Por qué me seguías, entonces, si ni siquiera me ibas a conceder existencia con una mirada?

Hasta que una tarde te encontré sola en un corredor, jugando a hacer bonetes triangulares con grandes hojas de diario. Te pusiste un bonete, sonriéndome con esa estúpida sonrisa tuya que revela un incisivo roto, como si ponerte ese cucurucho fuera la gracia más grande del mundo. No recuerdo más de tu cara esa tarde. Pero no puedo olvidar que me hirió la amenaza del puño en alto y la expresión feroz del líder barbudo que vociferaba desde el pasado irrecuperable del bonete de hojas de diario.

Fue la señal que inició el terror: el líder barbudo me perseguía con sus esbirros armados de carabinas, malolientes, vengativos, por los corredores, en la noche, con su amenaza de crueldad y de sangre. ¿Qué había hecho yo para que me amenazara, quién era yo? Nada, nadie, no soy nada ni nadie. ¿De dónde lo conocía, fuera de las noticias en los diarios atrasados que el Arzobispo manda a la Casa en camiones para que no se pierdan, Madre Benita, los diarios y revistas y libros, por muy viejos que sean, siempre sirven para algo? ¿Qué me exigía esa figura apocalíptica que llenaba la Casa? En la noche no me dejaba en paz en las galerías, gritándome insultos, cobarde, lameculos, apollerado, vendido, arrastrando todo su séquito revolucionario que recitaba las letanías de las tragedias del mundo por mis pasadizos, invadiendo mi soledad, arrinconándome, convocando a una multitud alborotada que irrumpió en mi mundo con la intención de despedazarlo.

Al formar tu bonete de papel, plegando la hoja de diario como lo hiciste —no me negarás que sabías muy bien lo que estabas haciendo y para qué— dejaste ese rostro, esa amenaza, dirigida directamente hacia mí.

Pero esta Casa es muy grande. El poder acumulado por la quietud de las viejas, que llena este vacío con la voluntad de sus amuletos, es disolvente, y las multitudes se fueron perdiendo en esta inmensidad, silenciándose, hasta que quedó sólo el líder barbudo con su mano en alto durante unas cuantas noches, antes de volver a su calidad de bonete, de noticia, regresando a la dimensión de papel viejo y dejando en su lugar tu presencia clara ahora, con la mano alzada junto al muro que hay entre el patio de la palmera y la calle. Los focos de un auto que pasó afuera relumbraron verdes en las astillas de vidrio erizadas para impedir que alguien escale el muro y entre a la Casa, o salga. Bajaste la mano: imposible. Y seguiste rondando por la oscuridad, segura, sin miedo, obligándome a ir detrás, eso es lo que querías, que te siguiera, que hiciera lo que tú hacías, que nos detuviéramos para escuchar a alguien que, muy tarde, regresaba a su casa silbando una canción. Sabías que me quedé acechándote detrás

de una mampara sin que me vieras. Hubieras podido
sorprenderme ahí, pero preferiste no hacerlo. Mejor no
verme. Viéndome, tendrías que reconocerme y tú me
conoces como el Mudito que barre y arrastra el carro
con trastos viejos, mire, Madre Benita tendría que ir
a delatarte entonces, mire lo que hace esta chiquilla
en vez de estar acostada durmiendo, me levanté porque oí un ruido y creí que podían ser ladrones y era
ella, qué tiene que andar haciendo levantada a estas
horas, hay que castigarla, que la vigilen... No, te con-
venía más no verme.

Todas las noches me arrastrabas de un lado de la
Casa a otro, para mirar los reflejos de los faroles de
la calle sobre las tejas, para escuchar las bocinas, para
oír a los niños que en las noches ahogantes del verano
jugaban en las veredas al qué quería su señoría, man-
dandirun dirun dan, yo quería uno de sus hijos, man-
dandirun dirun dan, y qué nombre le pondremos, man-
dandirun dirun dan... yo siguiéndote a todas partes, no
fueras a perderte, no fueras a quedarte encerrada para
siempre en una habitación secreta, no fueras a desaparecer, no fuera a quedarme sin la solución del enig-
ma de nuestros paseos nocturnos, juntos pero sin vernos... abrir las puertas condenadas que suben al piso
de arriba, desclavar esas tablas en cruz, forcejear para
que cedan, pero no cedieron a tus tirones, abre esta
puerta, ábremela, no seas malo, qué te cuesta abrirme
una puerta para subir a ver lo que hay arriba, lo que
se ve desde el otro piso, que yo jamás he visto. Hasta
que una noche, después de varias noches que acudías
a esa puerta y te parabas frente a ella y después te
ibas, probaste abrirla de nuevo y encontraste los clavos flojos y las tablas cedieron porque yo había comprendido tus órdenes, las había cumplido, y abrí la
puerta condenada para que subieras a rondar las galerías del otro piso, y te abrí el dormitorio de los veinte catres, y desclavé las ventanas para que miraras la
ciudad. Mi sometimiento te aplacó. Encontré el bonete de papel tirado en el barro del patio, y lo quemé. El
olor a barbas chamuscadas pronto se disipó en la brisa.

Subías todas las noches a mirar la calle desde la
ventana. Amistaste con los chiquillos del barrio. Dialo-

gaban a gritos, bailabas en el alféizar para un grupo siempre renovado que se reunía para aplaudirte. Ya no circulabas sin dirección por la Casa. Teniéndote arriba, volcada hacia la calle, con la espalda vuelta hacia mí, la paz de los corredores y las galerías volvió a acogerme.

Sé que cuando uno cede ante una exigencia, uno se humilla, y por lo tanto el aplacamiento es sólo momentáneo, que el monstruo ávido vuelve a desnudar sus garras para exigir más y más y más y más. Yo sabía que la Iris Mateluna iba a dejar muy pronto de ir a la ventana, e insatisfecha me iba a exigir otra cosa, o lo mismo pero más, más, que ibas a renudar tus persecuciones por las galerías en la noche, buscándome para obligarme a darte lo que me ibas a exigir y yo no quiero obedecerte, Iris Mateluna, no eres más que un trozo de carne dotada de tropismos, ya has olvidado a tu padre que degolló a tu madre en la cama en que los tres dormían, como vas olvidándolo todo, sustituyendo cada deseo elemental por otro, luz encima de un muro, después ventana a la calle, ahora... no podía dártelo y para que no me lo exigieras huía hasta perderme en la hondura de la Casa. Pero nunca logré perderme, siempre me encontrabas y me obligabas a seguirte, enredándome en los pasillos que yo creía ser el único para quien no eran laberinto, haciéndome perder el rumbo en esta Casa, que es mi Casa, que conozco como la palma de mi mano, hasta que, cuando creí haberte conducido a un recoveco donde iba a encerrarte para siempre, me encontré, de repente, en el patio de la portería. ¿Cómo?

Me escondí entre las matas de cardenales que decoran las rocas simuladas de la gruta de Lourdes. Te vi quitarle la tranca al portón. Luego te oí mover el cerrojo, sin forzarlo, sólo para comprobar lo que ya sabías, que estaba con llave como todas las noches, click, click, click, pero sobre todo para indicarme tu nueva exigencia. No, Iris. Es demasiado. Apreté las llaves en el bolsillo de mi guardapolvo. No tenía por qué obedecerte. Al fin y al cabo jamás me habías visto seguirte. Sólo lo adivinabas, y si tu venganza por no obedecerte se hacía pública bastaba con fingir ignorancia. Te quedaste esperando, haciéndote la que jugabas con una piedra, como al luche, dándome tiempo para que te abriera la puerta. No lo hice. No te obedecí. Y desapareciste por el claustro, saltando en una pata y dándole con el pie a la piedrecita. Habías dejado la puerta de la calle sin tranca. En cuanto vi que ya no estabas corrí a trancar la puerta, es mi deber, lo he estado haciendo noche a noche durante años y años. No me gusta que la puerta de calle quede sin tranca en la noche.

Hiciste lo mismo varias noches. Sacabas la tranca, abrías y cerrabas el cerrojo aunque sabías perfectamente bien que lo encontrarías con llave —el click, click, el mensaje era lo importante— y luego te alejabas rumbo a tu patio. Dejabas la puerta sin trancar. Yo volvía a trancarla en cuanto desaparecías. Hasta que una noche no te fuiste a tu patio. Te debes haber escondido un momento para engañarme, y a los tres minutos, en cuanto tranqué y me escondí, volviste a la puerta que encontraste ahora con la tranca puesta. Ni siquiera te molestaste en manipular el cerrojo. ¿Para qué, si me habías descubierto?

—Mudito.

Iris, respondí. No me oíste porque mi voz no se oye. No salí de la gruta. Pero con tu artimaña me habías obligado a aceptar la complicidad. La noche siguiente, en cuanto la Casa se durmió, fuiste a la puerta. La encontraste sin tranca. Y sin llave. Te observé: no hiciste ningún movimiento de más ni demostraste sorpresa. Abriste el portón y saliste a la calle.

Me quedé esperándote entre las rocas de cemento desteñido. Cerrar. Echar llave y trancar por dentro. Inventar rápidamente una leyenda que explicara tu desaparición, te robaron los gitanos, te comió el cuco, huiste con el asesino que es tu padre, te devoró la oscuridad de la Casa, te caíste a una noria, te perdiste en los entretechos, quedaste encerrada en algún baúl en que te metiste a hurguetear, creerían cualquier cosa y sólo yo sabría que te dejé afuera, en manos de los carabineros, que te entregarían a los doctores para que te descuartizaran, pieza por pieza, tienes un cuerpo joven, hay mucha gente que necesita tus órganos y el doctor Azula está siempre ávido de glándulas y úteros, de ojos, sobre todo de ojos, porque busca unos ojos que no puede encontrar y que don Jerónimo le exige que encuentre y se los entregue, y así, descuartizada, injertada pieza por pieza en los cuerpos de otros, repartida, dejarás de existir.

Pero antes que yo actuara para entregarte a los verdugos, la puerta se abrió y entraste después de menos de diez minutos afuera, canturreando en voz bastante alta, demasiado alta, como si ya no te interesara el secreto porque yo, tu cómplice, tenía la misión de protegerte. Al pasar frente a la Virgen de Lourdes te santiguaste sin suspender tu canción, negra, negra consentida, mueve tu cintura, muévete para acá, ni el ritmo de tu paso. Ni siquiera ibas sonriendo como si hubieras cometido una fechoría. Nada. Cantabas. Bostezabas. Y desapareciste.

Fui a trancar y a echarle llave al portón. Ni siquiera te habías molestado en cerrarlo: lo encontré abierto de par en par, la noche terrible transcurriendo apaciblemente afuera.

DE VEZ EN CUANDO le dejaba la puerta de la calle abierta para que saliera. Me quedaba esperando su regreso, a veces horas y horas, hasta el amanecer, oculto entre las rocas de mampostería de la gruta. Pero yo ya no me quedaba en la Casa: la Iris, afuera, abriéndose camino por la maraña de lugares que iba recorriendo, de perros insaciables, de casas y edificios muy altos desde donde la acecharían, de puentes, de avenidas, de autos, de algazara, iba arrastrándome para entregarme a don Jerónimo.

Porque me arrastraba. Como a un perro. Amarrado a una cadena para que la siguiera a todas partes y la obedeciera, ciego y sin voluntad, atado para que no me fuera a bajar a la calzada y un auto me atropellara, con un collar con puntas para adentro de esos que usan para amaestrar a los perros, uno no puede hacer otra cosa que obedecer porque el collar hiere cuando uno resiste y las púas dejan el cuello sangriento si a ellos se les antoja tironear la cadena y uno resiste un

poco, aunque sea muy poco, hasta que por fin, con el
cuello llagado, uno ya no es capaz de resistir más y
obedece porque duele demasiado no obedecer y pretender tener voluntad y deseos propios hasta que por
fin, para que no duela y no sangre mi cuello cuando a
ella se le ocurra darle un tirón a la cadena y las púas
me pinchen, llego a olvidar que alguna vez, en el pasado, lejos, lejos, quizá tuve voluntad o intenté desobedecer cuando aún comprendía lo que es desobedecer.
Yo no la desobedezco. La Iris es cruel y a veces hace
que el collar de púas me pinche el cuello por el gusto
de verme sufrir, siguiéndola desde lejos pero sin per-
derla de vista aunque sin dejar que ella me vea a mí,
dejándola libre para que hable con sus amigos... alguien le compra una cocacola... entra al negocio donde
los muchachos del barrio se reunen a jugar en los
futbolines y a vender y a cambiar revistas usadas...
le enseñan bailes nuevos y canciones de moda... juegan al emboque y a las bolitas y le leen novelas... Sigue al Gigante para ayudarlo a repartir volantes multicolores: *Almacenes Martín Pescador. Facilidades de
pago. Colchones. Camas, Frazadaas. Menajes. Los precios son tan bajos que hay que agacharse para mirarlos*. Gina, la amiga del Gigante le dicen en el barrio.
Todo tan ingenuo, tan infantil.

    ¿Y si don Jerónimo llegara a saber que la Iris me
anda arrastrando por las calles? Lo más probable sería
que no me reconociera, transformado en el perro de
la Iris, despojado de todo lo de Humberto salvo del
principio activo de mi mirada, que el doctor Azula no
pudo extirpar. ¿Y si sus secuaces sorprendieran eso,
mis ojos, en la cara del perro de la Iris? Entonces se
apoderarían de mí, esta vez para siempre, no puedo
esperar más, Humberto, estoy envejeciendo, el doctor
Azula con sus cuchillos y sus ayudantes de mascarilla
y vestidos de blanco están listos, todavía a mi servicio,
esperando el momento de encontrarte, ahora sí que
tienes que devolverme eso mío que guardas. Hay gente
disimulada en los umbrales, gente suya, un hombre
que de pronto, al doblar una esquina, se encuentra conmigo y finge acariciarse el bigote, pero no se lo está
acariciando, se lo está pegando con goma porque es

un bigote falso para que yo no lo reconozca, como si pudiera reconocer, no reconozco a nadie, ni a Emperatriz, me debe vigilar desde las ventanillas de los autos que pasan, sus colmillos babosos, las arrugas concentradas en su frente de enana, buscándome, cada uno para lo suyo, y la Peta Ponce, la más peligrosa, la más implacable, la más feroz, la más difícil de distinguir porque la puedo confundir con cualquier vieja, sus pisadas no se oyen, sabe desaparecer, vieja lasciva que no me dejas en paz, yo me río de ti porque vivo sirviendo a viejas que son como tú, pero que no me conocen en la situación que me conociste tú y por eso me dejan tranquilo adentro de la Casa, soy otra vieja más, don Jerónimo, soy el perro de la Iris, déjeme descansar, no me acose, yo ya lo he servido, ser testigo también es ser sirviente, usted sabe que los sirvientes se quedan con una parte de sus patrones, sí sabe, cómo no lo va a saber si yo me quedé con lo principal suyo cuando usted me tuvo a sueldo como testigo de su dicha. La perfección de la pareja feliz se desarrollaba allá lejos, remota como un panorama de montañas soberbias pero intocables que mantenían mis ojos encadenados por esa admiración y esa codicia que Jerónimo y que Inés conocían y necesitaban. No eran capaces de vivir sin la presencia de mi mirada envidiosa creando su felicidad, el dolor de mis ojos que los contemplaba iba suministrando la dicha que ellos consumían. No fue a mí —yo era descartable—, fue a mi envidia que don Jerónimo tuvo a sueldo durante tantos años. Pero yo me quedé con la mirada cargada de poder, eso es mío, no se la doy, no voy a permitir que me la quiten, por eso la escondo aquí en la Casa, para que usted no me la quite, don Jerónimo, para que jamás vuelva a acercarse a la dicha, y por eso nunca más voy a salir a la calle con la Iris, ni siquiera disfrazado de perro, aunque me patee y me azote para que la obedezca, no saldré, me quedaré aquí donde estoy, quieto como un santo de yeso entre estas rocas de mampostería.

El Gigante y la Iris eran la pareja feliz. Mi mirada se cebaba en ellos, adivinando las minucias de esa relación que se hizo exclusiva porque la Iris adoraba a su

Gigante, se va a casar conmigo les contaba a las huérfanas, miren su retrato que sale aquí en esta revista de Mickey Mouse, ven, aquí lo viene siguiendo el perro Pluto, éste es él, el Gigante, que pasa por el barrio varias tardes a la semana y lo espero en el balcón del piso de arriba para citarnos a gritos, más tarde, Gigante, cuando se hayan acostado las viejas, espérame un poco, ya voy a ir a reunirme con tu figura portentosa que domina a todos los que andan por la calle.

Se sentaban en la cuneta para conversar. No sé de qué. No se me ocurre de qué se puede hablar con un ser como la Iris Mateluna, que no conoce más que su propio cuerpo, porque lo demás, su pueblo, su madre muerta, su padre presidiario quedaron olvidados en otra encarnación que nada tiene que ver con la encarnación presente, la de la amiga del Gigante que ni siquiera se llama Iris, sino Gina, es más moderno, Gina, Gina, báilanos un bailecito moviendo harto las tetas, Gina, aquí mismo, en esta esquina, ya Gina, muévete bien movida...

Debo decir la verdad: Romualdo, al principio, porque no es un muchacho malo, fue afectuoso como un hermano mayor con la Iris, como si le tuviera lástima. Le contaba cosas... los caballeros turcos dueños de los Almacenes Martín Pescador eran buenos, cuando alguien iba a hacer una compra importante diciendo que el Gigante les había dado uno de sus volantes multicolores, los caballeros turcos me pasan una propina, me dejan dormir en el Almacén, me ponen una colchoneta a la entrada y me dan las llaves, tienen mucha confianza en mí, soy sereno además de Gigante, y algunos días vengo a este barrio y otros días a otro, pero me gusta más venir por aquí, me gustaría vivir en este barrio, cuando gane más voy a buscarme una pieza en una pensión por aquí pero quién sabe cuándo irá a ser eso, claro que a veces me escondo en un sitio que hay más abajo por esa calle para dormir siesta, quién se va a estar fijando, hay un auto viejo, puro chasis, sin ruedas ni motor, y me meto en el auto y duermo siesta.

Yo lo seguí hasta el baldío. La cabezota de cartonpiedra pintado presidiendo en el asiento delantero. Él, en posición fetal, dormía en el asiento de atrás. Metí la mano por la ventanilla sin vidrio. Toqué suavemente los ojos pintados del Gigante. Romualdo despertó gritándome:

—Déjame...

Lo dejé.

—¿Qué querís?

—Nada.

—Córrete, entonces.

Salí despavorido, tapándome la boca con una mano y agarrándome la garganta con la otra, por las calles que mi voz zanjó en un abismo entre las caras de esas personas que eran todas don Jerónimo, el doctor Azula, Emperatriz, la Peta, gente cruel que me iba a delatar a la Madre Benita, que le contaría al Padre Azócar que toda mi vida era fabulación, el Mudito habla, siente deseo, tiene la mirada potentísima, sabe cosas, oye, es un rufián, un ser peligroso, y entonces me quitarían las llaves, estas con que me encierro aquí para que nadie me alcance ni me descubra, sí, llamarían por teléfono al Arzobispo que se pondría en comunicación con don Jerónimo para que viniera a llevarme, porque yo ya no salía arrastrado por la cadena de la Iris, sino solo, por mi cuenta, como si hubiera olvidado que el doctor Azula me va a extirpar los ojos, que conservará vivos y videntes en un frasco especial para entregárselos a don Jerónimo y entonces, sólo entonces, él se olvidará de mí y me dejará regresar al montón de basura a que pertenezco, porque mi mirada es lo único que le interesa, prescindió siempre de todo lo demás, pero no de mi mirada, dolorida, nostálgica, envidiosa, lo demás de mi persona no le importaba nada, nada, nada, esa palabra delatora que se me había escapado iba quemándome la garganta.

Encerrado en mi patio y metido en mi cama no me encontrarían. Fiebre, temblores, las viejas me arroparon con trapos como a una guagua. La garganta hinchada me hubiera impedido hablar aunque quisiera. Imposible tragar con este dolor. Las papilas de la lengua enrojecidas, el paladar sangriento, la laringe áspera, nada, nada, envuélvanme, viejas, arrópenme bien para que no tirite de fiebre, para no poder mover los brazos ni las manos ni las piernas ni los pies, apúrense, viejas, cósanme entero, no sólo la boca ardiente, también y sobre todo mis ojos para sepultar su potencia en la profundidad de mis párpados, para que no vean, para que él no los vea nunca más, que mis ojos consuman su propio poder en las tinieblas, en la nada, sí, cósanmelos, viejas, así dejaré a don Jerónimo impotente para siempre.

LAS VIEJAS ME dieron unas agüitas de lo más eficaces para sanarme. La María Benítez me hizo tocaciones con azul de mitileno: mi boca era una caverna que no me atrevía a mostrar porque hasta las viejas se reían de mis labios morados y de mi lengua gris, otra tocación, María, aunque no la necesite, porque con la boca azul no me voy a atrever a salir a la calle porque me creerían loco y me llevarían a la Casa de Orates... no podemos seguir haciéndote tocaciones para siempre, Mudito, ya no tienes fiebre, podrías levantarte si quisieras, estás mejor, y mira, mira el sol, mira qué rico está este solcito de otoño...

Yo conocía las costumbres del Gigante. Era flojo. A pesar de sus historias de propinas fantásticas, su paga miserable y su trabajo lo tenían insatisfecho. Era agotador, además de humillante, transitar por las calles con la cabezota ridícula, repartiendo volantes que no le interesaban a nadie salvo a los niños, doblándolos y redoblándolos los transformaban en botecitos que hacían flotar por los hilos de agua que en invierno se escurrían junto a las cunetas. Trabajaba lo menos posible. En verano el calor dentro de la cabezota lo sofocaba. Cuando hacía frío tiritaba bajo su traje de percala. En el Ford abandonado en el baldío improvisó una especie de hogar: tarritos ennegrecidos para calentar el té, revistas manoseadas, naipes para solitario, en el parabrisas pegada la fotografía de un melenudo conjunto musical, la cabeza del Gigante cercenada del cuerpo reposando en el asiento delantero. Yo merodeaba para mirarla. Miraba a Romualdo dormir. Pero no quería que durmiera y de nuevo toqué sus ojos.

—¿Otra vez? ¿Qué mierda querís?

La cabeza del Gigante. Eso es lo que quiero. Arrendártela, Romualdo, para ponérmela y con ella cubriéndome formar parte de la pareja feliz. Ibas a preguntarme para qué la quería, pero te detuviste a tiempo en medio de la frase para preguntarme, mejor, cuánto. Mil. Una sonrisa lenta bajo tus bigotes negros descubrieron tus dientes blancos, mojados... sí, pero no, imposible, esto del Gigante es mi trabajo, los caballeros turcos son dueños de la cabeza, es muy fina, mira, de cartonpiedra livianito, todo pintado al duco, brillante, ves, los caballeros turcos me vigilan para que haga bien hecho mi recorrido y reparta los volantes, no ves que esto es publicidad... es de ellos la cabeza del Gigante, no mía, si fuera mía, bah, te la prestaba con mucho gusto, pero no es mía....

—Mil quinientos.

—¿Por cuánto rato?

—No sé, una hora, un par de horas...

—Hecho.

La pregunta «para qué» te picaba en la lengua, pero en fin, qué tengo que andar metiéndome en lo que la gente hace, este gallo es harto rarífico, hay que ver la voz que tiene y la boca morada como la del oso polar del zoológico... y mil quinientos no le vienen mal a nadie. Quién se va a estar fijando que no soy yo el Gigante si la gente ya ni mira al Gigante en la calle cuando pasa, y además me prometió que va a ir repartiendo los volantes igual que si fuera yo.

—Hecho.

Sacas la cabezota del asiento delantero del Ford, la máscara descomunal, colorada, pecosa, de payaso, títere, demonio, muñeco, ojos saltones y risotada fija que muestra un par de dientes de conejo.

—Bueno. Entonces te voy a vestirte.

—Bueno.

—Pasa los mil quinientos.

Se los entrego. Romualdo me entrega un par de pantalones de percala floreada. Me los pongo.

—¿Ahora la chaqueta?

—No, la cabeza primero, después la chaqueta, para que te tape las tiras con que voy a sujetarte bien sujetada la cabeza.

Me la pones por encima, ritualmente, como el obispo mitrado coronando al rey, anulando con la nueva investidura toda existencia previa, todas, el Mudito, el secretario de don Jerónimo, el perro de la Iris, Humberto Peñaloza el sensible prosista que nos entrega en estas tenues páginas una visión tan sentida y artística del mundo desvanecido de antaño cuando la primavera de la inocencia florecía en jardines de glicinas, la séptima bruja, todos nos disolvimos en la oscuridad de adentro de la máscara. No veo. Ahora, además de carecer de voz, no tengo vista, pero no, aquí hay una ranura en el cuello del Gigante, por donde tengo que ir mirando. A nadie se le va a ocurrir buscar mis ojos en la garganta de este fantoche de cartonpiedra.

—No, si cómoda no es, para qué te voy a decir una cosa por otra, y tú eres tan enclenque. ¿Pero ves que no es tan pesada como parece al principio? Es que es fina, el cartonpiedra es delgadito, de primera. Tenís que acostumbrarte a ir mirando por el hoyo, eso es lo principal. La cosa es que no te vayai a estrellar por ahí y me abolles la cabeza, mira que el patrón tiene malazas pulgas y esta cabeza es muy valiosa. Ya, ahora la chaqueta.

El oficiante se retira inclinado, respetuoso. La chaqueta también es floreada, pero de un floreado distinto, como si hubieran confeccionado mis galas ceremoniales con retazos de percala desteñida. Doy un paso hierático, dos, sujetándome la corona con las manos, pero pronto me doy cuenta que no es difícil mantenerla allá arriba porque es mi propia cabeza, sí, siento la brisa que la acaricia y mi mano que toca mi mejilla, adiós Romualdo, hablo claro y alto, veo la ciudad rodeándome tan benigna como la Casa porque nadie podrá descubrirme bajo este disfraz. Lo veo todo desde mi altura heroica, mayor que la de don Jerónimo, con mis maravillosos ojos de cartonpiedra allá arriba contemplando las torres de cristal de mi reino. Me meto por una calle cualquiera sin preocuparme de mirar el nombre para poder regresar sin perderme, sé que no me voy a perder porque el Gigante no se pierde en su reino.

Es la hora más pálida del día. Si no sucede algo

para salvar las cosas, todo puede desvanecerse ante
mi estatura descomunal. La cuadra larguísima es una
sola pared con puertas a intervalos regulares, malva-
lilarosalimón, trechos de colores distintos alrededor
de cada puerta marcan las casas distintas, plantas, un
banco, la llave de agua que gotea, la artesa, la escobilla
de rama, la señora que compró cocina de gas licuado, la
begonia en la tetera abollada, cada puerta revela un
mundo distinto, y la fila de nogales sin hoja a lo largo
de la vereda por donde vienen la Gina con el Gigante
caminando juntos y riéndose y ella le pide un cocacola
que él le compra y la Gina tira volantes de colores que
no se distinguen a la luz engañosa de esta hora y la
Gina gira entre la lluvia de volantes que caen, para
atrapar los papeles que ella misma ha tirado por el
placer de girar entre papeles multicolores. Una mujercita saca un brasero a la vereda. El agua que corre
a lo largo de la cuneta refleja la llama azul que va a
encandilar los carbones para transformarlos en as-
cuas. La Gina le da un volante.

—¿Es circo, señorita?
—No, es película.
—¿Usted quién es?
—Soy Gina, la Pantera de Broadway.

Las figuras embozadas que cuchichean en las esquinas y las voces y los ruidos amortiguados esperan
un sortilegio para desplegarse y hacerse verdaderos.
La Iris no me conduce, yo la conduzco a ella porque
lo conozco todo a pesar de la penumbra de las calles
abiertas. Más allá una vieja se encuclilla encogida
como una gárgola soplando sobre los carbones de otro
brasero... la cola de chispas invade la calle, es el re-
suello crepitante que sale de la boca de esta bruja
benigna para encender los faroles que iluminan nuestro tránsito, y la magia estridente de la electricidad
cambia de repente el signo de las cosas, el celeste es
violeta, el rosa es púrpura, el limón anaranjado y las
figuras apostadas en las esquinas como conspiradores...
las reconozco, la electricidad las desvela, a mí no, sigo
siendo el Gigante que conoce a todo el mundo en el
barrio, los Cuatro Ases fumando en una esquina no
conspiran contra nadie, son Aniceto, Anselmo, Andrés,

Antonio, ya pues Irma, suelta a tu pololo no seai sin-
vergüenza no ves que se prendió la luz, y seguimos por
la vereda donde aparecen más mujeres a encender sus
braseros, soplan y comentan, mírala, la chiquilla de la
Casa, la que baila, Gina dicen que se llama, no es cier-
-to, se llama Iris, es la amiga del Gigante, crucemos al
otro lado de la calle, y nos tomamos de la mano y durante un instante los focos de un auto que frena logra
transfigurarnos, iluminados, funambulescos, más grandes y más bellos que lo cotidiano que las horas van de-
teriorando, mientras que a nosotros, esos focos, en ese
segundo de la frenada, nos aíslan y nos preservan, y no
oímos los gritos indignados del chofer, que sigue hasta perderse en la realidad de otras esquinas. Conduzco
a la Iris hasta el baldío. Nos encondemos detrás del
Ford.

—Hagamos nanay.

Nada en mí titubea. Ni mis manos encendidas ni
mi sexo entusiasmado mientras ella acaricia mi mejilla de cartonpiedra, ni mi peso que la aplasta obligán-
dola a contonearse con los ojos bajos, eres mi amor,
quiero casarme contigo porque eres tan lindo, porque
es tan rico el nanay que me estás haciendo, no me
dejes, más .nanay, más y yo le doy más y más amor
porque puedo darle todo el amor hasta hartarla... hasta que sea hora de separarnos, tengo que irme, Gigante, te prometo que voy a salir contigo toda una
noche para ir a reírnos y bailar juntos, sí, Gina, y te
voy a comprar cosas lindas, cuándo, Gigante, dime
cuándo, no sé, no puedo prometerte nada porque no
sé cuándo voy a poder volver a este barrio otra vez
porque si me pillan los caballeros turcos entonces me
van a echar de la pega, no ves que tengo que recorrer
todos los barrios cerca de los Almacenes Martín Pescador, qué saco con recorrer siempre el mismo barrio
si lo que yo hago es publicidad y para eso me pagan,
cuándo, entonces, Gigante, no sé, no sé, bueno, te espero todas las tardes en la ventana del piso de arriba,
voy a estar cateando para ver si vienes y así salir a
juntarme contigo, hazme una seña y bajo... adiós, Gigante, rico el nanay, adiós Gina, y quedo esperándote escondido entre las rocas de la gruta.

6

YO SOY EL padre del hijo de la Iris.

No hay milagro. Tengo algo que don Jerónimo, con todo su poder, jamás ha logrado tener: esta capacidad simple, animal, de engendrar un hijo.

Yo espiaba la venida de Romualdo. Me las arreglaba para que la Iris pudiera salir, salía yo al poco rato, cambiaba mi cabeza por la cabeza del Gigante y hacíamos nanay. Romualdo había comenzado a comprarse un reloj-pulsera a plazos, pagándolo con el dinero que yo le daba a cambio de prestarme la cabeza del Gigante. Después que la María Benítez examinó a la Iris y dijo que sí, que claro que estaba esperando, no digo yo si estas chiquillas de ahora quedan preñadas con oler un par de pantalones, esa misma tarde le dije a Romualdo que no volvería a necesitar la cabeza del Gigante.

—¿Y mi reloj?

Me encogí de hombros.

—¿Cómo voy a terminar de pagarlo?

No le contesté. Quería que él mismo encontrara la solución para que no me pudiera culpar de nada.

—Voy a tener que arrendarle la cabeza a otros cabros.

Exacto. Justo. Bravo, Romualdo, eres el intermediario perfecto. La Iris ya tenía a mi hijo adentro. Era necesario demoler el resto inútil de su persona que rodeaba ese útero ocupado por mi hijo. Miré a Romualdo. ¿No había llegado demasiado sin titubear a la solución precisa? Le propuse que usara él mismo la cabeza del Gigante para hacer el amor con la Gina.

—Yo no necesito ninguna máscara para culiarme a esa cabra medio tocada.

Le pregunté si ya lo había hecho.

—No.

No le creí. Necesitaba tener la certeza absoluta de que el hijo de la Iris era mío. Le propuse una apuesta. Si lograba seducir a la Gina sin la cabeza del Gigante yo le daría el dinero para que pagara todo lo que le faltaba de su reloj.

—Hecho.

Lo vi todo desde la ventanilla de atrás del Ford. Cuando Romualdo comenzó a sacarse la cabeza, la Iris aulló chonchón, chonchón, que no vaya a volar, brujo, malo... y la cabeza cayó al suelo. Romualdo trató de atracar a la Iris contra la maleta del Ford pero ella le rasguñó la cara, gritando y llorando y cruzándose de piernas y mordiendo las manos de Romualdo que querían agarrarle los pechos. Romualdo enardecido y furioso con la sangre y la pelea. Yo me puse la cabeza mientras peleaban. Me puse mi vestidura de percala para acudir a salvarla de las manos del perverso, llevándomela abrazada por la calle, consolándola, sí, es malo ese hombre, es pecado meterse con uno que no sea el Gigante, yo soy el único bueno, Gina, toma los volantes para que los vayas repartiendo, toma, te traje estas revistas de regalo, mira, quieres que te lea esta novela tan linda que sale aquí en *Cariño*, toma una cinta de terciopelo celeste para el pelo y un par de medias, una cocacola, un helado de tres colores.

Romualdo me dijo que muy bien, que le había ganado la apuesta. Me confesó que ahora ya no estaba tan inquieto por lo de su reloj porque tenía dos clientes para la cabeza, dos cabros que le iban a dar no mil quinientos, claro, pero sí mil... quién sabe para qué querían la cabeza del Gigante, él no iba a estar metiéndose en los gustos de los demás.

Como yo la dejaba salir con mucha frecuencia, la Iris pronto se hizo una clientela estupenda en el barrio. Yo me escondía adentro del Ford para verla hacer el amor conmigo, chillando de placer, revolviendo los ojos, riéndose, acariciándome la mejilla, revolcándose en mi mirada. La reputación de la Iris no tardó en extenderse por toda la ciudad. Acudían de barrios lejanos para hacer el amor con ella. Al principio llegaban artesanos y colegiales, después pijes en autos. Más tarde, vi a caballeros en coches manejados por choferes de uniforme, diplomáticos de chaquet, generales con charreteras brillantes, académicos de la lengua con el pecho cubierto de condecoraciones y entorchados, canónigos panzudos y calvos como bolas de grasa sobada, terratenientes, abogados, senadores que peroraban sobre la lamentable situación del país mientras hacían el amor, artistas de cine maquillados como putas, comentaristas de radio que sabían la verdad absoluta. Trocaban sus lujos por mis galas, sus rostros por el mío que los revitalizaba, para refregarse con la Iris y hundir sus manos en esa blanda carne enamorada de mí, que yo veía ceder a mis presiones y caricias desde la ventanilla de atrás del Ford. Una vez, vi bajar de su Mercedes Benz a don Jerónimo de Azcoitía, hablar con Romualdo, pagarle y ponerse mi cabeza. No tuve miedo: el útero de la Iris ya pertenecía a mi hijo. Al contrario, le tuve compasión, porque desde que lo dejé hace tantos años, lo intenta todo, cualquier cosa, hasta las más estrafalarias, para recuperar su potencia que yo conservo guardada en mis ojos. Ya no es tan joven. Sus secuaces le buscan oportunidades y experiencias aberrantes a las que se somete desesperado. Pero es inútil. Usted sabe que es inútil, don Jerónimo, hasta que yo se lo permita, y el pobre permanece encerrado dentro de sí mismo sin posibilidad de conectarse, el sexo fláccido como una manga sin brazo.

Al verlo y no sentir miedo, supe inmediatamente que tenía que correr un riesgo que valía la pena: autorizarlo para que, disfrazándose de mí, hiciera el amor con la Iris Mateluna. Bastaba que yo lo mirara mientras hacía el amor, que me colocara por unos instantes en mi viejo papel de testigo de su dicha y de sus triunfos.

Mi cabeza se lo tragó. Y cuando llegó la Iris, arrimándola al muro, se revolcaron juntos, pero nada, qué te pasa, mi lindo, que ya no me quieres que no se te para, quieres a otra, no, no, espera, estoy cansado, es-

pera un poco, a través de la percala del traje que le
quedaba estrechísimo llegó hasta mí la angustia de su
urgencia, su desesperación implorando mi ayuda, invo-
cando mi nombre, codiciando mi mirada. Cuando sentí que su angustia iba a estallar, me asomé por la ventanilla del Ford para que me pudiera ver a mí, a Humberto Peñaloza, al que lo acompañaba a las casas de
prostitución cuando Inés estaba embarazada y él temía
tocarla para que nada estropeara la perfección del niño
que iba a nacer, vamos, Humberto, acompáñame, y me
tenía ahí, mirándolo gozar con cualquier puta, diciéndome mira qué macho soy, Humberto, mira cómo la
hago gozar, apuesto que tú no podrías hacerla gozar
como la hago gozar yo con mi potencia descomunal y
la fuerza de mis brazos y la pericia de mis piernas y
mis manos y mi lengua y mis labios, mira, Humberto,
mírala, oye cómo chilla, te das cuenta que eres un pobre tipo porque no puedes despertar el ardor que yo
sé despertar, el dolor te azota y te hiere, deja que la
nostalgia quiebre todo lo que permanecía en pie en ti,
siente tristeza porque eres incapaz de lo que yo soy
capaz... de lo que era capaz, don Jerónimo. Ya no.
Hoy sí, porque yo le permito que vea mi rostro encuadrado en la ventanilla del auto, y el dolor de mis ojos
mirándolo, el dolor que sigue habitando mis pupilas:
por eso pudo hacer aullar de placer a la Iris Mateluna.

No soy incapaz de imaginar el tormento de inde-
cisión que sintió don Jerónimo al verme: dejar a la
Iris allí mismo, interrumpiendo su único acto de virilidad en muchos años, para perseguirme y apoderarse
de mí por fin; o permanecer con la Iris, y al gozarla,
perderme, y perderse a usted mismo para siempre. Fue
un segundo en que me vio, y supo que era yo, no una
alucinación. Huí a esconderme en la Casa. Ya no voy
a salir nunca más. ¿Para qué? Todo está listo y dispuesto, y mi plan trazado: nada me costará convencer
a don Jerónimo que mi hijo, que va a nacer del vientre de la Iris Mateluna, es suyo, el último Azcoitía año-
rado y esperado y buscado en el vientre de Inés que se
negó a producirlo. Don Jerónimo lo reconocerá. Le
dará su nombre y sus tierras. Será dueño de esta Casa.
La salvará de la destrucción, y seguirá igual, un labe-

rinto de murallones carcomidos y solitarios donde yo
podré permanecer para siempre.

¿Qué diría mi padre, mi pobre padre, profesor primario, si supiera que un nieto suyo, un hijo mío, un
bisnieto del maquinista de un tren que con su tizne
de carboncillo unía dos o tres poblachos del sur, va a
ostentar el apellido Azcoitía? No, no, Humberto, hay
que respetar el orden, no se puede engañar ni robar,
para ser caballero hay que empezar por ser honrado.
No podemos ser Azcoitía. Ni siquiera tocarlos. Somos
Peñaloza, un apellido feo, vulgar, apellido que los sai-
netes usan como chiste chabacano, símbolo de la ordinariez irremediable que reviste al personaje ridículo, se-
llándolo para siempre dentro de la prisión del apellido
plebeyo que fue la herencia de mi padre. Porque tuve
padre, don Jerónimo, sí, aunque usted no lo crea, aunque jamás se preocupó por investigar ni preguntarme
sobre ese hecho innegable, yo tuve padre, y tuve madre, y tuve una pobre hermana que fue lo primero que
desapareció, tragada por un matrimonio vergonzoso
pero necesario con el dueño de la papelería de la esquina donde yo compraba mis primeros cuadernos para
garabatear versos, y ella postales de Cleo de Merode.
Pastora Imperio y la Bertini, perdida ahora y quizá ya
muerta en el pueblo más lluvioso de las provincias del
sur. Mi padre sólo recordaba a su propio padre, el maquinista de la locomotora, más allá sólo la oscuridad
de la gente como nosotros, sin historia particular de
la familia, pertenecientes a la masa en que las identidades y los hechos se borran para gestar leyendas y
tradiciones populares. No recordaba nuestra historia,
era sólo un Peñaloza, un profesor de chiquillos consen-
tidos que le trizaban los nervios. Oigo la voz de mi
padre bajo nuestra lámpara fétida de parafina. De noche, después de haber comido cualquier guiso que
tenía más de la imaginación de mi madre que de en-
jundia, mi padre trazaba planes para mí, para que de
alguna manera llegara a pertenecer a algo distinto a
ese vacío de nuestra triste familia sin historia ni tradiciones ni rituales ni recuerdos, y la noche nostálgica
se alargaba en la esperanza de su voz que ansiaba legar-
me una forma, y la gotera insistente que caía del techo

en una bacinica lo iba contradiciendo empecinadamente. Mi padre me lo explicaba todo. Me lo exigía sin exigírmelo, con la vehemencia de su mano tierna pero pudorosa que quería tocar la mía sin atreverse a hacerlo sobre la carpeta bordada por mi hermana, que lograba disimular la ordinariez pero no la cojera de nuestra mesa. Sí, papá, sí se puede, cómo no, se lo prometo, le juro que voy a ser alguien, que en vez de este triste rostro sin facciones de los Peñaloza adquiriré una máscara magnífica, un rostro grande, luminoso, sonriente, definido, que nadie deje de admirar. Y como compadeciéndome en mi empresa inútil, mi madre levantaba la vista por un segundo para mirarme, y luego la volvía a concentrar en la enagua de alguna ricachona de barrio que estaba remendando. Alguien. Ser alguien. Mi madre supo desde el primer instante que yo jamás iba a ser alguien. Quizás por eso, pese a sus sacrificios para apoyar nuestros sueños en que no creía, la he olvidado tan completamente. Jamás me sentí ligado a ella, permanecía en la periferia, cuidándonos, pero jamás se hundió en lo que nos arrastraba a mi padre, a mi hermana y a mí. Ser alguien. Sí, Humberto, me decía mi padre, ser un caballero. Él tenía la desgarradora certeza de no serlo. De no ser nadie. De carecer de rostro. Ni siquiera poder fabricarse una máscara para ocultar la avidez de ese rostro que no tenía porque nació sin rostro y sin derecho a llamarse caballero, que era la única forma de tenerlo. Él sólo tenía la dicción ridículamente cuidadosa de un maestrito de escuela y la angustia por pagar sus deudas a tiempo, cosas que después supe no son atributos esenciales de los caballeros. Me decía allí, bajo la lámpara, en el frío con olor a guiso y a cosas que se han ido ablandando con la humedad, me repetía, claro que él no era un iluso ni un ingenuo de modo que se daba cuenta de que yo jamás iba a poder llegar a ser un caballero de veras, como ese señor, por ejemplo, que esta mañana figuró en el diario firmando el tratado de límites con un país colindante, o como esos señorones que promovían leyes de censura o de fomento industrial o agrícola, ni como los que efectuaban transacciones de minas y tierras, manejando este país minúsculo donde *todos se conocen* y donde, sin embargo, nadie, absolutamente nadie salvo otros profesorcillos, nadie salvo el carnicero de la otra cuadra y la verdulera de más allá, nadie que fuera *alguien* nos conocía a nosotros los Peñaloza... no, no era un tonto ni un iluso que aspiraba a que yo fuera un caballero como ellos porque daba por descontado que eso era imposible, uno nace caballero, lo es por Gracia Divina, y al fin y al cabo, pasara lo que pasara, yo sería siempre un Peñaloza y él no era más que un profesor primario con el traje nublado por la tiza del pizarrón y mi abuelo no había sido más que el maquinista de una locomotora que echaba mucho humo pero tragaba pocas leguas. No. Eso no. No aspiraba a tanto. Pero quién sabe si con sacrificio y empeño yo pudiera llegar a ser algo siquiera parecido, un remedo que consiguiera tender un puente cualquiera con tal que fuera honrado, para rozarlos a ellos. ¿Por qué no? ¿No se hablaba tanto del surgimiento de la Clase Media en nuestro país? ¿Quién sabe si perteneciendo a la Clase Media —pronunciaba esas palabras con una reverencia sólo menor a la reverencia con que pronunciaba la palabra caballero— pudiera llegar a ser algo semejante? Abogado, por ejemplo, notario o algo así, o juez. Y pasar a la política. Era cosa sabida que muchos jóvenes como yo, carentes de relaciones, dinero, parentescos y presencia, jóvenes de origen tan desconocido como el mío y con apellidos casi, casi tan ridículos como el mío, se habían afirmado en la política para saltar la barrera y llegar a ser *alguien*, huyendo del limbo poblado por los que carecen de facciones. Mi padre no pudo huir. Nunca siquiera lo intentó. El mundo de los otros, de los que eran *alguien* por derecho propio, *gente conocida*, tenía para él proporciones mágicas y resonancias fabulosas. ¿Cómo es posible que la imaginación de mi pobre padre, enclenque y cuadriculada en otras cosas, fuera tan efusiva en este sentido? Cómo cenaban. Cómo eran sus casas. Qué decían y con qué palabras y pronunciadas cómo. Dónde iban en la tarde de un domingo o de un día cualquiera. Gastaba la plata que mi madre ganaba tomando un poco de costura en comprar todas las revistas y los diarios, y de pronto se

tentaba con algo carísimo, como un número de *La Esfera*. Mientras esperábamos la comida bajo la pantalla
de caireles rotos —mi hermana gorda y holgazana sus-
piraba leyendo poemas de Villaespesa, mirando las elegancias dibujadas por Bartolozzi, las descripciones de
García Sanchiz de algunas mujercitas envidiables, entre ingenuas y depravadas, que recibían a sus amigas
para hablar de amantes en sitios misteriosos llamados
boudoirs— mi padre volvía las hojas de los diarios, leyendo, absorbiendo, impregnándose, especulando en
voz alta sobre esos seres de rostros indudables porque los estaba viendo reproducidos sobre papel, porque
él, que no los conocía personalmente, los reconocía,
que oyéramos lo que nos contaba sobre ellos, que sin-
tiéramos el veneno de la tristeza monótona que su sueño iba inyectando en nosotros. Recuerdo sus ojitos
miopes detrás de las gafas al leernos las noticias, esos
ojos cuyo color no recuerdo porque naufragó en la persistencia de su nostalgia.

Mucho después, cuando él ya no existía si es que
alguna vez existió y todo esto no es invención mía,
pude comprobar que sus obsesiones eran pura fábula,
porque la gente que era *alguien*, la gente con rostro,
era casi igual a nosotros: también ellos solían comer
cebolla, las sillas en que se sentaban eran muy poco
menos feas que las nuestras, el refinamiento que lo
deslumbraba no existía más que en un puñado de familias algo viajadas. La mayor parte de la *gente conocida* resultó ser campesinos ignorantes y avaros, usaban palabras groseras, sus farras en los prostíbulos
eran ruidosas, azotaban a sus mujeres, las engañaban,
eran, en realidad, bastante parecidos a nosotros y a los
demás profesorcillos y al carnicero y al verdulero. Pero
si entonces alguien lo hubiera insinuado delante de
mi padre, no lo hubiera creído. Él sabía otras cosas. Él
leía todos los diarios. Sabía muy bien las cosas tremen-
das que eran capaces de promover, excluyéndolo a él
y a nosotros. ¿Cómo no iba a dolerle esta exclusión,
cómo no iba a dolerme a mí, viendo cuánto le dolía
a mi padre? Porque mi pobre padre no era un arribis-
ta, don Jerónimo, no permito que lo crea ni por un segundo. Ni siquiera puedo decir que era un ambicioso

que codiciaba bienes materiales: jamás se le ocurrió proponerme hacer fortuna mediante el comercio, por ejemplo, para llegar a ser *alguien*. No, mi padre era otra cosa, era un fantaseoso, un obsesionado, un ser desesperadamente excluido de sus propias fantasías... Vivía en una constante contemplación de esa barrera infranqueable que nos separaba de la posibilidad de ser *alguien*. Sí, no vaya a atreverse a creer otra cosa, mi padre era un desgarrado, un excluido, un triste, un dolorido. Y en los coches que en las tardes pasaban al trote rumbo al parque, desde la esquina donde nos apostábamos para verlos, me iba señalando a esos afortunados que poseían rostro propio sin tener que matarse, como iba a tener que matarme trabajando yo, para adquirirlo: me enseñó a reconocer a esos caballeros bigotudos reclinados junto a damas fabulosas que para mis ojos de niño eran manchas fugaces bajo sombrillas rosa o color limón.

Una mañana mi padre me llevaba de la mano por el centro porque con unos ahorritos acumulados por mi madre escéptica que sin embargo cosía y cosía, me iba a comprar mi primer traje oscuro para que desde chico sintiera la exigencia de vestir como caballero. Y una camisa blanca y una corbata negra de nudo hecho y un par de zapatos de charol: la tenida honrada que nace con destino al brillo en el asiento y en los codos. Inflamado con el ímpetu de su nostalgia que se iba a apaciguar durante quizá unos instantes al comprarme un disfraz de caballero, yo lo acompañaba feliz, como si ese traje nuevo me fuera a abrir una ventana sobre un paisaje insospechado donde todo era posible, sí, por qué no papá, voy a ser alguien, un gran abogado, un gran político, mire las notas excelentes que saco en el colegio, oiga lo que mis profesores dicen de mis adelantos en historia, en inglés y en francés y en latín, sí, estudiaré, haré todo lo que usted me proponga, se lo prometo, encarnaré su sueño para que no sufra más, no soporto sentir esa tristeza que usted siente. El traje que íbamos a comprar tenía que ser bueno, durable, holgado para que no me quedara chico demasiado pronto, poco vistoso para que la gente no se diera cuenta de que era mi único traje, y lo más barato posible.

Nos parábamos para mirar las vitrinas de las tiendas elegantes del centro aunque sabíamos que no era allí, sino que pagado a plazos en alguna tienducha de nuestro barrio donde su firma no sería sospechosa, donde yo iba a adquirir mi primer disfraz. Pero era primavera. Las mujeres vestían ropas ligeras. Nada costaba mirar las vitrinas llenas de cosas suntuosas.

De pronto mi padre me dio un tirón de la mano. Yo seguí la dirección de esa mirada suya a la que uní la mía. Por la vereda avanzaba entre el gentío alegre de esa mañana un hombre alto, fornido pero gracioso, de cabello muy rubio, de mirada airosa encubierta por algo que yo interpreté como un elegante desdén, vestido como jamás soñé que ningún hombre osara vestir: todo era gris, muy claro, perla, paloma, humo, zapatos alargados, polainas de gamuza, y unos guantes ni grises ni cáscara ni amarillos ni blancos, piel pura, suavísima, casi viva. Llevaba los anteojos de carrera terciados al pecho, un guante puesto y el otro empuñado. Al pasar junto a mí en el gentío mañanero ese guante que usted llevaba empuñado me rozó aquí, en el brazo, justo en este sitio: lo estoy sintiendo ahora, quemándome todavía después de tantos años, debajo de estos harapos que también esconden la herida de un balazo.

Entonces, al mirarlo a usted, don Jerónimo, un boquete de hambre se abrió en mí y por él quise huir de mi propio cuerpo enclenque para incorporarme al cuerpo de ese hombre que iba pasando, ser parte suya aunque no fuera más que su sombra, incorporarme a él, o desgarrarlo entero, descuartizarlo para apropiarme de todo lo suyo, porte, color, seguridad para mirarlo todo sin miedo porque no necesitaba nada, no sólo lo tenía todo sino que era todo. Yo, en cambio, no era nada ni nadie, eso me había enseñado la tenaz nostalgia de mi padre. Él pronunciaba las sílabas de su nombre: Jerónimo de Azcoitía, que logré descifrar de su tartamudeo, mirándolo siempre, hambrientos los dos, mientras usted se paró en las gradas del Banco para hablar con un grupo de amigos y saludar, levantando su chistera gris, a una que otra persona conocida que iba pasando.

Seguimos camino sólo porque no podíamos quedarnos parados ahí, contemplándolo para siempre, que es lo que él y yo queríamos. Mi padre suspiró. Tan cerca de nosotros que había pasado. Y nosotros sin conocerlo, sin poder saludarlo, sin conocer siquiera a alguien que conociera a alguien que lo conociera, para que por lo menos mencionara nuestro nombre en su presencia. No sólo porque eso bastaría para hacerme una carrera si don Jerónimo se dignaba colocarme como una ruedita en uno de los muchos engranajes que manejaba, ahora que por fin había regresado de Europa, y, según decían, estaba a punto de casarse. No fue sólo por eso que suspiró mi padre esa mañana, don Jerónimo. También suspiró por lo otro, por la nostalgia incurable de su mirada dolorida que comenzaba a dolerme incurablemente a mí. Mi padre suspiró por el dolor de lo inasible, de una idea fantástica, abstracta, por la pena que causa lo inalcanzable, por la humillación que produce saberse incapaz de alcanzarlo, por esa pena suspiró mi padre esa mañana, don Jerónimo, por esa nostalgia.

—QUIUBO, TITO. ¿Cómo te fue?

—Malazo.

—¿Y por qué?

—No me dejó. Se reía todo el tiempo porque una perra que se metió adentro del Ford nos miraba desde la ventanilla, y después salía y le langueteaba la pierna, y a mí me tironeaba los pantalones. Mira, me los rajó **aquí.** Y la Gina se estrujaba de la risa, la tonta. Después, cuando creí que la tenía bien atracada, porque creímos que la perra se había ido, apareció otra vez la perra mirándonos desde la ventanilla, como con cara de risa, langueteándose el hocico y moviendo la cabeza como si estuviera saboreándose, fíjate, y entonces me dio toda la risa y no pude, y la Gina también se puso a reírse y se subió los calzones y yo me quedé con todas las ganas…

—¡Puchas la lesera! Mala pata, cabro, para otra vez será. Yo voy a conseguirte una mina buena de veras. Pero es culpa de la Gina. Esa perra amarilla siempre anda siguiéndola y dicen que a otros cabros también les ha echado a perder el asunto. Así no vale. Voy a hablar con el Romualdo. Te tiene que devolverte la plata.

—Claro. Si ni las tetas alcancé a besarle.

Gabriel es el hermano mayor de Tito, el dueño del negocio de revistas y novelas de segunda mano. Ha logrado comprar dos futbolines donde los chiquillos del barrio están jugando. Romualdo se rasca el bigote mientras prepara una jugada magistral. Alega, gritonea, dirige, desplazando más aire con sus gestos que el resto de los muchachos. Es un poco mayor. Piensa comprar una motoneta. Algunos cabros se aburren de jugar con él porque es tan prepotente, se cree, comentan, no sé de qué se puede creer Romualdo pero ha cambiado mucho desde que compró reloj... mejor ir a los estantes donde sacamos revistas, las hojeamos, las devolvemos a los estantes, sacamos otra, se la mostramos a alguno que está acodado en el mostrador o sentado junto a la Gina en el escaño. Después de salir de la escuela pasamos la tarde en la tienda de Gabriel, sobre todo en las tardes cuando oscurece temprano, con el pretexto de que quizá compremos una novela, pero primero tenemos que hojearla bien hojeada para ver si nos conviene. La Gina se deja acariciar las piernas por el que le está leyendo. Tito escondió mi cabeza y mi traje de percala detrás del mostrador: su cara es estrecha como la de un pájaro, manchada de acné.

—Oye, Romualdo, le tenís que devolverle la plata a mi hermano. La Gina no lo dejó hacerle ni una cosa.

—Mira, cabro, yo no sé qué cosas habrá querido hacer el Tito con ella, yo apenas la conozco. Yo le arriendo la cabeza del Gigante al que quiera, pero no sé para qué me la arriendan, eso es cosa de cada cabro, así es que a mí no me vengai con cuestiones.

—No te vengai a hacer el inocente aquí, oye.

—Si tu hermano fuera bien hombre, bien macho, se la hubiera culiado bien culiada no más.

—Mi hermano es cabro chico, así es que no vengai a hablar mal de él... cuidadito.

Los Cuatro Ases se acercan a oír.

—Sí, huachito. Yo no tengo la culpa de lo de la perra amarilla esa. El Tito me arrendó la cabeza del Gigante, yo le hice precio por ser hermano tuyo, pero yo no tengo por qué saber para qué me la arrendó. No me interesa.

Hemos dejado las revistas porque aquí va a haber pelotera, y abandonamos los futbolines. Los Cuatro Ases quieren mucho al Tito. No van a estar aguantando que un gallo como el Romualdo lo estafe, si el Tito no es más que un cabro chico y quiso saber cómo es la cuestión... claro, de alguna manera hay que empezar. Aniceto es el que está más enojado.

—Cafiche de mierda.

Romualdo le da un bofetón en el ojo. Los otros tres Ases se lanzan sobre él, pero Romualdo se desprende, no me vengan con huevadas, la Gina es una puta y ni Gina se llama, qué tengo que ver yo con ella, déjense de cuestiones cabros de porquería, por meterme con guaguas como ustedes me pasa, ya, me voy, dónde está mi cabeza, me llevo mi cabeza y no vuelvo nunca más por este barrio. Andrés se mete detrás del mostrador y reaparece con mi cabeza puesta, sujetándosela con las manos, bailando.

—¡Sácate mi cabeza, cabro de mierda!

—*SU* cabeza, *su* cabeza, la cabeza del perlas, mírenlo no más... la cabeza de don Romualdo...

Gabriel lo encara. Todos nos metemos en la discusión porque esto va a pasar a más, la cosa se está poniendo buena. No seai desgraciado, Romualdo, todos en el barrio sabimos lo que hacís con la Gina y con la cabeza del Gigante aprovechando que la cabra es medio tocada del cerebro. Que se vaya el Romualdo, decimos todos, a nadie le va a hacer falta en este barrio, desde que se compró reloj con cadena dorada se cree, claro que lo de la motoneta nadie se lo traga, que se vaya Romualdo, es un cafiche de mierda. Pero que primero le devuelva su plata al Tito.

—No se la devuelvo.

Andrés se saca mi cabeza.

—Entrégame mi cabeza te digo. Total, me voy y aquí no ha pasado nada... más punga este barrio...

—¿Ah, sí? ¿Punga? Don Romualdo quiere *su* cabeza fíjate, no le desobedezcamos que ahora está tan importante y se va a comprar una moto.

—¿No dicen que se anda comprando uno de esos autos grandes, negros, con chofer y todo?

—Me pareció oír que prefería uno de esos convertibles blancos...

—O colorado.

Nadie le hace caso a la Iris que está chillando por-

que ve que Andrés ha tirado mi cabeza al suelo. Cesó
el tacataca de los futbolines. Ya Gina, quédate tranquila, no seai huevona, alguien que la sujete que está
como loca, y no nos va a dejar hablar con *don* Romualdo.

—Oye, Anselmo, fíjate que *don* Romualdo, porque
ahora que es dueño de la cabeza del Gigante y que se
está comprando auto hay que decirle *don* con todo respeto, don Romualdo dice que por favor tengan la
bondad de dejarle *su* cabeza de Gigante porque se la
pueden manchar.

—Qué raro. Yo ni sabía que era de él. Yo creía que
el tal Romualdo era un muerto de hambre no más, un
cafiche de mierda que no tenía ni donde caerse muerto.

—¡Cómo se te ocurre, oye!

—Cuidado, Antonio, no le vayai a hacer nada a la
cabeza de *don* Romualdo, que es muy fina.

—Déjenmela, mierda...

Gabriel se adelanta.

—No vengai a gritar aquí, Romualdo. Y tú también,
Gina, quédate callada, no seai huevona. Pueden venir
los carabineros y me van a cerrar, no ven que soy clandestino, no pago patente. Ya, Gina, cállate, mierda, su-
jétenla pues cabros que no deja ni hablar.

La Iris se tira al suelo para abrazarme. El polvo
del piso me pica en los ojos. Andrés me toma, me comienza a golpear como si fuera un tambor mientras los
otros tres Ases y el Tito improvisan un baile tom-tom-
tom-tom como si sus palmadas no me dolieran tom-
tom-tom levantan a la Iris del suelo tom-tom para que
sin dejar de llorar baile con ellos al ritmo de los azotes
que me están dando en la cara tom-tom-tom-tom-tom
ya Gina échale no más, más, otra vuelta más y Romualdo rompe nuestro grupo para atacar a Andrés, que me
deja caer al suelo. La Iris gime, defendiéndome de los
demás que quieren levantarme, todos queremos apo-
derarnos de la cabeza del Gigante porque el jueguito
este se está poniendo divertido de veras y entre todos
derribamos a Romualdo. Los Cuatro Ases lo sujetan
boca arriba en el suelo, patalea, escupe, pero pronto
deja de patalear y escupir. Ya no hay necesidad de suje-
tarlo. Pone su mano sobre mi nariz ganchuda. Allá

arriba lo rodea el círculo de nuestros rostros de muchachos, divertidos, amenazadores, la Iris con los ojos borrosos de lágrimas. Gabriel le dice a Romualdo:

—Degenerado.

Romualdo abre sus ojos despojados de su precisión negra. Lentamente se incorpora un poco sobre un codo. Los Cuatro Ases se lo impiden, pisándolo. Queda tendido otra vez, sin tocarme ahora, los ojos cerrados, los músculos lacios, las greñas revueltas, la ropa hecha jirones. Sólo sus labios se mueven:

—La culpa la tiene otro gallo, no yo...

Quiere delatar al Mudito. Quiere explicar quién es, él lo inició en este juego que está terminando. Pero no sabe quién soy. Nadie en el barrio me conoce porque no salgo nunca. No saben que estoy protegido por las paredes de cartonpiedra de la cabeza del Gigante, mirándolo todo.

—¿Qué otro gallo?

No puede explicar. Dice:

—La Gina es una puta.

—Oye, Gina, don Romualdo está diciendo cosas feas de ti...

—¿Quién? Es el chonchón... bah, está picado porque no lo dejé hacer nanay conmigo. Es más pesado, por suerte el Gigante me defendió...

—¿No es cierto que es un muerto de hambre?

—A mí nunca me regala nada.

—Métele miedo, Gina...

La Iris ruge, hace morisquetas horripilantes arriscando los labios y apretando los dientes y enmarañándose el pelo.

—Grrrrr, soy la Pantera de Broadway, grrrrr, y te voy a comerte vivito grrrrrrr...

—Cómetelo, Gina.

—Patéalo.

—Grrrrrrr, soy la Pantera...

El grupo que formamos para presenciar el espectáculo se ha estrechado tanto alrededor de Romualdo y la Iris que nuestras piernas me ocultan... hace cinco minutos que no me ves, Iris, y ya te has olvidado de mí: eres la Pantera de Broadway, la que baila en las esquinas y en la ventana de la Casa, arrastrada por este nuevo juego que borra los anteriores y los suplanta, bailando una danza salvaje alrededor del cuerpo yacente de tu víctima. Desde el suelo, entre las canillas, veo que te sacas los zapatos, que levantas tu pollera para lucir tus muslos, que contoneas el trasero, aplaudimos entusiasmados, siempre te aplaudimos, pisoteas al Romualdo y nosotros también ponemos un pie encima de su pecho si intenta incorporarse. Andrés me busca y me encuentra.

—Mira, Romualdo, mira esta cosita tan linda que me encontré. ¿La querís? Toma, pelotéala, Aniceto...

Mi cabeza vuela por el aire, Aniceto la recibe, me lanza y me agarra Antonio, que me lanza otra vez, vuelo, vuelo, mis orejas nervudas batiendo el aire sobre los chiquillos que juegan conmigo como si fuera una pelota descomunal, Tito, Gabriel, la Iris aterrada chilla el chonchón, el chonchón, el Romualdo es brujo y transformó en chonchón a mi Gigante y sigo volando, volando liviano convertido en chonchón, volando de mano en mano hasta que alguien me deja caer al suelo. El golpe me magulla una oreja. No tengo manos para tocarme ese pedazo de cartonpiedra gris que duele ahí donde la pintura se raspó.

—Cuidado con mi cabeza, cabros de mierda les digo.

—La cabeza del precioso...

—No se la vayan a ensuciar, rotos...

—Mira, Romualdo. ¿Ves? Se está descascarando aquí en la oreja. Mejor que le saquemos todo ese pedacito.

De un tirón Anselmo me arranca un pedazo de oreja y lo exhibe ante nuestros gritos y aplausos. La Iris se lo arrebata. Se arrodilla gimiendo para ponerme el pedazo de oreja de nuevo pero no puede, no se pega, y alguien le da una patada y después pisotean ese pedazo de mi oreja. La Iris queda hincada junto a mí, llorando porque ya sabe lo que va a pasar, lo que nosotros, calientes con la juerga, vamos a hacer conmigo y yo no tengo manos para defenderme ni piernas para huir, sólo ojos para mirar y esta fina piel de pintura para sentir los golpes.

—Miren, miren lo que hicieron, la oreja, el patrón

me va a matar, la hicieron tira de adrede, desgraciados, me van a tener que pagar la compostura.

—No tiene compostura, Romualdo. Estai frito.

Me van pasando de mano en mano, me dejan caer al suelo, me tiran al aire, la Iris me persigue para salvarme, la dejan que me tome, me arrebatan de sus manos, no, no, que no maten al Gigante, es bueno, me vuelven a hacer volar, magullado, dolorido, raspado, el cartonpiedra gris revelado bajo los colorinches de mi piel pintada, me dejan caer al suelo, se me parte el sombrero, eso por lo menos no duele. Romualdo se arrastra hasta los pies de uno de nosotros, donde he quedado: Anselmo. En el mismo momento en que Romualdo me va a cubrir con su cuerpo para defenderme Anselmo me empuja con su pie y me manda rodando hasta los pies de Aniceto, que pregunta:

—¿Quiubo, le vai a devolverle la plata al Tito?

—No.

En respuesta, Aniceto me da una patada en medio de la cara, su pie se incrusta en mi carne desgarrada que apresa ese pie que me está deshaciendo, ya no tengo rostro otra vez, mis facciones han comenzado a disolverse, van a desaparecer, apenas veo con mis ojos trizados, voy a quedar ciego, pero no ciego porque nada de mí va a quedar, Aniceto comienza a andar con su pata metida adentro de mi cara, me pisotea por dentro, cojea, los demás nos retorcemos de la risa, oye, puchas que estruje, qué divertido este huevón de Aniceto y el tonto del Romualdo persiguiéndolo en cuatro patas por el suelo para pescar la cabeza, como si fuera otra cosa que un montón de jirones de cartonpiedra ahora, como si pudiera salvarla, abollada, raspada, despintada y la tonta de la Iris persiguiendo a Romualdo, persiguiendo a la cabeza y a Aniceto, para qué la querrá ahora que no sirve para nada más que para tirarla a la basura, tratando de quitársela a Aniceto la raja más todavía y chilla de terror, mira, se quedó con el sombrero en la mano, póntelo, Gina, te queda grande, baila, Gina, con el sombrero del Gigante puesto, baila, así, así me gusta mijita, dame el sombrero para ponérmelo yo, a mí, no, a mí, yo quiero, partámoslo, yo una oreja, no, no, por favor, qué van a decirme los caballeros turcos, cómo voy a pagar la cabeza del Gigante si soy pobre y por culpa de ustedes me van a echar de la pega, ustedes me van a tener que pagar la cabeza, miren, un pedazo de ojo, cabros desgraciados voy a llamar a los carabineros para que los metan presos a todos empezando por ti, Gabriel, que soi clandestino así es que ándate con cuidado, atrévete no más Romualdo desgraciado, si vienen los carabineros nosotros les vamos a contar que andai explotando a esta pobre huevona de la Gina que es menor de edad, y todos nosotros somos menores de edad, tú tenís veintiún años y no te hai presentado para el servicio militar, mírenla cómo llora como tonta la cabra huevona, con la nariz del Gigante en la mano, baila con la pichula, Gina, baila, déjate de llorar, ya, no seai lesa y baila te digo. Tírame otro pedazo de la cabeza, Gabriel, a mí, Antonio, a mí, Tito, yo quiero la otra oreja, estos dientes de conejo, rájalos, uno para ti y uno para mí, y cuando los carabineros vengan y les contemos que andai explotando a la Gina que se cree bailarina porque la pobre cabra ni se da cuenta que es puta, a los carabineros no les va a gustar nadita lo que les contemos, así es que vai a ser tú el que va a salir perdiendo, ya, alguien que vaya a llamar a los carabineros, a nosotros no nos va a pasar nada, a ti sí, por cafiche, por degenerado. No, Gina, no te vayai para que hagai declaraciones cuando vengan los carabineros, mira a Andrés cómo baila con la nariz puesta como pichula, es lo único que queda, a eso estoy reducido, mi enorme nariz transformada en falo, soy un falo lacio, hueco, de cartónpiedra, nada más, yo entero fláccido sin sangre ni nervios, alguien me agarra, ya, suéltame la pichula, para dónde se habrá ido la tonta lesa de la Iris que por arrancarse se está perdiendo lo mejor, salió corriendo porque le tiene miedo a los carabineros, ya, Anselmo, ya, suéltamela, la estai rajando, para qué la hacis tira si ya hicieron pedazos todo lo demás, miren los pedazos en el suelo, todos los trozos plomizos de la cabeza del Gigante que era tan bonita, no, no me destrocen eso, sólo eso queda de mí, déjenmelo, se arrebatan el falo unos de los otros, me rajan peleándose mi falo magnífico, en dos,

en tres pedazos, ya no queda nada y la tonta de la Gina
que se fue, dicen que cierra los ojos y abre la boca
suspirando cuando besa como las artistas y dice rico
el nanay mijito, más nanay, dónde se habrá ido la
Gina en esta lluvia. Ahora que no hay más Gigante
ya no se volverá a asomar al balcón del piso de arriba
para bailarnos, qué lástima, bailaba bien la tonta de
la Gina, eso sí, tonta será pero de bailar, baila con
harta tinca la cabra. Romualdo se arrastra hasta la
puerta. Ya nadie se acuerda de él. Se levanta acezando.
Sólo entonces lo ve Gabriel:

—No te vai a ir.
—Devuelve la plata, Romualdo.
—Ladrón.
—Degenerado.
—Pervertidor de menores.

Antes que los chiquillos alcancemos a secarnos
las lágrimas de risa Romualdo huye por la calle apagada. Nos aglomeramos en la puerta para gritarle degenerado, desgraciado, muerto de hambre, cafiche, ladrón, agitando trozos del Gigante como pañuelos en
una despedida. Ninguno de nosotros trata de seguirlo
porque la lluvia arrecia y Romualdo, en un minuto, se
pierde en una calle sin faroles.

—Bueno.
—La fiesta estuvo buena.
—Valió la plata que te robó...
—Claro, ustedes gozaron y pagué yo.

Gabriel le dice a su hermano que no se preocupe,
que él le devolverá los mil pesos. Los Cuatro Ases le
palmotean la espalda, tranquilízate, hombre, qué son
mil pesos, nosotros te vamos a conseguir una mina
buena de veras, una mina de verdad con la que te puedas meter en la cama en pelota, nada de tonteras de
meterte adentro de una cabeza de cartonpiedra para
culiarte a una cabra atracada a la pared, eso está bueno
para correr mano, claro, pero para culiar nada como
una cama con una mina calentita metida adentro, una
noche entera, no puedo quedarme una noche entera
afuera de la casa porque mi mamá y mi papá se pueden
enojar porque soy muy chico, yo te tapo, Tito, yo la
engaño a mi mamá para que salgai a pasar una no-

che entera con una mina caliente en una cama, como
debe ser, lo demás no vale la pena y yo te voy a dar los
mil pesos para que te consolís y vayai juntando plata
para pagarle a una mina buena de veras.

Nos hemos ido yendo bajo la lluvia. Andrés, de repente, dice que es tarde y sale del negocio. Gabriel nos
pide a los que vamos quedando que lo ayudemos a or-
denar un poco, que su mamá le dijo que muy bien, te
cedo la única pieza de la casa que da a la calle para
tu negocio de compra-venta de revistas y novelas, pero
yo ya estoy vieja y me toca mucho trabajo y no estoy
dispuesta a matarme barriéndote el negocio ni ayudán-
dote en nada. Así es que ustedes, cabros, que fueron los
que hicieron el destrozo, tienen que ayudarme a limpiar.

Gabriel recoge revistas de todas partes. Las va or-
denando en los anaqueles. Alguno manipulea un futbo-
lín, lo deja, y desganado, con el pie, reúne un montoncito de pedazos de Gigante. Aniceto y Anselmo se acercan a los futbolines pero ni siquiera tocan los monigotes, son sólo remedos desoladores de los héroes de
la gesta real. Bostezan, salen del negocio, y sin despedirse se van corriendo bajo la lluvia, cada uno para su
lado. Sólo queda Aniceto ayudando a los hermanos a
reunir los destrozos en los baldes. Si el pedazo que encuentran es demasiado grande y no cabe en un balde
rajan ese fragmento para hacerlo caber. Aquí hay otra
sección de ojo, blanca, con unas puntas negras como de
estrella, y el lóbulo será digo yo de una oreja colorada.
Cuando todo queda limpio Gabriel descubre el traje
del Gigante, exangüe y desteñido, detrás del mostrador.

—Bah. Se nos olvidó esto.

—¿Qué vamos a hacer con él?

—No sirve para nada.

—Regalémoselo a la Gina.

Se ríen.

—Estaba como loca la tonta.

—¿Será cierto que creía...?

—Es puta. Se hace la inocente con lo del Gigante.

Aniceto se queda en la puerta mirando la lluvia, esperando que escampe antes de irse. Comenta:

—No creo. Es rara. Dicen que cuando culea lo hace

como jugando no más, no en serio como otras minas menos ignorantes, y dice nanay, nanay, como las guaguitas. Oye, a veces me dan ganas de ir a decirle a las monjitas, no vaya a pasarle alguna cosa a esta cabra que además dicen que es huérfana.

—No te metai, Aniceto.

—Sí, no te metai.

—Claro, mejor no meterse.

—Ya, ándate, Aniceto, que quiero cerrar.

—Se aburrirá en la Casa.

—El Romualdo, hay que ver cómo estaba.

—A ese sí que no le vamos a volver a ver ni el polvo por este barrio. ¿Qué le irán a decir los famosos caballeros turcos?

—Ya, Aniceto…

—No te quedís hablando ahí.

Está escampando.

—Ya voy. ¿Cuánto hiciste hoy?

—No sé. Creo que no mucho, mañana voy a hacer la caja. Mucho no hago nunca cuando llueve. Y lo que más pica me saca es que algunos vivos se aprovecharon de la toletole que armaron ustedes para robarme unas novelas nuevecitas que me las tenían medio palabreadas.

—Me voy.

Los hermanos no contestan. Las casas de la vereda de enfrente se han amoratado. Las ramas de los nogales ya no son borrones, sino que garabatos a la luz de los faroles.

—¿A qué hora vai a abrir mañana?

—Según.

—A ver si paso.

—Chao, Gabriel.

—Chao.

—Chao, Tito…

—Chaíto.

8

EL SÓTANO ESTÁ tibio y oloroso, iluminado por la
vela que arde en su palmatoria. Las siete viejas ten-
demos a la Iris en la cama. No está nada de bien esta
pobre chiquilla. La Rita y la Dora la desnudan rápidamente, le secan el pelo que es lo más difícil porque lo
tiene crespo, tantísimo pelo que tiene la Iris por Dios
si no se le va a secar nunca y puede pescar una pulmo-
nía con tanto pelo mojado, le ponen ropa abrigadora,
camisa de franela, calcetines, suéter, un chal, qué más,
sí, una botella de agua caliente en los pies pero si el
agua está hirviendo hay que meter una pajita en la
botella, de las pajitas que se sacan de las escobas, para
que la botella no se quiebre con el agua hirviendo. La
María Benítez acerca el brasero. La tapan bien tapada
con chales, qué sé yo qué le habrá pasado a esta chiquilla, empapada como la encontramos, tirada en un
charco de agua en el patio de la portería, sin zapatos
siquiera, quién sabe dónde habrá dejado los zapatos.
Le tocan la frente, la María Benítez nos asegura que no
tiene fiebre, nada grave, arroparla, tilo con limón caliente, cuidarla para que no se le ocurra levantarse
otra vez, chiquilla porfiada, cuando hace viento y frío
y con esta lluvia. Ténganle el tilo con limón para cuando despierte, que la Amalia se lo vaya preparando. Que
descanse. Que duerma.

—No hay que meter bulla.

La Damiana está barriendo. La Dora teje. La Rosa
Pérez, que no sirve para nada, se pone a hacer hilas,

por si acaso, para restañar la sangre, una nunca sabe
con las primerizas, hay que tener cuidado con las primerizas, después, con la segunda, con la tercera guagua
ya no importa tanto, una tía mía tuvo dieciocho hijos.
Nuestras actividades producen rumores blandos, algo-
donosos, sin aristas que puedan golpear el sueño. La
Iris comienza a agitarse:

—Señora Rita...

La Rita se acerca. Todas nos acercamos. La Rita se
sienta al borde de la cama, le acaricia la frente, la Iris
le busca su mano, se la aprieta, nuestros ojos siempre
al borde del llanto se humedecen al presenciar ese gesto desolador.

—¿Cómo se siente, mijita?

La Iris nos mira sorprendida, porque de pronto se
asoma a un mundo horrible, nuevo, los labios temblorosos, el miedo inundando sus facciones tensas. Esconde la mano. Llora un poco, y después más y más,
si parece que se le fuera a partir el alma a la pobrecita, qué será lo que le duele, pero si es como si no le
doliera nada, como si fuera otra cosa, no sé si alguien
le habrá contado que condenaron a muerte a su papá
por asesinato con premeditación y alevosía, sí, oí a la
Madre Benita y al Padre Azócar comentando que lo
iban a fusilar.

—Además salió en el diario.

Todas miramos a la Damiana.

—¿Y cómo sabes tú?

—Lo leí... claro que en el diario de hace como dos
meses y salía hasta la foto del papá de la Iris, nada de
mal parecido... ahora ya estará muerto...

—Apuesto que le dijiste y por eso está así.

—¿Yo? ¿Para qué se lo iba a estar diciendo?

Hemos elegido a la Damiana para que tome el sép-
timo lugar, el de la Brígida, completando el número de
las siete viejas que oficiamos en los ritos de los nacimientos y las muertes. La Damiana es pequeña, casi
enana, de piernas y brazos cortos, la boca enorme desdentada como la de un lactante, la cara una maraña de
arrugas anudadas alrededor de un par de ojitos minúsculos pero brillantes. Sigue barriendo. No tiene
por qué acercarse mucho a la Iris, como nosotras. Es

demasiado nueva, la última de todas. Pero no se puede negar que es bien mandada, está contenta que la elegimos a ella en vez de a la Zunilda Toro a pesar de que dicen que cuando era sirviiente la echaban de todas las casas porque era lo más callejera que hay. Trata de agradar, como si fuera nuestra sirviente.

—Damiana, enhébrame esta aguja que no veo nada.

—Damiana, está hirviendo la tetera...

—Damiana, a ver, supongo que sabrás hacerle hoyo a los chupetes para mamadera, mira, se calienta una aguja en el fuego y se limpia y entonces...

Toma, Iris, este tilo con limón calentito te va a hacer bien y no llores más, qué te pasa, no te des vuelta para la pared, no te arrincones contra esos hombres con barba y carabina que son tan feos... la idea del Mudito de poner justo ahí al lado de la cama de la Iris a esos abocastros, esta chiquilla se va a asustar, mira para este otro lado, no llores, así, calladita, si no pasó nada, duérmete otra vez...

La Iris no se duerme. Se queda con los ojos fijos en el techo y nosotras tratamos de hablar de otras cosas, de canesús y leche agria y flatulencia, pero no podemos dejar de darnos cuenta de que los ojos de la Iris se llenan de lágrimas que le embarran la cara. Los ojos están precisos en esa cara donde, de repente, no queda nada de gordura infantil. La desconocemos. No sabemos qué hacer. Comienza a gemir. La Damiana, minúscula como una laucha, se introduc een nuestro círculo, observa, se acerca al velador donde están los baberos para la guagua, toma uno, y poniéndoselo, se mete en la cuna de bronce adornada con blondas celeste, balbuceando agú, agú, los ojos enormes inocentes, las manitas levantadas pidiendo que la mimen.

—Agú...

—Ya, Damiana, déjate...

—Vas a ensuciar la cuna con tus patas cochinas.

La Iris mira a esa guagua monstruosamente vieja que le ofrece sus bracitos diciéndole mamá, mamá, que le sonríe con sus ojos inocentes pidiéndole que la tome en brazos y que la acaricie porque a las guaguas les gusta que las mamás las tomen en brazos y las acaricien y a las mamás les gusta tomar a sus hijas en

brazos y acariciarlas, que patalea, las piernas vari-
cosas en el aire, los pies nudosos con callos y juanetes,
la cara rayada y manchada que exige caricias, salivando
su vieja saliva sobre el babero primoroso. La Rita en-
juga las lágrimas de la Iris, que se incorpora un poco,
y toma del velador un gorrito blanco con pompón. Se
inclina sobre la Damiana. Se lo pone. Ella berrea y
llora mientras la Iris le amarra las cintas bajo el mentón peludo. Cuando el lazo queda listo, la guagua hace
un mohín. Todas, incluso la Iris, soltamos carcajadas.

—Sácale ese gorro, Iris.
—La Damiana tiene piojos.
—Ese gorro es para tu muñeca.
—La Damiana es mi muñeca.
—Tan fea la cara de tu muñeca.
—Mentira, es linda, y dice mamá...
—Teno fío, mamá...
—Pásenme un chal para abrigarla.

Se lo pasamos. La Iris se levanta de su cama y envuelve las caderas y las piernas de la vieja con el chal.
Upa... upa... ayudamos a la Iris a tomar a la Damiana
en brazos, ataviada con el gorro con pompón, el babero bordado, el chal. La guagua se pone a gemir:

—Hay que pasear a las guaguas para que se callen.

La Iris la pasea de un lado para otro... shshshshsh...
shshshsh mijita shshshsh... hasta que el llanto de la
Damiana amaina.

—Se durmió.
—Va a despertar con hambre.

La Damiana abre los ojos.

—Quelo papa, mamá...

La Iris se sienta en un piso junto al brasero, seria,
concentrada. Desabotona su chaleco. Saca uno de sus
pechos pesados.

—Papa, mamá...
—Chupe, mi guaguita.
—Ya, Damiana, toma tu papa, no te hagai de rogar,
cuándo te vai a ver en otra...

La boca desdentada de la Damiana se une al pezón
de la Iris mientras nosotras nos apretamos el estómago de la risa, esta Damiana, más divertida que la

Menche nos salió, parece guagua de circo, qué guagua
más fea, mira el mamarracho que tuviste de guagua
pues Iris, no te da vergüenza, escóndela, mejor escon-
derla en alguna parte para que nadie la vea porque
se van a asustar o se van a reír de ti, una guagua peluda, fíjate, dónde se habrá visto, y la Iris dice que no,
que es preciosa mi muñequita chiquitita que habla y
es rico cómo me chupa las tetas, Damiana, sigue mijita,
chupa niña mía y después te voy a mecer y te voy a
hacer nanay y voy a pedirle a las viejas que te dejen
dormir conmigo en la misma cama para que me des
calor ahora que me hace falta, soy friolenta a pesar
de lo gorda, ya pues Damiana, ya chupaste bastante,
no seai golosa, aprovechadora, ya está bueno. La Iris
guarda sus pechos. Vuelve a pasearse por el sótano
con la guagua en brazos, palmoteándole la espalda para
que eche el flato. Iris, pégale fuerte en la espalda a
esa vieja cochina mira que si no echa el flato después
se hincha y llora y no va a dejar dormir a nadie en
toda la Casa porque cuando la Damiana llora, llora de
veras, acuérdense cuando murió la finada Brígida
cómo lloraba si se debe haber oído en la Plaza de
Armas, pégale más, Iris, más. Hasta que la Damiana
suelta un eructo que estremece el sótano y nosotras
reventamos de risa.

—Eso sí que lo deben haber oído en la Plaza de
Armas.

—Mamá, mamá, me hice pipí...

—No vaya a ser cierto, esta cochina.

—Capaz.

—No vaya a manchar el chal que es nuevecito.

—Hay que cambiarla al tiro, no se vaya a coser.

—Sí. Tienes que cambiar a tu guagua, Iris...

La Iris tiende a la Damiana sobre una toalla para
que no manche la sabana. La Rita le pasa un pañal flamante, la Amalia trae el talco, la Rosa Pérez una esponja, la María Benítez una pomada, la Dora hace
sonar un cascabel para distraer a la guagua y así no
se enoje porque la están cambiando, que a veces las
guaguas se enojan. La mamá le sube la pollera harapienta y la enagua olisca, le baja las medias de lana y
los calzones mojados, agua tibia necesito, no, caliente

no, no se me vaya a quemar la niña, pero de dónde sabrá tanto de guaguas está chiquilla si parece que no hubiera hecho otra cosa en su vida que cuidar niños, mírenla, ya se le pasó la pena porque era pena lo que tenía, ahora la Iris se está riendo, feliz, mírenla cómo se ríe con el espectáculo de ese sexo inútil, inerte, negro, más arrugado que un higo seco. Casi ciega de la risa con las morisquetas que está haciendo la Damiana la Iris le lava el sexo, con cuidado. No le vaya a doler a mijita, que tiene su chuchita tan tierna, tan delicada, ábresela Iris, hay que ver qué vieja más hedionda a poto, pero ábresela bien abierta pues Iris no ves que a las niñitas mujeres hay que abrírsela bien para lavarla por dentro porque de otra manera con tanto polvo y pomada se junta la mugre y se infectan, así, adentro, suavecito pero bien refregado para que no vaya a quedar nada de mugre, suavecito, así, así, justo ahí, acariciar suavemente ese sexo enternecedor que es el sexo de mi hija, de mi muñeca que habla, yo que nunca tuve más que un palo amarrado con trapos cuando era chica, es más divertida que la muñeca que me habían prometido porque ésta es una muñeca viva, acariciándote el sexo con la esponja para que te quedes tranquila, para que hables, para que digas agú, mamá, mamacita linda, tus manos ásperas que son las de mi guagua tocándome la mejilla, y te doy dos palmaditas en las nalgas tiernas, sí, son tiernas tus nalgas, Damiana, aunque las otras viejas se atraganten de risa porque revuelves las caderas mientras sigo lavándote. Ya no mueves tus caderas, se cierran tus ojos. Te doy un beso en el vientre arrugado:

—Qué guatita tan linda la de mijita.

La Damiana parece haberse dormido. La Iris canturrea mientras va espolvoreando talco sobre el vello negro. Las demás queremos enseñarle a ponerle los pañales, así no se hace pues Iris, así, así es, así queda mejor, no así pues Dora que le queda muy apretado el pañal y después la niña llora porque le duele y se puede cocer... lo peor es cuando las guaguas se cuecen... vai a ver no más Damiana cochina lo que te va a doler cuando se te cueza el poto por meona, no les digo que así queda mejor, así cambiaba yo a los niños de misiá Gertrudis y nunca se me cocían.

Nos retiramos cada una a nuestros quehaceres. La Iris arropa a la Damiana en el chal y se sienta en un rincón para arrullarla, meciéndola, meciéndola dulcemente en sus brazos, su mejilla pegada a la mejilla escamosa de la vieja, canturreándole muy bajito:

> La Virgen lavaba
> San José tendía
> y el niño lloraba
> del frío que hacía...

Cuando la guagua vuelve a lloriquear pidiendo más papa, mamá, quelo más papa, la Iris saca un pecho y la guagua vuelve a chupárselo. Esta chiquilla está desvelada, no se quiere dormir, mejor cantarle otra cosa, algo que le meta miedo y se quede dormida porque si no, no vamos a terminar nuca y nosotras tampoco vamos a poder dormir.

> Arrurrurrupata
> que viene la vaca
> a comerte el poto
> porque tiene caca...

YA NO SE separan, ella y la Damiana. Todas hemos olvidado que se llama Damiana. Le decimos la guagua de la Iris. En cuanto nos damos cuenta de que no hay extraños, viejas intrusas como la Carmela con sus eternas quejumbres o como la Zunilda Toro que parece un buitre revoloteando alrededor de nosotras esperando que una se muera para que la elijamos a ella aunque no sabe a qué le elijiríamos, la Iris abre los brazos, la guagua fea da un brinco para sentarse en su falda o acurrucarse en sus brazos y la mamá le hace nanay,

nanay la niña buena que no se hace caca en los calzones, mijita linda, tuto, tuto guagua que viene la vaca
y le corren los mocos y la mamá le limpia la nariz peluda, y se hace pipí y la Iris le cambia los pañales y
cuando pide papa ella vuelve a sacar su teta blanca
y pesada y la guagua chupa y echa su flatito y después
se duerme. Cuando despierta generalmente está mojada, es una costumbre que no se le ha podido quitar a
pesar de las protestas de las viejas, mojada otra vez
esta chiquilla por Dios, cuándo irá a aprender a avisar
para no tener la esclavitud de lavar pañales todo el
tiempo con tanto que hay que hacer... sí, hay que cambiarla al tiro porque si no se va a coser, y todas sabemos que eso es lo peor.

La Iris abre las piernas de la Damiana. No me ofen-
de la fealdad de su sexo descubierto. Al contrario. El
hecho de que nosotras, que somos tan púdicas y castas
no nos avergoncemos de mostrarle al Mudito la parte
del cuerpo más celosamente guardada significa que
pertenecer al círculo de las siete viejas ha anulado mi
sexo. Voy disminuyendo poco a poco. Puedo guardar
mi sexo. Como he guardado mi voz. Y mi nombre, repetido nueve mil trescientas veces en los cien ejemplares de mi libro que conserva don Jerónimo en su
biblioteca, sellados entre las curiosidades bibliográfi-
cas que jamás nadie consulta, en los anaqueles a la
derecha al entrar en esa estancia de maderas cuyo color
se ha ido decantando y muebles del terciopelo más silencioso. Sin saberlo, él me conserva, me guarda, coope-
ra conmigo, me ayuda, me sirvo de él para que proteja mi nombre, para que esconda esas sílabas y ya
nadie las recuerde salvo él, porque yo a veces me olvido, no existo, no tengo voz, no tengo sexo, soy la
séptima vieja. Destruí mi inteligencia hace tiempo
ayudando a la Madre Benita a limpiar y a barrer y a
combatir lo incombatible, qué hacer con los juanetes
de la Carmen Mora que está quedando coja, no hay más
que garbanzos y las viejas prefieren los porotos y para
calentarse, Mudito, ya que no queda nada de carbón, lo
mejor será ir arrancando las maderas de los pisos de
las habitaciones del fondo de la Casa y los marcos de

las ventanas, y las vigas, qué importa si van a demoler, barrer, limpiar, a veces encender las velas del altar y golpearme el pecho y hacer tintinear las campanillas ayudando en la misa, no oigo, no sé hablar, qué más quieren, el sexo era lo más difícil, pero soy la séptima vieja, mi miembro es un trozo de carne y pellejo inútil que se ha ido encogiendo, no muy distinto a la vulva de la Damiana. Cuando sale el sol o corre el viento colgamos los pañales de la guagua de la Iris en el patio de los santos quebrados para que se sequen y se aireen, no se vaya a quedar sin ropita impia la guaguita de la Iris. Llamamos a la Amalia, perdida en otros patios buscando el dedo, para que recoja los pañales.

La Damiana se ha encogido mucho. Está más redonda y más liviana. Ha perdido, como yo, el habla: sólo dice teno chueño, papa mamita, más papa, agú, agú, quelo caca, y tiernamente se entretiene con los pezones de la Iris, los doma con sus dedos ásperos, juega con ellos, los masca con sus encías gomosas, los babosea riéndose porque concentró todo el universo en esas dos puntas de placer que aprisionan a la Iris dentro del sueño que le hemos fabricado para cosechar lo que queremos: su hijo, nuestro hijo milagroso que nos llevará a todas al cielo sin pasar por el trance de la muerte que es preferible evitar, mi hijo, el hijo de don Jerónimo de Azcoitía que prolongará nuestra estirpe. Nos envolvemos en conversaciones sobre flujos menstruales, en la sabiduría ancestral sobre la eficacia de ciertas papillas y ciertas pomadas, sobre cintas de raso, y hule para la cama. La Iris también se ha transfigurado, suplantando una encarnación por otra sin recordar nada de la anterior, como si su memoria estuviera fabricada de una materia tan resbaladiza que las cosas no logran adherirse a ella. Ya no es Gina, la Pantera de Broadway, la novia del Gigante. No recuerda al Gigante. Ahora es entera y completamente la mamá de la Damiana. Ni una gota de la Iris queda afuera de este nuevo juego que sustituyó el anterior.

¿Pero qué haré con la cáscara de la Iris, ese continente inservible que rodea al útero, una vez que haya cumplido con su función específica de dar a luz? No puedo permitir que sucesivas encarnaciones vayan borrando las previas hasta que la Iris se disuelva, desmenuzada y repartida, pedazos suyos encontrados en los envoltorios de viejas muertas, o que nosotras guardamos debajo de nuestras camas, a mí también me gusta guardar objetos inútiles debajo de mi cama, manuscritos que nunca publicaré y notas y cuadernos llenos de lo que en mi tiempo llamábamos *pensamientos*, y los recortes de críticas que me nombran, también tengo mi nombre guardado entre los trastos viejos que voy acumulando debajo de mi cama, soy codiciosa, no quiero que otras viejas me roben trozos de la cáscara descartada de la Iris, la quiero entera para mí. Para eso estoy preparando esta casita. La encontré entre los despojos de la Brígida y la guardé antes que la Madre Benita se diera cuenta de lo que estaba haciendo. Es una cajita de música, un chalet suizo de madera. Si uno levanta el techo pegado al resto con dos bisagras, toca *El Carnaval de Venecia*. Es la única melodía que toca. Manipulando los resortes logré componerla. Está casi lista. En el sótano tibio, mientras la Iris muestra sus tetas desfachatadas dándole de mamar a la Damiana que jamás se harta, yo me entretengo en pintar la fachada del chalet: la nieve simulada de los aleros y la chimenea, los pajaritos de madera, las cortinas rojas con lunares verdes recogidos a cada lado, entre las cuales pegué trocitos de espejo para indicar la posibilidad de asomarse al interior. Debo acomodar a la Iris en ese interior. Porque he decidido apoderarme de lo que quede de la Iris después del parto para que viva aquí adentro una existencia de juguete. Incluiré a la Damiana. Cuando nazca el niño verdadero el destino de la Damiana tendrá que permanecer unido a la cáscara inservible de la Iris... en el chalet suizo dormirán entrelazadas, prisioneras de sus caricias, que irán perfeccionando y les cerrarán todas las salidas porque ya no las necesitarán... no querrán salir, tendrán miedo a lo que no sea ese ámbito reducido donde vivirán amarradas por su juego. Sí, Iris, vas a quedar contenta en tu casita con la Damiana, mucho más que afuera. A veces abriré la tapa para mirarlas y oirás el

Carnaval de Venecia. Lo encontrarás muy bonito, te lo juro, su tintineo insignificante llegará a gustarte más que tus jerks y tus frugs que bailabas en la ventana del piso de arriba, porque al repetir y repetir su melodía pegajosa, el chalet suizo te irá haciendo olvidar todo lo demás, descartando definitivamente todo tu interior, corteza pura, encerrada en esta encarnación última, definida por el ámbito estrecho, único, insulso, reiterado de *El Carnaval de Venecia.* Te juro que envidio tu existencia protegida dentro de la cajita de música. Guardaré esta encarnación final sin permitir que te escapes y te transformes en otra cosa, amarrada en un paquete, debajo de mi catre, con mis papeles inútiles clasificados y ordenados, junto a las demás cosas que quiero conservar porque son mis cosas, soy la séptima vieja, tu impudor me lo demuestra todos los días.

IBA A BAJAR al sótano porque creí que en ese instante estabas sola. Quería mostrarte el chalet suizo para que comenzaras a codiciarlo: invitarte a que te asomaras por los espejos de la ventana, contándote toda clase de mentiras sobre la magnificencia del interior, para que se las transmitieras a la Damiana, y las dos, sin que las otras lo supiéramos, me imploraran que las deje jugar con el chalet suizo, que incorporarían poco a poco a sus vidas, terminando por entrar a través del espejo diminuto de la puerta.

No bajé al sótano. Me quedé en la sombra, escuchándolas, mirándote a ti y a tu guagua terrible que no es tu guagua porque no dice chueño, pipí, caca, dice los americanos bombardean las cercanías de Hanoi, Onassis declara, Panagra la línea aérea del hombre moderno, Allende al poder, minifaldas expulsadas de la catedral metropolitana, intelectuales deben tomar parte en la zafra este año declara Fidel Castro, Fi-del, Cas-tro, Castro, aprende bien las letras pues Iris: C-A-S-T-R-O, la A de Castro dime dónde está aquí en esta otra palabra Nikita, claro, esa es la a, ves que no eres tonta y no cuesta nada, pero para qué quieres saber por qué echaron a ese que se llamaba Nikita si ni siquiera sabes leer bien todavía, mejor espera antes de preguntar por qué pasan las cosas, si ya sé leer, Damiana, aunque no de corrido, ya no me equivoco casi nunca, no ves, aquí: se vende la producción de diez mil aromos por Dios qué harán con las flores de diez mil aromos que duran tan poco, pasan una temporada en las Termas de Panimávida las familias Cristi Ramos, Palma Cristi, Cristi Cristi, Pieyre de Baudoin Cristi... qué lata, tanto primo... rémoras de la Belle Époque no sé lo que querrá decir eso, Damiana, es en otro idioma que yo no entiendo, si el Mudito no hubiera pegado otro diario encima de lo que sigue... mira aquí pues, Iris, esto sí que es bonito, el retrato de la perrita Laika esa que mandaron a la luna, a ver, dónde está la a, claro, ésa es, la reconociste a pesar de que está escrita con mayúscula, no ves que esto es mucho más entretenido que las tonterías del Pato Donald y de Corín Tellado, que son puras mentiras, Iris, no vayai a creer ni una palabra de esas papas, aquí es más entretenido leer porque son cosas de verdad que le pasan a personas de verdad, no a monos pintados, hay que leer los diarios, todo sale en los diarios, así supe lo de tu padre, sí, sí, llora, ves, ahora te importa que hayan fusilado a tu paire, a la hora nona te viene a importar, que le vai a hacer, chiquilla, es un destino... ves que tenís que aprender a leer para que leai los diarios y no seai una bruta ignorante y dejes que todas estas viejas se aprovechen de ti y te tengan convencida de que yo soy tu guagua, no soy, soy la Damiana, y te van a meter en la cabeza que el chiquillo que vai a tener es de milagro, que eres virgen, cómo vai a ser virgen si te lo llevavai acostándote con el Romualdo ese dueño de la cabeza del Gigante que es el paire de tu criatura, hay que buscarlo, que te venga a buscar para que se case contigo y tengai un hombre que trabaje para ti y te mantenga, y tú cuides a tu hijo, no estas viejas, tenís que aprender a defenderte, por eso tenís que aprender a leer, a ver, qué dice aquí, no llorís más, qué dice aquí en este renglón, revolución de los hippies, qué serán los hippies, una ya no sabe, está muy vieja, pero tú puedes saber qué son los hippies, mira, sale una foto, parecen

maricones con el pelo tan largo, pero andan abraza-
dos con mujeres así es que no pueden ser maricones,
y aquí dice... una Damiana gigantesca iluminada por la
claridad abierta de esa ventana de diarios con que
empapelé los muros, sus ojos de pupilas agudas aso-
mándose a esa ventana, lista para lanzarse por ella con
la Iris, tanta luz en sus caras estupefactas ante la realidad, tanta precisión en sus letras, sus sílabas, la exactitud del índice de la vieja señalando las palabras y las
frases y los titulares a la luz de la vela con que la Damiana, parada junto a la Iris sobre la cama, va recorriendo esa literatura en que lo urgente agonizó, la
vela de un lado para otro, buscando, de abajo para arriba, hasta el techo, buscando más noticias, más frases,
enormes, asomadas a esa ventana.

No puedo dejarlas solas nunca más. Tengo que
vigilarlas minuto a minuto porque la Damiana nos ha
estado engañando para robarnos al niño y perderse
con él en un tugurio fétido donde nadie descubrirá
bajo su ropa de mendigo al hijo de don Jerónimo de
Azcoitía. Cada segundo que esas dos pasan juntas es
peligroso. Tengo que urdir algo para deshacerme de
la Damiana, pero no puedo vigilarlas, duermen juntas
y no puedo dormir con ellas. Cuando las viejas se
reúnen en el sótano la Iris toma a la Damiana en brazos y con las mejillas juntas, como quien canturrea,
hablan, sé que hablan, están planeando una fuga para
salir en busca de Romualdo, el padre que no es padre
y sin embargo debía ser el padre, avisarle hoy mismo
a don Jerónimo para que venga a rescatar a su hijo
del lodo en que la Damiana quiere hundirlo, no can-
turrean por lo bajo, no se miman: traman, conspiran,
mientras la Dora teje, la María Benítez revuelve mixtos
sobre el fuego, la Rosa Pérez plancha, la Rita ata un
nudo de raso, la Amalia se enjuaga el ojo tuerto en una
copita azul, y la Damiana, diminuta otra vez, dormita
en la falda de la Iris esperando qué sé yo qué momento,
qué oportunidad, y la Iris, abotargada, se mete el dedo
en la nariz y bosteza. Y yo, la séptima vieja, me instalo
en un rincón para pintar *edelweiss* en la cajita de música, vigilando.

—¿Cuándo irá a nacer?

—Eso no se sabe en los nacimientos milagrosos.

—Lástima no poder preguntarle cuándo fue.

—¿Cuándo fue qué?

—Bueno, desde cuándo hay que empezar a contar los nueve meses...

—Los nueve meses no cuentan cuando es milagro te digo Amalia, no seas porfiada, la guagua nace cuando tiene que nacer y sanseacabó... hay que esperar...

—¿Y cómo la Virgen?

—¿Cómo?

—Claro, la fiesta de la Encarnación cuando el Arcángel San Gabriel se le apareció a la Virgen María con su dedito parado, y ella dijo hágase Su voluntad, es el 25 de marzo. Y el nacimiento de Nuestro Señor Jesucristo es el 25 de diciembre, nueve meses justitos.

—Pero la Iris no es la Virgen María, es un nacimiento milagroso cualquiera, hay muchos nacimientos milagrosos, así que no hay que ser tan preguntona, Amalia, es malo...

—No sé. ¿Y cuando nazca el niño, la Iris irá a seguir siendo virgen? Los niños salen por donde mismo...

—Ay, no sé, eso se verá...

—¿Será virgen la Iris, pues?

—Cómo no va a ser, Amalia. La Brígida dijo y la María Benítez la examinó... ¿No es cierto, María?

La María no contesta.

—¿No es cierto María?

La María Benítez deja de revolver sus mixtos olorosos.

—No sé... quería decirles... pero no había encontrado la oportunidad...

—¿Qué?

—Bueno, el otro día cuando la encontramos enferma en el patio con ese como ataque tan raro que le dio. ¿No se habrá metido alguien en la casa, digo yo?

—¿Cómo?

—No sé, los hombres son tan cochinos y ella es tan linda. Tengo miedo... dicen que cuando una mujer se mete con un hombre después que está esperando, el hijo nace fenómeno. La finada Brígida me contó que por eso nunca dejaba que su marido la tocara después que quedaba esperando. Claro que todas sus guaguitas le nacieron muertas, así es la vida, Dios lo quiso así. Dicen que si un hombre se mete con una mujer embarazada el hijo nace fenómeno, un monstruo con cabeza grandota, con los brazos cortos como aletas de pingüino, la boca de sapo, el cuerpo peludo o con escamas, hasta sin párpados pueden nacer y por eso los niñitos monstruos no pueden dormir y lloran todita la noche de pura pena de ser monstruos y también porque no tienen párpados que cerrar para poder dormir, debe ser terrible no poder dormir en la noche, dicen...

Dicen... dicen... dicen: palabra omnipotente en las bocas raídas de las viejas, sílabas que almacenan todo el saber de las miserables... dicen... dicen que la Brígida era millonaria, dicen que la seda fina se plancha con la plancha tibia y rociando un poquitito... dicen que no van a demoler nunca esta Casa... dicen que metiendo una pajita en una botella el agua hirviendo no se quiebra el vidrio... dicen... dicen, siguiendo los meandros de los años y quizá los siglos la repetición de la palabra dicen, quién sabe quién dice y a quién se lo dice y cuándo lo dice y cómo lo dice, pero de decirlo sí lo dicen, y ellas repiten la seguridad de la palabra dicen que cuando un hombre se mete con una mujer embarazada el hijo nace monstruo. En la penumbra del sótano ocupada por viejas como montones de harapos que se agitan un poco, la María Benítez revuelve el contenido de la olla sobre las brasas incandescentes y el vapor fragante de esta infusión de paico que dicen que es tan buena para el estómago va concentrándose para dar forma a la verdad irrefutable del hijo monstruoso de don Jerónimo y la Iris que alguien engendró en alguien cuando por fin Inés quedó embarazada, no quiero tocarla porque temo estropear a mi hijo que tiene que ser perfecto y dicen que si uno hace el amor con... quién sabe dónde y cuándo oyó don Jerónimo ese *dicen* que está definiendo a este hijo suyo estropeado por todos los chiquillos del barrio, por todos los pijes del centro revolcándose con la Iris, por todos los generales y los académicos disimulados dentro de la cabeza del Gigante, sí, don Jerónimo, su hijo

va a ser un monstruo sensacional, digno de un Azcoitía,
yo, un Peñaloza, no podría engendrar la magnificencia
de un hijo monstruoso, sólo una guagua fea, débil, des-
nutrida, de las que lloran por hambre y no porque sue-
ñan la realidad irrefutable de pesadillas estupendas
como las que va a soñar el monstruo producido por
el útero fértil de la Iris Mateluna, sigue, María, tú eres
meica y sabes lo que dicen, sigue revolviendo esa olla
de donde brota el vapor que dibuja esa cara deforme,
ese cuerpo contrahecho que arrancará a don Jerónimo
de la placidez del sillón del Club donde lee el diario
y dormita olvidando toda empresa noble, abandonando la tarea del poder, todo intento arduo como los de
antaño porque prefiere cultivar su fláccida papada con
la que traiciona el dolor de mi padre que es digno de
respeto, no tiene derecho a defraudarlo, don Jerónimo,
para la nada y la cosa ninguna como diría la María Benítez que sigue revolviendo la olla que convoca al
monstruo salvador, y tú, Amalia, asegura que también
has oído decir lo mismo, no la interrumpas, Dora, ni
tú, Rita, asegurando que eso no tiene nada que ver con
la Iris porque la pobre no se ha metido nunca con nadie, ni antes ni después, los hombres no existen, la
Brígida inventó el embarazo milagroso, la Brígida concibió el hijo de la Iris, la Brígida es la madre del monstruo, la Brígida sabía todo. La María sigue revolviendo
la olla sobre las brasas, ese Azcoitía torcido y estropeado me sonríe desde el vaho, quiero mecerlo en mis brazos mientras las viejas hablan y comentan y dicen y
murmuran y escuchan a la María Benítez, que es meica, y dicen que sabe muchas cosas, no tanto como la
Brígida, pero de saber, sabe harto la María Benítez:

—...se me ocurrió no más. No se ofenda, Rita... que
esa noche que la encontramos, bueno que alguien hubiera entrado para abusar con la pobre inocente, hay
hombres muy degenerados que dicen que buscan a niñitas como la Iris para hacer cosas asquerosas con
ellas y claro, entonces, con el susto, todos los humores
del cuerpo se envenenan... y si es como digo, si no
se ha muerto el niño, seguro que saldrá monstruo.

—Muerto no está.

—Yo le puse la mano en la guata ayer y se movía.

—Puede ser indigestión, comió plátano muy tarde…

—No, dicen que el plátano hace mal con cerveza de noche, cae pesado al estómago, y cerveza no tomó la Iris, de dónde va a haber sacado cerveza.

—Entonces quiere decir que va a salir monstruo.

Nos miramos todas sin saber qué decir, hasta que desde la falda de la Iris dormida dijo la Damiana:

—¿Y qué importa que el niño salga monstruo?

No supimos qué contestar. Sigue, Damiana, sigue:

—Hasta mejor sería. Si sale monstruo nadie lo va a querer y no van a venir a meterse aquí en la Casa a reclamar al niño. La gente le tiene miedo a los monstruos. Claro que dicen que a veces vienen los doctores y se llevan a los niños que nacen monstruos para examinarlos en los hospitales y hacer experimentos con ellos. Sufren mucho los pobres. Los monstruos son harto valiosos, son escasos, casi no hay. Yo tenía una comadre que parió un niñito fenómeno. Se lo robaron los doctores y dicen que lo metieron en un frasco de vidrio con agua colorada y le daban de comer con sondas, y mi comadre no volvió a ver a su hijo nunca más, ni le pagaron ni un cinco por él.

Yo sé por qué estás estimulándolas para que crean que el hijo de la Iris va a nacer monstruo: con la intención de tranquilizarlas mientras traman, tú y la Iris, la fuga hacia lo que creen es la realidad. Estás segura, pobre vieja, que el Gigante es el padre. Que Romualdo fue el único que ocupó la cabeza del Gigante. En tu mente tradicional existe un padre que hay que buscar para cargarlo con el hijo. No sabes el otro lado de las cosas, las docenas de padres que escondió la máscara del Gigante, lo que yo tramé antes que tú comenzaras con tu pobre historia realista: familia, madre, padre, hijo, casa, mantener, dar alimentos, sufrir… esas cosas, sigue creyéndolas, Damiana, urde tu historia de felicidad vulgar, de tristeza cotidiana mientras yo, con el vapor que se concentra y se hace sólido, voy urdiendo algo nacido de la libertad anárquica con que funcionan las mentes de las ancianas de las cuales yo soy una.

—Sí, pero nosotras no estamos para lesas. No se lo pensamos entregar a los doctores ni a nadie, ni a la

Madre Benita siquiera, ni al Padre Azócar. Ahora que sabemos que va a ser monstruo tenemos que cuidarlo mucho más para que nadie sepa que existe. Y guardarlo encerrado aquí hasta que él quiera irse con todas nosotras a la Gloria, en una carroza linda como la que se llevó a la Brígida nada más que toda blanca y con caballos blancos en vez de negros y con alas tendrá que ser para volar al cielo en medio de una lluvia de flores y oyendo música celestial...

—¡Si estuviera viva la pobre Brígida!

—¡Ojalá que nosotras no nos muramos!

—Lindo el funeral de la Brígida.

—Lindo.

—El más lindo que hemos visto en la Casa.

Vigilarlas todo el día, a la Damiana y a la Iris, hasta que fuera hora de comer y de irnos a dormir. Cuando el sueño nos dejó anuladas en el fondo de nuestras rucas la Iris y la Damiana esperaron el silencio completo para levantarse. Vigilarlas. Seguirlas. ¿Por qué mi temor, si yo tengo siempre en mi poder las llaves? Pero la Damiana es una amenaza peluda y vociferante que se introdujo en la Casa, luego en nuestro círculo, para destruirlo todo. Sube al piso de arriba con la Iris en la noche, sigilosas, para quedarse contemplando el esplendor de la ciudad, las luces escarlata que parpadean en el aeropuerto, los focos de las torres de transmisión, los garabatos de neón en los edificios de cristal del centro, faros girando en la oscuridad buscándolas, agarra ese rayo, Iris, agárralo que ahora viene para acá, espera la otra vuelta y entonces lo agarras y te encaramas por él y la Iris alza el brazo y su mano coge el rayo que se escabulle para ir a aclarar otros vericuetos de la ciudad tendida hasta la cordillera. Desde la ventana que yo les abrí, la Damiana le está enseñando a la Iris el plano entero de la ciudad, el río, las plazas, el centro, las avenidas, no te vayas a perder, trazando los itinerarios que seguirían a través de las calles que la Damiana conoce bien porque cuando era sirvienta tenía fama de callejera, pronunciando esos nombres con exactitud, sílaba por sílaba para que entren en la cabeza dura de la Iris y no los olvide, para que no se pierda como me perdería yo si saliera de la Casa, a esas calles que la Damiana conoce y yo no.

Creí que harían algo más en la ventana, me figuré que limarían los barrotes para descolgarse con sábanas amarradas y huir. Pero pronto cerraron la ventana. Bajaron. Se despidieron con un beso de amigas en la mejilla. Cada una se fue a acostar en su cuarto. Yo me quedé rondando por los claustros, con las llaves empuñadas en el bolsillo de mi guardapolvo, no voy a dormir, ni esta noche ni nunca, en la noche se meterán a mi pieza y me sacarán las llaves de debajo de mi almohada sin que yo me dé cuenta, aunque las meta debajo de mi cama junto con mis manuscritos y mi chalet suizo, se lo llevarán todo cuando huyan de la Casa, porque huirán, mañana o pasado, por eso es que tengo que avisarle a don Jerónimo inmediatamente que está a punto de perder a su hijo en el anonimato de la miseria, voy a salir esta noche misma para avisarle porque sé lo que están tramando para arrebatarle la única ocasión que le queda de ser enorme y noble otra vez, al enfrentarse con la paternidad de un hijo monstruoso, sí, no puedo perder el tiempo, tengo que meter el chalet y las llaves y mis manuscritos en un atado de trapos, claro que se pueden llevar el atado entero, huir con él, ir diseminando por las calles los cordeles, los trapos, los trozos del chalet, la máquina que hacía música, mis manuscritos llenos de mi letra y mi nombre, entregándoselos a gente desconocida, quizás a la Peta Ponce que así sabrá dónde encontrarme, a gente sin rostro como mi padre o como las víctimas a quienes el doctor Azula les roba las facciones, papeles, papeles que ni ellas ni aquellos a quienes se los entreguen leerán porque no sirven para nada, los tirarán al suelo para que las llantas de los autos los embarren, para que los niños hagan botecitos o cucuruchos como si fueran volantes multicolores, hasta que uno de los volantes caiga en sus manos y la Peta corra hasta aquí para obligarme a hacer el amor con ella otra vez, vieja inmunda, vieja lasciva, insaciable, no quiero salir, no voy a salir...

Mudito. Mudito. Su voz urgiéndome para que me desprenda de la sombra donde sabe que me refugio aunque sé caminar silenciosamente, corriendo por los pasillos cuando apura el paso en la oscuridad... otra noche, Mudito, Mudito... cuidado, Iris, hay un escalón, no te caigas, puedes matar a tu hijo, quizá sea eso lo que quieres, ésa tu venganza, matar esa figura de vaho que fue surgiendo de la marmita de la María Benítez, esa bruja que no es bruja sino meica y curandera porque ninguna de nosotras somos brujas sino viejas, nada más, viejas con privilegios de vieja. Mudo, Mudito, sí, se fue la Damiana, no sabes que la Damiana se fue sin que tú pudieras retenerla, la Damiana sabe escabullirse, no necesita tus llaves, en esta Casa hay agujeros que no conoces por donde entran y salen personas que tú no registras, la Damiana desapareció, somos seis ahora las viejas, dame las llaves, Mudito, quiero ir a juntarme con la Damiana... espera, hasta que ella me llame, porque me va a llamar cuando haya localizado a Romualdo que se disfrazaba de Gigante y es el padre de mi hijo, corre, corre por los pasillos sin hacer ruido, Mudito, pero te imploro, Iris, que no repitas la palabra Mudito, Mudito, Mudito, Mudito en voz tan alta, te pueden oír, casi gritas, como si no pudieras seguir ni un segundo más sin mi presencia, calla, calla, nos van a oír. ¿Y la Damiana? ¿No me estará esperando en algún recoveco de los pasadizos, gigantesca, forzuda, con su barba y su carabina para ultimarme con una bala? Mudito... Mudito... los guarenes y las lauchas huyen a nuestro paso, rajamos las estructuras que las arañas proyectan en los corredores, te descubro entre los naranjos cargados de frutos de oro, escondida para verme pasar, tengo que adelantarme a la portería para cerciorarme de que el cerrojo está con dos vueltas de llave. Éste no es pasillo hondo: alguien, quizá yo, pintó una infinita perspectiva sobre una ventana tapiada, quizá la Damiana se haya perdido en esa simulación de profundidad, búscala por ahí, pero no, te engañas, te das cuenta que no son más que líneas sobre un muro mentiroso y te detienes y doblas por otro corredor buscándome. Me escondo en un rincón para descansar acezando después de tu persecución, eres joven, yo soy enclenque, ahora no oigo tus pasos, descansar un poco en la portería antes de salir a decirle a don Jerónimo que te venga a llevar ahora con su monstruoso hijo de vaho dentro de tu útero antes que te lleve otra, acosado por las galerías, tu aliento hirviendo en mi nuca como el aliento de las bestias antes de descuartizarme, descansar, respirar en paz, sumido en este rincón adonde no llega ninguna luz.

Tú me tocas.

—Mudito.

Tengo el chalet suizo bajo el brazo. Mis llaves empuñadas en el bolsillo del guardapolvo. Hablas con una voz muy baja y muy serena, que desconozco.

—Quiero salir.

Lo sé, Iris.

Siento tu olor a mugre, a ropa vieja, a esos ungüentos con que nosotras te embadurnamos, esta pomada es buena para los bronquios, Amalia, tú que tienes más fuerza que yo dale una buena friega a esta chiquilla en la espalda, y esto que parece agüita no más es regio para frotarle ese tobillo que se le está hinchando... te niego el permiso con la cabeza. Me agarras la muñeca. Suelto las llaves en el bolsillo de mi guardapolvo. Tomas mi mano y la colocas sobre tu pecho que va a amamantar a un monstruo, que no es hijo de Romualdo aunque tú y la Damiana lo crean, ni es hijo mío porque soy la séptima vieja y no tengo sexo, Peta: te juro que no tengo sexo, así es que no te vengas a meter en esta Casa. Es el hijo que don Jerónimo de Azcoitía, animado por mi mirada envidiosa, engendró en la hija de un criminal.

—Toca.

Toco.

—¿Rico?

No respondo.

—Aprieta, tonto. ¿Creís que no sé que querís hacer nanay conmigo? Toma, tócame bien tocada y después me dejai salir.

Arranco mi mano de tu pecho. Enciendo una luz discreta y te muestro la cajita de música, abro la tapa, oyes el *Carnaval de Venecia*, tus ojos se van a iluminar, los haré asomarse a los espejitos de la puerta y de la ventana: te indico la puertecita, quiero que entres, ahora, ahora, ahora mismo, cazarte dentro de la caja de música.

—¿Creís que soy huevona? ¿Que vai a poder hacerme lesa con ese juguete?

No sé qué contestar.

—Ya, te digo, ábreme.

No oigo. Soy sordomudo, eso lo sabes, Iris, no sé para qué me hablas tanto si sabes que no oigo. No entiendo nada de lo que me estás diciendo, por lo tanto aunque pudiera o quisiera hacer lo que me pides no te obedecería.

—Mentira. Pura mentira. No soi mudo. Me di cuenta desde el principio que no soi mudo, que te hacís el mudo no más. Por eso es que te iba llamando por los corredores, para que me oyerai y me dejarai salir. No soi mudo ni sordo. Cuando hacís tintín con las llaves en el bolsillo de tu guardapolvo llevai el compás de A Dios Queremos En Nuestras Leyes En Las Escuelas y en el Hogar, A Dios Queremooooooos... y los mudos de veras no pueden llevar el compás de ninguna cosa porque no oyen, así es que no me vai a hacer lesa. La Damiana antes de arrancarse de la Casa dijo que te iba a acusar al Arzobispo, así es que cuidadito, te va a llegar uno de estos días. Si no querís que te acuse a la Madre Benita, déjame salir.

Es un razonamiento perfecto, Iris, te felicito, tu razonamiento me acorrala y me desnuda, exponiéndome a todo porque voy a tener que sacarlo todo de debajo de mi cama, mi voz, mi facultad de oír, mi nombre olvidado, mi sexo aterido, mis manuscritos inconclusos, todo voy a tener que usarlo y desplegarlo, qué haré con mi humildad, cómo no señora dice mi venia, para servirla está mi carrito, no soy vieja, soy Humberto Peñaloza, el padre de tu hijo, los embarazos milagrosos son cuentos de viejas a cuyo círculo no me dejas pertenecer porque estás arrancándome de ese refugio blando para que te permita franquear la puerta y perderte en el destino que la Damiana te ha convencido que es tu destino verdadero, pero no le creas, Iris, la gente tiene muchos destinos, puede absorberla cualquiera, y el que te ofrece la Damiana es literal, pobre, insulso, miserable.

—Quiero salir.

—¿Sola?

—Claro.

—¿Para ir a juntarte con la Damiana?

—Vieja cochina.

—¿Por qué?

Esperas un momento.

—Estoy preñada. La Damiana salió contándome el cuento de que va a buscar al Romualdo, pero no es cierto, no lo va a buscar porque ella quiere quedarse conmigo. Yo no quiero irme a vivir con esa vieja maricona de la Damiana en la casa de una señora que ella dijo que conocía y que me podía alojar hasta que encontráramos al Romualdo y donde hay otras cabras, no quiero. Yo quiero ir a buscar al que me dejó preñada, quiero ir a vivir con él.

—No fue Romualdo.

—¿Quién fue, entonces?

—Yo sé quién fue.

—Claro, el Gigante.

—No, el que estaba adentro del Gigante.

—Claro, Romualdo...

—No, otro señor, un caballero...

—No me vengai con cuestiones, déjame salir.

Tu sueño realista es difícil de destruir, una encarnación que no quieres dejar, es lo que te pertenece, casi no es un sueño, eres naturalmente la pareja de Romualdo y lo sabes y no quieres dejarme destruir ese sueño para iniciarte en otro. El sueño de Romualdo lo comprendes entero, el que te propongo, no, te queda grande, pero yo lo puedo rebajar a tu medida, te puedo ir encajando poco a poco dentro de él. Estás urgida, no puedes más, salir, salir ahora es lo que quieres, no puedes postergar tu deseo de salir.

—Te vas a perder.

—No me importa.

—No vas a tener dónde dormir ni qué comer.

Te encoges de hombros con un gesto que desprecia mi temor de la intemperie que no quiero que desprecies porque necesito que lo hagas tuyo, por lo menos ahora, esta noche: te hablo, me escuchas, te explico que todo lo del Gigante fue una farsa porque el

verdadero padre se escondía dentro de Romualdo, que
no era más que otra máscara como la del Gigante
que ella vio que destruyeron, ahora hay que destruir
la máscara de cartonpiedra de Romualdo para encontrar al otro adentro, al verdadero padre de tu hijo, vive
en su palacio de fierro y cristal, lo puedes ver desde
tu ventana, uno de esos palacios que despiden haces
de luz que tratas de atrapar con tus manos para encaramarte a ellos, no tendrás para qué encaramarte a
un haz de luces, Iris, yo destruiré la máscara de Romualdo y te traeré al verdadero padre, espérame aquí,
las calles son terribles, hay hombres barbudos que acechan y médicos que hacen sufrir al extirparte órganos
con sus bisturís finísimos, y los perros de los doctores
persiguen a la gente que anda por la calle de noche y no
tiene identificación ni domicilio conocido, la oscuridad
de afuera no es como la oscuridad de esta Casa, Iris, esa
oscuridad de allá es la de la gente que no tiene ni dónde
caerse muerta como dicen y no tiene dónde caerse
muerta porque esa oscuridad es el vacío que traga y
uno cae gritando y nunca deja de caer gritando y gritando y cayendo y cayendo porque no hay fondo,
hasta que la voz se pierde pero uno sigue y sigue cayendo en esa infinidad de calles vertiginosas con nombres que tú no conoces, llenas de caras de gente que
se reirán de ti, que viven en casas donde no te van
a dejar entrar y hacen cosas que tú no entiendes, no
te acerques más, Iris, no me toques así, no Humberto,
no permitas que la Iris siga tocándote porque va a
romper tus disfraces, si no huyes tendrás que volver a
ser un tú mismo que ya no recuerdas dónde está ni
quién es, acercas tus labios gordos a mi boca y tus
muslos hurgan entre mis pobres piernas flacas que
tiemblan, no le permitas que te transforme en Humberto Peñaloza con su carga de nostalgia intolerable, huye
para que tu sexo no despierte con la presión de esas
palmas carnosas, que no responda a su lengua que ex-
plora tu boca y tu lengua, mantenerte yerto en el rincón donde sus tetas y sus caderas te aprietan, Humberto no existe, el Mudito no existe, existe sólo la séptima
vieja. Tu mano no encuentra nada.

—Iris…

—¿Qué?

—Yo voy a salir a buscar al padre.

—¿Dónde?

—Yo sé dónde vive.

—¿Dónde?

—En una casa amarilla frente al parque, y tiene muchos pisos.

—Vamos.

—No, espera…

—¿Por qué?

—No sé si está.

—No importa que no esté.

—Es que tiene cuatro perros negros feroces, que cuando él no está se comen a las personas que entran y como a ti no te conocen…

—¿Y a ti?

—A mí me conocen.

—¿No te van a comer?

—No me harán nada.

Piensas.

—¿Y es linda la casa?

—Sí.

—¿Y es encachado el cabro?

Te contesto que sí, que don Jerónimo de Azcoitía es un cabro excepcionalmente encachado.

—No sé… esos perros…

Por eso, yo iré a traértelo para que venga a buscarte en su auto con chofer, no, no quiero con chofer, quiero colorado y convertible, bueno, Iris, lo que quieras, le diré que te venga a buscar en un auto colorado y convertible y te lleve lejos de esta Casa y de la Madre Benita y de la Damiana y de mí, porque no quiero verte más, voy a reducirte al tamaño de mi chalet suizo, cómo abrirte la puerta para que entres en la casita nevada, obedéceme, entra mientras esperas mi regreso trayéndote al padre de tu hijo, tómala para que te entretengas un rato mientras te lo traigo para que se lleve a nuestro hijo, Iris, que será dueño no de este chalet de madera, será dueño y preservará todo el laberinto de esta manzana donde se cultiva un tiempo que no transcurre sino que se remansa entre paredes de adobe que jamás terminarán de caer.

—Espérame aquí, Iris.

—Bueno. Pero apúrate si no quieres que te acuse y le lleven preso, porque si no te apuras voy a despertar a la Madre Benita para contarle todo.

—¿Todo qué?

No contestó.

—¿Que yo soy el padre?

—Sí.

—¿Lo crees?

Se rió diciendo que claro que no.

—Apaga la luz, Iris.

—Bueno. Te espero aquí en la portería.

—Ya vengo.

Quito la tranca. Abro la puerta y salgo. Cierro. Pero por dentro, inmediatamente, vuelven a poner la tranca... golpear, golpear para que me abran, estoy enfermo, está lloviendo, estoy transido, tengo fiebre, Madre Benita por favor abra, perdóneme por haber salido de la Casa, abra, abra, no sé quién habrá trancado el portón, ya no veo, ya no puedo gritar más, los carabineros me maltrataron, los perros me mordieron, tengo fiebre, nadie me reconoció, sólo me humillaron y me soltaron al parque donde llovía y llovía y yo corría y corría y grito y golpeo, y ya no tengo fuerzas para gritar y golpear, Madre Benita, sálveme, que por lo menos la Peta Ponce no me encuentre, déjeme entrar, ya no tengo puños, ya no tengo voz, soy nada más que esta manga exangüe a la puerta de un convento en una noche lluviosa, y no abren...

9

AGUA. MÁS AGUA... un paño frío en la frente pero
no me quite su mano, Madre Benita, por favor déjeme
seguir así con mi mano en la suya hasta que se vayan,
porque se van a ir cuando se den cuenta que usted me
protege ahora como me ha protegido siempre con su
silencio, dígales que se vayan, échelos, dicen que son
perversos, que los carabineros nos martirizan para
hacernos confesar el robo de una bufanda o de un pan.
¿Pero qué quieren que confiese, si no robé nada? Las
manos de ese carabinero se empuñan. Mire sus nudillos
blancos de furia, me va a pegar, Madre Benita, inter-
póngase, apriéteme la mano para que no me duela tanto el golpe... por eso es que cuando los carabineros
nos persiguen corremos y corremos y corremos y antes
que puedan pillarnos nos rajamos el abdomen aquí,
Madre Benita, mire mis heridas, nos rajamos el abdomen con una navaja finita una y otra vez, pero sólo
superficialmente, para que los carabineros nos encuentren tirados en el charco de nuestra propia sangre
riéndonos a carcajadas... me llevarán al hospital, un
hospital bueno donde no estará el doctor Azula para
robarme ni un pedacito de piel, ni un trozo de
glándula, codicioso y cínico, será un hospital que él
no conoce donde me llevarán porque nadie, ni ellos,
se atreven a torturar a un herido porque los heridos somos sagrados. Así, herido, estoy a salvo, porque ahora son ellos los que me tienen miedo a mí no
yo a ellos, no tengo que confesarles nada, sólo a usted

le diré la verdad Madre Benita, sí, me robé algo de la
casa de don Jerónimo, mire, este pequeño volumen de
lomo verdoso, nada más que un volumen, aunque hubiera querido traerme los cien ejemplares, pero no
pude, paralizado en su biblioteca, rodeado de los
sillones de terciopelo gris de siempre, de luces bajas, de troncos chisporroteando en la chimenea, parado sobre la alfombra de tintes tan profundos que
me ahogó el terror de naufragar en ellos y su lujo
me tragara... salvar lo que se pueda, estiré la mano
hacia mis libros, donde siempre estuvieron esos cien
ejemplares, intactos como una burla entre sus curiosidades, esos cien ejemplares que suscribió generosa-
mente para ayudar a un pobre estudiante a publicar
su librito, que repite y repite su nombre y el nombre
de Inés en todas las páginas, Inés lo miró con ternura
entre las flores azules que arreglaba en un búcaro de
cristal de Lalique, Jerónimo de Azcoitía bajó las escaleras vestido con su traje de viaje para partir a la
Rinconada, Inés y la Peta cuchicheaban junto a la
quencia de la galería mientras pasaban las horas tejiendo para el ajuar de Boy... y mi nombre arriba,
sobre el texto de todas las páginas izquierdas, Humberto Peñaloza, Humberto Peñaloza, Humberto Peñaloza,
esa reiteración de mi nombre destinada a conjurar su
vergüenza, a consolar a mi padre, a burlar a mi madre, a asegurarme a mí mismo que, al fin y al cabo,
con mi nombre impreso tantas veces, nadie podía
dudar de mi existencia. ¿Repetido cuántas veces?
A ver, Madre Benita, ayúdeme a calcular, la fiebre me
suelta la lengua pero no puedo concentrarme para
hacer una operación de aritmética, cada ejemplar tiene ciento ochenta páginas, son noventa Humberto Peña-
lozas por ejemplar, más una vez en cada portada, una
vez en cada portadilla y una vez en cada lomo... saquemos la cuenta: mi nombre repetido nueve mil trescientas veces en la biblioteca de don Jerónimo de Azcoitía. ¿Cómo no iba a temer que me tragara esa alfombra reverberante de signos? No, mi nombre sólo
nueve mil doscientas siete veces porque antes de huir
me robé *un* ejemplar. Cuando esté sano y no me tiem-

blen las manos con la fiebre y no se me borronee la
vista quizá le lea a usted, a usted por ser usted y
porque me tiene la mano tomada y está escuchán-
dome, uno que otro pasaje de esas prosas cursis, de
las ingenuidades del exquisito escritor de estilo tan
artístico, de sensibilidad tan selecta, el poeta de las
viñetas primaverales, el joven talentoso que sale recién de la crisálida para respirar el aire fragante de
un futuro venturoso que será honra para las letras
nacionales, y después de leerle algún retrato de mujer de los que escribía entonces porque no conocía
ninguna, sólo me las imaginaba enfundadas en una ola
de aromas orientales porque entonces los aromas eran
siempre orientales, y las túnicas siempre recamadas,
y las poses exangües y la coquetería cruel pero risueña destrozaba corazones, y el plenilunio era ubicuo, un
mundo perdido más atrás de otros mundos perdidos
más atrás de otros mundos perdidos, excelencia sustituyendo excelencia caducada, cabezota de cartonpiedra
dentro de cabezota de cartonpiedra, el olvido ahogán-
dolo todo, yo me he colocado voluntariamente en sus
fauces, he reptado hasta su garganta para lanzarme
por su esófago y desaparecer y he desaparecido, sí,
Madre Benita, aunque usted tenga mi mano en la suya
y me consuelen sus palabras piadosas, ya no soy. Tal
vez lo mejor será que cuando me mejore me meta en el
atado de trapos debajo de mi cama donde guardo el
chalet suizo y mis manuscritos, así ellos no me pega-
rán porque con sus puños endurecidos me quieren obligar a hablar. No puedo. No quiero confesar por qué
salí corriendo de la casa de don Jerónimo de Azcoitía,
la patada de un carabinero que no logra agarrarme, y
me tiro al caudal de autos achaparrados bajo el chubasco, que llenan la calzada, ladrón, ladrón, pitazos que
llaman más carabineros, y en los autos ellos vuelven
de ver esa nueva de la Jeanne Moreau y van a comer
bistec con puré de papas: me ven en el abanico despe-
jado de sus limpiaparabrisas, frena, mierda, casi cho-
co, no se ve nada con esta lluvia, roto de mierda, por
Dios que ha llovido este año, me ven a un metro de
distancia en el foco de luz que la lluvia rasguña, disuel-

to en la lluvia pero el limpiaparabrisas me devuelve y me devuelve y me devuelve y me devuelve y me devuelve la solidez de que carezco, para que ellos puedan verme, un hombrecito como ciego, el pelo empapado, empapado entero en el segundo de nuestra frenada, huyendo a tientas entre el acoso de los autos que lo aprietan, los carabineros furiosos en la vereda piteando frustrados en su autoridad, el fantoche perseguido bailando como una alucinación en las luces rojas que le muerden las pantorrillas mientras él huye entre los Citroën que patinan, los Ford que chocan, que bocinean, roto de porquería y esta manga que no amaina, frena, cuidado, Hernán, que vas a matarlo, qué me importa a mí si casi me hizo chocar mi Renault nuevecito, pero ya se perdió detrás del Morris allá en la lluvia del parque y se irá a esconder en el río, pero yo no soy ladrón, Madre Benita, se lo juro, uno no roba su propio nombre porque uno tiene derecho a disponer de él para lo que quiera, aprovechar uno de esos días de invierno cuando oscurece temprano para quemar todos mis papeles, todos mis nombres idénticos y reiterados, sin dejar ni una huella, los tiraré desde este puente de fierros negros al cauce de piedra y después de descolgarme hasta aquí encenderé una hoja, dos, un cuadernillo quizá, para calentarme las manos un poco porque hará frío. Ese languetazo de tibieza no será suficiente. Necesito más calor para combatir la intemperie aterradora. Otros papeles, pensamientos, viñetas, diario de una semana que no continué, ejemplares robados de bibliotecas públicas de donde nadie jamás los había sacado, libretas de anotaciones cubiertas con mi letra temblorosa pero vehemente. Mire, Madre Benita, cómo crece el círculo rojizo a mis pies, óigalos, son ellos, los que no tienen rostro, que se vienen acercando a mi llama de uno en uno. Algo se agita entre esas matas: un perro acude a echarse junto a mi fuego. Un bulto se dibuja contra la línea del agua por donde se escabullen ratones gordos cebados de desperdicios, el bulto se hace sólido, avanza. Un trozo del muro de granito tiembla y cae: no, no tema, Madre, no es más que un niño que saltó desde la boca de una

cloaca. Más libros, más papeles al fuego y mis libros
y mis papeles en que arde mi nombre hacen crecer
el ámbito generoso al que ellos, que ya han sido some-
tidos a las intervenciones quirúrgicas que borran sus
rostros, están entrando para calentarse, no, no sólo
para eso, para reconocerme y acogerme como uno de
ellos cuando haya eliminado definitivamente mi nombre. Porque son ellos, los privilegiados, los que no
sienten miedo ni vergüenza porque ni la autoridad ni
la burla pueden despojarlos de nada porque no tienen
nada, esas figuras que las llamas de mis papeles con-
vocan. La marea de tinieblas se va retirando, los deja
casi descubiertos como rocas disfrazadas con algas harapientas, pero los reconozco bajo sus disfraces: el
príncipe oriental, turbante, barba negra, manto, uñas
largas, tiende voluptuosamente su cuerpo junto a mi
fogata sobre la arpillera dorada de su saco en que
llevará... nada, cosas, trapos, cartones, nada. El nudo
de niños y perros pulguientos forma un solo animal
monstruoso en el suelo, pies desnudos, embarrados,
yertos, ojos ardiendo, pelajes overos, granos, colas,
belfos arriscados, orejas translúcidas, narices chorrean-
do, y acuden más y más portadores de disfraces efímeros, si no nos disfrazamos de algo no somos nada,
monjes de facciones demacradas casi ocultas por la
sombra de la cogulla oscilante en mi llama, mire a esa
vieja que se acerca a la luz su mano verrugosa como la
de la Peta Ponce y su mano es tan transparente que
usted y yo vemos los huesos delicados dentro de esa
carne que se desmorona entre los harapos que se van
fundiendo en el calor de mi fuego. ¿No siente el olor
a trapos empapados recalentándose, a mendrugos de
pan añejo que ponen junto al fuego de mis papeles
para que se reblandezcan un poco, a colillas que encienden en mi llama? Cuando Boy se deshaga de don
Jerónimo en forma definitiva, me devolverá todos mis
libros, los noventa y nueve ejemplares que le quedan,
para alimentar con ellos esta llama inmensa a que
acuden, mírelos, Madre Benita, de dónde vendrán, el
ocre de su miseria, la sepia de su mugre, los grises de
sus harapos lujosos, más rostros y bultos y manos,

y ojos revelados en un destello, y pliegues imperiales, acuchillados que descubren el brillo de la cota de malla que es un chaleco que se desintegra, flecos que son tiras, jubones que son pijamas viejos, emblemas que son parches, penachos que son greñas, hasta que caigo consumido con mi último papel y mi último ejemplar, y el fuego se va apagando porque no queda nada mío con que alimentarlo. Espere, Madre Benita, no se vaya, sus quehaceres no son tan apremiantes como para no escucharme hasta el final y contemplar la lenta retirada de los príncipes con sus cortes de enanos y negros, de esclavos y miñones, de favoritas y alcahuetas, de confesores y niños y perras tiñosas, de alabarderos, de pajes. Usted cree que sólo están disfrazados de lo que parecen ser. Quitémosles los disfraces y quedan reducidos a gente como yo, sin rostro ni facciones, que han tenido que ir hurgando en los basureros y en los baúles olvidados en los entretechos y recogiendo en las calles los despojos de los demás para confeccionar un disfraz un día, otro disfraz otro, que los permita identificarse aunque no sea más que por momentos. No tienen ni siquiera máscara. Hay tan pocas máscaras, por eso es que me da pena que hayan destruido la cabezota del Gigante. Yo no entiendo, Madre Benita, cómo usted puede seguir creyendo en un Dios mezquino, que fabricó tan pocas máscaras, somos tantos los que nos quedamos recogiendo de aquí y de allá cualquier desperdicio con que disfrazarnos para tener la sensación de que somos alguien, ser alguien, gente conocida, reproducción fotográfica en el diario y el nombre debajo, aquí nos conocemos todos, en realidad casi todos somos parientes, ser alguien, Humberto, eso es lo que importa y parpadea la luz de la lámpara y cojea la mesa bajo los codos de mi hermana sosteniendo su rostro en sus manos como en la última postal de la Bertini, máscara también la de mi hermana, máscara de la Bertini porque su rostro no era suficiente, uno va aprendiendo las ventajas de los disfraces que se van improvisando, su movilidad, cómo el último ocultó al previo, basta un trapo a cuadros amarrado a la cabeza, un parche de papas en las sienes, afeitarse el bigote, no lavarse durante un mes para cambiar de color, cómo alterarlos y perderse dentro de sus existencias fluidas, la libertad de no ser nunca lo mismo porque los harapos no son fijos, todo improvisándose, fluctuante, hoy yo y mañana no me encuentra nadie ni yo mismo me encuentro porque uno es lo que es mientras dura el disfraz. A veces compadezco a la gente como usted, Madre Benita, esclava de un rostro y de un nombre y de una función y de una categoría, el rostro tenaz del que no podrá despojarse nunca, la unidad que la tiene encerrada dentro del calabozo de ser siempre la misma persona. Estos que acudieron a calentarse en mi fuego, al contrario, son fluctuantes como las llamas y las sombras, me acogen benévolamente en su número ahora que he quemado mi nombre definitivamente, mi voz la perdí hace mucho tiempo, ya no tengo sexo porque puedo ser una vieja más entre tantas viejas de la Casa, y mis papeles incoherentes de garabatos que intentaron implorar que se me concediera una máscara definida y perpetua, los quemo, pero no todos, no todos, quedan tantos volúmenes allá en la biblioteca de los sillones grises, pero no lo saben, creen que soy como ellos porque he aprendido a ir disfrazándome con los desperdicios que voy encontrando tirados en los rincones o en la calle... alguna vez lograré ser uno de ellos... partir sin dejar rastro... no hollar el suelo... no alcanzar sombra de contorno recortado... sólo así lograré liberarme de don Jerónimo que me busca porque me necesita y necesita cosas que conservo y de las que no me puedo desprender todavía, y de la Peta Ponce, que no muere jamás, llega hasta aquí como un eco nacido en la pesadilla inicial, no logro engañarla con mi sucesión de disfraces, por lo menos confundirme con ellos, sombras, espaldas cargadas con sacos, barbas, encías sin dientes, pitillo caído en la esquina de la boca, quisiera integrarme a la corte que lentamente se va yendo... yo, víctima temblorosa dotada de una identidad precaria, transformado como ellos en débil verdugo intocable porque nada podemos perder porque no tenemos nada que nadie nos envidie ni desee... se van... vámonos de aquí, Madre Benita, sigámoslos, hace frío aquí en el cauce de piedra y los carabineros, arriba, siguen vigilando para buscarme porque me robé mi propio libro, pero no, hasta los carabineros se van porque ya es tarde. Síganos, Madre Benita, confundámonos con las sombras que se dispersan, estoy aprendiendo a ser uno de ellos y poco falta... usted también podría, si quiere, yo le puedo enseñar cómo, ya tiene algunos signos exteriores que la marcan como de los nuestros, su papalina ajada, sus manos ásperas, su amargura, venga, no se quede atrás, no desaparezca, Madre Benita y no me deje aquí, temblando de frío y de fiebre, solo, sin su mano en mi mano, sin su protección contra estos brutos que me maltratan, ladrón, ladrón, ya, vamos, a la comisaría, pataleo y me arrastran y grito, y usted no viene, Madre Benita, me deja solo, suelta mi mano, no me deje, no me deje... no me peguen que no he hecho nada...

ESTÁS AHÍ, SENTADO frente a mí. Oigo la lluvia que cae afuera, la persistencia familiar de la gotera cayendo en la palangana colocada bajo el vidrio roto de la claraboya. ¡Qué mal zurcida tienes la cara! Qué inútiles los esfuerzos del doctor Azula para fabricarte ese remedo de párpados normales, esa frente sin límite preciso, para injertarte orejas donde deben ser, para dibujarte la mandíbula que la naturaleza no te dio. Eres mucho más monstruoso que la imagen con que la María Benítez nos amenaza si la Iris llega a *meterse con un hombre*, pero no sabe que tu madre se metió con todos los chiquillos del barrio, con todos los pijes y las autoridades de la capital, por eso naciste así. Un sillón Chesterfield de cuero manchado, un escritorio con muchos cajones, un espejo de luna trizada en que veo algo que podría ser mi rostro lamentable, es todo lo que llena esta salita donde los carabineros me trajeron para esperarte. Han encendido una lámpara baja, de cuello de cisne, que ilumina el detalle de las facciones artificiales que el doctor Azula tuvo que fabricarte, porque naciste sin rostro a pesar de ser Azcoitía, la miseria increíble de tu cuerpo retorcido que las fricciones y ejercicios ideados por Basilio no lograron corregir. No creas que me sorprende verte. Te he visto tanto después de la muerte de don Jerónimo, te he seguido con tanto empecinamiento, seguro que no me reconocerás porque al fin y al cabo yo estuve a cargo tuyo en la Rinconada sólo hasta que cumpliste cuatro años, te he esperado durante horas enteras en la puerta de la sastrería donde te hacen la ropa que disimula apenas la deformidad de tu cuerpo. Un día, de intento, choqué contra ti en la multitud de una esquina, y te sentí en mis brazos, como cuando eras niño miss Dolly me pasaba ese envoltorio que eras, para que te meciera unos minutos. Tú no me miraste. Seguiste tu camino. Aunque me hubieras mirado y me hubieras visto no sabes quién soy. ¿Te sorprendió mucho que el teniente de guardia de esta comisaría te dijo respetuosamente, porque sabe que eres el hijo del senador y mereces respeto a pesar de ser un monstruo, que un mendigo entró en tu casa esta noche para robar un librito de ciento ochenta páginas? Es ese libro que hojeas. Lo conoces bien. Poseías, al fin y al cabo, cien ejemplares, y pasas casi todo el tiempo en tu biblioteca, como para recobrar los años que nosotros, Melchor y Emperatriz y yo y todos, te hicimos perder. Yo, oculto en un banco entre los acantos del parque, te he visto leyendo junto a la ventana abierta si es verano, o me he acercado a los vidrios empañados si es invierno y te he divisado trepándote a la escalera para hurgar entre los libros de tu padre como si buscaras algo, examinando sus libros sin cambiarlos de sitio, como si así quisieras preservar algo de esa armonía que era de don Jerónimo pero que tú contradices con tu existencia. Caminas mal, eres torpe y vuelcas las cosas, tu respiración es ronca, eres torcido y patizambo. Perteneces a una Rinconada sombría y laberíntica, existencia de pasadizos, de rincones olvidados, tu ser dibujado por las caries del tiempo en el enlucido de un muro. Pasas las páginas de mi libro al azar, como sin curiosidad, tienes que partir, regresar a tu casa amarilla frente al parque. Además no te intereso. Más bien estás un poco contrariado porque te llamaron al cuartel de policía a esta hora para un asunto tan trivial. Te vas a ir. No me concedes importancia. Vas a dejar mi libro y te vas a ir para siempre sin saber quién soy, a quién le debes todo lo que eres y lo que no eres, no te vayas, Boy, no te vayas, reconóceme siquiera un instante, págame el hecho de existir siquiera devolviéndome los noventa y nueve ejemplares de mi libro que te quedan y no te interesan, para quemarlos e ingresar definitivamente al mundo de los que olvidaron su nombre y su rostro, no me abandones así, ésta es mi última oportunidad, y por miedo a que desaparezcas para siempre pico tu curiosidad trazando estas palabras sobre un papel: *Yo escribí ese libro que está hojeando.* Me has obedecido porque te sientas otra vez. Ahora hojeas el libro con más detenimiento. ¿Usted? ¿Por qué se metió en mi casa para robárselo? ¿Por qué usó mi nombre y el nombre de mi padre y el nombre de mi madre como si fueran nombres de ficción? ¿Por qué nos conoce una persona como usted? No creo que una persona como usted haya escrito este libro... No te oigo. Eso lo sabes. En la sala de guardia te dijeron que cuando me iban a martirizar para que confesara mi nombre como quien confiesa el más atroz de lós delitos, señalé mi boca y mis oídos, no, no entiendo, no oigo, soy sordomudo, y los vencí con mi debilidad, no me azotaron los puños de esos brutos porque ser sordomudo es igual a rajarse el abdomen: la mano amenazante del carabinero que estaba a punto de abofetearme cayó inutilizada. No me pegaron. Bueno, qué le vamos a hacer, llévenselo a la salita para que espere que el dueño de casa venga a declarar si hubo robo o no, yo creo que no, que este pobre diablo se debe haber metido en esa casa para protegerse de la lluvia, hay que ver qué lluvia la de esta tarde, sí, es sordomudo. Soy sordomudo. Te lo advirtió el teniente.

Con un orgullo que me recuerda al de tu padre me estás preguntando: ¿Qué relación hay... qué contacto *puede* haber habido...? No te oigo. Te hago repetir tus preguntas. Lo haces vocalizando con cuidado para que yo pueda leer lo que formulas con la imprecisión de tus labios de pescado. ¿No te das cuenta que tu boca es tan deforme que resulta imposible leer en tus labios? ¿Cómo puede probarme que es verdad que usted es el autor de este libro que habla de mí, de mi padre, de mi madre? Sigues hojeando. De pronto levantas tu cabeza de gárgola y bajo esos párpados que son el remedo de párpados humanos veo el azul del arco voltaico de los ojos de tu padre, ese azul que exige pruebas, porque un señor de sangre vasca no debe creer en cosas que no se prueban. Tengo frío. Me tiemblan las manos con la misma fiebre que me las hace temblar ahora que le estoy pasando a usted, Madre Benita, el volumen de lomo verdoso para que usted también vaya comprobando que todo lo que digo es verdad. Mi ropa se me pega al cuerpo porque todavía pesa, empapada. En la hoja de papel trazo la respuesta: *Para demostrarle que es verdad lo que digo, puedo escribir de memoria cualquier capítulo del libro.*

Aceptas. Tú mismo colocas papel sobre el escritorio, acomodas la luz, me entregas tu Parker de oro, porque te he vencido, tu curiosidad es mayor que tu deseo de volver a tu casa, lo que está sucediendo en esta salita de la comisaría no es insignificante, valió la pena salir en esta noche de lluvia. Voy a escribir el prólogo. Abra el libro, Madre Benita, está un poco húmedo con la lluvia porque no pude protegerlo cuando me escondía de los carabineros que me atraparon en el río, pero vaya leyendo para que usted también me crea. Te sientas justo frente a mí, bajo el espejo de la pared. No te veo. Pero ni por un minuto dejas de mirarme.

CUANDO JERÓNIMO DE Azcoitía entreabrió por fin las cortinas de la cuna para contemplar a su vástago tan esperado, quiso matarlo ahí mismo: ese repugnante cuerpo sarmentoso retorciéndose sobre su joroba, ese rostro abierto en un surco brutal donde labios, paladar y nariz desnudaban la obscenidad de huesos y tejidos en una incoherencia de rasgos rojizos... era la confusión, el desorden, una forma distinta pero peor de la muerte. Hasta entonces el copudo árbol genealógico de los Azcoitía, del que él era el último en llevar el apellido, había dado sólo intachables frutos de selección: políticos probos, obispos y arzobispos y una beata de piedad espectacular, plenipotenciarios en el extranjero, mujeres de belleza deslumbrante, militares generosos con su sangre y hasta un historiador de fama en todo el continente. Era lícito esperar que Jerónimo no fuera el último Azcoitía, que el lustre del apellido se prolongara en la semilla de hijos y nietos para que la estirpe continuara produciendo frutos cada vez más perfectos hasta el fin del tiempo.

Pero Jerónimo no mató a su hijo. El espanto de verse padre de esta versión del caos logró interponer unos segundos de sorpresa paralizadora entre su primer impulso y la acción, y Jerónimo de Azcoitía no mató. Eso hubiera sido ceder, incorporarse al caos, ser víctima de él. Y encerrado durante semanas en el cuarto del recién nacido, conviviendo con él y alimentándolo con sus manos, llegó a decidir por medio de sus conversaciones con su secretario y confidente, el único con acceso a su encierro, que muy bien: esta burla brutal significaba, entonces, que lo abandonaban las potencias tradicionales de las que él y sus antepasados recibieron tantas mercedes a cambio de cumplir con el deber de guardar Su orden en las cosas de esta tierra. También se vio abandonado por las otras potencias, las más oscuras, a las que Inés, enloquecida por el ansia de darle descendencia, logró convencerlo que acudieran. Ahora, tanto las potencias de la luz como las de la oscuridad eran igualmente sus enemigas. Quedó solo. Pero él no las necesita. Es fuerte y lo probará, probará que hay otra dimensión, otros cánones, otros modos de apreciar el bien y el mal, el placer y el dolor, lo feo y lo bello. El niño monstruoso que pataleaba llorando en su cuna porque tenía hambre era un engendro que le proporcionaría no sólo los medios para prevalecer, sino para probar que él, Jerónimo de Azcoitía, era el más grande y el más audaz de todos los Azcoitía de todos los tiempos, como no se cansaba de repetírselo su secretario.

Jerónimo no mató. Siguió viviendo casi —casi— como antes. Era uno de los hombres más envidiados del país. Envidiado porque después del luto por su mujer, muy pocas personas recordaban la existencia

de Boy, su hijo que vivía en la Rinconada, un fundo
remoto donde Jerónimo nunca iba, ocupándose, sin
embargo, de rodearlo allí de todas las comodidas que
un hijo suyo podía —y debía— necesitar. No es raro
que el recuerdo de Boy se borrara de la memoria
de la gente. El tiempo, claro, fue un factor importante, pero no el único ni el decisivo. La gente olvidó a
Boy porque resultaba tanto más cómodo hacerlo. Acordarse de él hubiera sido reconocer que un hombre
tan dotado de armonía como Jerónimo, que representaba con tanta altura lo mejor de todos ellos, puede contener la semilla de lo monstruoso y entonces
la convivencia amistosa con el senador resultaría no
sólo inquietante sino terrible. Al fin y al cabo nadie
salvo ese secretario había visto a Boy. ¿Quién tenía
pruebas de su existencia? Era más fácil pensar en la
incongruencia de que este paradigma de caballeros hubiera engendrado un hijo deforme, y de ahí pasar a
decirse que Boy, con seguridad, constituía una de esas
leyendas negras que por último es natural que la envidia haga surgir alrededor de los personajes ilustres.

Y la gente tal vez tuviera razón, puesto que Jerónimo mismo contribuyó con su silencio a borrar todas
las sombras de lo que para él debe haber sido una
tragedia. Sólo hurtándose a las conmiseraciones podía
asumir la plenitud de su papel de terrateniente poderoso, de senador que defiende los derechos de su casta contra las pretensiones de los advenedizos, de figura que en los salones, en las carreras, en el foro, en
el club, en la calle atraía las miradas. Algunas mujeres, bajo simulada pasión política, acudían al parla-
mento para oír hablar al viudo y deleitarse desde la
la galería con el espectáculo de su cuello clásico y de
su estatura heroica: no eran secretos los nombres
de las señoras que aspiraron a ocupar el vacío que
creían advertir detrás de la suntuosa fachada de su
porte y su palabra. Pero nadie, nunca, logró penetrar
más allá de esa fachada. Sus enemigos lo tildaban de
arrogante, hasta de vanidoso. Era, sin duda, muy consciente de su apostura, pero sólo como era consciente
de todo refinamiento, en sí mismo y en los demás.
Quizá no fuera más que cierto amaneramiento en el

vestir lo que los molestaba, cierto rebuscamiento algo pretérito, recuerdo, sin duda, de su larga permanencia en Europa, donde, se rumoreaba, pasó una juventud libre y dispendiosa con los elegantes de entonces. El hecho es que la presencia de Jerónimo era una lección de armonía, incómoda porque era imposible emularla en estas latitudes bárbaras. Hasta en su último discurso en el senado antes de retirarse a sus tierras para encerrarse en su vida privada, adoptó al hablar sus habituales actitudes de estatua, un poco cansadas ya, es cierto, pero siempre viriles y convincentes.

Una atronadora salva de aplausos acogió el discurso de despedida del senador. Sus palabras fueron tan lúcidas que al día siguiente los diarios lanzaron en primera plana el nombre de don Jerónimo de Azcoitía como posible candidato a la Presidencia de la República. Pero a los correligionarios que acudieron a felicitarlo les advirtió que no contaran con él, que iba a tomar unas vacaciones largas para viajar, o para no viajar, en todo caso contemplaba un descanso de duración indefinida.

Entonces Jerónimo desapareció de la capital sin explicar nada a nadie, cortando bruscamente amistades y compromisos, delegando obligaciones y trámites en administradores de confianza. En fin, dijo el público después de unos meses, él sabrá lo que hace. Por lo demás la edad ya comenzaba a notársele y dentro del partido tradicional surgían nuevas voces que señalaban nuevos rumbos. Además —recordaron brevemente antes de olvidarlo— ¿no estaba un poco raro ahora último, no había sido siempre, visto desde ahora cuando uno tenía perspectiva para analizarlo, distinto, raro? ¿No era verdad que su arrogancia, que ni sus íntimos se atrevían a negar, había terminado por encerrarlo detrás de un muro donde reinaba él solo, dueño y señor de una verdad evidentemente absoluta, cuyo secreto jamás reveló a nadie?

A pesar de todo, al cabo de algunos años, la noticia de su muerte causó verdadera consternación. El país entero, entonces, recordó los servicios del eminente hombre público y se le tributaron los mayores homenajes: trasladaron sus despojos al cementerio sobre una cureña cubierta con el tricolor nacional. Muchos opinaron que esto no debió haber sido así ya que el papel de Jerónimo de Azcoitía fue más bien político que histórico y que su nombre perduraría sólo en textos especializados. A pesar de las discusiones a propósito de los honores concedidos —o quizá por eso mismo— todo el mundo acudió a su entierro. Junto al mausoleo de la familia —su cuerpo ocupó un nicho con su nombre y las fechas de su nacimiento y de su muerte, equiparándose en el mármol con los Azcoitía que lo precedieron— los oradores evocaron sus logros, la enseñanza de esta vida ejemplar que señalaba el fin de una raza a la que el país, pese a los cambios del mundo contemporáneo, se reconocía deudor. Una pesada cadena de fierro cerró las rejas del mausoleo donde, dentro de unas horas, comenzarían a podrirse las flores. Dándole la espalda, los caballeros vestidos de negro se alejaron lentamente entre los cipreses, lamentando el fin de tan noble linaje.

¿VES? PALABRA POR palabra. No te miré ni una sola vez mientras escribí el prólogo. Pero tú no me quitaste la vista de encima: todo el tiempo sentí el arco voltaico de tu mirada escudriñándome. Una quietud inmensa nos ha envuelto durante más de dos horas. Pongo punto final. Pero no levanto la vista de las hojas de mi prólogo, pongo una coma aquí, un acento allá, indico párrafo aparte con dos rayas paralelas, cualquier cosa, porque no me puedo desprender de lo que acabo de escribir a pesar de que siento que te estás levantando del sillón bajo el espejo. Cuando por fin alzo la vista te veo encuadrado en ese espejo borroso, deforme mi rostro angustiado en esa agua turbia en que se ahoga mi máscara, el reflejo que jamás me dejará huir, ese monstruo que me contempla y que se ríe con mi cara porque tú te has ido, Boy, ni siquiera lees el prólogo que he escrito anunciando tu nacimiento para que sepas quién eres, y ellos vuelven, sin sus perros hambrientos esta vez, para decirme bueno, puedes irte, ándate, lárgate de aquí que más el trabajo que nos has dado y que no te volvamos a ver el polvo, tienes suerte que te soltemos, el futre no pudo venir, telefoneó para decir que lo siente mucho pero que todo es tan insignificante, tan sin importancia, que no vale la pena caminar las dos cuadras desde su casa hasta la comisaría, sobre todo con esta tormenta que no amaina, nunca he visto llover así, el cielo se está cayendo, ya, qué son esos papeles, tómalos, son tuyos, métetelos en tu bolsillo si quieres, nosotros no queremos quedarnos con mugre, llévatelos, ya, afuera se ha dicho, qué nos importa que un mendigo como tú se moje, debes estar acostumbrado, te refugiarás en la glorieta de algún parque, bajo la barriga de bronce de alguna estatua ecuestre en una plaza hasta que pare la lluvia, qué sé yo, o volverás al río, debajo del puente se congrega la gente como tú, ya, a la calle, y cuidadito con entrar a las casas de los caballeros aunque no robes nada, mira que otra vez no te va a ir tan bien como te fue hoy... y huyo, Madre Benita, por el parque y por la lluvia sin perros acosándome, huyo, perdido en las calles, ahogado por el vacío sin dirección en que me encuentro porque la lluvia lo borra todo, la Casa, dónde está la Casa, cómo llego a la Casa, esta lluvia brutal puede disolver la estructura de barro, el adobe viejo tiene que caer, los laberintos empapados tienen que desmoronarse, pero no, no caerán, todas las viejas, acogedoras y solícitas, y la Madre Benita también, están esperando para abrirme el portón, para dejarme entrar y encerrarme y protegerme, cómo no me van a proteger y cuidar si me encontraron tirado inconsciente junto al portón que se tiene que abrir para dejarme entrar.

10

EL PORTÓN SE ABRIÓ. Ella le dio la bienvenida con
una sonrisa acogedora y lo condujo a través del patio,
entre las palomas indiferentes que picoteaban las baldosas, hasta el otro lado del corredor. Sentándose, se
reclinó en el respaldo del sillón. El crujido del mimbre era cordialísimo bajo la sombra de la madreselva
que devoraba las pilastras. La sirviente dijo que su tío
no había llegado, pero no tardaría. Jerónimo tomó un
sorbo de aguardiente y le dio las gracias. Hizo chasquear sus dedos para interrumpir a las palomas, pero
continuaron ensimismadas bajo el sol vertical, per-
sistiendo en su coloquio monótono, que la retirada de
la sirviente cruzando entre ellas tampoco logró interrumpir.

A su regreso de Europa lo único que en su país no
lo había defraudado eran los fragantes congrios servi-
dos los viernes en la mesa de su tío, el Reverendo Padre don Clemente de Azcoitía. Los congrios, y claro, lo
que iba con ellos: el silencio remansado en esos patios
cuya tosca arquitectura de adobe indicaba una vida
casi de frontera comparada con la que él conocía, y
la charla de su tío, más política que eclesiástica, más
mundana que mística, aliñada con picantes anécdotas de la familia, de esa gran familia a la que todos
pertenecían. Jerónimo emprendió el viaje de regreso
a su patria para ver si integrándose a algún nivel de
esa *familia* lograba pertenecer por fin. Ahora, al cabo
de dos meses y a pesar de su tío y del deleite de los
congrios y la madreselva, especulaba sobre un posible

regreso al punto de partida, aunque sólo fuera para hacer la estupidez de lanzarse a las llamas que envolvían a Europa. Se inclinó para dejar el vasito en la mesa. Esta vez bastó ese ligero movimiento para que las palomas inconsecuentes volaran a continuar su cháchara sobre las tejas.

La demora de don Clemente no era habitual. Siempre esperaba a sus contertulios de los almuerzos de los viernes sentado en esa parte del corredor, con el diario de la mañana bien leído y su crítica a la última actuación del partido lista para sus invitados, aun antes de que tomaran asiento. El Arzobispo lo había dispensado de sus deberes sacerdotales para que, cargado de honores, se retirara a cumplir el resto de su vida de señorón criollo, y morir en esa casa donde tanto él como Jerónimo nacieron. Pero ni los años ni las dolencias menguaron la sociabilidad del clérigo. Todos los viernes reunía en su comedor, alrededor de una mesa cargada de pescados y mariscos, una distinguida tertulia masculina experta en relacionar las perturbaciones de la bolsa con cambios de gabinete, un grupo ducho en parentescos, en el precio del ganado y propiedades, formadores de comités para recibir a dignatarios extranjeros portadores de sabios consejos, dadivosos para otorgar puestos a los que, aunque no fueran como ellos, desearan parecérseles. El rumor ciudadano hacía circular el cuento de que quien determinaba los acontecimiento políticos del país era una tal María Benítez, cocinera de toda la vida de don Clemente, cuya caricatura solía aparecer en un insolente pasquín ilustrado como la encarnación de la oligarquía, revolviendo con su cucharón descomunal la olla rotulada con el nombre del país. Don Clemente, entre carcajadas, aseguraba:

—¡Pero si no son más que almuerzos de familia!

Lo que era verdad, porque los parentescos y vinculaciones de los Azcoitía incluían a todas las ramas del poder. En el primero de estos almuerzos a que asistió Jerónimo, en medio de los habanos soberbios proporcionados por don Clemente, los caballeros, con uno que otro botón del chaleco desabrochado, lo saludaron con afecto, recordando a su padre y a su abuelo, ale-

grándose de que por fin, después de cinco años de
ausencia, se encontrara otra vez entre ellos. Un ministro de barriga campechana, cuya frente tostada abajo
y blanca cerca del pelo acusaba la presencia consuetu-
dinaria del sombrero patronal, dijo:

—Tu lugar está aquí, hombre. ¿Para qué quieres
seguir viviendo en Europa entre descreídos y degenerados, si aquí eres alguien? Claro que allá las mujeres...

Los comensales celebraron con risotadas esta prueba de los apetitos proverbialmente insaciables del ministro. Dejándose admirar, bebió hasta el fondo otro
vaso de tinto y después de la primera bocanada de
humo de su habano, calculó la edad de Jerónimo:

—A ver. Tus padres se casaron al final de la guerra
en que recuperamos las provincias del norte. Me acuerdo muy bien porque, como tuve que quedarme en la
frontera después de la paz, no pude asistir al casamien-
to. Y tu pobre padre murió como un héroe en la revolución. Yo ya era ministro entonces, y usé la palabra
en el entierro. Estoy viéndote: muy serio, con el pelo
de paja de todos los Azcoitía, encabezando el cortejo.
Tendrías ocho años. Todos comentamos tu hombría.
Sin duda estabas destinado a realizar las promesas que
la muerte prematura de tu padre dejó truncas. ¿Y cómo
no me voy a acordar que tenías cerca de... de veintiséis
años al irte a Europa si yo mismo te ofrecí ser mi secretario cuando la cuestión de límites, con el fin de rete-
nerte aquí? Debes andar por la treintena.

—Treinta y uno...

Para desviar la conversación que tan incómoda-
mente ligaba su historia personal con la historia del
país, Jerónimo explicó que su regreso se debía más que
nada a la guerra. Los caballeros acercaron sus sillas
y dejaron sus vasos, rodeándolo para preguntarle sobre Verdún... Pero el interés por estos asuntos pronto
se marchitó, y la charla fue desviándose hacia las cepas
recién importadas, hacia la posibilidad de que un de-
sastre francés les abriera un mercado de exportación,
robusteciendo así al Partido en las próximas elecciones.
Ése era el problema importante. En cierta provincia
clave faltaba un candidato con ascendiente sobre el

populacho, un hombre de fortuna que estuviera dispuesto a comprar lo que no se daba, un nombre que significara fuerza real. Barajaron personalidades desconocidas para Jerónimo, discutiendo filiaciones políticas y familiares. La voz epicena de don Clemente sonaba acalorada sobre el debate, mientras un juez que se abstuvo de participar en una discusión tantas veces repetida cabeceaba en un rincón, la servilleta llena de migas extendida sobre la barriga. Los miembros de las dos facciones irreconciliables del partido cruzaron palabras gruesas sobre los restos del almuerzo. Un diputado abandonó furioso el comedor sin despedirse de nadie. Y más tarde, cuando la modorra comenzó a dispersar a los comensales hacia sus siestas digestivas, el ministro puso su mano sobre el hombro de Jerónimo, estrechándole largamente la derecha:

—Tu lugar está con nosotros.

¿Por qué las palomas no se decidían a llevar su diálogo a otros tejados y reiterarlo para otros oídos? Poniéndose en pie Jerónimo se paseó por la parte sombreada del corredor para que los pilares sucesivos fueran afirmándole que su lugar estaba, efectivamente, aquí. Pero no lograba interesarse por ese lugar, era tan pobre el incentivo. En cinco años allá había aprendido su derecho natural a las personas de calidad más alta y a los objetos más hermosos. Después de reconocerse entero en todo eso era difícil reducirse a los rudos agrados de las tertulias en la casa de su tío cura. *On dit que Boy est le propriétaire d'un pays exotique quelque part, je ne me rapelle plus le nom. Je crois qu'il l'a inventé...* eso decían sus amigas en París. Y hasta cierto punto era verdad. Se había venido por la guerra. Verdad. Pero más que nada porque en el último tiempo andaba con el centro de su orgullo herido. Y para que la simetría de su vida resistiera el examen de su propia exigencia debía ser distinta, nacer de una raíz propia, ineludible, más poderosa que su voluntad. Solamente la falta de libertad determina deberes. Y al sobrepasar la treintena Jerónimo fue adquiriendo la certeza de que, en último término, los deberes son lo único que da nobleza. Cuando estalló la guerra vio que carecía de un sitio natural dentro del fragor. Su participación hubiera tenido el carácter de un elegante gesto deportivo. Y porque se comenzaba a aburrir de comprobar que esas elegancias no eran más que subterfugios, Jerónimo regresó a su tierra americana, burda y primitiva, en busca de obligaciones que dieran nobleza a su libertad.

¿Pero cómo tomar la resolución de incorporarse a un mundo cuyas verdades más altas son decretadas por un guiso de congrio en escabeche? La fragancia del pescado que la María Benítez preparaba lo alcanzó allí y se confundió con la fragancia de la madreselva. Al oír pasos apuró otro trago de aguardiente. En el fondo del vasito apareció el sacerdote, encorvado sobre su bastón. Antes que Jerónimo tuviera tiempo para ponerse de pie el anciano explicó:

—Me atrasé porque andaba en una diligencia tuya.

—¿Mía?

—Sí, tuya. ¿Qué tal, ese aguardiente?

Husmeó el licor antes que su sobrino lo ayudara a sentarse en el sillón de mimbre, sobre el chal deshilachado que le servía de cojín amoldado por las flacas asentaderas de don Clemente. El sudor en el rostro del sacerdote parecía el rocío en un botón de rosa rosado pero marchito a costa de tanta templanza. Su mentón partido, su estatura, sus ojos azules pero sin electricidad y rodeados de pestañas demasiado claras, eran un remedo frágil pero reconocible de la materia contundente de Jerónimo.

—¿Cómo ha estado, tío?

—Más o menos no más, mijito. Tantas preocupaciones. Pero yo ya no importo, lo que necesitamos es que tú estés bien. Tengo algo que proponerte.

Don Clemente olió con nostalgia la copita de aguardiente de su sobrino: su templanza voluntaria, además de su salud, le permitía gozar sólo así, remotamente, de las exquisiteces que ofrecía a sus visitas. Don Clemente siguió:

—Vengo del Partido. La Asamblea estuvo de acuerdo en que tú eres el hombre que necesitamos para presentar de candidato a diputado por la provin...

Jerónimo no contuvo su carcajada. ¿Era ésta la gran tentación que esperó que su país le ofreciera? Se vio tratando con boticarios de provincia y con profesores rurales deseosos de interesarlo en la reconstrucción de un puente barrido por las últimas crecidas. ¿Cómo explicarle a su tío que no era eso, sino algo mucho más sutil, lo que su ánimo requería para retenerlo en suelo americano? La solución que su tío estaba proponiéndole era primaria. Tan primaria que sólo suscitó en él una carcajada que no descorazonó a don Clemente, distraído con las instrucciones que daba para que destaparan cierta botella de vino muy especial.

—Porque hoy vamos a celebrar.

—¿Qué?

—Tu diputación.

—A mí no me interesa la política.

—Sabía que iba a tener dificultades contigo. Después que murió tu padre, tu madre no hizo otra cosa que regalonearte. Nada peor que los viajes. Llenan de estupideces la cabeza de la gente joven y terminan casándose con extranjeras. ¡Boy! ¡Qué ridiculez! Que no se vaya a saber que tus amigotas francesas te tenían ese sobrenombre de mariconcito, que si se llega a saber vas a perder las elecciones.

—Pero si yo no…

—Avisé a mis contertulios que hoy no me sentía bien y no iba a recibir a nadie. No quiero que tus tonterías de chiquillo consentido me dejen en vergüenza delante de gente que tanto espera de ti. ¡Que no te interesa la política de tu país! ¡Qué ridiculez tan grande! ¿Pasemos al comedor, mijito?

Jerónimo siguió a don Clemente en silencio. Los vagos recuerdos enredados en las sombras de los objetos detenidos en las habitaciones que iban cruzando no eran suficientes para hacerle olvidar que para los propietarios de estos muebles feos y estas cortinas pesadas que ocultaban el desorden del patio de *adentro*, sólo lo útil, sólo lo inmediato era serio. Y sin embargo… sin embargo… a medida que en su interior se iba enarbolando la fácil dialéctica que derrotaba todo esto, algo suyo iba quedando prendido en los arrimos de jacarandá y en los sillones *capitonnés*. Le estaba resultando difícil conservar una estructura clara cuan-

do la luz disolvente, o más bien la penumbra fresca
de los murallones de adobe, como en el comedor, por
ejemplo, protegía a todo, salvo a la sandía ya zanjada
sobre la bandeja de plata, del asalto de la inteligencia.

—Tío.

—¿Qué?

—Vine a decirle que me vuelvo a Europa.

—No puedes irte, Jerónimo. Escúchame, hijito, sé
razonable. Ya no quedas más que tú... y a mí se me
fue a ocurrir meterme de cura, Dios me perdone. Eres
el último que puedes transmitir el apellido. ¡No sabes
cómo he soñado que un Azcoitía vuelva a figurar en la
vida pública del país! ¡Con qué ansias te he esperado,
sustituyéndote en lo que eran tus deberes, mientras tú
te divertías con inmoralidades en París! Pero ahora
estás aquí y no te voy a dejar que te vayas. ¡Qué mala
está esta sopita de espinaca que me hizo hoy la María!
¿A ver, con qué te dio a ti el pescado?

—Con alcaparras. Está delicioso.

—¡Qué buen olor tiene!

—Yo no entiendo nada de política, tío.

—No te permito que digas que no te interesa la política de tu país. Es una blasfemia. Significa que gente
advenediza y ambiciosa, toda clase de radicales descreídos, podrán trastornar las bases de la sociedad
tal como Dios la creó al conferirnos la autoridad. Él
repartió las fortunas según Él creyó justo, y dio a los
pobres sus placeres sencillos y a nosotros nos cargó
con las obligaciones que nos hacen Sus representantes
sobre la tierra. Sus mandamientos prohíben atentar
contra Su orden divino y eso justamente es lo que
está haciendo esa gentuza que nadie conoce. ¿Eres
cristiano?

—Usted mismo me bautizó.

—Eso no tiene nada que ver. Después de cinco años
en Europa todo es posible, están tan de moda las dudas. Pero las dudas son demasiado complejas en estos tiempos de cruzada. Tenemos que defendernos y
defender a Dios, que está amenazado en Su orden y
en Su autoridad. Defender tu propiedad mediante la
política es defender a Dios. Apuesto que ni siquiera
te has preocupado de visitar lo que es tuyo. ¿Estuviste

en la Casa?

—En la Rinconada…

—No, la Casa de Ejercicios, la de la Chimba…

—No sé, las confundo, son todas iguales.

—No comprendo cómo puedes decir que las confundes. ¿Cómo quieres que no dude de que eres cristiano si jamás te diste la molestia de contestarme acerca de la posibilidad de la beatificación de nuestra pariente Inés de Azcoitía?

—No fui a Roma en esa época y después se me olvidó.

—Debías haber hecho un viaje especial, ya que hiciste tantos viajes frívolos a otras partes. Si tuviéramos el arma de su beatificación en la mano, publicada en todos los diarios, si hubieras llegado blandiéndola como símbolo de nuestro poder conferido por Dios, no nos costaría tanto ganar en estas elecciones.

—¿A quién se le ocúrrió la idea de mi candidatura?

—A mí.

—Yo no pertenezco al Partido.

—Yo te inscribí hoy. Es cuestión de que pases a firmar, nada más, qué te cuesta, te queda de paso…

Jerónimo se puso de pie y tiró la servilleta sobre la mesa. Don Clemente se atragantó con las verduritas de su papilla. Con los ojos llorosos de tos alcanzó a preguntarle a su sobrino:

—¿Adónde vas?

Jerónimo estaba dispuesto a responder: a tomar el primer barco que me lleve lejos de ustedes y de este mundo que quiere convencerme que no soy más que una figura monstruosa, quizás un enano, quizás un jorobado o una gárgola difusa que el deterioro ha ido dibujando en estas feas paredes de barro viejo y descuidado, soy otra cosa, pertenezco a un mundo más claro, aún el absurdo gesto deportivo de sacrificar mi vida por una causa con la que sólo mi voluntad me liga es preferible a este encierro dentro de patios inexorables donde lo único posible es reproducirse, a esta prisión en que mi tío Clemente me quiere conservar para sus usos siniestros, estoy seguro que me cortará todo, que se apoderará de mis miembros, me deformará para transformarme en un muñeco obediente que cumpla sus designios, pero mi pobre tío sigue tosiendo, salpicando de espinacas toda su servilleta, la tos lo puede matar. Jerónimo, en vez de partir, se acercó a su tío, lo hizo beber lentamente un vaso de agua y le dio unas palmaditas en la espalda como a un niño, asegurándole que sí, que era inmortal, que seguramente los enterraría a todos, que ya iba a venir la María Benítez a ayudarlo, que no tosiera tanto, que estuviera seguro de que no se iba a morir en su propio comedor atorado por unas verduritas desabridas.

11

LOS VIAJES QUE Jerónimo de Azcoitía emprendió para dejar impresa la imagen de su poder como candidato a diputado en la mente de los votantes le daban poco tiempo para otras cosas. Sin embargo, entre viaje y viaje, asistía a las fiestas a que las innumerables mujeres de su parentela lo hacían invitar para exhibirlo como un triunfo más de la familia. Y sucedió lo que tenía que suceder, lo que el ritual de los poderosos exigía que sucediera: Jerónimo se enamoró de la muchacha más linda e inocente que por entonces bailaba en los salones, una prima lejana con muchas abuelas Azcoitía.

Inés Santillana, heredera, como él, de tierras y abolengos, era dueña sobre todo de una belleza ágil, movediza como la de un pájaro, de un colorido atenuado como lavado en miel. A su lado Jerónimo parecía un gigantón. Los ojos de Inés eran amarillos, a veces pardos, a veces verdes, verdes sobre todo en la noche cuando el enjambre de adolescentes de piel imperfecta, tiesos dentro de sus fracs, la rodeaban para rogarle el favor de un baile, y ella, risueña, elegía, accedía, aplazaba. La aparición de Jerónimo dispersó inmediatamente el enjambre de pretendientes, porque ningún torpe jovenzuelo criollo podía competir con un hombre hecho y derecho, rico y hermoso, ataviado aún con el prestigio del continente superior de donde venía.

Inés no resistió el asedio del impetuoso cortejante. No tuvo para qué resistirlo, por lo demás, ya que lo amó desde el primer instante y la relación jamás se planteó más que bajo la sagrada fórmula de un matrimonio que a todos complacía. Durante las tranquilas veladas en la quinta de los Santillana, Jerónimo daba consejos mundanos al mayor de sus futuros cuñados y contaba historias fabulosas a los más chicos, mientras, tradicionalmente, sujetaba la madeja de lana para que la madre de Inés ovillara. Y de noche, en las orillas de los salones donde la danza de la juventud giraba fantástica bajo la luz, las damas que ya habían aprendido a delegar sus emociones en otros suspiraban satisfechas ante el encuentro de estos dos seres privilegiados, formulando votos para que Jerónimo, que ya tenía edad para hacerlo, asentara por fin cabeza.

El domingo antes del domingo señalado para el matrimonio, el almuerzo campestre con que las dos tribus reunidas celebraron las risueñas perspectivas de la nueva pareja terminó con las mujeres sentadas alrededor de Inés interrogándola sobre los detalles de su ajuar, y más allá, el grupo de hombres, colorados con el calor y el vino, abanicándose·con sus jipijapas, concertando los pormenores de la campaña electoral de Jerónimo, que entraría en su fase final al regreso de la luna de miel. La novia miró a Jerónimo desde el otro lado de la mesa improvisada bajo el parrón. En los últimos meses antes del matrimonio las reglas impuestas por costumbres inmemoriales no permitían gran intimidad a la pareja. A Inés le complicaban sabiamente las horas con visitas, costureras, invitaciones, regalos, de modo que apenas le quedaba tiempo para que, en la penumbra de la galería que la familia abandonaba por discreta consigna durante unos instantes al atardecer, sus labios buscaran los labios de Jerónimo.

Bajo el parrón, Inés esperó que Jerónimo terminara el vaso de oporto que estaba tomando con don Clemente, remozado con el giro que su vida adquiría encarnándose en la de Jerónimo. Y ante las protestas de los mayores que querían seguir tratándola como a una chiquilla, arrastró a su novio para gozar solos de la sombra de los duraznales de la quinta.

Inés no alcanzaba a comprender las implicaciones

que Jerónimo saboreaba en todo esto. Las reglas y las fórmulas, el ritual tan fijo y tan estilizado como los símbolos de la heráldica, que iban regulando el proceso del noviazgo, inscribían su propia figura y la de Inés, entrelazadas como iban debajo de los árboles cargados de fruta, como en un medallón de piedra: este medallón no era más que una etapa del friso eterno compuestos por muchos medallones, y ellos, los novios, encarnaciones momentáneas de designios mucho más vastos que los detalles de sus sicologías individuales. El cuerpo y el alma de Inés, intactos, esperaban que él la animara para sacarla de ese primer medallón y hacerla ingresar en la suntuosidad del medallón siguiente.

Jerónimo debió olvidar muchas cosas para resolverse a entrar en ese mundo. Su pasión por Inés lo colocaba en el centro mismo de este juego de reglas, etapas y fórmulas. Pero la certeza de que él, Jerónimo, de haberlo preferido, hubiera podido participar en otras formas de vida más evolucionadas, lo colocaba también afuera, a una distancia irónica de todo este juego. El sólo velaba para que se cumpliera en él y en su novia la magnífica leyenda de la pareja perfecta. ¿Para qué explicar a Inés que un ser es grande en proporción a la magnitud de lo que voluntariamente sacrifica, que es poderoso según lo que es capaz de clausurar en sí mismo, de guardar?

—¿Quieres? Le prometí llevarte. Ella te ve cuando nos dejan solos en la galería. Nos mira besándonos, escondida entre las plantas de afuera. Me dijo que pareces un príncipe, te encuentra tan hermoso...

Jerónimo la besó para hacerla callar. Ese vientre que se agitaba pegado al suyo se abriría para procurarle inmortalidad: el friso de medallones, a través de sus hijos y sus nietos, se prolongaría para siempre. En la piel clara de la muchacha, en su voz, veía una sexualidad que ella no sospechaba vigorosa: él la estamparía con su propia forma. Jerónimo murmuró:

—Falta tan poco...

—Falta tanto...

Jerónimo la apartó, y del brazo continuaron paseándose.

—Me voy a llamar igual que ella. ¿Qué raro, no, llamarse igual que una santa?

—¿De qué estás hablando?

—Bueno, de esta antepasada tuya y mía que se llamaba Inés de Azcoitía... la de la Casa, dicen que es beata.

—Yo no lo he oído jamás.

—Porque tu mamá se murió cuando eras muy chico y tú eres hombre y esas son cosas de que hablan las mujeres.

—A tu mamá tampoco se lo he oído jamás...

—Yo sé que es beata y que hizo milagros.

—¿Cómo sabes tú?

—La Peta me contó la historia. Que eran nueve hermanos, y que la nana de la niña-beata le regaló una crucecita hecha con ramas y amarrada con tientos, que siempre conservó, y dicen que fue esa cruz que le hizo su nana la que salvó la casa del terremoto. Que la Peta te cuente.

—¿Qué Peta?

—¿Cómo que qué Peta? La Peta Ponce. Hace horas que te estoy hablando de ella, pero tú no me oyes porque crees que soy una chiquilla que no sabe nada y que no habla más que leseras. Vas a ver cuando nos casemos. Te tiene un regalo...

—¿Quién?

—La Peta Ponce, pues Jerónimo, quién va a ser. Te he contado mil veces que fue tan buena conmigo cuando me enfermé. La habían traído del fundo de mi abuelo Fermín para que bordara las sábanas de mi mamá cuando se casó y después se quedó en la casa para ayudar a coser. Te tiene un regalo que dice que es digno de ti. Vamos a verla.

—Vamos.

Buscaron la morada de la Peta más allá de los gallineros y galpones, donde la casa se desmenuzaba en un desorden de construcciones utilitarias sin pretensión de belleza: el revés de la fachada. Inés se paró ante una puerta. Algo le había sucedido, como si de repente sólo ese portón tuviera importancia. Se volvió bruscamente:

—Me la voy a llevar. Mi mamá me la dio. Me dijo

que puedo llevármela si quiero porque aquí no sirve para nada.

—Si no te he dicho que no.

—Es que como a veces eres tan raro.

—¿Ella querrá?

—La Peta Ponce quiere cualquier cosa que quiera yo. ¿No te importa, no es cierto, mi amor? No va a molestar. Vas a ver.

Inés empujó la puerta. Adentro, se abalanzó sobre Jerónimo el áspero olor de la bodega, olor a sacos de porotos y papas y garbanzos y lentejas, a fardos de alfalfa y paja y trébol, a cebollas de guarda, a ajíes y pimientos, a ajos colgados en ristras de las vigas. Después de la opulencia de luz y calor del día que quedaba afuera, era difícil orientarse y calcular extensiones en esa bóveda. Jerónimo llamó a Inés en voz muy baja. Creyó que ella le respondería desde lejos, como un eco, pero la sintió tomarle la mano y susurrar a su lado:

—Por aquí.

Los ojos de Jerónimo, a medida que Inés lo hizo sortear cajones, sacos, fardos, fueron desprendiendo de la oscuridad la altura del techo envigado de donde colgaban arneses y riendas. Pero al acercarse a un murallón de fardos, un olor distinto desplazó a los armoniosos olores naturales: olor a ropa vieja, a brasero, a comida recalentada, a cosas ennegrecidas por el humo, ajenas al espacio noble de la bodega. Un resplandor dibujó una línea minuciosamente erizada de pajitas. En ese rincón resguardado por el muro de fardos la luz temblona de una vela rescataba algunos objetos. Las sombras blandas de los barrotes del catre bailaban flojas sobre el muro donde santos desteñidos bendecían el tiempo agotado de calendarios pretéritos y del puntero único del reloj. Un ser sentado en un piso devolvió la tetera al fuego del brasero.

—Peta.

—¡Viniste!

El montón de andrajos se organizó para dar respuesta humana a la exclamación de Inés. Entre la vieja y la niña se entabló un diálogo que Jerónimo no estaba dispuesto a tolerar. Esta escena no calzaba den-

tro de ningún medallón de piedra eterna. Y si calzaba
en alguno era en la otra serie, en la leyenda enemiga
que contradecía a la suya, la de los condenados y los
sucios que se retuercen a la siniestra de Dios Padre
Todopoderoso. Tenía que llevarse a Inés inmediatamente. Impedirle participar en esta otra serie de medallones ligados a la servidumbre, al olvido, a la muerte. Inés no era más que una niña que podía mancharse
con cualquier cosa.

—...y le traje a Jerónimo, Peta.

La vieja se acercó a Jerónimo para escudriñarlo.

—...y quiere que se venga a vivir con nosotros.

—¿No va a ser una molestia, patrón?

Inés terció antes que Jerónimo respondiera:

—No. La casa nueva es grande.

—Como quieras, mijita.

—¿No le tenía un regalo a Jerónimo?

La vieja escarbó entre los envoltorios escondidos
debajo de su cama. Puso en manos de Jerónimo un paquetito albo.

—Ábralo.

Jerónimo obedeció, más que nada para darse tiempo y decidir qué hacer para romper la relación de Inés
con el mundo de abajo, de la siniestra, del revés, de
las cosas destinadas a perecer escondidas sin jamás
conocer la luz. Dentro del paquete encontró tres pañuelos blancos de la batista más fina, con ribetes e iniciales tan ricamente bordados que lo hicieron estreme-
cerse. ¿Cómo era posible que hubieran salido de debajo de ese catre, de las manos verrugosas de esa vieja?
Eran los tres pañuelos más bellos y perfectos que había
visto en su vida... si alguna vez soñó con pañuelos,
eran éstos, su fragilidad, su equilibrio, esta finura, sí,
había soñado con estos pañuelos, exactos, estos pañuelos que tenía en sus manos..., esa vieja se introdujo en
su sueño y se los robó. Porque de otra manera, ¿de
dónde, en la miseria de su mundo, de qué oculto centro de fuerza podía haber sacado la Peta las sabias
nociones de gusto y destreza para ejecutar esas tres
obras maestras? Un tizonazo de admiración hizo tasta-
billar su orden al reconocer en la Peta Ponce a una
enemiga poderosa.

—Gracias. Ahora tenemos que irnos.

—Pero Jerónimo... ¿Que no querías que la Peta te contara la historia de la beata? ¿Y de la Casa? Ella es tan vieja que sabe cosas que ya nadie recuerda.

—No quiero saber nada. Vámonos.

La tomó del brazo.

—Adiós.

Antes de llevarse a Inés, Jerónimo dejó una moneda en las manos de la vieja: eran manos verrugosas, deformes, trembleques, de uñas astilladas y amarillentas, manos con poder para todo, incluso para crear belleza que no tenían derecho a crear porque creándola lo relegaban a él a un plano inferior, de admirador de la belleza mínima de esos tres pañuelos. Afuera Inés lo encaró:

—¿Por qué lo hiciste?

Inés iba llorando, arrastrada por Jerónimo, que sólo la soltó al cruzar el lavadero, en el desfiladero de dos larguísimos manteles blancos colgados de alambres paralelos, seguidos por sus familias de servilletas.

—¿Por qué hice qué?

—Todo. Darle plata.

—No quiero que nunca tengas nada que ver con ella.

—La Peta me salvó la vida.

Hacía frío en el lavadero. Un frío resbaladizo, indiferente a los reflejos del sol de afuera en el agua azulada de las artesas y en el pavimento donde goteaba la ropa tendida. Jerónimo quería irse definitivamente aunque Inés llorara. Las manos infantiles de su novia lo aferraron para detenerlo y contarle:

—Yo era muy chica. Cuando mi mamá iba a tener a Fermín estuvo muy grave, y para que no molestara me mandaron donde las monjitas de la Casa de la Encarnación de la Chimba. La Peta me acompañó. Y en la Casa me comenzaron unos dolores terribles en el vientre, algo aquí, espantoso, parecía que me iban a partir por dentro. A veces todavía se me ocurre que me van a repetir esos dolores y me da terror. Mandaron médicos a la Casa, fue mi papá, iban todos los días porque estaban arrepentidos de haberme llevado a un sitio tan alejado pero de donde ya no me podían sacar, estaba tan enferma. Los médicos no entendían nada. Movían la cabeza, nada más, y a pesar de que yo era tan chica, vi que mi destino era morirme ahí. Me moría, Jerónimo, me moría de algo que nadie era capaz de comprender ni curar. Cada puntada de dolor iba a ser la última. Una noche, cuando sentí los dolores más espantosos, la Peta se levantó. La estoy viendo, encorvada en la oscuridad, consolándome, y a pesar de los dolores me callé y oí ese silencio tan grande que a veces se oye en la Casa. Dejé que la Peta me desnudara. Y acercando sus labios a mi vientre me los puso aquí, Jerónimo, justo en el foco del dolor y comenzó a chupar y a chupar y a chupar hasta que mis dolores desaparecieron completamente con el último sorbo de la Peta en mi vientre. Me quedó algo como un vacío, aquí. Me hizo jurar que nunca se lo iba a contar a nadie. Tú eres el primero. Ni mi mamá lo sabe. Entonces sucedió algo muy raro: la pobre Peta Ponce comenzó a enfermarse con los mismos dolores que yo había sentido. La Peta ha seguido sintiendo esos dolores míos toda la vida.

—Bruja. No debían haber salido nunca más, ninguna de ustedes dos, de esa Casa condenada. Te ha ensuciado la mente y a mí me va a tocar el trabajo de limpiártela. Para comenzar voy a decirle a tu mamá que te prohíbo que veas nunca más a la Peta Ponce, voy a hacer demoler la Casa inmediatamente...

—No te atrevas...

Inés dio un paso hacia Jerónimo. Le arañó la cara. Él retrocedió ante el ataque de esas cinco uñas desconocidas, y enredándose en uno de los manteles cortó el alambre. La materia viscosa y mojada cayó sobre él, y lo tiró al suelo con su peso. Cuando Jerónimo logró desprenderse de ese sudario pegajoso Inés ya no estaba. La mano con que palpó su mejilla quedó enrojecida: rasguños hondos, certeros, garras que saben herir y causar dolor. Usó los pañuelos de la Peta para restañar su sangre. Salió de la casa escondido para que no lo vieran. ¿Qué sacaba con explicar ahora? Era demasiado tarde para echar pie atrás. El matrimonio se efectuaría dentro de siete días.

La mañana de la ceremonia Jerónimo entró en la Basílica de la Merced luciendo las cicatrices rojas en su mejilla izquierda. Avanzó por el desfiladero de flores blancas y rostros complacidos, arrogante, seguro, dominando a la concurrencia para que nadie se preguntara qué eran esas cicatrices en la cara del novio.

La emoción de vestir su traje recamado y tieso como una armadura ahogó por una hora el terror de Inés al jurar falsa obediencia a su marido ante la mirada llena de confianza de don Clemente, que con sus dorados paramentos de ídolo y entre la humareda de los incensarios le exigió ante Dios, el más poderoso de los parientes que asistían a la ceremonia, que no abrigara proyectos impuros. Frente al altar de oro, entre los cánticos y las antiguas palabras sagradas, Inés juró en falso, sabiendo muy bien lo que estaba dispuesta a hacer. Cuando la semana anterior su madre la llevó donde don Clemente para que la preparara para el matrimonio, el sacerdote, advirtiéndole que era pecado mortal negarle su cuerpo a su marido, no se dio cuenta que estaba poniendo un arma en manos de Inés.

Sabía muy bien cuánto la deseaba Jerónimo. Por eso, en la noche de boda, fríamente, con la cabeza despejada, cometió el pecado mortal de negarle su cuerpo a su marido, a quien ella también deseaba. Y se lo hubiera seguido negando durante toda la vida si hacia el alba su cuerpo implacablemente desnudo junto al de Jerónimo no hubiera incendiado la lucidez de su marido. Ella logró triunfar: él se lo prometió todo, lo que quisiera, lo que le pidiera, hasta que ella le hizo prometer en el momento en que calculó que ya no se daba cuenta de lo que prometía con tal de que ella cediera, que jamás, por ningún motivo, la iba a separar de la Peta Ponce. Desde esa noche Jerónimo e Inés jamás han estado solos en el lecho conyugal. Cualquier sombra, la mía, la de Boy, la de la Beata, siempre los acompaña. Esa primera noche de casados fueron don Clemente y la Peta Ponce, pugnando por prevalecer, los que los animaron, como titiriteros a sus monigotes de cartonpiedra.

12

SUS CUATRO PERROS negros gruñen disputándose el trozo de carne caliente aún, casi viva. Lo desgarran, ladrándole en .la tierra y revolcándolo, babosos los hocicos colorados, los paladares granujientos, los colmillos, fulgurantes los ojos en sus rostros estrechos. Devorada la piltrafa vuelven a bailar alrededor suyo para que los acaricie: mis cuatro perros negros como las sombras de los lobos tienen el instinto sanguinario, las pesadas patas feroces de la raza más pura. Sólo conmigo, dueño de la carne que comen y del parque que cuidan, se muestran dóciles.

—Tírales otro bofe.

El gañán hace volar la víscera sobre los brincos de mis brutos, que no la atrapan por pelearse y gruñir... muerdan, brutos, no se distraigan, no peleen que no ven que esa perra amarilla les está robando el bofe, muérdanla, mátenla, la perra flaca que andaba rondando la merienda de mis perros nobles aprovechó la confusión de patas y hocicos para robarles la piltrafa, allá va, a toda carrera, encogida, temblona, la cola entre las piernas, arrastrando el bofe por la explanada hasta perderse detrás de la capilla. Antes que mis cuatro perros negros se den cuenta de la afrenta, este peón les lanza otra piltrafa. ¿Lo habrá hecho para distraerlos y encubrir la huida de la malhechora? Seguro que en las elecciones de mañana se hará pagar su voto, comerá carne mía y tomará mi vino, y después votará en contra porque me odia.

—¿Es tuya esa perra amarilla?

—No, patroncito. No es de nadie.

—¿Cómo, de nadie?

—A veces entra a robar basura en el patio de la cocina. Y también entra al parque cuando usted sale a caballo con los perros negros.

—¿Y por qué no la echan del parque?

—La señora no nos deja que la echemos.

Ahítos, mis perros se tienden en la maleza fresca que crece junto a la acequia. Han rondado toda la mañana por los corrales donde carnearon a los novillos para celebrar mi victoria en las elecciones. Allá apareció la perra amarilla otra vez, langueteando los cueros sanguinolentos colgados al sol en las tranqueras, embadurnando su hocico con sangre en la que se ceban las moscas pegajosas idiotizadas por el calor, cerca de los chiqueros del otro lado de la explanada donde los chanchos se rascan los lomos contra las estacas. La perra amarilla es un garabato flaco, ansioso, voraz, insaciable, capaz de comer cualquier cosa, hasta la más repugnante. Ronda las patas de los caballos amarrados a la vara, encogida por su avidez de morderles las canillas. Se conforma, como en espera de placeres mayores, con husmear el charco de sus meados y meter la nariz en las bostas frescas. Tengo que hablarle a Inés a propósito de la perra amarilla, esto no puede ser, tan poco de Inés aceptar a un animal mugriento como éste, ella que no sale al sol sin un sombrero con velos y no toca una rama sin ponerse guantes.

ERA TARDE CUANDO me tendí junto a ella en el corredor. Cubrí sus pies con un poncho de vicuña y los míos con otro. Y vimos aparecer los signos estrafalarios de los astros entre las sombras que cuelgan de los árboles del parque de la Rinconada. El canto de las ranas limita el mundo de nuestra intimidad, protegiéndonos de toda intrusión.

—¿En qué piensas?

Inés se desperezó a penas.

—¿Yo? En nada...

¿Por qué no piensa en nada? Debe pensar en algo, debe decírmelo aunque no sea más que por Dios qué cosa más horrible el color del vestido de la Laura o qué pena que parece que el matrimonio de Carlos con la Blanquita no anda nada de bien. Quizá sea verdad que no piensas en nada, aunque no pensar en nada justamente en los momentos más íntimos es una defensa, Inés, una huida que te mantiene la mente en blanco, bloqueada por la ausencia de tu ser para que el miedo y las preguntas no se inscriban en ti... piensa en cualquier cosa con tal que pienses y me puedas decir en qué piensas, aunque pienses en esa perra amarilla de la que te voy a hablar si me acuerdo de algo tan trivial, cuando ya no estés en otra parte que no es aquí, ahora, conmigo, en otra parte donde estás pensando en una cosa terriblemente definida que es la misma cosa en que yo no puedo dejar de pensar aun en los momentos en que esta pasión real que siento por ti debía arrasar con todo pensamiento, tuyo y mío, pero no puede arrasar con una ausencia, con un vacío que es lo que me muestras y lo que exijo que me muestres porque lo otro no me lo debes mostrar porque no es verdad. Podría repudiarte. Y odiarte. Y buscar en otra lo que tu empecinada sangre mensual me ha estado negando durante cinco años de matrimonio. Pero no puedo. Cualquier cosa menos la dicha completa inauguraría el terror.

Un diamante azul se enciende entre los matorrales del parque, se apaga y vuelve a encenderse dorado más allá, titila más acá y se apaga otra vez y entre esos macizos de plantas oscuras nacen más fulgores que nos están mirando a ti y a mí, que desaparecen, joyas, astros, ojos, fulgor que disimulan las hojas, vuelve a aparecer multiplicándose, desvaneciéndose, paseándose entre los arbustos oscuros, no al acecho sino que vigilándonos porque son los ojos de mis perros vagando entre las hortensias, lentos ahora, rojo, rosa, atentos, allá se extinguieron esos dos ojos de acero que ahora se encienden más cerca, aquí, entre los matorrales al pie mismo del corredor donde tú y yo estamos tendidos, centellas fijas en la línea de claridad fina como el canto de una hoja que insinúa tu perfil perfecto. Dejo caer mi mano que roza casi casualmente tu mano. Ocultas tu perfil porque me miras descomponiéndote en otros planos que me presentan otra versión de ese rostro que no piensa en nada porque no está, pero los ojos dorados, los ojos de acero, las chispas verdes o azules entre las hojas negras del parque me confirman que Inés está, y apaciguados, los ojos se desplazan, fulguran, se apagan, nos fijan en un reflejo instantáneo que se disuelve, todo está oscuro, no ven, ahora es cuando tengo que borrar en ella todo lo que no sea fe completa en nuestra dicha, demoler la ansiedad de esa palabra murmurada al pasar, nada, no pienso en nada, tengo tiempo para destruirla porque una gota tiembla en una hoja y en esa gota hay una pupila, y esa pupila encendida nos mira, otras chispas más lejos, más cerca, precisas, disueltas, ojos de testigos exigiendo nuestra dicha, observándonos por si la oscuridad insinuara alguna trizadura en esa dicha, no podemos decepcionar a los testigos ansiosos de ver nuestro amor perfecto. De nuevo rozo tu mano. ¿Ven cómo Inés se estremece apenas, pero se estremece? Ustedes sólo pueden contemplar ese estremecimiento, no experimentarlo, ustedes son sólo ojos ansiosos que les demostremos nuestra dicha ahora, aquí mismo, ustedes los testigos mandan, si no cedo inmediatamente a la exigencia de demostrarles nuestra capacidad de gozo, ustedes desaparecerán haciendo que todo se desvanezca si no hay ojos mirándonos, dejándome convertido en una de esas piltrafas con que hago alimentar a mis perros negros que no reconocerán la sangre de su amo, me devorarán si no les demuestro aquí, ahora, que nuestra dicha es total. Aprieto la mano de Inés. Es fría, perfecta. Responde a mi mano que la aprieta apenas, y la aprieto más y la arrastro hasta los macizos de hortensias para escondernos como adolescentes.

—Jerónimo... no...
—Sí.
—Tenemos la casa entera y toda la noche...
—No importa, aquí.
—Tengo miedo.
—¿De qué?
—Pueden vernos.

—¿Quién?

—No sé...

—No seas tonta.

El círculo de miradas fulgurantes se ha instalado en la espesura alrededor nuestro. No temas a los testigos, Inés. Mira qué bellos son sus ojos de visos azules. Todos me pertenecen. Déjame desnudarte ante el lustre de sus miradas. Tiéndete en este lecho de hojas. Contémplenla, que para eso los tengo, y a mí, que también me desnudo, también contémplenme: celebren mi potencia erguida, envídienmela que para eso los alimento, vean cómo me acuesto junto a Inés entre el frío lanceolado de las hojas, cómo la obligo a abrir sus ojos pardos, verdes, para mirar esos otros ojos refulgentes cuyo dolor al contemplarnos acrecienta nuestra estatura, cómo te acarician mis manos, mis labios que recorren tu frescura que se entibia, se calienta, arde, mi sexo te hace suspirar, gemir, olvidar que no estás pensando en nada, yo ocupando todo el vacío que no me entregas y te has negado a entregarme durante cinco años de dicha, oíganla gemir, cómo cede el pudor de Inés y cae y la deja más desnuda y más pegada a mí, murmurando mi nombre prodigioso, gimiendo a medida que la invado, aullando por fin sin importarle que la oigan y la vean cuando por fin triunfo en ella y caigo entero frente a esa infinidad de ojos acerados, amarillos, verdes, glaciales, bruñidos, que se encienden oscilantes y se ocultan y reaparecen ansiosos de ver de nuevo, renovando mi potencia, siempre que vea fosforecer miradas entre la vegetación que también me ocultaba a mí, Madre Benita, porque yo los estaba vigilando, dos de esos ojos encendidos en la oscuridad del parque de la Rinconada, dos de esas pupilas del coro necesario para la singularidad del placer, dos de esos ojos, los más ávidos, los más atormentados, los más heridos eran mis ojos Madre Benita, estos mismos ojos que ahora usted ve nublados por la fiebre, cuyos párpados usted trata de bajar con sus manos para que descanse y duerma, duerme, Mudito, duerme, descansa, duerme, cierra tus ojos, me dice usted, apaga tu mirada que ya ha servido, baja los párpados y duérmete, pero no los

puedo cerrar porque arden en mis órbitas mirándolos
gozarse entre las hojas, mis oídos alerta a las palabras
entrecortadas y al rumor de sus cuerpos, mi nariz al
perfume del amor, y mi mano, esta mano que usted
tiene en la suya, sin que ellos se dieran cuenta en el
alboroto de sensaciones, esta mano tocó esos cuerpos
mientras creaban la dicha una y otra vez, hasta que los
ojos entre la vegetación se fueron apagando y don
Jerónimo los buscaba para renovarse en sus miradas
fulgurantes opacadas, dónde están, dónde están, se han
ido, Inés, se han ido, quedamos en la oscuridad total,
quizá no haya habido nunca ojos contemplándonos y
todo haya sido siempre oscuro, no, ahí están los ojos
amarillos, soy yo otra vez, te deseo más que nunca
ahora porque sé que estás cansada y porque yo estoy
cansado, esos ojos amarillos y legañosos ven cómo
te penetro, cómo revives, los ojos legañosos cerca de
los nuestros, más, más, hasta que Inés lanzó el grito
final, Madre Benita, que no fue sólo un grito de placer
sino también un grito de terror, porque al abrir los
ojos para ver la constelación de miradas relucientes
de los testigos alrededor del rostro de Jerónimo, vio a
la perra amarilla que se acercó a husmearlos o a lamer
los jugos que sus cuerpos dejaron sobre las hojas: la
perra amarilla, acezante, babosa, cubierta de granos y
verrugas, el hambre inscrita en la mirada, ella, dueña
del poder para provocar el grito.

CUANDO LLEGÓ LA noticia de que en un pueblo de la
cordillera, en el sector donde los radicales habían en-
venenado a los mineros con promesas de reivindicaciones, alguien cometió la fechoría de robarse las urnas
durante la votación, los cabecillas conservadores congregados alrededor de don Jerónimo de Azcoitía decidieron que era más prudente trancar las puertas
y las ventanas del Club Social. El Partido jamás
tuvo la pretensión de que su influencia llegara hasta la zona minera. Se daba por descontado que ese
sector caería en manos de los radicales. Pero algún imbécil anónimo, seguramente un borracho inconsciente,

entró a caballo en la escuela donde los mineros estaban votando y huyó con las urnas para congraciarse con don Jerónimo por medio de este supuesto acto de heroísmo. La gravísima consecuencia fue que la multitud en la plaza, frente al Club Social, ignorante y sin duda instigada por los radicales que se aprovecharon de la coyuntura tan gratuitamente ofrecida, los culpó a ellos, a los caciques, de lo que a todas luces y para cualquiera con dos dedos de frente era un paso en falso desde el punto de vista político.

Ahora, cualquier cosa sería suficiente para que los peones endomingados que galoparon desde los pueblos hasta la cabeza de la provincia desencadenaran la violencia y hasta hicieran correr la sangre. Pero la multitud achispada por el vino se paseaba sin centro por la plaza. Fumaban, se repartían en grupos murmuradores, pero sin motivación inmediata para enardecerlos.

Don Jerónimo de Azcoitía pasó toda la tarde encerrado en el Club Social, consumiendo más y más botellas de tinto con sus correligionarios, esperando que la multitud se dispersara. Pero la multitud no se dispersó. Cayó una tarde opaca. Una masa gris, susurrante, se iba aglomerando bajo la doble fila de palmeras que bordeaba la plaza por los cuatro costados. Y los faroles no se encendían.

Don Jerónimo quería salir, tomar su coche y marcharse a la Rinconada como si nada hubiera sucedido, porque ésa era la verdad en cuanto a lo que a él se refería. Pero sus correligionarios, que espiaban por las rendijas de las ventanas, le rogaron que no lo hiciera. Por el bien del país, por el bien del Partido debía quedarse, esperar, salir ahora sería un reto, el paso necesario para que comenzara la camorra. Él alegó la urgencia de aprovechar este último momento de desconcierto del populacho para salir del Club Social. Además todos debían ir saliendo poco a poco, cada uno por su lado, como si no sucediera nada, porque, no se cansaba de repetirles, ellos no eran culpables. En cambio sería de gran utilidad imprimir en la mente de la multitud su total inocencia en el asunto del robo de las urnas. Los demás cabecillas, que conocían mejor la mentalidad de la peonada, opinaban que de salir del Club ahora sería más propio huir escondidos, antes que el infaltable agitador instigara al pueblo. Era absurdo salir con la arrogancia insultante que Jerónimo proponía, preferible trepar a los techos y escabullirse hacia otras casas para alcanzar las calles de atrás, donde nadie se iba a fijar en ellos porque toda la atención estaba concentrada en la plaza, en la puerta del Club Social. Así, cuando se les ocurriera asaltarlo como sede de la oligarquía abusadora, lo encontrarían vacío.

Pero don Jerónimo insistía en que hacer eso era reconocer una culpa inexistente, la mejor forma de entregarse en sus manos, echando por tierra los resultados de la elección. Imbéciles, ignorantes, rotos de mierda, traidores, no se puede confiar en ellos, qué roto de porquería habrá metido mano en esto. Los caciques de manta y espuelas que bebían con don Jerónimo en la vara de la cantina o se paseaban entre las aspiditras de la galería no se conformaban. Otra botella de tinto, de ese bueno que tienes tan guardado pues Pancho, y si no queda, un tintolio cualquiera pero que no vaya a ser vinagre y unos sandwiches de arrollado picante, ya no queda nada, hasta el pan está comenzando a escasear y seguro que vamos a tener que pasar la noche aquí si los carabineros no los dispersan, no sé qué diablos están esperando estos malditos carabineros. Los rotos nos odian. Mírenlos cómo cuchichean allá afuera sin atreverse a hacer nada si alguien no los manda. Nos tienen envidia. Quieren quitarnos todo. Hablan de reivindicaciones pero no son más que una tropa de asaltantes, de criminales que no debían andar sueltos. Miren lo felices que están. Claro, si teórica y judicialmente por lo menos, ahora tienen razón. Don Jerónimo se puso de pie.

—Vamos, Humberto.

—Sí, don Jerónimo, cuando quiera.

—¿Qué mierda pasa con el alumbrado de este pueblo?

—También le van a echar la culpa a usted.

La multitud aglutinada iba avanzando desde las avenidas laterales de palmeras para concentrarse en la avenida frente al Club Social. Algunos señores se asomaron para tratar de reconocer identidades y saber sobre quién, después, dejar caer la venganza. Encima de las frondas de las palmeras el cielo conservaba algo de luz, penetrada por la aguja de la torre de la parroquia, frente a frente al Club Social por el otro costado de la plaza: allá esperaba el coche de don Jerónimo. Pero para alcanzarlo era necesario cruzar entre cientos y cientos de hombres silenciosos que miraban la puerta del Club al que no tenían acceso, cómo es por dentro, dicen que las tomatinas y las comilonas son fabulosas, que se pierden y ganan fundos enteros en el monte, el amarrado con trapo apareció cuando no se esperaba y provocó el suicidio del dueño de Los Pedregales, qué vamos a jugar nosotros, unos cuantos pesos, una vuelta de tinto cuando mucho y huir cuando no se puede pagar el vino apostado, esos cientos de hombres silenciosos de la plaza nos odian, van a hacer algo, esperan, desplazándose de un lado para otro, cuchicheando, las manos en los bolsillos. No oímos el rumor de sus voces, pero ya lo oiremos. Un hombre se encarama en un banco de la plaza y comienza a perorar, abuso, injusticia, cohecho, traición, estas elecciones extraordinarias para reemplazar al senador muerto que era de los nuestros descubre los abusos que se cometerán con nosotros en las próximas elecciones presidenciales, es un comentario siniestro a lo que serán esas elecciones si permitimos que futres de la calaña del Azcoitía ese...

—¿Tienes las pistolas, Humberto?

—Sí las tengo.

—Dame la más grande a mí.

—¿Qué vamos a hacer?

—Sígueme.

—¿Pero qué vamos a hacer, don Jerónimo?

—Haz exactamente lo mismo que haga yo.

—¿Qué van a hacer estos locos?

—Sáquenle la tranca a la puerta.

—Están malos de la cabeza.

—Jerónimo, no...

—Quibo, saquen la tranca les digo...

Te van a matar, Jerónimo, te van a linchar, no ves

que el odio que nos tiene esa multitud anónima está concentrado sobre tu persona, no salgas, espera un poco a ver qué pasa. Como nadie le obedeció de quitar la tranca lo hizo él: esa tranca de fierro antiquísimo tan pesada que a diario tenía que ser levantaba por dos empleados, la levantó él solo. Se hinchó su brazo bajo la tela blanca de su chaquetilla, su rostro enrojeció durante un minuto de modo que centellearon sus ojos azules. Los gritos, afuera, amainaron cuando alguien notó:

—Están abriendo.

—Miren...

Abrieron la puerta y salió. Se puso su sombrero después de mirar al cielo como si temiera que fuera a llover. Tiró al suelo su puro. Se quedó mirándolos desde lo alto de las gradas. Un murmullo surgió de la multitud. Más allá del grueso del grupo los hombres se llamaban unos a otros, ven, vengan, el futre salió, aquí anda, no se lo pierdan que vale la pena verlo, convocándose apremiados, corriendo desde todos los extremos de la plaza, dejando los bares desiertos, las puertas de las casas de par en par, el pueblo entero en la plaza para contemplar a don Jerónimo de Azcoitía. Fue un momento de estupefacción, de manos hundidas en los bolsillos, de charla y cigarrillos apagados porque lo más importante era ver. Sólo el agua seguía cayendo indiferente por los orificios de las ninfas en la fuente que agraciaba el centro de la plaza. Alguien urgió:

—¡Que hable!

—¡Sí, una explicación!

—No tengo nada que explicar.

Bajó las gradas.

—Bueno, déjenme pasar, me voy al fundo, aquí ya no hay nada más que hacer...

Su voz no era pública. Era tranquila, privada, como si estuviera diciéndome, igual que tantas veces, que volveríamos a la Rinconada porque era tarde y no quería que Inés se inquietara esperándolo. Se detuvo para encender otro puro. Se demoró en hacerlo. Dio un paso y la multitud se arqueó para hacerle lugar. No cruzó, como creí que iba a hacerlo, hacia la fuente de

las ninfas retozonas por el centro de la plaza, para alcanzar el costado donde sería fácil tomar el coche.
Caminó muy tranquilo, como si nada especial estuviera ocurriendo, por las avenidas de palmeras alrededor de la plaza, partiendo la multitud en un callejón
de rostros sombríos debajo de las chupallas, de cuerpos hediondos a vino, de miradas vengativas, de puños
tensos pero bajos aún. En los bordes de afuera del
apiñamiento, los que se subían a los bancos y se trepa-
ban a los postes de alumbrado para ver y gritar comenzaron a enardecerse, apaléenlo, mátenlo, capen a ese
futre de mierda...

—¿Por qué no se habrán prendido las luces?
—Ya es hora, culpa del alcalde.
—No dejes de hacer lo que yo haga, Humberto.
—No.

A medida que don Jerónimo se iba acercando a la
parroquia los bordes de la multitud iban contagiando
su violencia a la gente de más adentro. Se agitaban
sombreros en el aire. Gritos que llevaban el nombre
del malhechor escrito con ánimo de puñales, interjec-
ciones obscenas, insultos, todo el odio del populacho
viajó hacia el centro de la multitud alrededor de don
Jerónimo, que caminaba fumando otro puro en medio
de ese claro rodeado de rostros todos iguales, que se
estrechó.

—Déjenme pasar.

Un gigante mal afeitado preguntó:

—¿Pa dónde va?

—A mi coche.

El gigante no se quitó de en medio.

—Déjame pasar.

El claro se encogió más. Era el minuto antes de
la sangre. Don Jerónimo lo vio: reculando hasta la
puerta de la parroquia se afirmó en ella y sacó su pistola:

—¿Qué quieren?

Se callaron.

—Quibo. Digan. ¿Qué mierda quieren?

La primera fila del semicírculo retrocedió ante el
asombro de su pistola. Y como poseído, como repentinamente borracho con la eficacia de su arrojo, co-

menzó a gritarles, amenazando al semicírculo con su pistola:

—Quibo, rotos de mierda, digan, díganme lo que les hice para que estén tan furiosos, qué mierda quieren, son tan imbéciles que ni siquiera son capaces de decir lo que quieren, por qué están tan furiosos, ni saben, rotos de porquería, rotos cobardes...

Vi un corvo que brilló. Una mano que buscó una pistola bajo su manta. Un ramal dispuesto, un palo, un puño que se endurecía, alguien que se inclinaba para recoger una piedra, una mirada que alcanzó a estallar apretándolo contra la puerta de la parroquia, que se abrió y don Jerónimo desapareció como tragado por una trampa.

Ya adentro, yo ayudé al párroco a trancar la puerta. Los puños de esos animales feroces cayeron sobre la puerta de la iglesia y se alzaron los gritos de la masa.

—Sígame, don Jerónimo, por aquí, pase, le tengo una escalera lista para que se suba al tejado y pase a la casa de atrás. Lo está esperando un coche. No, el suyo no, para que no sospechen nada.

Engañados, sorprendidos por el repentino escamoteo de la figura culpable, frustrados al no tener a nadie contra quien dirigir su furia, la multitud siguió gritando un rato, pero comenzó a desorganizarse, sin centro, sin saber qué hacer ya que era imposible derribar la puerta de la parroquia. Por muy radical que uno fuera la iglesia siempre seguía siendo iglesia. El cura nos estaba ayudando a trepar al tejado. Vista desde arriba la multitud todavía cercaba a la parroquia. De pronto alguien gritó:

—Ahí está... ahí está...

Recuerdo esa mano alzada, Madre Benita, recuerdo la facciones del primer hombre que señaló el techo, recuerdo cada una de esas miradas que se alzaron.

—¿Dónde?

—Allá va.

La masa volvió a encontrar su centro. Allá va, corriendo por el tejado de la casa del párroco, mírenlo, es él, don Jerónimo de Azcoitía que se va arrancando, no es cierto que el futre se va arrancando, pero mírenlo, miles de testigos vieron a don Jerónimo parado sobre el techo,enorme, heroico, una sombra destacada contra la escasa claridad que quedaba en el cielo.

—Mátenlo.

Sonó un balazo.

Ante miles de ojos que dieron testimonio de lo sucedido, la figura prócer de don Jerónimo de Azcoitía se encogió de dolor, perdió el equilibrio, y cayó hacia el patio del cura por la vertiente del tejado que en vez de entregar al culpable a la masa para que lo destrozara, lo escamoteó.

Cuando la multitud de la plaza se dio cuenta de lo que algún bruto inconsciente que era todos ellos había hecho, comenzaron a preguntar quién fue, quién lo hizo, quién fue el imbécil, quién fue el criminal, fuiste tú Lucho, no, fue el Anacleto, no, yo no tengo pistola, fue él, fuieste tú, el del sombrero plomo tenía pistola, ese gallo con los bigotes gachos que ninguno de nosotros conocemos debe haber sido, allá va el de bigotes gachos arrancándose, no, no se va arrancando, yo lo conozco, no es capaz ni de matar a una pulga, nadie se arranca, nadie sabe quién sería el huevón criminal que lo mató cuando no se saca nada porque estos futres siempre salen ganando, puchas qué gallo padre este don Jerónimo, futre será pero hay que ver qué valiente, nos insultó, nos desprecia, nos esclaviza, nos explota, nos va a engañar y engatusar para las elecciones presidenciales y va a comprar votos para su candidato, nos va a emborrachar con vino de sus bodegas y nos va a embarcar en carretas como a animales para llevarnos a votar por el candidato que él disponga, sí, había que matar al futre. Irrumpieron los carabineros a caballo para tomar preso a alguien, pero a quién, y por qué, bueno, alguien diga qué pasó, en todo caso hay que dispersar a esta multitud porque no se puede tomar presos a mil hombres, dónde está el senador, seguro que salió de senador aunque capaz que lo hayan matado, ya, a la casa, cada uno por su lado sin meter boche, después se hará la encuesta, tomar preso a cualquiera, no importa, nunca vamos a llegar al fondo del asunto, dispérsense... hasta que no quedó nadie en la plaza. El capitán de carabineros golpeó en la puerta de la parroquia. El cura se demoró en abrir.

—Pase, capitán, pasen. Ya era hora que vinieran.

Éste es el hecho tal como lo registra la historia, Madre Benita, como apareció en los diarios y como lo he consignado en esas páginas que usted está leyendo. Pero no fue don Jerónimo que cayó herido, Madre Benita: fui yo.

CUANDO GRITÓ ROTOS de mierda, bueno, ya está, díganme qué es lo que quieren pues rotos de porquería, qué les he hecho yo para que estén tan picados, encarando mil ojos que lo miraban en la plaza donde todavía no se encendían los faroles, yo iba casi oculto detrás de los pliegues de su poncho. A mí nadie me veía. Era él, solo frente a la muchedumbre pendenciera lista para atacar pero que no atacaba. Y sin embargo, Madre Benita, a usted puedo confesárselo porque estoy enfermo y con fiebre y los enfermos tienen prerrogativas, aunque yo estaba con él, estaba también contra él, con ellos, rencoroso, odiándolo porque mi voz jamás tendría la autoridad para gritar rotos de mierda, qué quieren, ya pues, váyanse entonces si no quieren nada, deseando pasarme al lado de ellos porque a mí también me estaba insultando pese a que yo iba protegido por su poncho, pasarme al lado de la masa anónima otra vez, multiplicar mi odio en esos cientos que lo estaban odiando, hundirme entre los que lo iban a linchar, estar con las víctimas que se iban a convertir en verdugos, sí, Madre Benita, por qué no confesarle la verdad a usted: en ese momento mi ansia de *ser* don Jerónimo y poseer una voz que no fuera absurda al gritar rotos de mierda, fue tan desgarradora que gustoso se los hubiera lanzado para que entre todos lo descuartizáramos, apropiándonos de sus vísceras, cebándonos en sus gemidos, en su ruina, en el fin de su dicha, en su sangre. Podía haberlo hecho, Madre. La gente me conocía como su hombre de confianza para todo, sobre todo para las cosas que él prefería no hacer. Gritarles: él es el culpable, yo, Humberto Peñaloza, su secretario, les juro que me consta que él lo tramó todo. Eso hubiera bastado para que lo atacaran con palos y cuchillos y yo viera el espectáculo de la sangre de don Jerónimo derramada a nuestros pies.

¿Pero, y yo, entonces? ¿Qué sería de las facciones aún tan precarias que iba adquiriendo mi rostro? ¿No daría fin con esta acción a todas mis posibilidades de participar en el ser de don Jerónimo de Azcoitía? Ahora por lo menos era parte de él, una parte tan insignificante que casi no me veía junto a su estatura, pero parte de todas maneras. Fue por eso que dejé que lo siguieran mirando amenazantes pero inactivos, porque así siquiera algo de ese odio que reflejaba la magnitud de su poder me correspondía a mí.

El cura párroco nos abrió la puerta. La trancamos por dentro. Lo tenía todo dispuesto en el patio: una escalera de mano para subir al techo y de ahí pasar a la casa de atrás donde nos esperaba el coche para huir mientras la atención del pueblo se concentraba en la parroquia. Yo, que era más liviano, subí primero para ir tanteando la resistencia de las tejas musgosas. Era muy fácil: cuestión de escalar la vertiente desde el patio del cura y bajar por la otra vertiente, donde había una escalera prevista para llegar al patio de la casa de atrás. Le dije a don Jerónimo que esperara un instante para comprobar si al otro lado lo tenían todo listo. Pero ya arriba no fui capaz de dominarme. Al oír los alaridos de la multitud agolpada a la puerta de la parroquia, no pude contenerme, Madre Benita, tuve que ir a pararme en la arista del tejado frente a la plaza.

—Humberto...

Don Jerónimo me llamaba.

—¿Estás loco? ¿Qué estás haciendo?

No pude contestarle. Me detuve un minuto, dos minutos, en el techo frente a la plaza. Grité:

—Mátenme si quieren, rotos de mierda, aquí estoy...

La crónica no registra mi grito porque mi voz no se oye. Mis palabras no entraron en la historia. Pero alguien me señaló. Mil ojos vieron a don Jerónimo de Azcoitía sobre el tejado. Sonó el disparo. Mil testigos me vieron encogerme con el dolor de la bala que me rozó el brazo justo aquí, Madre Benita, en el lugar donde años antes me había rozado el guante perfecto de don Jerónimo. La cicatriz se me pone dura como un nudo, sangrienta como un estigma. ¿Cómo no va a quedarme la marca que me recuerda que mil ojos, anónimos como los míos, fueron testigos que yo soy Jerónimo de Azcoitía? Yo no me robé su identidad. Ellos me la confirieron. La historia recogió ese momento como el momento culminante del poder de una oligarquía que, a partir de entonces, comenzó a declinar. Pero el público que lee historia, contrario o favorable al Partido tradicional, no puede dejar de conceder su admiración al arrojo que don Jerónimo de Azcoitía demostró ese atardecer en la plaza del pueblo. El público sigue sin saber que es a Humberto Peñaloza a quien están admirando, a esa figura heroica y sangrienta que los insultó, recortada sobre lo que iba quedando de crepúsculo.

—Cuidado, Humberto...

—¿Lo mataron?

No, no me mataron. Al encogerme de dolor perdí el equilibrio y caí hacia el patio. Logré aferrarme de las tejas y sostenerme de la canaleta, mientras el cura corría con la escalera y don Jerónimo trepaba para bajarme en peso. Me desmayé. Me tendieron en el corredor del párroco, entre sus macetas de begonias y sus comovedoras jaulas donde brincaban tencas y loicas.

La gran pena de mi vida, Madre Benita, es que el único momento estelar, el único en que he sido protagonista y no comparsa —ese breve momento en que don Jerónimo y el párroco rajaron mi manga y curaron mi herida—, lo pasé inconsciente. No conservo recuerdo de ese momento. Porque a los pocos minutos, en cuanto recuperé los sentidos, encontré a don Jerónimo con su propio brazo desnudo y manchado con sangre, sí, con mi sangre, Madre Benita, con la sangre de Humberto Peñaloza, vendándose el brazo exactamente en el lugar donde me dolía a mí. Cuando completaron el vendaje acercaron mi brazo herido al suyo y estrujaron mi herida para que vertiera toda la sangre posible y así manchar en forma espectacular esos falsos vendajes heroicos. Tenía que ser todo muy rápido, dijo, de otro modo se pueden dar cuenta que fuiste tú, no yo, el que cayó herido, y es vital aprovechar

esta oportunidad, porque con este atentado contra mi
vida —sí, había sido un atentado contra *su* vida, yo
no fui ni podía pretender haber sido más que una encarnación accidental de su valor— tengo un arma que
blandir en público contra los que pretendan acusarme de abuso, puedo mostrarles mi brazo ensangrentado a los carabineros y a los periodistas que intenten
acusarme de faltar a la ley, ya comienzan a golpear la
puerta de la parroquia para que los dejen entrar. A mí
me escamotearon en cinco minutos: me subieron al
techo por la escalera, disimula tu dolor, Humberto,
que al fin y al cabo no será tanto, que nadie se dé
cuenta de que estás herido, sube solo, baja al otro
lado y desaparece, nadie va a preguntar por ti, ándate
rápido en el coche a la Rinconada. Y me fui al campo,
Madre Benita. Me esfumé.

Don Jerónimo de Azcoitía, disfrazado con la sangre
de Humberto Peñaloza, salió a la puerta de la parroquia a recibir a las autoridades y mostrarles su sangre, protestando que esto era el colmo, que el país no
ofrecía ninguna garantía a los que se sacrificaban por
servirlo, que ya no existía autoridad, nadie acataba
las leyes más elementales y así y todo se atrevían a
acusarlo a él de un abuso que él, un hombre que representaba el orden, sería incapaz de cometer, no,
para qué buscar al culpable si la persona que disparó
no tenía importancia como tampoco tenía importancia la herida en sí, lo que sí importaba era la actitud
del partido político enemigo que utilizó a un pobre
peón ignorante azuzado por instigadores diestros en
desaparecer cuando llegaba el momento del compromiso, para que lo eliminara a él, Jerónimo de Azcoitía,
porque había vencido con toda rectitud en las justas
electorales. Ofreció declaraciones magnánimas a los
periodistas, que las transmitieron inmediatamente a
los diarios de la capital. Esa misma noche apareció un
suplemento noticioso con fotos de don Jerónimo —Inés
conserva ejemplares amarillentos guardados en una de
las maletas de su celda— del cura entre sus loicas, de
la multitud en la plaza, y una larga y enardecida relación del atentado.

Don Jerónimo de nuevo cruzó la plaza, triunfante

con su brazo vendado, luciendo mi sangre ante testigos ahora despojados de violencia, seguido por una escolta de carabineros a caballo. Era don Jerónimo de Azcoitía, Senador de la República. En sus ojeras y sus facciones demacradas a pesar de la sonrisa se notaba el dolor de la herida aunque él no se cansaba de insistir en que no era nada, no se preocupen por mi herida, hay cosas más importantes en juego. En la plaza y en las cantinas comenzó a murmurarse que aún no habían podido extraerle la bala, que se le incrustó en el hueso, que su brazo quedaría inutilizado, que quizás iba a ser necesario amputárselo, en fin, quizá no cortárselo todo pero... mírenlo al futre, no se le mueve ni un pelo, encachado como siempre, valiente el futre este... capaz que no sea tan orgulloso como dicen, capaz que hasta resulte un gran senador.

13

INÉS IBA A menudo a pasar la tarde con la Peta Ponce cuando Jerónimo la dejaba libre en la Rinconada. Estar juntas era reanimar los temas de la niñez: rescatar personajes perdidos en la memoria, juegos que quizá no fueran juegos, cucos, devociones, y la emocionante tarea de conservar lo que ya no tiene para qué seguir existiendo. Todo eso revivía en la penumbra del cuarto de la vieja, al fondo de la última galería y del último patio donde siempre espera la Peta Ponce, Madre Benita, donde el enlucido descascarado revela la estructura de los adobes, y la humedad dibuja los rostros monstruosos de lo que allí mismo, aquí mismo, Madre Benita, podía y puede acontecer.

Mientras las dos mujeres se quedaban hablando de tonterías encerradas en el escondrijo de la vieja, enquistadas en el fondo del laberinto de las casas de la Rinconada, Jerónimo salía a cumplir con sus airosas tareas de hombre: recorrer el campo a la cabeza de una cuadrilla que bajo su mando abría un canal destinado a fertilizar cien cuadras más, dirigir a los peones ensangrentados por la vendimia, levantar bodegas nuevas, silos nuevos, marcar los animales para el matadero. Él jamás mencionaba a la Peta. La autoridad de su silencio la eliminaba. Pero cuando la pareja iba del campo a la ciudad o de la ciudad al campo, la Peta Ponce los seguía. Al comienzo del matrimonio, cuando la desesperanza no agrietaba aún la felicidad, Inés se entretenía con su nana tejiendo ropa para Boy, cosiendo camisitas y bordando iniciales y guirnaldas risueñas en la ropa finísima. Pero poco a poco, cuando el heredero comenzó a tardar, no hubo más remedio que hacer mandas y rezar novenas y esperar, y seguir tejiendo y bordando con menos esperanza. Era imposible hablar con Jerónimo del ser que faltaba. No hubiera aceptado un tema que deformaría el contorno forzosamente satisfactorio de su medallón presente.

Para hablar de esas cosas estaba la Peta Ponce: para recibir el dolor que Inés tenía que callar. Hablaban y hablaban, sobando y sobando el dolor que crecía con los años de esterilidad, viviendo con su nana lo que no podía vivir con su marido porque era absolutamente necesario ser bella y elegante y tierna y apasionada y envidiada por todo el mundo y nadie la envidiaría si supieran que, en las tardes, acudía al cuartucho de su nana, a hablar interminablemente, a deshilvanar la perfección, a rezarle a Santa Rita de Casia, patrona de imposibles, a gemir. Quizá sin darse cuenta —aunque no sé, Madre Benita, no me sorprendería que por un acuerdo profundo que iba contabilizando la duración que podía tener la esperanza ambas mujeres supieran exactamente lo que estaban haciendo—, a medida que el descontento mudo de la pareja fue creciendo y la posibilidad de que naciera Boy se alejaba en el fondo del pasadizo donde sólo se oía retumbar la palabra nada, nada, nada, no pienso en nada, el tamaño de esa ropa que para el niño las dos mujeres cosían fue disminuyendo y disminuyendo a lo largo de la perfección de esos cinco años, hasta que llegaron a coser y tejer ropa como para una muñeca minúscula. Además, con cartulina y maderitas frágiles obtenidas de cajas de fósforos, se entretenían en construir camas y mesas y sillas y cómodas y roperos y armarios, y floreros diminutos de miga de pan pintada, todo haciéndose más y más pequeño a medida que Santa Rita de Casia, Patrona de Imposibles, y todos los demás poderes las desoían, hasta que llegaron a ser tan minúsculos esos objetos y esas ropas, Madre Benita, que hay que tomarlas con pinzas y mirarlas con lupa para apreciar la suntuosidad maniática de sus detalles. Uno de estos días, antes que Inés regrese de Roma, voy

a llevarla a su celda y mostrarle las cosas de Boy, sí,
no sea incrédula, si quiere vamos ahora mismo para
probarle que lo que digo es verdad: yo he recorrido
todos los cajones de ese baúl-mundo porque me tienta
robarme algunas de esas cosas para alhajar el chalet
donde vivirá la Iris Mateluna después que nazca Boy.
Conozco las sábanas de hilo, las colchas de raso, los
trajecitos tejidos o bordados, todo lo que Inés hacía
con la Peta Ponce en la pieza del fondo de la casa,
cuando aún conservaban una esperanza de que Santa
Rita de Casia, o la beata, las oyera. Pero en los cajones
de más abajo del mundo, todo meticulosamente clasi-
ficado según la cronología de la desesperación, están
las otras cosas, las que van disminuyendo de tamaño
de cajón en cajón, Santa Rita ya no nos oye, hay que
rezarle a Inés de Azcoitía, pero si Inés de Azcoitía no
fue santa pues Peta, qué importa que no sea santa, ni
beata será pero hay ánimas no santas capaces de hacer
milagros, cosas más grandes que los milagros que hacen los santos de los altares porque esas ánimas no
santas siguen rondando por el mundo, no desaparecen,
viven con nosotras, pueden aconsejarnos, recémosle a
Inés de Azcoitía, encomendémonos a ella que es antepasada tuya y ella nos dará consejos para hacer algo
porque esto no puede seguir así, y tejían cosas más
reducidas porque la beata tampoco las ayudaba ni las
aconsejaba, cosas diminutas a medida que pasaban los
meses infructuosos, hasta que en el último cajón del
mundo hay cajas que contienen esa ropa y esos muebles tan aterradoramente diminutos que temo tocar
porque podría romperlos. Me he pasado tardes enteras
en la celda de Inés viendo cómo de cajón en cajón, de
año en año, de mes en mes, de semana en semana
fueron desvaneciéndose sus esperanzas hasta llegar a
las miniaturas de la época en que Inés me dio cita
aquí en el cuarto de la Peta Ponce. Las cosas ya no
podían continuar como estaban. Era imposible construir y tejer cosas más pequeñas porque no existía
hilo tan fino ni madera tan delgada, como también
era imposible romper el círculo de perfección con que
Jerónimo se rodeaba a sí mismo y a su pareja. La otra,
desde el pasado, no respondía a las invocaciones de

esas dos mujeres enloquecidas que ya no sabían qué hacer. Era el fin. La esperanza se agotó. Ninguna potencia les prestaba ayuda.

¿Ninguna? Estoy seguro de que por fin la niña-beata de la tradición familiar de los Azcoitía, que es la misma que la niña-bruja que el amplio poncho paternal escamoteó del centro de la conseja maulina para salvarla de la aureola infame, estoy seguro que ese ser murmuró por fin un plan en el oído atento de la Peta. Impulsada por ellas dos, Inés me dio cita aquí en el cuarto de su nana la noche de las elecciones.

Mientras don Jerónimo disfrazado de Humberto Peñaloza triunfaba en la plaza del pueblo, el coche en que yo iba encogido por el dolor de la herida de don Jerónimo trotaba por los caminos de tierra que en esa época llevaban a la Rinconada. Sí, me había robado mi herida, Madre Benita, pero le aseguro que nadie roba una herida sin pagarla. Si me la hubiera pedido prestada yo hubiera accedido gustoso, porque yo admiraba a don Jerónimo, pero él me la robó durante la inconciencia de mi desmayo, me la quitó sin consultarme, convencido de que mi herida, como todo lo mío, era de su propiedad. Al robármela me dejó entero, sin herida. Sí, Madre Benita, fue él quien me convirtió en Jerónimo de Azcoitía, él y los mil ojos de los testigos en la plaza, él y los periodistas que dan testimonio de mi arrojo.

Con linternas que oscilaban en las manos de los peones, Inés acudió a la llegada del coche en la entrada del parque, que yo jamás usaba a no ser que fuera acompañando a don Jerónimo. Salté del coche como si no sintiera ni fatiga ni dolor. ¿Cómo está, cómo se siente, cómo está Jerónimo, va a volver, cuándo? Mientras nos paseábamos por el corredor frente al parque, vigilados, ella y yo ahora, por los ojos destellantes de los perros, le relaté la verdad de lo sucedido. Me flaquearon las rodillas, como si me fuera a desmayar de nuevo. Inés me tomó del otro brazo, tiéndase aquí en la reposera de Jerónimo y déjeme cubrirle los pies con su chal, déjeme acompañarlo un rato si no se siente bien, no le vaya a pasar algo, me hubiera bastado rozar su mano con la mía para que todo sucediera. Sentí su admiración encendiéndome con esa solicitud dirigida hacia el nuevo ser que ahora era yo. Me interrogaba, apremiante, más y más apremiante agolpando sus preguntas, como si deseara, como deseé yo, que esa bala que rozó mi brazo hubiera alcanzado el corazón de su marido. Y no sería extraño, Madre Benita, que Inés haya sentido algo de eso: al fin y al cabo ella, como yo, no era más que una sirviente de don Jerónimo, una sirviente cuyo trabajo era dar a luz un hijo que salvara al padre.

Al hablarle de estas cosas, Madre Benita, veo que Inés no puede haber deseado la muerte de Jerónimo como la deseé yo, porque ella lo amaba. Tuve la certeza de su amor esa noche frente al parque, porque como yo era Jerónimo sentí el amor de Inés tocándome. Tirité. Me preguntó si tenía frío. Sí... sí... un poco, aunque la noche se ha puesto tan tibia. Insistió en que sería mejor que me fuera a acostar. Me acompañó hasta la puerta de mi dormitorio. Iba a completar la sustitución, iba a entrar en mi pieza para entregarse a su marido. Permaneció afuera.

—Buenas noches, Humberto.

—Buenas noches...

—Ah, quería decirle una cosa: si se siente mal o le duele el brazo, lo mejor es que vaya donde la Peta Ponce —ella sabe todos mis secretos y los guarda, así es que no importa que sepa que la herida es suya y no de Jerónimo—, que duerme tan poco y sabe de esas cosas, es meica...

Meica, alcahueta, bruja, comadrona, llorona, confidente, todos los oficios de las viejas, bordadora, tejedora, contadora de cuentos, preservadora de tradiciones y supersticiones, guardadora de cosas inservibles debajo de la cama, de desechos de sus patrones, dueña de las dolencias, de la oscuridad, del miedo, del dolor, de las confidencias inconfesables, de las soledades y vergüenzas que otros no soportan. Yo acudía con frecuencia a pasar el rato aquí en la pieza de la Peta Ponce. Me sentaba con ella junto a este brasero en que calentaba el agua para el mate y tostaba los terrones de azúcar sobre las brasas hasta que el humo dulzón llenaba la penumbra. Hervía el agua en la tetera. La vertía en la calabaza donde, además de la yerba mate, había agregado una ramita de hinojo, esperaba un instante, agitaba la boquilla y chupaba para probar, está rico, tome usted primero don Humberto y yo chupaba, y ella volvía a llenar el mate y chupaba ella y después volvía a llenarlo y yo me tomaba otro matecito caliente sin sentir asco que la bombilla pasara directamente de esos labios raídos a los míos porque ese contacto nuestro a través del mate cimentaba una conciencia de que nuestras posiciones junto a Jerónimo y a Inés eran simétricas. Hablábamos poco. ¿Qué iba a hablar yo, universitario, escritor, con una vieja como la Peta Ponce? Comentábamos quién está enfermo y de qué y qué hay que hacer para mejorarlo, y cuándo regresaremos a la capital que ya están comenzando las heladas. Al llegar a Inés y a Jerónimo, nuestras palabras los circunnavegaban por lados distintos, dejando un vacío en el medio, pero era un vacío que llenaba todas nuestras conversaciones con su significado inconfundible, aunque sólo comentáramos el día bonito que hizo hoy después que ayer estuvo tan nublado y por qué habrán despedido a Dionisio y cuándo llegará de su permiso la Rosalba y con tanta lluvia este otoño todo el mundo anda resfriado. Charla banal, pero nadie ceba mates como la Peta Ponce, engolosinan, después de probar sus mates los otros no tienen gusto a nada, y yo venía y volvía a venir donde la Peta para no hablar de eso de que no podíamos hablar porque ni siquiera nuestros patrones se atrevían a hablar de ese tema y como nosotros al fin y al cabo no éramos más que servidores... a mí me gustaba venir donde la Peta a sentarme en el piso junto al brasero, el mismo piso en que Inés se sentaba para traspasar su dolor a la vieja, y así, deshaciéndose de su dolor, quedar libre para continuar junto a Jerónimo su existencia dentro de los límites del medallón de la dicha conyugal perfecta. Era para tomar mate que yo acudía donde la Peta. Para sentarme junto a este brasero. Pero también para tocar a través de la vieja a una Inés más entera que la Inés de Jerónimo. A veces me daba cuenta de que, en forma elíptica, por medio de una frase aparentemente incolora de la Peta, Inés me pedía auxilio:

—Hoy ha estado medio tristona la niña...

—¿Por qué?

—Esta tarde no la encontré nada de bien...

Su salud era perfecta.

La Peta y yo sabíamos qué no estaba bien. Yo no preguntaba. Las cosas tenían que seguir mudas, porque en el fondo de ese silencio yo adivinaba un destino para mí, y al romper el silencio eliminaría ese destino. Con el tiempo, este *no estar nada de bien* de Inés, reiterado por la vieja, se fue transformando en un grito apremiante que no solicitaba mi ayuda sino que me la exigía, yo era sirviente, y ella, Inés, cuyo marido me pagaba sueldo, tenía derecho a mis servicios. No está bien la niña. No está nada de bien. Está tristona. Está muy decaída. Tengo miedo que si no le hacen alguna cosa, algo le va a pasar. No está nada de bien la Inesita. Y yo la acababa de ver radiante en el salón luciendo el vestido de macramé color tango para recibir a los invitados a su comida de cumpleaños, a la que, naturalmente, no me invitaban a mí. O divisaba a la pareja galopando en alazanes estupendos por larguísimas alamedas otoñales.

Fue cuando sus manos ya no pudieron construir muebles ni coser camisas más diminutas, que la Peta le propuso el plan. Tráemelo, eso me dice tu antepasada bruja que está hablando a través de mí, que me lo traigas, tráeme a don Jerónimo, Inés, convéncelo que yo existo, que me venga a ver, ella dice que si él consiente una noche en hacer el amor contigo aquí en mi habitación, en mi cama de sábanas sucias, hediondas con mi cuerpo viejo, encima del colchón que oculta una infinidad de paquetes cabalísticos, en esta oscuridad con olor a cosa gastada, quieta pero inquieta esta quietud con el salto y salto del tordo en su jaula, entonces, Inesita, entonces, te juro, quedarás embarazada.

Claro. ¿Pero cómo convocar a Jerónimo a este cuarto, cómo traerlo hasta aquí, a la habitación de la Peta, si la Peta era inexistente ya que su repugnancia por ella la anulaba? Yo, en cambio, su sirviente, sí podía venir: él me robó mi herida, e Inés, al despedirse de mí en la puerta de mi dormitorio, me lo dijo sin decírmelo: tú eres él.

Cuando más tarde esa noche desperté con el dolor de mi herida agarrotándome el brazo, tuve la certeza de que no se trataba de un dolor real, era el poder de la Peta Ponce punzándome la herida para urgirme a que acudiera a la cita que Inés me dio en este escondrijo, que cumpliera con mi deber de sirviente, para eso le pagan, don Humberto, no ve que para eso lo tienen a sueldo, no duerma, levántese, no puede dormir, no debe dormir, don Humberto, si la Inesita lo necesita, venga, lo estamos esperando en mi pieza, si no viene haré que le duela más el brazo, mucho más, se lo dejaré tullido para siempre, venga, venga, lo estamos esperando, tiene que ser ahora, venga... ahora mismo...

Me vestí torpemente porque el dolor de la herida me impedía mover el brazo con libertad. Fueron patios y más patios los que tuve que cruzar, pasadizos, meandros de adobe, habitaciones vacías, estancias inútiles, la anarquía de construcciones levantadas hace siglos con propósitos olvidados, perderme en estos corredores de barro revenido y deteriorado, pero no perderme, Madre Benita, porque a medida que iba avanzando el dolor me soltaba el brazo indicándome que sí, que ésta era la dirección cierta, la Peta me iba conduciendo hasta aquí, trayéndome, arrastrándome hasta el fondo de estos pasadizos y estos patios de barro. Me di cuenta de que ésta era la puerta porque de repente el brazo dejó de dolerme. Abrí esta puerta. El escondrijo estaba oscuro, lleno de la humareda de un trozo de azúcar quemándose en las brasas y del salto menudo del tordo en su jaula. Afuera, la casa y el campo conspiraban con una quietud total. Detrás de mí se abrió esta puerta y después se cerró.

—Jerónimo.

Sí, sí, soy Jerónimo de Azcoitía, tengo mi herida sangrando para demostrártelo: la tomé en mis brazos. La llevé a la cama de la Peta. Inés lloraba repitiendo y repitiendo el nombre de Jerónimo para anular lo que pudiera quedar de Humberto, y mientras más lo repetía más iba creciendo Jerónimo, sí, sí, has anulado a Humberto que se deja anular con tal de

tocarte, soy Jerónimo, tócame, conoces mi carne, no
tengas miedo, soy Jerónimo y lo seré para siempre si
me permites. Intenté besarla pero ella me hurtó su
boca, Madre Benita, entiende, mantuvo mis labios lejos de su cara como si fueran labios inmundos. A pesar de todo yo no era Jerónimo. Sólo mi sexo enorme
era Jerónimo. Lo reconoció. Por eso me estaba per-
mitiendo subirle el vestido, y abrió sus piernas, y me
ofreció su sexo, manteniendo mi cara y mi cuerpo
lejos de ella para que nada mío salvo mi miembro que
era Jerónimo la pudiera tocar, para que mis manos no
gozaran de su belleza, para que persistiera la nostalgia
del servidor que la estaba sirviendo, y sin embargo
ella decía Jerónimo, Jerónimo, y Jerónimo la penetró,
Madre Benita, dejando a Humberto afuera, mudo desde ese momento porque no quiso oír mi voz recla-
mándole que me reconociera. Oblígala, Peta, que por
lo menos me deje tocarle la mano, tú tienes poder
para obligarla. Pero no me permitió ni eso porque tenía sus manos ocupadas en alejar de sí todo lo mío
salvo mi sexo. Yo, esta corteza que es Humberto Peñaloza, no le servía para nada. Por eso la he venido
a guardar en esta Casa llena de mugres, vejestorios,
cachivaches, cosas abyectas, inmundas.

ENCENDIERON TODAS LAS luces del corredor. Los
cuatro perros negros bailan, brincan, ladran alrededor
de Jerónimo de Azcoitía mientras él despacha el coche
con órdenes para que esté listo a las siete de la mañana porque tiene que regresar a esa hora a la capital. Ahora a dormir. Sus perros tratan de languetearlo,
mendigando su atención y sus caricias.

—Váyanse, estoy cansado.

Inés va conduciéndolo al dormitorio. Él no tiene
ganas de contestar ni comentar, sólo dormir, es muy
tarde, cansado, cansado, tanta preocupación, tanto qué
hacer y sólo tengo unas pocas horas para dormir, me
incomodan las vendas, sácamelas, Inés, por favor, sí,
todas, no, cómo se te ocurre que me va a doler el brazo
si Humberto te tiene que haber contado que la herida

no es mía sino de él, tienes que lavarme la sangre
de Humberto con agua tibia, no hay sensación más de-
sagradable que la de la sangre seca, sobre todo si es de
otra persona, una esponja, jabón para que salga toda
esta suciedad que está manchándome, aunque no es sangre ajena, Inés, la compré, para que me haga estos servicios le pago a Humberto, buen hombre Humberto,
servicial, se puede contar con él para todo, voy a hacerle un buen regalo, qué crees tú que le hará falta,
se me ocurre que una capa y un chambergo le gusta-
rán ya que se las da de escritor entre sus compinches
de las cantinas, y es inteligente, tiene una educación
excepcional para un hombre que no ha viajado, una
sensibilidad extraordinaria, ya ves lo bien que muchas
veces conversamos de cosas que tú no entiendes. Ahora
lávame su sangre de mi brazo. Ya no me sirve, ya la
lucí, hizo su papel, ahora no es más que una costra
inútil que me estás lavando del brazo con agua tibia y
jabón perfumado para que mañana, antes de la hora
de partir, me vendes con vendas limpias que prolonguen la superchería. Buenas noches, Inés. Tengo que
dormir porque mañana será una jornada agotadora a
pesar del triunfo.

Cada uno se acuesta en su cama. Apagan las luces.
Pasan unos cuantos o quizá muchos minutos, Jerónimo
no sabe cuántos porque la noche se estira y se encoge y él cierra los ojos y los abre sin saber si ha logrado
dormir o no ni en qué parte de la noche vuelve a despertar con los chillidos de la bandada de queltehues
que vuela rumbo a la laguna. Escucha atento: la amplitud de sus tierras va configurándose en la noche
donde la luna enumera la indiferencia de las cosas que
posee, vuelve la bandada de queltehues, la misma, quizás otra, un caballo galopa llevando un jinete desconocido hacia un destino desconocido, los ladridos de
los perros, cercanos algunos, otros remotísimos, señalan
las distancias desmesuradas del campo en la noche, ese
ladrido viene de los corrales, el otro, más al oeste, debe
ser el perro del mayordomo, y otro ladrido cerca, aquí
mismo, al pie de la ventana entre las yedras, tan cerca
que oigo el rumor del cuerpo agitándose entre las hojas, es como si el aullido saliera de adentro de mi

dormitorio, como si Inés aullara, ahora no aúlla, sólo
gime, no deja de gemir al pie de mi ventana y ahora
lanza un aullido afilado que raja la noche, sollozos
suaves que remontan otra vez para culminar en un aullido que no me deja dormir, otro, y otro muy estirado
como un arco que llega a la luna. ¿Por qué, por qué
justamente hoy, cuando es importante que descanse,
por qué? ¿Por qué esta compulsión ininteligible de los
perros en el campo de aullarle a la luna? ¿Por qué le
aúlla a la luna esta perra justo esta noche, justo debajo de mi ventana? Jerónimo se incorpora. Va a ir
a la ventana para echarla.

—Déjala.

Es la primera palabra de Inés en muchas horas.
¿Sabe por qué aúlla esta perra en la noche, qué
quiere comunicarle a la luna, qué mensaje le lleva,
qué cosas encubre esa penumbra plateada de afuera
donde las cosas crecen y se multiplican y actúan ajenas a su autoridad? La perra no debe aullar de nuevo.
Él es don Jerónimo de Azcoitía que tiene que dormir
para ir mañana a la capital a hacer declaraciones importantes. La perra vuelve a aullar.

—Esta perra no me deja dormir.

Inés permanece muda.

—¿Por qué anda en el parque esa perra amarilla?
Se incorpora. Que Inés conteste.

—...voy a ir a echarla...

—No.

Jerónimo cae de nuevo en su cama. La perra amarilla corre impune entre las ramazones del parque, dia-
loga con la luna, gime, vuelve a huir y a acercarse y a
instalarse a aullar intolerablemente debajo de su ventana. Se desploma un silencio que no es silencio porque las arañas, los termites, los escarabajos urden sus
vidas en esos matorrales y esos árboles que le pertenecen a él, arrastran un fragmento de hoja, cruzan la
barrera ciclópea de una ramita caída, cavan agujeros
cubiertos de una baba blanquizca, en unos minutos
se multiplican en miles de generaciones que horadan
galerías en un tronco o extienden la mancha herrum-
brosa de la peste en el revés de una hoja, todo lo oigo
en el silencio, soy capaz de percibirlo todo hasta que

la perra amarilla, la ladrona enclenque, vuelve a instalarse debajo de mi ventana para lanzar otro aullido a la luna. Jerónimo se pone sus zapatillas. Inés vuelve a decir:

—No.

—Tengo que echarla.

Y al atar brutalmente el cinturón de su bata comprende lo que tiene que hacer:

—Voy a matarla.

—No.

—¿Es tuya la perra amarilla?

—No.

—¿Entonces?

Inés lo agarra, tratando de impedirle que salga del dormitorio, pero Jerónimo la rechaza y sale. En el corredor se detiene a silbarle a sus cuatro perros negros... claro, por eso permanecía impune la perra, porque ellos, sus cuatro perros nobles, quedaron encerrados en el patio dormitando debajo de los naranjos. Acuden a bailar alrededor suyo.

—Tranquilos... tranquilos... vamos...

Los perros negros obedecen. Caminan detrás de él como sombras, las patas sigilosas, los colmillos cubiertos. Este macizo de abutilones. Más allá el prado. El muro de laureles y después el claro de gravilla: allá está la perra aullando al pie de la ventana sin saber que él ya no está adentro de su dormitorio sino entre los laureles, listo para castigarla.

Al estirar su cuello señala con el hocico puntiagudo el centro mismo del cielo al concluir su aullido, parte de esa autonomía de las cosas que crecen y crujen y se arrastran y se reproducen. La cháchara de los bichos sin nombre es agobiadora. Hasta que la enemiga de sus cuatro perros negros inicia otro aullido, suave y plañidero al comienzo, que se va a transformar en un mensaje indescifrable si él no lo corta. Jerónimo señala a la perra. Hace chasquear sus dedos y sus perros se disparan, un instante es suficiente, un revoltijo de babas y patas y sangre y tierra, un minuto, no más, en que mis cuatro perros negros como las sombras de los lobos la matan para detener su diálogo con el astro cómplice.

DON JERÓNIMO Y yo partimos a la capital al día siguiente. No tuve tiempo para recorrer el parque en
busca de los despojos que lo confirmaran todo: tengo
que confesar que ni siquiera se me ocurrió hacerlo, tan
seguro estuve durante ese primer tiempo de la realidad
única.

Sólo meses después, cuando se anunció el glorioso
embarazo de Inés de Azcoitía y regresamos a descansar
aquí en la Rinconada, me acometió la tentación de inte-
rrogar a los jardineros que deben haber limpiado el
claro de gravilla rodeado por laureles. Ninguno recordaba ni despojos, ni huellas de lucha y sangre, nada,
porque es evidente que el cadáver de una perra sin
dueño, angurrienta y verrugosa, no es algo que ni siquiera los más humildes ayudantes de jardinero se
molestan en recordar, no sé, patroncito, podría ser
pero no me acuerdo, cómo nos vamos a acordar si era
amarilla o no, y si la encontramos descuartizada y
muerta si ni siquiera nos acordamos de haber encontrado un cuerpo de perra y ya debe hacer como tres
meses de lo que usted dice pues patrón, uno se olvida
de cosas así, tanta mugre que se junta en este parque
tan grande.

¿Y si no hubiera muerto la perra? ¿Si la verdad
fuera que Inés *no* acudió a la cita mientras la perra la
encubría? Boy va creciendo en su vientre. No quedó
ninguna prueba de que esa noche Jerónimo se ausentó
de su dormitorio para que Inés, usando la coartada
sangrienta en que se sacrificó su nana, se escabullera
para reunirse conmigo. Quizá la perra amarilla no haya
muerto, como afirmaba en su versión de la conseja la
Mercedes Barroso, puede haber quedado libre y viva
y rondándonos, puede ser ella que me ha acosado
hasta aquí sin dejarme salir, oculto bajo el disfraz de
otra vieja más, para expiar lo que haya que expiar y
ocultar lo que haya que ocultar. ¿No se da cuenta, Madre Benita, que es espantosamente probable que esa
noche, como de costumbre, Inés y Jerónimo hayan he-

cho el amor en su dormitorio para apaciguarse después de la jornada, mientras lo importante sucedía en otros planos?

Las viejas como la Peta Ponce tienen el poder de plegar y confundir el tiempo, lo multiplican y lo dividen, los acontecimientos se refractan en sus manos verrugosas como en el prisma más brillante, cortan el suceder consecutivo en trozos que disponen en forma paralela, curvan esos trozos y los enroscan organizando estructuras que les sirven para que se cumplan sus designios. Se trataba de que Inés le diera un hijo a Jerónimo. Urgía dárselo para impedir que todo se desmoronara. Era el momento enloquecedor en que el tiempo se agota justo antes de la catástrofe que sólo la acción inmediata puede impedir: sacrificar a quien fuera y como fuera porque las cosas no podían seguir así —de dónde iban a sacar hilo más delgado, no existía madera ni papel más fino—, humillar y herir, sustituyendo y robando, la venganza confundida con el amor y la felicidad, la vergüenza con la gloria y el rencor y el placer. ¿Cómo saber con certeza que fue la Peta Ponce la que dispuso los acontecimientos de esa noche, y cómo, y qué dispuso? Quizá no haya muerto la perra amarilla. Quizá ni un trozo de mi carne haya tocado la carne de Inés, pero...

...Increíble, increíble, Madre Benita, iba a suceder, mi nostalgia y la nostalgia de mi padre iban a aplacarse porque mi avidez iba a alcanzar el objeto único capaz de saciar a todos los Peñaloza porque por fin íbamos a dejar de ser sólo testigo de la belleza para participar en ella. Avanzó desde la oscuridad. La cogí y la llevé a la cama y la poseí como ya le dije. Más allá del silencio que nos aislaba, creo que oí los aullidos de la víctima y la tolvanera de los perros negros que la destrozaron. Y sin embargo el silencio de la pieza era tan hondo que dudo que oyera algo fuera del acezar de mi compañera en la cama. No oí los gemidos de la perra porque Inés y Jerónimo estaban en su dormitorio haciendo el amor aislados por otro silencio distinto al que nos aislaba a nosotros, pero a quiénes aislaba, a quiénes, Madre Benita, en esas tinieblas yo puedo no haberle dado mi amor a Inés sino a otra, a la Peta, a la Peta Ponce que sustituyó a Inés por ser ella la pareja que me corresponde, la Peta, raída, vieja, estropeada, sucia, mi miembro enorme la penetró a ella, gozó en su carne podrida, gemí de placer con la cercanía de sus manos verrugosas, de sus ojos nublados por las legañas, mendigando el beso de su boca acuchillada por las arrugas, sí, en las tinieblas de esa noche sólo los ojos del tordo vieron que fue el sexo de la vieja, agusanado por la cercanía de la muerte, que devoró mi maravilloso sexo nuevo, y esa carne deteriorada me recibió.

En el momento del orgasmo ella gritó:

—Jerónimo.

Y yo grité:

—Inés.

La Peta y yo quedamos excluidos del placer. Ella y yo, la pareja sombría, concebimos el hijo que la pareja luminosa era incapaz de concebir. La vieja lo tramó todo: la herida en el brazo, los ojos de los testigos mirándonos en el parque, los aullidos de la perra, la complicidad de la luna, la oscuridad de este cuarto o de otro, hasta la soledad del mío, porque a veces tengo la esperanza que la Peta haya manejado también mi sueño, me atrevo a suponer que todo fue sólo un sueño que al ser urdido por la Peta tuvo la eficacia del hecho real. Que bastó soñarlo para que Inés quedara grávida, no porque la Peta y yo hicimos el amor al mismo tiempo que ellos sobre esta cama de sábanas sucias, sobre este colchón apolillado, encima de este catre que cruje ocultando los paquetitos incomprensibles que las viejas ocultamos debajo de las camas. Los jardineros no encontraron el cadáver de la perra y el terror de la pesadilla invadió mi vigilia. La víctima sigue rondándome. Ni siendo Jerónimo pude formar pareja con Inés. Mi destino, como el de la Peta, es permanecer afuera del reconocimiento del amor aunque no del acto mecánico del amor: cuando Inés cayó en los brazos cansados de Jerónimo, fueron revitalizados por nosotros, porque en la oscuridad del cuarto de la pareja grotesca nuestras miradas doloridas buscaron, y vieron, los rostros de ellos dos en nuestros rostros deformados por la nostalgia, cumpliendo desde las sábanas sucias nuestra misión.

El terror es de las cosas más fáciles de olvidar, Madre Benita. Existen miles de subterfugios, eso usted lo sabe, no se puede vivir siempre al borde del terror y por eso usted reza padrenuestros y salves y avemarías, sí, para huir del miedo usted sacrificó su vida enterrándola en la inutilidad de esta Casa. Cuando se comprobó por fin el embarazo de Inés, logré durante un tiempo olvidar mi terror: quedé deslumbrado al darme cuenta de que, si bien don Jerónimo me había robado mi fertilidad, yo me robé su potencia. Su miembro gozador pareció agotarse, quedó convertido en un apéndice vergonzoso, en cambio mi propio sexo creció, rojo como un tizón. Algo parecido tiene que haberle sucedido a la Peta: porque los despojos de la perra sacrificada fueron barridos del parque sin dejar rastro ni en la memoria de los ayudantes de los jardineros, la Peta Ponce renació. A todos les pareció evidente que lo que le dio energía nueva fue el júbilo de ver que por fin su niña iba a tener un hijo. Pero no. No era eso. Yo iba percibiendo cada día con más certeza, en los guiños de sus ojos gomosos, en los tics de su boca, que esa vieja repugnante me perseguía a mí, que esa noche en las tinieblas de su cuarto mi miembro hizo revivir en su cuerpo seco la sexualidad que en ese instante le robó a Inés, entregándole, en cambio, la satisfacción de ser madre del hijo de Jerónimo. Esta satisfacción anuló todo deseo en Inés, pero enardeció a la vieja que me acosa incansable para repetir con lascivia renovada el acto de esa noche, y yo no quiero, Madre Benita, me niego, me sigo negando, yo quiero a una Inés bella, de piel suave y pechos vivos, los contornos que mis manos siguen soñando, el pelo profundo, las axilas y la nuca y el pubis sabroso. No, Peta. No me persigas. Mi miembro ávido de belleza comenzó a podrirse con el contagio de tu carne agusanada, no me busques más, muere de una vez, abandona la seguridad de que soy tu pareja por desamparado y miserable, el miedo a tu acoso me ha hecho refugiarme aquí, yo no le pertenezco, Madre Benita, aunque mejor decirle que sí, que le pertenezco para que así me deje en paz por lo menos hasta que nazca Boy, Inés te prometió que serás comadrona en el nacimiento del niño aunque no lo serás porque don Jerónimo dice déjala que crea, Humberto, para qué la contradices, cómo se te ocurre que voy a permitir que una meica ignorante atienda el parto de Inés y asista en el nacimiento de Boy, pero para tranquilizarlas, que las dos crean que cumpliré mi palabra mientras contrato a los mejores especialistas. Después me desharé de ella. No es más que un juguete, un monigote de harapos para mantener contenta a Inés. Mientras tanto que cosan, que borden, que tejan, después tiraremos ese harapo a la basura, no les digas nada, Humberto, contigo puedo hablar de estas cosas y de todas las cosas, este miedo que siento de hacer el amor con Inés ahora que lleva a mi hijo adentro me deja insatisfecho, Humberto, soy un hombre ardiente, no puedo seguir absteniéndome, acompáñame, ven conmigo, como no puedo tocar a Inés porque ella tampoco quiere ser tocada necesito usar mi potencia con otras mujeres, búscame mujeres, vamos a una casa de putas porque no quiero liarme con ninguna mujer individual, sólo con mujeres sin rostro, búscame un prostíbulo discreto tú que conoces los vericuetos de esta ciudad, paga lo que quiera la cabrona para que me tenga mujeres jóvenes, que clausure la casa para el público, que sólo nos deje entrar a ti y a mí, arréglamelo tú que siempre me has arreglado tan bien las cosas, ven, acompáñame donde doña Flora que me tiene cuerpos jóvenes, mira cómo desnudo a esta mujer que se llama Rosa, le quito la enagua desollándola para sensibilizarla a mis caricias, ésta se llama Hortensia, tiene grandes pechos con que juego, no, no salgas de la habitación, Humberto, mira cómo me desnudo yo también como si me desollara, quédate aquí para que veas cómo soy capaz de hacer el amor, quiero que te extasíes ante la fuerza de mi virilidad que tú no tienes, mi sabiduría en estas artes que tú ignoras y compruebas con tu mirada envidiosa, mi capacidad para demoler la simulada resistencia de la Violeta, préstame tu envidia para ser potente, mira nuestros cuerpos entrelazados, descifra nuestras palabras embarradas por los besos, el olor de nuestra intimidad, tócanos con tu mano para que tu piel sufra por-

que soy perfecto aunque cuando estoy solo con Inés
no soy perfecto, eso tú lo sabes, Humberto, sé que el
temor de estropear el hijo que ella lleva en sus entrañas no es más que un cuento de viejas, pero es la excusa de que me valgo para no revelar mi impotencia
desde esa noche en que engendré a Boy, tú eres dueño
de mi potencia, Humberto, te quedaste con ella como
yo me quedé con tu herida en el brazo, no puedes
abandonarme jamás, necesito tu mirada envidiosa a
mi lado para seguir siendo hombre, si no, me quedará
esto lacio entre las piernas, apenas tibio, mírame, y
yo lo miraba Madre Benita, incansable y dolorosamen-
te lo miraba con envidia pero también con otra cosa:
con desprecio, Madre Benita. Sépalo. Porque cuando
él hacía el amor con la Violeta o con la Rosa o con la
Hortensia o con la Lila bajo el beneplácito de mi mirada, yo no sólo estaba animándolo y poseyendo a
través de él a la mujer que él poseía, sino que mi potencia lo penetraba a él, yo penetraba al macho viril, lo
hacía mi maricón, obligándolo a aullar de placer en el
abrazo de mi mirada aunque él creyera que su placer
era otro, castigaba a mi patrón transformándolo en
humillado, mi desprecio crecía y lo desfiguraba, don
Jerónimo ya no podía prescindir de ser el maricón de
mi mirada que lo iba envileciendo hasta que nada salvo
mi penetración lo dejaba satisfecho, lo que quieras,
Humberto, lo que se te antoje con tal de que nunca te
vayas de mi lado. En las noches, solitario en mi cama
de testigo porque las camas de los testigos son siempre
solitarias, comencé a oír a la Peta Ponce paseándose
afuera de mi cuarto, a toser o carraspear, pasos endebles como los pasos de las viejas de esta Casa, la veía
acecharme desde detrás de un árbol o una puerta, por
una ventana entreabierta esperando el momento en
que yo accedería pero jamás accederé, no quiero repetir la escena, no existió tal escena, fue una pesadilla en-
gendradora de monstruos y lo sigue siendo porque la
Peta está rondando esta Casa, no entiendo cómo puede
haber adivinado que estoy aquí, quizá la Damiana se
lo haya dicho pero no sé si conoce a la Damiana y la
Damiana no sabe quién soy yo, claro que la Damiana
era famosa por lo callejera y dicen que en las calles se

saben muchas cosas, los cuchicheos de las empleadas en las esquinas con sus bolsas de pan o verduras o mientras esperan turno en los despachos y la voz corre de esquina en esquina, claro que la Peta Ponce no me reconocería ahora, después que el doctor Azula me cambió la cara con sus operaciones, aunque mi mirada, eso no me lo ha cambiado, no me ha robado los ojos doloridos, los conservo, don Jerónimo no puede hacer que el doctor Azula me los quite porque son míos, lo único mío.

¿Pero qué importancia tenía eso si Boy iba a nacer? Todo estaba dispuesto. Jerónimo había logrado por fin sacar a Inés del medallón estático de la dicha conyugal perfecta: ayudada por su mano galante la conduce para tomar las actitudes prescritas en el siguiente medallón, en que figurarían como padres. Mientras la Peta y yo, seres fantásticos, monstruos grotescos, cumplíamos con nuestra misión de sostener simétricamente desde el exterior ese nuevo medallón, como un par de suntuosos animales heráldicos.

Pero cuando Jerónimo entreabrió por fin las cortinas de la cuna para contemplar al vástago tan esperado, quiso matarlo ahí mismo: ese repugnante cuerpo sarmentoso retorciéndose sobre su joroba, ese rostro abierto en un surco brutal donde labios, paladar y nariz desnudaban la obscenidad de huesos y tejidos en una incoherencia de rasgos rojizos... era la confusión, el desorden, una forma distinta pero peor de la muerte.

14

DON JERÓNIMO DE Azcoitía mandó sacar de las casas de la Rinconada todos los muebles, tapices, libros y cuadros que aludieran al mundo de afuera: que nada creara en su hijo la añoranza por lo que jamás iba a conocer. También hizo tapiar todas las puertas y ventanas que comunicaran con el exterior, salvo una puerta, cuya llave se reservó. La mansión quedó convertida en una cáscara hueca y sellada compuesta de una serie de estancias despobladas, de corredores y pasadizos, en un limbo de muros abierto sólo hacia el interior de los patios de donde ordenó arrancar los clásicos naranjos de frutos de oro, las buganvileas, las hortensias azules, las hileras de lirios, reemplazándolos por matorrales podados en estrictas formas geométricas que disfrazaran su exuberancia natural. Mandó demoler las dependencias hacinadas alrededor del sector noble: que destrozaran ese inmundo laberinto de adobe, de galerías y corredores y patios y bodegas, era necesario desenmarañar esos tejidos y ligamentos de barro, desanudar sus amarras que con los años habían crecido, fijando y humillando la nitidez de los cuatro patios destinados a su hijo. Para acomodar a los servidores de Boy, que construyeran pabellones diseminados en el parque que el niño jamás iba a conocer. Hizo talar todos los árboles cuyas copas pudieran divisarse desde el interior de la casa. Dispuso, además, que cerraran el último patio, el del estanque, con un murallón inexpugnable, y a la cabeza de este estanque rectangular erigió una Diana Cazadora de piedra gris tallada según sus estipulaciones: gibada, la mandíbula acromegálica, las piernas torcidas, luciendo el carcaj sobre su giba y la luna nueva sobre su frente rugosa. Adornó los demás patios con otros monstruos de piedra: el Apolo desnudo fue concebido como retrato del cuerpo jorobado y las facciones del futuro Boy adolescente, la nariz y la mandíbula de gárgola, las orejas asimétricas, el labio leporino, los brazos contrahechos y el descomunal sexo colgante que desde la cuna arrancó ohs y ahs de admiración a las enfermeras. Boy, al crecer, debía reconocer su perfección en la de ese Apolo, y sus instintos sexuales, al despertar, se encontrarían con la figura de la Diana Cazadora, o con una Venus picada de viruela y con un trasero de proporciones fantásticas arruinado por la celulitis, que retozaba insinuante en una caverna de yedra.

Don Jerónimo cuidó todos estos detalles porque nada de lo que rodeara a Boy debía ser feo, nada mezquino ni innoble. Una cosa es la fealdad. Pero otra cosa muy distinta, con un alcance semejante pero invertido al alcance de la belleza, es la monstruosidad, por lo tanto merecía prerrogativas también semejantes. Y la monstruosidad iba a ser lo único que, desde su nacimiento don Jerónimo de Azcoitía iba a proponer a su hijo.

Delegó a su secretario para que recorriera ciudades, aldeas, campos, puertos, minas, en busca de habitantes dignos de poblar el mundo de Boy. Al principio fue difícil encontrarlos, porque los monstruos tienden a esconderse, aislando la vergüenza de sus destinos en escondrijos miserables. Pero Humberto Peñaloza no tardó en hacerse perito en monstruos. En cierto monasterio de provincia, por ejemplo, descubrió a un hermano de fe endeble, pero inteligente, deformado por una joroba de proporciones sensacionales. Acudió a entrevistarse con él una y otra vez, tentándolo con sueldos fabulosos y una vida a la que podría darle el contorno que él escogiera, dentro de un mundo donde la deformidad no iba a ser anomalía sino regla: el hermano Mateo huyó del monasterio donde durante tantos años había disfrazado su terror con el hábito de la piedad. En casas de prostitución, en ferias, en circos de barrios pobres Humberto reclutó enanos de todas las variedades imaginables, de cabezotas enormes, de rostros arrugados como muñecos envejecidos, de piernas cortas, avaros, orgullosos, inteligentes, de voces atipladas. Descubrió a Miss Dolly, una *mujer más gorda del mundo* de mucho renombre, hembra mostrenca de obesidad espectacular y andar bamboleante que se exhibía ataviada con un bikini de lentejuelas, bailando sobre el aserrín de la pista de un circo, pareja de Larry, su marido, payaso de brazos y piernas larguísimos y la cabeza diminuta como la de un alfiler en la punta de su cogote flaco, allá arriba.

En la noche, que es cuando los monstruos salen de sus guaridas, recorriendo los parques y los baldíos de las orillas de la ciudad, Humberto Peñaloza acechaba a ciertos seres deformes que, si la destitución no había alcanzado a estragar sus inteligencias, contrataba para el servicio de Boy. Encontró a la Berta, por ejemplo, con toda la parte inferior del cuerpo inutilizada, arrastrándola como cola de lagarto por el suelo con el esfuerzo de sus manos y sus brazos hipertrofiados: era figura conocida en las localidades más baratas de los cines de barrio, donde, tendida en las banquetas de palo, sus ojos vivísimos engullían la sabiduría de película tras película. Y Melchor, leyendo diarios y revistas viejas en su cueva del basural, era una sola mancha color frambuesa cuyos grumos le borroneaban las facciones. Llegó a ser cuestión de orgullo para Humberto Peñaloza presentarle a don Jerónimo ejemplares más y más fantásticos, creaciones insólitas con narices y mandíbulas retorcidas y la floración caótica de dientes amarillentos repletándoles la boca, gigantes acromegálicos, albinas transparentes como ánimas, muchachas con extremidades de pingüino y orejas de alas de murciélago, personajes cuyos defectos sobrepasaban la fealdad para hacerlos ascender a la categoría noble de lo monstruoso.

A pesar del aislamiento en que viven, no tardó en correrse la voz entre los monstruos que cierto caballero tenía la extravagancia de ofrecer sumas fabulosas por sus servicios. Así, después de un tiempo, Humberto

Peñaloza no necesitó adentrarse en la noche ciudadana para desentrañar a los monstruos de sus guaridas, porque comenzaron a acudir, sin que nadie los convocara, a la puerta de la casa de don Jerónimo, agolpándose clamorosos en la calle para solicitar audiencia, cotizando a alto precio lo que hasta entonces fue una aflicción, medigando un puesto, un sitio, un empleo, un lugar cualquiera en ese mundo sin humillaciones que el señor ofrecía. Don Jerónimo recibió cartas, telegramas, informes, descripciones detalladas, fotografías. Acudieron monstruos de todas partes, bajaron de las montañas y salieron de los bosques y subieron de los sótanos, llegando a veces desde regiones remotas y hasta del extranjero para suplicar que a ellos también les permitieran ingresar a ese paraíso que don Jerónimo de Azcoitía estaba creando.

En la oficina junto a la biblioteca de don Jerónimo, Humberto Peñaloza entrevistaba a esta multitud, regodeándose con la gran variedad que se le ofrecía. Sólo dejaba pasar a la biblioteca a los ejemplares más excepcionales: allí, don Jerónimo, después de examinarlos y hablar con ellos, los hacía firmar contrato o los desechaba. Los desechados, en realidad, eran pocos. Se trataba, al fin y al cabo, no sólo de rodear directamente a Boy de monstruos con conciencia de lo que estaban haciendo, sino también de proporcionar a estos monstruos de primera clase un mundo de sub-monstruos que los rodearía, sirviéndolos a ellos, panaderos, lecheros, carpinteros, hojalateros, hortaliceros, peones, en fin, todo, de modo que el mundo de lo normal quedara relegado a la lejanía y por fin llegara a desaparecer.

Frente a esa *élite* de monstruos de primera clase que cuidaría y educaría a Boy, Jerónimo tuvo que desarrollar el fino trabajo de convencerlos de que el ser anómalo, el fenómeno, no es un estadio inferior del género humano frente al que los hombres tienen derecho al desprecio y a la compasión: éstas, explicó don Jerónimo, son reacciones primarias que ocultan la ambigüedad de sentimientos inéditos muy semejantes a la envidia, o erotismo inconfesable producido por seres tan extraordinarios como ellos, los monstruos.

Porque la humanidad normal sólo se atreve a reaccionar ante las habituales gradaciones que se extienden desde lo bello hasta lo feo, que en último término no son más que matices de la misma cosa. El monstruo, en cambio sostenía don Jerónimo con pasión para exaltarlos con su mística, pertenece a una especie diferente, privilegiada, con derechos propios y cánones particulares que excluyen los conceptos de belleza y fealdad como categorías tenues, ya que, en esencia, la monstruosidad es la culminación de ambas cualidades sintetizadas y exacerbadas hasta lo sublime. Los seres normales, aterrados frente a lo excepcional, los encerraban en instituciones o en jaulas de circo, arrinconándolos con el desprecio para arrebatarles su poder. Pero él, don Jerónimo de Azcoitía, iba a devolverles sus prerrogativas, redobladas, centuplicadas.

Con este fin —y en recompensa por servir a su hijo Boy, también monstruo, pero que a diferencia de ellos jamás debía conocer la humillación de serlo en un mundo incomprensivo— estaba preparando su fundo de la Rinconada, por cuyos patios y alamedas otoñales, en tiempos venturosos, paseó un amor tan perfecto que sólo pudo producir a un ser magnífico como Boy. El niño debía crecer encerrado en esos patios geométricos, grises, sin conocer nada fuera de sus servidores, enseñándole desde el primer instante que él era principio y fin y centro de esa cosmogonía creada especialmente para él. No podía, no debía por ningún motivo sospechar otra cosa, ni conocer la nostalgia corrosiva, que ellos, los sirvientes, conocían, de los placeres que se les negaron porque nacieron y vivieron en un mundo no coordinado para ellos.

¿Pero valía la pena, comenzaron a preguntar los monstruos, sacrificarse para fantasear la eliminación de un mundo cuya existencia, por desgracia, ya los había hecho víctimas? ¿De qué iba a servirles, entonces, el dinero de sus sueldos estupendos y esta flamante seguridad de ser superiores, si sólo se les iba a permitir acceso a la abstracción de los patios y estancias despojadas donde crecería Boy? No, no, no... que entendieran, los exhortaba don Jerónimo, además de sus emolumentos recibirían todo el resto de la Rinconada para organizar un mundo propio, con la moral y la política y la economía y las costumbres que quisieran, con las trabas y las libertades que se les antojaran, con los goces y los dolores que se les ocurrieran, les daba plena libertad para que se inventaran un orden o un desorden propios, tal como él inventaba un orden para su hijo. Era una sola su exigencia: que Boy jamás sospechara la existencia del dolor y del placer, de la dicha y de la desgracia, de lo que ocultaban las paredes de su mundo artificial, ni oyera desde lejos el rumor de la música.

No todos comprendieron los complejos designios de don Jerónimo. Algunos, asustados por lo que creyeron exigencias, regresaron a sus escondrijos en sitios erizados, en grutas horadadas en la zarzamora, a sus conventos y a sus circos. Pero otros escucharon y entendieron. Emperatriz, sobre todo, hacía muchas preguntas y muy inteligentes. Ella fue la primera reclutada: pariente de don Jerónimo por una rama empobrecida, pero con una educación que ella suplementó con la lectura de revistas y libros, regentaba un taller de ropa interior finísima donde su autoridad, pese a su estatura de Pulgarcito y su cabezota y geta babienta y colmillos y chalchas de *bull-dog*, era temida por las operarias. Ella regentaría la casa hermética de Boy. Era el único monstruo que trataba de igual a igual a don Jerónimo, y como pariente, aunque lejana, tenía acceso a él por conductos privados, sin pasar por la oficina del secretario que velaba junto a la biblioteca.

—¿Y este Humberto?

—¿Qué quieres saber de Humberto?

Ella encendió un cigarrillo y se cruzó de piernas.

—Bueno, cuál será su posición frente a nosotros.

—Ya te dije. Toda autoridad emanará de él. Tienes que concebirlo no tanto como mi representante en la Rinconada sino como yo encarnado en él viviendo entre ustedes y cuidando a Boy. Después de nuestra última reunión la semana que viene ustedes no podrán comunicarse conmigo más que a través de Humberto. El castigo por cualquier intento de comunicación directa será la expulsión.

—¿Ni yo, como pariente?

—Déjate de tonterías, Emperatriz: olvídate de parentescos, al fin y al cabo sólo tenemos una tatarabuela en común. Humberto mismo será tan *yo* entre ustedes que él sólo necesitará comunicarse conmigo una vez al año.

Emperatriz se removió entre los cojines de felpa gris del sofá. Sus piernas apenas alcanzaban al borde del asiento, como las de una muñeca obscena que olía a *Mitsouko.*

—Eso no contesta a mi pregunta, Jerónimo.

—¿Qué, entonces?

—Algo que hemos hablado entre nosotros porque nos preocupa, la Berta, Melchor...

—¿Ah, sí?

—Mira, para decir las cosas claras, es esto: Humberto no es monstruo. Es un ser normal, común y corriente, feíto y harto insignificante el pobre. Pero comprenderás que su posición entre nosotros será bastante ambigua.

—¿Pero por qué?

—Porque su presencia siempre nos recordará lo que no somos. Terminaremos por odiarlo.

—Quizás tengas razón. Pero el papel de Humberto entre ustedes es importante por lo menos por dos razones. Una, porque un único ser normal en un mundo de monstruos adquiere *él* la categoría de fenómeno al ser *anormal,* transformándolos a ustedes en normales. Para Boy, él encarnará la experiencia de lo monstruoso.

—Interesante. ¿Y la otra razón?

—Humberto es un escritor de gran talento que no ha tenido la paz ni la oportunidad para desplegar totalmente sus posibilidades creativas. Le he encomendado hacer la crónica del mundo de Boy, la historia de mi audacia al colocar a mi hijo fuera del contexto corriente de la vida.

Emperatriz exhaló una bocanada de humo.

—¿Es escritor Humberto? No sabía. Interesante. Puede resultar de lo más entretenido esto de la Rinconada...

LOS ADELANTOS ESTUPENDOS que don Jerónimo de Azcoitía les concedió sobre sus sueldos futuros les permitieron deshacerse de todas sus pertenencias anteriores, de sus modestos ternos que pretendían disimular deformidades espectaculares, de sus hábitos y sotanas, de sus andrajos mugrientos, de sus galas circenses, teatrales o prostibularias, para instalarse en la Rinconada con ajuares flamantes. La Berta trajo cuatro maletas llenas de zapatos: de charol, de lagarto, de cocodrilo, dorados con taco puntiagudo para la noche, de taco plano y cuero mate para el *sport*, y hasta un par, comenzaron a murmurar desde el primer día, con hebillas de brillantes auténticos. Basilio, el cabezón acromegálico de fuerza descomunal exhibía camisetas estampadas con el Superman, con Marilyn Monroe, con el Che Guevara, lucía pantalones de baño de raso, zapatos de fútbol con toperoles reforzados, toallas y batas con iniciales de campeón. Emperatriz, media hora después de su llegada al campo, comenzó a probarse turbantes de terciopelo granate, *chechias* de astrakán, pamelas, capelinas de tul malva, que había transportado en una docena de sombrereras. Y el doctor Azula, cuyo acento español impuso respeto desde el principio, con su ojo único brillante de satisfacción casi en el medio de su frente y sus manos de pájaro de rapiña, colgó diez trajes nuevos, de tela inglesa, en colgadores de caoba, eligiendo un traje, azul no muy oscuro y bastante liviano, para pavonearse por el parque el primer día, maravillado ante la cordillera imponente del país americano donde don Jerónimo de Azcoitía lo trajo a sueldo de oro para que se hiciera cargo del cuidado de su hijo.

Luego vino el alborozo de elegir habitaciones y departamentos, que fueron alhajando, cada uno según el alcance de su gusto, con los objetos descartados en pro del gris abstracto de los patios y las estancias de Boy: delicadas sillitas estilo Directorio, un pastel de Rosalba Carrera, un gran crepúsculo sobre ruinas decorativas firmado por Claude Lorrain, cómodas venecianas, *petits meubles* de marquetería, cortinajes de seda aguada, de terciopelo de Génova, de *toile de Jouy* que se subastaron al que chillaba más fuerte o empujaba más. Basilio sonreía, superior a tanta bagatela: él extendió en el suelo de su pieza un estupendo saco de dormir de Abercrombie and Fitch, decoró sus paredes con retratos de equipos de fútbol y de conjuntos musicales, y en la alcoba contigua colgó un *punching-ball* para entrenarse.

Era verano. Las chicharras entonaban el consabido concierto del calor en la magnificencia del parque. Los monstruos que no estaban de turno junto a Boy se pusieron sus trajes de baño para lanzarse a la piscina. La Berta, con sus manos anchas como raíces aceitaba los grumos escarlata del cuerpo de Melchor, y él, después, aceitaba las piernas inertes de la Berta, hasta sus pies calzados con chanclos de lentejuelas irisadas. Tendidos uno junto al otro, mudos, con los ojos cerrados bajo los anteojos oscuros, se tostaban al sol. Desde la sombra Emperatriz le comentó a Melisa, que como era albina no podía exponerse a la plenitud de la luz:

—Esto se hace: van a ver, va a resultar casorio y la Berta me dijo que yo sería madrina. Tengo un modelito con *aigrettes* de lo más apropiado.

Los que se abstenían de la natación tomaban cocteles bajo sombrillas multicolores o jugaban al croquet o al fútbol en los prados. Larry y Miss Dolly, cumplidos sus trabajos y Boy durmiendo en su cuna, se tendían en el corredor. En fin, cada una con su gusto susurraba la Berta, lo que es yo, el Larry ese, ni regalado, tan largo, qué asco, y Emperatriz buscando con su lengua de perro la guinda en el fondo de su copita de Manhattan, asentía:

—¡Hay que tener un gusto verdaderamente depravado! Larry, ni regalado.

15

DESDE EL PUNTO de vista científico, lo confirmaron los expertos, el nacimiento de Boy era una aberración: ese gargolismo que le encogía el cuerpo y le encorvaba la nariz y la mandíbula como ganchos, ese labio leporino que le abría la cara como la carne de una fruta hasta el paladar... increíble, inaceptable, dijeron los médicos, los niños-gárgola sólo viven días, cuando mucho semanas, este caso de labio leporino es inaudito, esta joroba, estas piernas, si parece que todos los defectos posibles estuvieran congregados en este cuerpo, no, usted, don Jerónimo, tiene que conformarse con la idea de que su hijo morirá, y quizás sea para mejor, imagínese el destino de un ser como éste.

—Ustedes ocúpense de que no se muera. El destino de mi hijo es cuestión mía.

Sus agentes europeos encontraron en Bilbao a uno de los grandes expertos en casos de esta clase, el doctor Crisóforo Azula, él mismo víctima de serias deformidades. El caso, según el relato que le hicieron llegar, le interesó. Y le interesó aún más cuando se nombró la cifra espléndida de su sueldo, aunque viajar a América para permanecer unos cuantos años allá significara abandonar sus investigaciones científicas. Pero no importaba. Regresaría más rico en todo, en conocimiento ya que el caso Azcoitía era a todas luces único, y con el bolsillo repleto para continuar sus investigaciones... o quizás, hasta poder cumplir con su ambición de instalar una clínica especializada.

En cuanto llegó, se puso a trabajar para ir dotando

a Boy de remedos de párpados, zurciéndole la cara,
dibujándole una boca utilizable, rectificando los capri-
chos anatómicos que ponían en peligro la vida del niño.
Don Jerónimo lo apuraba. Que lo hiciera todo inmediatamente, antes que la memoria incipiente de su hijo
quedara estampada con el recuerdo del sufrimiento fí-
sico, con el terror de sondas y sueros, inyecciones y
transfusiones, antes que su conciencia registrara los
adormecimientos artificiales durante los cuales el doctor Azula lo tajeó y lo cosió para organizar en el revoltijo de su anatomía los aparatos esenciales para que
funcionara.

Sí, le advirtió don Jerónimo, que el doctor Azula
hiciera todo lo posible para que Boy viviera. Pero que
no se fuera a equivocar en una cosa: nada debía indu-
cirlo a emprender intentos cobardes para disfrazar con
un remedo de normalidad lo que no lo era, ni alterar
la condición de monstruo de Boy. Todo intento en ese
sentido sería superficial, cuestión de piel y fibras que
no borraban el abandono insultante en que lo dejaron
todos los poderes. Cualquier intento para remedar a
la belleza sería imponerle a su hijo una vergonzosa
máscara para ocultar una derrota que, invirtiéndola
y mirándola con otra perspectiva, debía ser triunfo.

Humberto Peñaloza ocupó en la Rinconada esa torre
en el parque que don Jerónimo hizo construir durante
el embarazo de Inés, para que la habitara Boy y desde
sus ventanas y terrazas fuera familiarizándose con las
constelaciones. Sobre la chimenea hizo colgar el magnífico crepúsculo de Claude Lorrain. Encargó sillones
de terciopelo gris como los de don Jerónimo, llenó los
anaqueles de libros codiciados desde siempre, cubrió
el suelo con los tapices de tonos más apaciguados.
Y junto a una ventana que dominaba el parque, instaló
un gran escritorio de nogal macizo, con su Olivetti, res-
mas de papel para original y para copia, cajas de carbónico, lápices, gomas, tinta, chinches, clips, todo listo
para comenzar.

Al principio, Humberto Peñaloza viajaba a menudo
a la capital para desplegar ante sus compinches de
otros tiempos su nueva magnificencia de origen misterioso, y sentir la admiración por su capa y su cham-

bergo que lo proclamaban bohemio bien trajeado. Pero
en las tertulias de escritores y artistas de los cafés del
centro, el vino era ordinario. Y aunque no lo fuera, no
podía beber. Lo de siempre. Su estómago. ¡Maldito!
Sucedía cada vez que iba a emprender un trabajo que
lo apasionaba, como cuando de estudiante escribió su
librito. Y al no beber quedaba excluido. Además, ¡qué
limitadas las aspiraciones de estos escritorzuelos que
creían en la existencia de *una realidad* que retratar,
qué tediosos los pintorcitos de mentalidades competi-
tivas y nacionales, qué toscos sus apetitos, qué literal
la chismografía que les proporcionaba entretenimiento! Él, que antiguamente era la voz cantante en estas
reuniones, comenzó a quedarse más y más callado, en
la orilla. A los pocos que se interesaron por preguntarle
por qué tanta reserva, les contestó que su nuevo trabajo le estaba absorbiendo no sólo todo su tiempo sino
toda su imaginación.

Y era verdad. Poco a poco llegó a sucederle que
nada que no se refiriera al mundo de la Rinconada lograba interesarlo. Sus permanencias en la ciudad se
hicieron más y más breves. Regresaba feliz a su torre,
a su biblioteca dominada por las ruinas de Claude
Lorrain, a sus charlas con el doctor Azula y Emperatriz y el hermano Mateo en su terraza.

El hermano Mateo, como un monje medieval en su
celda, ejecutaba minuciosos dibujos de desollados que
mostraban una anatomía inventada por Humberto bajo
la dirección del doctor Azula. Detalles de órganos y
cuadros de funcionamiento destinados a excluir las
preguntas que Boy hiciera cuando le llegara la edad de
preguntar, torciendo sus respuestas hacia esos gráfi-
cos que ilustraban su propia perfección. Y cuando una
tarde el hermano Mateo mostró junto al fuego los astro-
labios y mapas de la geografía total del universo, que
no era más que el cielo y la tierra de los patios, ya
habían llegado entre todos a la determinación de que
serían innecesarios, puesto que Boy debía crecer con
la certeza de que las cosas iban naciendo a medida
que su mirada se fijaba en ellas y que al dejar de
mirarlas las cosas morían, no eran más que esa corteza percibida por sus ojos, otras formas de nacer y

de morir no existían, tanto, que principales entre las palabras que Boy jamás iba a conocer eran todas las que designan origen y fin. Nada de porqués, ni cuándos, de afueras, de adentros, de antes, de después, de partir, de llegar, nada de sistemas ni de generalizaciones. Un pájaro que cruzaba el cielo a cierta hora no era *un* pájaro que cruzaba el cielo a *cierta* hora, no se dirigía a otros sitios porque no existían otros sitios ni a otras horas porque no existían otras horas: Boy debía vivir en un presente hechizado, en el limbo del accidente, de la circunstancia particular, en el aislamiento del objeto y el momento sin clave ni significación que pudiera llegar a someterlo a una regla y al someterlo, proyectarlo a ese vacío infinito y sin respuesta que Boy debía ignorar. Los monstruos eran todos excepciones. Ninguno pertenecía a estirpes ni tipos. El papel de la Berta, justamente —que a menudo se instalaba en el *boudoir* de Emperatriz a quejarse de lo agotador de su trabajo—, era arrastrar sus extremidades inferiores por los corredores de Boy, o reclinarse en un banco, o enroscarse en una grada acariciando junto a sus pechos desnudos un gato de cabeza hipertrófica, la Berta, la Berta, presente desde el comienzo ante los ojos del niño en su papel de ilustración de lo inexplicable, de lo excepcional, de lo gratuito.

A pesar de sus regalías Humberto esperaba hambriento su reunión anual con don Jerónimo: al fin y al cabo, la plenitud de una experiencia sólo puede compartirse con un par, con alguien que estuviera también fuera del juego por no ser monstruo. Y además, todos los recuerdos y los afectos y los largos años juntos... ¿Cómo estaba Boy? ¿Era tan experto y dedicado el doctor Azula como sus agentes le aseguraron? ¿Terminó las operaciones? ¿Comenzaba a andar Boy, a hablar...? No, eso no, iba a demorarse un poco más que un niño corriente, aunque después de una serie de *tests* el doctor Azula aseguró que la inteligencia de Boy se desarrollaría prodigiosa a pesar del retardo inicial debido a tantas operaciones.

—Era de esperarse.

—Claro.

¿Y él, Humberto? ¿Feliz? Ante la solicitud de don

Jerónimo por su persona Humberto sentía que se reencontraba con la otra parte suya, y que sólo así, una vez al año, podía ser un hombre completo.

—¿Un puro?

—No, gracias, don Jerónimo, no...

—¿Un cognac?

—No me atrevo...

—Lástima...

¿El doctor Azula, entonces, no había sido capaz de curar sus acideces, sus dolores, sus calambres al estómago? Lástima... paciencia. ¿Había comenzado a escribir esa crónica de la Rinconada? No... no, bueno, a escribirla todavía no, los calambres, las acideces rebeldes, cada vez que comenzaba a desarrollar sobre el papel alguna de sus ocurrencias, los dolores lo tumbaban durante días y días... claro que la estructura de la obra, los personajes, las situaciones, algún detalle de humor, alguna anécdota... todo ese mundo bulléndole adentro de la cabeza hasta tal punto que expulsaba todo lo demás: gran parte del tiempo, le confesó a don Jerónimo que no pudo dejar de admirar al artista, no sabía cuál era la realidad, la de adentro o la de afuera, si había inventado lo que pensaba o lo que pensaba había inventado lo que sus ojos veían. Era un mundo sellado, ahogante, como vivir adentro de un saco, tratando de morder el yute para buscar una salida o darle una entrada al aire y ver si era afuera o adentro o en otra parte donde estaba su destino, beber un poco de aire fresco no confinado por sus obsesiones, dónde comenzaba a ser él y dejaba de ser los demás... por eso el dolor, el mordisco necesario para salir, o para dejar entrar el aire.

—¡Lástima, Humberto!

—¡En fin...!

¿Por qué no hacía algo radical, entonces? Quizás una operación a cargo de las delicadas manos del doctor Azula en quien Humberto parecía tener tanta confianza. Quizás él pudiera eliminar ese punto corrosivo. No, no don Jerónimo, no es para tanto. Quizá no sea ni siquiera eso, ni siquiera una úlcera, quizá no sea más que otra de las cosas que me imagino, encerrado como estoy...

—¿Encerrado?

—Sí.

—¿En la Rinconada?

—Está muy distinta...

—Pero mucho más bonita.

—No sé, hay cosas que me hacen falta... patios viejos por donde me gustaba pasear, corredores que echo de menos...

EMPERATRIZ MANDÓ A Basilio que corriera donde Humberto para decirle que era urgente que fuera a tomar té con ella esa misma tarde. Lo esperaba en su *boudoir*. Lo recibió sentada detrás de un minúsculo escritorio de marquetería, construido en el siglo dieciocho para la hija de algún marqués. Se levantó para darle una bienvenida cordial en cuanto Humberto entró. Tenía el moño engalanado con una orquídea de trapo, las cejas depiladas y en el maquillaje azuloso de los párpados relucían pequitas de plata como las de la maniquí de la portada del último *Vogue,* que Humberto apartó sobre la mesa frente al sofá para que Basilio colocara la bandeja con el fragante té *Lapsang-Souchong.*

—¿O prefiere *Jasmine*?

—No, no, gracias. Este me cae mejor al estómago.

—Es Twining, exquisito.

—Sí, exquisito.

Emperatriz se sentó frente a Humberto. Sirvió dos tazas de té y después de cruzar sus piernecitas rechonchas cogió un *Marlboro King Size* entre sus dedos arrugados como tornillos, esperando que su interlocutor se lo encendiera. Al inclinarse para hacerlo notó que la frente de Emperatriz, más arrugada que de costumbre, se distendió al exhalar la primera bocanada y sonreírle de modo que sus colmillos se insinuaron babosos bajo las cenefas de carne en los extremos de su geta.

—¿Qué pasa, Emperatriz?

—Nada. ¿No puedo convidarlo a tomar una taza de té sin que sea por una razón específica?

—Pero Basilio dijo que era urgente.

—Basilio siempre anda apurado. Es para tener tiempo para ir a jugar fútbol con sus jovencitos.

Humberto insistió en no creer que lo había convocado así, intempestivamente en medio de una tarde calurosa, por el gusto de estar juntos... que él, claro, reconocía no sólo como un gusto sino como un privilegio. Sólo cuando Basilio abandonó el *boudoir*, Emperatriz se permitió arrugar otra vez la frente y confesarle que sí, que tenía un problema, que como nadie tenía que saberlo más que ellos dos, había mandado al fiel Basilio en vez de llamarlo por teléfono. La operadora telefónica, la de las orejas enormes como alas de murciélago, era una intrusa, y esto...

—¿Qué pasa, Emperatriz?

—Boy está con diarrea verde.

—Hay que consultar con el doctor Azula inmediatamente pues Emperatriz, esto es grave, mandémoslo llamar, no puede ser, a ver, su teléfono...

—Espere...

El pecho de Emperatriz se agitó con el portento que tenía que contarle, o quizá fuera sólo con la intimidad de estar tan cerca de él en el *boudoir* rosa. Que el doctor Azula esperara. Tenían que hablar ellos dos primero. Era evidente que el doctor Azula, durante su último año, cuando dejaron de ser necesarias las operaciones consecutivas y la vigilancia diaria, perdió bastante interés por Boy. La verdad era que su misión estaba terminada. ¿Por qué no regresaba a las investigaciones de su instituto en Bilbao, que, repetía hasta el cansancio, tanto añoraba? Es cierto que el año pasado tuvo un enredo amoroso con una de las tantas *mujer más gorda del mundo* que pululaban en la Rinconada.

—Y ahora que pelearon, con todas, Humberto, hasta con la Berta que usted sabe no siente nada de aquí para abajo, se metió con ella cuando la pobre Berta se emborrachó en el malón que le dimos al hermano Mateo para su cumpleaños...

—Yo no estuve en esa fiesta...

—No, usted no va a las fiestas. Le diré que yo voy

a empezar a hacer lo mismo. Usted y yo tenemos que conservar la cabeza clara aunque todos los demás la pierdan.

Usted y yo: Emperatriz planteando la terrible simetría. La venía insinuando desde tiempo atrás, con su pecho apenas acezante cuando se le aproximaba, con la solicitud que le tenía cositas que a él le gustaban, té *Lapsang-Souchong* por ejemplo, que era bastante difícil conseguir, regalándole para su cumpleaños el cuarteto 15 por el cuarteto Lehner, la versión que él prefería. Pero ésta era la primera vez que enunciaba la pareja así: usted y yo.

—En todo caso, el doctor Azula, en un apuro así...

—No, Humberto...

Él tuvo la certeza de que Emperatriz se las iba arreglando para excluir a todos los demás. Al principio hubo igualdad entre los monstruos de primera, celebrando sus banquetes, sus fiestas de disfraces, chapoteando en la piscina, emprendiendo bucólicos pic-nics en que todos participaban. Luego, la *élite,* creada por Emperatriz mediante sus invitaciones para tomar té con ella, se fue restringiendo y restringiendo hasta excluir a la Berta y a Melchor, con los que ya casi no se hablaba. El otro día, no sé qué cosa dijo del hermano Mateo... ahora el doctor Azula. ¿Y después? ¿También lo eliminaría a él?

—Hay que deshacerse del doctor Azula, Humberto. A pesar de que Boy va a cumplir los cuatro años y apenas comienza a hablar, se está desarrollando como se previó y su desarrollo se acelera cada día más. Y ahora, este asuntito de la diarrea verde. Culpa de la negligencia del doctor Azula, que seguramente no se ha estado preocupando de ajustar la fórmula de su papilla a las necesidades del crecimiento de Boy.

Para eliminar el placer y la falta de placer en la comida de Boy, desde la primera infancia lo alimentaron con papillas de textura homogénea. Las fórmulas alimenticias que lo nutrían como era debido, proteína, fierro, calcio, vitaminas, todo iba embozado por el sabor monótono de la vainilla. Boy jamás tuvo un trastorno digestivo. Y ahora, de repente, caca verde...

—¿Le preguntó a Miss Dolly?

—Estoy segura de que ella, mejor que el doctor Azula, sabrá darle al niño lo necesario para que se sane. Quedó muy bien después de su parto. Más trabajadora que nunca. Si todas fueran como ella...

—¿Qué fue?

—Niñito.

—No, monstruo o normal...

—Ah, no, normal otra vez la pobre. También se tuvieron que deshacer de él. Es el único defecto que le encuentro a Miss Dolly: sus partos cada nueve meses que terminan en llantina porque ninguno de sus hijos se parece ni a ella ni a Larry. Con el porte de Miss Dolly por lo menos podría tener la decencia de demorarse en tener niños lo que se demora una elefante y no cargarnos con problemas cada nueve meses.

Emperatriz se calló para dejar que Basilio recogiera la bandeja del té. Su mirada siguió la salida del gigante acromegálico de torso ciclópeo, piernas cortas, brazos de orangután, mandíbula pendiente. ¿Amante de Emperatriz? ¿Por qué no? En el cuerpo mínimo de Emperatriz todo salvo un erotismo que Humberto suponía desenfrenado carecía de lugar. Emperatriz sonrió maliciosa después que Basilio cerró la puerta.

—Ese es otro problemita que vamos a tener...

—¿Con Basilio, tan buenazo?

—Demasiado. ¿No lo ha visto en el parque entrenándose con sus amiguitos adolescentes que recluta no sé dónde, entre los monstruos de segunda y de tercera y hasta de cuarta y quinta categoría? ¿No lo ha visto en la piscina enseñándole el *crawl* a ese jorobadito rubio que tiene cara de muñeco de loza?

—¡Emperatriz, por Dios!

—¡Ay, Humberto! Todo esto tiene un ambientito tan sospechosamente griego. Claro que en el fondo yo soy una *femme à tapettes*.

—Bueno, Emperatriz. Ahora tenemos cosas más importantes de qué preocuparnos.

—¿De la caca verde, por ejemplo?

Humberto se rió. Y Emperatriz, ajustando la orquídea de trapo con su mano recargada de anillos, le mostró a Humberto una axila fresca, recién depilada.

EL SOL DEL verano era tan quemante que la capelina de tul malva no impedía que el vientre, los senos, las piernas, los hombros de Emperatriz ardieran. Y a pesar de que, en principio, le interesaba lo que Huxley decía sobre ese cuarteto de Beethoven, le resultaba imposible concentrarse en la charla, y tenía que morderse las uñas para resistir al impulso enloquecedor de rascarse el vello púbico. Una lástima esta regla de que nadie podía entrar vestido en los patios ni estancias de Boy: ella no se veía bien desnuda, mientras que con ropa se sacaba partido. Lo de la capelina era una concesión: tan leve, tan amplia. Se sentía como una callampa caminando junto a Humberto alrededor del estanque de la Diana Cazadora, incapaz de aportar nada al diálogo porque lo único en que podía pensar, lo único que quería en el mundo, era rascarse como una orate el vello púbico. Y eso, claro, no podía hacerlo en presencia de Humberto, sobre todo si hablaba de los últimos cuartetos de Beethoven.

En fin, detrás de la Diana con su jauría, junto al murallón cubierto de yedra que cerraba el último patio, corría un poco de fresco. Larry, en su cargo de jardinero jefe, por suerte había descuidado podar la yedra, que en este lugar caía como una cascada, ofreciendo una posibilidad de disimulo si el paseo seguía lento y si lograba hacer que Humberto silbara el adagio, porque cuando lo hacía cerraba los ojos y ella podía aprovechar para rascarse un poquito.

Humberto enmudeció de repente. Alguien, escondido en algo que debía ser como una gruta detrás de la cascada de yedra, estaba hablando:

—Pa...pá...

—Ma... mamá...

—Mamá.

El balbuceo de un niño y el ruido de un beso. Luego silencio. Humberto y Emperatriz entreabrieron la yedra: un brazo larguísimo de Larry rodeaba cuanto podía del volumen de Miss Dolly. Con la mano ofrecía la teta rebalsante de su esposa a Boy, que chupaba, y por el rostro del niño-gárgola cuyas cicatrices ya iban perdiendo el acordonamiento morado, se escurría leche de la giganta. Emperatriz chilló:

—¡La caca verde!

—¡Emperatriz!

—¡Lo vas a matar, Miss Dolly!

Y Humberto:

—¿Quién le enseñó esto de papá y mamá?

Miss Dolly apretó al niño contra la desnudez de sus tetas descomunales y salió del escondrijo seguida por Larry. Los dos parecían estar a punto de llorar cuando Humberto y Emperatriz los enfrentaron al borde del estanque, diciendo al unísono:

—Entréguennos al niño.

Y Humberto:

—Los dos quedan despedidos. Es increíble que durante todos estos años, con la confianza que hemos depositado en ustedes, especialmente en usted Miss Dolly, nos hayan estado engañando. No han comprendido ni la primera letra de nuestro proyecto. No merecen ser monstruos ni de segunda, ni de tercera, jugando a tener una guagua monstruita igual a ustedes, nada menos que con el hijo de don Jerónimo de Azcoitía. Se van esta misma noche.

La giganta se secó las lágrimas. Lo miró de frente y dijo:

—Le hemos enseñado muchas cosas.

—¿Qué?

Larry, apuntando a Humberto con su dedo, le preguntó al niño:

—¿A ver, mijito, diga cómo es don Humberto?

La boca remendada enunció:

—Feo... feo...

Y se echó a llorar a gritos, escondiendo su cara en los pechos de Miss Dolly, tendiéndole los brazos a Larry para que lo protegiera, mientras Humberto no pudo resistir el impulso de mirar su imagen en el agua del estanque, feo, mezquino, ni monstruoso ni bello, insignificante, por supuesto que todo es cuestión de proporciones, de armonía y yo le estoy creando a Boy un mundo que armonice con él, pero yo no armonizo, no soy monstruo, en este instante daría toda mi vida por serlo, feo, feo, repetía Boy desde los brazos de Miss Dolly, feo, feo, feo, feo, y Larry y Miss Dolly y Emperatriz se estaban riendo a carcajadas: los tres juntos. Hum-

berto arrancó brutalmente al niño de los brazos de su
aya. Los tres monstruos dejaron de reírse. El niño
comenzó a berrear en los brazos de Humberto, que se
lo devolvió a Miss Dolly:

—Hágalo callarse.

Emperatriz había aprovechado la confusión para
rascarse el pubis a su regalado gusto, sin que esto la
aliviara nada. Además, estaba demasiado furiosa con
Miss Dolly, que se sentó en el borde del estanque de la
Diana meciendo al niño en sus brazos. Le limpió los
mocos y las babas, besándolo, acariciándolo para que
se callara. Larry, de pie como una garza, se inclinó
para ayudar a apaciguar el llanto. Miss Dolly comenzó
a canturrear:

> Señora Santa Ana
> por qué llora el niño
> Por una manzana
> que se le ha perdido.

Y como seguía llorando, Larry cantó aún más tiernamente, desde su altura, posando una mano sobre el
hombro de Miss Dolly:

> La Virgen lavaba
> San José tendía
> y el niño lloraba
> del frío que hacía.

Desde la sombra de la Diana en que Emperatriz
se había refugiado para rascarse, abanicándose con su
capelina, murmuró que ya estaba bueno de leseras, que
se lo entregaran a ella, que a ella no le iba a tener
miedo, por qué iba a tenérselo al fin y al cabo si hasta
eran parientes... y precediendo el cortejo, desnuda,
azorochada, con su capelina de tul malva puesta y con
el niño en brazos, seguida por Humberto, por Miss
Dolly y por Larry, circundaron el estanque hasta alcanzar los corredores del otro patio. Emperatriz les
dijo:

—Vayan a preparar sus cosas para irse esta noche.

Humberto los detuvo:

—No, que no salgan de este patio. Si salen le van a contar las cosas a todo el mundo y como son unos mentirosos, se va a producir un caos. Yo llamaré a Melchor para que tenga el auto listo en media hora.

—Pero Humberto, no se pueden ir desnudos. Al fin y al cabo tienen sus cositas que han ido comprando con los sueldos ·de cuatro años de trabajo.

—No merecen nada. Que se vayan con una mano por delante y la otra por detrás, tal como llegaron. Usted, Emperatriz, vaya a buscarles un pantalón y un vestido, nada más. De aquí de este patio no salen más que para la estación. Que no hablen con nadie. Yo me quedaré cuidando a Boy.

Emperatriz sonrió dulcemente:

—Pero puede despertar, pues Humberto, y a usted le tiene tanto miedo porque usted es... distinto.

El anzuelo. El gancho sangriento. Lo penetró, lo pescó, dejándolo agarrado a una enana monstruosa que le decía que el niño le tuvo miedo a su normal insignificancia, testigo de su vergüenza, los testigos son los que poseen la fuerza, ella también se había reído de él con los otros dos monstruos junto al estanque, ella, acunando al niño en sus bracitos rechonchos acunándolo funcionalmente como lo dictaminan las reglas del juego que don Jerónimo y yo, sí, yo mismo inventé las reglas de este juego que me ha atrapado con un gancho que me está haciendo sangrar.

16

EN CUANTO PARTIÓ el auto llevándose a Miss Dolly y a su marido, Humberto se dio cuenta de que era su deber ante don Jerónimo y ante sí mismo tomar en sus manos el control de la situación. Convocaría esa misma tarde a todos los monstruos de primera clase para una reunión en la terraza de su torre. Interrogándolos minuciosamente, uno por uno, iba a llegar al fondo de cualquier irregularidad que podía haber escapado a sus ojos ya que lo cierto era que él sólo vigilaba los sucesos desde su orilla.

Presentaría como ejemplo de irregularidad criminal, sí, criminal ya que el asunto de la caca verde puso en peligro la vida de Boy, el comportamiento de Miss Dolly y Larry, descubierto esa misma tarde junto al estanque de la Diana Cazadora.

Esta convocatoria tenía también otro propósito: subrayar, dejar en claro de una vez y para siempre, su propia superioridad por el hecho de ser normal. Ellos dependían de él. No él de ellos. Él era el carcelero. No ellos, acechantes y susurrantes. Él los había inventado a ellos, no ellos a él. La Rinconada, los patios de Boy, la organización, la dieta, el doctor Azula, la estructura de la casa, la demolición de las dependencias donde era tan fácil perderse, todo, todo, había sido idea suya. Ellos mismos, y sus quehaceres, eran invento suyo. Que no se rebelaran. Ya veían lo que podía sucederles: lo que a Larry y Miss Dolly, ser expulsados de este universo cómodo, protegido por monstruos de segunda, de tercera, de cuarta, de quinta categoría que servían a los de la categoría superior para sustituirlos algún día, capas sucesivas que envolvían a ese núcleo, a esa *élite* que eran ellos. En el momento en que iba a descolgar el fono para pedirle a la operadora que se ocupara de convocarlos para que estuvieran en su terraza dentro de treinta minutos, oyó desde lejos, cruzando hasta sus oídos desde el otro extremo del parque donde se alzaban los pabellones de los monstruos, el rumor de la música y de… sí, sí, eran carcajadas. No descolgó el fono.

—¡Qué diablos…!

Puso dos cubos de hielo en un vaso. Lo llenó hasta la mitad de whiskey puro. Con el vaso en la mano avanzó hasta la balaustrada de su terraza. Escuchó. Sí, un poco de música… y muchas carcajadas, como si estuvieran celebrando un acontecimiento festivo. Olió el whiskey. ¡Tan mal que le hacía! ¡Pero qué diablos, las cosas, hoy, no estaban como para andar con tan os cuidados! Tenía que aplacar sus nervios de alguna manera. Tomó un sorbo largo, que después de estremecerlo, lo cauterizó. Dejó el vaso sobre la balaustrada y con ambas manos se apoyó en ella, atento a esos laberínticos rumores del atardecer que lo encerraban, los grillos, las ranas veraniegas, las voces, las risas tamizadas por los olmos y los castaños, esforzándose por descifrar en esas voces quizá su nombre ahorcado por una carcajada en la frase que diera el pinchazo necesario para ultimarlo.

Había sido un ingenuo al permitir que Melchor manejara el auto que condujo a Miss Dolly y a Larry hasta la estación. El trayecto era corto. Pero esos diez minutos seguramente bastaron para que la pareja le contara a Melchor la otra vertiente del episodio del estanque, en la que él, Humberto Peñaloza, un ser normal, común y corriente, a cuyo paso en la ciudad nadie daría vuelta la cabeza para fijarse en él, había sido objeto de la burla de tres monstruos. Que su aspecto inocuo causó terror a un niño también monstruoso. El tono de las risas, como el del canto de las ranas, fue aumentando a medida que iba oscureciendo: bocas de ofidio, piel de reptil, ojos de lechuza, brazos de perro, de insecto, voces de animal, de perra angurrienta, riéndose de él. Era evidente que de alguna manera la noticia de que Miss Dolly, Larry y Emperatriz se burlaron de él y que él, aterrorizado con el escarnio de los monstruos, se había mirado en el espejo de agua, iba cundiendo por la Rinconada. Las risas venían de todas partes. Eran, además, no sólo risas sino que cuchicheos, murmuraciones, monstruos que corrían de puerta en puerta cargados con la noticia, carcajadas ahogadas reventando, la centralita telefónica más ocupada que nunca, la operadora comentando, interviniendo para corregir versiones de los que hablaban para citarse según sus categorías o amistades, reírse de él, desmenuzar la noticia, jugar con ella, destruir definitivamente su autoridad, el ruido de los telefonazos mezclado con las carcajadas y con el canto de las ranas, oyó claro, clarísimo, el tartamudeo de Melchor relatando algo... pero no: no era el tartamudeo de Melchor, no, era el bote y rebote de la pelota en la cancha de tennis donde Melchor y Melisa concluían una partida antes que se agotara la luz. No. Los monstruos no estaban reunidos hablando de él. Fijó sus ojos borrosos: Melisa, definitivamente blanca con su tenido de tennis, se había tendido en una hamaca para hacer crochet. Y la Berta, junto a ella, contándole por enésima vez el trágico destino de su vida sentimental. José María, el jorobadito con cara de muñeco de loza, aparecía y desaparecía entre los arbustos, ejercitándose en su *sprint* diario. En el departamento de Emperatriz, frente a frente a la torre de Humberto, se encendieron las luces. La enana, ataviada con quién sabe qué insólita *robe d'intérieur*, iba a sentarse como todas las tardes para sacar las cuentas.

Ante sus ojos, la realidad desplegaba las pruebas de que no se reían de él. La vida de la Rinconada transcurría como siempre. Era cierto que Miss Dolly y Larry desaparecieron, pero qué importancia tenía eso. Para comenzar el tal Larry era un inservible. Y entre los monstruos que poco a poco se fueron allegando a la Rinconada había otra gigante mostrenca tanto o más enorme que Miss Dolly, que tenía la ventaja de ser estéril, y que por ser relativamente nueva en el ambiente se empeñaba en hacer *social climbing*. Que no se preocupara, lo reconfortó Emperatriz, la gordura gigantesca es la forma más vulgar de la monstruosidad. Como el niño era tan chico no iba a costar nada reemplazar a una gigante por otra sin que se diera cuenta. Las diferencias entre una *mujer más gorda del mundo* y otra son casi nulas, toditas iguales, como los negros o los chinos.

Humberto suspiró. Iba a tomar otro trago de whiskey pero no lo hizo porque desde su estómago encendido borbotones de amargura y de acidez le llegaron hasta la garganta. Tiró el resto del whiskey al pasto y entró a su biblioteca: lo mejor de todo para olvidar sus preocupaciones era el trabajo. Como Emperatriz, que para olvidar su amor por él se sumergía todas las tardes en las cuentas obsesivas de los gastos de la Rinconada. Humberto se sentó frente a su máquina. Arregló la luz. Sabía exactamente lo que iba a escribir. Tenía toda la estructura planeada hasta el último detalle, todos los personajes desarrollados, todas las situaciones, todas las anécdotas compuestas, incluso el párrafo inicial, con su última coma, cantándole en la mente, el párrafo trampolín desde cuya altura se despeñaría la catarata de todas las cosas que tenía encerradas adentro, desde tanto tiempo listas para saltar.

Cuando don Jerónimo de Azcoitía abrió por fin las cortinas de la cuna para contemplar a su vástago tan esperado, quiso matarlo ahí mismo: ese repugnante cuerpo sarmentoso retorciéndose sobre su joroba, ese rostro abierto en un surco brutal donde labios, paladar y nariz desnudaban la obscenidad de huesos y tejidos en un incoherencia de rasgos rojizos... era la confusión, el desorden, una forma distinta pero peor de la muerte. Pero Jerónimo no mató a su hijo. El espanto de verse padre de esta versión del caos colocó unos segundos de terror paralizante entre su primer impulso y su acción, y no mató. Eso hubiera sido ceder, incorporarse al caos, ser víctima de él. Muy bien: esta burla brutal significaba, entonces, que lo abandonaban para siempre las potencias tradicionales de las que él y sus antepasados recibieron tantas mercedes a cambio de resguardar Su orden sobre las cosas de la Tierra...

No. Tierra con minúscula. En fin. Todo en la cabeza, todo. Una hoja de original, pesada, gruesa, lujosa: así daba gusto trabajar. Y este papel carbónico de un azul tan bonito. Y el frufrú delicioso de las hojas de copia, tan suave, voces femeninas murmurando, cuchicheando... eran voces femeninas. Y masculinas. Y no murmuraban sino que reían. A carcajadas. ¡Estúpido! Había dejado abierta la puerta de su terraza y la brisa de la tarde, con el fresquete tan placentero, le traía los murmullos de los personajes de la Rinconada. Se levantó para cerrar.

Salió a la terraza en vez de cerrar la puerta. Había oscurecido. ¿Cuánto rato estuvo sentado frente a la Olivetti sin escribir nada? ¡Si no hubiera tomado ese maldito trago de whiskey sería tanto más fácil concentrarse! Seguro que los calambres al estómago no lo iban a dejar dormir esta noche y mañana amanecería imposibilitado para escribir un renglón. Apoyándose en la balaustrada vio que habían descorrido las cortinas del departamento de Emperatriz. Basilio iba y venía, de chaqueta y guantes blancos, llevando y trayendo bandejas entre la concurrencia... exquisiteces que ofrecía a los monstruos pero que a él le negaba. El doctor Azula, claro... Melisa... Rosario con sus muletas... la Berta... Melchor... el hermano Mateo estrenando una sotana *wash-and-wear* para el verano que se iniciaba delicioso, todos los monstruos de primera charlando, comentando, riéndose a carcajadas de él que no estaba invitado a la fiesta porque jamás iba a las fiestas de los monstruos, conservándose aparte, el único ser normal en toda la Rinconada.

Quizá siempre se reían de él. Esas risas eran el primer círculo que lo encerraba. Porque con los años se fueron acumulando colonias de gigantes y jorobados y fenómenos de cabezas hipertróficas y pies y manos palmados, círculos y círculos concéntricos alrededor del primer círculo, un círculo prisionero de los sucesivos, él, Humberto, en el centro de todas esas risas de todos los monstruos de todos los círculos, él en el centro porque él, no Boy, era el prisionero, a él, no a Boy, había querido encerrar don Jerónimo, todos riéndose de él, del prisionero ahogado en la cárcel de sus risas, las ventanas tapiadas, los vidrios pintados co-

lor chocolate hasta la altura de una persona para
que nadie mirara hacia afuera, las rejillas, los barrotes, las puertas condenadas, los pasadizos en que uno
se pierde, los patios que no reconoce, las risas de los
monstruos que apacientan rebaños en el monte, de los
acromegálicos que siembran el trigo, de los jorobados
que pescan en la laguna y cazan en los bosques, de los
enanos que marcan el ganado esperando que los monstruos de los círculos interiores desaparezcan o se mueran para poder ascender, envuelto en capas sucesivas
de monstruos menos importantes, el mundo es éste,
nuestro mundo que ríe, esta *élite*, estos elegidos prisioneros de los que nos envidian y que sólo lo envi-
diamos a él, a don Humberto que no envidia a nadie,
ahogado porque no puede envidiar a nadie, aunque si
ustedes supieran que sí, sí envidio, lo envidio a él, al
que me inventó y me puso aquí en el centro de esta
envidia que me ahoga. ¿Cómo era posible que Emperatriz tuviera la falta de corazón para dar una fiesta
esa misma tarde en que su risa y la de la pareja despedida sonaba aún, rompiéndole los oídos, penetrán-
dolo? A Emperatriz sólo le interesaban las fiestas. Todos los años daba un gran baile de disfraces, siempre
alrededor de un tema: «La Pagoda China», «Versalles»,
«En Tiempos de Nerón»... recordaba el año anterior:
«La Corte de los Milagros», todos los monstruos disfrazados de mendigos y de lisiados y ladrones y monjas y viejas desdentadas y brujas, la casa misma de Emperatriz, acondicionada para este propósito, se transformó en un laberinto de galerías irrespirables, de muros a medio derruir, de patios abandonados... fue muy
divertido, dicen, él vio los preparativos, dio incluso
algunos consejos para la decoración: cómo simular
manchas de humedad en los muros, cómo fingir, mediante unos cuantos trazos, perspectivas de pasillos
tenebrosos en un paño de muralla. ¿Qué había tramado la pareja de monstruos durante esa media hora en
que cometió la torpeza de dejarlos en el patio mientras
él iba a escarbar en los closets buscando una camisa
y un pantalón? Emperatriz era capaz de envenenar mucho en media hora... y que Emperatriz tramaba cosas
no cabía duda: por ejemplo, las sutilezas de sus intri-

gas para lanzar a la Berta en brazos del doctor Azula, que la abandonó después de la consabida noche de placer, y ella, después de haberse hecho tantas ilusiones, tuvo que volver a Melchor que por suerte la recibió gustoso, *Intermezzo* de Ingrid Bergman y Leslie Howard, todos la vieron en la sala de proyecciones privadas de la Berta, porque al fin y al cabo Melchor no era más que un pobre mecánico, mientras que el papel de la Berta en la Rinconada era decorativo, noble. Por suerte después de ese episodio Melchor quedó enconado contra Emperatriz. Quién sabe si ese rencor por la enana lo hubiera hecho deformar lo que la pareja despedida le contó sobre el incidente de la tarde que a él lo dejó tan mal puesto, para dejar, en cambio, a Emperatriz, su enemiga, en ridículo. Pero justo en ese momento de esperanza, Humberto divisó enmarcada en la luz de la ventana la silueta de Melchor con una copa de champaña, que chocaba con la copa de champaña que Emperatriz alzaba hacia la suya. No. Melchor lo había contado todo tal como fue. Seguramente entre los dos estaban difundiendo una versión magnificada, transformada en escarnio, en sainete, del incidente del estanque, que a estas horas iría corriendo de boca en boca de un extremo a otro de la Rinconada. Lo oí: ya no croan las ranas al atardecer, es mi nombre, mi desventura, repetida por bocas burlonas, todos aliados, todos riéndose y yo no logro despachar esas risas atronadoras aunque me siente a mi máquina de escribir para seguir escribiendo, no, no seguir escribiendo porque no he comenzado a escribir nada todavía, pero que todos tomen nota: una de estas tardes voy a comenzar a escribir para liberarme de esta asfixia de las carcajadas con que don Jerónimo me encarcela.

Ahora, lo que sí puedo hacer es algo por remediar mi dolor de estómago. Esta puñalada en el vientre. Al lado izquierdo. No, puñalada, no, mordisco permanente, dientes aguzados que no sueltan, anzuelo que me engancha, sí, esos colmillos sanguinarios que conozco, sé muy bien de quién son, no van a soltar hasta arrancarme ese trocito mínimo que con su dolor me centra. El whiskey. Maldito whiskey. ¿Por qué lo tomé? No me gusta… en el fondo siempre he preferido el vino tinto… claro que con los mismos resultados. Me tiendo en la cama. Mi obra entera va a estallar dentro de mi cuerpo, cada fragmento de mi anatomía cobrará vida propia, ajena a la mía, no existirá Humberto, no existirán más que estos monstruos, el tirano que me encerró en la Rinconada para que lo invente, el color miel de Inés, la muerte de la Brígida, el embarazo histérico de la Iris Mateluna, la beata que jamás llegó a ser beata, el padre de Humberto Peñaloza señalando a don Jerónimo vestido para ir al Club Hípico, y su mano benigna, bondadosa, Madre Benita, que no suelta ni soltará la mía y su atención a mis palabras de mudo y sus rosarios, esta Casa es la Rinconada de antes, de ahora, de después, la evasión, el crimen, todo vivo en mi cabeza, el prisma de la Peta Ponce refractando y confundiéndolo todo y creando planos simultáneos y contradictorios, todo sin jamás alcanzar el papel porque siempre oigo las voces y las risas envolviéndome y amarrándome, miro la luz en las ventanas de Emperatriz, Basilio llevando y trayendo bandejas, quizá los monstruos se dispongan a bailar, mi dolor, aquí, aquí, el mordisco de los colmillos sanguinarios que no sueltan su minúscula presa, el anzuelo de Emperatriz penetrándome. Me levanto para llamar al doctor Azula por teléfono. ¿Dónde puedo encontrarlo? Es urgente. Dice la telefonista: donde la señorita Emperatriz.

—¿NO TE CABE?
   —¿No estás viendo que no?
   —Engordaste en la Rinconada.
   —No es cierto. Lavé el bikini y se encogió.
   —¡Cómo no vas a haber engordado pues Miss **Dolly**, con todo lo que comíamos allá!
   —¿Y cómo tú no? Bueno, engordé. Mejor. Así va a ser más fácil encontrar trabajo. Claro que voy a tener que aprender canciones y bailes de los que están de moda ahora, cambian tanto, aunque claro que hay clásicos, como Babalú, que nunca pasa de moda. Tú

podías preocuparte de eso en vez de llevártelo lloriqueando por Boy, porque si no, voy a tener que mantenerte yo y te diré que en los circos de ahora no hay
tanta demanda como antes por *la mujer más gorda del
mundo*. Hay muchas gordas ahora, dicen que por la
política nueva comen mucho y aunque yo no pueda
decir que estoy mal...

—¡Te crees la Tiny Griffith!

—¡Ojalá! Quizás en los mejores días de la Rinconada. Pero tengo miedo que ahora que nos echan de
todas las pensiones porque no pagamos vaya a comenzar a fundirme.

Sentada al borde de su cama, con los anteojos puestos, Miss Dolly estaba cosiendo unas lentejuelas que se
desprendieron del sostén.

—Voy a tener que entresacar algunas lentejuelas
para hacerlas alcanzar. La culpa la tiene la Emperatriz
por no defendernos. Mucho nos dijo durante esos minutos en que don Humberto se demoró en ir a buscar-
nos la ropa, que nos prometía que iba a hacer que
volviéramos en cuanto se deshiciera de don Humberto,
que faltaba poco porque él estaba muy enamorado de
ella y que cuando le propusiera matrimonio toda la
Rinconada quedaría en sus manos y nos mandaría a
buscar...

—¿Cómo estará el niño?

—Yo sentiría muchísimo perderme el matrimonio
de don Humberto con la Emperatriz. Me estuvo mostrando la ropa que tiene preparada. ¡Te imaginas la
fiestoca!

Bostezaron los dos.

—¿Nos acostamos?

—Tenemos que esperarla.

—¿Qué hora es?

—Las once.

—Debe estar por llegar.

Esperaron, revolviendo el cuartucho mal empapelado de la pensión, oyendo los llantos de la guagua de
la pieza contigua, hasta las once y media. Alguien golpeó la puerta.

—Es ella. Ábrele.

Miss Dolly se puso el kimono para dejar entrar a

una vieja deformada por racimos de verrugas que le borroneaban las facciones, un monstruo repugnante de manos ásperas, de boca incierta, de ojos apretados por pólipos escamosos. Larry bajó la luz. Miss Dolly la hizo sentarse en la única silla. Ellos se sentaron en la cama para preguntarle:

—Bueno. ¿Qué dijo don Jerónimo?

La anciana tosió.

—Preferí no ir a verlo. Pensé otra cosa que quizá resultaría mucho mejor.

—¿Qué?

—Irme yo a la Rinconada.

—¿Pero qué vamos a sacar con eso? Hay cientos, miles de monstruos, hasta hermanos siameses dicen aunque yo nunca los vi, que esperan que los tomen en cuenta para algún empleíto. No creo que a usted, que al fin y al cabo no es más que una enfermera, le vayan a hacer mucho caso...

—Puede ser. Pero yo conozco a don Humberto muy bien y sé por donde falla. Ni siquiera voy a necesitar acercarme a las casas. Puedo esconderme en cualquier parte y echar a correr rumores... lo del estanque...

—¿Y eso, de qué nos va a servir? Eso a estas horas lo debe saber todo el mundo porque nosotros se lo contamos a Melchor.

—A través de la gente que tengo apostada en la Rinconada sé muy bien no sólo que don Humberto está enamorado de la Emperatriz, sino que la Emperatriz está perdida por don Humberto. Si llegan a casarse, los monstruos no tendrán a nadie que los dirija en contra de esa pareja siniestra, porque están enamorados, sé que todas las noches hacen el amor juntos. Él es insaciable. Es necesario deshacer esa pareja. Que ella se transforme en enemiga de don Humberto. ¡Pero si la Emperatriz *es* mi enemiga, Peta! Oigo su risa todas las noches desde mi torre, me odia, qué necesidad hay que tú vengas a la Rinconada para propiciar un odio que ya existe, eres tú la que te quieres apoderar de mí, no vengas, no eres monstruo, daré órdenes para que no te dejen entrar y si entras te maten, quién va a echar de menos a una vieja vagabunda, enferma, sin identidad, que se muere en el campo, nadie, que te maten antes que llegues aquí, nada de esto existe pero no puedo pensar en otra cosa que en estos monstruos que se ríen de mí para esclavizarme por orden de don Jerónimo y robármelo todo, Madre Benita, eso es lo que quieren, estoy sellado dentro de sus intrigas y maquinaciones que yo urdo para ahogarme como si quisiera ahogarme y no quiero que me engulla el fango que no me deja pensar en otras cosas, me desgarra la nostalgia de otros tiempos cuando tenía capacidad de pensar en otras cosas, mirar para afuera, por la ventana, luz, viento, rostros, hojas, libros, conversaciones, todo tan remoto, antes de la Rinconada, antes de que usted misma, Madre Benita, existiera aquí junto a mi cama rezando, acariciando mi mano, antes que Jerónimo existiera, esa tarde de verano cuando buscando un poco de fresco para estudiar mis textos de Derecho me paseaba por la galería del segundo piso del Museo Antropológico mientras afuera el verano tierroso lo cubría todo con una cogulla de hastío. En mi casa era difícil estudiar. Mi padre, demasiado solícito, rabiaba si mi madre producía el menor ruido con las ollas en la cocina. Sentado frente a mí al otro lado de la mesa, él arreglaba mis textos de manera que los confundía, o ajustaba la luz sin que yo se lo pidiera, o cerraba las ventanas para que no me perturbara el ruido de la calle, que no me perturbaba absolutamente nada. Huí. Los parques: pero siempre le he tenido miedo a los parques. Las iglesias eran frescas, pero escasa la luz. El Museo Antropológico, en cambio, durante los días de semana, quedaba casi desierto. Un guardia dormilón parecía un ejemplar imperfecto que no mereció ser embalsamado, cabeceando en una esquina antes de descomponerse definitivamente y que lo tiraran a la basura. La galería del segundo piso forma un gran óvalo por donde se puede caminar leguas y leguas sin la interrupción de esquinas, memorizando artículos: cuando distraigo los ojos veo desde arriba, campeando en la sala del primer piso, el esqueleto descomunal del milodón reconstituido, que nadie visita en días de semana y poca gente en días festivos. Era la paz, Madre Benita. La seguridad. Preparar mis exámenes para pasar de segundo a tercer año de Derecho, caminar ininterrumpidamente alrededor de ese óvalo, obtener una licenciatura, el primer peldaño, después el doctorado, como juez o notario adquiriría un rostro propio... todo estaba al alcance de mi mano siempre que siguiera caminando alrededor del óvalo de la galería del segundo piso. Adosadas a los muros de la galería hay vitrinas que contienen objetos de barro seco, piedras de talla tosca, cuencos horadados en trozos de madera, agujas de hueso, y en una gran vitrina como un acuario, hacinadas, revueltas, desnudas, despedazándose, en posición fetal, patas arriba, resecas, las momias atacameñas me sonríen desde detrás del cristal. Me detengo a mirarlas. Las conozco. Son mis amigas. En el reflejo del cristal de esa vitrina mi rostro calza perfectamente en el rostro de algunas momias. Sus sonrisas son mi sonrisa que sonríe ante la muerte porque voy a ser tan gran abogado que no voy a necesitar los antiguos soles del desierto para conservar mis facciones, sus sonrisas me protegen contra cualquier peligro menos contra el peligro de verlo a él, vestido de gris muy claro, de pie detrás de mí, observando las momias atacameñas sin que su rostro calce dentro de ninguna de esas sonrisas. Lo reconocí. Me habló. Le contesté. Caminamos juntos por la galería que encierra en su óvalo al milodón del primer piso. Yo estudio leyes. ¿Por qué?

Fue entonces, Madre Benita. Pude haberme salvado despeñándome al otro piso y rompiéndome la cabeza contra el pavimento. Pude haber huido, pude haberme disfrazado de araucano con las galas sombrías exhibidas en un maniquí al que podía sustituir, pero no huí. No comprendo por qué le contesté a don Jerónimo: qué le contesté. Le dije: soy escritor. Como mi memoria es excelente, poco estudio me bastaba. Y en las tardes lluviosas me iba a la Biblioteca Nacional a leer, mucho Nietzsche, mucho Hölderlin, mucho Shakespeare, mucho Goethe, pero también mucho Insúa y Vargas Vila y García Sanchiz y Villaespesa y Emilio Carrere, sí, ellos, pero también los clásicos, aunque se me note en el estilo más la huella de Insúa que la de Goethe, todos me abrían ventanas ahora selladas y asfixiantes, que después de mi respuesta a don Jerónimo esa maldita

tarde de verano me encerraron en esta casa: le dije
soy escritor. Me preguntó cómo me llamaba. Me puse
colorado al responder:

—Humberto Peñaloza.

—Estaré atento a la aparición de su próximo libro.

—Me alegro que le interese.

—Me interesa todo lo suyo...

—Gracias.

—...como si fuera mío...

—Gracias, Emperatriz.

—No tiene qué agradecerme, Humberto.

—¡Tantos favores...!

—¿Cómo conseguirle té *Lapsang-Souchong*?

Ella bajó sus párpados. Las pequitas plateadas
del maquillaje azul destellaron, y al sonreír, en los pliegues de su geta de *bull-dog*, babearon sus colmillos te-
naces. El cuerpo de la enana ya no se azorochaba como
al comienzo del verano: su piel lisa, sus pechos peque-
ños, toda ella entera tenía un color castaño bruñido
del que se encargaron los ungüentos de Guerlain que,
después de la escena del estanque, comenzó a aplicarse.
Caminaron un poco más, muy lento, casi tocándose.
Allá había un rincón. Allá la encerraría en sus brazos,
a esa enana horripilante, la poseería porque la deseaba, sí, para qué engañarse, iba a hacer el amor con
ella en un minuto más, en cuanto alcanzaran la sombra, porque su miembro se había erguido repentino al
rozarla y los ojos gachos de Emperatriz no podían haber dejado de notarlo, deseaba a ese monstruo, a ese
renacuajo con cabezota de perro que muerde y no suelta y arranca el trozo, agarrarla en sus brazos, penetrar-
la con su sexo, matarla de placer al ensartarla gritando
con su sexo inmenso...

Sintió su pantalón mojado. Su miembro decayó.
Apoyando sus codos en la mesa a ambos lados de la
Olivetti, ocultó su cara en las palmas de sus manos.
¿Cómo evadirse? ¿Hacia dónde? Anularse. No desear
ni ser deseado por nadie. La página metida en la máquina, en blanco. Ir a buscar a Emperatriz. Engañarla
para que se le entregara.

—Emperatriz, por favor, perdone mi pretensión.
Al fin y al cabo yo no valgo nada, no soy más que un

bohemio que vaga por los crepúsculos en busca de un ideal que siempre se me escapa, que mis manos solitarias jamás tocarán... Emperatriz... cásese conmigo...

La cabeza de Humberto se desmoronó sobre su máquina de escribir. Sus brazos volcaron la lámpara del escritorio. Su cuerpo fue deslizándose de la silla y quedó hecho un montón de escombros en el suelo.

MIS PIES BUSCARON las zapatillas. Me cubrí como pude con la bata, Emperatriz, Emperatriz, Emperatriz, cruzar el prado hasta el departamento de la enana, por lo menos no morir solo aunque quién sabe si es preferible, pero no, preferible morir en los brazos de una enana repulsiva y no abandonado en una torre silenciosa destinada al ser perfecto.

Abrieron. Gracias, Madre Benita, usted siempre está en todas partes para conseguir que me abran la puerta en el momento preciso. Todos desnudos en el *boudoir* de Emperatriz, todos los monstruos que me arrastran, Melchor, Basilio, veo sus deformidades desafiantes como si no tuvieran vergüenza de ellas, no jueguen a que no tienen vergüenza, ustedes están escondidos aquí en la Rinconada donde saben que nadie va a dar vuelta la cabeza para mirarlos riéndose, están refugiados, el círculo de terror los tiene presos, no salen nunca de la Rinconada, podrían salir si quisieran, tienen permiso, pero no salen, no pueden salir, como yo tengo permiso para salir pero no puedo salir a pesar de ser normal, ven que soy normal, cómo no van a verlo si me están tendiendo en la *chaise-longue* de moaré color rosa de Emperatriz... ustedes, monstruos, tienen miedo de salir, tenemos miedo de salir, tenemos miedo que nos vean y por eso nos refugiamos aquí, cómo no va a tener miedo el doctor Azula que lo vean con todo su cuerpo cubierto de escamas y sus manos de ave de rapiña que me tocan, me hurgan, me examinan, mientras Emperatriz me saca la bata, me deja en pijama, me palpa la frente y me va a seguir palpando y con ese contacto de la enana no puedo contenerme más, me abro entero y me cago y mi mierda líquida y fétida y negra cae manchando el moaré, el Aubusson, los *petits meubles*, los velos del cortinaje, los monstruos desnudos se cubren la cara con pañuelos blancos, se tapan las narices, huyen, no me soportan, soy demasiado asqueroso, el doctor Azula opina que debo llevar varios días desangrándome, esto es muy grave, hay que operar, no se puede operar porque estoy demasiado débil, he perdido demasiada sangre, me abre el párpado, blanco, necesario el examen de sangre, tomar presión, tráiganme mis aparatos, baja y baja y baja y baja la presión de la sangre, los monstruos se tapan las narices asqueados de mi persona pero la curiosidad los clava cerca, se cubren la cara con pañuelos porque sigo cagándome, transfusiones de sangre dice Azula, no puedo temer nada en manos del doctor Azula. Quien quiere donar sangre para don Humberto, yo, yo, yo, yo, todos quieren donar su sangre monstruosa como si desearan deshacerse de ella, se han vestido de blanco para disimular que los sorprendí en una orgía, desnudos pero vestidos de blanco, disfrazados de enfermeros con delantales y con mascarillas que no ocultan sus monstruosidades, tú eres Melisa, te reconozco por las gafas negras, tú Basilio, cómo confundirte, y tú Emperatriz y tú Azula y tú Mateo y hasta la telefonista de orejas de alas de murciélago ha abandonado el conmutador para vestirse también de blanco y presenciar lo que haya que presenciar, miembros de una orden misteriosa, monjes de dominós blancos para un baile de fantasía en que la careta no es de rigor porque cada cual tiene la propia, y los monstruos ataviados con dominós blancos y caretas fantásticas manejan termómetros, sondas, inyecciones, lavativas y rayos equis, un frasco de suero va vaciándose lentamente dentro de mí desde lo alto. Una bolsa roja me llena la vena del otro brazo con sangre de monstruo y siento cómo la sangre poderosa de Basilio va escurriéndose dentro de mí y crecen mis brazos y se me abulta la mandíbula, me están monstruificando, la sangre de la Berta me inutiliza las piernas que ya sólo podré arrastrar descorativamente como la cola de un lagarto, y con sus monstruosidades específicas e individuales anuladas por sus dominós blancos ya no distingo quién es quién, no im-

porta porque distingo las sangres que me van pe-
netrando como si tuvieran sabores distintos que reconozco, la sangre de Emperatriz me encoge, la de Boy
me produce una joroba, la de Melchor me llena de
grumos colorados formando una especie de mármol
al revenirse en la blancura de la sangre que me dio
Melisa, he perdido mi forma, no tengo límites defini-
dos, soy fluctuante, cambiante, como visto a través
de agua en movimiento que me deforma hasta que yo
ya no soy yo, soy este vago crepúsculo de conciencia
poblado de figuras blancas que vienen y me pinchan
la vena, cuántos glóbulos rojos, ya casi no le quedan,
me inyectan, esto es para que no sienta dolor, pero si
no siento dolor, ustedes me están inventando esta
enfermedad, para qué quieren convencerme de que
estoy grave si no siento dolor, vienen y me toman la
temperatura, vienen y me toman la presión, mueven
la cabeza, mal, esto va mal, va perdiendo demasiada
sangre, habrá que ponerle otra unidad más de sangre,
de quién será, atento, trato de descifrar lo que contiene esa sangre, qué monstruosidad ajena se va incorporando a mi ser, qué sangre opulenta se va sumando
a mi sangre insignificante, de quién es este calor desconocido que gota a gota va penetrándome con la intención de salvar mi vida. ¿Pero salvarme para qué?
¿Qué designios perversos tienen estos monstruos disfrazados con sus galantes dominós dieciochescos de
los que asoman sólo las caretas fenomenales? Alguien
murmura: «De aquí no sale más». ¡Déjenme salir, no
quiero morir asfixiado entre estas paredes de adobe
que se descascara, ustedes no son más que manchas
de humedad en el barro, déjenme salir! Por lo menos
cruzar la línea imperceptible que separa la penumbra
de la oscuridad. Ni lo notaría. Estoy al borde. Pero no,
no me dejan cruzar a la oscuridad donde ninguna zozobra existe, me quieren mantener a este lado, en la
penumbra donde los objetos no tienen borde y las
cosas apenas se desplazan, la telefonista insiste en darme su sangre que no quiero, aprieto mis orejas, las
aplasto para que no crezcan, rajo el cartílago, no
sale sangre, claro, si no tengo, crecen mis orejas a
pesar mío, sin lóbulo, como grandes paraguas que

lo oyen todo, me quieren salvar con su sangre, ardo con la sangre roja de Melchor, me disuelvo en el hielo de la sangre de Melisa, no jueguen más conmigo, es un juego, no lo nieguen, déjenme cruzar la línea, más allá nada se mueve, nada se ve, morir en paz, no me pinchen otra vez. Doctor Azula, no, no puedo resistir esa sonda que me mete por la nariz hasta el estómago, esa jeringa que extrae litros y más litros de sangre mía, de Humberto Peñaloza cuando era Humberto Peñaloza, sangre de antes que me metieran sangre de monstruo en las venas, cuando yo era yo y no un fenómeno fluctuante, Crisóforo Azula me odia y me tiene celos porque sabe que Emperatriz está enamorada de mí, robándome sangre para sustituirla por la de los monstruos que yo no quiero, me tienen clavado a esta cama mientras afuera de la puerta de mi cuarto los monstruos clamorosos esperan mi sangre que será vieja pero por lo menos es sangre normal que ellos bebe no se inyectan, piden a gritos mi sangre, más sangre de Humberto Peñaloza, más sangre de Humberto Peñaloza, oigo el clamor de la multitud sedienta que se agolpa a mi puerta, yo no puedo moverme porque me tienen inmovilizado con estas sondas que duelen, por las visitas constantes de los monstruos disfrazados con sus dominós y sus caretas galantes que intercambian, me preguntan cómo me siento, muy preocupados me dicen que no me preocupe, que todo andará bien, que son cosas de rutina, no, nadie ha preguntado por mi salud, estos médicos y enfermeras dicen que no saben cómo me llamo, me preguntan, traen fichas para llenarlas con informaciones que saben de memoria pero dicen que no, dicen que me encontraron tirado en un charco de mierda sanguinolenta y que cómo van a saber cómo me llamo, me están quitando la identidad, hasta eso me están robando, Humberto Peñaloza, Humberto Peñaloza, Humberto Peñaloza, les grito mi nombre pero mi voz no se oye y mueven la cabeza compadeciéndome, pobre, pobrecito, y guardan sus fichas en que se han negado a escribir mi nombre. Madre Benita, se están burlando de mí porque se dan cuenta de que estoy tan débil que hasta me he olvidado cómo me llamo, soy incapaz de identificarme, ayúdeme usted que es piadosa y compasiva, aunque no quiero saber quién soy, además ya no soy quien fui si es que alguna vez fui alguien, no se vaya, Madre Benita, no me suelte la mano, no me deje morirme solo, no sé cómo la han dejado entrar hasta aquí. No. Váyase. Usted no es la Madre Benita. Es sólo alguien que se disfrazó de la Madre Benita. Váyase. Aquí no soy un desconocido, puedo llamar a Emperatriz en el momento qu ese me antoje, ella no sólo me quiere como la Madre Benita sino que me desea y me ama y quiere casarse conmigo y yo le prometí casarme con ella porque yo también la amo, puedo llamarla para que se venga a sentar al lado de mi cama y con un algodón perfumado con colonia me quite el sudor de la frente y me tome la mano y la acaricie dulcemente diciéndome que no me preocupe, que no tema, que ella está velando por mí, que todos los monstruos de la Rinconada están desolados con mi tragedia, donando litros y litros de sangre, gordas gigantescas, larguiruchos, hermanos siameses, acromegálicos, jorobados, albinas, enanos de todas las variedades imaginables, toda esta sangre está ahora fluyendo en mis venas mientras el doctor Azula me saca y me saca mi vieja sangre mezquina por la sonda que me tiene metida por la nariz y me dice no tema, está bien, es sangre vieja, le estamos limpiando el estómago, pero yo sé que no. Es robo. Sé que esa sangre mía es buena. Es negra sólo porque está concentrada y la van a guardar en frascos rotulados con un nombre que ellos saben pero que se ha borrado de mi memoria, Madre Benita, soy esta colección de monstruos que me han traspasado deformidades para adueñarse de mi sangre insignificante.

17

¿ESTOY SORDO ADEMÁS de mudo? ¿Y además de
casi ciego porque apenas logro distinguir bultos y re-
verberaciones blancas que pueden ser inciertamente
sillas, armarios, lavatorios, personajes, cortinas que
aparecen y desaparecen y cambian de lugar y se velan
y se apagan y se pasean sin dar explicación y después,
en medio del paseo, se extinguen, se borran? No oigo
sus pasos. Ningún ruido. Todo está hecho de algodón
y gasa, y el algodón no tiene contorno, es blando, uno
puede escarmenarlo, puedo hincar mis dedos en ese
bulto de algodón que es una persona, médico, enfermera, lo que sea, o apretar con mis brazos este fardo
de algodón difuso colgado en la pared, que simula
luz disolvente. Yo también soy de algodón. Con mis
manos recorro mi cuerpo. No siento su forma ni su
consistencia porque es de algodón y mis dedos son de
algodón y el algodón no puede explorar ni sentir ni
reconocer, sólo puede continuar siendo blando, blanco, a veces la sugerencia de un rostro solícito que se
inclina sobre mí, la careta abre la boca para decir algo
que no oigo, y la materia blanca, blanda, vuelve a tragar ese bosquejo de persona que se acerca a mi cama,
porque estoy en una cama, lo único que no es de algodón son los cuatro barrotes blancos al pie de mi
cama, donde cuelga el gráfico con mi nombre que el
médico toma para estudiar, que comenta con la enfermera blanca. Hundo la cabeza en el algodón de la
almohada.

—Se va a dormir.

—Mejor.

—Así no sentirá nada.

¿Qué es lo que no debo sentir? Otras enfermeras se acercan, los rostros cubiertos con sus mascarillas de gasa, ahora no puedo ni siquiera ver sus caretas, cuchichean, alisan mis sábanas, mueven la bolsa de sangre remota, cerca del techo blanco, consultan el gráfico, me meten el termómetro en la boca, cuchichean, sonríen, siempre sonríen, sonríen demasiado cuando no hay por qué sonreír, y una me da palmaditas suaves en la mano, como a un niño muy bueno:

—Duérmase.

Eso es lo que quieren. Pero no me voy a dormir. Esa sangre que se escurre por el tubo hasta mi vena me permite aferrarme de algo negro, rojo, para resistir a este blanco sueño que me enfunda, y así escuchar retazos del diálogo de esos seres embozados que cuchichean que don Jerónimo mandó decir que no se escatimasen gastos ni esfuerzos para operarme y atenderme, que me han extirpado el ochenta por ciento y me han dejado el veinte y que ha sido todo muy grave, la muerte rondando.

Las manos que levantan mi ropa de cama, que me obligan a ponerme de lado, que me bajan el pantalón áspero del pijama son ásperas de repente y áspera la aguja enemiga que me penetra, y áspero el líquido que deja en mi nalga, y áspera y dura mi vigilia que apenas roza el sueño. Está sentada junto a mi cama acomodando jeringas y agujas con un estrépito insoportable en el riñón de fierro enlozado blanco con su fino ribete azul. ¿Por qué no lo hace con más cuidado y silencio si don Jerónimo mandó que me cuiden? La miro con la intención de repetírselo, pero me callo porque la reconozco. Es ella. Pese a su mascarilla blanca, alzada sobre coturnos, disimulada por la toca, es ella vigilándome, ella que mueve la bolsa de sangre y abre la válvula un poco, más, más, mucho, y me enciendo, me pongo rojo, ardo y no puedo soportar el calor y el fuego y el dolor de todas mis heridas porque tengo heridas que me duelen no sé dónde, pero que me van a matar de dolor porque esa sangre que sale de la bolsa está saliendo de golpe, me enardece, todo, todo rojo,

rajado por garras, partido por colmillos, descuartiza-
do en una mesa de operaciones, el cuchillo extirpán-
dome tres cuartas partes, el ardor que cauteriza, la
sangre que mana y yo la absorbo, yo centuplicado
y rojo y el dolor centuplicado y rojo, yo rajado por
uñas y cuchillos y dientes... cae demasiado rápido la
sangre, cortarla un poco más, más, y me comienzo
a entibiar, a enfriar, a helar, soy este trozo de hielo
que gotea y gotea, gotea mi nariz y gotean mis manos
y mis pies, un trozo de hielo que se está disolviendo y
no queda nada. Y vienen enfermeras que me destapan, conversan sin temor a molestarme, me desnudan
con expresión de asco porque estoy sucio y a medida
que pasan las horas me pongo más hediondo y más
sucio y a ellas les da asco lavarme aunque están acostumbradas a estas cosas, soy yo que les produzco repugnancia, el pijama limpio que me ponen es tosco,
escogieron el más viejo y parchado, me bandean entre
cuatro enfermeras para cambiarme la sábana de abajo mientras hablan a gritos de Pedro Pérez que compró
auto y salió de paseo con Fernando Fernández que fue
despedido de su trabajo por llegar tarde pero le dijo
a Gonzalo González que no tenían derecho a hacerlo,
y llaman a gritos a otra enfermera que se está riendo
afuera de mi puerta para que pida a la farmacia otro
frasco de suero, ya no son silenciosas, ya no me res-
petan, no me tratan como enfermo recomendado por
don Jerónimo, sino como su prisionero, yo creo que
se ríen de mí porque saben que me ha hecho extirpar el ochenta por ciento y no se puede respetar a
nadie a quien le hayan extirpado el ochenta por ciento... agua, agua, creo que digo agua, agua, pero debo
haber dicho otra cosa porque mueven la cabeza ne-
gándomela y a nadie se le puede negar un vaso de
agua aunque le hayan extirpado el ochenta por ciento. Algo muy definido dio vuelta a todas las enfermeras en contra de mí, me van a hacer sufrir, para eso
están, los cuatro barrotes del pie de la cama no son los
barrotes del pie de la cama sino los barrotes de fierro de la ventana, me tienen prisionero en este cuarto donde todas las enfermeras y todos los médicos
me odian, prueba de ello es que me niegan alimento

y agua que no se le puede negar a nadie, y bajo sus mascarillas de gasa arriscan la nariz por el olor fétido que despido. Aunque no despida olor fétido me tienen asco porque yo soy yo, que por fin caí en manos de don Jerónimo, el complot se fraguó y tomó forma y lo creí todo, caí en la trampa, piqué el anzuelo, hace mucho tiempo que él tramó lo que vino a culminar en esto: tenerme amarrado a una cama en una celda con barrotes, dopado, incapaz de moverme, atado a sondas y tubos de goma que me entran por la nariz, y sangre de monstruo que necesito para no desvanecerme, prisionero en este pequeño cuarto blanco, frente a esta ventana por la que veo una calle, unas casas, una estación de servicio, alguien que pasa por la acera de enfrente, un mecánico de overol azul que se encluclilla para revisar el aire en las llantas de un auto, el primer auto de la mañana porque es muy temprano y las enfermeras del nuevo turno me despertaron con sus risotadas en el pasillo, con sus telefonazos, sí, don Jerónimo, despertó recién, le acabamos de poner otra inyección, no fallará nada, no se preocupe, déjelo en nuestras manos todas las intenciones que usted ha venido combinando tan laboriosamente durante tantos años se realizarán, él tiene la culpa, debe pagar las consecuencias de su osadía cuando esa tarde en el Museo Antropológico le dijo que era alguien, escritor, bueno entonces, que escriba, pero no escribe nada, se lo lleva hablando de lo que va a escribir, una biografía suya, una biografía de la beata familiar, una novela, un ensayo filosófico, cambia todos los días o siempre es lo mismo bajo formas distintas, no se decide, no puede comenzar, cada vez que se sienta a la máquina termina con la página en blanco metida en la Olivetti, y si recuerda bien, don Jerónimo, nos atrevemos a insistir que este individuo no le dijo que *quería llegar a ser escritor*, que en un muchacho como era él entonces hubiera sido emocionante y comprensible, sino que le dijo que *era* escritor, como si se naciera escritor, claro, ustedes que son enfermeras y tienen que hacer un curso difícil y costoso para llegar a serlo no pueden comprender que al decir que yo era escritor yo no mentía, *era* escritor al sentir que su figura es más digna de la imaginación que de la realidad. Tomé el compromiso. Dije en voz alta lo que jamás le había dicho a nadie:

—Soy escritor.

Tomé ese compromiso con usted, don Jerónimo. Ya no podíamos separarnos, me até a la Rinconada, a Inés, a la Peta, a usted, a la Casa, a la Madre Benita, a estas figuras blancas del baile que Emperatriz dio hace años: «En el Hospital». Este mandato sustituyó la débil exigencia de mi padre, Doctor en Derecho, hijo, eso vale la pena, si llegas a ser eso serás alguien, y yo no le contaba nada a mi padre y casi no me lo confesaba a mí mismo que escribía versos por la noche, velas para que nadie lo sospechara en nuestras casas siempre distintas, siempre iguales, siempre pequeñas, con un balcón para que mi hermana se sentara a urdir su sueño de poseer un piano cubierto con un mantón de Manila. A veces le decía en la noche a mi padre:

—Tengo que salir a una reunión del Partido.

Él me anudaba el lazo de la corbata. Al llegar a la esquina me deshacía el nudo. Me iba al bar Hércules y me sentaba en la mesa del rincón a completar mi libro. La Rosita me servía un sandwich, una caña de tinto:

—Si no tiene ahora, después paga.

Yo esperaba hasta que cerraran. La acompañaba a su casa: me llamo Zoila Blanca Rosa López Arriagada, me dijo, ruborizándose al darse cuenta de que me pareció una cursilada, pero me duró poco la risa, vencida por la ternura cuando me confesó que al nacer después de cuatro hermanos hombres, su padre la vio tan linda, tan blanca, tan rosa, que en la pila bautismal le dió ese nombre: Zoila Blanca Rosa. Yo le acariciaba el revés de los brazos, un poco la rosa rosa y le prestaba una bufanda porque era otoño y caían las hojas de los plátanos, y de pronto todo era grave, de una seriedad conmovedora, aunque comprendía que era una ridiculez llamarse Zoila Blanca Rosa. Sí, ridículo pero serio: esa cursilería era lo mío, no necesitaba saltos ni puentes para darme cuenta que eran lo mío mis nuevos compinches de la universidad,

esos poetas tísicos que se reunían en el bar Hércules,
los zapatos mojados moteados por el aserrín del suelo,
jugando dominó con algún gorra colorada de la estación vecina, anarquistas algunos, decadentes otros, pobres todos, adiós a los textos, yo ya había vendido
los míos para comprar tabaco, nada de partido tradicional ni de corbatas ni de apellidos decorativos, mis
amigos mal afeitados casi nunca iban a clase, se reunían en el Hércules más que nada para reírse de los
profesores, para abrir un cajón que una nostálgica
madre campesina mandó desde el sur porque habían
matado el chancho para que el niño comiera prietas
y arrollado y perniles con sus amigos, era tan poca la
plata que le podían mandar para sus estudios que por
lo menos ese cajón perfumado de ají y cilantro y ajo
lo ayudaría a pasar los fríos del invierno, café para
mantenerse despierto, las puntas de los nervios afila-
das, amigos, compinches, hediondos a vino tomado
con las chalinas enrolladas en el cogote porque hacía
frío en el Hércules y en las pensiones en que vivían
y en las calles que recorrían a pie, mojados por la
lluvia, la suela de un zapato gastada, un hoyo tapado
por dentro con cartón, pero a pie porque hay que
ahorrar los centavos del pasaje en tranvía para la
caña de tinto que convidarle al amigo, vender los textos de estudio, empeñar el reloj, qué sacas con escribir, Humberto, si no tienes ni un peso para publicar
y para que un editor te publique necesitas influencia,
un nombre y tú no tienes nombre, desgano por el estudio y por Nietzsche del que ya ni siquiera hablamos
porque ésas son cosas de los burguesitos de primer y
segundo año y de los pijes de polainas de gamuza. Luis
tose, hasta que tose demasiado y se lo llevan y no se
sabe nunca nada más de él.

—Se debe haber muerto.

—Suerte, morirse joven.

—Convídame otra caña, Rosita. El lunes te pago.

—¿Cómo vas a publicar, entonces, Humberto?

Por suscripciones, claro. Hablé con el impresor.
Una cuota inicial bastaba. Después, a medida que vendiera más ejemplares pagaría el resto, pero la cuota
inicial era necesaria. Entonces le escribí a usted, re-

cordándole nuestro encuentro en el Museo Antropológico, ofreciéndole mi libro escrito pero no publicado aún por carecer de fondos para esa cuota inicial. En la posta restante del correo encontré varios días después su cordialísima carta acompañando un cheque que suscribía no uno sino cien ejemplares de la tirada de quinientos. Llevé mi manuscrito y el dinero donde el impresor.

Y cuando apareció por primera vez mi nombre que ya no recuerdo, pero que sé que está escrito en el gráfico a los pies de mi cama que los dominós blancos a veces consultan mientran mueven la cabeza, y que usted no sabe, Madre Benita, porque para usted no soy más que el Mudito que barre y limpia y recibe propinas y arregla cañerías y clausura ventanas, mi padre lloró de orgullo. «Un talento incipiente que apenas se atreve a salir de su crisálida, pero con promesas de frutos de alta sensibilidad artística, de sentimiento refinado bordeando en lo enfermizo, que se regodea con el lujo de las imágenes a veces decadentes, pero un nombre que no se debe olvidar porque aunque nuevo, ya ha dejado su huella, imprimiéndose por la delicadeza de su sensibilidad artística en nuestra literatura: Humberto Peñaloza.» Así me llamo, Madre: Humberto Peñaloza. Sabía que no iba a olvidar mi nombre para siempre, que nadie me lo iba a robar porque para qué iban a querer un nombre tan feo estas enfermeras vestidas de blanco, estas figuras de algodón. Mi padre no sabía... cómo iba a adivinar estas aficiones mías, por qué se las había ocultado, él hubiera comprendido, la profesión de las letras puede, también, encumbrar a los hombres. Mi nombre escrito así, con grandes letras encabezando el artículo de la página literaria dominical en el diario más importante le daba un nombre a la familia, que lo leyera, ahí en ese artículo del diario aparecía muy claro, Humberto Peñaloza, que también era el nombre de él, y pidiéndole la tijera a mi madre la hincó con crueldad en el papel para recortar ese artículo. Le dije que fue usted, don Jerónimo, el que suscribió tan espléndidamente cien ejemplares de la primera tirada para hacer posible la existencia de mi librito de ciento ochenta páginas, de feo lomo verdoso.

—¡Don Jerónimo de Azcoitía! ¿Cómo diablos lo conociste?

—Es asunto mío.

Se quedó mirándome confuso antes de preguntarme:

—¿Le hiciste una visita para agradecerle?

—No.

—Esto es el colmo. Vístete inmediatamente... tu traje oscuro, tu mejor camisa... si no está lista que tu mamá te la planche. Vas a ir a verlo. ¿Cómo es posible tu falta de cortesía? Que un hijo mío, que lleva mi nombre...

La primera vez que se atrevía a hablar de su nombre.

—...que lleva mi nombre se porte como un roto mal agradecido...

Le grité me estoy muriendo de dolor al estómago desde que usted me pinchó con las tijeras para robarme mi triunfo. Que mi hermana estúpida se deje de pegar en su álbum los recortes de los artículos que me nombran, decorando el contorno de cada artículo con guirnaldas de flores y palomas, devuélveme ese álbum para quemarlo, si quiere saber la verdad ya no pertenezco al Partido, me emborracho casi todas las noches en las cantinas con amigos que de veras se alegran con mi triunfo que no es triunfo sino apenas un pequeño éxito y ellos lo saben y lo aprecian en forma justa ni más ni menos de lo que es, ya no voy a la Escuela, no pienso ser abogado ni notario, no quiero ser nadie, déjeme tranquilo, no me robe lo poco que tengo que es mío, mi libro... no llevarás dote a tu matrimonio, hija, le decía a mi hermana, pero tu marido se enorgullecerá de esto que le puedes dar: el libro de recortes que repite y repite que tu hermano existe, que es alguien, que tiene un nombre.

—No puedes dejar mal mi nombre.

—¡Desde cuándo tiene nombre usted!

Salí dando un portazo y no volví nunca más. La noche que usted apareció en el bar Hércules a buscarme, don Jerónimo, hacía meses que estaba viviendo con la Rosita en un cuartucho hediondo a limpieza encima de una lavandería. Con su cuerpo fresco y menudo, pero siempre abrigador, enroscado al mío en la noche, mi padre y sus exigencias se hicieron inconsistentes, hasta que los calambres de mi estómago fueron desapareciendo. Ella no me preguntaba sobre lo que escribía. Tampoco los gorra coloradas de la estación con quienes jugaba dominó. Mis compinches universitarios se fueron dispersando hacia otras tertulias en otros bares, pero yo me quedé en éste, me acomodaba porque la Rosita me sonreía desde detrás de la máquina para hacer café... no los echaba de menos, el poeta tísico murió como debía morir, en un tugurio, Manolo se consiguió un puesto en la Caja de Empleados Particulares, suche, viejo, que le voy a hacer, ya estoy cansado de tener hambre y que mi mamá me diga no tenemos nada, nada, nada, Nicanor regresó a su provincia lluviosa a casarse con una novia de la niñez aprobada por sus padres porque tenían la posesión junto a la de ellos, tierras minúsculas que al juntarse quizás... pero Nicanor jamás nos había hablado de esta novia secreta, y yo jugaba dominó tranquilo hasta que lo vi aparecer a usted en la puerta. Avanzó hasta el mostrador para preguntarle a la Rosita si yo estaba. Me señalaste con tu dedo inocente allá en el fondo de la sala junto a la salamandra que calentaba muy poco, y usted me miró por encima del hacinamiento de parroquianos oliscos bajo la luz amarillenta, tú, Rosita, me señalaste para entregarme a don Jerónimo, amarrado de pies y manos, incapaz de resistir. Sentí el dolor aquí, en un sitio que ahora está cubierto por capas de algodón y gasa y tela emplástica y fue aumentando y haciéndose más agudo y más agudo mientras usted se acercaba a mí entre las mesas repletas. Con los codos apoyados en el mármol a ambos lados de mis cartas trataba de concentrarme en mi próxima jugada, pero el tijeretazo me cortó la respiración, usted detrás de mí, silencioso... cómo habría averiguado dónde encontrarme, quizás haya ido a la casa de mi padre, quizá mi padre zalamero y servil lo haya hecho pasar a nuestra salita conmovedora, esa mesa coja, esa carpeta bordada por mi hermana, quizá le haya mostrado el álbum, presentándole a mi madre discreta, incrédula, solapadamente irónica...

—Chancho tres.

La mano de don Jerónimo colocó la carta. Me levanté para encararlo:

—¿Qué te venís a meter, futre de mierda?

Usted se rió. No, primero sólo sonrió.

—¿No me reconoce?

Las conversaciones de las otras mesas bajaron de tono. El patrón y la Rosita nos miraban entre los embutidos colgados y el humo. Alguien murmuró:

—Va a haber rosca.

Fue entonces que usted se rió de veras al decir:

—No, no va a haber rosca.

Y dando media vuelta salió entre las mesas. Mi contrincante, que se quedó observando lo que sucedía a mi espalda, me dijo que el futre se había parado un minuto antes de irse, para escribir algo y entregárselo a la Rosita. Gané la partida.

—Me voy yendo.

—¿Tan temprano, esta noche?

—La revancha mañana.

Yo ya sabía que no iba a haber mañana. Me enrollé la chalina al cogote. Me acerqué al mostrador para decirle a la Rosita:

—Me voy.

—¿Adónde…?

—No me siento bien, la guata…

Iba saliendo cuando ella me llamó:

—Oye.

—·Qué?

—El pije te espera mañana a las diez en su casa.

Su tarjeta con su dirección. La rompí.

—Que se vaya a la mierda.

Claro, no necesitaba su dirección, conocía la fachada amarilla de su casa frente a los árboles del parque de modo que romper su tarjeta no fue más que un gesto decorativo para que la Rosita no se diera cuenta que después de esa noche yo no iba a dormir apretado a su carne.

18

TODO, DESDE EL principio, desde el Hércules, no, desde antes, desde esa tarde en el Museo Antropológico o antes aún, cuando su guante me rozó el brazo en la calle, todo ha sido urdido cuidadosamente, paso a paso, con infinita paciencia, encerrándome en su confianza cuando entré a su servicio, haciéndome testigo de su amor para aprisionarme, Inés la carnaza para que picara el anzuelo, la supremacía en el mundo de los monstruos donde yo lo debía encarnar con mi carne mezquina y ser el padre de su hijo, la tentación final, el anzuelo más fino, piqué, el anzuelo me atravesó y no puedo librarme, atado a una cama que de pronto arde y de pronto hiela, inyección tras inyección que no me dejan pensar porque no lo niegue que están destinadas a eso, a arrebatarme la luz y hundirme en esta penumbra que no es ni vida ni muerte, bolsa tras bolsa de sangre que me impide morir pero tampoco me deja juntar las migas dispersas que quedan de mi conciencia, para qué, don Jerónimo, para qué, no es para transformarme en imbunche que para eso me quieren las viejitas benignas entre las que vivo porque eso sería la paz total, todo cosido en vez de todo abierto en tajos precisos por el cuchillo del doctor Azula, cosido escuchando sus pasos titubeantes afuera, no, ellas no quieren tajearme, ellas vienen a coserme porque son buenas, por la ventana las veo pasearse en la calle esperándome en la esquina de la estación de servicio, parece que es la Dora la que me está sonriendo desde la ventana de enfrente, por qué no las deja entrar a verme, todas las clínicas tienen horas de visita pero ésta no porque no es clínica sino encierro blanco, y por eso las viejitas buenas de las cuales yo soy una me esperan en el cuadrado de mi ventana para darme paz, para recogerme, envolverme en un paquete para que no tenga frío, para eso trajeron sus sacos que ya tienen listos, nada quieren de mí, tienen paciencia, esperan sin prisa porque el tiempo de las viejas es interminable, van sustituyéndose unas a otras, no, no tenemos apuro, podemos esperar que se vacíe la bolsa de sangre en la vena del pobre Mudito.

Afuera hace frío. Corre un viento helado que sé que no volveré a sentir nunca más como no volveré a sentir agua en mi boca porque se niegan a dármela, como si el agua le hiciera mal a alguien... no veo viento, no hay banderas ni estandartes ni árboles ni distingo las ropas de los transeúntes, en realidad parece que no hay transeúntes, ni autos, nada se mueve en este paisaje de ciudad en que uno adivina el frío del invierno. Me tendrán para siempre aquí en este conservatorio demasiado caliente.

Cierro los ojos para alejar la nostalgia desoladora de la calle. Detrás de mis párpados se proyecta la certeza: *Te quieren conservar vivo aquí sin dejarte salir nunca más para robarte todos tus órganos, ya ves, te sacan el ochenta por ciento...* ¡Claro! Eso es lo que van a hacer. Lo que están haciendo. Abro los ojos: nada se ha movido en el cuadrado de mi ventana. Trato de incorporarme. No puedo. Quién sabe cuánto tiempo me tienen amarrado en esta cama, hundido en este crepúsculo. ¡Claro! Comenzaron por sustituir mi sangre: vi con mis propios ojos al doctor Azula sacar jeringa tras jeringa de sangre de mi estómago y entregársela a la multitud clamorosa que espera mi sangre buena y con ella se apaciguan durante unos instantes. Se disponen a seguir con lo demás: me irán extirpando órganos sanos para ponérselos a los monstruos en vez de sus órganos defectuosos, anoche sentí el serrucho que me cortaba los pies, cómo trazaron un círculo rojo alrededor de mi tobillo derecho, y después, del izquierdo. Y esta mañana amanecí con los

pies enormes, con membranas amarillas entre los dedos, pies palmados, sospecho que también hicieron
lo mismo con mis manos, no quiero vérmelas, me
las robaron y las han sustituido por estas manos palmadas ajenas que no quiero ver y que por eso oculto debajo de la sábana para no ver las membranas
repugnantes que unen mis dedos enmarañados en telarañas espesas de carne de monstruo. Debe haber una
lista de prioridades que Emperatriz irá controlando.
No ha venido, Emperatriz, debe estar muy ocupada
en su escritorio de recepción, tocada con su gorra
blanca perfectamente almidonada, apaciguando la avidez de los monstruos por apoderarse de mis órganos,
hay que ir por orden, primero los monstruos de primera, después los de segunda, dígame cómo se llama,
qué quiere, una cara entera nueva para suplantar su
cara de facciones deformes es lo más difícil porque hay
muchos pedidos de cara, todos quieren caras nuevas
y hay pocas, se demora más el proceso, es más lento y
delicado, una cara es más importante que un pie, digamos.

Y luego mi piel, me desollarán para cubrir con mi
piel el cuerpo albino de Melisa, y despertaré después
de quién sabe cuántos días de adormecimiento transformado en un ánima blanca con un par de anteojos
negros… y mi nariz, y mis riñones, y mis brazos, y
mi estómago, no, eso ya me lo sacaron, por lo menos
el ochenta por ciento, hígado, pulmones, todo sano
para los monstruos clamorosos que hacen cola frente
al escritorio de Emperatriz implacable, minuciosa,
consciente de las precedencias y necesidades, anotando,
una cruz, un punto, si es rojo significa urgencia, la antesala llena de monstruos ávidos de mi insignificancia,
de gigantes que quieren mi estatura, de manchados que
codician mi piel lívida, de madres normales que traen
hijos deformes para que yo les dé algo, cualquier cosa
sana con tal de sanar a este pobre hijo monstruo
que tengo, hijos normales que traen a padres deformes para ver si a su edad es posible hacer algo por
borrar la vergüenza, cargándome a mí con sus órganos defectuosos que van conformando un nuevo
yo que nunca terminará de formarse, suma de todas

las monstruosidades, pero en el que yo quedaré condenado a seguir reconociéndome, en ese infierno fluctuante de lo enfermo y de lo deforme y de lo risible
y de lo erróneo que seré yo, mientras mis órganos sanos
injertados en los que fueron monstruos irán sanán-
dolos, despojándolos de su monstruosidad hasta que
queden transformados en seres perfectamente insignificantes como yo mientras a mí me tienen amarrado a
esta cama, mirando el cuadrado de esa ventana sellada,
nada más, esperando que me adormezcan otra vez para
robarme otro riñón, una oreja, las uñas para sustituir-
las por garras, todos los monstruos quedarán sanos
en La Rinconada, todos normales, insignificantes, libres, comunes y corrientes para que inicien vidas comunes y corrientes en la ciudad o en el campo, tengan
vecinos, hagan amistades, y yo, aquí dentro, encerrado
en ellos...

Pero no puede ser. Tiene que ser de otro modo.
Otra cosa. Al fin y al cabo yo soy un ser limitado. Sólo
tengo dos pulmones, una nariz, dos orejas, treinta y dos
dientes, dos manos, dos pies... cuando desperté, no sé
a qué hora del día o de la noche porque nada, ni la
luz ni la sombra ha variado en mi ventana, me di
cuenta de una cosa muy extraña: que mis pies y mis
manos ya no estaban palmados, que al injertármelos
a mí los miembros y los órganos defectuosos de los
monstruos adquieren, otra vez, formas normales. Por
eso me adormecen. Dormido, siento como el bisturí
del doctor Azula me corta, cómo me serruchan huesos,
cómo rajan, cómo cosen, tajean, desprenden, arrancan trozos de mi cuerpo que no eran de mi cuerpo
pero que al injertarlos en mi cuerpo recobran la normalidad, duermo, pero lo siento, por eso me tienen
encerrado aquí y jamás voy a salir porque soy vivero
de órganos y fábrica de miembros sanos, por eso no
me deja morir don Jerónimo, por eso ha montado esta
fábrica en que sólo trabajo yo, sólo mi cuerpo produce.
Para que no me dé cuenta de este abuso me mantiene
una conciencia crepuscular, desinflado pero con algo de
aire, muy poco, suficiente para que no muera completamente, y con este intercambio de órganos mi tiempo se
irá alargando y alargando de modo que como nunca más

seré una persona, sólo un terreno de cultivo para trozos de otras personas, jamás moriré, prolongaré mi crepúsculo para siempre sin que nada suceda salvo el adormecimiento periódico, el desangramiento consecutivo obviado por la sangre de los monstruos siempre deseosos de donar lo que tienen de más, nada sucede, todo es igual, es diminuta la diferencia entre el sueño y la vigilia, no, don Jerónimo no me dejará morir, quiere que se ceben en mí todos los monstruos del mundo y desaparezcan de la faz de la tierra dejándome a mí cargado con sus monstruosidades. En los pasillos y patios afuera de mi puerta oigo el clamor: una oreja para mí, el dedo pulgar del pie derecho, no, tiene que ser del derecho no del izquierdo, bueno, entonces tiene que esperar porque el pulgar del pie derecho está pedido... cuatro turnos, quién sabe cuánto tiempo, a veces los pulgares se demoran mucho en volver a crecer, un párpado, un trozo de piel, un dedo para la mano monstruosa que nació con cuatro, después me crecerá otro y me volverán a sacar dedos y a ponerme otros, y a sacarme la nariz y a ponerme otra... se va extendiendo el tiempo al que soy ajeno, nada cambia, nada se mueve en la calle que mi ventana enmarca, ni de día ni de noche, ni frío ni calor, esta sustitución eterna de órganos que me renuevan, sin derecho a la muerte, el tiempo estático y elástico, las cosas idénticas, ni agua ni no agua, todo blanco, todo en penumbra, voces apagadas, el reloj sin punteros, el corazón que no palpita, la falta de hambre a las horas del hambre y a cualquiera hora porque no tengo estómago, me lo robaron, ochenta por ciento y a veces más, el tiempo no transcurre en esta penumbra que me niega el derecho al orgasmo del fin.

CREEN QUE DUERMO. Hablan en voces muy bajas. El doctor Azula examina el gráfico. ¿Mi fiebre? ¿Mi presión arterial? ¿El aumento o desaparición de mis glóbulos rojos? Se lo muestra a don Jerónimo. Comentan el gráfico, preguntan detalles a las enfermeras que los rodean, sí, ellas dicen que sí y el doctor Azula vuelve a colgar el gráfico. Yo no abro los ojos, pero como me han puesto párpados de ofidio, transparentes, lo veo todo. Que me crean dormido. No estoy dispuesto a que don Jerónimo me hable ni me trate amablemente, como si aquí no estuviera pasando nada. Es mi enemigo. Todos son enemigos. No voy a abrir los ojos.

—Está muy bien, don Jerónimo.

—¿En condiciones para la gran operación?

—Son dos operaciones simultáneas, don Jerónimo. Los adormeceré a los dos en mesas contiguas y al mismo tiempo, y mientras lo abro a usted, preparándolo para el injerto, tendré que ir extirpando los órganos de Humberto para ir traspasándolos al cuerpo suyo, listo para recibirlos...

—Con tal que yo quede bien. Con mis órganos genitales puede hacer lo que quiera, hasta tirarlos a la basura. Me quedaron inservibles después que este roto envidioso y traidor logró emborracharme con su intriga para que hiciera el amor... yo... con una vieja asquerosa de sexo podrido, que contaminó mi sexo y lo inutilizó para siempre. Mientras tanto él, que parecía tan sumiso, con Inés. ¡No, cuernos, no! ¡Inés tampoco sabía que era Humberto que estaba haciendo el amor con ella, creía que era yo! No le puedo perdonar a este roto de porquería que haya tocado a mi mujer, que haya tenido el atrevimiento de acercarse a lo que para gente como él es y tendrá siempre que ser prohibido, a lo que nació sin derecho a tocar. Hay que castigarlo. Que nunca más pueda usar su sexo. Injérteme el suyo, y el mío, no se lo pongan a él ni siquiera inútil como está, tírenlo a la basura.

Cuando salieron de mi cuarto abrí los ojos. Miré la ventana, la calle interminable, fija como la fotografía de algo cotidiano, sin interés, sin belleza, fotografía sacada porque sí, sin propósito, tal vez sólo para terminar de una vez por todas el rollo de película en que las otras fotografías eran las importantes, no esta pobre perspectiva de una calle en que nada cambia. Una gran paz me invadió al mirar esa ampliación fotográfica pegada al muro frente a la cual, en este cuarto, iba a transcurrir mi interminable vida de sustituciones.

Paz y alegría. ¿Cómo no? Don Jerónimo lo aseguró:
yo, esa noche, en el cuarto de la Peta Ponce, hice el
amor con Inés. Toqué su belleza. ¿Qué importaba, entonces, que la muerte me estuviera vedada? ¿Y el
agua? ¿Y el sueño completo, y la vigilia total? ¿Cómo
no voy a sentir paz mirando esa calle única que se
pierde en la distancia monótona de lo que será mi
vida? ¿Para qué me servirán, entonces, mis órganos
genitales? ¡Que me los arranquen, que se los tiren a
los perros para que se los coman! Salté la barrera.
Toqué lo prohibido: Inés. Sí, don Jerónimo no puede saber este último triunfo mío, él cree que me va
a robar mis órganos genitales tal como me robó mi
herida, pero no, don Jerónimo, no: se los regalo, ya
no los necesito. Tómelos, son suyos. Que el doctor
Azula me los extirpe. He encontrado la paz. Figuras
conocidas comienzan a moverse en la calle. Oigo pasos.
Me sonríen, al principio solapadamente, desde la vereda, esperándome en la esquina, ahora me hacen señas, que baje, que baje, la Rita dice que ella me abrirá
la puerta, la Dora me asegura que me acogerán, la Brígida agita su mano llamándome, oigo las campanadas de la torre de Fray Andresito, las cuatro de la
tarde, sol, es invierno pero hay sol, afuera el aire estará fresco, que me esperen, les hago señales indicán-
doles que me esperen un poquito, hoy no podré bajar
a reunirme con ellas, quizá mañana tampoco, pero pasado o después de pasado con toda seguridad porque
entonces ya me habrán hecho la operación. Ven, ven,
Mudito, Mudito porque se olvidaron de reemplazar tu
garganta por otra y has quedado mudo, tus oídos por
otros y has quedado sordo, ven, te estamos esperando
para acogerte, nosotras no te exigiremos nada, sólo
queremos cuidarte, ser buenas contigo, envolverte, mira
los sacos que hemos traído para llevarte sin que nadie
se de cuenta que te llevamos, entre nosotros ya no importa que no tengas sexo porque nosotras somos tan
viejas y decrépitas que es como si jamás hubiéramos
tenido sexo, tenemos otros entretenimientos, ya verás,
cosas más complejas que suceden en el reverso de lo
que estás viendo, biseles que refractan el tiempo y las
imágenes, ya te enseñaremos a usarlos porque tú, como

nosotras, has sido despojado de todo y tienes el poder
de los desposeídos y los miserables y los viejos y los
olvidados, ven a jugar con nosotras, no, si no son más
que juegos inocentes, pero ya verás las cosas que pueden suceder cuando nosotras las manejamos, las litur-
gias que sabemos crear, los ritos ingenuos pero estric-
tos. En nuestras galerías húmedas y muros ruinosos
y patios abandonados el sexo no existe, de modo que
no serás un fenómeno impotente, serás igual a nosotras, otra vieja más que superó la tiranía, ríete de
don Jerónimo, eres tú el que lo ha esclavizado a él dándole lo que tú tienes ahora y que mañana o pasado ya
no tendrás y quedarás libre para venir a vivir con nosotras, barrer un poco, limpiar, preparar a la gente
para la muerte, rezar salves y reírnos con los chistes de
la Mercedes Barroso y los bailes modernos de la Iris
Mateluna antes que estuviera esperando al niño milagroso porque ahora es como si supiera que está embarazada y por eso baila poco, tomar un matecito y toser
y pelar a los patrones ingratos que nunca se acuerdan
de una después de todo lo que una se ha sacrificado
por ellos, y un rosarito más porque dicen que anoche
oyeron a don Clemente paseándose otra vez... shshshshshsh, mujeres, no hablen tanto, no griten, no me
llamen así, quédense tranquilas, calladas, que las pueden oír gritándome:
—Baja, Mudito.
—Baja.
—Te estamos esperando.
—Te echamos de menos.
Se aglomeran en la acera de enfrente, llamándome,
los gestos de sus manos, sus pañuelos en el aire, sean
buenas, mujeres, tranquilícense, si me voy a ir con
ustedes, no me demoraré mucho, me van a dejar salir a
respirar el aire, van a permitir que ustedes me lleven
para que todo sea como debe ser.

¿USTED TAMBIÉN ESTÁ tejiendo algo para Boy?
¿Quién la metió en la conspiración de las siete brujas?
Debe haber sido durante mi ausencia en el hospital

mientras me extirpaban el ochenta por ciento. La desconozco así, en reposo, Madre Benita, como si tuviera todo el tiempo de la eternidad, igual que yo, crepuscular, atenuado, sin palpar el apaciguamiento de la extinción, ni el vidrio de la ventana, que debe ser tan fresco. ¿Me tienen amarrado? Usted ve, Madre Benita, no me puedo mover. O quizá no me vea. Tiene que ser difícil ver en una cama tan grande como ésta el veinte por ciento a que me dejaron reducido. Sin embargo, debo estar convaleciendo, porque de otro modo usted andaría agitada moviéndose de un lado para otro, decidida a hacer algo por mí y no, está tranquila, sentada a mi lado tejiendo algo que puede ser un chal blanco porque aquí todo es blanco, para Boy. La paz de este atardecer interminable que usted sabe, como yo, que está destinado a quedar inconcluso la seduce con la penumbra de la calle anodina que enmarca mi ventana y donde nunca nada cambiará para mí. Usted me toma la mano porque sabe que tengo miedo de no morir, pero no siempre tengo miedo, Madre Benita, a veces me exalta la seguridad de que mi tiempo se prolongará sin origen y sin fin por esta calle que es otra versión del paraíso, fachadas, veredas, faroles, pavimento, ventanas, puertas, árbol seco, antenas, cables, porque desde aquí y resguardado por usted, todo esto no es otra versión del infierno como era la intemperie de las calles miserables que tuve que sufrir cuando hui de la Rinconada al darme cuenta que todo estaba tramado no para centrarse en torno a Boy, sino para darme caza a mí, para pescarme, y hui, solo, al frío, sin facciones ya porque el doctor Azula sólo me dejó el veinte por ciento, disfrazado de mendigo por temor a que alguien reconociera mi mirada, y el frío y el hambre y la destitución y la miseria inalterables eran entonces los rostros enemigos en las calles a que me echaban a patadas las patronas de las pensiones cuando no pagaba porque no tenía con qué, vagando por el tiempo plano que se extendía ante mí, noche y día, noche y día siempre iguales, unos más inclementes que otros pero idénticos en su enemistad cuando vagaba por los parques en la noche, no los parques con monumentos ecuestres y pérgolas y estanques, sino por los otros, los de la orilla de la ciudad, que son entre parque y potrero, terreno de nadie que nadie vigila y por eso en la noche los poblamos nosotros, encendiendo fuegos minúsculos para calentar las manos o el té, apagando la fogatita de hojarasca para que no nos descubran, ni nos descubramos unos con otros porque podemos matarnos. Ahora que soy sólo el veinte por ciento vago por las calles sin miedo que la Peta me descubra, me adentro en los parques abandonados no para esconderme de ella sino para que compruebe que no soy quien ella busca. Que se dé cuenta que ya no vale la pena el esfuerzo que hace la pobre anciana porque no es a mí sino a él a quien tiene que acosar, él lo tiene todo, Peta, fue él quien te penetró y te hizo aullar de placer en el único orgasmo que tu vida·venía buscando desde el fondo de los siglos a partir de la pesadilla inicial de la que salimos, él pesó sobre tu cuerpo esa noche en tu cama, no yo, yo penetré a Inés, por eso es que él me ha despojado de los órganos que la tocaron a ella, por eso me echaron a la calle, a esta calle que veo por la ventana, donde nada sucede, la estación de servicio vacía, la calle se prolonga y retrocede y vuelve a prolongarse y doblar en el tiempo estático, el mendigo enclenque y barbudo, vestido de harapos, a quien se ve frecuentemente pedir limosna a la puerta de las iglesias porque el pobre es sordomudo, deambula por la calle, se pierde de vista como arrebatado por el viento, se va al parque donde se esconden otros como él, pero él no se esconde, Madre Benita, se lo juro, hace su fogata de hojarasca en una zanja y se duerme con la esperanza de que en la noche la Peta venga y hurgue en sus pantalones fingiendo que quiere robar, Madre Benita, pero la Peta no quiere robar, ha venido a buscar en mí lo que siempre ha buscado. Yo no despertaré porque la Peta no encontrará nada. La noche se tragará su rugido de rabia que no oiré y se irá a buscar a otra parte después de cerrarme los pantalones... aunque no sé, Madre Benita, no estoy muy seguro, a veces me da miedo porque no sé muy bien en qué parte del proceso de sustitución y de injertos me tiene el doctor Azula, es posible que no haya hecho el

cambio aún, que todo esto no sea más que preparativos y no hay mendigo en la calle que veo desde la
ventana, ni viejas, se fueron, regresaron a la Casa, qué
ganas tengo de regresar a la Casa para deambular por
mis pasillos en la noche y ver a la Dora y a la Rita, pero
ya no están en la calle contenida en la ventana que
veo desde mi cama, fría mi cama, fría la ventana, fría
la calle sin autos ni mecánicos ni estación de servicio,
las veredas sin transeúntes, el viento sin hojas en los
árboles y sin ropa que secar, todo estático, detenido
en un instante inmensamente alargado, y usted a mi
lado, cuidándome, velando por mí en silencio, vigilándome, sí, no me cuidas, me vigilas, Emperatriz, te
reconozco bajo el dominó galante de raso blanco con
el que pretendes hacerte pasar por enfermera, has hecho este alto junto a mi cama antes de regresar al
baile de fantasía donde tu monstruosidad que creerán
simulada ganará el premio. Te sientas y no te vas.
Algo habrás encontrado. No te mueves de mi lado,
pasan las horas y permaneces junto a mí, vigilándome,
reteniéndome aquí para que no me escape y cumpla
con mi promesa de casarme contigo. No estás vestida
con uniforme de enfermera. No es un galante dominó
dieciochesco. Es el terrible vestido de novia que has
venido preparando desde siempre, bordado y recamado de pedrerías, la cola se extiende magnífica por el
suelo, el velo blanco que apenas nubla tu rostro se
agita con tu respiración, no te sacas tu vestido de novia ni de día ni de noche por si llega el momento,
esperando que yo despierte y en ese momento pescarme, el tocado de moños y bucles y trencillas platinadas, las cuencas de tus ojos vigilantes moteadas de
brillos, la diadema de piedras refulgentes que retiene
el tul blanco de tu pureza lista para la ceremonia definitiva, no me vaya a escapar, ésta es tu única oportunidad, estar lista día y noche acechando, vigilando para
que no me escape.

Pero entonces... tú tienes que saberlo y por eso
esperas dispuesta: no me han operado, estoy entero, no han injertado en él los órganos que poseyeron
a Inés ni han tirado los de Humberto Peñaloza a la
basura, estoy entero y tú, por eso, acechándome aquí

adentro, y por eso la Peta Ponce acechándome allá afuera en ese parque que no veo donde quizás después de adormecerme con un mate mágico hizo el amor conmigo en vez de partir furiosa al no encontrar nada. Atizó su deseo por mí. Me espera en el parque. No me han operado todavía. Don Jerónimo no ha tenido tiempo, retenido por negocios de Estado: que espere en la penumbra, que espere en el crepúsculo, el tiempo no se extingue, es perpetuo, que espere mirando la ventana, que Emperatriz lo vigile, pero Emperatriz no ha sido jamás sirviente de nadie, es su propia dueña, y por eso, porque no me han operado y estoy entero y peligroso, por eso se pasea como una fiera por los pasillos hasta que yo despierte, enloquecida de inquietud, arrastrando la cola de su vestido de novia como la cola de un pavo real blanco, por los pasillos blancos de la clínica, su diadema destellante, las arrugas de su frente y los pliegues de sus mejillas temblorosos de miedo que don Jerónimo me arrebate de sus manos, mi mano en su mano, se va descorriendo el velo que descubre su rostro horrible, el rostro arrugado del dolor, enfermeras, es ella junto a mi lecho, la enana libidinosa y pertinaz, enfermeras, no puedo espantar a este rostro, pónganme otra inyección para no sentir más y más dolores que van creciendo más y más, ustedes son buenas, te juro, Emperatriz, me casaré contigo si consigues que me inyecten más para matar este dolor que está matándome, te juro que me casaré aquí mismo, yo tendido en la cama y tú luciendo tu cola recamada y tu diadema si consigues que me inyecten otro poco para borrar tu rostro horrible, pero veo en tus ojos que dudas, por eso tus paseos, dudas que soy hombre, quizás ya me hayan hecho la operación, me hayan restituido el sexo contaminado por la Peta, fláccido, inútil, no alcanzaste a verlo al abrir mi pijama, te paseas, siento en el pasillo la suntuosa escoba de tu cola arrastrándose al dar otra vuelta. Te sientas junto a mí. Me tomas la mano. Todo cubierto con un velo blanco, sí soy capaz, Emperatriz, créeme, Humberto Peñaloza a pesar de ser la pareja de la Peta es capaz de hacerte feliz, te quiero mostrar que tengo sexo, por eso levanto la ropa de la cama, por

eso, porque quiero probártelo para que sepas que
valgo la pena y me consigas una inyección para
borrar tu rostro horrible, levanto tu vestido de novia para violarte, eso es lo que quieres, Emperatriz,
no lo niegues, no trates de impedir, con una esca-
ramuza simulada, que yo me incorpore, no finjas lamentaciones al tratar de arrancar mis manos que
se meten por tu horripilante escote pecoso de enana
vieja y mis dedos que buscan tu sexo para excitarlo
aunque siempre está resbaladizo y excitado, no te
vayas, no te vayas, no me dejes solo, no huyas chillando porque trato de violarte, no corras tropezando en la
cola de tu traje de novia, no protestes, tú me apre-
miaste para que te poseyera aquí mismo y ahora me
has abandonado en este sótano sin salida, probetas y
tubos que bullen, sondas de suero y transfusiones además de muchos hilos que no sé lo que son y me fijan,
quiero huir, sí, tengo que huir para que no me maten
de ahogo, abrir la ventana para respirar un poco de
aire no enclaustrado, pero la ventana no es ventana,
ahora me doy cuenta del engaño, es la ampliación fotográfica de una ventana que han pegado en la pared
de adobe para simular luz y espacio mentirosos, para
que desee abrirla, tocar su vidrio que no es fresco
porque no es vidrio sino papel muy delgado tendido
sobre el barro, fotografía, mentira, no hay ventana,
no hay puerta, no hay salida, no hay hacia dónde
salir, araño, rajo, arranco jirones de esa fotografía
que miente un exterior que jamás ha existido en ninguna parte, la arranco a tiras, rompo trozos de la fotografía de la ventana con la esperanza de que haya un
orificio de verdad, me duelen las uñas, rajo, araño,
nada, no hay nada, no hay ni luz en este cuarto minúsculo como una tumba, arranco toda la fotografía, no hay nada, pared de adobe, muro de barro
empapelado con diarios pretéritos, con noticias espeluznantes que no importan, inundación en el Yang-Tsé-
Kiang, terremoto en Skopje, hambruna en el nordeste
de Brasil, este rompecabezas de horrores, capa tras
capa de noticias que ya no son noticia, he arrancado
la ventana y su luz fingida y su aire y su viento y su
calle sin interés por donde podía haber huido siguiendo

el camino señalado por las viejas que me llamaban, nada, tumba de primicias caducas, de tópicos desvanecidos, de discusiones zanjadas de una vez y para siempre, no es ni siquiera una habitación, es tierra, ya no hay papel, barro, piedras, un hoyo, socavón no socavado que estoy cavando en el barro reseco, mazmorra donde me encerraron en el centro de la tierra y me sellaron, no saco nada con pedir auxilio a gritos, Emperatriz, Emperatriz, sálvame, mi voz no se oye, el doctor Azula me extirpó la garganta, no quiero hablar, no quiero gritar porque nadie me oirá, estoy solo en el centro de la tierra, rodeado de paredes ciegas en este sótano que me comprime, rocas, ladrillos, tierra, huesos, cavo, cavando y rompiendo con las uñas y los dientes el recuerdo de esa ventana mentirosa que habían colgado para que creyera que existía un afuera, cavando con mis manos ensangrentadas tendré que llegar a algo, arriba, abajo, no hay dirección porque no hay afuera aunque debe haber porque recuerdo algo más, pero poco más que esta celda cerrada en que me debato, en que mi cuerpo apenas cabe, estoy agotando el aire, horadar túneles y galerías y pasillos y pasadizos en la tierra para salir, crear patios y habitaciones que recorrer, un espacio siquiera, no este encierro de tumba que muerdo, araño, rompo sin conseguir nada, mi espacio se encoge, me estoy ahogando porque no hubo jamás ventana porque no hay nada que mirar por las ventanas, el aire fresco fue alucinación, el agua que corre por la acequia un invento que no me dejan tocar, ni sentir en mi rostro el airecillo revoltoso que agita los naranjos indicando la necesidad de una chalina, y el sol endeble a través de las ramas de los naranjos mintiendo una luz subacuática en que nadamos sin urgencia, los destrozos de este muro, hay que barrerlos y dejarlo todo limpio, diarios viejos rajados, bárrelo todo Mudito, que quede hecho un montón bien hechito para que no se vea mugre, sí, Dora, no me apure porque estoy un poco cansado, que no ve que estoy barriendo mientras usted se cubre la boca con su chal para reírse de algo que le dice la Rita y después descubre esa caverna desdentada, aquí no hay nadie con la cara cubierta, no hay másca-

ras ni antifaces ni caretas ni mascarillas, no, aquí todos tienen su propia cara deteriorándose en el orden
de un tiempo lineal, como debe ser, y el Mudito con
su escoba hace otro montoncito más con los trozos
del enlucido que se derrumbó y más diarios rotos, tanto diario, hay habitaciones llenas de diarios viejos en
la Casa, tanto papel inútil que nos manda el Arzobispo.
La Madre Benita, y misiá Raquel Ruiz se han estado
paseando por el corredor ininterrumpidamente durante horas y horas, discuten, han hablado de todo pero
más que nada de la llegada de misiá Inés, sí, de lo más
achunchada dicen que está la pobre y ahora los diarios
de izquierda no hacen otra cosa que hablar en contra
de ella y ponerla en ridículo por lo de la Beata. ¡Mire
la tontería, con los millones que tiene, hacer voto de pobreza! Seguro que es de pura rabia porque Jerónimo
firmó los papeles del traspaso de la Casa sin consul-
tarla, aprovechando que ella está en Europa, aunque
estoy segura que Jerónimo jamás le ha consultado nada
a la Inés, y cuando llegue va a encontrar la Casa rema-
tada, a las viejas en otros asilos, las paredes de adobe
demolidas... de eso han estado hablando, vuelta y
vuelta alrededor del patio, mientras el Mudito barre
y la Rita y la Dora se entretienen arrancando rábanos
colorados, echándolos en un cucurucho de papel de
diario para guardarlos y comérselos cuando se presente la ocasión, tiernecitos los rábanos. Vamos, Rita,
la llama la Madre Benita, misiá Raquel tiene que irse,
ven a abrirnos el portón, voy a ir a despedirla... ya
vuelvo, eso me dicen sus ojos, espérame, Mudito, ya
vuelvo, sigue barriendo, que todo siga igual hasta que
yo vuelva al patio de los naranjos después de despedir
a misiá Raquel en la portería, dicen que esto lo van a
demoler, pero eso lo están diciendo desde que yo era
chica pues Madre Benita y venía a hacer mis ejercicios espirituales aquí, ya ve, no demuelen nada, todo
sigue igual, el Mudito barriendo, la Dora inclinada sobre sus rábanos, examinando minuciosamente los tu-
bérculos sangrientos como muñones que las viejas devorarán.

19

¿POR QUÉ ESA expresión perturbada, Madre Benita? Dejo mi escoba para acudir cuando usted me llama sin llamarme. Despidió a misiá Raquel en la portería, regresa al patio de los naranjos, y está mirando de un lado para otro como quien busca apoyo, pero no quiere pedir nada, no importa, yo entiendo que me lo pide, vamos Mudito me está diciendo, que no te tenga que rogar que me acompañes, sígueme por las galerías que conducen hasta la capilla. Sólo la oración podrá disipar esa angustia que veo enmarcada en su papalina sucia, acompáñame Mudito, lo que más quiero es estar sola y tú sabes acompañarme dejándome sola en la capilla donde ya no se dice misa: no es más que una bodega de adobe, con bancos, un altar, santos de veso, reclinatorios, confesionarios, utilería de un culto que ya no existe, pero las viejas siguen viniendo en las tardes, recorriendo los pasadizos, agarradas unas a las ropas de otras, a rezar rosarios en esta capilla que ya no es capilla. Por suerte esta tarde no hay ninguna vieja que interrumpa mi meditación con cuchicheos y letanías, mi ansia de rezarte, Señor mío, en este lugar condenado que es donde he tratado de llegar a ti desde hace cuántos, veintidós, no, veintitrés años. Al principio la Superiora me decía sí, te estoy buscando otra ocupación más activa, una religiosa inteligente como tú no puede estar perdiendo el tiempo en esa Casa y creo que el año que viene voy a poder mandarte a... ya no me acuerdo adonde. De modo que ten paciencia, hija. Continúa tu labor con la humildad que siempre has demostrado... pero Madre, un poco de ayuda, no, no sólo dinero, mándeme otras monjas, activas, jóvenes, las dos que tengo, la Madre Anselma y la Madre Julia ya se confundieron con las viejas zaparrastrosas que me rodean, las viejas se han tragado a las religiosas destinadas a ayudarme, pero que ahora comparten sus harapos, manías, supersticiones, ya no distingo a la Madre Julia y a la Madre Anselma de las demás viejas. Sólo el Mudito. ¿Estás ahí, en la sombra del confesionario, Mudito, acompañándome? ¿Está ahí, Madre Benita, sentada en el último banco de atrás, tratando de rezar, sin lograrlo? La Superiora decía, espera un poco. Esperé. Nos metíamos enteros, con el Mudito, en el trabajo inútil de intentar mantener algo parecido a la dignidad y al orden en la Casa, sin el Mudito sería imposible combatir los desmoronamientos, cada año podemos combatir un poco menos, sí, ahora ya casi nada, no sé qué andabas barriendo en el patio hoy, otro desmoronamiento, bueno, hay que hacer algo, sí, Madre, hay que hacer algo, y la Madre Superiora le decía a la Madre Benita espera, hija, espera, el año que viene te prometo que te pondré a la cabeza de un colegio, tú, con tu ilustración y tu clase estás desperdiciada en la Casa, pero a esa Superiora la mandaban a Roma o se moría y la Superiora nueva no conocía la labor de la Madre Benita, así es que también le decía espera, hija, espera, tengo que conocerte mejor para saber de qué eres capaz, nadie tiene informes escritos sobre tu labor que no ha dejado huellas, dicen... dicen... no basta ese dicen, así es que tengo que comprobarlo con mis propios ojos, por favor, Madre, que me estoy muriendo en la Casa, de aburrimiento, de no tener con quién hablar, me muero de miedo que esta legión de viejas me devore como devoraron a las demás monjas, me muero de estar rodeada de imbecilidad y decrepitud, ya tengo cuarenta y ocho años, cincuenta, cincuenta y cuatro, cincuenta y ocho, espera, hija, pero después ya no decían espera sino resígnate, ofrécele tu sacrificio a Dios que con eso te vas a ganar el cielo porque es grande tu sacrificio quedándote en la Casa, mira que si no te tenemos a ti la Casa se nos cae, y ahora la Casa se va a caer a pesar de mi presencia, eso me aseguró misiá Raquel, vendrán los rematadores a hacer el inventario de todas estas porquerías, bancos de palo, santos de yeso, litografía dulzona de la Virgen y el Niño, ahora no hay capilla: un papel firmado por el Arzobispo la execró. Pero todavía arde tu presencia roja en la lámpara del Santísimo. Y después de los rematadores vendrán las palas mecánicas y los combos y los camiones y los obreros con picota... dónde nos iremos, Mudito... qué será de nosotros, Madre Benita, dónde nos refugiaremos, el proyecto de misiá Raquel es otra confabulación para esclavizarnos a las viejas, por eso es que yo la veía a usted discutiendo con misiá Raquel, dando vuelta tras vuelta por los corredores del patio de los naranjos, yo las vigilaba desde la sombra, no sucedía nada, la Carmela cruzaba canturreando Venid y Vamos Todos, yo con mi escoba, la Dora y la Rita arrancando muñones ensangrentados, sí, misiá Raquel, el Padre Azócar me prometió que el cargo de Ecónoma Jefe de la Ciudad del Niño será para mí pero a usted no se le puede hablar del Padre Azócar sin que se sulfure, ay, Madre Benita, es increíble lo ingenua que es usted a pesar de sus años, cura mentiroso, politiquero, sí, esto lo van a demoler, pero no va a haber Ciudad del Niño porque él se va a echar la plata al bolsillo y este terreno lo van a lotear y vender para gastarse la plata en campañas políticas que apoyen a su candidato, estoy viéndolo, es más claro que el agua, por eso el apuro por demoler ahora que las elecciones están cerca, que a mí no me venga con cuentos el tal cura Azócar que quién sabe de dónde habrá salido, no va a haber Ciudad del Niño y ustedes van a quedar abandonadas, qué sé yo dónde las irán a meter... claro que yo, Madre Benita, puedo ofrecerle otra cosa... algo mejor... algo maravilloso... la llamita del Santísimo parpadea y tiembla mientras su sombra se pasea por el presbiterio convenciéndome, demoliendo mi fe en que voy a poder librarme de las viejas algún día para trabajar con gente joven y frente a ventanales amplios, habla, acciona, es como si estuviera predicándome, desde el banco de atrás de la capilla la oigo decirme que me puede ofrecer algo mucho más interesante:

—¿Qué?

—¿Si le ofrezco la posibilidad de organizar un establecimiento para asilar ancianas, no estaría dispuesta a hacerse cargo de dirigirlo?

—Pero no hay ninguna posibilidad, misiá Raquel. Se necesitaría una fortuna. Hice una lista de todas las asiladas con sus historias personales, o lo que ellas se acuerdan o me quieren contar. Muchas debían estar hospitalizadas. Hay que mandar a varias al manicomio... la pobre Amalia, por ejemplo, se acuerda de ella, esa mujercita medio tuerta que le servía a la Brígida, anda llorando desesperada porque dice que no encuentra el dedo, y ni ella ni nadie sabe qué dedo es, pero lo busca por todas partes sin saber ni siquiera cómo es ese dedo que no ha visto nunca, no habla de otra cosa... y las famosas huerfanitas...

—¿Y la Brígida?

—¡Pero misiá Raquel! Usted está un poco rara... usted misma la enterró hace un año, cómo no se va a acordar...

—Claro que me acuerdo.

—¿Entonces?

—Estoy liquidando la herencia de la Brígida.

—No entiendo qué tiene que ver... no puede ser usted la que me está hablando a gritos desde el presbiterio, misiá Raquel, usted no le grita más que a sus nietos cuando le roban dulces, es la Brígida la que anda en el presbiterio y hurga en el altar, estará limpiando como limpiaba siempre, zurciendo, remendando, pero no, no es la Brígida porque está vestida de negro y a la Brígida no le gustaba el negro así es que tiene que ser usted diciéndome que la Brígida ahorró cada centavo que ganó como empleada suya durante cincuenta años. Jamás se supo que gastara ni un centavo en nada. No salía nunca, no tenía familia, enviudó joven del jardinero de la casa de mi mamá y yo le regalaba de todo, sábanas, cama, radio, zapatos, lo que quisiera, y toda mi ropa le quedaba regia porque teníamos el mismo cuerpo. Guardaba su plata en un hoyo en su colchón. Y antes de irnos a veranear a fines de año, le llevaba sus ahorros en un paquetito a mi marido para que los invirtiera en acciones de la bolsa que dieran buen interés, porque no sé si sabes, Mudito, que el marido de misiá Raquel era uno de los corredores de la bolsa más famosos y más ricos, sí, sí sabía, era amigo de don Jerónimo, jugaban juntos al rocambor en el Club de la Unión y con los diarios del día sobre la cara dormitaban en sillones unánimes en la biblioteca. Con los años el dinero de la Brígida en manos de mi marido se fue centuplicando. Mi marido quería mucho a la Brígida. A veces le gustaba ir él mismo a las dependencias de la casa a hacerle una visita y darle cuenta del estado de sus inversiones. Se quedaba conversando un buen rato con ella y después me decía:

—Qué cosa tan rara, esta mujercita que nunca sale de la casa y que no sabe más que de novenas y rosarios tiene mejores ideas para la bolsa que yo. No sabes lo que la Brígida me ha hecho ganar con sus sugerencias. ¿Tú le crees, Mudito? No puede ser. Sí, yo le creo, Madre Benita, porque sé que la Brígida era capaz de eso y de mucho más. El hecho es que en una época la Brígida anduvo de lo más nerviosa, hasta que de repente una mañana llamó por teléfono a la oficina de mi marido y pese a todo lo que él se resistió la Brígida dio instrucciones para que vendiera todos sus valores y que le compraran oro. Mi marido creyó que la Brígida se había vuelto loca. Pero como el oro nunca ha sido mala inversión, y no perdía nada, le obedeció. Lo curioso es que después de este incidente mi marido anduvo como tristón, nervioso lo noté yo... hasta que de repente un buen día se levantó temprano y aunque los otros corredores creyeron que estaba completamente loco, agarró todos los bonos y acciones de nuestra fortuna, los vendió y compró oro, igual que la Brígida. Nunca supo explicar por qué lo hizo. Sólo yo sé que no fue su genio como corredor de la bolsa que lo salvó, como se dijo a los pocos días cuando vino ese bajón enorme en la bolsa internacional y la gente lo perdió todo y muchos se suicidaron... nosotros lo salvamos todo, y después, cuando la gente vendía cosas valiosísimas por nada, nosotros compramos muy bien.

—Misiá Raquel, si quiere hacer una donación del dinero de la Brígida por qué no a la Ciudad del Niño...

—Usted es bastante más simple de lo que parece,

Madre Benita. Déjeme seguir contándole: cuando enviudé hace quince años la Brígida no quiso que nadie tocara su plata, colocada por mi marido en propiedades urbanas cuando se vendían tan baratas después del bajón de la bolsa. Su oficina se las administraba. No confiaba en nadie más que en él. Y en mí. Por eso, cuando mi marido murió, la Brígida sacó toda su plata de la oficina de mi marido y la puso a nombre mío, sus casas y departamentos, porque ella decía:

—Pero, misiá Raquel, si yo no sé ni leer ni escribir, ni siquiera sé firmar, así es que todo tiene que estar a nombre suyo. ¿Ve, Madre Benita? La tiranía de los débiles, a los chiquillos riéndose con las tripas cortadas no los llevan a la cárcel para atormentarlos, el sordomudo vence los puños de la policía y la operación del doctor Azula me puso a salvo porque ya nadie puede desear nada mío... oigamos a ese ser que habla desde el presbiterio, esa silueta alumbrada por la luz roja que desfallece en la lámpara del Santísimo: desde entonces me dediqué yo a administrar las cosas de la Brígida. Con sus rentas, que seguía acumulando en el hoyo de su colchón, yo le compraba más casas y más departamentos. Como a ella no le gustaba salir a *callejear* como las otras empleadas a quienes despreciaba por hacerlo, yo le tenía que correr con todo: le iba a ver las casas que se ofrecían en venta, se las describía, le describía el barrio, la calidad de las construcciones, entonces la Brígida me decía que la dejara pensar, y a la mañana siguiente, cuando me llevaba a la cama el desayuno y el diario, me decía:

—Compre.

—Y, en vez de quedarme en la cama hojeando el último figurín o hablando por teléfono con mis nueras, tenía que levantarme temprano para ir a efectuar tal o cual transacción, una casa, un terreno para la Brígida. Me dio sus poderes notariales, Madre Benita. Es terrible que a una la carguen con los poderes de otra. Y como a ella no le gustaban las discusiones y murmuraba: dicen que la gente de ahora es tan discutidora y tan atrevida, me delegaba a mí para que le hiciera las cobranzas de sus arriendos. Yo firmaba por ella los recibos, las escrituras de compraventa a mi nombre, yo trotaba a las notarías, a buscar un gásfiter de confianza para que arreglara la pieza de baño que los inquilinos que tuvimos que echar porque no eran casados dejaron hecha una calamidad, en fin, yo se lo hacía todo. Y me gustaba hacerle las cosas a la Brígida, Madre Benita, para qué le voy a negar que me entretenía, y que ese dinero suyo, inútil, cuyo único destino era acrecentarse sin que sirviera para nada, era mucho más mío que todo lo que heredé. Usted sabe que la vida de una mujer como yo, que tiene hijos grandes y administradores a cargo de todo, es bastante aburrida. Y así como mis amigas se entretenían jugando al bridge yo me entretenía amasando esa fortuna inservible, hipotética, yo ayudaba a que creciera como un cáncer, sin relacionarse con nada, sin servir para nada. Era un juego. Pero yo no jugaba, el juego jugaba conmigo, porque yo no podía salirme de él, me envicié, corriendo de departamento en departamento, rabiando por un vidrio roto, pescando bronquitis en los corredores de las casas de renta de la Brígida, en sus conventillos, distanciándome de mis amigas, descuidando a mis nietos que me interesaban menos que este juego, desgañitándome de tanto gritarle a un arrendatario que no quería o no podía pagar, mientras ella, la Brígida, me esperaba en mi casa calefaccionada, siempre tranquila y compuesta con su moño gris tan *soignée*. Se arrodillaba a mis pies para sacarme los zapatos embarrados porque tuve que recorrer toda una población para averiguar si era verdad que unos arrendatarios estaban subarrendando piezas, dicen, y a mí no me gusta que subarrienden en mis casas. En la noche yo caía en mi cama rendida por este juego en que la Brígida me encerró, y ella me traía una taza de té y unas tostadas muy finitas, justo como a mí me gustaban, y con sus brazos cruzados respetuosamente junto a mi cama, me interrogaba: no será mucho lo que pagó por el papel de empapelar para el departamento de Riquelme, dicen que hay una fábrica en San Isidro que tiene unos papeles muy bonitos y muy baratos... dicen... dicen... no sé de dónde llegan esas voces que dicen, y acosada por esos dicen yo salía compulsivamente a jugar ese juego del dinero inútil de la Brígida. Cuando

tuve la pésima idea de sugerirle que sería bueno que
hiciera testamento, lloró muchísimo, claro, ahora, después de tantos años de servicio yo no quería seguir ayu-
dándola con su platita... y las cosas se empeoraron
cuando le dije que no, que lo que quería explicarle era
que no tenía para qué seguir siendo empleada mía, que
era una mujer rica, con vivir en uno de sus departamentos con una chiquilla... como la Iris Mateluna,
por ejemplo, para que la sirviera, con sus rentas tenía
para vivir como una reina... ¡uf! Viera cómo lloraba,
lo que usted quiere es deshacerse de mí ahora que estoy vieja, tirarme a la calle como si fuera basura. Y entonces, porque era rencorosa la Brígida y jamás me
perdonó la sugerencia de que se fuera a uno de sus departamentos, habló con la Inés para venir a vivir en esta Casa porque dijo que para qué se quedaba conmigo
si ya no servía para nada. Y resultó que le gustó vivir
aquí en la Casa, supongo que porque yo tenía que venir
desde el otro lado de la ciudad, un día sí y un día no, a
traerle noticias de sus negocios. Pero murió sin testar.
Toda su fortuna está a mi nombre. Estoy terminando
de liquidarla... no sé qué hacer con tanto dinero, sigo
cobrando arriendos, sigo haciendo transacciones de
propiedades como si la Brígida viviera... dicen que en
el barrio Matadero... dicen que las cocinas de gas licuado... pero no puedo seguir prisionera de la plata de la
Brígida, no puedo seguir oyendo esos dicen, quiero deshacerme de ella, estoy cansada, quiero sacarme a la
Brígida de encima para vivir lo que queda de mi propia vida... claro que quizá no va a quedar nada...

Está vestida de negro, allá en el presbiterio. Si hubiera un poco más de luz podría ver con más claridad
la expresión de su rostro y distinguir sus movimientos y gesticulaciones. Ha engordado mucho. Mudito,
anda a encender unas velas para ver qué está haciendo,
anda a ayudarla a mover esa sillita dorada, creo que
la está moviendo, para qué estará moviéndola, espera,
espera, Mudito, se parece más a la Mercedes Barroso,
tan grande y tan gorda, y vestida de negro, se detiene
para hablarme lo que ella no puede saber:

—Por eso es que vine a consultarlo con usted. Aho-

ra que todo esto se va a terminar, es cuestión de semanas, eso lo sabe, el Padre Azócar mandó que hicieran el
inventario, mugre, claro, pero algo se podrá sacar y
ustedes se van a tener que ir a otra parte y no tienen
dónde irse... yo pensaba, Madre Benita, yo pensaba
que con el dinero de la Brígida... una institución racio-
nal, moderna, con médicos especializados y usted a
cargo de todo. La «Institución Brígida... Brígida...».
¿Va a creer que no me acuerdo ni siquiera de su apellido? Yo permanezco en la sombra escudriñando a ese
ser que la Madre Benita oye proponerle el plan que
todos vivamos en un hospital aséptico, con mascarillas blancas y enfermeras cuidándonos. Pero yo la conozco tan bien, Madre Benita, que sé que usted va
a decir que no, que por ningún motivo, aunque ella in-
sista en que compraría una casa moderna y agradable,
con jardín, quizá con parque, trata de convencerla a
pesar de que usted le explica a ese ser apenas iluminado por la luz de la Presencia en esta capilla que ya
no es capilla, que las viejas son tantas, demasiadas...

—Pero van a ir disminuyendo. La gente de ahora
no tiene empleadas como las que tenía una, de las que
hay que preocuparse toda la vida. Yo quería proponerle, justamente, no aceptar más viejas. Quedarnos
con las que hay, que se irán muriendo poco a poco hasta que no quede ninguna. Con la experiencia que usted
tiene podría hacerse cargo de administrar la Casa nueva, una Casa blanca, bonita... Que las viejas que quedan vivan regiamente en nombre de la Brígida, con ve-
raneos, calefacción central, buenos médicos, micros
para que hagan paseos a la playa y al campo, y así
gastar toda esta plata inútil de la Brígida, que si no la
gasto va a quedar pesándome sobre los hombros...

—No... no... no quiero más ancianas... siempre se
las arreglarán para tener braseros a pesar de la calefacción, y jaulas con tordos, o loicas, y paquetitos debajo de la cama... no...

Esa figura pomposa, vestida de negro ha arrastrado
la sillita dorada hasta la lámpara del Santísimo, no,
no te subas Menche, eres muy gorda, muy vieja, muy
torpe, la sillita es ordinaria, mugre, de palo y yeso, no
va a resistir, no te subas...

—No, misiá Raquel, deshágase de su Brígida como pueda. No me la pase a mí. Hace veinte años que vivo rodeada de decrepitud. El Padre Azócar será todo lo que usted quiera pero sabe lo que hace.

—...voy a quemar los billetes. Puro papel. Puro papel, papel de diario picado y recortado que sólo sirve para quemarlo, no creo que a la Brígida le importe que lo queme...

¡Pobre Mercedes Barroso, que se quiere subir a la silla para robarse la lámpara del Santísimo! Lo único bueno que hay en esta casa, Madre Benita, lo demás es mugre, la necesito para el oratorio de Monseñor, que inauguraremos pronto, y esta lámpara, que es de trabajo colonial interesantísimo, lucirá mucho ahí, es una lástima que esté enterrada en esta Casa. A la Menche la vinieron a buscar en un furgón ni siquiera respetuosamente negro y nosotras le tuvimos que poner un puñado de cardenales polvorientos recogidos en el patio de la portería para que no se fuera sin flores la pobre Menche que era tan divertida pero tan pobre... no como los funerales de la Brígida, que sí, esos sí que fueron funerales de veras que los pagó usted, misiá Raquel, que es tan buena y tan generosa, no crea, Madre Benita, la Brígida tenía más recovecos que esta Casa: el funeral de la Brígida no fue regalo mío. La Brígida, pese a su terror a la muerte cuando se trataba de hacer testamento, jamás le tuvo miedo a la fantasía de sus propias exequias suntuosas, rodeadas de ritual y pompa. Costearse un funeral estupendo, no debérselo a nadie, planearlo en todos sus detalles, fue la obsesión de su vida. Desde antes que viniera a vivir aquí se lo llevaba llamando por teléfono a todas las empresas de Pompas Fúnebres para consultar precios, calidades de cajón —yo, claro, tenía que ir a examinarlos y darle los pormenores—, forrados en qué metal, en qué calidad de terciopelo o de raso, cuántos caballos, cortinajes negros con borlas de oro, candelabros con cirios de verdad, de cera, no eléctricos como los de ahora. Pero no quería por ningún motivo que las demás ancianas de aquí de la Casa supieran que era ella la que se estaba costeando su propio funeral. La gran ilusión de su vida fue, mediante este funeral fastuoso, ponerle el pie encima a todas las demás sirvientes, no con su propia riqueza: jamás logré darle un concepto claro de la enormidad de dinero que tenía, porque ella comprendía el detalle, no la totalidad de su fortuna. Lo que quería era impresionarlas con el hecho de que tenía una patrona que la quería tanto, que le regaló este funeral: transformarme en ese monstruo de amor que no soy fue el lujo que se compró con su fortuna. Claro que yo le hubiera pagado un funeral de todas maneras, la Brígida y yo fuimos muy unidas, pero ni para mí ni para mis hijos voy a gastar en funerales tan ridículamente pomposos como los de la Brígida. Fíjese que me había dado plata en sobrecitos separados para que yo le compara coronas de flores a nombre de toda mi familia. Ellos hubieran mandado flores de todas maneras, pero no tan caras como las que ella me mandó comprar...

Llámala, llámala Mudito me está implorando usted pero mi voz no se va a oír en la oscuridad, Madre. Esa silueta en el escenario del presbiterio, llámala, recemos juntos para que el ánima regrese al Purgatorio, Menche, ándate, qué estás haciendo en el presbiterio, recemos, Dios te salve, Reina y Madre, Mártir de Misericordia, Vida y Dulzura y Esperanza Nuestra, a Ti clamamos desde este Valle de Lágrimas... La figura parece inventada por la vacilación de la llamita de la lámpara del Santísimo... no, claro que no es misiá Raquel, es la Menche que de puro pobre se está acercando al tabernáculo para robar, no lo abras, Menche, es sacrilegio, sólo un sacerdote puede abrirlo cuando el Señor está adentro, pero la Menche lo abre y se inclina sobre el paño blanco y reza... conozco el gesto con que se inclina, Mudito, conozco el gesto con que abre la portezuela del tabernáculo, con que mete la mano y saca la cajita redonda que encierra la hostia y se la mete entre los botones de la sotana, porque es sotana, no es la Menche, es un cura pomposo y gordo como la Menche que hace una genuflexión y se incorpora... es él. Lo reconozco en cuanto se da vuelta para observar la llamita rojiza que cuelga allá arriba: el pelo engominado como si en la mañana se lo pintaran con tinta china sobre el cráneo, las cejas espesas que

no veo pero adivino, los ojos oscuros, grandes, de
raso, de pestañas demasiado crespas y párpados demasiado carnosos. ¿Por qué no me obedeces, Mudito, y lo
llamas y le avisas que estamos aquí, en el último banco,
mirándolo desde la oscuridad, para que no haga algo
que no debamos ver? Tiene que ser un sueño horro-
roso mío, esto que el señor Azócar mira la lámpara
del Santísimo, se coloca debajo de ella, estira la mano,
no la alcanza, se mete el dedo en la boca como la Iris
Mateluna y se queda pensando. Luego estira la mano
otra vez dando un saltito: tampoco alcanza a tocar la
lámpara. ¡Es el señor Azócar que vino a robar la lámpara del Santísimo! ¡Qué pesadilla tan horrible, Señor
mío, soñar que el Padre Azócar viene a apagar la luz
del Santísimo, a detener el corazón de la Casa! El Arzobispo firmó la execración, pero sólo ahora se efec-
túa el acto… apagar la Presencia… llevarse la lámpara… la hostia… Ahora se restriega las manos gordas,
blancas, cubiertas con vello negro. Mira la lámpara.
Es pecado mortal soñar que un prelado bueno, sí, es
bueno, tiene que ser bueno si es secretario del Arzobispo, que un prelado distinguido pero muy gordo
resopla al empujar la sillita de damasco para dejarla justo debajo de la lámpara del Santísimo. La quiere
descolgar, va a llevársela. Ya me lo había advertido,
pero no así, así es robo, Padre Azócar… que se la lleve,
tú Mudito, que estás ahí detrás del confesonario, ayúdalo a apagar la luz del Santísimo y a dejarnos sin la
Presencia. Espera… mira… se va a subir, se quiere
encaramar en la sillita de yeso dorado que es tan frágil, no suba, Padre, no suba porque usted es torpe y
gordo y el Mudito es ágil y lo mandaré a traer una escalera para que descuelgue la lámpara del Santísimo
que usted quiere llevarse, no me obligue a verlo haciendo cosas ridículas, se lo imploro. Esa silla es ordinaria
como mis mesas de mármol reconstituido y mis pedestales de madera simulando mármol y el linóleo gastado y los bancos de palo, es endeble, se va a quebrar
si usted se sube porque usted es muy pesado. Por favor
hágame caso. Y tú también Mudito, no te quedes ahí
viendo mi pesadilla y escuchando mi voz sin respon-
derme. Anda, detenlo, que no se suba a la sillita, está

arremangándose la sotana, pugna, puja, le va a costar
mucho subirse. Con la sotana arremangada levanta
una pierna gorda, la deja un segundo en el aire con el
pie en punta como si fuera el pie de una danzarina, y
la baja porque no puede subirse a la sillita. Alza la
otra pierna, resopla, la baja, es incapaz. No sabe qué
hacer. Se sienta en la sillita. Contempla la lámpara. Se
pone de pie y da brincos para alcanzar la lámpara pero
claro, no puede, sólo logra rozarla y la hace oscilar y
la llamita parpadea y todas las sombras de la capilla,
yo y él y el Mudito y los santos, todos bailamos. Ahora
se arrodilla sobre el asiento de damasco granate y aga-
rrándose del respaldo trata de izar su cuerpo, no, Padre
Azócar, el respaldo está suelto, yo conozco esa silla...
sus piernas obscenas... sus ligas... Señor, Señor, no me
permitas vengarme del Padre Azócar que sabe que esta
casa es pura mugre, que nosotros somos pura mugre,
no permitas vengarme de él con este sueño, lo odio
porque me prometió liberarme de las viejas pero no
va a hacerlo y lo odio y quiero controlar mi sueño y no
puedo. Resopla. Se ha izado y está encaramándose en
la sillita, que se queja bajo su peso, no se mueva, Padre, se va a caer, quieto, pero usted levanta los brazos,
toca la lámpara y la silla oscila, está temblando y él
se da cuenta y estira los brazos para conservar el equilibrio como el que baila en una cuerda en el circo...
todo está tambaleando, estamos tambaleando todos y
no puede descolgar la lámpara codiciada. La silla tiembla. Ahora tiene miedo. Arrepentido. Quiere bajar. Se
arremanga la sotana de nuevo y baja tentativamente
un pie como un niño que lo mete en el agua y lo retira porque el agua está fría... bailando encima de
la sillita dorada, ese cuerpo rechoncho con los brazos estirados... se va a caer, Padre, ya viene el Mudito a ayudarlo, levanta el otro pie, lo pone en punta,
flexiona la otra rodilla, lo oigo resoplar porque usted es gordo y tiene miedo, ayúdalo Mudito, piensa
en mi pecado de estar soñando este sueño escandalo-
so, sácame de esta pesadilla, Mudito, no quiero seguir pecando con este sueño pero qué puedo hacer
para detener un sueño que arrastra y arrastra y la Madre Benita aprieta su puño contra su boca para no llo-

rar de miedo, la Brígida debe salvarme, ella nos salvará a todas, eso me prometió misiá Raquel, se cubre la boca para no llorar de miedo de que el Padre Azócar siga haciendo piruetas de bailarina encima de la sillita endeble, y la Madre Benita se aprieta el puño y se tapa la boca para tragarse el llanto, eso que está subiendo en mi pecho y me duele, siento mis lágrimas, se agita mi pecho y algo me sube y me sube Dios mío, no puedo controlar esta marea, no me permitas hacerlo, Señor, no me dejes, y cuando el Padre Azócar está con el pie en punta en el aire listo para bajar, la carcajada de la Madre Benita suena escandalosa en la capilla que ya nunca volverá a ser capilla porque mi carcajada la execró definitivamente... el prelado dio un traspiés y cayó.

—Mierda...

La Madre Benita se levanta de la sombra intentando restañar su carcajada y ella y yo corremos al mismo tiempo al presbiterio para ayudar al cura que bufa y resopla y maldice tratando de ponerse en pie:

—Ay, ayayaycito...

La Madre Benita y el Mudito lo ayudan a incorporarse. Cae otra vez, tiramos y él bufa hasta que queda parado limpiándose el polvo de la sotana, pasándose la mano por el pelo para restituir la perfecta falsedad de su negrura. De pronto cambia el ritmo de su respiración.

—¿Por qué no me hizo notar su presencia, Madre Benita?

Usted no puede decir: porque estaba durmiendo. Mejor no decir nada, no decir porque estaba hablando con misiá Raquel que me dijo algo que mejor será que ella se lo diga a usted... usted podrá hacer algo para que misiá Raquel nos ayude, o el Arzobispo, no sé quién, necesitamos refugio ahora que todo esto se está acabando... pero no puedo. Callar, obedecer, como he callado y obedecido siempre.

—¿Por qué no le dijo al Mudito que me ayudara?

Callar. Callar.

—No sé si se acuerda que hace un tiempo la llamé para pedirle que me tuviera esta lámpara lista para llevármela... antes que vengan los rematadores a hacer lotes para el remate previo a la demolición...

—Sí, sí...

—Salvar esta pieza extraordinaria...

—Sí, sí sé, Padre Azócar, todo lo demás es mugre, lo comprendo, lo acepto, las palas mecánicas nos rasarán, nos dejarán al nivel de la tierra de donde esta Casa se levantó. ¿Y nosotras? ¿Yo y el Mudito y las viejas? ¿También caeremos? Sus ojos de raso repentinamente petrificado me aseguran que no seré ecónoma de la Ciudad del Niño. Mi carcajada me condenó. No. Estábamos todos condenados desde antes porque ustedes se habían olvidado de nosotros, Padre Azócar, ni una limosna, ni la menor misericordia porque no tenemos importancia y casi no somos seres humanos sino que desechos, sí, sí, no diga que no, nos desprecia como al resto de la mugre de la Casa y nuestro destino no tiene importancia... con qué derecho me pide que no piense eso si usted y el Arzobispo nos han abandonado hambrientas, sin ropa, enfermas durante años y años... no, Padre...

—¡Cálmese, hija!

—Me pide calma y no me da con qué calmarme.

El Padre Azócar se yergue: es enorme, negro, reluciente, todo entero él de raso flamante, el poder enhiesto, la voz segura; el dedo blanco que amenaza es cruel, una amenaza que se cumplirá porque él va a encargarse de que se cumpla.

—Esto es una falta de disciplina que no puedo tolerar, Madre Benita. Voy a tener que hablar con su Superiora porque esto no puede quedar así.

—Hace seis meses que no sé nada de ella. Ni se digna contestar el teléfono cuando la llamo, está tan ocupada...

—Bueno, bueno, se acabó... y mañana voy a mandar a buscar la lámpara, déjemela en la portería con la Rita. Ahora me llevo las especies, y después que hayan descolgado la lámpara, que el Mudito condene todas las puertas de la capilla. Que abran sólo cuando los rematadores vengan a hacer el inventario.

Está a punto de salir de la capilla que ya no es

capilla. Se vuelve hacia el altar. Va a hincarse para hacer la señal de la cruz, pero recuerda que la hostia ya no está en el tabernáculo que ya no es tabernáculo, que él, el Padre Azócar, un prelado distinguido, la lleva en su pecho, bajo la sotana, junto al corazón. Se vuelve hacia la monja otra vez:

—Hasta luego, Madre.

—Hasta luego, Padre.

—Ah, y...

La cara del señor Azócar se ablanda. Por un instante recupera sus ojos de raso. La monja le sostiene la mirada.

—¿Sí, Padre?

—... espero que no lo comente con nadie...

Ahora es usted la que manda, Madre Benita, ahora es usted la que no baja los ojos porque sabe que no fue su pobre carcajada lo que execró la capilla sino que la palabra sucia del cura al caer de la silla.

—¿Qué es lo que quiere que no comente con nadie?

Usted se lo pregunta cruelmente, como debe ser, porque usted sabe: que no comente su figura ridícula bailando de codicia sobre la sillita que crujía, que no comente su palabrota al caer. Pero usted quiere que ese cura, ese hombre que la humilla se lo ruegue, que al decírselo confiese, él, su propia humillación. Sí. Que sus ojos de raso y su palabra pomposa se dobleguen al pedirle discreción. Los ojos del prelado vuelven a endurecerse.

—Nada, Madre Benita... no se preocupe...

Queda sólo la lucecita colorada, viva aún, dolorosa como un muñón, colgada a un lado del altar. Es cuestión de apagarla y descolgar esa pieza de orfebrería, lo que contiene ya no significa nada porque el Padre Azócar se llevó la hostia, sólo el continente tiene importancia porque es muy valioso, es una pieza única, Madre. A pesar de que aún arde la llamita esto ha quedado convertido en otra habitación vacía de la Casa. Sentimos el viento que se cuela por las rendijas como en cualquier habitación. Un vidrio roto, quizá dos o tres, hay que tener cuidado con los vitrales. En una esquina, roen y roen y roen los ratones para ir a ocultarse quién sabe en qué profundidad de los murallones de adobe. Yo todavía puedo rezar en esta cáscara vacía. Esa llama roja es mi plegaria... qué será de nosotros, Dios Mío, cuando caigan estas paredes de barro. No quiero pensarlo. Cierra los ojos.

—Señor Mío Jesucristo, Dios y Hombre Verdadero...

Al abrir los ojos se da cuenta que ha estado durmiendo otra vez. ¿Otra vez, Mudito? ¿No será sólo otra parte de la misma vez? Mudo, Mudito, no me dejes sola, dónde estás, siento la derrota... mi amenaza no asusta a nadie, mi plegaria jamás llega a completarse porque me canso y me duermo... me voy a acostar porque estoy vieja y no sé cuándo estoy dormida y cuándo estoy despierta... enciende una vela, Mudito, alúmbrame el pasillo para llegar hasta mi celda y guarecerme en mi cama.

20

LOS REMATADORES ABRIERON la capilla y sacaron todo, organizando lotes en los corredores, cada lote con su etiqueta y su número: confesionarios carcomidos, más y más sillitas doradas cojas y con el damasco carmesí gastado y rajado y manchado, banquetas de palo, pedestales de madera simulando mármol, reclinatorios de terciopelo polvoriento con los resortes vencidos. Los rematadores le advirtieron a la Madre Benita:

—Esto no lo van a pagar más que como leña.

—Eso adviértanselo al Padre Azócar.

—Bueno. Para que no se haga ilusiones.

—No creo que se las haga. Hace tiempo que se llevó lo poco de valor que había.

Los rematadores también sacaron lo único que servía de verdadero ornato de la capilla, su lujo: los cuatro grandes vitrales de principios de siglo en los que cuatro grupos de benefactoras de la Casa ataviadas con mantos negros, arrodilladas, inclinadas sobre sus manos unidas en oración, sus distinguidos nombres relumbrando al pie de cada vitral, rodeaban a San Gabriel Arcángel con su dedito alzado y a la Virgen de ojos pudorosos el primer grupo; a la Inmaculada Concepción aplastando con sus pies purísimos la cabeza del monstruo que tiene la bola del mundo en sus garras el segundo grupo; a Santa Ana que concibió a la Virgen sin pecado original el tercer grupo, y el cuarto grupo rodeando a la Virgen visitando a Santa Isabel con el vientre hinchado por un invisible San Juan Bautista que se alegre ahí adentro que ese abrazo lo limpie a él también de pecado original. Los vitrales eran de trabajo catalán, artísticos de veras según algunos entendidos, interesantes como ejemplos del gusto de esa época. Después de arrancarlos de las ventanas los adosaron a las pilastras del claustro con el propósito de que el día del remate los traspasara un sol tentador —los colores eran, en realidad, muy bonitos, y también los bordes y decoraciones casi chinescas, lotos y garzas y cosas que parecían batros— para que los posibles compradores dieran siquiera algo por ellos, aunque para qué diablos iban a servir esos vitrales, la presencia de esas señoras buenamozonas vestidas de negro cuyas identidades ya no significaban nada para nadie inutilizando un conjunto que, de otro modo, quizá pudiera tener algún valor.

En los muros de la capilla con las puertas condenadas por cruces de madera quedaron cuatro boquetes enormes. Como el remate se iba demorando, algunos pájaros comenzaron a anidar en esos boquetes y las arañas tendían las estructuras de vitrales efímeros, barridos por las corrientes de aire que en la noche hacían vacilar la llama de las velas —poquita luz, no se vaya a ver desde afuera— encendidas por las asiladas. Entronada en la silla de oro y damasco carmesí que colocaron en medio del presbiterio que ya no era más que una tarima de palo, la Iris Mateluna estornudó. La Dora dijo:

—Ave María Purísima.

En la falda de la Iris, el niño también estornudó.

—Sin pecado concebida.

—Arrópate bien arropada, Iris, y arropa al niño, mira que las bronquitis son muy contagiosas en esta época del año y dicen que anda mucha gripe en el barrio.

La Iris se subió el cuello del abrigo café, cuya amplitud disimulaba su preñez, esa preñez insistente, inquietante, irresuelta, que se prolongaba meses y meses con el temor de todas, que repetimos es milagro, es milagro, la Brígida lo dijo, ella sabe de esas cosas, cuando es milagro el embarazo puede ser corto pero también puede ser mucho más largo, hasta que el niño, en su sabiduría, estime que haya llegado el momento preciso para irnos todas con él al cielo en cuanto nazca, lo antes posible, porque van a echar abajo esta Casa y quién sabe qué va a ser de nosotras cuando comiencen a demoler, dónde nos irán a mandar, una se preocupa, cómo no se va a preocupar, pero no hay que tener miedo sino confianza en el niño, las cosas sucederán cuando él quiera y mientras tanto nosotras tenemos que cuidar a la Iris, mañosa se ha puesto esta chiquilla, de malas pulgas, pero hay que obedecerla y venerarla rodeándola de cánticos y cirios y rezos. El niño volvió a estornudar.

—Cuidado, Iris...

Ella bostezó:

—Ya, pues. Estuvo aburrida la fiesta esta noche. Miren cómo le corren los mocos a la guagua. Si no es más divertida la fiesta de mañana, las voy a acusar a la Madre Benita. Ya está bueno. Estoy cansada de pasármelo sentada aquí con la guagua en brazos, vámonos para adentro. Tengo sueño. Quiero acostarme. La guagua está mojada y por eso estornuda.

—Los meados no se enfrían, conservan el calor.

—Pero nada más que cuando la guagua tiene calzón de goma encima, pues Amalia, y al niño no le pusimos...

—¿Ah, sí? No sabía.

—¿Cuándo sabe nada usted, pues Amalia?

Un mes atrás, antes que vinieran los rematadores para organizar los lotes, el Arzobispo hizo sacar los santos. Las asiladas quedaron tristes con la capilla vacía, aunque sabían que ya no era capilla porque estaba execrada. Pero el Mudito les dijo que no fueran tontas, que para qué lloraban, que fueran al patio de él, donde encontraron trozos de drapeados de yeso, mantos, armiños, pedrerías, un puñal hundido en el pecho de una mártir, aureolas y coronas y ojos vigilantes desteñidos y pedazos de cabeza con restos de potencias, el pasto crece, hay que descubrir serpientes diabólicas sin lenguas debajo de la maraña de zarzamora, rostros fundidos entre la galega y las teatinas, piernas retorcidas por el dolor del éxtasis, dedos hojeando un libraco de yeso o desgranando un rosario. El Mudito insinuó que si el Arzobispo les quitaba sus santos, ellas podían fabricar otros, era el colmo que dejaran la capilla convertida en una barraca. Las asiladas se enorgullecían con sus hallazgos y con sus creaciones. Tuvieron mucho tiempo de entretenimiento en que casi olvidaron a la Iris con su niño, porque esto de armar seres, organizar identidades arbitrarias al pegar trozos con más o menos acierto, era como un juego, y una qué sabe, puede resultar un santo de verdad con estos pedazos que vamos pegando, pero qué importa, para eso está el Mudito que ahora no puede hacer trabajos pesados, él sabe, dibuja facciones en los rostros borrosos, sugiriendo combinaciones de trozos interesantes que a una quizá no se le hubieran ocurrido, la Iris armando santos entre la galega, la Dora detrás de la zarza, esta mata de hinojo que tiene agarrada en sus raíces a un santo que parece San Juan Bautista, hay que hacer un hoyo para desenredarlo, ala con rostro de mujer, cabellera de Magdalena con fauces de dragón que no humean, hay que disimular con un poco de pintura la línea en el cogote donde pegamos esta cabeza que no pertenece a este cuerpo, no, no la disimulen, es la beata Inés de Azcoitía que conservó toda la vida la cicatriz en el cuello, por eso la papalina, por eso esta Casa construida para encerrar y ocultar. La Amalia dice:

—Pero no podemos venerarla porque no resultó la beatificación. Pobre misiá Inés.

—Pero puede resultar. Dicen que va a dejar todos los papeles en Roma para que los abogados de allá y el Embajador se ocupen del asunto, aunque dicen que el Embajador ante la Santa Sede es comunista y por eso no resultó la beatificación. Es cuestión de esperar que cambie el gobierno y que manden un Embajador menos malo para que resulte.

La Amalia, después de pensar, dice:

—Peor, entonces. No armemos una Santa Inés de Azcoitía. Dicen que cuando llegan a saber las autoridades que ha habido culto a un santo antes de que Roma lo canonice, entonces ese santo no puede ser santo porque es idolatría, y los cardenales mueven la cabeza y dicen que no, ésa es una de las condiciones principales para que resulte una beatificación.

—¿Y ésta de dónde saca tanta cosa?

—¿Pero para qué le hacen caso si la Amalia no sabe nada?

—¿No se da cuenta que esos son cuentos de vieja, pues Amalia? Y no lloriquee por todo...

—No estoy lloriqueando, me lagrimea el ojo tuerto no más. No he podido encontrar el dedito de San Gabriel Arcángel...

—Miren, este santito me resultó precioso.

—Un poco raro, las piernas tan cortas...

—Y la cabeza tan grande...

—No importa, de ser santo, es santo porque lo hice con pedazos de santo. ¿A ver, Mudito, qué nombre le pondremos?

Las viejas se congregan alrededor mío, entre las matas, entre trozos de yeso, para que decida, y con mi pincel, en los pedestales de las creaciones de sus fantasías anárquicas, pinte nombres de santos. Santa Brígida, la primera, por sus dedos tan finos, de aspecto tan inútil, por su aire sentimental. San Fidel, por lo barbudo, y le pinté una bandolera terciada llena de cartuchos. Y un San Jerónimo, espigado, airoso, me demoré toda una mañana de sol, con las viejas encuclilladas murmurando alrededor mío, en conseguir el azul exacto de la mirada. La Beata Inés de Azcoitía, con su gran tajo de chonchón en el cuello y sus orejas desmesuradas, fue desde el principio la más popular de las Santas. Y una Santa Peta Ponce de mirada libidinosa, y un San Doctor Azula, que todas encontramos muy parecido a la Amalia, cuyo ojo tuerto lagrimeaba y lagrimeaba.

—¿Pero qué importa que San Gabriel no tenga dedito pues Amalia?

—Importa.

—Lo tienes casi completo. Déjanos que lo carguemos en el carro del Mudito para llevarlo a la capilla, se va a ver lindo.

—No quiero. Hasta que encuentre el dedo.

—¿Qué le ha dado con la cuestión del dedo a esta tonta?

La Amalia, lloriqueando, busca a gatas entre la zarzamora.

—No le hagan caso, está difariando.

—Quedó medio rara después de la muerte de la pobre Brígida.

—Yo nunca le he visto el dedito a San Gabriel.

—Poco nos va a durar la Amalia.

—Poco.

En el carro del Mudito van llevando sus creaciones para repoblar la capilla vacía, disponiéndolas alrededor de la Iris Mateluna entronada, con el niño en brazos, rodeándola con una corte apenas vislumbrada a la luz temblorosa de las velas que arden alrededor nuestro, protegidos por un baldaquino que infla el viento al entrar por los cuatro boquetes de las ventanas.

Ya no son siete las confabuladas. Sin que nadie supiera cómo, el rumor cundió por la Casa... dicen que en la capilla... dicen que la Iris Mateluna... dicen que le prenden velas, que la rodean de flores y ramas, dicen que hace milagros, dicen, dicen... se murmura en los rincones de los patios más insignificantes, se oyen pasos escabulléndose, las viejas espían, miradas de reojo en la cocina, preguntas tramposas, verdades ganadas o perdidas al monte cuando la sota de patas no trajo rey, dicen que... pisadas, sombras, cuchicheos, orejas pegadas a tabiques, cómo no va a cundir el rumor, cuando hay milagro es natural que la cosa cunda, y fue necesario ir aceptando más y más viejas en el círculo secreto porque si las rechazábamos podían resultar peligrosas, tan habladora esa que anda vestida de manda de Lourdes y que vive en el patio del lavadero, envidiosas todas, metetes, intrusas, peladoras, y qué le vamos a hacer si el embarazo de la Iris va durando tantísimo, hay que rezar, el enjambre de viejas reza rosario tras rosario de noche en la capilla alrededor de la Iris entronada con el paquete de su niño en las rodillas, su muñeca que no suelta por nada en el mundo, rosarios y salves para que esta chiquilla de moledera para ligerito y sin dificultad, que el niño de veras nazca y no haya que usar a este sustituto que tranquiliza a la chiquilla, está hecha un demonio, que no se demore más el niño concebido sin la mancha del placer, que lo alcancen a mecer ellas también en sus brazos antes de morirse si es que el niño no se las lleva al cielo antes que mueran. A pesar del viento enloquecido en los rincones de la capilla y de las toses y los estornudos y del miedo a apulmonarse y del sueño que a veces tumba a alguien en medio de una salve, las viejas rezan y rezan, le hacen reverencias a la Iris que es lo que a ella le gusta porque le da risa, y que le echen de ese humito oloroso, y hasta que le bailen haciéndole aaaaasssssíííí, aaaaasssssíííí con los brazos, genuflexiones con sus rodillas que crujen, que se apure el niño, ellas ya tienen sus atados listos para irse con el niño al cielo porque eso es lo que la Brígida prometió, unas cuantas cositas no más para llevarse amarradas en paquetes, el reloj despertador, un chal, naipes para la brisca porque allá no dejan jugar al monte no ve que el monte es el juego del demonio, la tetera, y quizá ni siquiera necesitemos llevarnos esas cosas al Cielo porque dicen que allá dan de todo, y nuevito.

La Iris sigue engordando cubierta por su abrigo. Tiene los ojos colorados. Hoy ha estornudado ocho veces, las conté. Claro que es una noche excepcionalmente fría. Y yo estornudé otras tantas. Pero como está medio adormecida de aburrimiento en su sitial no me limpia los mocos. Ahora traen mi carrito. Ya era hora. La Iris se sienta en la plataforma. Me colocan sobre su falda. Ella, que es una mamá buena, insiste en que me pongan el gorro de lana de la guagua, el que tiene ponpón, para que no me siga resfriando. Las viejas vuelven a clavar las tablas con que condené la capilla, para que parezca que nadie hubiera entrado después que los rematadores sacaron todas las cosas. Y precedidas por dos viejas que llevan velas dentro de cucuruchos de papel de diario, arrastran mi carrito, llevándome a mí y a la Iris sobre la plataforma, seguidos por la comitiva de alcahuetas y comadronas harapientas, de meicas fragantes a yerbas, de compositoras, de lloronas, de nanas, de brujas de menor cuantía que ni saben que son brujas, rezando por los pasillos, tosiendo, comentando, sorbiendo.

Desde que el doctor Azula me operó no sólo cambiaron los rasgos de mi rostro dejándome esta máscara casi desprovista de facciones que nadie se ha preocupado en repintar. También me redujo a lo que soy, apoderándose del ochenta por ciento y dejando el veinte, reducido y enclenque, centrado alrededor de mi mirada. Las viejas me bajan al sótano y me tienden en una de las camas. Han despachado a las asiladas de adhesión más reciente, el sótano no es grande, no sean curiosas mujeres por Dios, otro día te vamos a dejar bajar a ti, Lucy, ahora no cabemos todas las que queremos ver a la Iris cambiando a su muñeca, queremos ayudar, no cabemos todas y nos van a estorbar y hay tantísimo que hacer, cuando las necesitemos las vamos a llamar. Ya, Iris, déjanos desnudarte, ponte la camisa, acuéstate que es tarde, se nos pasó la hora rezando en la capilla, la Iris quiere cambiar ella misma a su guagua pero nos deja que nosotras la ayudemos porque es difícil cambiar sola a una guagua que es más bien grandecita como esta muñeca. Me sacan los pañales.

—Esta muñeca es menos meona que la Damiana.

Ante sus ojos queda descubierto mi sexo aterido. Ellas creen que es el sexo del Mudito, pero no, está sólo disfrazado del sexo sumiso del Mudito, aunque me lo afeitaron por orden de la Iris para que quedara como el sexo de un niño, es el suyo, don Jerónimo, el que la tocó a ella, porque logré huir *antes* que el doctor Azula hiciera la transferencia. Me toman el sexo para lavarlo con la esponja, comentan qué cosa más fea, no sé cómo algunas mujeres pueden ser tan asquerosas y me lo espolvorean con talco como si fuera una golosina que se preparan a devorar y hacerlo desaparecer como desapareció el sexo contaminado que lleva don Jerónimo, que no toca a Inés desde años y años y años y años porque yo no quiero que la toque, para eso disfrazo mi sexo potente de sexo de niño, por Dios, señor, cuándo nacerá el niño de veras para no tener que hacerle estas cochinadas al Mudito, hacérselas a una guagua no importa, a esta muñeca yo ya no tengo estómago para seguir haciéndole estas cosas, cada vez que me toca lavar al Mudito me dan ganas de vomitar, lávalo tú, Iris, es tu muñeca, nos dejas lo más pesado a nosotras y una la tonta sacrificándose mientras ella

descansa, hasta cuándo nos vas a tener esperando tu
niño, te diré que con la demora la fe de algunas está
flaqueando, no creas que todas las murmuraciones son
favorables, muchas hay que dudán, otras están asusta-
das porque dicen que es contra la ley o cosas así, yo
oí decir el otro día que hay una vieja que vive en el patio de la palmera que dice que esto es un verdadero
crimen, que lo va a delatar porque todas estamos locas,
casi todas las asiladas saben que pasa algo, huelen que
hay gato encerrado en nuestras conversaciones sigilosas, nosotras mismas estamos empezando a flaquear,
ya ves a la Amalia, con el cuento de que anda buscando día y noche el dedito de San Gabriel ya ni se
aporta por aquí, apúrate pues Iris, qué vamos a hacer
Dios mío si vienen a demoler la Casa antes que nazca
el niño, nos irán a echar a la calle a pedir limosna, a
dormir por ahí en los umbrales y en los parques, no,
no sean lesas, no van a echar nada abajo aunque re-
maten, ése va a ser uno de los milagros principales que
va a hacer el niño cuando nazca, pero mientras tanto
juguemos con el Mudito que se deja hacer cualquier
cosa porque anda como atontado el pobre, medio dormido, si parece que no estuviera ni vivo ni muerto, Madre Benita, qué le pasará a este pobre hombre. Usted
dice que ya no sabe qué hacer con él. Ya no ayuda en
nada. A veces se esconde y como conoce la Casa tan
bien porque está aquí desde mucho antes que todas nosotras y que la misma Madre Benita, se nos pierde y
tenemos que salir a buscarlo repartiéndonos por las
galerías y los pasillos y los patios y los sobrados hasta
encontrarlo, porque tenemos que encontrarlo, si no,
la Iris se enoja con nosotras, nos rasguña furiosa o nos
pega con una varilla, que le traigan a su muñeca al tiro
porque si no va a dejarse caer por una escalera para
matar al niño milagroso y así no va a haber milagro,
y nos quedaremos todas como tontas chupándonos el
dedo, a ver qué van a hacer entonces, no va a haber
milagro, ningún milagro, y se van a morir todas porque son viejas y están enfermas, así que encuéntrenme
a mi muñeca, voy a acusarlas a la Madre Benita para
que las castigue, al Padre Azócar para que las eche a la
calle, sé de memoria el teléfono privado del Arzobis-

po y voy a llamarlo para decirle todo si no me encuentran a mi muñeca, hace dos días que anda perdida mi muñeca, y nosotras, cojeando, casi ciega porque a mí me salió este orzuelo que me molesta tanto, y yo beso mi escapulario para tener suerte en la búsqueda, aterradas con la oscuridad que nunca se aclara, tenemos que repartirnos por toda la Casa, por pasadizos que nunca antes recorrimos, por patios donde hay liebres, mire, Rosario, cría de liebres en este patio, cacemos una, que son tan ricas guisadas con harto ajo, ahora que no hay casi nada que echarle a la olla, fíjense chiquillas que encontramos liebres en un patio de allá adentro, cómo van a ser liebres pues Carmela, no seai lesa, mujer, son conejos no más, pero los conejos también son buenos para comerlos, si no son ni conejos siquiera, son cuyes, por qué habrá cría de cuyes en este patio yo no sé. El Mudito no aparece. La Iris está chillando que nos va a acusar a todas, parada encima de una baranda para tirarse y matar a su hijo si no le traemos a su muñeca, hasta que la Rita da un grito, aquí está, aquí está, lo encontré, sentado en el suelo con los brazos rodeándole las piernas y la cara oculta sobre las rodillas, manso, tan bueno el Mudito, se deja agarrar sin resistencia y le damos de comer, pero muy poquito porque ahora casi no come… y cuando otras veces se pierde, es distinto, porque cuando lo encontramos y se da cuenta que lo vamos a pillar se echa a correr como si fuera un chiquillo y se nos pierde por los pasadizos porque nosotras no podemos correr tanto, hasta que días después —a veces tenemos que encerrar con llave a la Iris para que no haga cosas peligrosas y no grite tanto y no nos azote con su varilla— encontramos al Mudito en una de las piezas donde han ido almacenando los diarios y revistas y libros viejos, en guaridas que el Mudito se organiza entre tanto papel inservible, fardos de revistas, libros roídos por los ratones, hacinamientos de diarios, montones de enciclopedias truncas, de libros de pasta lujosa manchados de colorado porque las tapas se fueron destiñendo, a veces lo encontramos leyendo porque dicen que el Mudito se ha leído todos los libros y todas las revistas y todos los diarios que hay en la

Casa y que por eso ya no tiene fuerza, y sin embargo, cuando lo pillamos en esos escondrijos, refugiado en esas cuevas de letras inútiles, se nos arranca otra vez, escala los fardos de diarios a veces hasta el cielo raso, pero nosotras, aterradas con la amenaza de la Iris, a pesar que los huesos rechinan, quejándonos, trepamos persiguiéndolo por la montaña de los *Zigzag* y de *La Esfera* y del *Je Sais Tout* empastados y revenidos que conozco de memoria, cercándome como a un animal, gritando para que vengan más viejas a ayudar, hasta que me pillan, Mudito, Mudito, no seas tonto, entrégate, por qué te arrancas, nosotras te queremos y nunca te tratamos mal, sólo te queremos pedir el favor de que nos ayudes a entretener a la Iris hasta que nazca el niño.

Comienzan a envolverme, fajándome con vendas hechas con tiras de trapo. Los pies amarrados. Luego me amarran las piernas para que no pueda moverlas. Cuando llegan a mi sexo lo amarran como a un animal dañino, como si adivinaran a pesar de su disfraz infantil que yo lo controlo, no se vaya a saber lo que oculto, y me fajan el sexo amarrándomelo a un muslo para anularlo. Luego me meten en una especie de saco, con los brazos fajados a las costillas, y me amarran en una humita que sólo deja mi cabeza afuera. Me acuestan en la cama de la Iris, a su lado, eso es lo que ella exige para aplacar su furia, que me fajen bien y acuesten a su muñeca a su lado en la cama, debajo de las sábanas, porque a ella le gusta dormir con su guaguita, como cuando su papá y su mamá dormían en la misma cama que ella y mientras ella dormía hacían nanay hasta que una mañana la Iris no recuerda más y todo rebota hacia el presente de su muñeca, en su cama, a su lado, para jugar con ella.

—Toma tu chiquillo, Iris.

—Duérmete ahora.

—Y que él también se duerma.

—Por suerte que esta cría no es mañosa para dormirse como la tonta de la Damiana, se duerme al tiro, sin llorar. Pero no vayas a dejar que te haga ninguna cochinada, Iris, que para que no te toque y para que no se le vaya a parar su pichulita lo fajamos tanto,

que duerma contigo como una muñeca de veras, el Mudito es casi como un muñeco de veras, qué va a ser
capaz de nada, es más bueno el pobre, capaz que sea
santo él también, miren la cara con que ayer lo encontramos leyendo algo empastado que parecía ser la
Biblia porque los libros gordos empastados con mucho oro son Biblias, y algunas dicen que lo han visto escribiendo unas cosas que creo que se llaman pensamientos y que son las cosas que escriben los santos, por eso es que no importa que duerma con la
Iris que también es casta, pero entre santa y santo
pared de cal y canto, así es que mejor tomar precau-
ciones porque al fin y al cabo un pedazo de hombre
no más será pero hombre al fin y al cabo y los hombres son todos unos cochinos que se lo llevan buscando ocasiones para toquetear a las chiquillas, fa-
jarlo para que no la vaya a tocar con sus sucias manos de hombre, con su carne ávida que tiene que sepultar, porque si la llega a tocar entonces a la pobre
le pueden dar malos pensamientos, eso es pecado,
y entonces la Iris dejará de ser casta y pura y si deja
de ser casta y pura entonces no habrá milagro y no
habrá niño, tuvimos que decirle que está esperando
para que no nos echara al agua, las cosas ya no son
como en el tiempo de la Brígida, han cambiado mucho,
y si no hay niño milagroso entonces nosotras nos vamos
a tener que quedar en este valle de lágrimas esperando
a la pelá que vendrá a llevarnos una noche de terror,
cuyo rostro alcanzaremos a vislumbrar, en esta Casa
que dicen que caerá aunque va a llegar misiá Inés
de Roma, qué irán a hacer con nosotras cuando demuelan esta Casa si se han olvidado de nosotras, hasta Monseñor, todos menos el niño que va a nacer para
salvarnos, no va a permitir que nos metan en un furgón
de la Beneficencia Pública como a la pobre Mercedes
Barroso para botarnos a que nos pudramos en la fosa
común, porque claro, no diríamos nada si fuera un funeral como el funeral que misiá Raquel le costeó a la
Brígida, patrona como ella no se ha visto, eso sería muy
distinto, no daría tanto miedo quedarse encerrada en
un buen cajón, en un nicho de mármol verdadero, blanco, con el nombre escrito y las fechas y todo y la fa-

milia Ruiz presente rezando que se veía que tenían pena de veras que se les hubiera muerto la pobre Brígida, pero nadie tiene la suerte de la Brígida, por eso es que hay que cuidar a la Iris, porque tiene que haber un niño que haga el milagro de echar a los hombres malos que traen las cajas negras, y para que, tocando con su dedito santo las carrozas y los caballos que nos transportarán al cielo, se transformen en blancos y entonces ya no da miedo, porque nosotras creemos que las cosas blancas son inofensivas y por eso la Brígida nunca se ponía ese chal negro que le regaló la señorita Malú para su cumpleaños y que quedó nuevecito... quién sabe quién se habrá quedado con él... capaz que se haya desteñido y se haya puesto blanco porque el milagro puede comenzar cualquier día, por eso, para estar lista, hay que hacer paquetitos con las cosas que nos vamos a llevar, la tetera, el despertador, las medias abrigadoras porque puede correr viento, un chal de cualquier color...

APAGAN LAS LUCES. Se van. Sólo dejan a una vieja de turno durmiendo en la otra cama del sótano. La oigo removerse entre las sábanas. A través de mis vendas y de los paños que me aprisionan impidiéndome todo movimiento, me siento envuelto en el calor del cuerpo de la Iris. La vieja se ha dormido. Musita cosas. Saborea, duerme. Tú y yo, tendidos uno junto al otro, hemos aprendido a reconocer el momento en que la respiración desacompasada de las viejas cae en el orden del sueño, que a ellas también las mete en sacos que impiden sus movimientos y suspenden su vigilancia.

Tú no me tocas.

Ni me hablas todavía, hay que esperar no sólo el momento en que el sueño engulla a la vieja de turno, sino ese momento en que el dolor destroce mi resistencia y me atreva a quejarme, y te implore. Tú misma les enseñaste a liarme para dejarme totalmente inmovilizado, le tengo miedo a la muñeca, dijiste, y las diriges porque son esclavas de tu útero, que me acuesten a tu lado de manera que, inmóvil, me canse pronto, y pronto me duela la espalda tullida y quiera cambiar de postura para buscar un pequeño alivio que tú no me das porque te niegas a moverme y yo no puedo moverme solo, para que así tenga que rogarte, Iris, Iris, lo tramaste todo tú, estoy en tu poder, lo sé, susurró: te imploro que me muevas un poquito porque me estoy tullendo, ya no puedo más, quizás me tenga que quedar en esta posición fija y dolorosa para siempre aquí en este sótano, quizás cuando las viejas me despojen de las vendas al amanecer sea incapaz de dar un paso ni de estirar un dedo.

Respiras de una manera distinta a las viejas que duermen. Ya no puedo más. Sé que pronto voy a comenzar a acalambrarme. Te urjo:

—Iris.

No me contestas para que te tenga que rogar:

—Muéveme un poquito.

—No quiero.

—Por favor, Iris.

—Sssssssshhhhhhhhhh...

Y no me tocas.

Inmóvil, intolerablemente estático, nace el calambre donde siempre, en los tendones del empeine, se agarrotan, el dolor me agarrota el tobillo prisionero en la posición fijada por las vendas y el calambre remonta por los tendones de mis piernas inanimadas y por mi cuerpo entero incapaz de defenderse del dolor del que podría defenderse con cualquier movimiento mínimo que tú te has encargado que sea incapaz de hacer, el calambre sigue subiendo, endureciendo, ligando todo mi costado izquierdo, hasta el brazo, hasta la clavícula, ya ni moviendo los tendones del cuello puedo defenderme, no tengo derecho al menor movimiento que podría despejar el calambre, tú me quitaste el derecho de moverme para transformarme en tu muñeca porque sabes que liado así me agarroto y el dolor remonta mi cuerpo hasta mi cuello, y voy a tener que gritar de dolor y no grito, sólo vuelvo a susurrar:

—Iris.

No contestas.

—Un poquito.

—No.

—Me estoy muriendo de dolor.

—Tu castigo.

—Iris.

—¿Te duele mucho?

—Sí.

—¿Te gustaría moverte?

—Sí...

—¿Y qué harías por mí si te moviera?

—Lo que me mandaras.

—Mentiroso de mierda.

—No, Iris... ya no aguanto...

—Por mentiroso de porquería te pasa. ¿Cuántas veces te he mandado que me vayai a traer el gallo que me hizo la guagua? Nada. Siempre llegai con cuentos, noticias... que alguien dijo... un mensaje, nada, el gallo, ni agua y ya está bueno. Uno de estos días voy a tener la guagua. Creo que hasta me pasé, claro que no me acuerdo de las fechas, aquí adentro los días son todos iguales, pero se me ocurre que debe ser para ahora, así es que el gallo ese tiene que venir a buscarme no más y a reconocerme la cría. No quiero que sea huacho... y si nace aquí en la Casa qué va a decir la Madre Benita. Si no me traís al gallo antes que nazca la guagua, te voy a acusar de todo...

Susurro:

—Oye, Iris...

—Nada de cuestiones.

—Tengo una idea.

—Estoy cabriándome con tus ideas.

—Ésta sí que es buena.

—No te creo nada.

—Muéveme un poquito.

—No...

—¿Cómo quieres que te hable, entonces?

La Iris me cambia de posición en la cama, me ayuda a encoger y a estirar las piernas y es como si las metiera en agua fresca que ablanda la dureza, disuelve un poco el dolor. Yo sé. La Iris me va a dejar en esta posición hasta que extraiga de mí lo que quiera, y entonces cuando comience a agarrotarme de nuevo en este silencio, yo sé, me hablará otra vez y yo le prometeré otras cosas para que me vuelva a mover y el nuevo dolor vuelva a desaparecer o por lo menos se suavice. Le hablo al oído para no despertar a la vieja de turno:

—Es que ya no está, Iris. Se arrancó el padre de tu hijo cuando le dijeron que yo andaba buscándolo y le perdí la pista. Cuando oye decir que ando buscándolo, se cambia de casa y de barrio hasta que lo pierdo otra vez, vieras de las cosas que me tengo que disfrazar para que no sospechen que soy yo el que anda detrás de él... tiene miedo porque lo andan persiguiendo y eso es lo que da más miedo de todo, que a uno lo persigan y uno se inventa motivos y urde dramas en que protagoniza hechos que jamás ocurrieron para justificar ese miedo...

—Ya no te entiendo... habla claro...

—Cuando en la noche me sueltas las vendas mientras duerme la vieja de turno, y me obligas a vestirme y me echas a la calle como a un perro y me robas las llaves esperándome hasta el amanecer detrás del portón, yo camino por toda la ciudad, Iris, es terrible la ciudad, no sé para qué quieres salir si aquí te dan de todo, ya me conocen en los bares, en los prostíbulos, en las ferias, en los circos, en las galerías de los teatros de barrio donde hay banquetas de palo igual a las que antes había en la capilla, en todas partes lo busco, te juro, pero siempre me dicen hace tiempo que no viene por aquí, le contaron que lo andaban buscando para una venganza y le dio miedo y cambió de picada, claro que a nadie se le ocurre que el instrumento de la venganza soy yo, así es que no les importa contarme todo. Me escuchas porque crees que es una novela.

—Óyeme, Iris...

—Sí, pero no me voy a quedar para siempre en esta Casa de porquería, con estas viejas y contigo.

—Te dejo salir cuando quieras.

—¿Qué saco? ¿No decís que la Damiana anda por ahí? Yo no quiero meterme más con esa vieja maricona. Si salgo sola, ella fue la que me dijo, me van a llevar a parir en un hospital donde tratan mal a las chiquillas. Sí, yo también, a veces, en la noche, oigo los pasos de la Damiana rondando la Casa, silbando para que me asome al balcón, pero no me asomo, no me quiero ir con ella. Prefiero esperar hasta que él me venga a buscar, jugar con las viejas a la cuestión de los milagros para que si no encuentras el gallo me ayuden a parir y ellas me críen a la guagua. No estoy para andar por la calle como limosnera con el chiquillo. Plata, eso es lo que me tenís que traer si no encontrai al gallo.

—De eso quiero hablarte.

—¿De qué?

—Suéltame un poco las amarras.

—Así me hai engañado otras veces.

—Suéltame y te digo...

Debajo de la ropa de cama, la Iris manipulea los cordones y las amarras que me transforman en un paquete. Puedo moverme. Tengo brazos, tengo piernas: existen más allá del dolor de los calambres y ajenas a la incomodidad y al terror del agarrotamiento eterno, Iris, Iris, suéltame otro poquito más y te contaré un proyecto cualquiera para engañarte otra vez, una tontería fabulosa como una foto-novela para que puedas creerla y te meteré entera en esa ilusión como dentro de mi cajita de música, me sueltas más, dicen que él le contaba a todos que a ti no más te quería... otra amarra... y que no podía ofrecerte nada porque era pobre... otra... que no te merecía... ahora este cordón... qué sacaba con venir a buscarte si no iba a poder darle ni educación a tu hijo... me acerco más a tu oído atento aconsejándote esta noche por fin que no vale la pena seguir buscándolo porque puedes parir de un momento a otro y además el tal Romualdo era un muerto de hambre, no era ni dueño de la cabeza del Gigante con que te hizo lesa, se esfumó el tal Romualdo, no dejó ni rastros, como si cuando despedazaron la cabeza del Gigante también hubieran despedazado al Romualdo, mejor olvídate de ese tonto, Iris, no seai lesa, yo también me quiero arrancar de esta Casa a pesar del terror que le tengo a las calles y a veces hasta prefiero los calambres de dormir fajado e inmóvil junto a ti una noche entera antes que salir a vagar, pero ahora cuando me desamarras y me echas de la Casa y cierras la puerta con llave por dentro para no dejarme

entrar si no te doy alguna explicación sobre Romualdo,
durante estas noches cuando he andado buscando por
ahí, he visto muchas casas, he espiado por las ventanas
y ahora sí que sé dónde conseguir plata. Mucha plata.

—Ladrón de mierda.

—¿Por qué?

—Puta seré, pero no ladrona.

—¿Quién te dijo que eras puta?

—La Damiana.

No eres puta, Iris, eres casta y pura, yo sé, te lo
aseguro, te lo prometo. Y en la noche silenciosa y res-
guardada del sótano yo hilvano la fábula en tu oído
para salvarme y para que me sueltes porque si no el
dolor me va a matar, por eso invento y voy improvisando según tus reacciones: cierta casa muy grande,
amarilla, frente a un parque muy terrible que hay al
otro lado del río, fabulo y te cuento de esa gente rica
que vive en esa casa amarilla, toda la plata y todo el
poder que tienen me lo deben a mí así es que no sería
robo, Iris, yo soy pobre y enclenque porque ellos me
lo robaron todo, no me han pagado nada de lo que me
deberían pagar porque no existirían si no existiera yo,
yo les puse todo en las manos, yo les conferí belleza
y poder y orgullo, sin mí se esfumarían, entiendes, su
plata y sus joyas y todo lo que tienen me pertenece:
en la oscuridad del sótano arden tus ojos fascinados
con esta nueva novela que urdo porque necesito engañarte para que no me mates de dolor, así es que si
quieres puedo ir a sacar esa plata, no a robarla, esa
plata que hay en la casa amarilla frente al parque es
mía, nada más fácil que apoderarme de esa plata, cómo
será lo bien que conozco a esa gente que me debe toda
su riqueza a mí que me sé de memoria la combinación
que abre la caja de fondos que él tiene en su biblioteca,
escondida detrás de unos libros de lomo verdoso, entrando, arriba, a mano izquierda. Él a veces abre su
caja de fondos para contar sus millones. Yo puedo sacar toda esa plata de ahí donde está Iris, sí, Iris, sí,
suéltame, suéltame un poco más, más, no nos demo-
remos, créeme esta vez de nuevo, y haremos lo que tú
quieras con la plata.

—Pero yo no me quiero ir a vivir contigo.

—Bueno. Mitad y mitad, para que hagas lo que quieras.

Lo piensas.

—No. No me conviene. Soy menor de edad. Lo mejor será quedarme aquí. ¿Qué van a decir si llego así, por mi cuenta, sin papeles, a tener guagua en una clínica?

Entonces yo murmuro:

—Casémosnos.

—¡Ni muerta!

—Te digo que nos casemos para que tú hagas lo que quieras nomás. Con harta plata, la que te voy a dar, y papeles de casada puedes hacer lo que se te antoje y nadie va a estar preguntándote cosas. Y también te conviene que nos casemos para que tu chiquillo no sea huacho, para que así por lo menos tenga apellido...

—¿Qué apellido?

—El mío.

—¿Cuál es?

No puedes obligarme a pronunciarlo.

—Qué importa ahora, después te cuento todo eso...

Las manos de la Iris me han ido soltando a medida que escucha, arrobada, mi historia que deforma su ilusión y me deja en libertad: desnudo, con el sexo rapado, pero libre junto a ella, tendido como un hombre junto a una mujer. Podría violarte, Iris, aquí mismo, sin que esta vieja se dé cuenta, casi sin que tú misma te des cuenta, pero no, no lo voy a hacer porque no tengo sexo y quiero que todas las viejas sepan que no tengo sexo para que le transmitan la noticia a la Peta Ponce y se calme y quizás decida, por fin, morirse, yo no soy más que otra vieja de turno para vigilarte y estar atenta por si esta noche, por fin, fuera la noche del alumbramiento. Tú dices:

—No tengo papeles ni de soltera.

—Yo tampoco.

—¿Entonces cómo...?

No importa cómo, Iris, no te preocupes, primero conseguir la plata, con plata se hace todo, así dicen los que saben. Después, con la platita en la mano, veremos qué se hace, no seas tonta, te digo que no es robo,

puedo hacer lo que quiera con esa gente, encerrarlos
en la cajita de música para que enloquezcan con la repetición eterna de *El Carnaval de Venecia*, a ellos los
encerraremos en esta cabañita con pájaros y *edelweiss*
pintados. Pásame los pantalones y la camisa que tengo
escondidos debajo de la cama. Déjame vestirme tendido aquí a tu lado cubierto por las sábanas y frazadas
para que la vieja no se vaya a dar cuenta, ya, levanté-
mosnos, ponte el abrigo encima de tu camisa de dormir: mira, permito que me guíes, que me lleves mania-
tado y con una correa al cuello guiándome como a un
perro por los pasillos hasta la portería, tú guardas las
llaves ahora, tú dominas, tú mandas, tú me obligas a
salir a la calle para recorrer esa vasta extensión donde
no existen buenas viejitas imbecilizadas por los años,
y cierras la puerta con llave después de echarme a em-
pellones. Tráemelo. Hoy sin falta. Si no llegas con el
Romualdo le voy a decir a la señora Rita que trataste
de hacer la cochinada conmigo, que mañana te van a
tener que fajar más apretado, mucho, mucho más duro
que hoy, que no puedas mover ni un solo dedo, nada,
para que te mueras de dolor y te maten los calambres
y la incomodidad Mudito de mierda y yo a tu lado no
voy a moverte ni a tocarte ni aunque grites y me im-
plores, sí sé que te puedes esconder adentro de la Casa,
tu Casa, pero de tanto buscarte y perseguirte la cosa
se ha transformado en algo como un juego, como jugar
al pillarse o al credo pero más entretenido, por los
sótanos y los sobrados y las galerías y los entretechos, ya conocemos la Casa casi tan bien como tú y
es fácil pillarte, mire, señora Rita, le diré mañana, es
malo este niño, este muñeco es cochino le diré porque en la noche se le lleva parando el pirulín, por qué
no se lo cortamos mejor para que no se le pare, yo no
sé para qué sirve el pirulín, señora Rita, así que mejor
se lo cortamos para que no se le pare porque me molesta y no me deja dormir, y entonces, si esta noche no
cumples con tu promesa Mudo de mierda, te juro que
voy a conseguir que estas viejas te corten la pichula.
  —Bueno.
  —Te espero en la portería.
  —Bueno.

—Trae harta plata.
—Bueno.

Abres. Me quedo parado en el umbral. Me echas con un empellón y cierras la puerta detrás de mí como otras veces. Estoy solo en la calle, la lluvia cae y no sé qué hacer, qué fábula urdir para que mañana por la mañana cuando dé tres golpecitos en la puerta de la Casa y me abras y mientras me abres te comenzaré a enredar en un cuento que parecerá verdad, buscaré abalorios, cuentas, mostacillas de colores, eso bastará, te diré que son de un vestido, por ejemplo, y que alguien te los manda para que elijas, y alrededor de esas mostacillas tejeré un cuento que te enredará... y yo ya estaré adentro.

Adentro, libre. No ahogado. Otra vez envuelto en los murallones de adobe. Aprovecharé el pasmo de la Iris con mi fábula, para huir de su crueldad y perderme en la Casa insondable. Ustedes creen que la han llegado a conocer entera. Pero se equivocan. Siempre quedan rincones, baúles intocados, oscuridades sólidas que hay que palpar para conocer y que sólo yo sé traspasar de las que es imposible volver, te juro que esta vez no me encontrarán, te desafío a que lo logren. O me encontrarán sólo cuando yo lo permita, cuando algo vaya creciendo de nuevo en mí como los cuernos de un caracol y sienta el momento vivo en que necesito que las viejas y que tú me descubran para que vuelvan a fajarme y a vendarme y empaquetarme otra vez, y así volver a cumplir mi destino de muñeco amarrado en trapos que sirve para entretener a una de las encarnaciones de la hija de un presidiario... y esperar que llegue la hora en que me precipitarás de nuevo al abismo de la calle.

21

MALETAS, CAJONES, ESCALERAS de tijera, sacos...
un montón de sacos entre los que me oculto y un
arado que quién sabe cómo llegó aquí y una poltrona
y un pedestal, ven, Mudito, el enjambre me persigue
hasta este sobrado, ven, ven, no tengas miedo que
ahora no estamos jugando y sólo a nuestros juegos
hay que tenerles miedo, ven, la Madre Benita nos
mandó llamarte, que necesita hablar contigo. Me incorporo y soy el Mudito otra vez o lo que queda de
él, menos y menos cada día, por Dios, qué vamos a
hacer con este hombre que tiene tan mala cara dice
la Madre Benita, cada día más enclenque, cada día más
chico, pero a ustedes las mandó que me llamaran y
que fuera a la portería para darme la noticia que llegó
un cable desde Suiza y quería que yo también lo leyera. La encontré con las manos desplomadas sobre su
delantal y el papel a su lado en el banco junto a la
salita del teléfono. Creció el murmullo regocijado de
las viejas que iban llegando a compartir la noticia mientras leí el cable: VOTO POBREZA ME INSPIRA PASAR
ÚLTIMOS DÍAS DE MI VIDA EN CASA QUE ME PER-
TENECE PUNTO RUÉGOLES DETERMINAR PATIO
ORIGINAL HABITADO POR BEATA PARA PREPA-
RARME CELDA Y BAÑO PUNTO VA CARTA INS-
TRUCCIONES PUNTO CARIÑOS PUNTO INÉS AZ-
COITÍA.

Usted mantiene una larga conversación por teléfono con misiá Raquel porque no se atreve ni se ha
atrevido jamás a hablar con don Jerónimo, cómo va a

hablarle si él la ignora a usted y a la Casa y a todos
nosotros. Misiá Raquel le está diciendo que claro, que
tiene toda la razón de la vida de no hablar con Jerónimo, si a la Inés yo la conozco como la palma de mi
mano, voto de pobreza con lo regalona que es, no le
dije yo hace un tiempo, Madre Benita que la Inés se
iba a picar con Jerónimo porque traspasó la Casa al
Arzobispado y que se iba a vengar... ve, ésta es la
venganza, la Inés nunca se venga de frente, menos de
Jerónimo, es imposible vengarse de Jerónimo de frente
porque no da el frente, como si no tuviera frente o estuviera demasiado alto y la voz de una no alcanzara
a llegarle, así es que la Inés se va a vengar viniendo a
vivir a la Casa, porque sabe que si ella se instala en
la Casa el Arzobispo no se va a atrever ni a tocar la
Casa mientras ella viva aquí, por mucho vínculo y capellanía que se haya traspasado, la Inés no tiene nada
que ver con cuentos, Madre Benita y debe estar furia
porque le falló lo de la beata que todos sabíamos que
le iba a fallar y no nos hizo caso y todo el mundo y
Jerónimo se han estado riendo de ella, claro, y ella se
instala aquí porque así el Arzobispo no va a tocar ni
una teja, claro, si hace algo ella cambia su testamento
que está todo a favor del Arzobispado y le deja su
fortuna a cualquiera, a la Sociedad Protectora de Animales, qué sé yo a quién, y el Arzobispo no se va a
arriesgar a perder el fortunón de los Azcoitía, imagínese, al cura Azócar le da una pataleta, a Jerónimo
mejor que no le avisemos nada por teléfono, Madre Benita, que se lleve la sorpresa, oiga, Madre, mejor que
le haga empapelar su celda mire que la Inés odia las
paredes sin empapelar porque dice que son húmedas
y malas para el reumatismo, si quiere yo le ayudo a
escoger el papel, yo le conozco el gusto y hay una fábrica en la calle San Isidro que hace unos papeles muy
bonitos y nada de caros y como es mejor hacerlo todo
como en familia misiá Raquel misma mandó al marido de su nieta la Malú, un arquitecto joven con un
elegante revoltijo de pelo largo y gran desparpajo de
pantalones de diablofuerte, para jugar a lo que él mismo llamó el juego de las adivinanzas en este laberinto
de patios, cómo es posible que no hayan conservado

un archivo que nos ayude a fijar las fechas de las distintas construcciones aunque esto sea todo puro parche y pegote sin ningún interés arquitectónico, lo que superficialmente podría parecer unidad no es más que un total descuido, Madre Benita, no desprovisto de cierto encanto, claro que misiá Raquel no sabe de qué está hablando cuando alega que es el colmo que el gobierno que tiene plata para tantas leseras no tome cartas en el asunto y salve una de las pocas construcciones antiguas que nos van quedando, no se puede decir que esto sea antiguo, Madre, es un vejestorio no más, claro que ya que hay que precisar alguna cosa quizá podríamos decir que este patio que ustedes llaman el patio de la palmera es el más viejo: mire la falta completa de ornamentación en los poyos de piedra que sostienen las pilastras del claustro, las celdas tan estrechas y el adobe tan grueso y los corredores tan mezquinos, parece cárcel y al fin y al cabo el hecho de que esté centrado alrededor de esta palmera que debe tener por lo menos ciento cincuenta años nos da una clave relativamente segura... lástima que ya no queden palmeras así aunque parece que esto era un bosque de palmeras, las últimas las han estado exterminando las señoras que leen revistas de decoración norteamericanas donde aprenden que las palmeras *no se usan*, ojalá que la Ciudad del Niño respete por lo menos esta palmera venerable tan linda, le da cierta gracia a este patiecito de tejados ondulantes y musgosos pero no hay ningún indicio seguro de que éste haya sido el patio original, Madre Benita, aunque de ser primitivo es primitivo, pero seguridad no hay ninguna, quién sabe, podría ser...

¿Seguridad? ¿Quién pretende que se ofrezca seguridad en este asunto fluctuante y borroso? ¿Qué significa, por ejemplo, que Inés en su cable diga la *beata* cuando hace ya muchísimos meses que el Vaticano zanjó el asunto de una vez y para siempre, sí, lo siento mucho Inés, pero lo zanjó para siempre, con un *no* enfático? Ese cable es una rebelión contra las autoridades eclesiásticas máximas, una herejía casera como un guiso de porotos con aroma de brujería... una herejía insignificante para otros, Inés, pero no para ti por-

que desnuda tu incapacidad total: no fuiste capaz de
darle un hijo a tu marido, y ahora demostraste que
también eres incapaz de engalanar la estirpe con una
beata expuesta al culto del público, que venerándola
a ella veneraría a la familia que tu útero inservible
exterminó. Y a pesar de que el Vaticano te negó su
venia para *iniciar* el expediente de beatificación, fíjate,
no te dieron permiso ni siquiera para iniciarlo, tú sigues
hablando de la *beata*. ¿Qué curso monstruoso estarán
tomando tus esfuerzos para que esa religiosa que jamás
profesó y murió en esta Casa a fines del siglo dieciocho no muera definitivamente contigo, y al morir ella
sea como si ni tú ni ella jamás hubieran existido?

Inés nunca tuvo la menor probabilidad de conseguir esa beatificación. Todas las pruebas son tan in-
ciertas, siempre el dicen es lo que impera, se sabe sólo
el nombre de la persona que oyó el dicen, no el nombre
de la persona que dijo el dicen... cuestión de alguien
que le contó algo a alguien en una habitación desaparecida de una casa desaparecida en una calle que ya no
se llama igual ni tiene la misma dirección pero no se
sabe por qué es la misma calle, palabras que repitió
la abuela o la madre de Inés, o la Peta Ponce, o tías pobretonas cuyo orgullo no tenía más que rumores así en
que cebar su hambre, aunque existe un manojo de
cartas que dicen poco, partidas de nacimiento, actas de
defunción, y una que otra crónica posterior recordando
hechos que se murmuraba podían considerarse milagrosos. Lo único que consta como realidad firme y legal, sostenida por documentos que la prueban, es la
fundación de la capellanía: a fines del siglo dieciocho
un rico terrateniente de ascendencia vasca, viudo, padre de nueve hijos y una hija, llegó de sus feudos situa-
dos al sur del río Maule para encerrar a su hija de dieciséis años en el convento de monjas Capuchinas, de
clausura, de las que la hermana mayor del terrateniente
era superiora. Por razones que no registra la crónica la
niña no profesó de Capuchina, como hubiera sido natural. Pero fue seguramente en interminables conversaciones cuya verdad se perdió en el secreto del torno
que la sabia superiora convenció a su hermano que en
un caso así lo mejor era fundar una capellanía que li-

gara a la familia directamente con Dios, creándole al
Altísimo la obligación de protegerla. ¿No había oído decir su hermano que, justamente, las monjitas de la Encarnación no tenían Casa propia? ¿Por qué no cons-
truirles una Casa para que guardaran en ella a Inés hasta el fin de su vida, ya que de eso, de guardarla, se trataba? Así se hizo. En cuanto quedó terminada la Casa se
instalaron las monjitas carceleras, cuidando a Inés y
atendiéndola. Fue tan opulenta la capellanía, dotada de
las tierras más envidiables de la Chimba, que sirvió de
sabroso comentario para toda la sociedad de la época,
hasta que las guerras de la independencia borraron
toda preocupación por santidades y munificencias, ya
que sólo se podía hablar de sangre y de fuego, y del
enemigo que amenazaba por todos lados. Inés de Azcoitía murió a los veinte años en esta Casa, en olor
de santidad.

Todo esto es histórico. Pero a través de obras escritas por damas que recogieron el rumor más tarde,
o por alguna viajera europea cuya curiosidad le dio
acceso a lo que se comentaba en la intimidad de los
hogares del país, llegan hasta hoy tenues ecos de su
piedad inigualable y sobre todo de lo que puede considerarse su milagro más espectacular: durante el más
catastrófico de los terremotos de fines del siglo dieciocho, el que derribó la mayoría de las casas de la capital
y de los campos circundantes, la Casa de la Encarnación de la Chimba permaneció intacta, firmemente en
pie, pese a que no era más que una construcción de
adobe y teja como todas las de esos tiempos. Dicen...
dicen que antes que comenzaran los remezones de
tierra, Inés de Azcoitía —también vale la pena notar
el hecho curiosísimo de que aunque llevaba el hábito
de la Encarnación tampoco profesó en esa orden—
cayó arrodillada en el medio del patio mientras las
monjitas la vigilaban respetuosas desde el claustro.
Entonces, cuando los truenos subterráneos y las sa-
cudidas que agrietaron los campos amenazaron tum-
bar los muros de la Casa, Inés abrió sus brazos en
cruz proyectándolos como con un terrible esfuerzo que
sacrificaba a su ser entero para sostener esos muros,
y los sostuvo, y la Casa no cayó. El pánico de las mon-

jitas, que por ser de clausura no podían huir, apenas
les permitió entrever a la luz de los relámpagos que iluminaban la cordillera esas manos que salvaron la
Casa: con el esfuerzo parecían haberse convertido en
ramas secas o en sarmientos, como verrugosas manos
de vieja. Inés siempre comía sola en su celda —jamás
hizo vida de comunidad—, de la que salía sólo para
asistir a la capilla, o para pasear sola y silenciosa por
el claustro, sus manos plegadas bajo el delantal del
hábito, sosteniendo entre ellas una cruz de ramas
secas amarradas con tientos, regalo de su pobre nana
vieja para su primera comunión, lo único que logró
o quiso traer, y seguramente de contrabando, de sus
tierras del sur del río Maule.

Después del terremoto las religiosas se dedicaron a
vigilar con atención obsesiva las manos milagrosas de
Inés: sí, sí, era verdad, durante sus oraciones en la
capilla, iluminada, ensimismada, o en contacto con un
nivel de existencia al que las monjitas no tenían acceso,
entre las sombras de los pliegues del hábito, sus dedos
parecían unirse con los palos sobados y torcidos y ennegrecidos por los años y quizá por los siglos de la cruz
de su nana, sus manos se iban transformando en ramas
secas, y a medida que se alzaban más y más en el éxtasis
y las monjitas atemorizadas y reverentes iban abandonando la capilla, los brazos de Inés transformados en
ramas se prolongaban más hacia el interior de las
mangas, hasta que, cuando ya sólo quedaban una o
dos velas encendidas, Inés con sus ojos fijos en la luna
nueva pisada por la Inmaculada, los brazos abiertos en
oración, parecía haberse convertido en algo como un
tronco añoso cuyas arrugas y nudos parecían atar al
tronco el anciano rostro del dolor, anulando el rostro
lozano de la muchacha, hasta que más tarde, al clarear
el alba, la luz rescataba la identidad de la hija del
fundador.

La leyenda de su piedad traspasó el claustro, viajó
de un convento a otro y después cundió por la capital.
Los Azcoitía se complacieron en tener, además de tantos héroes, una santa, o por lo menos una beata tan
comentada, que adornara con su fervor el árbol de la
familia.

Pero sobrevinieron tiempos revueltos, poco propi-
cios para cultivar santidades. Era más urgente la victoria inmediata, el odio recién atizado, la venganza
nunca saciada, el peligro que era necesario derrotar
con el sacrificio de la propia vida... y después, la organización de la república mínima y remota, inventar
leyes, definir clases, derribar privilegios para crear
otros... tuvieron que transcurrir varios decenios después de la muerte de Inés de Azcoitía antes que el
rumor conservado en los claustros, pero que iba desvaneciéndose afuera, llegara hasta el Arzobispo en la
forma de una propuesta oficial para iniciar los trámites de la beatificación, firmada por la superiora de la
Casa. Fue necesario, antes que nada, exhumar los restos. Inés asegura que en su familia se ha venido diciendo durante muchas generaciones que, al abrir el
ataúd, el Arzobispo sobrecogido encontró el raso fresco, limpio, nuevo, como si no hubieran pasado tantos
años y como si ningún cuerpo jamás hubiera yacido
en él. Claro que nada de esto —que por lo menos podía
haber llegado a despertar la curiosidad del Vaticano— consta en ningún documento. La verdad es que el
tiempo debe haber borrado el lugar de la sepultura de
la niña-beata, que desapareció sin dejar otra huella
que esta Casa construida como cárcel para ella, que ha
ido creciendo más y más, proliferando alrededor de
la leyenda de una prisionera inicial ya disuelta en la
memoria.

CASI NADA DE lo que rodea la vida y milagros de la
niña-beata pasa de ser conjetura, o recuerdo de un
rumor. Sin embargo, no me parece demasiado aventu-
rado sostener la hipótesis de que al morir Inés de
Azcoitía, víctima de una de las tantas pestes comunes
en el pasado, la sabia superiora de las Capuchinas, con
su conciencia manchada por el secreto que su hermano le confió antes de entristecer definitivamente y
morir, se las haya arreglado con toda discreción para
que no se diera sepultura en tierra sagrada a una mujer
que, por muy pariente suya y Azcoitía que fuera, había

sido bruja: por eso se negó desde el principio a aco-
gerla entre sus almas angelicales, y por eso nunca
profesó ni en las Capuchinas, ni en la Encarnación.
Y por eso el Arzobispo no pudo encontrar el ataúd
con sus restos en la sepultura familiar: esta ausencia
de cajón y despojos constituye el meollo de realidad
que los Azcoitía y sus sirvientes durante un siglo y
medio han venido transformando en la bonita leyenda
del raso limpio de un ataúd que nadie nunca vio.

Inés tiene que haber oído los detalles de la tradición de su antepasada beata contados y discutidos en
múltiples versiones por la Peta Ponce, mientras en las
largas tardes de la niñez junto al brasero la vieja le
enseñaba a coser y a bordar. Pero en cuanto interviene
la Peta en cualquier cosa todo se hace ingrávido y
fluctuante, el tiempo se estira, y se pierde de vista el
comienzo y el fin y quién sabe qué parte del tiempo
está ocupada por el supuesto presente... y la Peta tiene
también que haberle contado a Inés la conseja de la
niña-bruja. Esta conseja es elástica, fluida y quién
sabe si una de las múltiples variantes, la que le contaba la Peta, lograba estirarse hasta sintetizar la conseja de la niña-bruja con la tradición de la niña-beata,
devolviendo así la plenitud de su potencia a ambas.

Porque hay que reconocer que, incluso desde el punto de vista literario, la conseja de la niña-bruja es cu-
riosamente insatisfactoria. La línea del relato, al comienzo, nos hace fijar los ojos en la figura protagónica
—por ser bella, por ser de cuna esclarecida— de la hija
del cacique. Pero al abrir el amplio poncho paternal
para ocultar lo que sucedía en el dormitorio de su
hija, ese gesto torció el rumbo del relato y lo escindió
en dos. En un trozo, el popular, el inmortal que seguirá
siendo contado durante siglos y siglos por viejas y
trabajadores cansados y niños, el cacique escamotea a
su hija del centro del relato, sustituyéndola por una
vieja verrugosa cuya identidad no interesa a nadie, que
expió lo que las dos mujeres debían haber expiado
juntas si el personaje hasta entonces principal no hubiera desaparecido sin dejar huellas en el relato. La
otra mitad es la tradición angélica y aristocrática encerrada hasta el ahogo en una familia que está a punto

de extinguirse: una niña purísima sufre éxtasis místicos que salvan de la catástrofe a unos cuantos patios que, según dijo el arquitecto que estuvo revisándolos el otro día, no valen absolutamente nada. Yo he visto a don Jerónimo alzar el brazo y con él los pliegues de su poncho de vicuña como el del cacique, para indicar que aquí no ha pasado nada, que éste es territorio vedado, que la voluntad de su gesto es eliminar, desgajar del volumen entero el trozo que está dispuesto a mostrar. Es seguro que don Jerónimo levantó su poncho ante Inés, con el propósito bien definido de separar esta partícula manejable de misterio casero que es la tradición de la niña-beata de la insondable eternidad de la conseja popular, dejando a ambas truncas, incompletas, con facetas opacadas, sin la plenitud de proyecciones que podría tener la síntesis: Jerónimo consiguió que Inés olvidara la conseja de la niña-bruja. Lo que Jerónimo no presupuestó fue que el gesto encubridor de su brazo lanzó una sombra de miedo a la extinción sobre Inés —antes jamás lo sintió como propio, sólo lo experimentó externamente, a través de su amor por un Jerónimo traicionado por su incapacidad de darle un hijo—, miedo que la impulsó a viajar a Roma con el fin de hacer todo lo posible por darle acceso a la historia a la niña-beata en la que ella, y ellos, los Azcoitía a través de ella, podían haber sobrevivido. Por eso es que su mente anárquica se aferra irracionalmente a este gajo de eso mayor que está cubierto por los nobles pliegues del olvido, para darle rango de *beata* a su antepasada y que así la veneren las generaciones venideras. Pero resulta que no es antepasada directa suya sino de la Peta Ponce: el intento de Jerónimo de separar, de censurar una realidad de tan poderoso contorno, está creando otra fase de la incertidumbre.

Pero la incertidumbre no es de ahora. Es de siempre. ¿Qué ocultaron los brazos del cacique al extender sobre el vano de la puerta la discreción de su poncho? ¿Fue el momento en que la maléfica cabeza del chonchón iba uniéndose al cuerpo de la niña por medio de una llaga colorada en el cuello, y las orejas como alas de murciélago que nunca terminaron de reabsorberse y por lo tanto era urgente, urgentísimo, ocultarlo todo bajo la papalina blanca del hábito de la Encarnación? ¿Es posible que la mirada del padre detuviera el proceso por el cual las manos de su hija iban recuperando su lozanía, haciéndolas retener para siempre formas sarmentosas, como palos negros deformados por nudos y ranuras, de ramas secas, retorcidas, que era urgente, urgentísimo, ocultar para siempre bajo el delantal de alguna orden? ¿No es posible que ante las figuras de estas mujeres que se confunden como imágenes de humo, mutables y constantemente mutando y vacilando y oscilando, el cacique haya sentido el pavor de ver disolverse a su hija y por eso la encerró inmediatamente donde fuera, en su cuarto, en las Capuchinas, en esta Casa construida como una red para atrapar cualquiera encarnación, aunque fuera híbrida o ya muy difusa, de su hija tan querida?

Puede ser. Todo es posible cuando interviene la Peta Ponce. Es para vencer a la Peta que no puedo dejar de preguntarme, con la intención de fijarlo, cuál fue el burdo hecho real que dio origen a este monstruo de tantas caras llenas de pólipos, de variantes infinitas y laberíticos agregados posibles que nada útil aportan y que sin embargo, de una manera o de otra, pertenecen. ¿Qué sucedió, en realidad? A fines del siglo dieciocho un riquísimo agricultor de ascendencia vasca, padre de nueve hijos y una hija, abandonó sus feudos del sur del Maule y encerró a su hija en un convento, dando origen a la capellanía vinculada a la familia Azcoitía: esto es histórico. ¿Pero por qué un padre querendón, viudo y ya no tan joven, iba a encerrar para siempre a su única hija en un convento? ¿Por qué castigarla por bruja si las brujas no existen, ni existen los chonchones ni los imbunches ni las salamancas? ¿Castigó a la nana para que el populacho siguiera creyendo en esas máscaras del miedo? ¿Por qué construir una Casa especial para encerrar a su hija si era verdad que la poseían éxtasis místicos y era material de beata cuya santidad podía y debía exhibirse?

Inés de Azcoitía no fue ni bruja ni santa. Estoy

seguro que sucedió lo más simple: la adolescente soli-
taria, encerrada en el remoto mundo campesino del
siglo dieciocho cuando apenas existían senderos, ni siquiera caminos, en la tierra virgen poblada sólo por
animales y hombres pendencieros, se enamoró de
un muchachón, quizá más delicado y hermoso, o simplemente más limpio que sus hermanos y su padre.
Encubierta por la vieja en su avatar de alcahueta que
nada podía negarle a su regalona, tuvo amores con el
muchacho, que la vieja le procuró. Puede haber sido un
vecino. O un mozo, o un caballerizo, cualquiera, no
importa. Me pregunto si no sería el parto de su hija
lo que cubrió el poncho paternal al extenderse por encima de la puerta demasiado grande de la realidad.
¿No torció la furia de la peonada hacia la vieja para
que la destruyeran porque ella era la única que sabía
el secreto? ¿No escamotearía a su hija de la realidad
para que encerrada en esta Casa expiara un pecado
vulgar, dando nacimiento a una leyenda en vez de a un
bastardo?

　　¿Y ese bastardo? ¿Y el padre del bastardo?

　　Naturalmente, era necesario deshacerse de los dos.
Al padre bastaba con no buscarlo. Ignorarlo. Aquí no
ha pasado nada. Mi hija tan querida, que es casta y
pura, va a profesar en una orden religiosa y es para
agradecer al Altísimo el don de su ejemplar virtud, que
yo instauro esta capellanía. No hay mancha. No hay
hijo, jamás lo hubo y jamás lo habrá. Y si no hay hijo,
claro, no puede haber padre ni venganza al padre que
no existe. El silencio completo del cacique, que no confió el secreto ni a sus propios hijos porque ellos no
comprenderían una venganza tan fina como la de no
vengarse, anuló a ese pobre padre tímido que huyó
antes que esos nueve salvajotes lo mataran, pero no
lo mataron porque no lo persiguieron porque no existe,
no hay padre, no hay hijo, mi hija Inés va a profesar
en una orden religiosa, es casta y pura, aquí no ha pasado nada...

　　El cacique se deshizo de su nieto abandonándolo en
la casa de un peón en otro de los fundos de su propiedad que debieron atravesar en su viaje a la capital.
El bastardo creció como huacho sin nombre ni origen,

criado por cualquiera, moquillento y desnutrido, confundido con los chiquillos moquillentos y desnutridos de la peonada. Seguramente, al hacerse hombre, él también tuvo hijos moquillentos y desnutridos que esparcieron la sangre de los Azcoitía por toda la región, mezclándola con la de los campesinos del sur del Maule. Cuando un caballero procrea bastardos en las mujeres de sus tierras los hijos conservan con cierto orgullo la marca del bastardo hijo del patrón, y es como si este solapado orgullo acentuara en el bastardo las facciones del padre que todos, menos su padre y su madre oficial, señalan como suyo. Pero cuando es una mujer la que da a luz un bastardo, el hijo pierde instantáneamente todo vestigio de identidad, se borran todas las huellas de su origen exaltado: en este caso, no es sólo la barra negra que cruza los blasones sin borrar las armas, es la mancha que las oscurece y las estompa para que nadie vaya a reconocerlas, porque aquí no hay hijo, aquí no ha pasado nada...

La Peta Ponce nació en uno de los fundos de los Azcoitía al sur del Maule, de una estirpe oscura y anónima allegada a la familia preclara, trabajando sus tierras y cuidando sus casas, cortando su maíz, pastoreando sus ovejas y pisando sus uvas para el vino. Dicen... dicen que la madre de la Peta tenía un trasero descomunal y que en tiempos de plaga de zancudos la tendían de noche, completamente desnuda, a los pies de la cama donde dormía la abuela de Inés para que así los bichos prefirieran cebarse en glúteos gordos, dejando limpia y lozana la carne de la dama que dormía sin molestia.

Estoy seguro que esa noche en el cuarto de la Peta en la Rinconada cuando murió la perra amarilla cuyos despojos nadie pudo encontrar, logré creer tan enteramente que era Inés la que gemía de placer bajo mi peso porque la Peta tiene sangre de la otra Inés de Azcoitía y desciende de ella, aunque generaciones y generaciones de antepasados humillados hayan sepultado toda huella de raza noble en la profundidad de su cara de hechicera mestiza... quizá la niña-santa misma, la niña-bruja misma se hicieron carne bajo mi peso esa noche para recibir de mí lo que engendró al monstruo. Sí,

veo el rostro de la antepasada en las tinieblas de mi
amor. Y después, hundiendo mi atención en las facciones carcomidas para escudriñar a la Peta, a veces
he logrado percibir, como un ečo que llega rebotando
desde una distancia infinita por el desfiladero de generaciones miserables, los signos tenues de las facciones
luminosas de la familia patronal, de Inés bruja e Inés
beata resucitadas en la Petra que me persigue para
apoderarse de mí y demostrarme que ella pertenece
a una estirpe, que tiene un origen, que tuvo madre y
padre y abuelos y tatarabuelos y chosnas, una de ellas,
seguramente, beata y bruja.

Quiere demostrármelo para reírse de mí porque ella
sabe que yo perdí mi origen, o más bien sabe la verdad,
que el doctor Azula me extirpó el ochenta por ciento
que incluía a Humberto Peñaloza escritor, a Humberto
Peñaloza secretario del prohombre, a Humberto Peñaloza de capa y chambergo recitando versos en las cantinas, a Humberto Peñaloza hijo del profesor primario,
nieto de un maquinista de un tren de juguete que echó
tanto humo que no se puede ver más atrás. Sí, hasta
esos modestos orígenes me robó el doctor Azula, dejándome convertido en ese lamentable veinte por ciento.
Las viejas dicen muchas cosas en esta Casa. Ahora que
los rematadores hacen pilas de objetos en los corredores, es cierto que murmuran menos por la fasci-
nación de sentarse sobre un montón de ocho colchones y dar bote sobre ellos como guaguas desdentadas, mira, Zunilda, así debe ser el Cielo, pero siempre les queda tiempo para murmurar, dicen que misiá
Inés llega la semana que viene, dicen que llegó y no
va a venirse todavía y quizá no se venga, no, dicen que
no es cierto, que no ha llegado, que hizo una peregrinación a Fátima y otra a Lourdes, dicen que cuando
misiá Raquel le regaló la llave de su celda a la Madre
Benita la Madre Benita puso cara de mártir y le dijo
qué quiere que hagamos con todas esas cosas como si
misiá Raquel no tuviera cosas valiosas, tan buena misiá Raquel, pero la Madre dijo ahora que el Mudito
está así no voy a tener quién me ayude a sacar las cosas
de su celda y ordenarlas porque desde que el Mudito
anda así es como si fuera otra vieja más, misiá Raquel,

como la Madre Anselma y la Madre Julia, cuando se
acabará esto, que hasta el Mudito ande enfermo, si
apenas se puede tener en pie y cuando estuvo clavando las puertas se cayó de la escalera y tuvieron
que ayudarme a terminar las huerfanitas, pobre Mudito, de dónde habrá salido... murmuran, susurran,
hace años y años que las viejas cuchichean y sus cuchicheos quedan pegados a los muros, pero las viejas
duran poco porque tienen muchos años y se mueren
pronto y llegan otras viejas que oyen los rumores, las
murmuraciones que deformadas transmiten a las viejas más nuevas que morirán un poco después que
las anteriores después de haber transmitido el acervo de sombras y la caterva de rumores recogidos aquí
en la Casa, a sus sucesoras... dicen... dicen que el Mudito nació aquí en la Casa, claro pues Clementina, pobrecito el Mudito, si nunca ha salido a la calle en
toda su vida porque le tiene miedo a las bocinas de
los autos, cómo va a ser pues Mercedes —otra, no la
Mercedes Barroso, a ella se la llevó el furgón de la
Beneficencia Pública que nos viene a llevar a casi todos— cómo le va a tener miedo a las bocinas si es sordomudo... será, pero siempre ha estado aquí, dicen que
desde antes que la Madre Benita, cuando había muchas,
muchas monjitas, no como ahora, y dicen que entonces una chiquilla joven amaneció en el umbral de la
Casa y las monjitas que eran muy buenas, no rabiosas y mandonas como la Madre Benita que no sé por
qué se estará poniendo así, entraron a la chiquilla
para adentro, para el patio y ahí, dicen, la chiquilla parió a un sietemesino que entre las asiladas de
entonces criaron y salvaron de la muerte pero no pudieron salvarle ni el oído ni la voz, y dicen que por
eso, porque es sietemesino, el Mudito es tan chico
claro que se está achicando más y medio idiota dicen
que es también claro que una nunca puede saber si la
gente es idiota cuando no dice nada mírenlo como
anda ahora último, raro anda el pobre Mudito, casi no
se mueve, como tullido parece que estuviera el pobre
hombre. Le pica el cuerpo con tanta mugre y la cabeza con los piojos pero no puedo rascarme, lacias las
manos y los brazos, todo el día sentado al sol, cuando

hay sol, en el sitial gótico que una señora que vino
a su celda ahora que van a demoler la Casa, a elegir las
cosas que le conviene llevarse y decidió que no, es
muy grande, dónde lo voy a meter, se lo regaló a la
Madre Benita y cuando la Madre Benita le dijo gracias
pero qué quiere que haga yo con un mueble así de grande ahora que va a haber remate, y yo qué hago si no
me cabe en mi departamento moderno y además las
cosas estilo gótico ya no se usan dice el *House and
Garden* que saca monadas pero eso sería lo de menos
porque yo tengo mucha personalidad para poner mis
casas según todas mis amigas así es que no comprendo
y me ofendo un poco porque usted dice que este sitial
no le sirve para nada, cómo va a ser, es bueno, de
nogal, era del *hall* de la casa de mi mamá en la calle
Dieciocho además dicen que no es verdad que van a
demoler porque la Inés se va a venir a vivir aquí...
dicen que hizo voto de pobreza... con sus millones... alguien que la vio en Roma, o en Suiza, no sé, en alguna de esas partes, dijo que ha cambiado mucho, dicen
que se dejó de teñir el pelo, dicen que tiene el pelo de
un canoso harto feo, dicen que al Mudito lo criaron
para sacristán entre las asiladas y las monjitas aquí en
la Casa, por eso es que es tan bueno pero está tan concluido, tan cansado el pobrecito que parece que ya ni
mirara, eso no es verdad, yo veo, miro, mi mirada nostálgica es lo único vivo que me queda de lo que siempre existió y me relaciona con el origen que ahora me
queda porque dicen... dicen que una señora que antes
vivía aquí en el patio del lavadero le oyó decir a una
mujercita que se murió hace mucho tiempo y esa a
otra que me conoció entonces, que yo era una guagua
muy linda, con esas caras chiquitas y cerosas de niño
enfermizo pero con los ojos muy grandes y tristes
como si siempre estuviera a punto de llorar, y una
mendiga en una población callampa me encontró un
día en su puerta, desnudo, a la intemperie de la misma
noche a que la Iris me expulsa para que vaya a traér-
selo pero yo sólo puedo quedarme detrás del vidrio en
la fachada mirando para adentro y lo miro desde la
lluvia, en su biblioteca de sillones grises abriendo

un paño de su biblioteca que no son cien tomos de
un libro verdoso con mi nombre en el lomo sino que
los simula, es sólo una puerta que cubre la caja de
fondos cuyo contenido no me interesa, sólo me interesa regresar a la Casa con uno por ciento menos
ahora que sé que mi nombre sólo existe en el lomo
de esos cien libros simulados, quizá mi nombre mismo sea simulado, esperando que la Iris me deje entrar como esa mendiga que me encontró en su puerta, en el frío de la intemperie una noche. Nadie en la
población sabía quién era mi madre y para qué decir mi padre, eso nunca se sabe, casi nadie tiene padre, cuando mucho un profesor primario corto de vista, el traje oscuro encanecido por la tiza del pizarrón.
Pero mi mirada era tan desgarradoramente triste —solamente triste entonces, una forma inferior de la nostalgia que después me dotaría de tanto poder— que
la mendiga que me encontró se dio cuenta de mis posibilidades y no se deshizo de mí como hubiera sido
natural porque yo representaba una boca más y los
tiempos no estaban para caritas... dicen que esa vieja
salía conmigo envuelto en harapos, pocos, para que el
frío me pusiera la piel verdosa, a pedir limosna en las
calles o en las puertas de las iglesias, a la salida de la
novena de la tarde. Cuando se daba cuenta de que los
feligreses iban a comenzar a salir del templo me pe-
llizcaba para que llorara. Era tal el dolor de mi expresión, tan desgarradores mis gemidos, que la gente caritativa se acumulaba alrededor de la vieja para verme
llorar y llenarle las manos de monedas... dicen que
nunca me daba mucho de comer esa señora para que
no fuera a engordar y estuviera siempre al borde del
llanto, hambreado, transparente, así era más conmovedor, más comercial mi aspecto... dicen, fíjese Lucy,
dicen las malas lenguas que esa vieja se enfermó y ya
no tenía salud para salir a callejear pidiendo limosna
conmigo en brazos, que a pesar del hambre iba creciendo, ya no era liviano, y como ella ya no salía pero
mi fama se había extendido por toda la ciudad me
arrendaba a otras viejas que me llevaban en sus brazos,
hambriento, lagrimoso, para incitar al público a dar
limosna, las viejas a que me arrendaba también me

pellizcaban para que llorara, pero a la salida de la misa
también me hacían cariño sobre todo cuando los cré-
dulos se arremolinaban alrededor nuestro para dar
una limosnita por el amor de Dios, no llore mijito
lindo, tan lindo mijito el pobre, miren cómo llora,
claro, si tiene mancha al pulmón, pobrecito, mi único nieto, y mi hija en el hospital y el padre qué sé
yo dónde andará, ése es un fresco que se hizo el leso
y adiós, y yo, ya ven ustedes, una pobre vieja inválida
incapaz de trabajar para comprarle un poco de leche,
un pedazo de pan que ponerle en la boca para que esta
criatura no llore tanto y cuando no llora es peor porque la expresión de sus ojos... y de vuelta a la población arrastrando las chancletas por la vereda para
no pagar la micro, las monedas sonando en su bolsillo
pesado escondido entre los pliegues de sus harapos,
para devolverme a la vieja que no era mi madre ni mi
abuela sino mi dueña, y que después se murió y me
dejó en herencia a otra vieja, y esa vieja a otra... hasta
que dicen fíjese Melania que lo trajo para acá para
la Casa la primera de todas las asiladas, una señora
muy callada y muy buena dicen que era y se llamaba
Peta Ponce, entonces dueña del Mudito que estaba demasiado grande para salir a pedir limosna con él, pero
esa señora era muy vieja, y dicen que una tarde salió
sola a andar por los pasillos de esta Casa que son tan
largos y se ponen oscuros desde tan temprano y hay
tantos patios y tantos sótanos y tantos corredores, no
sé si ha visto la pila de cojines que los rematadores
juntaron en el corredor del otro patio, cojines y plu-
mones y almohadas, vaya, Melania, vale la pena verlos,
hay cosas buenas, y como le digo, dicen que esta señora un buen día salió a andar por los pasillos y se perdió
aquí en la Casa y nunca más la volvieron a encontrar,
como si la profundidad se la hubiera tragado, la buscaron en los sótanos y en todos los pisos pero nada, no
apareció y tampoco aparece en los registros como
muerta, así es que no sé dónde estará...
—Y ahora cortaron la electricidad.
—¿Qué terrible, no?
—¿Por qué la cortarían?
—Porque van a demoler.

—Si no van a demoler.

—¿Cómo no van a demoler?

—¿Cómo van a demoler si misiá Inés va a llegar?

—¿Quién te dijo, Amalia?

—Dicen...

—No puede venirse sin electricidad...

—Es que la cortaron por mientras no más...

—¿Para qué?

—Están arreglando los cables de la celda de misiá Inés.

—Pero no salgamos nosotras a caminar por los pasillos para no perdernos como esa señora que dicen que se perdió aquí, cómo se llamaba, no, no se llamaba Peta Ponce, se llamaba Peta Arce, no, Peta Pérez Arce, claro, y no era la que trajo al Mudito, porque la que trajo al Mudito era otra señora... dicen que ni siquiera lo trajo una señora, dicen que el Mudito llegó aquí un buen día cuando estaba lloviendo y...

22

EL PAPEL QUE eligió misiá Raquel para la celda de
Inés resultó ser un modelo color ocre muy clarito, casi
transparente, con un diseño de liras estilizadas como
las que tocan los ángeles en el cielo, blancas unas, otras
color ocre un poco más oscuro. Muy sobrio, muy elegante, y nada pretencioso, como tenía que ser para la
habitación de alguien que ha hecho voto de pobreza.
Pero bajo ese discreto papel angélico, entre el muro y
el papel nuevo y para protegerlo de la aspereza del
adobe, yo pegué una camisa de papeles de diario como
en las covachas de las viejas, noticias pavorosas des-
provistas de urgencia pero con el pavor intacto, miles
de prisioneros políticos olvidados en las cárceles desde hace treinta años, miles de vidas destruidas por las
crecida del Yang-Tsé-Kiang, ultimados los Watusi, hambruna en el nordeste del Brasil, rostros alarmantes y
alarmados, manos clamando entre ruinas de ciudades
asoladas por guerras y terremotos, ojos que imploran
clemencia ante el horror de lo inevitable que ya llegó,
que está sucediendo, gritos silenciados por la distancia
y el tiempo porque el horror arrancado de su contexto
es aún más horrible y más horrible aún convertido en
papel de diario que uso para organizar un rompecabezas sobrecogedor bajo el papel pintado que lo cubre
todo y mantiene intacto el espanto.

—Bonito.

Abrió la maleta sobre su cama.

—¿Sí, no es cierto?

Se sacó su vestido negro y su abrigo y se puso zapatillas y una bata lacre.

—¡Qué elegante, misiá Inés! Siempre había oído decir que las cosas italianas de ahora son preciosas...

—Es suiza. Es lo único que compré en Europa, fuera de media docena de vestiditos negros, todos iguales, que me durarán hasta que me muera.

La Madre Benita la ayuda a colgar sus desilusionantes vestidos negros en el ropero y le dice que creía que el proceso de beatificación estaba muy avanzado y que por eso se demoró tanto en Europa. Y la fila de zapatos negros con sus hormas en la parte de abajo del ropero.

—No, estuve en un sanatorio en Suiza después del choque que sufrí cuando los cardenales me dijeron que no...

Y mueve la cabeza, definitivamente, como deben haber movido la cabeza los cardenales diciéndole que no, que la beata no es beata, que no fuiste capaz de prolongar la estirpe mediante un hijo y que tampoco pudiste hacerlo sacando el asunto de la beata del baúl de las cosas viejas, para colgar su relumbrón en el árbol de la familia... mueves la cabeza: te ves en la luna del espejo, te tocas el pelo y sigues...

—...además quería dejar que me creciera el pelo para volver con canas, se acuerda que antes de irme me lo aclaraba, un poco como cuando era joven. Quise llegar con este moño de lavandera, sin ninguna pretensión, igual a las viejas que viven aquí. ¿Y usted cómo está, Madre Benita?

—Tan ocupada, ahora con esto del inventario para el remate.

—No va a haber remate.

—¿Habló con el Arzobispo?

—¿No le dije que no había hablado con nadie? Tomé un taxi directo desde el avión, me traje una maleta, y mandé las otras maletas en otro taxi a la casa. A ver que se aporten por aquí esos rematadores mañana... llámeme... los voy a echar a gritos y que le vayan a decir a Jerónimo.

La Madre Benita cierra los postigos. Se inclina para meter la maleta de Inés debajo de la cama. Al incorporarse la ve observando las liras con tal intensidad que parece que quisiera traspasar las liras, la camisa de noticias caducas, para penetrar al fondo del adobe de las paredes para desentrañar algo que está más allá de todo eso y que usted, Madre Benita, no sabe lo que es. Sin cambiar la expresión de sus ojos fijos en la pared y sin mirarla, le pregunta a la Madre Benita:

—¿Y la portera? ¿Cómo se llamaba?

—La Rita.

—¿Cómo está?

—Muy bien.

—¿No tendrá algún mensaje para mí?

—No me dijo nada.

—Claro, Jerónimo no ha llamado. No sabe que llegué. El taxi con mis cosas habrá llegado cuando él estaba en el Club y no sabrá que llegué hasta más tarde. Si llaman, que le diga la Rita que estoy rezando en la capilla y que no me pueden interrumpir. Yo vine a rezar y a hacer penitencia aquí.

—¡Pero misiá Inés!

—¿Qué?

—¿Que no sabe?

—No...

—¿No le contaron que lo primero que hicieron fue execrar la capilla y hace meses que está con las puertas condenadas y le sacaron los vitrales y todo?

Inés se cubre la cara con las manos.

—¿Por qué hicieron una cosa tan terrible?

—El Padre Azócar andaba muy apurado con el asunto del remate para comenzar la demolición... pero las cosas se han ido alargando. No dicen misa ni nada...

Inés se descubrió la cara: era otra cara, que a usted la atemorizó, Madre Benita, porque era como si una de las caras de detrás del empapelado de liras lo hubiera traspasado para ocupar con su alarma el centro de la celda.

—¿Hasta sin misas me quiere dejar Jerónimo?

—No diga eso...

—Usted no lo conoce...

—No...

—No sabe cómo es...

—No...

—Yo no vine a esta Casa para quedarme sin misas. Voy a avisar que trasladen el oratorio de mi casa para acá. Lo podemos instalar en la pieza de aquí al lado. Y que si el Padre Azócar tiene algún sentido de lo que le conviene, que me mande un curita que me diga misa y me traiga la comunión todos los días... en fin, mañana me las voy a arreglar. Ahora tengo sueño... voy a acostarme...

—¡Qué pena! Las asiladas están todas en la cocina esperando que usted vaya a saludarlas...

—Esta noche no... estoy cansada... mañana. Ah, Madre Benita, acuérdese, y que la Rita también se acuerde, que si Jerónimo me llama por teléfono no puedo hablar con él... de venir, no va a venir... no me va a dejar vivir tranquila llamándome por teléfono. Díganle siempre que estoy ocupada.

—Cómo no.

—Gracias.

—¿Necesita algo más esta noche, misiá Inés?

Camina alrededor de la celda palpando las liras con la yema de los dedos. Los retira, como heridos, y mete sus manos en los bolsillos de su bata lacre. Mira a la monja.

—No sé, Madre Benita...

—Bueno, me voy entonces...

—¿Dónde duerme usted?

—Un patio más allá.

—¡Qué grande es la Casa!

—Enorme.

—Es como si hubiera crecido mientras yo estuve afuera.

—Uno nunca termina de conocerla.

—Dicen que el Mudito es el único que la conoce entera. ¿Es cierto?

—Dicen. Pero dicen tantas cosas... puede ser... todo puede ser aquí en la Casa...

—No diga esas cosas, Madre por Dios.

Se sienta en la cama.

—Aquí está el timbre para llamarme si me necesita.

—Gracias.

—De nada.

—Madre...

—¿Sí...?

—¿Me oirán si grito?

—¿Por qué va a gritar?

—Le tengo miedo a las arañas.

—Limpiamos esto muy bien.

—...es que...

La Madre Benita te puso sus manos benignas sobre los hombros. Parada frente a ti te buscó la mirada para aliviarla con la suya, pero tú se la hurtaste.

—¿Qué le pasa, misiá Inés? Cuénteme...

No la miras.

—Fíjese, Madre, que desde que falló el asunto de la beatificación tengo unos insomnios terribles. No me los pudieron curar ni en Suiza, para eso fui a internarme. Y de las pocas veces que duermo, viera qué pesadillas, como cárceles, como si nunca fuera a poder librarme de ellas y estuviera condenada a vivir para siempre en el interior de una pesadilla, muchas veces ni sé si estoy adentro o afuera...

—No sabe si está dormida o despierta... es terrible...

—¿Cómo sabe?

—A mí también me ha pasado...

—Pero no como a mí y me da tanto miedo. Creo que lo mejor sería que me instalaran un teléfono aquí en mi pieza por si acaso...

—¿Por si acaso qué, pues misiá Inés?

—Hay olor a cemento.

—No parece...

—¿No han estado haciendo construcciones?

—Pero si van a demoler.

—Esta Casa no era tan grande.

—No va a haber crecido.

—Pero no era tan grande.

—¡Cómo va a ser, pues misiá Inés!

Tú te fijaste sin saber que te fijabas, al entrar a la Casa: las puertas que he tapiado con cemento y ladrillo, porque hay que tapiar habitaciones y galerías para no perderse, yo me ocupo de eso, las ventanas que he ido sellando para que no las destruyan: encima, sin que la Madre Benita ni nadie se dé cuenta, voy poniendo enlucido y pintando manchas de humedad y

de vejez de modo que nadie sospeche que detrás están
esas habitaciones y galerías y patios y pasadizos. Nadie
nota el cambio. Sólo tú, que sabes que tapiando y clausurando se agranda, no se restringe, el ámbito de la
Casa porque nadie, nunca, ni demoledores ni rematadores van a poder entrar a los sitios clausurados.

—¿Es el baño que está sonando así?

—No, es la acequia del patio.

—No me va a dejar dormir.

—Mañana la hago arreglar.

—No, esta noche. Tengo que descansar.

—Voy a ver.

—Espere, no se vaya todavía

—¿Necesita algo más?

—Creo que no.

—Bueno, entonces…

—Madre Benita…

—¿Sí?

—¿Usted cree, no es cierto?

—¿En qué?

—En la beata.

—Bueno, yo…

—…es que me han dejado tan sola…

—¿Y su marido?

—¡No lo conoce!

La Madre Benita no entiende. Cuando ella se sienta
a tu lado sobre la cama, tú te levantas y comienzas a
caminar por la pieza, mirándote de pasada en el óvalo
de espejo del ropero, quizás adivinando los rostros fur-
tivos que se definen detrás de las liras, paseándote de
arriba abajo, de arriba abajo por tu celda.

—¿Pero quiere decirme, Madre Benita, qué mayor
prueba quieren de que fue beata que la existencia de
esta Casa?

—Tiéndase mejor…

—Dígame, usted que es una mujer creyente.

—Misiá Inés…

—Dígame…

—¿Lo del terremoto famoso ese…?

—Y que está sepultada aquí, en la Casa, y que yo
voy a buscar sus restos aunque tenga que cavar con
mis propias uñas… mire cómo las tengo. ¿Se acuerda

lo bien cuidadas que tenía mis manos antes? Eran mi lujo. Mire ahora...

Sacas las manos de tus bolsillos y las muestras, temblorosas, las uñas destrozadas, astilladas. La Madre Benita las toma, las junta para que no tiemblen tanto y las vuelve a dejar en tu regazo lacre.

—Una lástima.

—¿Sabe qué pasa?

—Descuido... ya no le interesan las vanidades...

—No, es que en la noche, dormida, esas pocas veces que duermo, parece que trato de aferrarme de algo, de cualquier cosa, que rasguño la sábana, la cama, lo que sea... viera cómo dejé la cabecera de mi marquesa en el Gran Hotel de Roma porque soñaba algo que no me acuerdo y trataba de agarrarme de lo que fuera, y después, en el día, para que no duelan tanto me como las uñas y me duelen más... por eso me interné en Suiza. Estuve muy mal en Roma.

—¿No quiere acostarse?

—No.

—¿Una tacita de té?

—...a quemarlo todo, a eso vine, a quemar absolutamente todo lo que tengo guardado en mis celdas. Por eso voy a comenzar. Pero le quiero advertir una cosa, Madre Benita: no voy a quemar nada sin revisarlo por el revés y por el derecho y por adentro. Voy a leer todas las cartas y los recortes y los contratos y los reversos de las fotografías. Voy a buscar en todos los cajones, en todas las cajas, en los bolsillos de todos los trajes y vestidos y abrigos y hasta disfraces que tengo guardados apolillándose a pesar de que el Mudito cuida todo tan bien... en los forros y adentro de las carteras, y cada cosa que vaya revisando no crea que las voy a regalar ni a hacer caridades, voy a quemarlas, todas, y el Mudito me va a ayudar...

—¿Pero qué quiere encontrar?

—Algo, alguna cosa que me dé una pista. Había algo. Para no rasguñar cuando me duerma, si es que me duermo, aunque no creo que pueda dormir mucho.

—¿Le gustaría un almohadón además de la almohada?

—No. Quiero hacer penitencia.

—Ya que se sacó su bata métase a la cama, no ande
así medio desnuda, mire que esta celda está recién
empapelada y un poco húmeda. En un par de días va
a estar seca.

—¿Qué le estaba contando, Madre Benita?

—Que quería encontrar no sé qué cosa.

—Eso es lo que me deprime más.

—Qué.

—Que nadie, ni yo, nos acordemos.

—Duerma ahora. Descanse. Tenemos tanto tiempo
por delante para conversar. No se deprima. Aquí todas
la vamos a regalonear, va a ver. Y se puede quedar todo
el tiempo que quiera...

Estás con tus greñas plomizas sueltas sobre los hombros, los pies desnudos, la Madre Benita tratando de
obligarte a que te pongas las zapatillas, rogándote que
te acuestes, que te calmes, que tomes un vaso de agua.

—¿Cómo se atreve a tener la impertinencia de con-
vidarme a vivir todo el tiempo que quiera en esta
Casa, si esta Casa es mía y nada más que mía? Sí, Jerónimo puede haber firmado todos los papeles del
mundo pero la Casa es mía, no quiero que la boten, no
voy a permitir que ni un demoledor toque ni una de
estas paredes, la Casa tiene un secreto, algo opaco que
no entiendo ni yo ni usted ni nadie, pero es mía porque
sé que tiene un secreto, aunque nunca desentrañe ese
secreto y ese secreto me mate, es mía, claro que la
propiedad viene legalmente por la línea masculina, pero
somos nosotras las mujeres las que hemos preservado
esta Casa. Estoy segura que esta Casa no ha salido de
las manos de los Azcoitía porque una sucesión de mujeres piadosas que ya nadie recuerda, cada una a su manera, con sus mañas, con sus debilidades, con sus pequeñas tretas y secretos que no registra la historia, ha
ido impidiendo que su marido se desprenda de esta
Casa, siempre por motivos irracionales, totalmente sub-
jetivos, imposible comprender esos motivos que hicieron que generaciones de mujeres Azcoitía hayan ido intrigando y urdiendo una red de protección para esta
Casa... no sé qué esperamos de la Casa... imagínese
que un buen día, haciendo un hoyo en el patio del tilo,
por ejemplo, encontremos los restos de la beata... yo

me los voy a guardar para mí sola, la beata es mía porque nadie más, ni usted, cree en ella... la voy a guardar porque hay que guardar las cosas, con mucho cuidado aunque superficialmente parezcan cachivaches, esconderlas, envolverlas, porque en cuanto una saca a la luz algo que vale la pena ellos se apropian de eso, es mío, dámelo, tú no entiendes nada, anda a coser, anda a jugar bridge, llama por teléfono a tu prima mientras ellos se quedan con lo que una encontró, ellos entienden lo que significa y saben explicarlo, y explican tanto que las cosas dejan de tener significado... yo no quiero saber qué significa nada, quiero encontrar algo para no rasguñar en la noche cuando me duermo, si es que duermo, nunca sé... gracias, Madre Benita, sí, ese chal, a los pies de la cama, póngamelo por favor, así...

—¿Quiere que le apague la luz de arriba y le deje prendida la del velador?

—No me apague ninguna luz, voy a dormir con todas las luces prendidas y también déjeme prendida la luz del pasillo allá afuera, yo no sé para qué han gastado plata en hacerle agregados a esta Casa ahora último si la van a demoler... tan grande que la encuentro esta noche... será cuestión de acostumbrarse...

—Va a ver que en unos cuantos días va a estar más contenta que en su clínica y ni va a soñar.

Claro, Madre Benita, para qué va a soñar si yo me voy a encargar de regir su sueño, de guiarla hasta que se pierda en los pasillos y se encuentre con quien yo quiera y cuando yo quiera

—Lástima que no se les haya ocurrido arreglarme una celda al lado de la suya, Madre.

—Pero si usted puso cable diciendo que buscáramos el patio más antiguo...

—De veras.

—No debía tener miedo.

—No.

—Ella está protegiéndola.

—Si existió...

—Récele a Dios.

—Dios tiene cosas más importantes de qué preocuparse.

—Tome agua, y su veronal.

—No pienso tomármelo todavía. Qué sé yo qué voy a soñar esta noche, primera noche que duermo aquí en la Casa, capaz que sueñe y después encuentre que, mientras dormía, alguien, no sé quién ni para qué, tapió la puerta del sueño con cemento y ladrillos... por qué sentiré este olor tan raro...

Miras para todos lados.

—Anda alguien...

Tu oído finísimo, o tu necesidad de mi presencia, me sintió escabullirme en el pasillo. Le haces una seña a la Madre Benita para que se acerque a ti y murmuras en su oído:

—El documento que lo certificaba...

—¿Que certificaba qué?

—Desapareció.

—No puede ser.

—Sí. Lo tenía guardado en mi celda. Estoy segura. Jerónimo, para que fracasara todo lo de la beata, lo hizo desaparecer.

—Pero, misiá Inés...

—Todo lo necesario desaparece. Queda sólo lo inútil. Quizás no fuera por orden de Jerónimo... no sé, desapareció porque las cosas a veces desaparecen, nada más que por eso, porque los hombres las necesitan y las usan y las usan tanto que las gastan hasta hacerlas desaparecer... a no ser que nosotras las mujeres ignorantes que no comprendemos nada ni sabemos nada de nada y nos cansamos con todo y lloramos porque no tenemos otra cosa en qué entretenernos, nosotras a veces guardamos las cosas, las escondemos para que ellos no las usen y después las boten y pasen a otra cosa... nosotras no, las guardamos porque nos llamamos por teléfono y comentamos y hablamos estupideces y nos contamos chismes, pero en esas estupideces y en esos chismes que nos contamos por teléfono, en la cama, por la mañana, con las migas de las tostadas del desayuno en la colcha, en esos comentarios idiotas, a veces, una preserva algo importante disfrazado de cosa trivial, y otra mujer, una prima a la que una le debe visita, por ejemplo, y la llama por teléfono porque le aburre ir a verla, guarda eso, lo envuelve, lo preserva y lo transmite. Pero yo no tengo a nadie a quien contarle la historia de la beata, nadie quiere creer que existió siquiera, y menos que fuera beata... pobrecita... tan joven que murió... después que yo me muera a nadie va a importarle que la beata haya muerto joven. Si duermo bien esta noche y amanezco con energía voy a comenzar a quemar todas las cosas que hay en mi celda. Dígale al Mudito que esté preparado temprano para ayudarme, sí, aunque no tenga la fuerza de antes, aunque ya no sea más que un bulto, lo que sea, él sabe qué hay en mi celda, apenas claree el alba vamos a comenzar porque estoy viendo que con el ruido que hace esa acequia que yo creía que era el estanque del excusado no voy a dormir ni una pestañada... ahora, después del viaje, cuando más necesito descansar. A ver, deme el veronal, Madre... qué sé yo con qué me voy a encontrar adentro de mi sueño, lo peor es cuando no puedo acordarme de los horrores que soñé. Pero espere, Madre, espere mientras me saco la crema de la cara... páseme el espejito que hay dentro de la bolsa colorada que hay dentro de mi cartera negra, que está adentro de la bolsa de plástico, en un compartimento con cierre que hay adentro de la maleta que está debajo de la cama. Gracias, Madre Benita.

CASI NO ME muevo durante el día, sólo a veces, desde el sitial hasta el borde en un corredor para sentarme, la cara entre las manos, antes de ir a la cocina cuando hace frío, afirmándome en las paredes de los pasillos, tú me ves cuando pasas conversando con la Zunilda Toro y mueves la cabeza suspirando con esperanzas de que me reponga, pobre Mudito, se le tiene que pasar esto que tiene, pues Antonieta, cómo le va a durar tanto, yo estoy esperando que se mejore para comenzar a escarbar entre los cachivaches de mi celda porque sola no puedo, él sabe ayudarme, sabe dónde está todo lo que a mí se me olvidó dónde está, prefiero esperar unos días más hasta que el Mudito se reponga y así descansar un poco antes de poner manos a la obra, pero deambulas sin nada que hacer, Inés, tu piedad no encuentra centro porque el Padre Azócar todavía no ha conseguido la dispensa para instalar tu oratorio contiguo a tu cuarto, no es fácil rezar con piedad cuando hay que hincarse en el suelo. Ellas te siguen, tan buena misiá Inés, una lástima que ahora se arregle tan poco, hubiera sido más entretenido verla llegar de Europa hecha un brazo de mar, pero claro, cómo, si hizo voto de pobreza, dicen que es tan rica que compró esta Casa para venir a vivir aquí y por eso no hacen el remate, va a traer su oratorio, con un altar de oro, y después dicen que poco a poco va a ir trayendo de su casa todos sus muebles y sus cosas para amueblar la Casa para que quede linda, por eso es que ahora ya no vienen esos hombres intrusos que venían antes a meterse en todas partes para hacer lotes con números para el remate y hasta nuestras covachas querían desarmar, dónde quiere que vivamos si desarman nuestras rucas, a estas alturas no vamos a estar cambiándonos a las piezas sobre todo si las van a demoler, no es cierto, misiá Inés...

—No van a demoler.

—¿No van a demoler, misiá Inés?

—Mientras yo viva.

—Y usted tiene buena salud.

—No como nosotras, que tosemos tanto.

—Sí, pero ustedes no tienen insomnio como yo.

—¿Insomnio, misiá Inés?

—Duermo tan poco.

—¡Pobre!

Pobre, qué terrible no dormir, lo que es nosotras dormimos tanto que ni sabemos cuándo estamos dormidas y cuándo estamos despiertas, la Antonieta, esa vieja tan larguirucha con que la vimos conversando el otro día es famosa porque se queda dormida parada, y sigue hablando, parada y dormida. Claro que usted no puede entretenerse barriendo, como nosotras, o pelando papas, lástima que no le guste coser ni bordar, el punto cruz es muy bonito.

—Antes me gustaba.

—Pero ahora no.

—No tengo tranquilidad.

—Mata el tiempo.

—Después...

A la Rita vas a verla a menudo en la portería. La tarde cuando la Dora regresó de su salida anual a la casa de sus patrones —antes de Santa Teresa, un par de días, a preparar los dulces para el santo de la señora porque la Dora tiene mano de ángel para hacer pasteles y tortas— las tres estuvieron en la sala de la Rita, al lado adentro de la puerta de calle, donde está el teléfono de pared y apenas caben la mesa para hacer los apuntes, dos sillas y el brasero. A Inés le trajeron otra silla, una de las ubicuas sillitas doradas con asiento de damasco carmesí para que la señora se sentara un rato. La Dora apareció con dos paquetes. Abrió el más grande: yemas, trozos de torta, merengues, alfajores, príncipes, mano de ángel tiene la Dora para los dulces, misiá Inés, le decía la Rita mientras sacaba la tetera de las brasas para cebar el mate.

—Pruebe…

Probaste.

—¡Qué rico este alfajor!

—Pero le diré, Dora, que encuentro que esta torta mokha no le quedó tan buena como la del año pasado, quién sabe por qué será.

—Se me pasó la mano con el café.

—Se me olvidaba decirle, misiá Inés…

—¿Qué?

—Llamó el Padre Azócar.

—¿Para qué?

—Que va a estar aquí mañana a las once en punto.

—Ah, será para que firme los papeles para mi oratorio.

—Para eso.

—¿Y de mi casa no han llamado?

—Don Jerónimo.

—¿Qué dijo?

—Que cuándo se iba a ir para su casa.

Te reíste a carcajadas. Las viejas abrieron los ojos sorprendidas, cómo es posible que viviendo en un palacio como dicen que viven ellos dos solos con una docena de empleados se venga a vivir aquí y después se ría porque su marido dice que se vaya para allá, pero misiá Inés, por Dios, ya querríamos nosotras tener a alguien tan preocupado por nosotras que somos tan

solitas, a nosotras nadie nos echa de menos ni se preocupa de cómo estamos ni qué nos pasa, claro que
fuera de la Madre Benita, claro que no queremos que
usted se vaya de la Casa porque entonces demolerán y
nos echarán a la calle a pedir limosna por ahí, pero
hay que tener una guagua para pedir limosna y que den
plata, porque si una no tiene guagua la gente no da
y nosotras de dónde vamos a sacar una guagua. La
Rita patea a la Dora por debajo de la mesa para que
no hable de cosas que no debe ante gente como misiá
Inés, se puede enojar, no va a comprender, a nosotras
nadie nos comprende más que nosotras, hay que ser
una de nosotras para comprender y creer en la guagua de la Iris que sufre durmiendo con ella porque la
Iris la martiriza, sigue expulsándome todas las noches
para que salga a la intemperie y no me deja entrar
hasta la amanecida, cuando quedo agotado, lacio en
un pasillo, en el sitial gótico que era del hall de la
casa de mi mamá en Dieciocho, cómo no le va a servir,
Madre, y si no sirve remátelo y lo que saquen que sea
mi donación para la Ciudad del Niño, pero que no me
vengan a pedir más plata después, no he podido ni
divisar a la Inés, dicen que llegó hecha una facha, me
muero de ganas de verla, pero en cuanto tocan el timbre se esconde como una laucha, he venido una vez
esta semana y dos la semana pasada, pero ni la he
divisado, mis amigas no me pueden creer cuando les
digo por teléfono que es verdad que la Inés se arranca
y se esconde como si tuviera la lepra, dicen, claro,
capaz que la tenga, que por eso Jerónimo la encerró
con la excusa de que hizo voto de pobreza, a otro perro
con ese hueso, como si no supiéramos lo trapera que
era la Inés aunque he oído decir que ahora anda con el
pelo canoso y moño cuete y unos vestidos negros que
parece prima de curita de pueblo, qué dirá Jerónimo,
estará de muerte, la semana que viene tengo que ir
otra vez a la Casa porque voy a medir una hamaca
para mandarle a hacer los cojines, claro que es el
colmo que la Inés se deje estar así, todo es cuestión
de preocuparse un poco, mírame a mí que tengo tres
no dos años más que ella. No te han podido ver porque te escondes cuando tocan el timbre. Cuando no lo

tocan te pasas la tarde con la Rita, al lado del teléfono.

—¿Y este otro paquete, qué es, Dora?

—Un Canódromo que me regaló el niño menor.

—¿A ver?

—Yo sé jugar a las carreras de caballos, pero no a las carreras de perros. Capaz que se juegue igual.

—Me regaló el Canódromo el niño porque perdió tres perros y no quedan nada más que estos tres, de plástico son, éste colorado, éste azul, éste amarillo.

—Perra.

—¿Qué dice, misiá Inés?

—Que es perra.

—¿En que se nota?

—Son mejores para correr.

—¿Quiere jugar, misiá Inés?

—Ya.

—¿Pero cómo? El niño me regaló el Canódromo porque también se le perdió el dado y no se puede jugar a las carreras de perro ni de caballos sin un dado.

—Dicen que la María Benítez tiene un dado.

—¿Por qué no va a pedírselo prestado, Dora? Me dieron todas las ganas de ver correr a mi perra amarilla, a ver qué pasa.

Cuando se fue la Dora tú abriste las piernas, apoyaste los codos sobre las rodillas y extendiste las manos sobre el fuego. Después, como quien no quiere la cosa, le dijiste a la Rita que llamara a tu casa por teléfono, que preguntara por Jerónimo sin decir que ella estaba al lado del teléfono, y que por encargo de ella le dijera que mañana mismo mandara un ludo, un juego de damas, un dominó... en fin, todos los juegos que encontrara o se le ocurriera. La Rita marcó el número. Tú te quedaste esperando al lado.

—¿No contestan?

—No.

—¡Qué raro!

—¿Por qué?

—Porque a esta hora él está en la casa, acostado, oyendo el noticiario político en la radio, con el teléfono al alcance de la mano. Y además todas las empleadas...

—Ahora... ¡Aló!

La Rita, deshecha en venias y sonrisas como si don Jerónimo la estuviera viendo a través del aparato, se disculpa porque teme haberlo despertado, no, no lo ha despertado, habla con la Rita, la portera de la Casa, y don Jerónimo la saluda diciendo que la reconoce porque les ha tocado hablar tantas veces ahora último, que cómo está la Inés, se asusta porque si lo llaman por teléfono de la Casa a esta hora es que le pasa algo a la Inés, no, señor, cómo se le ocurre, está de lo más bien la señora, de lo más tranquila y contenta, Inés le arrebata el fono a la Rita para oír la voz de su marido y se lo devuelve para que la Rita conteste, los deja hablar otro poco y se lo vuelve a quitar para oír su voz, después se despiden y cuelgan. La Dora viene con la María Benítez. Las cuatro mujeres apenas caben en la salita de la portería. La Rita frunce sus cejas.

—¿A qué vino ésta?

—Se me pegó. No me quiso prestar el dado si no la dejaba que me acompañara. Estaba acostada. Tuve que esperar que se vistiera para venir.

—¡Qué vieja más pesada!

—¡Dios mío, misiá Inés!

—¿Qué?

—Habló igual, igual a la Rita.

—A ver, otra vez.

—¡Qué vieja más pesada! Metete, no sé qué viene a intrusear aquí en mi salita cuando nadie la convidó. Al olor de los pasteles habrá venido, no digo yo, si una no puede estar tranquila en ninguna parte...

Maravilladas escuchan tu voz y tus frases de vieja. Se ríen a carcajadas, incluso tú misma. Les cuentas que eres capaz de imitar todas las voces. La de la Dora. La de la Rita. La de la María Benítez. Hasta la voz de la Brígida que ya va para el año de muerta sabes imitar. Juegan a las adivinanzas. La Rita sale de la pieza y cierran la puerta. Las otras dos se quedan con Inés adentro y ella habla como la María Benítez: la María Benítez, acierta la Rita. Después sale la María Benítez. Inés habla como la Dora: la Dora, acierta la María, qué juego más entretenido, es como de circo, vamos a jugarlo un día con más viejas, con todas las viejas cuando estemos reunidas en la cocina después de misa algún domingo y con las huérfanas que se van a entretener mucho con este juego nuevo y también con los juegos que don Jerónimo dijo que va a mandar con su chofer mañana. La Dora fue la que sugirió:

—Apuesto que don Jerónimo reconocería que usted no es la Rita, por teléfono.

—Apuesto que no.

—Apuesto que sí.

—¿Qué apuestas, Dora?

—El Canódromo.

—Ya. ¿Y si gano yo? Te doy este vestido negro.

—Pero si no es para tanto, misiá Inés.

—Y no tiene más que seis.

—Te apuesto este vestido de lana, suizo, bueno, bien abrigado, que te va a quedar perfecto, contra el Canódromo que te regaló ese niño.

—Bueno.

Marcas el número de tu casa. Esperas un poco. Es él. Qué quiere, Rita, qué pasa otra vez, me tienen inquieto porque estoy seguro que algo le pasa a la Inés y no me quieren decir nada, no, no, cómo se le ocurre, don Jerónimo, lo que pasa es que tiene frío y quiere que le manden sus abrigos de pieles, el visón que es tan sufrido dice, y el astracán, y también la cajita con sus alhajas que no son muchas ni muy importantes, pero dice misiá Inés, tan piadosa, que hizo una manda que tiene que pagar con todas sus alhajas ahora que hizo voto de pobreza, una no puede tener alhajas cuando hace voto de pobreza dice la señora, don Jerónimo. ¿Qué quiere que le diga a ella, don Jerónimo? ¿Que mañana a las doce? ¿Que va a venir usted? Ella no lo va a poder ver porque quiere descansar, quizás después, la semana que viene o la otra, ahora no porque quiere rezar mucho y arrepentirse de todos sus pecados aunque yo no sé de qué pecados estará hablando una señora tan católica como misiá Inés, bueno, que mande todo, los juegos y los paltós y la cajita de alhajas mañana a las doce con el chofer. Cómo no, don Jerónimo, y usted también cuídese. Y disculpe la molestia, señor, que yo no hice más que obedecer las órdenes de misiá Inés. Colgaste: ustedes las cuatro viejas lanzaron carcajadas y mientras reían y les corrían lágrimas de risa, tú ibas a hacer un paquete con el Canódromo de la Dora.

—El dado es de la María Benítez.

—Tómalo, María.

—Gracias, señora.

—¿Para qué lo usas?

—Lo tenía guardado.

—Te lo juego.

—¿A qué?

—Al Canódromo.

—¿Contra qué?

—Lo que quieras.

—¿Me quedará bueno ese vestido?

—Te lo juego contra tu dado.

—Bueno, María, tú eres la perra colorada, yo soy la perra amarilla. Lástima que estos animales sean tan ordinarios, de plástico, conociéndolo, seguro que Jerónimo mañana me va a mandar un ajedrez chino y un tablero de damas de marfil y ébano, así es de botarate y pretencioso. Pero fíjate, Dora, está de lo más viejo este tablero de Canódromo, es una porquería, no ves que se está partiendo aquí en el medio donde se dobla que es donde siempre se parten los tableros de Canódromo, mañana, cuando tenga un tiempecito, voy a coserlo para que no se termine de romper.

—¡Qué miedo, señora, no hable como la Brígida!

—¡No vaya a ser pecado, está muerta hace un año! Si hasta voz de vieja se le pone...

—Vieja soy.

—Pero no es ni la María, ni la Dora, ni la Rita, ni la Brígida, es usted misma.

—Pero puedo ser la Brígida.

—¿Cómo?

—Apaguen las luces.

—¡Ni muerta...!

—Amalia, mujer, pásame el tarro con las galletas y anda a decirle a la Madre Benita que cuando tenga tiempo pase por aquí un ratito que tengo que decirle una cosa, pero que no se moleste por mí, cuando tenga tiempo no más...

Entonces te ríes como la Brígida y las tres viejas, serias, arrinconadas, mirando tu mandíbula balbuceante y sin dientes, tus manos que mueves como las de la Brígida, el meñique un poco levantado, te ruegan que no, les da miedo, y entonces tú te vuelves a reír y les dices ya, chiquillas, atraquen las sillas para jugar, no, voy a jugar con la María no más, ya, el número mayor empieza. Yo, seis. Tú, cuatro, yo empiezo: seis otra vez, bravo, me toca de nuevo: cuatro, al agua, para atrás. Tú, María, no brujulees tanto el dado con tus manos de madera, tiras, tu perra avanza, corre, galopa, se adelanta, la mía no puede, cae al agua una y otra y otra vez, qué mala suerte, no puedo pasar, me dejó atrás, mi perra amarilla está vieja, no sirve para nada, renga, encogida, no corre, apenas se arrastra y casi no puede salir del agua mientras la perra de la María llega sin dificultad a la meta.

—¡Ganó la María!

—Ganaste...

—¡Es que es perro!

Tiras el animalito de plástico al brasero, se chamusca, lo miras arder con tus ojos iracundos que esperan que se consuma en la oleada de humo fétido, se disuelve chirriando sobre las brasas, los ojos pican con el humo del plástico, qué olor más asqueroso, a azufre será, qué humo más tupido, mientras las viejas te desnudan en la humareda despojándote de tu buen vestido de lana negra para la María, voy a tener que tomarle un poco de la sisa, te vi en el humo, Inés, tu cuerpo desnudo tiritando, sí, lo vi, lo vi, no podrás negarme que ahora sí que vi tu cuerpo y lo conozco ahora que riéndose de tu fracaso las viejas te desnudaron y encorvada por tu derrota salista con la cabeza gacha, mientras desde la puerta que despedía humo fétido las tres viejas te decían que tuvieras cuidado con las corrientes de aire, mire cómo el viento se lleva el humo de la perra amarilla, que duerma bien, misiá Inés.

—Ojalá.

—Buenas noches.

—Buenas noches.

23

NO QUIERO QUE quemes nada todavía. Lo quema-
remos todo cuando llegue el momento. Por eso paso el
día enfermo, encogido en mi sitial gótico, al sol, vigi-
lándote mientras esperas que me reponga para que te
ayude: sentada en el corredor de la cocina pelas papas
en una olla con una vieja harapienta que puede haber
sido la Madre Anselma, y otras dos que te están contando el funeral de la Brígida. Te levantas. Dices que
tienes que ir a barrer tu habitación, no, no, misiá Inesita, no se moleste, yo se la barro, yo le lavaré su ropa
interior, sus medias, la ropa blanca no hay que colgar-
la al sol porque se pone amarillenta pero se puede colgar al sol si se cuelga al revés, no importa porque ya
no tengo ropa interior blanca y quiero hacerlo todo
yo, que nadie trabaje por mí. No es que me lo haya
propuesto sino que un buen día me encontré barriendo mi pieza, haciendo mi cama, lavando mi ropa como
la cosa más natural del mundo. Pelo papas. Que no
me manden mi oratorio. Rezo hincada en el suelo
como las demás, y si ellas se pueden pasar la vida sin
sacramentos también puedo yo. Vienen las señoras,
mis amigas o conocidas, a buscar cosas en sus celdas
y le preguntan a la Madre Benita: ¿Pero que no dicen
que la Inés Azcoitía vive aquí ahora? ¡No la veo desde
antes de que se fue a Europa! ¿Cómo está? ¿Por qué
no le dice que me gustaría hablar dos palabritas con
ella? No se dan cuenta que yo estoy al otro lado del patio, pasan junto a mí sin reconocerme y vuelven a salir,
irritadas porque vinieron a curiosear y no me vieron:

dicen que anda hecha una facha la Inés, figúrate, con sus millones, y envejecida que da pena, una mujer como ella que ha sido una de las mujeres más elegantes, increíble, pero de vuelta de sus celdas las señoras —que antes eran la Picha y la Olga y la Rosa y la Tere, pero ahora son las señoras— no me reconocen al pasar junto a mí, se tuvieron que conformar con un rollo de alfombra de pasillo que la Iris Mateluna arrastra en el carro que era del Mudito, pero que él ya no puede arrastrar porque no ha estado nada de bien el Mudito, se pasa el día sentado en ese sitial adornado con gárgolas de madera y te acercas y me pones la mano benigna en el brazo y me preguntas: ¿Cómo amaneciste?

Yo muevo apenas la cabeza. Tengo los ojos opacos. Sigues de largo después de quitar tu mano de mi brazo tullido por las vendas, mi cuerpo agotado por mis correrías en la noche, si supieras, Inés, si supieras lo que yo sé y que no quiero decirte, no puedo decírtelo porque me tiene tullido y agotado, eso es lo que me está reduciendo más y más, ya estoy tan pequeño que una anciana me podría cargar en sus brazos, pero en las noches salgo y voy a la casa amarilla frente al parque para asomarme por la ventana y oigo voces, don Jerónimo y misiá Raquel hablando, misiá Raquel va a venir hoy, ella te ha respetado pero don Jerónimo le ruega y ella consiente y vendrá a decirte que estás muy pesada con Jerónimo, Inés.

—¿Qué quieres que haga?
—No sé.
—¿Que me vaya a meter en su cama?
—¿Cómo puedes pensar una cochinada así?
—¿Ves?
—¿Qué?
—Que es una cochinada.
—Es una manera de decir...

Que me dejen tranquila, que Jerónimo sobre todo me deje tranquila. Los empleados tienen derecho a una jubilación y no veo por qué yo no voy a tener ese mismo derecho, sesenta y tres años, por Dios, si hubiera tenido hijos, si ahora fuera abuela Jerónimo me dejaría tranquila. No te va a dejar tranquila, eso lo sa-

bes, tiene que vengarse porque no le diste el hijo que
necesitaba y no me deja descansar, la idea de que Jerónimo vuelva a tocarme sexualmente me vuelve loca,
no puedo soportarlo... usted la abraza y lloran juntas
y usted le dice que no llore, que no puede creer que
Jerónimo que es un caballero... eso es lo que tú crees,
Raquel, está acechándome allá afuera y mientras me
aceche y me espere no tendré paz, lo único que puedo
tener es miedo y lo único que me protege son estas
paredes que quiere derribar, por eso tengo que confundirme con las viejas.

—¿Supiste que se murió la Brígida?
—Voy a mandarle a decir unas misas.
—Gracias. Te quería.
—Yo también a ella.
—Es curioso, Inés... te he estado sintiendo arisca,
agresiva, como si ya no me quisieras, pero cuando
siento que de veras quisiste a la Brígida, siento que
tu cariño me toca. Porque no tienes cariño, Inés, es
como si te lo hubieran extirpado con una operación,
claro, la clínica en Suiza, ya lo sabe todo el mundo...
dicen que la Inés estuvo en Suiza fíjate... a qué habrá ido cuando tenía una salud de fierro... en un sanatorio... para los nervios... sí, podría ser para los nervios, pero hay otras cosas que ustedes no saben: Inés
no fue a Europa por lo de su beata, ésa fue su coartada, podía haber despachado ese asunto en un par
de semanas y estuvo un año entero. Podía haber con-
tinuado el proceso por correspondencia, le dice don
Jerónimo a misiá Raquel en su biblioteca de sillones
grises, le muestra el *dossier*, le asegura que incluso
comprende que te hayas internado en Suiza todo el
tiempo que necesitaras para reponerte del golpe —una
tontería de la Inés esto de la beata, en fin, qué tengo
que meterme yo—, pero don Jerónimo le está diciendo a misiá Raquel otra cosa que no alcanzo a escuchar, el ruido de los autos que pasan, el temor que me
vean asomado a la casa de un hombre rico, me pueden
llevar preso y por eso cuando pasa alguien me escondo,
no alcanzo a oír toda la conversación que necesito oír
para comprender, no oigo porque corre el viento que
me despoja de la facultad de oír, ustedes dos hablando

detrás de ese vidrio en la biblioteca iluminada, el fuego en la chimenea, amistad de años, más de medio siglo, un ligero parentesco, una intimidad que jamás he podido tocar, se cuentan cosas y se confiesan secretos que nadie que esté acá del vidrio puede oír porque el ruido es insoportable y sólo agarro retazos del diálogo que debía aclarármelo todo antes que usted hable con Inés:

—¿No hiciste una peregrinación a Fátima y a Lourdes?

—Sí. Pero no fui a Europa a eso, Raquel.

—Sí sé, a lo de la beata.

—No, a algo mucho más difícil. Fui a envejecer. A hacer lo único posible para que me deje tranquila.

—No entiendo...

—La clínica en Suiza...

El doctor Azula con su ojo único brillando de rapacidad. Sus manos escamosas, sus dedos de garra de los que es imposible liberarse te tendió en una cama como la cama que yo conozco, te abrió la carne, jugó con tus entrañas, las examinó, las reordenó, eligió algunas que le interesaron, y mientras sus ayudantes también monstruosos detrás de sus mascarillas inmaculadas te cosían, él se sacó los guantes de goma. Emperatriz, tocada con su cofia de enfermera-jefe, acudió a averiguar los resultados de la operación:

—Un capricho de mujer rica, nada más.

—¿Para qué sirve una histerectomía a los sesenta y tres años? No entiendo.

—Ése es el secreto que todas las señoras que van a curiosear a la Casa de la Chimba quisieran saber, mijita.

—¿Y cuál es ese secreto, Cris?

—Por qué vino a que le extirpara el útero.

—Bueno, nuestra clínica es la más famosa de toda Europa, así es que no tiene nada de extraordinario que la Inés haya venido...

El doctor Azula la miró con su ojo único empañado con ternura, amor, reconocimiento, satisfacción, plenitud. Puso su garra sobre la mano rechoncha de Emperatriz.

—¿Qué hubiera sido de mí si no fuera por tu energía y tu empuje? Te lo debo todo...

—No todo...

—Me hubiera quedado emborrachándome en la Rinconada, esclavo de Boy, si no hubiéramos huido a tiempo esa noche en el café del centro...

Emperatriz se impacienta. Con los años Cris se está poniendo sentimental. Recuerda demasiado a menudo otros tiempos.

—Sí, Cris. Mira. ¿Nos vamos a quedar con su útero?

—¿Para qué? No.

Claro que no, no sirve para nada. Te sientas al borde de tu cama y cubres la cara con las manos, mientras misiá Raquel te escucha sobrecogida porque estás inventando cosas, Inés, siempre has sido fabuladora, tienes vocación de vieja, es sólo cuestión de permitir que la vieja aflore y se apodere de ti, por eso misiá Raquel te escucha sentada muy tiesa en su silla con su cartera en el regazo agarrada firmemente con las dos manos porque ni ella ni nadie te puede creer que hasta tu edad tuviste sangre todos los meses, sangre sucia y regular que me esclavizaba como a una chiquilla, a mi edad, como si fuera castigo de Dios por alguna cosa horrible que hice y que no recuerdo, todos los meses, insistentemente, no sabes cómo he rezado, sobre todo cuando era más joven y tenía esperanza de darle un hijo a Jerónimo, rezábamos y rezábamos con la Peta Ponce, salve va y salve viene, padrenuestro de corrido y padrenuestro al revés, oraciones que nosotras mismas inventábamos para implorar merced de quién quisiera darla, escapularios con reliquias de no sé quién que la Peta me cosía en los corpiños, no te imaginas cómo rezábamos con la Peta para que este mes, por fin, no me ensuciara mi sangre, anunciando así mi limpieza y el advenimiento de Boy, esclava inmunda de mi sangre hasta los sesenta y tres años, no llores más, Inés, deja que misiá Raquel te consuele sin lograrlo porque sigues llorando y llorando, cada mes la esperanza de que ese mes por fin se había agotado tu feminidad, que ibas a tener paz para comenzar a envejecer como todo el mundo, pero no, sin tregua, sangre todos los meses... un monstruo, Raquel, un monstruo. La malo es que a Jerónimo siempre le han fascinado los monstruos.

—Claro. ¿Te acuerdas de ese secretario que tuvo hace años, uno como medio enano pero no enano y con el labio leporino mal cosido, y como gibado... una calamidad?

—Creo que sí.

—¿Cómo se llamaba?

—Sí, sé quién dices...

—Se llamaba... espera...

—¡Que me voy a estar acordando!

—Era raro.

—Pero no tan monstruoso como yo, Raquel, sí, reconoces que tú eres el verdadero monstruo, Inés, y sigues siéndolo a pesar de tu operación porque le vas a asegurar a misiá Raquel que Jerónimo no te dejaba en paz hasta antes de irte, que hasta los sesenta y tres años tu marido también monstruoso te obligaba a hacer el amor con él todas las noches como si fueran chiquillos, nadie puede creerte, Inés, y esa noche misiá Raquel irá a hacerle una visita a Jerónimo para interrogarlo, no oigo muy bien porque pasa un tranvía destartalado, un camión al mismo tiempo, autos, las sirenas que tocan a incendio y parejas cuchichean en los umbrales y las campanadas de la Merced, no logro oír lo que usted explica a misiá Raquel y tengo que volver corriendo a la Casa para no perderme lo que Inés está confesando entre llantos, saber la mentira por lo menos aunque no sepa la verdad, Jerónimo comenzaba muy suavemente, con mucha ternura, cariños que por último me dejaba hacer porque por qué no, aunque poca paciencia me quedaba y francamente hubiera preferido rezar un rosario o leer el diario de la tarde, pero no me dejaba. Iba tocándome más y más, poco a poco, tú ves, a esta edad una ya no es ninguna preciosura en cama, ni tampoco caminando por los corredores de la Casa, Inés, cuando te detienes junto a mi sitial a charlar con las gárgolas, cómo estás, Mudito, cómo has amanecido, si parece que este hombre amaneciera más encogido cada día, pobrecito, y sigues caminando hacia tu habitación y sentada al borde de tu cama le aseguras a misiá Raquel que a la edad de una da un poco de vergüenza, no sé, todo caído, el derrumbe completo así es que a una misma le da un

poco de repugnancia, pero Jerónimo no, era como si
no viera eso y no me permitiera tener la edad que tengo
y la frialdad de mi cuerpo de vieja no tuviera derecho a
existir, y poco a poco, todas las noches, iba despertando
desde el fondo de mi cuerpo de vieja cansada a la mujer joven que yo no era ni soy. Podía haberme entre-
gado a él fríamente, era mi última esperanza poder hacerlo, pero no, imposible, Jerónimo no se conformaba
con ese simulacro habitual en tantas mujeres, me ven-
cía, Raquel, qué horror, despertaba a una muerta, lograba que me entusiasmara y que respondiera a pesar
mío a los sesenta y tres años y era como si tuviera que
darme el horrible trabajo de resucitar los restos de una
Inés joven y entusiasta para encarnarme en ella. Cansa
mucho resucitar todas las noches.

—¡Qué falta de respeto de Jerónimo! ¿Y por qué
no se buscaba otra mujer?

—¿No te das cuenta de lo que quería?

—Supongo que lo que todos los hombres.

—No.

—¿Cómo?

—¿No te dije que yo seguía igual todos los meses?
Claro, eso es lo que le interesaba en ti, Inés, no vayas
a creer otra cosa, no te quiso nunca y tú siempre lo
supiste y lo sabes ahora y para vengarte has dejado
que el doctor Azula te mutile, eso era lo único que lo
amarraba a ti y a ninguna otra mujer. Jerónimo se
podía haber conseguido las queridas que se le hubieran
antojado le estás diciendo a misiá Raquel para tratar
de convencerla de que no es todo una mentira, que no
quedó inerte tu marido después de esa noche, te mo-
rirías de vergüenza si supieran tus amigas que Jerónimo jamás volvió a tocarte porque yo no lo permití,
le robé la posibilidad de hacerlo y la he venido a guardar aquí donde las viejas me fajan todas las noches
para anularme y yo me dejo anular porque dejándome
anular anulo a Jerónimo, eso debías contarle a misiá
Raquel en vez de estos cuentos, yo le contaré cómo
íbamos a la casa de doña Flora, la Hortensia, la Rosa,
la Amapola resfregándose con él ante mis ojos que le
devolvían todo, no, tú no quieres que nadie sepa, tú

sientes vergüenza porque después de esa noche en la Rinconada te abandonó para siempre y le estás contando a misiá Raquel que le implorabas a Dios que Jerónimo se enamorara de otra para que te dejara tranquila. Siempre te ha dejado tranquila. Le cuentas que te resucitaba todas las noches y siempre has sido un despojo.

Refugiado bajo el dintel de la ventana porque ha comenzado a garuar, casi lo oigo, a través de los visillos casi me siento chamuscado por el arco voltaico azul de sus ojos, me mentía, Jerónimo le está diciendo, la Inés me mentía mucho, me decía que este mes se había atrasado una semana, dos, y yo no la tocaba para no estropear a mi hijo. Le regalaba alhajas, y el visón y todo... hasta que ya no podía más, Raquel, no podía seguir engañándolo, no podía soportar su ilusión, y entonces, llorando, le confesaba que sí, no, otra vez no, sangre otra vez. Yo no podía soportar verlo sufrir con la esperanza, no puedes tener una idea de cómo me ha hecho sufrir esta mujer, Raquel, pero usted también está mintiendo, don Jerónimo, porque dejó de sufrir hace ya mucho tiempo, cuando mató a la perra amarilla en la Rinconada y se hundió para siempre en su sillón en el Club y en su retórica en el Senado... por eso, Raquel, para no verlo sufrir al pobre yo dejaba que las cosas siguieran igual y noche tras noche, te lo juro, sin tregua, en esta mujer vieja que soy y que quiere descansar y tener paz para sus piedades y para no hacer nada, mi marido conjuraba en mi cuerpo frío un cuerpo ardiente que le respondía, pero que no era mi cuerpo, y porque no era yo, respondía a pesar de que hubiera dado cualquier cosa por no responder... mató en mí el derecho a no ser un monstruo.-

Es un diálogo que mantienes con las gárgolas del sitial, las encarnaciones del miedo, sordas, mudas, quizás ciegas, agentes del vacío, el pánico que prefiere retorcerse y transformarse en monstruo antes de no ser nada... mira este patio lleno de sol: las viejas se han arremangado las blusas porque hace calor. Brazos de gárgola. Manos de gárgola que llevan una tetera ennegrecida. Una que está sentada al borde del corredor bosteza y parece que todo, nosotros, el patio, el sol, nos fuéramos a perder por el pasillo interminable que se inicia en su boca. Otra amarra un montón de revistas. Pasa la Madre Benita, le sonríen, la saludan, le piden cosas, ella se va porque tiene mucho que hacer y cierra la puerta. Siento el olor asqueroso de la comida en la cocina, caras mantenidas como unidad por las amarras de sus arrugas y tú confiesas que es por tu fracaso como mujer de Jerónimo que estás empeñada en darle una antepasada que lo empariente con Dios.

—Esas son cosas de vieja, Inés.

—Puede ser, Raquel, pero las viejas tienen poderes y prerrogativas que las jóvenes no conocen, una anarquía que todo lo permite, una falta de obligaciones que cumplir porque si las cumplen o no las cumplen no le importa nada a nadie. Y manteniéndome joven con su asedio Jerónimo me estaba robando las prerrogativas de las viejas y sus poderes. ¿Te acuerdas que yo venía tanto a esta casa?

—Esa manía tuya de acumular cachivaches... yo nunca lo encontré natural.

—Estás muy equivocada. Era lo más natural del mundo, las viejas acumulan cosas, venía para acá con la naturalidad con que estas viejas van enfermándose, poniéndose decrépitas, cada día más inútiles sin que eso afecte a nadie, alistándose para desaparecer, la envidiable sencillez con que se van muriendo... yo las envidiaba, es una forma de libertad que yo no podía comprar, seguía esclava de un orden, de ciclos que renovaban la esperanza hasta que ya no pude más y me fui a Europa con la coartada de la beata.

Te escucho y no te puedo creer. La reduces a una coartada. ¿Por qué te metes todos los días en tus celdas, entonces, a escarbar? ¿Buscando algo? ¿O simplemente como escarban las viejas entre sus cachivaches, por escarbar? El doctor Azula te despojó de la posibilidad de ser mujer, ya no puedo, Raquel, él no puede, nadie puede, soy libre, ya no *podría* sentir, pertenezco al sexo sintético que es el sexo de las viejas.

—¿Y Jerónimo sabe?

—Claro.

—¿Cómo?

—Le escribí, lo primero después de la operación. Pensé que quizá sería mejor al llegar, pero durante la convalecencia me di cuenta que no iba a atreverme a encararme con él, totalmente imposible mirarlo de frente y decirle lo que había hecho para liberarme... no, no era capaz y resolví escribirle en vez de darle una explicación cara a cara...

—¿Fue entonces que se deshizo de la Casa? Todos creímos que era uno de esos famosos accesos de furia que le dan, porque no volvías o algo así, sí misiá Raquel, no se le nota nada por fuera, y sintió furia y terror y necesidad de deshacerse de todo, claro, para qué iba a conservar la Casa, era como si esta Casa encarnara su esperanza... ya no servía para nada, pero jamás ha servido para nada, Inés, eso no lo has comprendido nunca, es lo más temible y lo más importante de esta Casa, por eso estamos todos encerrados adentro y por eso voy tapiando habitaciones y ventanas y corredores y patios, para que nadie los use, para que desaparezcan del recuerdo, borrar esta Casa que Jerónimo sabía que a ti te gustaba... ahora las mugres, los lotes de porquerías amontonados por los rematadores en los pasadizos, con etiquetas escritas con lápiz azul, se acabó el remate, esos lotes quedarán ahí para siempre, yo en mi sitial, los montones de cojines apolillados con el número 2013, quién va a dar nada, vendrán sólo cachureros, no va a haber remate, pero tampoco va a haber Ciudad del Niño, sólo va a haber viejas aquí en número siempre creciente, inventaremos ritos y manías cultivadas con esmero, nos odiaremos, escucharemos lo que dos viejas cuchichean al otro lado del tabique, quién tendrá un poco de mate, a la Lucy le salió un orzuelo, lo mejor para los orzuelos es refregárselos con el poto de una mosca, así se quitan, que éste sea tu mundo, que él no venga a verte, ya estoy clausurando puertas para que no entre jamás en esta Casa, que yo no lo vea aquí, quedar ciego además de sordomudo para no verlo. Quiero protegerte. No es un hijo lo que quiere de ti, Inés, eso no le ha interesado nunca. ¿No te da más terror pensar que es a *ti* a quien quiere? Has hecho bien en refugiarte en el mito de ese hijo, dejando a don Jeró-

nimo afuera, clamando en la intemperie. Tienes miedo
que ahora venga a tocarte y siga queriendo tocarme,
aún sin la esperanza, eso sería lo peor de todo, lo irrefrenable, no lo puedo soportar... hablas tantas cosas
raras, Inés, ya no eres la misma de antes, mi amiga de
toda la vida, casi prima, la Inés y la Raquel son uña y
carne, no te reconozco y no te niego que me das un
poco de repugnancia y de miedo.

—¿Cómo me vas a reconocer tú si ni yo misma me
reconozco? Es como si otra dijera las cosas que estoy
diciendo y otra sintiera lo que estoy sintiendo.

Claro, misiá Raquel te mira y se da cuenta de que
no eres tú. Por una vez, y aunque no lo sabes, no estás
mintiendo. Lo que el doctor Azula dejó de ti es bien
poco: el pelo, ahora grisáceo, pero el mismo, las uñas
astillándose al rasguñar las mismas pesadillas que en
las noches de la Casa rasguñan las viejas para salvarse,
para no caer, para que no se las lleven, para que no las
encierren, y claro, tu piel, tu superficie, descuidada y
manchada ahora, pero tuya. Lo que no sabes es que
adentro de ese saco de tu piel el doctor Azula y Emperatriz lo cambiaron todo, tú crees que dejaron algo
pero no dejaron nada, te imaginas que se quedaron sólo
con tu útero pero para qué les podía interesar si es inservible, les interesaban piezas más importantes, más
difíciles de conseguir para injertárselas a otros clientes
que paguen más y así enriquecerse como se han enri-
quecido esos dos con su clínica en Suiza, el ojo certero
de Azula y sus garras que saben elegir, la cofia blanca,
la concentración de Emperatriz que saca cuentas y dis-
pone turnos detrás de un escritorio blanco que conozco en una sala blanca que conozco, rodeada de enfermeras blancas con mascarillas que se desplazan silenciosas sobre sus zapatillas de goma blanca para que
ningún ruido moleste a los pacientes que acuden de
todo el mundo para que los dos monstruos los despojen
de lo que quieran despojarlos y les injerten lo que quieran injertarles, alteran a los seres, cambian a una persona por otra o por varias, deforman a la gente, fabri-
can seres que creen ser el mismo pero son otro o quizás
otros, mezclan, revuelven, intercambian, todas las per-
mutaciones son posibles en sus laboratorios blancos

donde la unidad del ser no se respeta, y en una sala refrigerada, blanca, guardan en frascos de vidrio rotulados con un precio fijado por Emperatriz los órganos que nos roban a todos y que venden a precios increíblemente caros porque al fin y al cabo ésta es la clínica más famosa del mundo entero, la de más éxito, quién se iba a figurar que íbamos a tener el éxito que hemos tenido, Cris, desde luego tú jamás te lo imaginaste y no estoy muy segura de que lo hayas querido, me costó un esfuerzo enorme sacarte de tu letargo en la Rinconada, sacudirte de una vez y convencerte, vamos, vamos, Cris, éste es el momento preciso, si no huímos ahora Jerónimo se vengará de nosotros, vamos, no nos quedemos aquí, tengo que apurarme, si no me apuro será demasiado tarde y por eso es que dejé listas mis maletas el día anterior, sin olvidar ni un solo detalle. Temprano a la mañana siguiente Basilio las acarreó al auto que esperaba oculto a bastante distancia de las casas de la Rinconada, detrás de unas zarzas, no lo fuera a ver Boy y comenzara a hacer preguntas.

Esperando el regreso del gigante para que ahora la acarreara a ella sobre sus hombros, daba los últimos toques a su toilette matinal, siempre demorosa, pero más que nunca en un día como hoy. Trató de hacerlo lo más silenciosamente posible para no despertar a Cris, que roncaba en el lecho conyugal. Dormía mucho. En realidad, casi todo el tiempo, hasta tarde por las mañanas, siestas interminables, amodorrado en hamacas durante el día, bostezos al crepúsculo o entre plato y plato. Aburrimiento, alegaba Cris. Pero la verdad era que se lo pasaba así porque bebía demasiado: el aliento como para inflamarse si se le prendía un fósforo, su único ojo opaco, saltón, inyectado en sangre, y el vaso de whiskey siempre cerca. Claro que se aburría. Pero por su propia culpa: trabajo, lo que se llama trabajo de veras, bueno, nada, desde años, con Boy ahora sano y crecido y desarrollándose como un adolescente cualquiera... un poco de acné, anginas en invierno, la luxación de un tobillo de sus piernas siempre debiluchas, cosas así.

Más de una vez Emperatriz tuvo que decirle que

no fuera estúpido y dejara de darle la lata sobre su
añorada clínica, que cortara la cantinela de su arrepentimiento por haber venido a sumirse en la Rinconada, un desierto desde el punto de vista de estímulos que
lo impulsaran a recuperar su antigua ambición de pertenecer a la vanguardia de su especialidad. Cállate, le
gritaba Emperatriz, abúlico, eso eres, aunque alegues
que echas de menos tus actividades científicas prefie-
res tus siestas, tu whiskey, tus devaneos con cualquier
mujer más gorda del mundo: en cuanto Emperatriz
descubría la intriga la alimentaba a pan y agua hasta
hacerla perder sus encantos. Al casarse con él, ella creyó casarse con alguien que era *alguien,* con un científico
verdadero... para terminar en esto: un borrachín que
roncaba. Al principio, cuando las lamentaciones de su
cónyuge la conmovían, le decía bueno, ya está, hemos
ahorrado una fortuna que tenemos colocada en la *Ban-
que de Genève,* si quieres huyamos a instalar la clínica
en Suiza, yo te ayudaré a transformarla en un centro
que irradie saber por el mundo entero. Esos proyectos
tan vivos durante los primeros años fueron debilitán-
dose hasta que el tiempo los redujo a nada. Al dejar
atrás lo que Cris llamaba *la campaña heroica* para salvarle la vida al monstruo que sin sus manos peritas,
aunque también monstruosas, hubiera muerto, quiso
publicar un estudio sobre el caso. Don Jerónimo se lo
prohibió:

—Doctor Azula, yo lo contraté para que atienda a
mi hijo, no para que lo use con el fin de obtener prestigio.

Y el asunto quedó en nada. Esa noche se tomó tres
whiskeys en vez de uno. Y después, todo, proyectos, am-
biciones, todo fue quedando en nada. Cris le decía a su
mujer:

—Don Jerónimo me desalentó.

—Déjate de leseras. Estás igual a Humberto Peñaloza que alegaba que Jerónimo le robó la voluntad para
escribir su famoso libro, que tenía que deshacerse de
Jerónimo para recuperar su fuerza.

Emperatriz jamás se conformó: se había casado con
un cero a la izquierda, con un don nadie. Le soltaba
monsergas interminables, que cuando la pareja era re-

ciente culminaban en azotainas que el marido propinaba a Emperatriz, en esa época terminaban en los deleites del lecho conyugal donde hacían las paces.

Jerónimo los delegó a los dos, como pareja, como dos seres inteligentes y unidos, para que se hicieran cargo de continuar el experimento de la Rinconada y llevarlo hasta sus últimas consecuencias después que Humberto desapareció. ¡Ahora todo el peso caía sobre sus pobres hombros femeninos! La verdadera tortura era ese viaje anual para presentarle a Jerónimo el panorama de la Rinconada durante el año que concluía: la cantidad de mentiras destinadas a dejar contento a Jerónimo sin tentarlo a hacer una visita como una vez él propuso cuando a ella se le pasó la mano al pintarle un cuadro demasiado color de rosa... bueno, no era fácil. La idea pavorosa de que Jerónimo se presentara un buen día en la Rinconada hizo que Emperatriz dejara caer sobre el cristal de su *coiffeuse* el tapón de plata del perfumero. Crisóforo despertó bostezando.

—Mi café.

—Buenos días.

—¡Qué dolor de cabeza!

—Claro, anoche quedaste hecho un saco. Basilio tuvo que ayudarme a acostarte.

Él bostezó otra vez. Se puso serio.

—Emperatriz.

—¿Qué?

—Dime la verdad.

—¿Qué cosa?

—¿Era realmente Chivas Regal el whiskey de anoche?

Emperatriz, que había engordado con los años, se estaba poniendo el corsé. Ahora por suerte, con ella imponiendo las reglas, no corría la estupidez impuesta por Humberto Peñaloza de que todos los servidores de Boy debían andar desnudos.

—Sí.

—Estás mintiendo. Era un whiskey pésimo, nacional. Para robarme mi plata transvasijas whiskey ordinario a botellas usadas de Chivas Regal.

Cris se puso su bata de brocado italiano listado.

Emperatriz se alisó los guantes de cabritilla. Reconocía los síntomas previos a una de esas tormentas para
las que ahora no tenía paciencia, puesto que no culmi-
naría como en otros tiempos. Mejor partir lo más pronto posible, sobre todo con Cris de malas: todo dispuesto para que durante sus cuatro días de permanencia en
la capital —aprovecharía para ver algunas colecciones,
qué otro placer le queda a una con un marido así— no
ocurrieran percances desagradables.

—Bueno. Me voy.

—Dale saludos míos a don Jerónimo.

—Se los daré encantada, lindo.

Él bostezó, observando:

—¡Qué ridícula te ves con ese vestido con tantos
vuelitos! No tienes ni edad ni cogote para *jabots* ro-
mánticos.

Uno de los pocos dogmas que mantenía viva y con
ánimo a Emperatriz era el de su gusto exquisito en
cuestiones de moda. Que ese marido que para mal de
sus pecados Dios le dio se atreviera a criticarla, la hizo
soltar todo lo que se había propuesto callar: claro,
muy bien, él con sus problemas de Chivas Regal y de
vuelitos más o vuelitos menos, pero ella, sí, ella, una
pobre mujer débil, era la única valiente que les defendía su paraíso con esta salida anual para urdir el laberinto de mentiras sólidas como viejas paredes de adobe
con que enredaba a Jerónimo, mantenerlo lejos de
la Rinconada, la puerta tapiada, año tras año renovando el trabajo de tapiarla y conservar los murallones de
monstruos de tercera y cuarta categoría, que, defen-
diendo a la *élite*, encerraban a Jerónimo afuera. ¿Qué
le pasaría a él, por ejemplo, a Cris, y a todos, si ella
decidiera esta misma tarde, en la biblioteca de los profundos sillones de terciopelo gris, contarle la verdad
de lo que con los años había venido sucediendo en la
Rinconada? Claro, se derrumbaría el paraíso del que
ninguno se atrevía a salir, afuera oirían las risas lace-
rantes que en este mundo clausurado no sólo no oían
sino que olvidaron. Ella, con una palabra, podía romper la clausura, derribar el portón: el parque con su
piscina olímpica y sus canchas de tenis y sus toldos de
colores, y las aldeas de los valles pobladas por mons-

truos de tercera, de cuarta, de quinta, de sexta categoría, monstruos que en un decenio fueron allegándose
esperanzados a la Rinconada, poblando su periferia,
ahuyentando a los paisanos normales, para rodear a la
Rinconada con capas y capas y capas de monstruos que
acudían de todo el mundo atraídos por la leyenda, aspirando a parecerse a los de primera, imitán-
dolos para subir de categoría hasta llegar a la *élite*
formada por los habitantes de un mundo placentero
en que todos se conocían y dictaban reglas que a todos convenían pero que los otros creían dogmas, prote-
giendo con su envidia y con su ambición a la élite
deslumbradora, separándola cada vez más de la re-
motísima realidad de los seres normales... ella, Emperatriz, podía decirle una frase a su primo y con
eso exterminarlos. Para protegerlos, ella, anualmente,
se sacrificaba bajando al infierno. Que ni él ni ellos
creyeran lo contrario, *era* el infierno: no era chiste este
viajecito de todos los años. Lágrimas le costaba este
sacrificio de exponerse a las miradas de estupefacción que la seguían en la calle, a las risas de sus primas
solteronas que jamás creyeron que Emperatriz pescara
marido y que seguían riendo a pesar de que pescó y
ellas no, sentir de nuevo, cada año, el dolor de no
poder engañar su carne insólita, de tener que recordar
su condición de espectáculo absurdo, de excepción curiosa... mientras ellos... Emperatriz lloraba... mientras
ellos lo olvidaban cómodamente apoltronados, aquí,
escondidos. ¿Qué diría... qué haría, mejor, Jerónimo,
si ella le contara lo que estaba pasando... desde hace
cuántos años...? ¿Dime, Cris, desde cuándo? Desde
que Humberto se fue. Claro. ¿Qué haría Jerónimo si
viera los manjares que Boy devora? ¿Los pasteles
espectaculares como castillos de merengue y helado y
el cristal de las frutas de colores? ¿Y los albornoces
de terciopelo color ciruela que a Boy le gustaba usar,
y los trajes de aparato que lucía en los banquetes
a que invitaba a todo el mundo, las mesas cargadas
de fruteras como torres de muchos pisos, los candelabros de infinitos brazos, los pavos, las perdices, la
expresión del chancho con su manzana en la boca y
su mirada de perejil? ¡Que beban, que coman, que

se emborrachen! Gritos incoherentes ahogados por la música de intrincados instrumentos que el herma-mano Mateo construía según modelos antiquísimos, y que él mismo ejecutaba. Unos en los brazos de otros en las alfombras y los cojines, racimos de enanos trepándose a las tetas desnudas de la *mujer más gorda del mundo*, chupándoselas de a dos y tres y des-colgándose por las trenzas de las gigantas, los joro-bados mordiéndole las nalgas a la Berta, Boy azotán-dola, a ella, a Emperatriz, con racimos de uva, rociando el cuerpo de Melchor que dormitaba borracho con azú-car en polvo, y a Melisa con vino tinto, y haciendo bai-lar a Rosario con sus muletas. ¿Qué diría si supiera que desde muy chico Boy perseguía a todas las muje-res blandiendo su miembro descomunal, y que ellas, por orden estricta de Emperatriz, y fuera quien fuera, la Berta, ella misma, Melisa, la telefonista ·de orejas de ala de murciélago, cualquiera, se dejaba perseguir un poco, para entregarse a lo que Boy quisiera des-pués de los chillidos de rigor, detrás de los matorra-les? ¿Qué diría Jerónimo?

—…

—Claro, no sabes qué contestar.

No. Nadie contestaría. Año a año ella le iba propor-cionando a Jerónimo informes sobre un desarrollo fic-ticio de Boy, ciñéndose a las líneas generales del pro-yecto inicial que se mantuvo en vigencia hasta que Humberto desapareció. Cuando Jerónimo supo lo de la huida de su secretario, estuvo a punto de disolverlo todo. Vino a la Rinconada para hacer una visita de inspección. Pero quedó tan encantado con el limbo que imperaba en la mente del Boy de cinco años, que decidió dejarlo todo en manos de Emperatriz, su prima tan querida, y del doctor Crisóforo Azula, un médico verdaderamente notable a juzgar por los resultados. Pero a medida que el niño fue pasando de la infancia a la pubertad y de la pubertad a la adolescencia, se hizo clarísimo que iba a ser imposible mantenerlo en el limbo. ¿Cómo evitar el dolor de muelas y el apaci-guamiento divino de las aspirinas? ¿Por qué me duelen, por qué me dejan de doler, qué es esto que me pasa y me deja de pasar? ¿Cómo ocultarle el frío del invierno y la tibieza de la primavera? Emperatriz no se cansaba de repetir que estaba segura de que Humberto huyó por cobardía cuando comenzó a darse cuenta de que la ficción del limbo iba a fracasar porque Boy tenía una naturaleza incontrolable, que todo, en realidad, era incontrolable. O incontrolable para él, porque para decir la verdad, ella, Emperatriz, a su manera, lo controlaba y lo había controlado durante más de diez años: con mentiras. Bastaban esas mentiras anuales. Y la debilidad de las piernas de Boy, dolencia que jamás se quiso remediar. Emperatriz hizo desaparecer todos los medios de locomoción, autos, coches, carretelas, mulas, caballos, burros, bicicletas, carretillas, todo lo que ayudara al movimiento humano, dejándolo reducido al radio abarcado por la capacidad de las piernas endebles, de modo que pudo dejar que Boy saliera al parque y donde quisiera, segura de que el mundo que podía conocer quedaba automáticamente limitado por su debilidad. Todos le creyeron a Emperatriz:

—A mí no me vengan con cuentos. Esto no fue idea de Jerónimo. Tiene que haber sido ocurrencia del Humberto ese. Lo que pasa es que Humberto quería tener circo propio, reírse de nosotros, y con este engaño, sin que el propio Jerónimo lo supiera, estaba incluyéndolo a él, a Jerónimo, entre los personajes de su circo, porque a su modo, Jerónimo es el más monstruo de todos. En fin. Lo principal sigue en pie: Boy no sabe que afuera existe un mundo de seres crueles y distintos. Lo demás, pamplinas. Cosas de Humberto, que era un mentiroso.

Una vez, años antes, Crisóforo Azula, que asistió borracho a una de las sesiones anteriores a la partida de Emperatriz a la ciudad, comentó delante de todos los monstruos de primera:

—¿Humberto mentiroso?

—Humberto.

—Lo que pasa es que tienes sangre en el ojo.

—¿Quién? ¿Yo? ¿Por qué voy a tener sangre en el ojo?

—Te dejó plantada.

—¿A mí?

Los monstruos guardaron silencio.

—Claro. Dijiste que se iba a casar contigo. ¿Por qué, si es mentira lo que estoy diciendo, tenías todo tu ajuar, hasta tu vestido de novia con la cola bordada y tu tocado, listo cuando decidimos casarnos, de la noche a la mañana, después de la famosa visita de don Jerónimo?

—Me arrepiento de la hora...

—Atrévete a negar que estuviste enamorada de él.

Para que el silencio de los monstruos de primera no dejara desnuda su vergüenza, Emperatriz agarró el toro por las astas.

—No le hagan caso al pobre Cris, está reblandecido. Que yo tuve mi *flirt* con Humberto Peñaloza es verdad, para qué voy a estar negándolo. Pero quiero aclarar una cosa: enamorada, lo que se llama enamorada, jamás estuve. Sólo me hice la enamorada porque desde el principio fue mi intención quedarme yo con las riendas. Y fui viendo cómo ese roto acomplejado enredó a Jerónimo..., había que salvarlo. Un cosmos limitado, un presente inalterable y continuo. Es imposible que un ser como Jerónimo invente cosas así. El pobre no es demasiado inteligente. Su famoso viaje a Europa no le sirvió más que para andar, como todos los criollos rastacueros que bailaban tango en esa época, con *cocottes:* quién sabe cuál le pegaría la espiroqueta que hizo de Boy lo que es y nos dio a nosotros esta situación privilegiada. En fin, lo que quiero que entiendan es que Jerónimo es un buen señor, común y corriente, muy versado en cuestiones de política nacional y que conoce a todo el mundo. Se hubiera conformado con mandar a Boy a un sanatorio: todas las familias tienen un loco o un monstruo o un degenerado. No. Fue invención de Humberto Peñaloza para vengarse de Jerónimo. ¿Ustedes creen que había alguien que no supiera que el secretario de Jerónimo, compañero de farras, factotum para los servicios más bajos, no estuvo enamorado de la Inés y que hizo todo lo posible para levantársela a su patrón? Y cuando yo me di cuenta de que el odio de Humberto crecía y crecía hasta ponerse peligroso, me interpuse para defender a mi pariente incauto. Si quieres saber la verdad, Cris, lo pasé estupendamente pololeando con Humberto.

Año tras año Emperatriz regresaba de la capital con la noticia de que el interés de Jerónimo por Boy, por ellos, por la Rinconada, decrecía. Si ella lograba maniobrar de modo que Jerónimo hiciera testamento a favor de Boy dejándola a ella de albacea, bueno, que se pusiera *gagá*, sobre todo si la nombraba tutora de Boy este año, ahora mismo, aumentando su estipendio y depositando en el banco una suma importante que ella administraría para mantener la Rinconada.

Sus llaves. Su cartera. Su portadocumentos. Basilio ya esperaba para transportarla sobre sus hombros hasta el auto, escondido para que Boy no hiciera preguntas... qué insoportable se estaba poniendo Boy ahora último con tanta pregunta. ¡Qué difícil ahora distraerlo con juegos, hasta con fiestas y mujeres y con las competencias deportivas que Basilio organizaba de modo que nunca dejara de triunfar! No, ahora no bastaban los juegos, ahora era todo por qué, para qué, cómo, cuándo... complicación horrible. ¿*Coral Blush* de Revlon, o *Flamingo Passion* de Dorothy Gray? *Coral Blush*. Vería si era verdad que los rouges se usaban más oscuros este año: sería fatal porque a ella no le sentaban nada. El doctor Azula, anudándose el cordón de su bata, siguió a Emperatriz hasta la mesita donde encontró listo el café:

—Vas muy elegante.

—¿No dijiste recién que me veía ridícula?

—¿A quién piensas ver?

—A Jerónimo, por supuesto.

—¿A él piensas seducirlo con tanto adobo?

Emperatriz frunció los ojos de rabia.

—¿Que hayas llegado a esto?

—No me has contestado si piensas verlo.

—¿A quién?

—A Humberto.

Emperatriz suspiró:

—¿Quieres darme su dirección?

—¿De quién?

—De Humberto. Si pudiera encontrarlo lo vería, porque si quieres saber la pura verdad, me muero de ganas de verlo. He tratado de averiguar dónde está y que es de él, mis agentes recorren todos los rincones del país buscándomelo. Pero no está. Desapareció. Se lo tragó la tierra sin dejar rastro. Es como si jamás hubiera existido. A veces pienso... sí, pienso que yo lo inventé a él, que yo lo soñé a él tal como él soñó este mundo en que nos tiene cautivos. Las cosas eran tan distintas cuando él estaba.

—Sí. Lo pasábamos bien.

—¿Te acuerdas de los tés que yo daba?

—¿Y de las reuniones en la tarde en su terraza, con el fresco, cuando la conversación se ponía...?

—¿Y las discusiones sobre las películas experimentales de los franceses jóvenes y los norteamericanos, que la Berta hacía traer para la sala de proyecciones que construyó?

—Mmmm... todo tenía otra categoría...

—Por eso. Si lo encontrara sería el fin.

—¿Te irías con él?

—No sé. ¿Te importa?

Crisóforo Azula estaba acostumbrado a que Emperatriz se pusiera un poco histérica antes de partir a entrevistarse con Jerónimo. Comprensible. Pobre. ¿De dónde sacaba tanto impulso, tanta energía, y para qué? Dejando la servilleta encima de la mesa Cris se inclinó para besar la mejilla que Emperatriz le ofrecía.

—¿Necesitas que te traiga algo, Cris?

—Sí, una botella de Chivas auténtico.

—Tonto.

—Que te vaya bien.

—Adiós, Cris, pórtese bien, mijito.

24

EL DOMINGO, TEMPRANO por la mañana, la Iris le abrió la puerta: el abrigo de visón color caramelo sobre el brazo, el cofrecito de cuero para las alhajas en la mano. Le entregó las cosas. Ella extendió papeles de diario sobre mi carrito y encima acomodó todo lo que el chofer trajo, para que así nada se ensuciara.

—Espera.

Volvió del auto con paquetes de todos los tamaños, tableros envueltos, cajas llenas de fichas que suenan, me tinca que éste es un juego de damas comentó la Rita haciendo golpetear el contenido de una caja junto a la oreja de la Iris Mateluna, y esto, qué será, tantísimos juegos por Dios, qué vamos a hacer con tantísima cosa que inventan, ahora sí que no vamos a tener tiempo ni para aburrirnos.

—¿Cómo ha estado misiá Inesita?

La Iris le sonrió al chofer, muy bien, seguro que nunca ha estado mejor, ni en su propia casa, aunque esta Casa también es de ella.

—Salúdala. Dile que allá la extrañamos mucho.

Se cierra la mampara. La Rita ha metido sus manos coloradotas entre los pliegues del visón, qué fina esta piel, cómo se llamará, qué suavecita, qué calentita debe ser, por eso habrá pedido sus pieles la señora, pobre, aquí en la Casa no hay calefacción y ella no debe estar acostumbrada como una, a ver, Iris, pruébate el abrigo, no, encima de los hombros no más, pero yo te arranco el manto estupendo porque no te pertenece, debes ignorar la existencia del esplendor, ni siquiera rozarlo: ya, déjense, son cosas de misiá Inés, las voy a acusar a la Madre Benita, que la Iris se lleve todo para adentro.

Siguiendo a la Iris que arrastra mi carrito ahora que no tengo fuerza, cruzo el patio de la portería, el corredor del patio de la cocina donde tenemos que ahuyentar a las viejas que acuden a ver qué cosas traen ahí, mira Antonieta, pieles, palpan, agarran, dejen que son de la señora y se va a enojar con ustedes si tocan los paquetes, qué cajita más linda con incrustaciones doradas, qué cosas habrá adentro de tanto paquete tan bien hecho que se ve que son paquetes de tienda, el patio del tilo, paso frente a la capilla y doblando hacia el claustro del patio de la palmera llego hasta tu puerta. Golpeo. Me abres. Tu bata lacre está manchada, el ruedo sucio, le falta un botón. Te ibas a peinar, porque estás chascona, y al verme ensartas la peineta en las mechas grises de tu nuca, pero tus ojos borronientos de sueño se hacen precisos al fijarse en las cosas que te traigo: que la Iris me deje el visón, el astracán y el cofrecito aquí encima de mis sábanas revueltas, no vale la pena que entren los paquetes a mi celda, Mudito, ayúdenme a ponerme el visón encima de la bata y llevemos todos estos paquetes a la cocina, las viejas deben estar tomando desayuno. Te seguimos con mi carrito cargado de juegos a lo largo de los pasadizos que barres con el borde de tu bata púrpura, la peineta ensartada en tus greñas, los pliegues suntuosos de tu visón cayendo de tu espalda que comienza a encorvarse, en tus manos el cofre de cuero azul adornado con flores de lis de oro.

Las viejas están reunidas en la cocina para tomar el desayuno: pan, el fondo en que hierve el café, estornudos, cuchicheos, el humo de los palos que arden en el vientre de la cocina negra, figuras que son apenas un rasgo, un perfil que define un bulto, cabezas y mandíbulas que tiemblan un poco pero incontrolablemente, el escorzo de un brazo que la luz dibuja entre harapos olvidando dibujar la mano, tazas de esmalte plomizo, codo junto al pan desmigajado sobre la madera lavada y fregada y gastada de la mesa, trozos de seres que vuelven a componerse para levantarse, ha entrado la dueña, la señora vestida de escarlata, envuelta en su manto de pieles, portando un cofre flordelisado, seguida por su bufón que va repartiendo paquetes de regalo, los reciben manos temblorosas, uñas astilladas desgarran envoltorios, dedos tiritones destapan cajas, mira, un ludo, qué tiempo hace que no juego al ludo, y éstas son damas, y éste un rompecabezas, y éste un ajedrez pero es tan difícil jugar al ajedrez yo encuentro que es un juego de hombres, carreritas de caballos, de autos, de perros, tableros de a cuadros blanco y negro, con puntas, con agujeros, mira Clementina lo que me tocó a mí, qué será, qué cosa tan rara parece dominó pero es un juego que se llama mah-jong que nadie sabe cómo se juega pero las fichas son tan lindas, naipes, muchos naipes, docenas de barajas, ahora sí que no nos vamos a poder aburrir nunca más porque tenemos para jugar juegos distintos toda la vida, misiá Inés, que Dios se lo pague, usted es un alma caritativa de veras, una santa. Una vieja le besa la mano, otra se arrodilla para besarle el borde del visón, se van organizando grupos alrededor de los tableros y las barajas, Inés se pasea entre las mesas observando el garito, afuera picotean las palomas en el sol débil del patio pero adentro, en la humareda, las figuras se giban sobre los tableros y las manos barajan naipes en la penumbra, una partida de brisca con naipes flamantes no es como una partida de brisca con mis naipes traposos que voy a guardar porque le falta la sota de bastos, tú das, Zunilda, a ti te toca robar, yo no quiero jugar con la Ema porque es una tramposa, ven a esta mesa, Iris, si quieres jugar dominó yo te enseño, no, que la Iris juegue aquí con nosotras a las carreritas de caballos que es un juego más para chiquillas chicas, la Eliana que juegue con ustedes si quieren o la Mirella, se olvidan del café que humea y del pan y de los ojos abiertos de las brasas y de la misa que iban a oír en la radio de la Brígida que preside en el aparador, el Padre Azócar dice que nos vale porque somos ancianas, somos enfermas, nos cuesta mucho caminar, pero hoy no oímos misa porque nuestra bienhechora nos trajo juegos y nos vigila paseándose entre nosotras mientras jugamos, sonriente con la alegría que ve en nuestros ojos que lagrimean,

escuchando el ruido de los dados agitándose en el cubilete, manos casi tullidas que organizan pilas de fichas verdes, de fichas negras para un juego que des-
conocen, caen bolitas de cristal rodando por el suelo, una vieja se encuclilla, otra gatea debajo de la
mesa para buscar la bolita de cristal lechoso entre las
patas calzadas con zapatillas que revientan, pies hin-
chados, varices cubiertas con medias sucias, pero las
viejas a quienes pertenecen las enaguas manchadas y
los juanetes ni se dan cuenta de que hay una vieja ga-
teando porque me falta una bolita, era como leche mi
bolita, quita para allá tu pata pues Clemencia, qué importa que falte una bolita no más, ya, empecemos a
jugar, brisca sí, burro sí, chiflota sí, pero póker no, ni
monte... no, no por Dios, no vayan a jugar al monte
que es el juego del demonio y está penado por la ley,
yo no sé qué juego será este con fichas de tantísimos
colores. y el tablero tan bonito mejor guardarlo para
que la Rita me lea las instrucciones que vienen aquí
en la tapa que yo no leo no vaya a creer que no leo
porque no sé leer sino porque la letra es tan chiquitita y tengo tan mala vista, ésa no es regla del dominó María, usted está inventando reglas que le con-
vienen, que hablai tú que soi una vieja ignorante no
más, pasó la hora de la misa pero no importa porque
misas transmiten a toda hora y más tarde hay una misa
cantada de lo más linda pero tampoco nos acordamos
de oír esa misa porque nuestras manos agrietadas agitan los cubiletes, nuestros dedos arcillosos roban un
as de oro y adelantan seis espacios el caballito azul y
revuelven las fichas del tablero porque la Rosa Pérez
hizo trampa, yo no juego más con la Rosa Pérez, que
se vaya a otra mesa alegan nuestras bocas sumidas
que resoplan indignación mientras humea el fuego y
se enfría el café y misiá Inés se pasea, se pasea, coloca su mano un segundo sobre el hombro de la Zunilda que le sonríe, se pasea y no dice nada, mira,
escucha, se pasea envuelta en su visón color caramelo,
arrastrando su bata lacre entre las mesas donde ruedan los dados, corren los caballos, luchan los reyes y
los alfiles, se acumulan las fichas negras y se terminan
las blancas, diga usted si no es trampa pues misiá Inés,

usted sí que debe entender de estas carreras de autos, no, no entiendo nada de carreras de autos, pero de carreras de perros, sí.

—A ver, háganse a un lado.

Te sientas en la banqueta. Depositas el cofre azul flordelisado junto al tablero. Dices que tú eres la perra amarilla. Las otras cinco jugadoras eligen sus animales y los alinean en la partida. Agitas el cubilete. Lo pones boca abajo sobre la mesa, tapando el dado, antes de decir:

—Bueno, toda la gracia del juego es apostar alguna cosa, porque si uno no gana ni pierde no vale la pena jugar a nada. Si gana la perra amarilla cada una me tiene que dar algo. ¿Qué apuestas tú, Rita?

—Mi chal a cuadros.

—Ya. ¿Y tú, Antonieta?

—Este delantal floreado.

—Es de percala. ¿Y la Rosa Pérez?

—No sé... mis zapatillas...

—¿A ver?

—Mire.

—Están harto aportilladas. ¿Lucy?

—Esta horquilla de carey legítimo.

—Poca cosa.

—Mis cuatro horquillas de carey, entonces.

Sacándoselas del moño, su pelo llueve como ceniza sobre sus hombros. Colocas las horquillas de la Lucy encima del cofrecito azul.

—¿Y tú, Auristela?

—Mi escapulario.

—Es de trapo.

—Pero grande, y bordado... era de mi mamá.

—Ya.

Vas a descubrir el dado pero antes de hacerlo miras a las cinco viejas, una por una. No descubres el dado.

—¿No me preguntan qué apuesto yo?

—¡Ay, misiá Inesita, por Dios, no se moleste!

—Ya nos ha regalado bastantes cosas.

—¡Cómo se le ocurre, misiá Inés!

—No, pues señora...

Tu mano está crispada sobre el cubilete. Los animales en la partida se inquietan por iniciar la carrera.

Tienes el rostro ceñudo, estas viejas no entienden de qué se trata.

—No, así no tiene ninguna gracia, tengo que arriesgarme a perder algo yo también. ¿Saben lo que les quiero apostar? Si pierdo, les doy este abrigo de piel, es buena piel, visón, muy bonito, miren, toquen, cuándo han tocado algo tan suave, es precioso, todo el mundo me lo envidiaba. Ya no lo necesito. ¿Para qué quiero cosas así si hice voto de pobreza? Y el astracán a la que salga segunda. Y mi placa de brillantes que tengo guardada aquí en el joyero, a la tercera, y mis perlas para las orejas, a la cuarta, y mi cabochon de zafiro a la quinta. Aquí tengo mis alhajas. ¿Les gustaría verlas? Él me las regalaba... pero no las necesito. No. No se las voy a mostrar a nadie hasta que alguien gane. Entonces sí que voy a abrir el joyero. Antes no.

Mientras enumeras tus apuestas el asombro apaga las voces en todas las mesas y después se levanta el clamor, sillas que se retiran y caen, fichas y bolitas derramadas, viejas que se aglutinan alrededor de tu mesa atraídas por tus apuestas suntuosas, por el lujo de las palabras pieles, perlas, brillantes, zafiros, un muro de rostros viejos como el adobe, descascarados, ojitos parpadeantes y bocas trembleques, viejas codiciosas ante lo inconcebible, un ruedo de harapos fétidos y grises, cuando mucho pardos, alrededor de las seis jugadoras, tú sonriente, afable, todos los ojos fijos en tu mano sobre el cubilete, que todavía no inicia el juego ante las asiladas y las huérfanas que retienen la respiración, estupefactas ante la enormidad que sus ojos van a presenciar. Levantas el cubilete:

—Cuatro. Un, dos, tres, cuatro...

Huye la perra amarilla acosada por las otras perras, perseguida por los jinetes vengativos que sólo dejan el recuerdo de una polvareda en una noche plateada, se esconde en las zarzas que arañan su piel sarnosa, vadea charcos y lagunas y siglos y esteros pero jamás logra saciar el hambre que acalambra sus tripas porque no es suficiente la basura que come, los huesos que roe, los desechos que logra robar y huir para que no la castiguen como siempre la han castigado, corre en la dirección que le señala el astro cómplice, remonta cerros y baja a quebradas y corre y corre para que se cumpla lo que tiene que cumplirse y que nunca se cumplirá, se esconde para que las bestias feroces no la descuarticen porque la odian por fea y por flaca y por angurrienta, pero la perra amarilla corre y corre por los campos y por los desiertos y la aridez de los roquedales y los bosques de espinos que crecen para punzarla, y por las calles y por los parques acercándose un poco, en la noche, a las casas, para merodear por si encuentra algo, la perra es enclenque, piojenta, encogida, no es feroz la perra amarilla, nunca ataca, nunca muerde aunque quisiera hacerlo, pero cuando los cuatro perros negros se distraen en sus juegos no pierde la ocasión para meterse entre sus patas y robarles el bofe, y en la noche, en el parque, sus ojos encendidos vigilan como han vigilado siempre, le aúlla a la luna pidiéndole consejos, claves, comunicándole lo que la luna no sabe y pidiéndole ayuda que la luna le concede porque los jardineros no encontraron su cuerpo destrozado, corre y corre y corre la perra amarilla, débil pero corre sin que las demás perras puedan alcanzarla, siempre a la cabeza a pesar del agotamiento, de la necesidad de descansar, duerme durante generaciones en los bosques donde nadie la encuentra y cuando despierta sale a husmear en los basureros buscando comida, los chiquillos la patean, ya, ándate, déjanos culiar tranquilos perra de porquería qué tenís que estar mirándonos, no me rompai el pantalón si no querís que te rompa la geta de una patada, mírala, si parece que estuviera relamiéndose, y yo me río y tú te ríes y a mí se me baja y tú te subes los calzones y no gozo ni yo ni tú aunque quizás sí ella, sale a escape otra vez y corre y corre acezante, la lengua colgando, deja una polvareda y los ladridos de las otras perras furiosas que no la pueden alcanzar, hambrienta siempre pero siempre viva, más viva y más alerta que las otras perras, ya va a llegar a la meta la perra amarilla, y las viejas se ríen y gritan y apuestan y se escarban la boca y se insultan y chillan porque todas quieren que gane misiá Inés que es tan buena con nosotras, que no gane la perra colorada ni la verde ni la negra ni la azul ni la blanca sino que gane como

tiene que ganar porque siempre gana la perra amarilla
que por fin salta el charco con un seis, juega otra vez,
cuatro, un, dos, tres, cuatro y cae agotada en la meta.

—¡Bravo!

—¡Viva la perra amarilla!

—¡Gané!

—¡Ganó misiá Inesita!

—¡Bravo!

—¡Viva misiá Inesita!

Mientras las viejas comentan los pormenores de tu
triunfo, tú te paras. Te sacas la peineta que tenías ensartada en la nuca, te la pasas por el pelo, organizas
un moño en tu nuca y lo vas prendiendo con las horquillas de carey que la Lucy dejó sobre tu cofre: una,
dos, tres, cuatro. Cuatro horquillas de carey auténtico,
bueno, del de antes, no como el carey de ahora: las
viejas te observan en silencio. Te despojas de tu abrigo
de visón y me lo entregas para que lo ponga en mi carrito. Apenas me lo puedo. Arrebatas de los hombros
de la Rita su deshilachado chal a cuadros y te cubres
con él. Te miran sobrecogidas pero entienden que así
tiene que ser. En silencio la Antonieta se saca su delantal y te lo pones, y agachas la cabeza para que la
Auristela te cuelgue el escapulario como una reliquia
adornando tu pecho.

—¿Y las zapatillas de la Rosa Pérez?

—No le van a quedar bien, misiá Inés.

—¿A ver? Pásamelas.

La vieja se queda descalza mientras usted se prueba el par de chancletas aportilladas.

—Un poco grandes me quedan pero no importa. Me
voy a poner varios pares de medias bien gruesas para
el frío, y así sí que me van a quedar buenas.

—¿Trajo medias gruesas, misiá Inés?

—No. Pero ustedes deben tener. A ver si mañana
jugamos otra partida de Canódromo y ustedes apuestan medias gruesas que me van a hacer tanta falta.

—Ya.

—Bueno. Me voy.

La Iris y yo te seguimos con mi carro. A medida que
nos alejamos por el corredor se desvanecen las voces
de las viejas en la cocina. Caminas lentamente, encor-

vada bajo tu chal, se te cae una horquilla de carey, te
agachas, la recoges y vuelves a prenderla en tu moño
desordenado que deja algunas mechas sueltas. Abres
la puerta de tu pieza indicándome que despache a la
Iris, Iris, ándate, después te cuento, pero no te interesa ni ver ni que te cuente porque te has ido desvaneciendo, eres sólo la fuerza que arrastra mi carrito
que yo ya no puedo arrastrar porque estoy así como
me ve, misiá Inés, pero me vuelven las fuerzas cuando desaparece la Iris y abres el esplendor de su cofre:
sacas tu zafiro, tu placa de brillantes, tus perlas. Metes las alhajas en el bolsillo del delantal de la Antonieta y vuelves a cerrar tu joyero. Me entregas el astracán, que tiendo junto al visón en mi carrito, y te sigo
por el pasillo hasta tus celdas. Abres la primera. Me
indicas que te pase los dos abrigos, abres un ropero
y entre muchos abrigos pretéritos cuelgas tu astracán
y tu visón después de haber distribuido las alhajas en
los bolsillos.

—¿Tendrá bastante naftalina este ropero, Mudito?

Te respondo que sí.

Pareces satisfecha. Cierras el ropero con una llave,
la puerta de tu celda con otra. Te sigo por los pasillos,
por los patios silenciosos, por la galerías, entre los lotes
de pedestales con etiqueta número 388, de maceteros
con el número 883, las interminables sillitas doradas
desfilan por los pasadizos, cruzo detrás de ti frente a
la gruta de Lourdes, te persignas, me persigno, y llegamos a la portería. La Rita tiembla, cruzada de brazos en un rincón.

—¡Estás verde, mujer!

—De frío.

Pero no está verde, está pálida, tenue, como si estuviera borrándose. Inés se arrebuja en el chal. Marca
el número del teléfono de su casa y pregunta con la
voz trizada de la Rita:

—¿Hablo con la casa de don Jerónimo Azcoitía?

—...

—¿Podría hablar con él?

—...

—Dice misiá Inesita que lo despierten no más aunque esté durmiendo, que quiere que yo le diga a él

mismo el recado que la señora le manda a decir, no, a nadie más, disculpe, no es culpa mía, la señora dice que es muy urgente así que tiene que ser al tiro.

Bostezas. No miras a la mujer cuya voz te has robado. Jerónimo siempre duerme hasta tarde los domingos, eso lo sabes, y va a misa de doce cuando va. Ahora último ha estado yendo poco. Esperas.

—¿Don Jerónimo?

—...

—Sí, don Jerónimo, con la Rita, muy bien gracias, para servirle, y usted cómo ha estado. Perdone que lo llame tan temprano hoy que es domingo, pero misiá Inés, que se ha puesto muy exigente y rara, le diré, me dijo que tenía que llamarlo a esta hora exacta, aunque usted durmiera. ¿No está durmiendo bien? Qué pena... la echará de menos. ¡Cómo no va a echar de menos a su señora, pues don Jerónimo por Dios! Sí, está bien, pero le manda a decir que si no es mucha molestia le mande toda su ropa, sí, toda la que tiene, dice, la que está en el *closet* grande de su dormitorio, que la va a necesitar, sí, hasta los trajes elegantes. Y también todos los frascos y las cosas de tocador, dice, y la mesita de tocador también porque la echa de menos, quiere estar cómoda aquí y para qué se va a estar perdiendo allá en la casa mientras que aquí... sí señor, cómo no, señor... y dice también que no le gusta nada la cama que le pusieron aquí en la Casa y que no puede dormir en la noche, no se acostumbra, ella no dice pero apuesto que no puede dormir porque ella sí que lo echará de menos a usted... ay, qué diablo es usted, don Jerónimo, si yo soy soltera... así es que la señora dice que también quiere que le mande su cama con el colchón, las frazadas, la cubrecama, la colcha, las almohadas, las sábanas, sí, todas las sábanas con su monograma, ella sabe cuántos juegos son así es que se los tienen que mandar todos y todas sus toallas y sus sábanas de baño... no, don Jerónimo, la señora se va a enojar, tiene que ser hoy, ella sabe que es domingo y es difícil encontrar un camión porque a la gente no le gusta trabajar los domingos, pero dice que usted se las arregle, que tiene que ser hoy... me dijo que le dijera que prefería no hablar con usted porque está un poco ronca, todas aquí estamos un poco resfriadas con las neblinas que bajan a la hora de la oración, qué raro, en esta época del año, por qué será, dicen que el tiempo está cambiando por culpa de la bomba atómica, no digo yo, si no sirven nada más que para desgracias esas cosas, dice misiá Inesita que a ver si la semana que viene cuando se sienta mejor lo llama por teléfono porque tiene muchas cosas que decirle dice, pero hasta que no se sienta bien de veras prefiere descansar, sí, siempre se cansa la pobre señora, o está un poco decaída o tristona... perdóneme pero no es que yo quiera meterme en cosas que no tengo derecho a hablar, pero discúlpeme si le digo que creo que es porque anda rara con lo de la beata, sí, se me ocurre que es por eso y porque van a echar abajo esta Casa que ella quiere tanto...

La vieja voz de la sirvienta se despide de tu marido. Cuelgas el fono. Le sonríes a la Rita, te acercas a ella, le haces una caricia en el pelo.

—¿Tienes frío, Rita?

—No mucho.

—Pero estás tiritando.

—De puro vieja será.

—Está malo el tiempo, como le dijiste a mi marido...

—Sí, raro está.

—Bueno. Mañana no vas a tener frío. Vas a ver. Ninguna de las asiladas va a tener frío. Me van a traer toda mi ropa, todas mis cosas, y les voy a dar oportunidad para que me las ganen jugando al Canódromo, hasta que me ganen todo y yo me quede sin nada porque no puedo soportar más la vida teniendo tanta cosa, quiero despojarme de todo, tengo lindos abrigos, Rita, vas a ver que más de alguno ganas, la perra amarilla no puede ganar todas las veces y ustedes se van a quedar con hartas cosas regias mías.

La Rita sonríe feliz.

—Bueno. Me voy a mi pieza. ¿Quieres hacerme el favor de decirle a la María Benítez que me prepare una taza de té bien caliente y me la lleve al dormitorio?

—¿Cargado?

—No, más bien clarito.

—A la Brígida le gustaba cargado en la noche. La Amalia se lo preparaba. ¡Que se la hayan tenido que llevar en una ambulancia, cuando no estaba enferma ni nada la pobre, porque lloraba tanto por el asunto del dedo que se le perdió a ese santo que ella decía que era un arcángel!

—Pobre Amalia.

—Pobre. Nosotras estamos buscando el dedo para mandárselo a la Amalia y así se mejore.

—Buenas noches, Rita.

—Buenas noches, señora.

25

HE NOTADO QUE se van desvaneciendo esas finísimas líneas coloradas como cicatrices que dibujan los contornos de tus ojos y tu frente, de tus orejas y tus párpados y tu boca, y hasta las que veía en tus manos rodeando tus uñas como restos de incisiones y tus muñecas como recuerdos de suicidios, y la base de cada dedo. Arrugas... sí, por qué no, podrían pasar por arrugas y no dudo que dentro de unos meses eso es lo que llegarán a ser: tan arrugada que se está poniendo misiá Inesita murmuran las viejas cortas de vista, no tiene edad para estar así de concluida pero es porque como hizo voto de pobreza ahora no mantiene su juventud con masajes, limpiezas de cutis, pomadas, máscaras que distienden los músculos del rostro como antes lo hacía todas las semanas. Sí, las viejas tienen razón. No eres la de antes. Te ha crecido un poco de vello en el mentón y en el labio superior reseco y comienzan a asomarse pelos negros, gruesos como cerdas, por los orificios de tu nariz. Pero tú no ves estas cosas porque ahora no hay espejo en tu dormitorio. Todos tus objetos de toilette, tu mesita, tus frascos, tu peineta de plata, todos tus muebles, tu cama, tus frazadas, tus vestidos, los vas apostando noche tras noche en el canódromo de juguete y la perra amarilla siempre gana. Por eso, porque ganas, desaparecen tus cosas: llevamos tus lujosos objetos vencedores en mi carrito hasta tus celdas, y los guardamos cuidadosamente para que prolonguen por toda la eternidad sus existencias sin uso, y no se gasten. Mientras tanto, duermes en el catre de la Zunilda Toro que reemplazó el tuyo, con una camisa de dormir de la Ema, tomas té en una taza de la María Benítez, te cubres con el chal de la Rita, en lugar de cartera andas con una bolsa sucia de no sé quién en las manos, usas las medias que le has ido ganando a la Dora y a la Auristela y los calzones de la Lucy, te cubres con harapos, duermes en un colchón meado, te peinas con una peineta desdentada, rehúsas calzar nada que no sea las zapatillas aportilladas de la Rosa Pérez.

Sin embargo, cuando te observo muy de cerca sin que te des cuenta, veo que las cicatrices finísimas no han desaparecido totalmente. El proceso de reabsorción es lento. Tienes que esperar unos meses todavía. Nunca he dudado que el doctor Azula es el cirujano más notable del mundo: los portentos que ejecuta en su clínica en Suiza llenan los diarios. Los pacientes que se internan sufren los achaques más variados, pero la mayor parte lo hace porque quieren rejuvener, codiciosos de órganos nuevos que funcionen mejor que los propios. Tú, en cambio, así se lo aseguraste a misiá Raquel, te internaste en la clínica del doctor Azula para envejecer definitivamente. Dada la demanda de miembros y órganos en buen estado tu caso fue sencillísimo, ya que el doctor Azula es maestro en cambios e injertos. Hay que advertir a sus futuros pacientes que suele robarse alguna pieza para reservársela y revenderla, como lo hizo conmigo, dejándome convertido en este ser compuesto de trozos que desconozco.

Sí, Inés, te observo con minuciosidad todos los días cuando llevamos a tus celdas tus sábanas con monograma o una sillita de laca: las cicatrices de tus operaciones se están borrando. Ahora estoy seguro que fuiste a Suiza para convertirte en la Peta Ponce que siempre quiso encarnarse en ti y tú en ella y pronto, cuando terminen de fundirse los delgados cordones rojos de tus cicatrices para transformarse en arrugas y verrugas y bolsas de carne y piel desmoronada o reseca, la Peta y tú lograrán lo que vienen tratando de hacer desde el fondo de los siglos. La vida sin ser parte tuya no le interesa a la Peta Ponce. Como única solución vio la posibilidad de venderle su cuerpo inútil al doctor Azula porque tú ibas a caer en sus manos. El cirujano desarmó el cuerpo de la vieja, reservó sus órganos en recipientes especiales, los guardó en cámaras diseñadas por él que proporcionan el oxígeno necesario, que bombean sangre, suero, agua, cortó los órganos con bisturíes muy delicados para que después el lugar de la incisión no se notara, almacenó todo en sótanos asépticos, revestidos de loza blanca sin vida, sin muerte, sólo con espera, listos para cuando llegara la ocasión de servirse de ellos. Fue allá, en Suiza, donde te esperó la Peta descuartizada, y tú, incauta —o quizá sabiendo que venías viajando desde el fondo de los siglos para realizar la síntesis de la tradición familiar de la niña-beata con la conseja jojular de la niña-bruja, acudiste donde tenías que acudir, a la clínica donde el doctor Azula y Emperatriz tenían reservados para ti los órganos de la vieja y transformarte en ella, en esta pordiosera sucia, de moño gris, de uñas resquebrajadas, con callos y juanetes, de manos verrugosas, de cabeza tembleque, que poco a poco va absorbiendo y anulando lo que queda de la Inés incompleta que se fue a Europa con el pelo teñido, un abrigo de pelo de camello, y accesorios de cocodrilo.

El antiguo convenio decía, sin embargo, que las dos debían dejar de ser dos distintas para transformarse en una. Pero tú eres ingenua, Inés, no sabes que la vejez es la forma más peligrosa de la anarquía, que no respeta leyes ni tratos prestigiados por los siglos, las viejas son poderosas, sobre todo si han arrastrado tantos años de miseria como lo ha hecho la Peta. Ya es muy tarde para que puedas defenderte pero mejor será que lo sepas antes que desaparezcas, porque desaparecerás, que la Peta, que no respeta ningún convenio, se está apoderando de todo lo tuyo que quedaba y eres cada día menos Inés y cada día más y más la Peta que te está anulando. Te repito que eres ingenua, Inés, sentimental, no te diste cuenta que la intriga de la Peta tuvo otra motivación que la de unirse contigo: acuérdate de la fuerza de los miserables, del odio de los testigos que existe aunque esté sepultado bajo la admiración y el amor, no te olvides de la envidia de los insignificantes y los feos y los débiles y los mezquinos, de los talismanes que guardan debajo de sus camas o en sus colchones, de la venganza de los que han expiado tus culpas, la Peta encubrió y dejó que la humillaras y la usaras y ahora está cobrando al usarte ella a ti para introducirse bajo tu forma en esta Casa, porque eso es lo que la Peta quería, Inés, ésa era la causa de su saña y su codicia: desentrañarme de mi refugio donde vivía disfrazado de Mudito o de otra vieja más, adueñarse de mí para cobrarme mi amor, y disfrazándose ella, esta vez, con la carne de su señora, repetir la noche de la Rinconada porque has conservado el sexo ardiente de Inés como yo he conservado la potencia de don Jerónimo, y vienes a buscar esa potencia, a unirte otra vez con ella, a cobrarme el placer que te he negado durante años y años.

Claro, tú no sabías que el sexo de la Peta es lo más vivo de toda ella, y creíste que con estos injertos ibas a quedar convertida en una ancianita indefensa que no desea ni necesita nada, pero ya comenzarás a sentir las urgencias de eso en que has quedado convertida cuando comiencen a funcionar los órganos que recién se ligan a tu carne, verás qué doloroso es sentir el hambre de satisfacción sexual que te negaré hasta el fin, el desgarro que es la imposibilidad de olvidar esa noche que pasamos juntos en tu cama en la Rinconada. Me acosarás aquí en la Casa. Cuando te des cuenta de quién eres y en quién te ha transformado Crisóforo Azula, no me vas a dar tregua.

Así tiene que ser, así ha sido siempre, Inés, Inés-Peta, Peta-Inés, Peta, Peta Ponce, jamás he podido tocar la belleza porque al desearla la convierto en desastradas dueñas de pensión, Emperatriz con su geta babosa, las viejas de esta Casa, las pordioseras que me siguen cuando me atrevo a salir a la calle, imágenes decrépitas de la belleza que mi nostalgia crea y mi avidez destruye, ándate, déjame en paz, no te interpongas entre lo que queda de mí y lo que queda de ella, tú harapienta, tú con las manos deformadas por las verrugas acercándose desde el final del pasadizo con tu seriedad enigmática que esconde la burla y tu desvalidez emocionante que encubre la intención precisa de dirigirte a cobrar tu pieza, que soy yo. ¿Para

qué me quieres? Déjame decirte la verdad. Yo no estuve en el lecho contigo esa noche en la Rinconada,
Peta, fue don Jerónimo, sí, él, y él busca tu ardor,
Inés le habló a misiá Raquel de la potencia insaciable
de su marido que tu avidez .busca, yo no tengo nada,
Peta, te lo juro, mira mi sexo, lo estás mirando: sobre
la cama de la Iris las viejas me están cambiando los
pañales porque me hice pipí para darles gusto, mira
como agarran ese trozo de carne inerte para jugar con
él, algo sucio,· que no sirve más que para producir
meados hediondos, asqueroso, yerto, ya ves, ni vello
púbico tengo, soy una guagua, soy impotente, déjame,
no sirvo para nada. Ándate de la Casa. Búscalo a él,
que·tiene la facultad de colmar tu apetito. Devuélveme
la Casa, que las viejas me amarren, me hagan una humita, que me transformen en imbunche. Soy el Mudito. A veces soy otra vieja más. Soy el muñeco de la
Iris. ¿Tú crees que si tuviera algo de potencia, al acostarme todas las noches con la que juega a ser mi mamá
pero no es mi mamá porque nunca tuve mamá, no me
enloquecería su cuerpo joven al refregarse a mi cuerpo
para hacerme sufrir y yo le digo no, Iris, no sacas nada
porque no tengo nada y por eso no puedo sufrir? Sí, te
equivocaste al venir a la Casa a buscarme. Sólo sumas
una vieja más a la comitiva de viejas que me ha perseguido toda la vida, Inés-vieja, Inés-fea, poniéndote
así al alcance de mi mano, pero no es la Inés-fea, la
Inés-Peta, la que quiero, es Inés sola, luminosa, inalterable, esa es la Inés que quiero, la que guardas en
las fotografías de tus baúles que conservas en tu celda,
Inés montando a caballo en la Rinconada, Inés ·con
traje de baile de macramé color tango, Inés con un
sombrero que le ciñe la cabeza y le despeja la nuca y
el cuello alto, Inés con un manto de pelo, Inés paseando del brazo de don Jerónico por el *paddock* del Club
Hípico, Inés en *vis-à-vis* con misiá Raquel que nunca
fue bonita, Inés... en fin, te conozco Inés bella en el
fondo de tus baúles con llave, en la ropa que has usa-
do y que guardas en esta Casa, que ha tocado el cuerpo de Inés bella y que yo toco, pero esa Inés sólo vio
mis ojos encandilados de testigo una noche en su parque y después de las operaciones de Crisóforo Azula

creo que ni siquiera me ve, toma unos pesos de propina, Mudito, vamos a guardar esta cartera de cocodrilo,
esta lámpara de porcelana, esta alfombra de Tabriz,
este par de miniaturas montadas en terciopelo, esta
bata de levantarse de nylon acolchado que es muy
abrigadora y está nueva, vamos a guardar todas las cosas que esta noche les gané a las viejas en el canódromo,
en mi celda, no puedo, Peta, déjame, anda a buscarlo
a él y desentráñalo porque él tiene la culpa que nuestros destinos hayan tomado las formas monstruosas
que han tomado para poder sobrevivir... yo barriendo
tu dormitorio, tú rezando de rodillas en el suelo frente
a una cruz de palitos amarrados con tientos que hiciste el otro día para emular a tu antepasada, no a la
antepasada de Inés, de esa mujer que reza mientras
barro su cuarto y que amo porque la Peta es la única
mujer en el mundo que he amado, no merezco más
que una propina porque mi padre me aseguró que no
tenía rostro y no era nadie, eso me lo enseñó desde
niño, por eso no me quedas más que tú, pero no puedo
permitirlo, antes que los injertos del doctor Azula crezcan y sus tejidos se unan completamente a tu carne y
las glándulas comiencen a secretar sus jugos, cuando
todavía —aunque fea y zaparrastrosa— sigas siendo
Inés, yo me apoderaré de ti y el recuerdo de tu belleza será mío y haré lo que quiera con él después de
usar lo que quede, te desollaré para exhibir tu pellejo,
el verdadero pellejo ensangrentado de la perra amarilla
y entonces no existirás ni tú ni tú, ninguna de las dos,
las dos desaparecerán en el fondo del pasillo más profundo, huye, Peta, busca al otro, para qué quieres mi
sexo lacio, déjame tranquilo, déjame anularme, deja
que las viejas bondadosas me fajen, quiero ser un imbunche metido adentro del saco de su propia piel, despojado de la capacidad de moverme y de desear y de
oír y de leer y de escribir, o de recordar si es que encuentro en mí alguna cosa que recordar, y de oírte rezando arrodillada frente a la crucecita de palos y tientos, verme obligado a preguntarme quién será esa mujer que conozco, quién es esa mujer, tan cambiada
que está la pobre misiá Inesita, tan buena, tan concluida que está, es una santa, una de las señoras más pia-

dosas y más caritativas que hay, y buena de veras, no se pinta las uñas ni fuma como hombre como misiá Raquel, se preocupa de nosotras que somos pobres y enfermas, sólo ella se acuerda de nosotras para protegernos, hace casi un año que misiá Raquel ofreció una limosna en recuerdo de la Brígida, y ya ven, nada, no, no es que sea mala, es que está preocupada de otras cosas, tantos hijos y nietos, mientras que misiá Inesita ya ni se viste a la moda ni nada, y tú desgranas tu rosario pesado de indulgencias porque te lo bendijo el Santo Padre, y tienes los ojos cerrados. Sin abrir los ojos y sin suspender tus oraciones me haces una señal, apenas un movimiento de cabeza, indicándome que ya es hora que salga de tu habitación y te deje sola.

...ENTOOOOOOOOOOONCES, SE OYERON los aullidos de los perros en el campo, los mugidos de las vacas, los toros bramando, los caballos relinchando, las ovejas balando, y las monjitas comenzaron a asustarse porque en ese tiempo esto quedaba muy aislado, qué pasará, por qué tienen miedo los animales de algo que nosotras no sabemos que está ocurriendo en la noche, qué nos querrán avisar, qué vamos a hacer, a quién preguntarle qué es esto tan angustiador que pasa... y entoooooooonces, entonces sí que comenzó lo terrible: relámpagos en el cielo que iluminaban toda la cordillera, los truenos adentro de la tierra que se sacudía y se agrietaba, las monjitas chillando y corriendo por todos lados medio muertas de miedo porque toda esta Casa se estaba sacudiendo que parecía que ya se iba a caer... y entoooooooonces, las monjitas la vieron a ella en el medio del patio, hincada, con los brazos extendidos en cruz...

Te han oído la historia mil veces desde que llegaste, bordas sobre la trama esencial, inventas detalles y adornos para electrizar a las huerfanitas que nunca se cansan de oírte, como si ellas, también, aguardaran la síntesis final de la conseja de la niña-bruja con la tradición de la niña-santa, a ustedes les gusta escuchar a misiá Inesita que es tan buena porque imita los relin-

chos y los mugidos y los ladridos, qué bien lo hace,
misiá Inesita, a ver, otra vez, una vaca ahora... y su
ternerito... les encanta verla estirar los brazos en cruz
para sostener los muros que se van a desplomar pero
que no se desploman porque ella los sostiene. Lo que
más las entretiene es cuando misiá Inesita comienza a
temblar como un terremoto: juguemos al terremoto,
señora por favor, es tan divertido sentadas aquí en el
banco bajo la palmera del patio de la portería, la Eliana, la Frosy, la Iris, la Verónica y la Mirella se apelo-
tonan encima de ti que estás sacudiéndote y temblando
y ellas también tiemblan muertas de miedo con la catástrofe, muertas de la risa, mezclados sus cuerpos
y sus brazos y sus piernas con tus miembros, hasta
que la Eliana pisa a la Frosy por casualidad, oye, pesada, ya no te aguanto más encima, el alfiler de gancho que cierra el paltó café de la Iris me pinchó, me
rasguñaste de adrede... bueno, chiquillas, déjenme tranquila que estoy azorochada, uf, qué calor, ahora que
terminamos de jugar al terremoto vamos a rezar todas
juntas una salve por su alma que los descreídos quieren olvidar, rogándole la merced de que revele su verdad... una aparición... una señal... cualquier cosa irrefutable de la cual nos podamos aferrar para no rasguñar en la noche. Rezan... los ojos cerrados... las
manos juntas... las voces contritas... siguen tus ple-
garias que las guían por los meandros de tu devoción...
Dios te Salve Reina y Madre... Amén. Ahora un Padrenuestro para terminar, ya misiá Inés, ahora juguemos
a otra cosa, sí, después seguimos rezando, cuando esté
oscuro, de día no dan ganas de rezar. Ahora juguemos.

—¿A qué quieren jugar?

—Al ludo.

—No, a las damas...

—No, a los disfraces...

—No, a las carreritas...

—No, chiquillas, hoy voy a enseñarles a jugar a otra
cosa.

Te paras. Síganme a la portería, que no nos vayan
a ver porque es un juego muy peligroso, Iris, ven conmigo mijita, no te vayas a separar de mí... tu mirada
de vieja es furtiva, espías por el rabillo del ojo lega-

ñoso, te encorvas, tus manos se transforman en garras mientras las huerfanitas se ríen imitándote, uy, qué miedo, no nos vayan a ver que nos pueden castigar, no hay nadie en la portería, el Mudito no más creo que andaba por ahí, las huerfanitas te siguen, imitando tu simulación de sigilio al avanzar escondiéndose detrás del diamelo, detrás de la gruta de mampostería, y escondiéndose detrás de las pilastras del corredor llegan todas sanas y salvas hasta la portería. Las huerfanitas se sientan en el banco... abres la puerta de la sala de la Rita y desde el umbral preguntas:

—¿Quién quiere empezar?

—Prima.

—No, gané palabra, yo prima.

—No, mejor comencemos con la Iris.

—Bueno.

La Iris se pone de pie en medio de la portería mientras las demás se acomodan para contemplar el espectáculo. Está muy gorda porque yo ya voy a nacer. Escucha las instrucciones de la señora:

—Mira, este juego es así: voy a marcar un número de teléfono y voy a entablar una conversación. Tú tienes que contestar como si estuvieras al otro lado de la línea, pero sin equivocarte, y adivinar quién está hablando con quién.

La cara de masa blanca sin cocer y ahora sin pintura no demuestra entusiasmo ni aversión, ni sí ni no, son las chiquillas desde el banco que opinan:

—¡Qué juego más difícil!

—Van a ver que es divertido.

—Es juego para grandes.

—Y les voy a dar un premio...

—¿Qué? ¿Qué? ¿Qué?

—Ah, eso después, un premio estupendo...

—Una alhaja...

—Un vestido...

—Plata...

—Un Canódromo...

A la Iris no le interesan los premios, está esperando en el medio de la portería para que la animen, te va a resultar difícil ganar, Iris, yo estaré guiándote desde las oquedades de esta gruta de Lourdes sin Virgen y sin

Bernardita... te conduciré como tantas veces desde aquí he conducido tus paseos por el barrio, con el Gigante, al baldío, a la tienda de revistas, a comprar una coca-cola, a hacer el amor con embajadores y generales y académicos y periodistas y don Jerónimo y Romualdo. Si me obedeces vas a ganar. Sólo tú puedes ganar, porque no existes, ni la Mirella, ni la Eliana, ni la Frosy, ni la Verónica podrían ganar porque ellas existen, en cambio tú no eres más que un envoltorio, así es que no tengas miedo, sonríele a Inés, dile que sí, que bueno, el premio será tan magnífico y tan terrible que yo sólo me atrevo a recibirlo a través de tu persona miserable. Observas cómo la señora está sonriendo al marcar el número... el aparato suena y suena. Cuando la Iris oye el click del otro lado de la línea, frunce el ceño y comienza a pasear por la portería, como si entendiera todo esto que le produce una gran preocupación. La Iris está escuchando y entendiendo.

—Aló... aló... sí, sí, con él quiero hablar, sí, buenas tardes, cómo ha estado usted, nosotras aquí así no más... para qué le voy a estar mintiendo, ya no puedo más, no sé qué hacer...

La Iris se detiene frente a la puerta, y abriendo las manos gordas con un gesto de impotencia, pregunta.

—¿Pero qué pasa ahora, por Dios?

—Lo que pasa es que ustedes nos tienen tan abandonadas que esta Casa santa se está transformando en un garito pecaminoso, aquí ya no se juega sólo por divertirse en los tableros que hizo traer misiá Inés, no, ésa no fue más que la intención inicial. Fíjese, cómo es posible, ahora apuestan todo lo que tienen, abrigos, frazadas, relojes descompuestos, calendarios, jaulas con tordos o sin, paraguas rajados, toda su ropa, sus teteras, sus medias... están enviciadas, encanalladas...

—No exagere...

—No sé, eso es lo que se murmura, las viejas son muy solapadas, no he podido comprobarlo, me esconden las cosas, a veces tengo la sensación espantosa que no sé ni la mitad de lo que pasa aquí en la Casa...

Ya, Iris, infla tus mejillas, arquea tus cejas preocupadas, paséate de un lado a otro de la portería con tus manos a la espalda, tu abrigo largo como una sotana,

tu aire pomposo, tu preocupación adquiere un matiz
ficticio cuando insistes que esto no puede ser hay que
ponerle atajo a este asunto inmediatamente, mientras
las chiquillas alineadas en el banco contemplan la
comedia de la Iris. Tú sigues hablando por teléfono.
Tienes un codo apoyado en la pared. Cambias el peso
de tu cuerpo de una pierna a la otra, no miras a la
Iris porque estás comprometida con ese fono que recoge tus palabras, lo ajustas, cambias el auricular de
una mano a otra:

—... lo peor de todo es lo que andan diciendo de
misiá Inés. Son cosas que oigo a través de un tabique,
cuchicheos que se detienen cuando entro a una habitación: dicen que misiá Inés siempre gana porque está
protegida por la beata, se está hablando mucho de la
beata ahora aquí en la Casa. Demasiado. Yo ya no puedo
soportarlo más, si me contestaran de frente y me dijeran la verdad, en fin, no me sentiría tan impotente,
pero sus sonrisas y sus achaques, no puedo sacarlas
de ahí, me enredan con sus mentiras, pero es como una
marea invisible que no puedo controlar justamente
porque es invisible, fíjese que dicen... dicen... siempre
ese dicen. Dicen que misiá Inés obliga a la beata a protegerla en el juego, y para que la proteja mantiene un
culto por ella aquí, le ha ofrecido que esto nunca será
la Ciudad del Niño sino que su Santuario, con basílicas
y peregrinaciones y todo, imagínese, cuando las oigo
rezar rosarios, que antes me parecían tan inocentes,
ahora me da miedo. Cuando las veo cortar lirios morados se me ocurre que es para adornar alguna imagen
de la beata que deben tener escondida por ahí para
venerarla.

La Iris se detiene bruscamente en el medio de la
portería. Arrastra su abrigo oscuro por el suelo. Está
aterrado, furioso, abre los ojos de raso muy abiertos,
alza los brazos como para detener algo y exclama:

—Herejía. ¡Esto es una herejía! ¡Que no vaya a
salir esta historia sacrílega de la Casa...!

—... y les quita todo lo que las pobres viejecitas
apuestan... a ninguna le queda una frazada, ni un chal,
ni un brasero, andan tiritando por los corredores, hay
varias con bronquitis porque andan medio desnudas

y usted conoce las ventoleras de la Casa...

—¿Y qué hace con tanta mugre?

—Contra las porquerías de las viejas, ella apuesta
sus propias cosas, tan lindas que son, pieles, muebles,
alhajas, vestidos, zapatos finos, de todo, y como siempre gana, la cosa de valor que ella apostó contra la porquería, la guarda, para la beata, dice, parece que está
esperando el momento en que los cardenales la beati-
fiquen...

—¿Pero que no entiende que eso falló definitivamente hace más de un año?

—No sé. Duerme en un jergón porque guardó sus
muebles finos y sus sábanas. Anda vestida como una
pordiosera. Ya no le queda nada bueno. Y va apostando
lo mejor de las cosas que les ha ido ganando a las
viejas contra cosas peores, y cuando gana, hace paquetes con lo que ella apostó, para la beata, dice... y
los guarda, y se pone las zapatillas que acaba de ganar,
más aportilladas que las que tenía y las medias más
viejas, y los calzones más rotos, se saca los que tenía
y empaqueta y guarda... para la beata... arregló su
dormitorio con despojos y se viste con harapos que
yo veo que se ponen cada día peor porque cambia todos
los días, cada vez que la veo parece una vieja distinta,
más sucia y miserable, me cuesta reconocerla, sus celdas se van abarrotando de paquetes con cosas propias
y con porquerías... gana un par de zapatos en peor
estado que los que tiene puestos, se los saca, se pone
los que acaba de ganar, anda con unas chancletas in-
creíbles...

—¡Increíble! ¡Increíble! Tanta mugre...

La Iris acciona, se hincha como un pavo furibundo,
se siente personalmente ofendida por tanta suciedad,
agarra la cola de su sotana soberbia para no arras-
trarla por el suelo sospechoso de la portería donde se
está paseando, mientras las chiquillas aplauden la
comedia de la Iris, este señor tan importante va a
tolerar las cosas que sigan hasta cierto punto no más...
tú cuelgas el fono... la Iris desinflada, convertida de
nuevo en una chiquilla gorda cubierta con un abrigo
raído que le queda grande, tú miras a la Iris pregun-

tándole quiénes eran los dos personajes que estaban hablando pero tú mueves la cabeza respondiendo que no sabes porque se desvaneció la imagen que durante unos instantes te iluminó. Podrías seguir hablando si yo te dijera cosas desde donde estoy, para que continuaras el diálogo interminable, a mí me dice que son cosas que las viejas le han regalado y como ella ha hecho voto de pobreza tiene que igualarse con ellas, anda inmunda, piojenta, el otro día en el patio de la cocina, al sol, la Ema, con un peine, le estaba sacando las liendres del pelo... para qué seguir. Contéstale a Inés, Iris. Sabes quién eres. Sabes con quién dialologabas:

—¿Quibo, Iris?

Obedéceme, así ganarás el premio que necesito, contesta, no me dejes convertido en una sombra entre estas rocas pintarrajeadas, necesito ese premio, tienes que ganarlo para mí:

—La Madre Azócar hablando con el Padre Benítez...

¡Imbécil! Te has turbado... las chiquillas se aprietan la barriga de risa con la confusión de la Iris, tonta grande ésta, cuándo va a aprender, perdió, la Iris Mateluna perdió misiá Inesita, ahora me toca a mí jugar a este juego tan divertido, la Iris no ganó porque dijo una tontería. Te corriges:

—La Madre Benita hablando con el Padre Azócar.

—Bah, ahora qué gracia tiene.

Tú las haces callar: alzas las manos. A pesar de tus harapos y de tus piojos, tus manos de piel manchada conservan tu autoridad de propietaria, la señora que con un visón sobre los hombros llevaba una caja flordelisada de oro como ofrenda. Los poderes superiores no pueden quedar sordos a donaciones magníficas.

—A ver, Iris. Esta es tu última oportunidad de ganar el premio. Dime el número de teléfono que marqué. ¿Qué número era?

No titubeas al decir el ocho tres - siete dos - nueve uno, yo te los voy metiendo en tu dura cabeza para obligarte a ganar ese premio que ansío y necesito, la sangre que el doctor Azula me robó volverá a correr por mis venas, dejaré de ser una mancha de humedad en una pared, me rescatarás, o no, quizás oyendo su voz me repliegue más, hasta quedar anulado.

—83 72 91...

—Muy bien, Iris. ¿Ven que la Iris no es tan tonta, chiquillas? Ahora mereces el premio.

—¿Qué le va a dar, misiá Inesita?

—Yo quiero jugar después de la Iris para ganar una cosa linda.

Esperan que de entre tus harapos produzcas un relumbrón, pedrería, mostacilla, alhaja, pero no, tú abres de par en par la sala de la Rita.

—Entra.

La Iris te obedece.

—Marca el 63 76 84.

La Iris marca, suena el aparato y tú te vas a sentar en el banco, donde las huerfanitas te hacen lugar. Contestan al otro lado de la línea. El milagro se va a producir: oiré su voz. Dialogaremos.

—Aló... ¿Estará Jerónimo?

Que esperemos, lo van a llamar, nos dicen.

—Ahora es él: oírlo es tu premio, Iris.

Tú contestas desde el banco, con voz de caballero, mientras las huerfanitas te observan:

—Aló, Jerónimo. ¿Cómo estás?

—Inés.

—Sí, mira Jerónimo, quería decirte algo...

—Salúdame por lo menos. No he tenido el privilegio de oír tu voz desde que llegaste...

—Déjate de tonterías. Tengo cosas muy importantes que decirte. Lo he pensado muy bien estas semanas que he estado aquí en la Casa. No quiero que el Arzobispo ni el Padre Azócar ni nadie toque ninguna parte de mi herencia. He decidido adoptar a la Iris Mateluna. Voy a dejarle todo. Que ella se encargue de seguir buscando la beatificación, que ella impida que boten esta Casa para negociar con ella...

—Nadie quiere negociar, Inés, tranquilízate.

—Esta Casa es aterradora, Jerónimo, no puedo tranquilizarme porque ella está enterrada aquí en alguna parte y yo quiero resucitarla para que no esté debajo de la tierra o adentro de las paredes de adobe, vieras, en la noche hay caras terribles que salen de las paredes y llenan mi pieza. Voy a decirle a la Madre Benita que le haga poner una cama en mi dormitorio a la Iris Mateluna, para que me acompañe, no sabes lo sola que estoy... si vieras lo incómodo que es tener que estar tocando el timbre y esperar que despierten y vengan tres o cuatro veces cada noche... o las caras de mártires que me ponen cuando las despierto en la noche para que me hagan una taza de té caliente, como si fuera tan difícil, claro que aquí hay que comenzar por prender la cocina con carbón de espino, pero al fin y al cabo esta Casa y estas viejas son mías...

—A ellas también las debes tener locas...

La Iris grita enfurecida:

—¿Qué quieres decir con ese *también*?

—Como me tienes medio loco a mí.

—No me mientas. No fue eso lo que quisiste decir. Crees que ellas *también* están locas, igual que yo.

—Mira, Inés... tenemos tantas cosas de qué hablar... tantas cosas íntimas, entre tú y yo... qué ha pasado... Óyeme, Inés...

Te pones de pie y avanzas con las manos tendidas como para tocar a la Iris, quizás acariciarla. Le darías cualquier cosa con tal que te entendiera, tienes el acento suave, la palabra envolvente como tus brazos, la inflexión acariciante como las palmas de tus manos: no me toques, Jerónimo, no me vas a tocar jamás, entiendes.

—Me estoy aburriendo, Inés.

—¿De qué te estás aburriendo?

—Bueno, ya que despachas mi cariño así, te diré: tu presencia en la Casa está desbaratando el proyecto de la Ciudad del Niño. Estaba casi listo, el remate a punto de realizarse cuando tú llegaste...

—Sí, toda la Casa llena de lotes con etiquetas que están comenzando a ponerse amarillas.

—Se iba a firmar la venta de los terrenos de la parte de atrás de la manzana y con eso se iba a financiar la mitad de la construcción porque los terrenos esos están muy caros, y lo demás lo ponía el Arzobispo. El mes que viene va a haber la última reunión de los interesados por los terrenos de atrás y darán su ultimátum: se hace inmediatamente el negocio o no se hace. Es natural. No se puede dejar esperando a hombres de negocio tanto tiempo. Se construye o no se construye la Ciudad del Niño. Contigo instalada allá no se puede hacer nada.

—Sí, sé.

—¿Por eso estás ahí?

—Por eso y por otras cosas.

—¿Qué cosas?

La Iris deja caer el fono que queda colgando de su hilo, y se encara con Inés:

—¿Crees que voy a dejar que *vendan* tierra santa? Estás, estás loco, Jerónimo, si crees que encima de todo lo que me has hecho voy a permitir que te hagas parte de la conspiración para quitarme esta tierra en que está enterrada la beata y que tú y el cura Azócar quieren vender al mejor postor.

La Iris tiene la cara descompuesta. Agita sus manos, sus ojos brillan, pardos, amarillos, verdes, pardos sobre todo porque su abrigo es pardo, pero hacen relucir la furia y agita los puños, decidida, inflamada con la defensa de tu partícula de eternidad. Inés retrocede y exige:

—Tienes que salir de la Casa, Inés.

Las dos veces se enfrentan y se trenzan. La Iris se ría a carcajadas. Inés pregunta:

—¿Por qué te ríes?

—Si crees que voy a volver a vivir contigo...

Se te caen las manos. Todo lo que era duro en Jerónimo se disuelve: ruega, la ternura más desoladora ablanda su mirada, quebra su cuello, endulza su voz:

—Inés... si quieres te voy a buscar yo mismo.

—Me lo dices para engatusarme con tus mentiras, estás segura de que ésa no es la intención de tu marido, sabes que Jerónimo le tiene terror a la Casa, asco dice, pero es terror, estás segura que jamás vendrá porque él manda aquí a sus enemigos para encerrarlos, que se pudran transformados en viejecitas que tosen y juegan a la brisca, esta Casa está llena de toda la gente que Jerónimo quiso hacer desaparecer, los que saben demasiado de su vida, sus maquinaciones, o sus debilidades, los que quiere eliminar porque lo entorpecen... dicen... dicen que hace más de un siglo que los Azcoitía han estado mandando a esta Casa a toda la gente que quieren hacer desaparecer. ¿Quién sabe si la famosa beata no fue más que una chiquilla díscola cuya rebeldía fue necesario reprimir... que con el fin de reprimir a una niña se alzaron estos muros de adobe? Vaya uno a saber. Para decirte la verdad, Jerónimo, me doy cuenta que no soy más que otra de tus víctimas.

—¡Cómo puedes pensar eso, Inés!

Al decirlo, tus ojos están empapados por lágrimas que retienes. La Iris ha salido de la sala de la Rita con todo nuestro miedo y nuestro odio y nuestra envidia y nuestro asombro y nuestro amor configurado en sus facciones pastosas que se prestan para cualquier modelado. Tienes una seguridad de que en esto estamos juntas las tres, tú, la Iris Mateluna y yo: nuestro único deseo es hacer desaparecer a ese hombre que se alza ante ti, porque la única forma de encontrar paz es que Jerónimo no exista, eso lo sabemos las tres, está escrito en los ojos extasiados de la Iris que no dejan de contemplarte, las dos están llorando, se deshacen en sollozos al mismo tiempo y nos refugiamos una en los brazos de la otra besándonos, jurándonos todo, nada, no sé qué, fidelidad, que todo encontrará una culminación, sí, las cosas irán tomando un curso ascendente y desde la cima veremos el panorama total, no llores, Iris, no llore, misiá Inés, no llore, don Jerónimo, no llores, Inés, basta. Las huerfanitas aplauden y comentan lo bien que lo hizo la Iris, si ésta nació para artista, y misiá Inesita, de dónde sacará tanta novela que cuenta, qué entretenido es esto, ahora me toca jugar a mí, no, a mí, a mi señora Inesita, todas las huerfanitas rodean a la Iris y a ti que sollozan abrazadas en medio de la portería, mientras en la sala de la Rita el fono caído se cimbra en su cuerda y oigo que una voz dice:

—Aló... aló... ¿Podría hablar con Humberto Peñaloza?

26

NO PUDIERON HABLAR con Humberto Peñaloza porque al oír ese nombre huyó por los pasadizos hasta el fondo de la Casa, no existe Humberto Peñaloza, es una invención, no es una persona sino un personaje, nadie puede querer hablar con él porque tienen que saber que es mudo. En una habitación remota abarrotada de fardos de diarios y revistas reblandecidas por la humedad se refugió su sombra vulnerable. Mudo, Mudito, no te vayas, no desaparezcas, te vas a morir de hambre, no, dónde estás, Mudo, Mudito, dónde estás, vamos a cansarnos de buscarte porque somos viejas y enclenques y les tenemos terror a las ventoleras, no te nos vayas a morir de hambre, Mudito, mira, aunque no sabemos dónde te escondiste te dejamos platos de comida en los pasillos y corredores para que comas cuando quieras, como un perro, pero las sombras no comen hasta que se atreven a ser alguien y esa sombra carente de nombre quiere fundirse con las otras sombras de la habitación, reducirse a la dimensión de un papel de diario. La sombra sin nombre ni hambre va empequeñeciendo al ocultar su terror, que le impide incorporarse a las otras sombras y adquirir la dimensión plana de una noticia, apretujada en su hoyo en los diarios revenidos, el terror se concentra en su pequeñez, me repleta, me hace intolerable a mí mismo, sin movimiento, sin hambre, sin voz, sin oído, sin vista casi... casi sin vista pero todavía conservan su poder mis ojos y porque lo conservan es que este pequeño bulto que soy no tolera más el terror sin salida que lo comprime y me doy cuenta que ha llegado el momento inaplazable. Tengo que nacer.

Una mañana amanecí en la cama de la Iris, casi sofocado por el calor de su cuerpo y el abrigo de sus sábanas, miren, miren, viejas, anoche nació la guagua por fin, miren, ya no estoy gorda, miren cómo lloriquea y está meada, yo no sabía que era tan fácil tener guaguita, si no es fácil, Iris, en tu caso fue fácil porque es una guagua milagrosa, por eso no te diste ni cuenta, miren qué bien quedó, parece que ni siquiera hubiera perdido mucho peso, claro, si la guagua tenía que nacer, ya estaba bueno, tanto pasado los nueve meses y por muy milagro que sea una se pone medio saltona y no sabe qué hacer ni qué pensar cuando el embarazo se pasa tanto de los nueve meses, pero de qué nueve meses estai hablando, pues Ema, éste fue embarazo milagroso así es que no hay de dónde comenzar a contar los nueve meses, es una tontera eso de los nueve meses, te estai poniendo igualita a la Amalia con el asunto de los nueve meses que no entendió nunca y fue entonces que le dio por buscar el dedito, a ti también te van a llevar a la Casa de Orates si no te callai con el asunto de los nueve meses, ves, ya nació el niño. ¡Qué guagua más flaca y más enclenque tuviste, Iris, qué niño con ojos tan tristones! Pero es el niño. De eso no hay duda. Es el niño, Boy, miren, si parece que tuviera una aureola chiquitita pero aureola de todas maneras. Y me visten con las sedas y los tules del ajuar que Inés tenía guardado para mí en su mundo. Con las cosas de los cajones de arriba. Sí, porque las cosas de los cajones de abajo me quedan chicas todavía. Cuando me vaya encogiendo Inés me las irá regalando, y a medida que el porcentaje que queda de mí se reduzca me sentaré en esas sillitas de miniatura, dormiré en esas camas de cartulina dorada adentro del chalet suizo, donde la Iris me criará.

Todas me tratan con miramientos y consideraciones. Antes, cuando era sólo el muñeco de la Iris, no las merecía. Me dejan chuparle las tetas, quisiera jugar con ellas con mis manos pero no puedo porque me tienen fajado adentro de la humita, y la Iris me acaricia y me besa. Entronada en la silla de oro y damasco carmesí

del presbiterio, conmigo en brazos, recibimos las reverencias de las feligresas, sus oraciones, sus cánticos
apenas susurrados para que las otras no oigan porque
las otras son unas envidiosas, encienden cirios, nos
rodean de flores, Inés prosternada entre las demás viejas que nos piden cosas, que se me pase el reuma, que
nos den porotos en vez de garbanzos la semana que
viene, que a Rafaelito lo suelten de la cárcel por la
estafa que dicen que el niño hizo pero cómo la va a
haber hecho si era tan bueno de niño cuando yo lo
criaba y tenía el pelo color de choclo, miren, aquí lo
tengo para que me crean, una salve para que la Madre
Benita no nos descubra, un credo para que el niño crezca santo, un padrenuestro para que nunca salga de esta
Casa, y las viejas rezan y cosen y cantan alrededor nuestro, hemos traído la cama y la cuna, todo lo hemos
trasladado a la capilla porque como ahora somos tantas las viejas ya no cabemos en el sótano, rezamos pero
también jugamos en este garito que la Iris y yo presi-
dimos entre los santos de yeso pegoteados y repinta-
dos: sí, salves y credos, pero también los cubiletes en
que se agitan los dados, las fichas en el suelo porque
no hay mesas y si queremos jugar tenemos que jugar
aquí porque la Madre Benita no nos dejaría jugar en
la cocina hasta tan tarde porque se gasta mucha luz y
el Arzobispo no manda plata para pagar las cuentas,
pero misiá Inés que es tan buena y tan devota de la
Iris que ella dice que no se llama Iris Mateluna sino
que es la beata Inés de Azcoitía, nos da mucha plata
para que salgamos embozadas en nuestros chales si es
que nos queda un chal que misiá Inesita no nos haya
ganado en el Canódromo, para comprar ramos de flores
frescas, de las más caras, y cirios y más cirios y todas
las cosas que necesitemos para el culto de la beata que
sobrevivió y ahora ella la ha descubierto para que seamos todas felices, tan flacuchento este chiquillo que
la beata tiene en brazos, yo creía que los niños-santos
eran gorditos y rubios como en los cuadros de pintura, pero éste es morenito, no importa, la cosa es que
es un niño milagroso concebido sin mancha y sin
pecado, cómo no va a ser milagro, pero no le vamos
a contar a nadie, ése fue el consejo de la Brígida y

tenía razón, para cuidarlo entre nosotras no más sin
enseñarle nada y nosotras hacerle todo, yo sus brazos, tú su boca, ella sus pies, si es lindo mi niño dice
la Iris, lindo el niño de la niña-beata en que los de
Roma no creyeron pero ustedes están comprobando
con sus propios ojos que la beata ha hecho este milagro más, y su hijo va a hacer el milagro más grande
de todos al suprimir para nosotros el trance de la
muerte: por orden de él no moriremos, sino que,
cuando él lo disponga, nos vamos a encaramar, toditas
las que lo hemos servido, en una carroza blanca tirada
por tres pares de caballos enjaezados con penachos y
manteletas y riendas blancas para subir al cielo... es-
pérense no más las envidiosas y los curas herejes incré-
dulos de Roma, uno de estos días no van a encontrar
a ninguna de nosotras en la Casa porque la beata, con
su hijo nacido sin que ningún hombre le haya hecho
la cochinada, nos llevarán al cielo, aunque yo creo,
Rosa, que sería mucho más lindo que todos nos vieran, no le parece a usted misiá Inesita, que todas las
otras, las envidiosas que el niño no salvará, y el Padre Azócar, y la Madre Benita, y los vecinos nos des-
pidan cantándonos aquí en la puerta de la Casa y que
lo transmitan por la radio como las misas y los parti-
dos de fútbol, y el niño un poco más crecidito llevando en sus manos las riendas blancas de los caballos blancos, nosotras con nuestros sacos al hombro
encaramadas en la carroza blanca que tendrá que ser
amplia porque somos muchas no siete como al principio, subiendo, subiendo entre una lluvia de pétalos, des-
pidiéndonos de todas las demás con mucha pena pero
no podemos llevarlas, chiquillas, voluntad no falta,
pero no cabemos más que nosotras en la carroza.

Tú eres la convertida más ardiente: tienes todo pla-
neado. Una vez muerto Jerónimo la fortuna que pasará a tus manos la pondrás al servicio de la beata Inés
de Azcoitía para reconstruir la Casa que perpetuará tu
propio nombre, yo sabía que viniéndome a vivir aquí
iba a encontrarla por fin, y este niño que lleva en sus
brazos tendrá que convencerlos en Roma y dejará en
vergüenza al Embajador ante la Santa Sede que es un

comunista, sí, estoy dispuesta a emprender el viaje
a Roma otra vez, haré cualquier sacrificio por la beata
y por el niño. A mi regreso triunfante el Arzobispo me
tendrá que devolver la Casa para hacer un santuario,
con frescos de la vida de la beata pintados sobre un
fondo de oro y muchos curitas y canónigos y personas
que investiguen el milagro y que escriban sobre él
y sobre la beata para que todo el mundo la conozca, y
también construiremos cuartos para que viva el niño
y la beata y ustedes, ay, no, nosotras no queremos nada,
misiá Inesita, que no demuelan nada, que nada cambie
hasta que el niño crezca, mejor será que usted no vaya
a Roma hasta que el niño esté más grandecito, quédese
aquí con nosotras para criarlo como debe ser, sin que se
mueva adentro de su humita, bien amarrado hasta que
haga el milagro de llevarnos a todas al cielo. Pero claro,
tenemos que esperar que Jerónimo se muera para que
la fortuna pase a mis manos. Hay que hacerlo desaparecer para que me deje tranquila, que no llame por
teléfono a la Raquel para que me convenza de que hable
con él, si sólo fuera hablar sería distinto pero su existencia cerca de nosotros siempre está amenazándonos
con el peligro de hacernos revivir... lejos, lejos, Jerónimo, para que tu voluntad no pueda doblegar la nuestra. Él no tiene fe. A ustedes se los digo en confianza.
Su aparente piedad es sólo política, nada más, y por
eso tenemos que esperar que desaparezca Jerónimo
para entronizar a la Iris con su hijo en brazos, aunque
me digan que no los cardenales a mí qué me importa
si tengo la fortuna de Jerónimo en mis manos y puedo
construir con ella el santuario que haga perdurar el
nombre que ellos quisieron sepultar, ustedes, mientras
tanto, aquí conmigo, tranquilas, no, no se van a morir,
el niño va a alcanzar a hacer su milagro antes que mueran para llevarlas al cielo, a un sitio exactamente igual
a éste, pero tenemos que esperar, esperar todas cantando y rezando, pero también jugando al canódromo con
que las voy despojando de todo, las viejas tiritan de frío
en la capilla, no tienen zapatos, yo hago un montón a mi
lado con las cosas que voy ganando y después las guardo para el niño, nada es para mí, todo será para el niño,
ahora pañales, algodón, colonia, talco del mejor, cirios,

flores, después serán otras sus necesidades y puede
necesitar alguna de estas cosas que les he ido ganando a las viejas, yo siempre soy la perra amarilla, no
puedo desprenderme de ella, tengo la obligación de hacerla correr por los montes y los caminos y por los
campos y hacerla vadear esteros y lagos, en mis manos revive, no es que quiera ganarles las cosas, pobres
viejas, para qué necesito mugres si no es para elegir
la más mugrienta y apolillada para cambiarla por otra
prenda un poco menos sucia y rota que llevaba puesta,
yo no quiero ganar, es la perra la que me obliga a
ganar corriendo por la pista, uno, dos, tres, cuatro,
agua, atrás, dos, tres, tú, Rita, tú Rosa, a mí ahora, la
sombra de la perra amarilla es enorme sobre el muro
y vibra y corre mientras los cirios se consumen y mi
pila de harapos para el niño, por si acaso, porque la
perra amarilla me impone la servidumbre de hacerla
ganar una y otra vez, crece y crece mi montón de porquerías que las brujas me entregan llorosas, sus pobres talismanes que no quiero yo sino la perra que
corre por las paredes de la capilla execrada donde la
Iris y el niño presiden entronados, y las viejas lloran,
tienen que jugar, ellas, como yo, obedecemos a la perra, somos ávidas, nuestras manos arrancan vestiduras, se apoderan de relojes descompuestos, del calen-
dario con la última página de hace siete años, de las
zapatillas, de la media impar, de la gorra de bañista color frambuesa, gané, gané, la perra amarilla ganó
otra vez porque es invencible y yo grito y les arrebato
lo que me ruegan que no les cobre aunque yo no quiero
abusar con estas ancianas, no quiero despojarlas, pero
la perra amarilla quiere, yo la obedezco porque así
corre y ladra y le aúlla a la luna y vadea charcos, uno,
dos, tres, cuatro, cinco, seis, me toca otra vez, qué
suerte misiá Inesita, ya empezó, cinco, uno, dos tres,
cuatro, cinco, enorme en la pared su sombra, las viejas
no ven qué grande y qué viva es la sombra de la perra
porque ellas sólo ven mi tablero y el miedo que les
arrebate unas varillas de paraguas, una bufanda desteñida, eso ven, corre, corre, perra, ya Iris, deja a tu
niño para que te lo cambien, ven a jugar conmigo, qué
cosa apuestas, bueno, me gusta tu abrigo café, contra

él van las zapatillas éstas que eran de la Rosa Pérez, tira tú primero, cuatro, uno, dos, tres, cuatro, ahora la perra blanca, uno, dos, mala suerte, y corre la perra azul por el tablero y la perra colorada por el tablero, pero la perra amarilla corre y corre ensangrentándose las patas para llegar primero a la meta y así yo arranqué el abrigo café de los hombros de la Iris que trata de impedírmelo, tengo frío, pero a mí no me importa aunque me da pena que la beata tenga frío, lucho por quitártelo porque la perra lo quiere, qué te importa que te dé frío, Iris, ya tuviste a tu niño así es que ya no estás inflada, bueno, si quieres, como un gran favor, porque eres la beata, mañana te daré la revancha para ver si me puedes ganar el abrigo de vuelta para que no tengas frío, tú con tu guagua amorosa en tu cama sí que no vas a pasar frío, las guaguas calientan mucho cuando duermen en la misma cama que su mamá, y yo no me caliento con nada, mis huesos se van enfriando más y más y más y más y no sé qué hacer para que se calienten.

JUSTAMENTE A ESO le tengo miedo: que tus huesos y tu carne se enfríen para siempre, señal indudable de que los injertos que te hizo el doctor Azula en Suiza van apoderándose de ellos. Significa que ese proceso ya tan avanzado te va a borrar, expulsando hasta la última gota de calor que Inés Santillana de Azcoitía logró esconder en el cuenco de su mano, para ser sustituido por la sequedad que encierra el puño verrugoso de la Peta Ponce. Sí, te quedan pocos días, Inés, nos queda poco: eso de sentir que el frío menesteroso viene trepándose a tus huesos como la maleza que cubre las ruinas hasta ahogarlas es la evidencia de que el final se acerca, que una vez anulada tú, yo quedaré encerrado aquí en esta Casa con la Peta, cercado por estos muros sin salida contra los que la vieja me arrinconará diciéndome mira, por fin vine, aquí me tienes, soy tu pareja porque soy grotesca, vuelvo a ti para repetir la noche de la Rinconada y cobrarte el amor que me debes, para penetrar estos muros que te encierran consentí permanecer descuartizada, sin vida y sin muerte, en los frascos del doctor Azula, mis órganos dentro de esas máquinas niqueladas que les iban suministrando oxígeno, sueros, sangre para que mis órganos siguieran funcionando hasta que ella viniera a buscarme, y fuiste a buscar a la Peta, Inés, estoy agotada, doctor Azula, quiero envejecer, deme órganos y piel viejos, facciones de arpía, una cabellera rala y grisácea para gozar del descanso de peinármela en un moño que no aspire a la elegancia. Esto, ya lo haces. Andas harapienta y desgreñada. Le tienes miedo a las ventoleras. Te has puesto mentirosa como ellas: cómo no voy a saber que lo que le contaste a misiá Raquel es una mentira, si la virilidad de don Jerónimo desapareció después de nuestra noche en la Rinconada, después que encerré mis ojos en esta Casa para que él no pudiera gozar de mi envidia, y tengo su potencia, es mía, me pertenece para guardarla junto con mis manuscritos en un cajón debajo de mi cama. Sin embargo, a instancias de misiá Raquel le concediste una entrevista a don Jerónimo para el martes próximo, martes hoy, martes mañana, martes toda la semana recitan las brujas escendiendo sahumerios, por eso es que tú, que finalmente te estás transformando en bruja, elegiste un martes para que él pisara por primera vez esta Casa: no sé qué mal pensarás hacerle si es que para entonces se ha completado tu transformación, y con la sequedad y el frío de tus huesos hayas adquirido el poder de las viejas para derrotar a Jerónimo con tu fealdad completa.

El niño va a impedir la entrada de don Jerónimo a la Casa. No puedo dejarlo entrar, ni permitir que su guante gris-perla o gris-paloma me roce el codo, podría aparecer desde el pasado vestido con un chaqué gris para ir a las carreras, o con el brazo en cabestrillo y las vendas heridas con mi sangre como en ese recorte que Inés guarda y que apareció en un *Mercurio* de hace cuarenta años, no puedes traer tu arrogancia de hombre completo a esta Casa desvalida, de ser a quien nada le falta y por eso, porque me han extirpado todo menos el veinte por ciento que siempre va en disminución, sentiré la voz nostálgica que me urge desde den-

tro: ahí lo tienes Humbertito, humíllate, solicítale un
favor o cualquier cosa que seguramente te concederá
porque nada le costará concedértela ya que tu pedido
será insignificante, ruégale, que te otorgue facilidades
para comprar una casa, que nos bajen el arriendo de
la casa que habitamos, que te busque un puesto, que te
dé una tarjeta de recomendación, pídele, admíralo,
envídialo porque él lo tiene todo y es todo y tú no
tienes nada y no eres nadie, y yo rabioso me lanzaría sobre él como una bestia hambrienta para atosigarme de
sus cosas, devorarlo hasta hartarme, sí, sí, sé que haría
algo espantoso que nos aniquilaría a todos si don Jerónimo apareciera en la Casa, no podría contenerme si
tuviera que abrirle la puerta para que entre a descubrir
lo que queda de Inés, tendría que esconderme para que
él no viera mis ojos que desde guagua, en esa población donde dicen que una vieja me encontró, me han
venido salvando la vida, también ahora aquí en la
Casa porque soy una guaga con una mirada tan triste
y tan espiritual que tengo que ser santo dicen las viejas, usted la necesita, don Jerónimo, no me lo niegue,
no rechace mi mirada pero no venga a la Casa, si intenta venir voy a tener que lanzarme otra vez a las
calles a buscarlo para hacerlo desaparecer, cómo encontrar aliados, quién me ayudará a no dejarlo pisar
ni siquiera la portería, miércoles, jueves, los días se
sustituyen iguales a los anteriores, en las pocas ventanas que quedan sin tapiar la noche cae brusca como
una carta que de pronto alguien dio vuelta mostrando
sólo su espalda igual a las espaldas de todas las cartas
de la baraja mientras otras viejas juegan al canódromo
en la noche en la capilla, entre los cirios, a mis pies, alrededor del trono de oro del presbiterio, se han de-
clarado enemigas esas dos, Inés y la Iris arrodilladas
en el suelo una a cada lado del tablero, las viejas hechi-
zadas por la partida, inmovilizadas por la excitación
que delegan en otras, la Iris casi desnuda porque misiá Inés le ha ido ganando todo, tiene frío, tiene sangre
en el ojo, sólo su ira la calienta porque ya no tiene
abrigo ni vestido ni zapatos ni enagua, toda su ropa
está en un montón junto a misiá Inesita que es tan
buena y tan buenaza para los juegos, la Iris tiembla,

sacude el dado en el cubilete, entran chiflones por los orificios que antes ocupaban los vitrales, castañetean sus dientes, la cara fija en una mueca de furia y lanza los dados sobre el tablero, pierde el sostén, se lo saca, Inés lo coloca en su montón porque la sombra inmensa de la perra ganó y ella tiene derecho al sostén de la Iris dejándola con las tetas bamboleando y las viejas gritan no juguís más, Iris, estai endemoniada por el juego, no seai lesa, de tal palo tal astilla, si dicen que tu padre que fusilaron perdió hasta la vida jugando al monte y por eso tuvo que matar, yo no había oído nunca ese cuento, no sé si será cierto pero dicen... dicen tantas cosas, estás enviciada, Iris, no juguís más chiquilla por Dios, hasta peso estai perdiendo, ayer le jugaste a misiá Inés tu ración de garbanzos, hoy tu ración de lentejas y tu pan además de toda tu ropa y todas tus revistas y un rouge gastado, no podís seguir así chiquilla por Dios, anda a cuidar tu guagua que está moquillando en el damasco colorado del trono, que otras jueguen al canódromo, que otras se ofrezcan de víctimas a la perra amarilla que todas las noches nos va desnudando, pero tú, ya está bueno, mira cómo estai, ya no te puedo prestar mi chal aunque me gustaría porque me da pena verte encuclillada y desnuda, tiritando al lado del tablero, pero no te lo presto porque me tengo que cuidar, no ves que estoy convaleciendo de angina, y yo del reuma, y yo de tortícolis, además jugai de puro viciosa, porque odiai a misiá Inesita desde que comenzaste a jugar al canódromo con ella, encomiéndate a un santo siquiera, arrodíllate delante de esta figura que se llama Santa Brígida aunque no se parece nada a la que se llevaron en la carroza negra y que nosotras vamos a tener que trasladar a la carroza blanca, rézale, pero la Iris no reza. Inés tampoco reza. Antes, la Iris era la beata pero ahora es sólo su enemiga, quiere despojarla de todo, qué más quiere, qué va a apostar ahora la chiquilla si no le quedan más que esos calzones cochinos. La perra amarilla gana siempre.

—Bueno. ¿Qué apuestas ahora, Iris?

No, no, te gritamos las viejas rogándote que tengas

un poco de cerebro para tus cosas, estás flaca, Iris, estás resfriada, nuestras caras angustiadas nos cercan en la penumbra, no, Iris, aquí anda el diablo, tenís que tener más carácter, no hablen del diablo que da miedo y hay una sola vela prendida junto al tablero, la Iris hincada a un lado luciendo sus tetas enormes que sólo puedo chupar, nunca jugar con ella como la Damiana y como juegan las guaguas con las tetas de sus mamás, desnudas las tetas, los pezones duros de frío, ponme tus pezones en la boca para calentártelos refregándolos con mi lengua áspera y ella, la señora, la dueña, sus hombros cubiertos con un chal a cuadros y el moño deshecho hincada al otro lado, mirando a la Iris, retándola:

—¿Quibo? ¿Qué apuestas?

—Mi guagua.

Primero el breve silencio de la estupefacción, luego el clamor, no podís hacer eso Iris, soi una cabra degenerada apostando al hijo de tus entrañas que además es santo, míralo cómo llora el pobre porque lo tenís botado en el damasco de la silla sin preocuparte de que esté bien abrigadito en su cuna, mira cómo le corren los mocos, mira la pena con que te mira porque los niños santos comprenden las cosas y él comprende que su mama lo está apostando contra la perra amarilla en el tablero de misiá Inesita que es tan buena la señora y tan caritativa pero tan jugadora que se ha puesto aquí en la Casa, si ya no parece la misma de antes.

Tú, Inés, me miras como sopesándome, como para calcular cuánto valgo y decidir entre tantas posibilidades qué apuesta oponer a la de la Iris: apuesta algo bello, Inés, te lo ruego, algo suntuoso como tu abrigo de visón color caramelo, como tus perlas para las orejas, como el derecho a tocar tu carne antes que la Peta Ponce se apodere completamente de ella, apuesta algo que me asegure que valgo mucho.

—Aceptada.

—¿Y usted qué apuesta?

Miras alrededor tuyo, el montón de andrajos, lo palpas, no, esas cosas no, sonríes, te llevas la mano a la boca con ese gesto de algunas viejas para ocultar la

falta de dientes, y de pronto, penetras más allá del gesto habitual y metes tu mano en tu boca, te sacas la pró-
tesis, la pones al lado del tablero quedando con la boca
sumida y desdentada como las que dicen no sabíamos
nada misiá Inesita por Dios, todas creíamos que tenía
tan bonitos dientes para su edad y lo comentábamos,
los admirábamos, será la buena alimentación desde
chica decíamos, a nosotras que nacimos pobres y cre-
cimos desnutridas comenzaron a estropeársenos los
dientes a los quince, como a la Iris.

—Mis dientes.

Se aquietan los rostros tallados en la oscuridad.
Ocultan las manos entre los andrajos, brillan los ojos
aguachentos que han sido testigos de tanto y ahora son
testigos de esto, el círculo de las viejas silenciosas estrecha a las dos arrodilladas a los pies de mi trono
de oro, una a cada lado del tablero, la perra amarilla
es Inés, la perra blanca es la Iris, ruedan los dados en
los cubiletes.

—Número mayor comienza.

Inés juega un dos, la Iris un cuatro. Comienza la
Iris. Un cuatro de nuevo para la perra blanca, un, dos,
tres, cuatro: la perra blanca es de plástico, sostenida
sobre una pequeña plataforma del mismo material innoble, las manos de la Iris la hacen avanzar sobre el
tablero de cartón ordinario donde hay casas y laderas
y ríos torpemente dibujados. Inés tira un cinco. La
perra amarilla, inquieta, lista, se lanza a la carrera
aullando a campo traviesa, uno, por el camino polvoriento, dos, cruza el cerco de laureles, tres, se detiene
en medio del charco que refleja la luna para beber un
poco de agua y con el cuatro sigue de subida por la
suave ladera de un monte hasta llegar con el cinco al
patio de una granja y sigue corriendo y corriendo, la
perra de plástico blanco queda detrás mientras la perra
amarilla ya casi no se divisa, corre más que nunca
antes porque me quiere a mí, voy a pertenecerle, por
eso se esfuerza la perra amarilla, para merecerme con
un triunfo espectacular, uno, dos, tres, cuatro, cinco,
seis, qué suerte misiá Inesita juegue otra vez, cuatro,
uno, dos, tres, cuatro, voy a ser de Inés porque la perra
amarilla va a lograr que ella me tome en sus brazos

justo antes que sus brazos se conviertan en los brazos
leñosos de la Peta que me aprisionarían, se adueñaría
de mi sexo con su sexo podrido y mi sexo se pu-
drirá dentro de su sexo lleno de gusanos voraces, la
perra amarilla me está salvando de los brazos de la vieja, corre, corre, perra amarilla aullándole a la luna
y siguiendo sus rayos, ya no se divisa la perra de plástico, las viejas chillan, retuercen sus manos, rezan rosarios, ya no saben quién quieren que gane pero todas
apuestan a misiá Inesita aunque la pobre Iris tiene frío,
voy a ser tuyo, por fin, aunque sea sólo del recuerdo de una Inés demasiado perfecta para que jamás haya
existido pero dócil a la perra amarilla que se escurre
entre los batros de la orilla del pantano para ocultarse
de los diez jinetes peligrosos, la perra amarilla cuya
sombra oscilante condena los rostros de algunas viejas
y rescata momentáneamente a otros, uno, dos, tres, qué
importa que sea sólo un tres si le falta tan poco pues
misiá Inesita, a ver, Iris, ya, apúrate, no le brujulees
tanto al dado, tíralo, uf, un dos no más, ahora usted
misiá Inesita, no le va a costar nada ganar un, dos, tres,
cuatro, cinco, seis, para atrás, pero le toca jugar otra
vez porque es un seis: tres, un, dos, tres, justo, gana,
viva, la perra amarilla llegó a la meta y la Iris chilla y
se cubre la cara con las manos mientras las viejas feli-
citan a misiá Inesita, bailan regocijadas mientras la Iris
se convierte en una corteza inútil, ya no es la beata, ya
no es nadie, Inés se pone de pie, le da una patada a su
propia dentadura que se pierde en algún rincón de la
capilla, me toma en sus brazos ansiados cuya blandura
recuerdo, ella es la beata de veras, ella es milagrosa, se
sienta majestuosa conmigo en su trono, las viejas se
inclinan, encienden más cirios, llueven los pétalos de
las flores, incienso, el milagro lo hizo misiá Inés, ella es
la verdadera santa, ella es la dueña, mañana mismo
comenzará el culto aquí en la capilla con Boy en sus
brazos, concebido sin intervención masculina por la
beata Inés de Azcoitía en que los de Roma no creen porque son unos herejes que no creen en los milagros, son
todos comunistas, no tienen la fe de la buena gente de
antes, que se abran las puertas de la capilla, que corran
a avisarle a todas las viejas de la Casa manda la beata,

a todas incluso a las otras que sólo sospechaban, acuden viejas de todos los patios, descalzas y arrebozadas en chales, llevando velas en palmatorias, arrastrando sus camisas de dormir de franela, dicen que misiá Inesita hizo un milagro, que a pesar de su edad y que ningún hombre la ha tocado dio a luz un niño esta noche en la capilla, chancletean apuradas para no perderse el espectáculo, una legión que acude por los corredores y los patios y los pasadizos para venerar a misiá Inés y felicitarla por el milagro, ella es la beata Inés de Azcoitía que las llevará a todas a la salvación no en una sola carroza blanca sino que en un cortejo de carrozas blancas, quizás una para cada vieja porque misiá Inés es millonaria, dicen, para irnos cantando con todas nuestras pertenencias al cielo, estamos de fiesta todas las viejas porque no vamos a tener que morirnos, eso daba miedo y ahora no habrá para qué tenerle miedo a los pasadizos tenebrosos y a las vastas habitaciones huecas donde la Iris se debe haber perdido, su destino no es de interés para nadie ahora que se presenta la perspectiva de boato y esplendor, ella es ajena a eso, digan lo que digan la Madre Benita y el Padre Azócar y hasta el Arzobispo mismo organizaremos rituales aquí en esta capilla para que la beata Inés de Azcoitía los presida desde su trono de oro, con el niño en sus brazos, igual que en los cuadros de pintura. Los chales de las que acuden se agitan en los chiflones de los corredores, las que no sabían nada oyen por fin de las bocas temblorosas de las otras viejas lo que tanto ansiaron saber y corren a prosternarse, el asombro las ilumina ante el milagro de la beata rediviva vestida de harapos y sin dientes y con las greñas grises revueltas igual que ellas, ahora cantan todas, se hincan todas, reconozco a la Madre Julia con su frente tocando al suelo, el coro de las voces rezándonos rosarios, la Eliana extasiada, contestando a padrenuestros con avemarías, hasta que Inés dice ya, me cansé, quiero ir a descansar, debe ser tarde. Ustedes, mientras me acuesto, prepárenme al niño como lo hacen las nanas con los niños de la gente rica, que les llevan a sus hijos a la cama cuando ya los han lavado y empolvado y perfumado, y entonces la mamá mima a su hijo. No

antes.
—Parece que el niño también tiene sueño.
—Debe estar mojado.
—Hay que cambiarlo.
—Hay que cambiarlo para llevárselo a la señora.
—Sí, llévenmelo a la cama.
—¿Se va a acostar, entonces?
—Sí, estoy cansada.
—Bueno, en cuanto esté listo...
—Trataré de esperarlo despierta.
—No nos vamos a demorar nada.
—Lavarle el poto no más.
—¿Se habrá hecho caca?
—Déjame oler... puf, sí...
—Qué chiquillo más cochino.
—Más respeto con el niño, Rosa, por favor...
—Bueno, buenas noches, señora.
—Buenas noches.
Me están lavando, las cuarenta asiladas asisten a la ceremonia, me rasuran el vello púbico, los testículos, manipulan mi sexo sin asco porque saben que es una cosa inútil, pongamos al niño encima de un colchón blanco, encima de una sábana blanca, y se lo ponemos piluchito así en la cama a la señora, eso le va a gustar porque así calientan más los niños, sí, entonces hay que afeitarlo todo, las piernas flacas, el mentón, hay que tener cuidado con el cutis delicado de una señora como misiá Inesita.

TU CUARTO ESTÁ oscuro. Nuestro cuarto. Bajo las sábanas, a mi lado en nuestra cama, respiras profunda y acompasadamente con el sueño del veronal que no puedes dejar de tomar todas las noches para vadear los terrores del duermevela. Aunque tú no lo sepas, en la noche quieta de los adobes de esta Casa, en esta habitación oscura y en esta cama caliente, vamos a cumplir la magia del momento que estos muros han venido conspirando desde siempre para que se cumpla. Inés. Cómo caminabas por los corredores de la Rinconada. Tu cuello alto, tu voz quizá demasiado

ronca pero siempre tibia, tus piernas largas, tu cabeza pequeña, cómo se te caía de las manos el libro
que leías reclinada en tu *lit-de-repos*... tu figura suge-
rida se fue perdiendo en el atardecer de los corredores
y ya no puedo recuperarla, tu cutis de miel, tus ojos
pardos, verdes, amarillos, cómo ladeabas la cabeza un
poquito al hablarme, al sobrepasar la sonrisa para tocar los límites de la risa sin llegar jamás a ella: estás
aquí, conmigo en esta cama, encarnando la belleza aunque ya no seas bella pero todavía eres tú, todavía no
eres la Peta que está viniendo a buscarme desde el interior de tu carne que sigue siendo la de Inés y que voy
a tocar ahora, antes que la Peta aflore. Siento tu olor
aquí, aunque avanzando detrás, siento el olor a vejez
y a decrepitud y a codicia libidinosa que va a vencer
tu olor, rozo tu mano áspera y la retiro insultado por
esa aspereza, pero aguardo en silencio porque todavía
eres Inés, quiero estar bajo tu sábana, en la aureola
de tu calor que hará resurgir en mí la potencia que
tengo yo y no tu marido, deja que mi deseo traspase
la barrera repelente de tu actualidad, déjame desnudo
junto a ti para que vaya descartando tu fealdad, tu
rapiña, tu vejez, tu locura, tu estupidez, disfraces sucesivos que nunca te sacaste, déjame tolerar un poco
más tu fetidez para descubrir, en el fondo horrible de
tu olor, a la Inés incambiable oculta bajo esta ruina
sucia, déjame invocarte como debiste ser siempre para
que mi potencia te reconozca aquí en el calor tuyo
que acaricia mi cuerpo desnudo. Duermes. Te oigo
dormir. Lástima que ronques. Tenemos nuestras cabezas sobre la misma almohada. Si sólo pudiera reju-
venecerte un poco, derribar el trabajo de Azula, entonces, estoy seguro, podría no quedar fuera de ti,
podría desearte con mi cuerpo con la misma ansiedad
con que te desea mi imaginación, si tuvieras la suavi-
dad de la piel de la Iris, sus pechos levantados, sus piernas lisas, sí, don Jerónimo, si Inés tuviera estas cosas
usted se daría cuenta de que mi virilidad es más verdadera que la suya, pero así no, no quiero humillarme
otra vez, quiero salir del encierro, quiero tocar la belleza como belleza, no disfrazada de carne ajada y manchada de mugre, de estas greñas grises, de este cuerpo

olisco bajo su camisa de dormir sin lavar. Pero eres
tú. Eso tiene que bastar. No quiero tocarte. Tócame
tú a mí primero. Solicítame.

Tomo tu mano dormida y con ella rozo mi cuerpo.
Me tienes que reconocer, Inés, acéptame siquiera ahora, tal como soy, sea quien sea, Humberto, Mudito, vieja, guagua, idiota, fluctuante mancha de humedad en
la pared, despierto porque me estás tocando. La noche
del campo es inmensa afuera. Salta y salta el tordo
que nos mira desde su jaula. Despierto porque tus dedos ásperos pero todavía no verrugosos están ciñén-
dome el miembro, están acariciando mi vientre, dormida te vuelves hacia mí, Inés todavía, te acercas a mi
cuerpo desnudo que estará listo en un segundo, en cuanto tu boca desdentada busque la mía y no la rehúya. Tu
cuerpo dormido se pega al mío, dormida te pones de
espalda, me arrastras para ponerme sobre ti, y entonces yo te toco, mis manos en tus pechos que encuentro fláccidos y grito:

—¡Inés!

Despiertas.

—Jerónimo...

No dijiste Humberto. Dijiste la misma palabra odia-
da que dijo la Peta Ponce esa noche en la Rinconada,
y en la oscuridad lo revolvió todo y confundió el tiempo y los reflejos y los planos que otra vez me confunden. Esas sílabas dirigidas a mí otra vez. Entonces
yo tampoco aceptaré que seas tú. No sé quién eres,
ya no eres Inés, te toqué y mi vara mágica te transformó en una arpia desdentada, desde el fondo de
tu carne la vieja surgió a tu superficie y se apoderó
de ti, desde el horizonte dorado regresó la bruja atada
al tronco y se encarnó en la niña, los injertos del doctor Azula y Emperatriz triunfaron, eres una vieja, eres
la Peta que renace bajo mi cuerpo aterrorizado y tú te
incorporas bajo él, chillando, rechazándome, si no te
quiero, Peta, me das asco, me das miedo, has suplan-
tado a Inés completamente, la has anulado, no quiero
tocar tu carne agusanada aunque chilles y en la oscuridad me escabullo y me pierdo en las tinieblas de los
pasillos donde resuenan tus gritos de terror más y más
roncos, ya no es tu voz es la voz de la Peta, una voz

de anciana, encías desdentadas que piden ayuda, le
tienes terror a la muerte, Inés ya no está, está sólo la
Peta que por fin logró entrar consiguiendo que el doctor Azula la disfrazara de Inés, la Peta chillando, socorro, socorro, Madre Benita por Dios, socorro, no
puedo prender la luz, tengo miedo de la oscuridad, el
timbre sí, suena el timbre, atraviesa toda la Casa, el
timbre de misiá Inés, qué le pasará a la señora que
pide socorro y llora y no saben que ya no eres Inés
sino que la Peta y acuden a ayudar a la señora que
pide socorro y llora, Madre Benita por favor encienda
la luz, despiertas llorando, sentada casi desnuda al borde de tu cama, asegurando a gritos que hasta hace un
minuto había un hombre manoseándote entre las sábanas, me deben haber violado, ya no puedo más, no
me pude defender porque el veronal produce un sueño muy profundo y ella ya no puede, no es capaz.
¿No sería un sueño malo, propone la Madre Benita?
¿No sería la pesadilla inicial? No, no, fue verdad, mire,
Madre, la huella de sus dedos en mi pecho que me
apretó para hacerme dolor, desperté con el dolor, no,
misiá Inés, no necesita mostrarme nada, ustedes, viejas, váyanse, mejor que ellas no sepan nada de estas
cosas misiá Inés, mire que son muy murmuradoras,
ustedes vayan a acostarse que no fue más que una
pesadilla de la señora, sí, sí Madre Benita, por favor
que se vayan las viejas, pero francamente pues misiá
Inés cómo le voy a creer que en la noche un hombre,
un degenerado, se le metió en la cama si en esta Casa
no hay ningún hombre, no grite más, cálmese, tome
un vaso de agua, tome... no, no quiero tomar más cosas, una nunca sabe las cosas que le dan de tomar y
pueden ser peligrosas. Claro, pues misiá Inés. ¿Ve
cómo se da a la razón? Son esos remedios que usted
toma para dormir lo que le dan esos malos sueños.
  —¿Sueños?
  —¿Qué otra cosa?
  —¿Se atreve a insinuar, Madre...?
  —Una pesadilla.
  —No, eso no es lo que está insinuando.
  —¿Qué, entonces?
  —Que estoy loca.

—Misiá Inés...

—Claro. Usted es igual a las otras. Todas creen que estoy loca porque me vine a vivir aquí. Pero me voy de esta Casa esta misma noche, ya no me quedo más, me da terror, que en una Casa santa como ésta sucedan escándalos así, es el colmo y es culpa suya, Madre Benita, no me venga a decir que no porque es bien poco lo que vigila, viera las cosas que yo podría contarle y las voy a contar cuando esté afuera, no crea que no, imagínese, un hombre desconocido en la cama de una mujer como yo, una vieja que quiere tranquilidad para pasar sus últimos días en oración, entreteniendo y ayudando a las asiladas en lo que puede, humillándose por sus pecados, y mire lo que sucede, ahora estoy acordándome de más cosas que ese hombre desnudo me estuvo haciendo en la cama, sí, estaba completamente desnudo, no crea que a pesar de la oscuridad no lo vi arrancarse de mi pieza, no crea que no sentí sus muslos entre los míos, su... me dan escalofríos pensar en él, yo sometida otra vez a la esclavitud de la que creía que me había librado para siempre, ese hombre quiso violarme como me han violado todas las noches de mi vida porque nunca ha sido ni ternura ni pasión ni amor, Madre Benita, siempre violación, todas las veces, desde la primera noche que nos casamos, siempre el asalto, nunca nada compartido, siempre un ser extraño metido conmigo entre las sábanas obligándome a sentir cosas que eran distintas a las cosas que yo quería sentir...

—Misiá Inés...

—¿Qué?

—No cuente cosas que después se va a arrepentir de haber dicho, cosas de su vida privada...

—Yo no tengo vida privada. Mi vida privada fue de otra persona.

—Creo que lo mejor que puedo hacer es llamar a don Jerónimo para que la venga a buscar.

—Sí... no. Está en la Rinconada.

—¿Qué hago, entonces?

—No sé... me voy...

—¿Cómo? ¿Adónde?

—Llame por teléfono a la Raquel.

—Bueno, voy...

—No me vaya a dejar sola ni por nada.

—Si quiere llamo a alguna de las asiladas.

—Ni por nada...

—Con el Mudito entonces...

—Bueno, con el Mudito, usted adelántese, yo meto unas cuantas cosas en mi maletín y el Mudito me acompaña a la portería para esperar a la Raquel...

Usted sale corriendo por los pasadizos, Madre Benita, esto es grave, Inés ha enloquecido, no es posible, no puede suceder, no pueden cargarme con estas responsabilidades además de las otras. Y claro, llama a misiá Raquel, la pobre Inés siempre ha tenido estas obsesiones, claro, pura locura, dice que si don Jerónimo se le acerca se tira por la ventana para matarse, yo llamaré a un médico que vaya inmediatamente Madre Benita, hay que llevarla a un sanatorio, dicen que en Suiza estuvo en uno, sí estuvo en uno en Suiza, Madre, pero no para los nervios aunque ahora veo por lo que usted me cuenta de esta noche debe haber sido algo como un manicomio y Jerónimo no le ha querido contar a nadie, usted sabe lo orgulloso que es, pero cómo voy a comprender que una mujer como la Inés tenga esa clase de locuras tan cochinas pues Madre, yo me voy a demorar un poco, seguro que de la Asistencia Pública llegan antes, y los médicos de la Asistencia Pública llegaron antes, vestidos de blanco, mientras Inés esperaba con su *necessaire* en la portería, llorando, y cuando los vio comenzó a huir y a chillar y entre los médicos y los asistentes y yo la pillamos, quisieron darle una pastilla pero la escupió, inútil tratar de ponerle una inyección porque se puede quebrar la aguja, y yo ayudé al médico y a los enfermeros a ponerle una camisa de fuerza a la Peta Ponce que pataleaba y escupía y mordía diciendo que ella no estaba loca, que todas las viejas de esta Casa estaban locas, que yo era un inmundo porque me había metido en su cama, y le amarramos la camisa de fuerza, gritaba que fueran a ver la capilla si no le creían, qué locuras habla esta pobre mujer decía el médico, pobre señora decían los enfermeros, yo

movía mi cabeza compasiva, la Madre Benita rezaba
con los ojos llenos de lágrimas mientras entre todos
amarrábamos la camisa de fuerza y ella pataleaba y
mordía, pobre señora, pobre Peta Ponce, en el mismo
cuerpo de Inés encerrándolas a las dos terminarás
tus seculares persecuciones detrás de las rejas de un
manicomio, lejos de mí, sin acceso a lo que tú querías que yo te diera, vigilada por enfermeros de fuerza brutal pero vestidos enteramente de blanco que te
domarán, sí, cuando llegues al hospital te habrás in-
corporado a la carne de Inés, después, allá adentro,
quizás alguna de las dos prevalecerá o quizás no, quizás por temporadas seas la Peta y por temporadas Inés,
o vivan el amor más completo encerradas en la misma
carne, el milagro de Azula se habrá cumplido, la Peta
inutilizada, la Peta encerrada por loca, porque nadie
creerá los cuentos horribles que contarás obsesionada
por esa alucinación de un hombre desnudo metido en
tu cama y que fui yo, yo con mi potencia que no te
quise dar, Peta, te la negué, y me vengué de ti y de
Inés que me negó su boca como si yo fuera sucio, y a
ti, Peta, te encerrarán disfrazada en la carne de Inés
para que no busques más mi sexo, se las llevarán a las
dos en el mismo cuerpo, ya no tendré que temer a la
Peta ni desear a Inés porque estarán presas en un manicomio mientras yo, con toda calma, guardaré mi
potencia en el cajón debajo de mi cama, que es donde
guardamos tantas cosas nosotras las viejas.

Lograron ponerle una inyección. Se fue aplacando.
La tendieron en la camilla, Madre, no me deje irme
sola, acompáñeme por favor que tengo tanto miedo im-
ploraste antes de dormirte, y usted, Madre, en su misión de misericordia se sube a la ambulancia blanca
que se las lleva a todas al manicomio: cuando despier-
tes despertarás en una habitación blanca con una sola
ventana que no será ventana sino una gran fotografía que creerás que es ventana de verdad porque
hasta esa deferencia tienen con los locos, nos ponen
una fotografía para que creamos que existe un afuera.
No volverás a salir. Nadie creerá que yo ni ningún
hombre estuvo en tu cama, ningún hombre se mete en
la cama de una vieja como tú, Peta, ni yo que soy lo

más despreciable, basura, basura, aquí en esta Casa no
hay más que basura dice el Padre Azócar, pero tuve
que pasar por el difícil trance de iniciar una violación
para deshacerme de ti. Inés no importa. La inventé yo
para tocar la belleza, pero en el fondo de esa belleza de
Inés joven habitabas tú, desde siempre, desde los siglos
de los siglos, viva como las hogueras, variable como
el agua, esperando el momento cuando yo creyera
que tenía a la belleza en mis brazos para escamotear-
la, como escamoteó el cacique a la niña bruja y te
colocó a ti en su lugar para que recibieras el castigo,
y desde el fondo de los siglos intentaste hacer el cambio inverso. Pero yo te vencí. Si eres bruja, lo que
es dudoso —quizás no seas más que una vieja miserable cualquiera—, te engañé y logré eliminarte. Inés no
fue más que mi señuelo. Eres tú la que sufrirás encerrada porque sabrás que yo, lo deseado, estoy lejos de
tu alcance mientras tú miras una ventana clara, alta,
colocada muy arriba para que no sientas el impulso de
huir a buscarme, ni te tiente arrancar con tus uñas la
superchería de esa foto. Por eso, mañana clausuraré
todas las ventanas que me quedan por tapiar aquí en
la Casa. Ahora es imposible abrir ninguna. Las he ido
tapiando con tanto cuidado que ni siquiera se nota que
alguna vez existieron, porque de noche, encaramado
en mi andamio, me dedico a crear llagas en el enlucido, poros llenos de baba blanca donde se crían las
arañas, descascaramientos de antiguas pinturas sucesivas, para crear una simulación de deterioro. He ido
eliminando las ventanas. Como ahora tendré que eli-
minarlo a él. Te preocuparás por el bienestar de tu
pobre mujer enferma que no sabrás que es la Peta
Ponce. Tengo que eliminarte. Mi imaginación es tu
esclava como era esclavo tuyo el cuerpo de Inés, necesitas mi imaginación para existir, Inés y yo tus sirvientes, Inés y yo animales heráldicos inventados para
sostener tu proporción heroica simétricamente, uno
a cada lado. Ya la eliminé a ella. Comienzas a tam-
balear. Ahora me eliminaré yo para que te desplomes
y te partas en mil fragmentos al caer y pondrán los
fragmentos en el carro del Mudito y el Mudito los arras-
trará hasta su patio para que la lluvia y el tiempo y el

viento y las malezas te corrompan y te eliminen. Tengo muchas páginas en blanco esperando que yo escriba tu fin, tengo mucho tiempo para inventarte el fin más abyecto porque ahora estoy a salvo aquí en la Casa, esta noche se quedó sin la presencia ordenadora de la Madre Benita, todo puede ocurrir ahora que las viejas limpiaron la capilla sin dejar huellas de nuestra ocupación y se fueron a dormir. Despertarán mañana con la mente en blanco para crear de nuevo el universo, las haré bailar detrás de mis ventanas tapiadas, toda la Casa anulada, sin orificios para entrar ni salir, la Casa imbunche, todas nosotras imbunches, nosotras ya no tememos nada, yo ya no temo a la Peta Ponce porque la Madre Benita se la llevó en un furgón blanco, amarrada con una camisa de fuerza, chillando pero dejando de chillar poco a poco para ir a encerrarla quizás en un hoyo en el centro de la tierra, se la llevó en un furgón blanco, misiá Raquel, qué cosa tan terrible lo que le pasó a la pobre misiá Inesita tan buena la pobre, hace como media hora que se fueron y misiá Raquel también se va a buscarte al hospital. Cuando misiá Raquel se va yo sé que todas las viejas y las huérfanas duermen para olvidarlo todo. Yo abro la mampara, que es el único orificio que le va quedando a esta Casa, abro el portón, cierro y salgo a la calle.

27

HACE RATO que sonaron las doce de la noche en la torre de la Merced. En las calles de verano el calor persigue a las camisas sudadas y a los hombros desnudos que blanquean un instante antes de desaparecer detrás de la oscuridad de una esquina. Las luces en los cafés del centro no se apagan, aunque podían apagarlas porque casi todas las mesas están vacías... sólo un muchacho barbudo aburriéndose junto a su soñolienta compañera de pelos lacios, tres hombres solos los tres de terno azul y bigote recortado hombre, es el colmo que los sueldos sean lo que son y han sido siempre y la botella de vino de siempre, personas que jamás llegarán a ser personajes, gente tibia, incolora, intercambiable, sin nada de insólito reflexiona Emperatriz siguiendo al doctor Azula entre las mesas manchadas con tinto, restos de sandwich juntando moscas en un plato, servilletas de papel arrugadas, el tubo fluorescente parpadea y quiere apagarse, qué feo es esto, Cris, no importa, no tenemos tiempo, instalémosnos en esta mesa y llamemos al mozo de chaqueta manchada.

—Dos capuchinos.

Aúllan los *Rolling Stones* para ese público sentado en sillitas de colorinches ácidos que pasa por alto sus urgencias musicales, sus exhortaciones y lamentaciones. Café. Es necesario aclarar el entendimiento en una ocasión así: decidir inmediatamente, aquí mismo, ahora, en la vulgaridad estridente de este local el futuro de sus vidas.

—Arrancarnos, Emperatriz.

—¿Adónde?

—A Europa.

—¿Tú crees que si Jerónimo quisiera vengarse de nosotros no nos encontraría allá? Acuérdate que Europa ya no está tan lejos como en tus tiempos.

—Claro, con esto del *fly now pay later*...

—Claro. Además, hazme el favor de decirme por qué le tienes tanto miedo a Jerónimo. ¿Somos esclavos suyos? ¿Por qué se va a vengar de nosotros porque Boy se arrancó? ¿Qué culpa tenemos? Nosotros podemos retirarnos de su servicio en el momento que se nos antoje. Si vieras lo aburrida que estoy con quince años de conversaciones con la Berta.

—Emperatriz.

—¿Qué?

—Aprovechemos para irnos. Tenemos toda nuestra fortuna en Suiza. Ha ido creciendo con los años, es muy grande.

El doctor Azula esperó el fin de la entrevista anual, encuclillado entre los acantos del parque, frente al caserón amarillo. Los había visto conversar y reírse en la biblioteca, tomar cognac en copas panzudas, fumar, examinar juntos los contratos para reajustar los sueldos más importantes, apagar las luces para proyectar *slides* de la bucólica vida de la Rinconada.

Al salir, Emperatriz le dijo a su primo que no gracias, que esta noche prefería que no la mandara a dejar al Crillon en su Mercedes, la noche tan tibia, tanto tiempo que no caminaba por las calles de la ciudad... le gustaría perderse un poco, vagar por esos lugares que antes conocía tan bien.

—Buenas noches, Jerónimo.

—Buenas noches, Emperatriz.

Cruzó la calzada hacia el parque y Cris surgió entre los acantos. Se lo dijo en dos palabras: Boy desapareció. ¿Cómo? ¿Cuándo? Imposible. Cuenta, cuenta. ¿Qué vamos a hacer, qué vamos a hacer, por Dios? ¿No dejó rastros, algún indicio? No, nada, todos se culpan unos con otros en la Rinconada. Basilio casi mató a Melchor cuando éste, por último, le gritó maricón, tú tienes la culpa, tú tienes que ser, el niño no se puede haber alejado mucho sin que tú lo llevaras sobre tus hombros, maricón, pero no es Basilio, nadie sabe quién es el culpable, la Rinconada en revolución, los monstruos de primera con sus maletas hechas esperando el regreso de Emperatriz con sus sueldos anuales, los monstruos de segunda y de tercera intrigando para apoderarse de puestos más altos, el rumor extendiéndose por los campos habitados por monstruos insignificantes que iniciaron un rastreo entre las matas. La Berta declaró que a ella no le importaba la plata y se iba y Cris estaba seguro que a estas horas, con lo arrebatada que era la Berta, ya estaba en la ciudad quién sabe dónde... decían que en la periferia de la Rinconada se produjo un crimen, atracos a mano armada, ranchos incendiados en cuanto los monstruos inferiores supieron la noticia de la desaparición de Boy y comenzaron a desbandarse porque decían que alguien había divisado a un ser normal cerca de los galpones, que los seres normales, al saber que Boy había huido, comenzaban a avanzar, a invadirlos para ocupar tanto rancho con el fuego todavía calentando y gallinas en el corral, todo abandonado así, tal cual, porque el paraíso se iba a terminar, era necesario huir para no verse devorados por la venganza... el desbande, Emperatriz, la ruina...

—¿Y mis sombreros?

—Piensa en los que te vas a poder comprar en Europa.

—Dicen que allá la artesanía no es lo que era.

—En fin, Emperatriz...

—Aunque pienso...

—No es hora de pensar, mijita, es hora de actuar...
Bajó los ojos.

—Mijita.
Ella no contesta.

—Imagínate la vida que podríamos llevar allá, libres. Yo no estoy tan desvinculado de los medios científicos. La gente no ha olvidado lo que he hecho por el adelanto de la ciencia. Una casa de reposo, un sanatorio elegante en Suiza para monstruos hijos de padres ricos, uno que otro transplante cuando me interese el caso. Con el dinero que hemos ahorrado en estos quince años de sacrificio...

—Mis Fiat acaban de dar cría...

—No pretendo estar a la vanguardia, como antes. Pero me quedan conocimientos para formar un equipo de primera...

—Yo podría descansar...

—¡No, mi amor, te necesito! ¿No te das cuenta que formas parte de mi vida creativa, que sin ti no existe? Además, eres, siempre has sido y siempre serás una mujer de acción y te necesito como directora de mi establecimiento: cabeza para las finanzas no tengo y organizar el personal... sólo en ti tengo confianza...

—¿Es verdad, Cris?

—Te lo juro...

—Y podemos tomar vacaciones largas cuando todo ande bien y no haya problemas graves...

—Comprarnos una villa en Marbella, que sale tanto en el *Vogue*...

—¡Ay, sí, sí! Donde van todos los *beautiful people*, la Audrey Hepburn, la Marisa Berenson, la Penelope Tree... ¿Y cómo sabes tú que Marbella es lo que está de moda? ¿Que no te reías tanto de mi cultura a base del *Vogue*?

—A veces lo hojeo en el water... Imagínate, vernissages en París, Marbella dicen que está precioso. Hacerte retratar por Claudio Bravo...

—Prefiero a Leonor Fini... más mi tipo...

—Bueno, Leonor Fini. Pero volver a España... Santillana del Mar, Santiago de Compostela, esos pueblecitos vascos verdes, verdes, de donde salieron nuestros antepasados... ver todo eso juntos será como verlo por primera vez.

La voz de Cris hablándole. La virilidad de su castellano pedregoso, reseco:

—Es cuestión de querer. Tú misma lo dijiste. No somos esclavos de Jerónimo.

La enana guarda silencio un instante y cierra los ojos.

—Hay una cosa que quiero que me digas, Cris.

—¿Qué?

Mantiene los ojos cerrados, húmedos bajo sus pestañas postizas, y extiende la mano sobre la mesa, apartando el azucarero. Cris la toma con sus garras y la aprieta: la pregunta y la respuesta son mudas, pero es necesario el acto de contrición.

—Emperatriz, mi amor, cómo puedes dudarlo. A pesar de mis debilidades, de las tonterías que he hecho debidas más que nada a la inactividad, tú eres y seguirás siendo la única mujer de mi vida. ¡Vámonos mañana, en el primer avión!

Ella, con el rostro iluminado, abre los ojos para mirar el ojo único de Cris y se da cuenta de que alrededor de ellos las otras mesas del café se han ido llenando, que los pasillos entre las mesas están ocupados por un hacinamiento de gente de pie, mirándolos... separan sus manos, las esconden, pero nosotros seguimos de pie, fascinados, sin demasiada burla porque casi no comprendemos, cercándola a ella y a Cris con nuestra curiosidad de seres homogéneos, destruyéndolos con nuestro asombro, aprisionándolos, amarrándolos a sus sillas con nuestra estupefacción, nosotros somos seres distintos a Emperatriz y a Cris, somos idénticos al curioso del lado porque ninguna deformidad nos señala, nuestras miradas les ponen grillos para inmovilizarlos... empleadillos de banco... detectives... suches de ministerios... inverosímiles muchachitos melenudos que debían meter en la cárcel por revolucionarios o maricones lo mismo da... a lo mejor putillas... vendedores viajeros entre tren y tren... un ciego, una limosnera, un carabinero de franco, nuestra curiosidad inmovilizándolos. Emperatriz alcanza a murmurar:

—Vamos.

—Sí, vamos.

—Paga, Cris...

—¡Mozo!

El mozo se acerca:

—¿Cuánto debo?

—El patrón manda a decir que nada, gracias...

Emperatriz se pone en pie, arrebujándose en su *Emba Mutation Mink*. En Europa, chinchillas. Sí, señor, dicen que en *Evas*, en Barcelona, don Carlos vende chinchillas violeta. Sí, señor, tendré un abrigo de chinchillas violeta. Para alguien de mi estatura no puede resultar demasiado caro.

—¿Pero, por qué?

—Bueno, es que ustedes han llamado tanto la atención que se fue corriendo la voz que estaban pololeando aquí y empezó a entrar gente de la calle para verlos... miren cómo están las mesas, todas llenas y mucho consumo a esta hora cuando en los demás cafés de
por aquí penan las ánimas. Es cortesía de la casa...

Emperatriz toma el portadocumentos y siguiendo a
su marido se abren paso entre los curiosos, que irrum-
pen en aplausos al verlos salir, no, Cris, no vamos a
ninguna parte, volvamos a escondernos en la Rinconada, mientras más pronto mejor, Jerónimo no se va a
meter con nosotros por un año más y Boy no va aguan-
tar un año afuera, con permiso, dejen pasar, dejen salir, no se aglomeren en la puerta, no, no es circo, autó-
grafos de qué quieren que firmemos, vamos, Emperatriz, tengo el coche a un par de cuadras. Los curiosos
se quedan agolpados a la puerta del café mientras la
pareja se pierde calle abajo. Un mendigo estrafalario, con los ojos relumbrantes y las manos elocuen-
tes, los siguió tratando de hacerse comprender, sordomudo, dijo Emperatriz, dale una limosna, Cris, qué
asco cómo anda vestido, qué tipo tan insignificante,
qué débil, quiere decirnos algo, articulo palabras que
ellos no pueden oír, gesticulo, explicarles la necesidad
de deshacernos de Jerónimo, todos necesitamos destruirlo, a eso vine, salí de la Casa a encontrarme con ustedes para confabularnos, qué quiere este hombrecito, por qué no se va y nos deja tranquilos, es que está
desesperado, sí, desesperado porque nos queda tan
poco tiempo antes que Jerónimo actúe, este mendigo
debe tener hambre, mira lo zaparrastroso que anda, la
cara transparente como un ánima, mira cómo le tiemblan las piernas, se detienen bajo un farol como para
ayudarme, los monstruos extienden hacia mí su piedad,
miran mis labios moviéndose, aprenden a leer sílabas
y palabras, después conceptos en mis labios mudos,
entienden, escuchan sobrecogidos, ya no necesito ges-
ticular tanto, hablamos, tenemos tanto, tanto que decirnos ustedes y yo, tienen que seguir mis instrucciones
hasta el final, prométanme que no quedará ni un vestigio de su existencia.

—BERTA...

La Berta no contestó.

—¿A dónde vas en esa facha?

La Berta siguió arrastrándose.

—¿Te has vuelto completamente loca?

Se dirigía desnuda hacia los patios de Boy, los ojos vidriosos, la mirada vaga, sin responderle a Emperatriz que seguía exhortándola, qué impudor, pues Berta, y con este clima espantoso, y no es que quiera decirte una pesadez pero date a la razón, ni tú ni yo tenemos edad para andar exhibiéndonos así... Berta... Berta... increíble, desnuda y arrastrándose como en los tiempos de Humberto Peñaloza: ella, que le imitaba su estilo en el vestir y se había mandado a hacer un carrito eléctrico que con la presión de botones, sin ningún esfuerzo y no sin cierto garbo, la llevaba de un lugar a otro. Emperatriz no la veía desnuda hacía por lo menos... diez... no, doce años. ¡Qué concluida estaba! Claro, *falsies*, ahí tenía Cris la prueba ante sus ojos que los pechos de la Berta de ahora no eran los buenos pechos de la Berta que él conoció... que viera la verdad literalmente desnuda. Lo hacía para molestarla a ella, a Emperatriz, su mejor amiga, su única amiga durante años y años, contéstame, Berta, qué loca andar así, tus brazos ya perdieron la fuerza para arrastrar tu cuerpo que se ha puesto tan caderudo, te lo digo aunque te ofendas porque tienes que reaccionar. La Berta no se ofendió. Sus manos enormes agarraban el pasto del prado, la gravilla, óyeme, Berta, las gradas para subir del jardín al corredor arrastrando su cola, y como en otros tiempos golpeó tres veces con la frente en la portería que separaba los patios de Boy del resto de la Rinconada. El médico y su mujer se miraron como diciéndose: ésta se volvió loca.

La puerta se abrió. Basilio, inmenso, desnudo, todavía fuerte como un gladiador, les abrió para dejarlos entrar al vestíbulo. Sin mirar a Basilio, Emperatriz tomó la manilla de la puerta del primer patio de Boy, pero no se abrió. Estaba con llave.

—¿Quién tiene la llave?

—Yo, señora Emperatriz.

—Abre.

—No puede entrar.

—¿Cómo que no puedo entrar? Yo puedo entrar donde se me antoje en esta casa.

—Pase usted, señora Berta...

Basilio abrió la puerta con la llave inmensa y la Berta se escurrió hacia el patio sin oír las exclamaciones de Emperatriz, Berta, Berta, dime qué pasa, y el gigante volvió a echarle llave a la puerta. Se colgó la gran anilla en el antebrazo, las llaves pendientes como dijes de un brazalete de esclava.

—Basilio.

—¿Señora?

—¿Quieres decirme qué significa todo esto?

—No entiendo, señora.

—Eres un bruto.

—Aquí no ha cambiado nada, señora, estoy de turno...

Emperatriz, mirándolo desde su estatura de rana, gritó:

—¡Dame esas llaves!

Basilio no se las dio.

—¿Cómo que no ha cambiado nada, Basilio?

La puerta se abrió desde adentro y apareció Boy completamente desnudo: la autoridad del sexo descomunal entre las piernas enclenques, los brazos cortos, el pecho sumido, el peso de la joroba proyectando hacia adelante el rostro donde la ojiva de la boca quedaba presa entre la nariz y el mentón, el artificio de la frente, las orejas y los labios sin cuajar como los de un feto, el arco voltaico de los ojos azules descubiertos por párpados de lagarto... Emperatriz sintió por primera vez que esa mirada eléctrica la chamuscaba, su voluntad convertida en ceniza. Boy saludó a la pareja.

—Sí, Emperatriz. Aquí no ha pasado nada.

—No entiendo.

—Desnúdense los dos y entren. Quiero hablar con ustedes un rato.

—Tan temprano para desnudarme... y... y francamente no estoy preparada.

Los párpados de víbora replegados desde ese azul

los obligó a desvestirse. Emperatriz reflexionaba, para
no pensar en cosas más graves, que con el apuro no
se fijó en qué ropa interior se ponía y además no
estaba nada de fresca después del viaje tan largo en
auto, fuera de lo incómodo de desnudarse delante de
alguien, antes era distinto, Boy no escudriñaba así
por muy libidinoso que fuera, antes ella siempre *aparecía* desnuda, y Cris, Dios mío, qué facha, qué panza,
no muy grande pero en punta debajo del ombligo. Por
suerte que muchos años antes mandó quitar del vestíbulo la mirada indiscreta del espejo: no hubiera so-
portado verse *ella*, hoy, desnuda y chata y cabezona y
rechoncha y gorda y de carnes fláccidas. *Ella*, por lo
menos, no se veía. Boy caminó alrededor de la pareja
unos instantes, y bramó:

—¡Esperpentos! Son tan repugnantes que no son ni
siquiera divertidos, no me dan ganas de reírme sino
de llorar. Y anda acostumbrándote a andar desnuda,
Emperatriz, porque aquí no ha pasado nada. Síganme.

Emperatriz balbuceó algo.

—No te entiendo, Emperatriz, mejor habla claro.
Te advierto que ésta es la última conversación que
tú y yo vamos a tener sobre ciertos puntos. Después
vamos a correr una cortina sobre tus sinvergüenzuras de los últimos doce años...

—¡Sinvergüenzuras, yo...!

—Sí, sinvergüenzuras tuyas y de tu marido, que trai-
cionaron la idea de mi padre genial y me han explo-
tado a mí... sí, Emperatriz, no te asustes tanto, ahora
sé qué es tener padre, sé quién es mi padre, sé qué
tramó y sé muy bien cuánto y qué será mío una vez que
mi padre muera, sí, ahora sé qué es poseer, y qué es
morir... no te asustes, tranquilízate, se aprende mucho
en cinco días de andar afuera. Como te digo vamos a
correr una cortina: aquí no ha pasado nada. Voy a con-
cederte la gracia de no acusarte a mi padre. Podría hacerlo pero no lo voy a hacer porque resulta que para
mis planes no me conviene.

¿Por qué volvieron a la Rinconada? Suiza hubiera
sido tan fácil, tan cómodo, ella podía viajar con el pa-
saporte español de su marido. Las palabras sin sonido
de un pordiosero los obligó a regresar a este infierno.

—Estoy esperando tu explicación, Emperatriz.

Todas esas caras mirándonos en el café...

—¿Todas esas caras mirándolos en el café?

—¿Cómo sabe?

—Ahora lo sé todo. Tengo aliados afuera que me están ayudando a cumplir mis designios, porque también sé lo que es tener designios: mis aliados son los que sufrieron conmigo durante estos cinco días que anduve afuera, los que se identificaron conmigo cuando quise transformarme en ser humano. Ellos le avisaron a mi padre que yo huí, y vendrá, Emperatriz, lo prometió, quiere ver si es verdad que has estado cumpliendo tus obligaciones de mantenerme prisionero en el limbo.

—¿Hoy?

—No sé, quizá dentro de unos días, tú sabes que con los años mi padre se ha ido aletargando...

—¡Por Dios que está concluido Jerónimo!

—Claro y tú te aprovechas de eso. Quiero advertirte una cosa. Mi padre va a venir, pero no sabe nada de cómo tus fechorías han desvirtuado su idea inicial. Comprende que su presencia en la Rinconada es necesaria... una visita, una visita que yo, y tú, porque tú me ayudarás, haremos que se prolongue mucho, mucho tiempo...

—¿Pero qué va a hacer Jerónimo aquí?

—Eso lo veremos. Si no quieres que te eche a ti y a Azula y a los demás monstruos a la calle para que la gente los persiga y se rían de ustedes como la otra noche se rieron de ustedes en un café y como se rieron de mí en los bares y en las calles y en una casa de putas donde no me quisieron dejar tocar a ninguna de las mujeres normales porque, dijeron, los monstruos son del demonio y traen mala suerte y las putas me echaron a la calle... si no quieren que los eche y que rompa este paraíso, tienen que jugar a mi juego y obedecerme. Ya se lo advertí a los demás. Voy a borrar el mundo de afuera. Y si no me obedeces le voy a contar a la Berta que eres una siútica, que jamás pisaste ese colegio aristocrático de que hablas, que tú sabes quién es todo el mundo en la sociedad, pero nadie sabe quién eres tú.

—¡Me muero si la Berta lo sabe!

—Bueno. Consiento en no decir muchas cosas: pero tienes que jugar a mi juego porque eres mi prisionera. Tenemos que anular el mundo de afuera. Tú, Azula, me operarás de nuevo: esta vez extirparás esa fracción de mi cerebro donde habré reunido todas las experiencias de esos cinco días afuera y después me volverás a cerrar, dejándome ignorante y puro como en otros tiempos.

—Va a ser difícil...

—Pero se puede.

—Sí, se puede.

—Es sólo el interior de mis patios lo que importa. El resto es de ustedes para que hagan lo que quieran, no me interesa, quédate con todo, Emperatriz, te regalo toda la Rinconada y lo demás, tú y Azula y los monstruos de primera, que hagan lo que se les antoje con mi fortuna cuando mi padre muera si me permiten convertirme de nuevo en abstracción. Después de cinco días afuera no me interesa vivir. Un poeta dijo: «¿Vivir? ¿Vivir? ¿Qué es eso? Dejemos que nuestros sirvientes lo hagan en nuestro lugar». Ustedes son mis sirvientes. Ustedes vivirán lo que yo me niego a vivir. Ahora que conozco la realidad, sólo lo artificial me interesa.

—¿Y él?

—¿Quién, mi padre o el otro?

Emperatriz titubeó antes de contestar:

—Jerónimo.

—Si yo hubiera tenido un hijo monstruoso como yo, hubiera hecho exactamente lo que él hizo conmigo. Lo vi pasar por la calle una mañana, vestido de gris muy claro, con un guante empuñado en la mano. Por eso tu bisturí, Azula... te ofrezco a ti y a Emperatriz todo lo que voy a heredar si me extirpas esos días. Injértaselos a otro para que viva adentro de mi pesadilla. Luego me encerraré en mis patios donde ustedes preservarán el orden inicial.

—¿Y Jerónimo?

—Vendrá. Muy pronto. Ya se están encargando mis amigos de cuchichear en su oído, de tentarlo con la mayor de todas las tentaciones...

—¿Cuál?

—Que yo tenga un hijo. Así, después de pasar por el infierno de un eslabón monstruoso, la estirpe quedará depurada. Quiero que la operación sea lo más pronto posible, Azula. Todo es para ustedes con tal que mantengan mi limbo. ¿Se quieren ir o se quedan?

Ellos se miraron en silencio.

—Pueden irse si quieren.

Emperatriz había cerrado los ojos, sus manitas gordas, una sobre la otra en su falda. Ella y su marido movieron la cabeza en señal de negación. Boy dijo:

—Bueno. Hay que ir preparándose. La verdad que se inventó para mí será *la* verdad, y moriré sin angustia porque habré olvidado *qué* es morir. Muchas *mujer-más-gorda-del-mundo*, anda cebándomelas, Emperatriz, todas iguales, pura carne, y tú, Azula, revisa tus recetas con gusto a vainilla para volver a dármelas como alimento desde hoy mismo, jamás comeré otra cosa, y la sucesión de gordas será como la sucesión de papillas bien preparadas: nutritivas, me mantendrán el organismo en buen funcionamiento, pero no anhelaré nada más.

—¡Pero Boy!

—¿Qué, Emperatriz?

—¿Y él?

—¿Quién?

La enana cerró los ojos y chilló, un alarido agudo y prolongado. Se calmó en un segundo.

—¿Ves, Emperatriz?

—¿Qué?

—¿El dolor de querer tocar a alguien que no se puede tocar?

—¿Fue él quien le contó todo?

—Él.

—En fin. ¿Cuándo vendrá Jerónimo?

—No sé, pero cuando venga seré el Boy de diecisiete años que él soñó. Con una diferencia: que hasta que él desaparezca y yo pueda someterme a la operación con que Azula me extirpará esos cuatro días, será una ficción, yo estaré fingiendo y ustedes también. Después, cuando Azula me opere y mi padre desaparezca, yo les gan mi verdad.

El doctor Azula se puso de pie.

—Yo no voy a tomar parte en un crimen.

—¿Quién habló de crimen, Cris? No seas tonto, mi lindo.

28

—¿ÉL DECORÓ TODO esto?

—Él...

—Llegó a tener bastante buen gusto. Humberto era inteligente. Éste es un departamento sumamente agradable. Uno podría vivir una vida entera aquí...

—Éste es el dormitorio.

—Que traigan mis maletas para acá.

—Yo creí que te ibas a alojar en mi departamento...

—No sé, al ver todo esto, me tentó vivir en el departamento de Humberto. Usted... ¿Cómo se llama?

—Basilio, señor.

—Traiga mi equipaje y ordene mi ropa en la pieza de vestir mientras yo me preocupo de otras cosas.

Salieron a la terraza, desde donde vieron la extensión lujosa del prado, la piscina, los quitasoles de colores, los olmos, magnolios, araucarias y eucaliptos del parque, y más allá la cordillera.

—Se me había olvidado lo bonito que era todo esto.

—Es extraordinario. Cris siempre dice...

—¿Y esto? La biblioteca. Mi Claude Lorrain. ¡Qué tiempo que no lo veía! Es como encontrarse de nuevo con un amigo que uno no ve desde hace mucho tiempo y uno se pregunta cómo ha tolerado la vida sin su conversación. No es un Claude cualquiera, es estupendo, ahora no se consiguen Claudes tan importantes así no más... Y ésta, la mesa de nogal donde escribía...

—Escribía pocón.

—Lástima. Talento le sobraba.

—En realidad no escribió jamás nada, Jerónimo.

Se lo llevaba pensando en lo que iba a escribir, y a veces, cuando en las tardes nos reuníamos aquí un grupo de lo más agradable, nos contaba sus proyectos.

—En fin, quizá sea para mejor. Uno de los defectos de Humberto fue creer que mi biografía era material literario.

—Sí, empezó hablando de eso, pero después todo se deformó mucho. Humberto no tenía la vocación de la sencillez. Sentía necesidad de retorcer lo normal, una especie de compulsión por vengarse y destruir y fue tanto lo que complicó y deformó su proyecto inicial que es como si él mismo se hubiera perdido para siempre en el laberinto que iba inventando lleno de oscuridad y terrores con más consistencia que él mismo y que sus demás personajes, siempre gaseosos, fluctuantes, jamás un ser humano, siempre disfraces, actores, maquillajes que se disolvían... sí, eran más importantes sus obsesiones y sus odios que la realidad que le era necesario negar...

—Interesante, Emperatriz. Eres buena crítica literaria...

—Tantos años de convivir con él.

—Claro. Pero fíjate que creo que el problema principal del pobre era su necesidad de que yo tuviera una estatura espiritual y una consistencia de que carezco y por eso esa necesidad de inventarme una biografía en la que se perdió... ah, Azula, pase, pase, qué gusto de verlo, siéntese, usted, Basilio, un whiskey para el doctor. Qué agradable esta casa, ¿no?

—Mi casa también es bonita, primo.

—Sí, pero el buen gusto en ti no tiene gracia, Emperatriz. Fuiste siempre pobre y tu madre creo que fue empleada de la Compañía de Teléfonos...

Emperatriz enrojeció: dijeran lo que dijeran, su madre había sido una gran dama.

—...pero tenías algo en qué basar tu buen gusto. El de Humberto, en cambio, era pura invención. En fin, no hablemos de él, están tú y Azula para seguir manteniendo esto en pie...

Todo iba tal como él quería, eso se lo aseguraba Emperatriz, nada iba a defraudarlo: los resultados del pro-

yecto que le entregaron a ella eran francamente pro-
digiosos. ¿Prefería descansar de su viaje o ir inmediatamente a ver a su hijo?

—No... estoy un poco cansado. Y tengo bastante
hambre...

—¿Quieres verlo después de almuerzo, entonces?

Jerónimo, titubeando, dijo tal vez no, mejor hoy no,
en realidad estaba sumamente cansado, hoy prefería
recorrer el parque que tantos recuerdos le traía, conocer a la gente de afuera o quizá dormir una buena siesta
y que le preparan la terraza para pasar ahí el resto
del día. Quizá mañana, sí, sin duda mañana por la
mañana temprano...

Pero a la mañana siguiente mandó que le ensillaran un caballo. Salió solo a recorrer las alamedas de
su fundo, las lagunas rodeadas de batros, a escuchar
las bandadas de queltehues, a visitar las chozas de los
inquilinos ahora habitadas por monstruos de tercera,
de cuarta y de quinta clase... bien hecho, Emperatriz,
te felicito, eso de rodear las casas con un cinturón ais-
lante de monstruos me parece una precaución estupenda, le dijo Jerónimo durante la cena esa noche, la
cara colorada con el sol, una sonrisa beatífica suavi-
zándolo.

—Emperatriz...

—¿Qué?

—Me ha entrado un antojo... un antojo de niño
chico...

—¿Qué será?

—Me acuerdo del manjar blanco que antes hacía
aquí en la Rinconada la Peta Ponce en una olla de
cobre, manjar blanco de leche recién ordeñada. La
vieja se pasaba las tardes enteras revuelve que revuelve la olla, y el dulce quedaba con un gusto un poco
a humo de leña de espino, la leche un poco cortada...
en fin, de repente me acordé y me dieron ganas...

—¡Pero Jerónimo! Nada más fácil. Mañana mismo
doy órdenes y lo tendrás para el desayuno de pasado
mañana...

Jerónimo fue postergando día a día su visita a los
patios de Boy. Viviendo entre los alegres monstruos

que salpicaban en la piscina, que ensayaban sus *puts* en los *greens*, que escuchaban a Petula Clark en sus *Transoceanics* mientras se cubrían el cuerpo con *Ambre Solaire* para tostarse, hojeando el último *Paris Match* para saber con quién se iba a casar Gunther Sachs, Jerónimo pareció relajarse un poco y la Berta no pudo resistir la tentación de hacerle una caída de ojos bastante insinuante. Cualquier cosa, cierto recodo en una de las avenidas de hortensias gigantes, un ángulo de los corredores, suscitaba en él evocaciones de su mujer. Emperatriz no se cansaba de hacerle preguntas sobre Inés, sus joyas, cómo se vestía...

—Todas sus cosas están guardadas.

—¿Dónde?

—En la Casa de Ejercicios Espirituales de la Encarnación de la Chimba...

—Ah, esa capellanía de la familia.

—Sí. Hay celdas y celdas llenas con sus cosas. Apolillándose, me figuro.

—¡Qué lástima que todo eso vaya a terminarse!

—¿Terminarse?

Jerónimo se detuvo, enorme ante Emperatriz: tuvo miedo al verlo tan bello, con su pelo blanco todavía abundante. Estar frente a él, mirarlo, era lo mismo que percibir, de pronto en un café, que el público burlón está destrozando lo más íntimo de uno... al mirarlo hacia arriba la enana sintió vértigo.

—Nada se va a terminar.

—Bueno, no eres eterno...

—¿No?

—En fin, supongo...

—Durante estas semanas que he pasado tan agradablemente aquí en la Rinconada, he reflexionado que esto no puede terminar. Que Boy se case, sí, y que las cosas no se terminen. No sé si será el gusto de ese manjar blanco preparado por la Peta Ponce lo que me ha dado tantas ganas, de repente, de tener nietos.

—¿Y nosotros, primo?

—¿No les he estado pagando buenos sueldos durante no sé cuántos años? Estoy seguro que podrán arreglárselas.

—Hay cosas que no se arreglan con dinero.

—Eso es un clisé ridículo.

—No creas.

—¿Qué quieres decir?

—Nosotros también somos tus víctimas.

Era la palabra a la que quería llegar.

—¿Víctimas, Emperatriz?

—Sí. Víctimas. Resguardado por nosotros... por nuestra monstruosidad tu hijo es rey. Nosotros somos la utilería: el telón pintado, las bambalinas, las cabezotas de cartonpiedra, las máscaras. Si se retiran de alrededor del personaje central que nació sobre el escenario encarnando un rey... bueno, caerá en un abismo. Tu proyecto no será tan fácil de realizar...

—Estás tratando de protegerte.

—Sí. Acuérdate que salgo una vez al año. Y esa salida una vez al año me hace reafirmar mi preferencia por seguir para siempre formando parte de una escenografía de cartonpiedra pintado. ¿Piensas llevártelo para buscarle novia y desbandarnos?

—No sé, no sé nada todavía. Quiero verlo. Tengo mucha curiosidad por verlo. Mañana.

En cuanto Jerónimo se retiró a dormir en la torre de Humberto, Emperatriz y el doctor Azula, después de conferenciar con los monstruos de primera, fueron a despertar a Boy. Le contaron los pormenores del proyecto de su padre: casarlo con una prima fea, que tuvieran hijos y nietos, que viviera en la ciudad, que se dedicara a la política, a los negocios, que fuera socio del Club de la Unión. Que se termine la Rinconada, eso quiere.

Boy se rió muy largo. La Rinconada no se iba a terminar. Él se encargaría de eso. Si ellos, los monstruos de primera, lo ayudaban, él se encargaría de preservarles este escondrijo. Una vez que Jerónimo cayera en sus manos nada disolvería la Rinconada, el mundo de cartonpiedra a que aludió Emperatriz iba a convertirse en la realidad, ella misma no tendría necesidad de volver a salir jamás. Sí, sí, ante el peligro de tener que volver a un mundo que no recordaban y que preferían no recordar, le juraron a Boy obedecerle en todo porque era necesario aliarse y olvidar rencillas para proteger su mundo tal como estaba planteado. Que nada lo

pusiera en peligro. Jerónimo no tenía derecho. Ellos no
estaban dispuestos a ser sus instrumentos ni a formar
parte de un mundo que a él se le antojaba desbaratar
porque sí, porque recordó algo, porque comió manjar
blanco o tuvo miedo o sintió nostalgia... porque ya
se había aburrido con sus demás juegos, como un
dios un poco inferior que nunca sobrepasó una frí-
vola y antojadiza niñez en que sus juguetes viejos tienen siempre que ser reemplazados por nuevos juguetes que su aburrimiento envejecerá y destruirá... como
una deidad arteriosclerótica que cometió la estupidez,
al crear el mundo, de no ponerse al resguardo de los
peligros que podían gestarse en su propia creación...
no, no, abuso, ellos no estaban dispuestos a aceptar
que un buen día les prendiera fuego como a una cantidad de disfraces y juegos y tableros y fichas y máscaras viejas, no iban a permitirle que los obligara a
salir de nuevo a eso que llamaban la realidad, todos
los años, al regresar y después de recuperarse con un
par de días de reposo en cama, Emperatriz contaba
cosas espeluznantes, no podía dejarlos en la intemperie que ya no recordaban, no queremos desaparecer,
no queremos que la Rinconada se disuelva: estaban con
Boy para lo que él quisiera. Para que los mandara. Para
todo. Serían sus peones si él les prometía defenderlos
contra ese padre infernal que iba a destruirlos si el
hijo no los defendía de ese señor que se creía dueño
del mundo porque sólo lo inventó. Sí, que Boy dispu-
siera de ellos.

A PESAR DE su edad, Jerónimo, desnudo, conservaba
la perfección de su arquitectura, como si, al pasar por
él los años no hubieran encontrado fallas en qué en-
redarse para acentuarlas. Al verlo entrar en el primer
patio de Boy la enana lanzó un chillido de dolor auténtico, huyó para no verlo y no dejarse ver, sollo-
zando, desobedeciendo a Jerónimo que la conminaba
a que no exagerara su papel, puesto que al fin y al
cabo no se trataba más que de simular terror en presencia de Boy y Boy no acudía aún. Pero la enana

huyó chillando desnuda por los corredores, avisando a los demás que huyeran, que tuvieran cuidado, que un ser horrendo había aparecido quién sabe cómo ni de dónde. La Berta gemía enroscada como un lagarto agónico detrás de un matorral rectangular que no ofrecía huecos dónde esconderse, pero sin poder despegar sus ojos alucinados de la aparición que iba cruzando el patio llamándolos amistosamente. Melchor trató de ahuyentarlo con unas ramas. Basilio le tiraba piedras. Melisa se ocultó detrás del pedestal del efebo jorobado, gritándole a Boy que huyera, que se pusiera a salvo si podía, que algo incomprensible, espantoso estaba sucediendo. Boy, al divisar a Jerónimo al final del corredor, avanzó hacia él hasta quedar separado por diez pasos: durante un minuto lo escudriñó, el corazón duro, sus ojos devorando cada detalle de ese aparecido... no, no puede ser, se cubrió la cara, dio media vuelta y huyó hasta el fondo de la casa dando alaridos de incomprensión angustiada, que se lo lleven, que no esté aquí, Emperatriz, qué es esta aparición que me hace sentir esto que jamás he sentido antes y que no estaba programado sentir y que me hace llorar de pavor aunque no sé qué es pavor, Melchor, Basilio, explíquenme, es repugnancia señor, es asco, señor, es miedo, nosotros también lo sentimos, es terror ante la presencia de un ser tan estrafalario que puede ser peligroso, qué es peligroso, cálmese, señor, ya se irá acostumbrando, todos tendremos que acostumbrarnos y además parece que no fuera malvado, sí, tiene que ser malo, su maldad es ser tan excepcional que asusta porque es increíble, cálmese, señor...

Ese día Boy se negó a acercarse más a su padre.

En la noche, mientras el adolescente dormía, en el comedor de Emperatriz —las perdices estaban quizá más exquisitas que las de su niñez— Jerónimo la felicitó por la convicción con que ella y los demás habían actuado. Un instante, dijo, temió que una piedra lanzada por Basilio le pegara. Emperatriz le aseguró que donde Basilio pone el ojo pone la piedra, la comedia había sido digna de que la filmaran, opinó la Berta, tan excelente fueron las actuaciones.

—No es tanto que actuemos, primo...

—¿Me quieres decir que en realidad soy un adefesio?

Los invitados rieron a la luz de las velas color lila. La mesa estaba adornada con lilas. Emperatriz vestía de negro con un ligero tul birmano color lila como un chal sobre los hombros.

—¡Qué ocurrencia, primo! Aunque quizás sí...

—¿Cómo?

—Es que cuando estamos adentro, en los patios las reglas del universo que tú inventaste han estado en vigencia durante tanto tiempo que no necesitamos actuar, que yo por lo menos...

Todos asintieron.

—...y no tenemos para qué fingir pavor ante tu monstruosidad, porque allá adentro, de hecho, te conviertes en un ser monstruoso.

Jerónimo tomó un vaso de vino.

—Estupendo. Un poco incómodo al principio, pero en fin, me iré acostumbrando. Puede ser que logre que él también se acostumbre a mí. No sé, me interesa mucho conocerlo, hablar con él.

—Después, poco a poco, cuando aprendas su idioma.

—Muy bien.

—Vencer su sensibilidad extrema, manejar tu presencia que además de ser insólita en un mundo en que lo insólito no existía, bueno, todo eso se va a demorar un poco...

—¿Qué me aconsejan que haga?

—...tener paciencia.

Todos los días, y cada día durante un período un poco más largo que el día anterior, Jerónimo, después de desnudarse en la portería, entraba a los patios de Boy. Todos los días, a cierta hora, la Berta, desnuda, reclinaba sus añosas carnes inertes sobre ciertos escalones, se apoyaba contra una pilastra, se arrastraba por los senderos de matorrales podados y cuadriculados, seguida por su gato de cabeza hipertrófica. Todas las tardes una *mujer más gorda del mundo* entraba a proporcionar al adolescente su dosis de placer. Todas las mañanas el doctor Azula examinaba a Boy, un ritual, todo era ritual. Tres veces al día Emperatriz le suministraba su alimento disfrazado bajo el sabor de la vai-

nilla... todos los días Melchor... todos los días Basilio...
un horario previsto, dosis estipuladas... y ahora, imper-
ceptiblemente, unos cuantos minutos más cada día
para que así el niño no se diera cuenta de que un nuevo
elementos se iba incorporando, Jerónimo, desnudo,
transitaba por los corredores, indiferente al terror que
su presencia causaba a esos seres que iban huyendo
a su paso. Llegó a acostumbrarse a que de vez en cuando una piedra lanzada por Basilio lo rozara, que un
bofetón de Melchor quedara estampado en su cara o
que las uñas de la Berta, histerizada por su presencia,
rasguñaran sus muslos. Boy lo observaba desde lejos.
Pero lo observaba. Eso era ya un paso adelante, comen-
taban en la noche en la salita de Emperatriz, satisfechos
con los progresos hacia una relación padre-hijo.

—Siente curiosidad por mí.

—Estupendo: es el principio.

—Lo que tenemos que hacer ahora es conseguir que
se me acerque, que se deje sentir atraído por mi monstruosidad.

Al día siguiente, según lo planearon esa noche, el
senador fingió dormitar sobre un banco al sol, dán-
dose cuenta que Boy se ponía a acecharlo desde una
ventana. Las argumentaciones del hermano Mateo lograron vencer la repugnancia del adolescente para
acercarse a su padre y examinarlo: el hermano Mateo
tuvo que sujetar a Boy frente a Jerónimo en su reposo
monumental. Boy cerró los ojos. Sólo fingió mirar:
la imagen de su padre ya estaba impresa con incisiones demasiado dolorosas detrás de sus párpados.

—¿Ve, señor, que no es tan espantoso?

—Sí, sí es... más espantoso que visto desde lejos.

—Si lo medita, lo puede encontrar cómico... mire
la ridícula monotonía de sus proporciones, por ejem
plo, y la espalda tan derecha y el cutis de grano tan
fino y tan homogéneo, sin ningún interés de textura ni
sorpresas de color... no me diga que no es cómico,
como un globo inflado con aire...

Boy lanzó una carcajada que despertó a Jerónimo.
Convulsionado, con los ojos lagrimeando, se apretaba
el estómago de la risa y señalaba a su padre con su
dedo retorcido, tienes razón, Mateo, no es feroz, mira

cómo soporta que lo azote con esta varilla, qué risa da
tirarle el pelo, párate, camina, míralo cómo obedece y
cómo camina, Mateo, tan tieso, los pasos todos iguales,
la cabeza tan alta, qué cómico es, así es que esto es
reírse, yo no sabía cómo era esto de reírse y me gusta
reírme, no, no quiero que se vaya, que no se nos
arranque, quiero que este monstruo se quede aquí
para reírme de él, quiero que salte. ¡Salta! ¡Otra vez!
¡Otra! ¡Ahora en una pata! Ahora que corra, míralo
cómo corre por el sendero y vuelve acezando, qué
cosa más divertida, tráeme a una *mujer más gorda
del mundo* para meterlo en la cama con ella y ver qué
hace, si es que puede o sabe hacer algo, mira Emperatriz, mira Mateo, mira Berta, mira Melisa cómo este
monstruo se revuelca con la gorda, no puede hacer
nada con ella, miren eso recogido y arrugado como
un guante viejo que tiene donde yo tengo mi estupendo
miembro que se endurece con el menor estímulo.

—Un poco molesto.

Jerónimo tomó un trago de su daiquirí frappé, perfecto, como sólo sabía prepararlos Emperatriz. Comió
un *pretzl*: exquisito, norteamericano, sí, claro, ella sólo
servía cosas importadas.

—¿Pero por qué, primo?

—En primer lugar porque, claro, a mi edad ya no
estoy para estos trotes, y francamente, cuando los vi
rodeándome y fingiendo esas carcajadas, bueno... uno
no puede concentrarse lo suficiente *to make a good job
of it*...

Emperatriz casi se ahogó de la risa asegurándoles
que lo que dijo Jerónimo era intraducible, que ellos
nunca comprenderían el *wit* de su primo, qué lástima
que no vendría a la celebración de su cumpleaños porque seguramente sería *the life of the party*.

—¿Pero por qué no voy a ir si me convidas?

—Humberto nunca iba a las fiestas que dábamos.

—Ése sería él...

—Un baile de fantasía. Lo doy todos los años. Y no
sé si te va a gustar, porque para que haya más gente
convidamos, además de los monstruos de primera, a los
de segunda y de tercera... no sé si te gustará tanta mez-
colanza de gente.

—No hay nada que no disimule un buen disfraz.

—¿Contamos contigo, entonces?

—Encantado.

Le aseguraron que los bailes que daba Emperatriz eran sencillamente fabulosos, siempre con un tema, el año anterior, por ejemplo, el tema fue «El Chalet Suizo», y todos se pusieron *dirndls* y *lederhausen*, decorando la casa de Emperatriz, su boudoir y sus salones con nieve simulada y *edelweis* en las ventanas.

—Fue muy divertido.

—Hubieras visto a Basilio con pantalón de cuero y gorrito con pluma...

—Y a la Melisa que se llevó el premio de *yodeling*...

Otras veces, había sido «La Alhambra», le dijeron, y el nunca olvidado «Hospital». Este año Emperatriz había decidido que el tema sería «La Corte de los Milagros». Haría decorar su casa y su jardín como un convento en ruinas, y ellos se disfrazarían de viejas libidinosas y chasconas, de mendigos hambrientos, de lisiados y sacristanes y ladrones, de frailes y monjas... se trataba de rivalizar en la suntuosidad de sus harapos, en la exquisita estilización de la miseria, haría pintar manchas de humedad y descascaramiento en las paredes, para que ellos deambularan por pasillos estrechos y patios simulados, entre muros derruidos y capillas execradas y entregarse a una orgía sin freno... para qué iba a tener freno si todos llevarían máscaras de seres normales roídos por la enfermedad y destruidos por la pobreza... nadie reconocería a nadie.

ESA NOCHE, DESPUÉS que Jerónimo se fue a dormir en la torre de Humberto, los monstruos de primera entraron a conferenciar con Boy. Lo encontraron abatido. Era evidente que se estaba guardando algo. Emperatriz lo emplazó a confesarlo, porque si en estos momentos no se confesaban todo, los planes podían fallar. Boy murmuró:

—Doctor Azula...

—¿Sí?

—Quiero consultarle una cosa. Usted se ha comprometido a extirparme esos horrendos cinco días en que lo aprendí todo. ¿No es verdad?

—Sí.

—Necesito que también me extirpe a mi padre. ¿Puede extirparme a mi padre, doctor Azula?

El médico lo pensó.

—Quizás esa imagen ya se haya alojado demasiado profundamente en su cerebro... un tumor que está echando raíces y produciendo metástasis... No sé. Al hacerlo tendría también que extirpar un trozo grande de su cerebro, y entonces, claro, le quedaría apenas una sombra de conciencia, viviría en una penumbra, en un limbo apenas distinto a la muerte sin caer en ella, vivo, pero...

Boy hundió su rostro en sus manos. Lo oyeron gemir. Los monstruos se miraron. ¿Cómo compadecerlo? Nadie se movió. Nadie encendió un cigarrillo ni dijo una palabra hasta que Boy, cubriéndose la cara, declaró:

—Quiero parecerme a él. Azula, sálveme... saque cuanto quiera de mi cerebro, déjeme convertido en un vegetal, pero extírpemelo a él...

Al día siguiente le dijeron a Jerónimo que Boy mostraba una inquietud evidente por comunicarse con él, pero que para esto era necesario no ya visitar sus patios a ciertas horas, sino que trasladarse a vivir adentro. Boy preguntaba por él. A veces, en la noche, despertaba gritando que le trajeran a su monstruo. Jerónimo aceptó encantado: la perspectiva de que en unos cuantos días iba a poder hablar con su hijo, aunque fuera de las cosas más rudimentarias, lo llenaba de contento, y entre las cosas más rudimentarias del ser humano, estaba, naturalmente, la procreación. Claro, tenía que entrar desnudo donde Boy. Basilio lo vio desnudarse en la portería, le abrió la puerta, Jerónimo entró y el gigante cerró con doble pestillo y cadena y llave. Esa noche el conciliábulo tuvo lugar en la terraza de Humberto, los monstruos rodeando a Boy. Era necesario acelerarlo todo.

—¿Tienes preparados los documentos, Emperatriz?

—Todos.

—Pásamelos... y tinta para firmar. Uno, dos, con

sus copias, poder general con seis copias… qué aburrido esto de firmar tanto papel… estos otros son menos importantes. Ah, y mi testamento, toda mi fortuna en usufructo para una cooperativa o sociedad cuyo presidente será Emperatriz, que se encargará de preservar y aumentar el circuito de la Rinconada con sus distintos niveles de monstruos…

Al día siguiente, cuando se encontraron por casualidad junto al estanque de la Diana, el adolescente toleró que su padre le dirigiera la palabra: él le contestó que muy bien, que consentía en escucharlo, pero que gateara como un animal, sí, así, y desde esa posición y de ninguna otra le hablara: Jerónimo le comenzó a decir que él era su padre, pero no sé qué es padre y que su madre… qué es madre… hay que empezar por explicarle todo a este niño y desde esta posición, siguiéndolo como un perro por los corredores, tratando de explicarle mientras Boy no sólo no comprendía sino que se reía de sus palabras. Hasta que se dio vuelta, lo miró hacia abajo y después se alejó bostezando.

Jerónimo se puso de pie en cuanto Boy desapareció. Y anduvo recorriendo los patios en busca de Emperatriz para comunicarle los adelantos en sus relaciones, que aunque incómodas todavía, eran un adelanto. Al tratar de acercarse a ella, la enana le gritó:

—Aléjate, te tengo asco, no me toques, no te acerques, no sé qué le ha dado a Boy por estos adefesios que no sirven más que para estorbo.

Emperatriz se negó a oírlo. Jerónimo consideró que en realidad la enana se estaba propasando. Pero recordó lo que en una ocasión le dijo su prima: que cuando ellos estaban dentro de los patios, ellos no *actuaban*, sino que *reaccionaban*, impulsados por las reglas fijadas por él y por Humberto hacía tantos años, ellos ya no eran libres, condicionados a ciertas reacciones impuestas por Jerónimo. Decidió que esa noche iba a salir… qué hacía aquí, incómodo y humillado, al fin y al cabo, si sus sillones de terciopelo gris lo esperaban en la biblioteca de su casa amarilla frente al parque… cuestión de mandar a Boy a una clínica o algo así, ya buscaría, y dispersar a todas esas incómodas carotas... o caretas... estaba cansado, de pronto se cansó muchísimo de todo esto, no era cómodo que se rieran de sus años, que lo obligaran a andar a gatas, que lo mandaran a lavar vidrios, a barrer pasadizos y habitaciones vacías y galerías y patios interminables, a clausurar puertas, a enlucir muros, a quemar diarios viejos, a limpiarle el trasero carcomido a la Venus retozona, a hacer piruetas, a correr acosado por la jauría de perros rengos, sin cola, sarnosos, sin orejas, con las patas inutilizadas, los ojos refulgentes en las cabezas hipertróficas y los colmillos peligrosos de baba que chorreaba en sus getas, tener que obedecer a cualquiera de esos monstruos que, al fin y al cabo, sí, sí, para qué les tengo miedo si puedo dispersarlos cuando se me antoje... todos los días se proponía decirle a Emperatriz que hasta aquí no más iba a llegar la farsa y licenciarlos, pero nunca logro hablar con ella, caigo agotado en mi cama, sueño con monstruos que me cercan, los veo al despertar, ya no sé cuáles son los monstruos de la vigilia y cuáles los del sueño, los rostros espantosos de narices descomunales y mandíbula pesada y la boca repleta de dientes, todos agotados de la risa porque soy yo el monstruo, me lo gritan día y noche por los pasillos confusos donde van apareciendo más monstruos desconocidos porque ahora todos los monstruos son desconocidos, quisiera encontrarme siquiera con uno de mis monstruos conocidos, pero no... debe ser mi sueño esto de los pasadizos llenos de telarañas y si es sueño es natural que mis monstruos amigos, los de la vigilia, no puedan entrar al sueño para rescatarme, sálvenme de esta persecución en que me gritan que soy el hazmerreír del mundo entero, ya no me acuerdo dónde estaba la puerta de salida, yo no conozco estos pasadizos ni estos patios, los acaban de poner aquí, si encuentro la puerta de salida podría convencer a Basilio que me deje salir, pero Basilio no está, deambula gente parecida a Basilio que no es Basilio, primos, hermanos, tíos, quizás, iguales a él, pero no él, porque no me contestan más que con improperios cuando yo les imploro, Basilio, ábreme, te doy lo que quieras si me dejas salir, no es Basilio porque me tira piedras que

me hieren el pecho, estas jorobas, rostros albinos, cabezotas de *bull-dog*, las gigantas mostrencas de andar
bamboleante que me persiguen son todos adefesios de
mi propiedad a quienes yo les sabía el nombre y les
hablaba, y me respondían, pero ahora son sordos y
mudos porque lo único que quieren es perseguirme
para que me canse y caiga a la cama a dormir sin poder advertirle seriamente a Emperatriz que está bueno,
que se deje de juegos, que la justicia se haga cargo
de todos, pero me persiguen también en la noche,
cansándome para afrontar el día, barriendo todo lo
que hay en mí menos mi deseo de implorar clemencia,
por lo menos una tregua, pero no me la dan, gritan
y chillan y me azotan y se ríen alrededor mío, me
llevo las manos a la cara para tocarme las facciones y
reconocerlas aunque no fueran más que mis facciones
monstruosas de siempre, sí, sí, sí, reconozco que siempre he sido deforme, jamás un ser que ha tenido importantes cargos públicos y que me han amado mujeres
muy bellas... no quedan vestigios de las facciones de
ese hombre. Me detengo sudoroso, acezando, y me en-
frento con la multitud de monstruos elegantemente
vestidos, *tailleur* y accesorios de cocodrilo, bata de
toalla colorada del atleta acromegálico, el tocado
de margaritas blancas y amarillas apropiado para el
verano sobre la cabezota de *bull-dog*, una sotana blanca *wash-and-wear* también muy apropiada para la estación, él con un traje gris perla, corbata de plastrón
gris y guantes grises empuñados en la mano, todos
frescos, a punto de reintegrarse a sus vidas completamente normales en cuánto algo... no sé qué... no quiero pensar qué... suceda o no suceda. Soy el único distinto, enrojezco de vergüenza al comprobar que soy el
único desnudo en esta reunión mundana tan *comme-
il-faut*. Mi hijo, elegantísimo, se adelanta:

—¿Cómo se permite dar este escándalo? ¿Está loco? ¿Qué le pasa?

—¿Qué les pasa a ustedes? Algo raro pasa aquí.
Emperatriz, dame las llaves, pero no oyen porque se
están riendo con carcajadas que me llenan la cabeza y
me la van a hacer estallar porque están encerradas
adentro, una, la suya, aguda, definitiva, me reta a ver

si me atrevo a asegurar de nuevo que ustedes son los anormales y no yo y yo digo sí y Boy llama a Basilio, ven, Basilio, llevémosle para que se vea, y Basilió y otros monstruos forzudos me arrastran pataleando, gritando déjenme tranquilo, pero me arrastran hasta el estanque de la Diana Cazadora y me obligan a subirme al borde. Todos los monstruos ataviados con chaquetas de *tweed*, con *tailleurs*, con sombreros, con cartera y zapatos de cocodrilo, contemplan la escena desde el borde del estanque presidido por la Diana con su giba, su mandíbula acromegálica y la media luna sobre su frente. Basilio me sujeta de un brazo, Boy me tiene preso el otro y en medio del silencio su voz me dice:

—Mírate.

Bajo los ojos para ver lo que sé que veré, mis proporciones clásicas, mi pelo blanco, mis facciones despejadas, mi mirada azul, mi mentón partido, pero alguien tira una piedra insidiosa al espejo de agua, triza mi imagen, descompone mi cara, el dolor es insoportable, grito, aúllo, encogido, herido, las facciones destrozadas, con un esfuerzo me libero de las manos que me aprisionan y huyo tratando de arrancar con mis uñas esa máscara que no me puedo sacar aunque sé que es máscara porque esta noche es el baile de Emperatriz y yo me he disfrazado de monstruo, me rasguño la cara que sangra y sangrando me prueba que no es careta, pero rasguño más porque tengo que sacármela a pesar del dolor y aunque quede sin cara, sí, me reconocí monstruo retorcido en el reflejo del estanque, ellos, los demás, son seres armoniosos, espigados, regulares, yo soy el bufón de esta corte de personajes principescos envueltos en el lujo de sus vestidos, soy el único desnudo, tengo que encontrar mi ropa para cubrir mis deformidades y que así dejen de reírse de mí. Yo tenía ropa. Busco la puerta por los pasillos repentinamente desiertos, quiero encontrar la portería pero no hay puertas, las han tapiado para el baile de Emperatriz, han colgado telarañas y descascarado los muros y prolongado las galerías con perspectivas falsas que me hacen golpearme la cabeza al tratar de huir por ellas, han tapiado todo para encerrar mi imagen monstruosa, sí, no es más que una imagen, tengo otra, ahora que han desaparecido puedo correr hasta el estanque de la Diana sin que nadie se dé cuenta para recobrar la otra imagen que no encuentro en el agua, flota sólo ese revoltijo de facciones, esa descomposición de planos, esa exageración de rasgos, esas supresiones, suturas, cicatrices, esos hombros que no encajan con el cuerpo, el cuello borrado, los brazos de longitud fluctuante, es mi imagen borrosa que espera que se disipe la luz de la tarde para volver a armarse de otra manera, pero la luz no borra nada porque es noche de luna llena y no puedo huir si le prometí a Emperatriz asistir a su baile de disfraces y para eso me puse este rostro que sangra porque no me lo puedo sacar, la máscara fracturada no cubre nada, encontrar a alguien que me ayude y me guíe, correr acosado por los gatos de cabezas fenomenales que pueden apoderarse de mí en la oscuridad que ahora es completa fuera de sus pupilas encendidas, no, no, allá en el fondo de ese pasillo simulado hay luz, voces, quizá mis amigos, quizá música, corro, soy yo, soy yo, espérenme, estoy endeble, pero voy a llegar a la luz y a la música... tropiezo, caigo, la cara se me deshace en su golpe contra el piso de ladrillos, arrodillado en el suelo me aprieto lo que me queda de facciones para unirlas, para forjar algo parecido a un rostro, como si fuera arcilla, es blanda, quizá logre reconstruir mis facciones antiguas, pero ya no me acuerdo cómo eran, al tratar de moldearme un rostro me quedan trozos adheridos a las manos, gateo hacia la luz, con la cabeza, como un perro, me abro la puerta, el baile de Emperatriz, me mintieron para que yo me disfrazara de monstruo harapiento, en medio de la luz bailan los conocidos y los desconocidos con pelucas monumentales como de repostería, con turbantes dorados y chorreras de perlas, antifaces opalescentes, dominós de brocado, zapatillas de raso en punta bailando un minué, las crinolinas girando, los tricornios en la mano, los uniformes reluciendo, las máscaras de cartonpiedra bellísimas ocultando sus rostros monstruosos, hoyuelos de coquetería, bailan las parejas, unidos los dedos delicadamente, beben en copas de cristal helado cuando

entro a gatas para que no me vean, yo vine disfrazado
para otro baile, un baile en que todo era puertas tapiadas y pasillos interminables y seres imbéciles res-
guardados detrás de paredes de adobe piadoso, no a
este baile donde todo es claro y fino y liviano, me en-
gañaron, tengo que huir antes que las marquesas y los
cardenales y los príncipes y los alabarderos se rían
de mí, me van a dar una paliza porque vine disfrazado de monstruo y ellos no, yo sí, ellos no, el agua del
estanque me ayudará a cambiar de cara, la luna dibuja
en el agua hasta el último detalle de mi máscara flotando en el agua, si pudiera sacármela, arrancársela al
agua donde quizá sería menos dolorosa la separación
de carne y carne... arrodillarme en el borde... estirar
el brazo para arrancarme la máscara del terror.

Mucho más tarde, cuando las parejas salieron al jardín para tomar el fresco, lo vieron flotar en el estanque
de la Diana. ¡Salvarlo! ¡Llamar a los otros para salvarlo si está vivo! Tiran al suelo sus abanicos y escar-
celas para ayudar al salvataje con garfios y cordeles:
sacaron del agua a un ser retorcido, horripilante, monstruoso. Boy, erguido en toda su altura, bajó hacia él
el arco voltaico de sus ojos azules y lo reconoció:

—Es mi padre.

Emperatriz asintió:

—Sí, es Jerónimo.

Y entre todos esos seres perfectos, desesperados con
la gravedad del accidente sufrido por el senador que
a su edad quizá no debía haber bebido tanto en un
baile de disfraces, hicieron todo lo necesario para en-
viar el cadáver a la capital en la más suntuosa urna.
También lo dispusieron todo para que, en cuanto las
autoridades y abogados regresaran a la capital, el doctor Azula llevara a cabo la operación necesaria para
extirpar de la memoria de Boy esos cinco días que
anduvo afuera de la casa, y la imagen de su padre,
hasta sus raíces más soterradas.

La noticia de la muerte del senador causó verdadera consternación en la capital. El país entero, entonces, recordó los servicios del eminente hombre público y se le tributaron los mayores homenajes: trasladaron sus despojos al cementerio sobre una cureña

cubierta con el pabellón nacional. Muchos opinaron
que esto no debió haber sido así ya que el papel de
Jerónimo de Azcoitía fue más bien político que histórico y que su nombre sólo perduraría en los textos especializados. A pesar de las discusiones a propósito de
los honores concedidos —o quizá por eso mismo—
todo el mundo acudió al entierro. En el mausoleo de
la familia, su cuerpo ocupó un nicho con su nombre y
las fechas de su nacimiento y de su muerte, equiparándose en el mármol con los Azcoitía que lo precedieron. Los oradores evocaron sus logros, la enseñanza
de esta vida ejemplar que señalaba el fin de una raza
a la que el país, pese a los cambios del mundo contemporáneo, se reconocía deudor. Una pesada cadena
de fierro cerró las rejas del mausoleo donde, dentro
de unas horas, comenzarían a podrirse las flores. Dándole la espalda, los caballeros vestidos de negro se
alejaron lentamente entre los cipreses, lamentando el
fin de tan noble linaje.

29

EN CUANTO VOLVÍ esa noche, todo ya terminado, fui a despertarlas una por una en sus rucas para avisarles que la Madre Benita se había llevado a Inés. Claro, opinaron, será por el frío, cómo iba a vivir aquí la pobre señora con este frío que le estaba helando los huesos, no hay quien caliente una pieza en esta Casa, debió haberse construido una buena ruca, bien hechita, en uno de los corredores, el Mudito si hubiera estado bien y no como está podía haber ayudado a la pobre misiá Inesita a hacerse una ruca igual a las rucas en que vivimos nosotras para no pasar tanto frío en este invierno que se prolonga y parece que nunca fuera a abandonar la Casa, ella estará acostumbrada a sus comodidades con calefacción central y todo, bien regalona es misiá Inesita, claro, una señora tan rica, cómo va a ser.

—¿Qué se llevó?

Nada. Un *necessaire*. Lo dejó todo, nuestras cositas que nos hacían tanta falta y que ahora vamos a poder recuperar, la bandada murmuradora aumenta con las viejas que van saliendo de las rucas hacia la capilla por los pasadizos, una, dos viejas llevan velas ensartadas en palmatorias, a recuperar sus cosas. Abren las puertas y encienden más velas: las viejas se lanzan sobre los montones de objetos cochambrosos que perdieron jugando al maldito Canódromo, no gritan, no pelean por las cosas sino que las reconocen y las reparten, este delantal de percala floreada de medioluto es igualito al tuyo pero este es el mío y aquel otro del otro montón es el tuyo, las formas blandas de las viejas iguales e intercambiables han ido marcando lo que les pertenece, zapatos aportillados, medias huachas, chales, mira Rita, aquí encontré tu chal a cuadros que el otro día no más estabas diciendo que te hacía tanta falta, frazadas, colchas, enaguas de lana, cada cosa vuelve a las manos de su dueña después de esa breve permanencia en otras manos que no dejaron su sello: éste es el escapulario de la Auristela, el pelo de Rafaelito para la Clemencia que no podía conformarse con perderlo, el rosario de la Lucy que dice que el Papa lo bendijo pero nadie le cree, estas medias de quién son, son de lana plomiza, si tienen agujeros para los juanetes son las mías, toda la ropa de la pobre Iris, hasta su abrigo café.

Ahora la Iris lo usa todo el día. Como le faltan algunos botones se lo prende con un alfiler de gancho sobre el pecho. Conserva restos de adorno de piel de castor en el cuello y en los bolsillos porque es bien bueno y bien abrigadorcito el paltó que la Brígida le dio a la Iris y como la chiquilla anda medio resfriada no se lo saca de encima, mírala cómo le chorrean los mocos y se los limpia con la manga o con las manos agrietadas por los sabañones. Mírenla. Pero ya nadie mira a la Iris, ni siquiera las otras huerfanitas, que ahora que no está la Madre se pasan las tardes haciendo bromas por teléfono, como les enseñó a jugar misiá Inesita.

Yo miro a la Iris. La acecho desde un umbral o agazapado detrás del diamelo: le gusta sentarse en el corredor, debajo de los aparatosos vitrales que los rematadores adosaron a las pilastras. Se queda ahí, inerte, dejando pasar las horas, anegada en los reflejos del sol al atravesar los cristales, materia pasiva que recibe el color ámbar, y cuando el sol avanza un poco un jirón de cielo azul cruzándole la cara, una estrella en su boca, en su hombro, desaparece, la Iris flotando con ninfeas en la luz verde-acuática, la Iris ensombrecida por un manto piadoso, la Iris desnudada por el reflejo rosa de una túnica santísima y yo durante horas enteras contemplando las lentas mutaciones de la Iris, atardece, el viento agita las ramas verdaderas que revuelven la luz en que las cosas se están disolviendo debajo del vitral, la Iris disolviéndose en lagunas tornasoladas que fluctúan, pero el reflejo de una mano ha rescatado su rostro dibujándole un nuevo perfil preciso ahora que se amarra todo el pelo en la nuca con un elástico y así despeja sus facciones para revelar una estructura ósea de cierta nobleza cuyo embrión comienza a divisarse: porque eres tú, te reconozco, ella te bautizó antes que se la llevaran al manicomio, Inés, Inés desnuda y sonrosada bajo el reflejo de la túnica, Inés pura, Inés antes de Jerónimo, Inés antes de la Peta, Inés antes de Inés, Inés antes de la beata y de la bruja, Inés antes de mí, has absorbido el color de la túnica y permaneces de pie bajo el arrebol de los cristales sin saber dónde ir ni qué hacer ni quién eres, desnuda, recién despierta, las manos unidas, mirando las sombras que se tienden sobre el patio, que avanzan y me esconden y yo avanzo escondido, menos de un veinteporciento que avanza entero, yo entero erguido al acercarme a ese resto de luz que te desnuda bajo los vitrales, quisiera anular ese veinte por ciento para descansar pero no puedo porque existes, Inés, porque te tengo presa entre estas paredes inexpugnables, Inés, porque desde mi limbo me estás haciendo descender al infierno de la existencia obligada a desear, y no me dejas olvidarme que respiro y he respirado pero jamás he respirado suficiente, que quiero y he querido pero jamás he saciado ningún deseo, Inés, acaricias ese gato que ronronea contra tu pecho desnudado por la luz que confabula con el silencio de este patio remoto para urgirme, estás lista, Inés, estoy listo aquí en la sombra, a dos pasos de ti, aguardando que tus brazos suelten al gato antes que la oscuridad vuelva a vestirte y me acerco a Inés desnuda y te digo al oído:

—Inés.

Respondes sin sorprenderte:

—¿Qué?

Voy a saciarme sin que la Peta se interponga, sin que Jerónimo me impulse o me prohíba porque ahora ni Jerónimo ni la Peta existen, sus exigencias se borraron, soy libre frente a esta mujer libre: el infierno. No te alejes, Inés, aunque se haya desvanecido la luz y te hayas cubierto de ropajes otra vez, te tengo atracada contra mi cuerpo. Tiritas. No es de frío: tus ojos dicen que sientes otra cosa que no es frío ni es paralelo a lo que siento yo, es miedo, no me tengas miedo, Inés, déjame guiar tu mano aquí bajo los vitrales como dentro de una carpa multicolor, tu mano tensa en la mía, pero me obedece, tus ojos repletos de terror, tu pelo revuelto contra el firmamento de cristal y tus muslos se me escabullen y tu boca como siempre, desde el comienzo, desde la pesadilla inicial rechazando mi boca porque mi boca es sucia, quiero vengarme porque rechazas mi boca que no es sucia y obligo a tus dedos que toquen mi sexo, lo agarras, lo aprietas como sólo se puede apretar un trozo de carne potente y hundes en él tus uñas y con un tirón rabioso me lo arrancas de raíz, nervios, arterias, venas, testículos, tejidos, mi cuerpo vaciándose de sangre a borbotones que te salpican: mira tus manos ensangrentadas, mira cómo corre tu sangre por tus piernas formando el charco en que te paras chillando, histérica, pálida, descompuesta, los ojos cerrados, no quieres ver la sangre que te empapa y gimes porque no entiendes, no me rechazarías si yo me acercara ahora porque te apoderaste de mi instrumento peligroso dejándome una llaga incurable entre las piernas, yo no grito, yo quedo anulado por las sombras, tú gritas, llamas, convocas, embrujada en ese charco de sangre, pidiendo auxilio, el cristal sin luz te ensombrece mientras acuden las viejas, qué pasa, qué le pasará a esta chiquilla que chilla tanto y no reconoce y se desmorona en el charco de sangre. Ella murmura:

—Es mentira.

—¿Mentira qué?

—Que iba a tener un hijo...

¿De qué hijo está hablando? El Mudito es el hijo que estuvimos esperando tanto tiempo y nació hace tanto tiempo que ya no hay nadie aquí en la Casa que recuerde cuándo nació, para eso lo hemos ido criando promociones y promociones de viejas, el niño obediente no hace nada más que lo que nosotras le dejamos hacer, el niño es santo y es siempre niño sobre todo de noche cuando estaba la Madre Benita, pero ahora que no está y que nos instalamos todas en la capilla el niño es niño todo el tiempo, por eso es que estamos con nuestras bolsas y paquetes, listas, viviendo en la capilla todas juntas como después de la guerra o de un terremoto, esperando el momento en que el niño nos lleve a todas las viejas de la Casa al cielo en sus carrozas blancas tiradas por caballos con gualdrapas blancas y va a llamar a otros niños santos como él para que traigan guirnaldas y toquen las trompetas y las liras. La Iris mueve la cabeza. No, no, no... estás negando mi santidad, te da terror que yo haya adquirido el poder que quería.

—...hinchándome y me estaba doliendo por aquí desde hace días... señora Rita, no era verdad que antes yo tenía sangre todos los meses... decía no más para que no me creyeran tonta, como todas las demás cabras sabían leer... yo por lo menos eso...

¿Pero qué importancia tienes tú, Iris, preguntan las viejas, y qué importa que ésta sea tu primera menstruación, si ya tenemos al niño y estamos listas para partir? La Iris delira, habla de cuando salía de noche, si nunca ha salido de noche, y del Gigante como si existieran los gigantes, se prende gimiendo de la pollera de la Rita, ni que la estuvieran matando chillaría tanto por algo que a todas les tiene que pasar y con tomar un poco de sal de Eva y una aspirina... ya, chiquilla, no llorís tanto, qué locuras estai hablando, a quién es que no dejabas que te hiciera nada más que toquetearte, y ella y el Gigante ese que le ha dado por nombrar, porque la Iris está difariando, hacían nanay, pero nunca tuto, hacer tuto es malo, pero nanay no, y comenzó a hincharse de miedo y a esconderse debajo del abrigo café... estai mintiendo, levantando falso testimonio contra el niño, cállate la boca, dices que él te echaba en la noche a la calle para que fuerai a juntarte con el Gigante y después volvierai y le contabas todo lo que hicieron, dónde te había tocado y tú a él, es un cochino, un degenerado, que trató de hacer tuto conmigo y me dio miedo y por eso...

—¿Oír tus cochinadas?

—¿Cómo, si es sordo?

—No es sordo.

—Mentirosa.

—¿No te da vergüenza, Iris?

—Son cosas que ella se imagina.

—No... él me obligó a tocarlo...

—¡Asquerosa!

—¿Cómo va a ser que una chiquilla tan chica...?

—Es verdad... y me preguntaba cosas: qué más... qué más.

—Es mudo.

—No puede preguntar nada.

—No es mudo: es un mentiroso.

—¡No te atrevas a decir blasfemias contra el niño!

—Te vamos a matar a palos si sigues hablando así...

—Aquí tengo una varilla.

—Yo con el zapato.

—¡Es cierto!

—¿Cómo, si es santo?

—Ésta lo que quiere es quitarnos al niño.

—Y llevárselo.

—No tenís nada que ver con el niño, Iris.

—El niño es de nosotras.

—Lo vamos a esconder.

—Sí, mejor esconderlo.

—El niño nació en esta casa hace muchos años.

—Nadie se acuerda quién fue su madre.

—Y padre no tuvo.

—No, porque los hombres son cochinos.

—Y no puede contar quién fue su madre.

—Claro, porque es mudo...

La Iris se incorpora, las manos, el abrigo café, las piernas, toda entera embadurnada con sangre. A través del toldo de cristales incoloros brillan las estrellas verdaderas. La Iris está furiosa:

—No es mudo.

La Dora le pega un bofetón.

—Ni es guagua.

La Lucy le pega un varillazo en las piernas.

—Ni es santo.

La Rita le tira el pelo.

—¡Puta!

—¡Sí, puta!

—Cuando estabai delirando confesaste tus peca-

dos...
—Sin decirnos nada, salías a cortear de noche.
—... y no te arrepentiste...
—¡Chiquilla puta!
—Hay que castigarla.
—Sí, castiguémosla.
—Sí, por puta.
Te traen a la capilla. La Rosa Pérez y la Clemencia
ya me curaron la llaga que dejaste entre mis piernas,
cubrieron de gasas ese vacío y lo vendaron, fajándome
bien fajado para que así el niño no se moje de noche y
sobre todo para que no moje su sabanita, cuesta tanto
que se sequen las sábanas con este tiempo que está
haciendo y no hay nada más cochino que las sábanas
con olor a pichí de guagua. Al verte entrar y avanzar
hasta mi cuna, y quedarte parada contemplándome
como si pensaras, como si pudieras pensar, me cubro
la cara asustada con mis manitas y lloriqueando digo:
—¡Mala!
—¿Ves?
—Hasta el niño se da cuenta.
—Mala.
La primera palabra del niño. Está aprendiendo a
hablar y no hay que enseñarle nada. Todo por culpa de
esta tonta cochina de la Iris Mateluna, cómo será de
puta que hasta el niño santo que jamás ha salido de
esta Casa y es todo inocencia se da cuenta de que es
una puta de porquería que no tiene por qué vivir aquí
en este ambiente piadoso, rodeada de la santidad de
la miseria y la vejez.
—¡Llévensela!
Me miran asombradas: el niño está comenzando a
hacer milagros, su poder se está manifestando, nos
manda porque sabe que le obedeceremos y quiere que
saquemos a esta basura de la Casa donde él vive. Nos
está insinuando como puede que no va a hacer ningún
milagro ni nos va a llevar al cielo hasta que limpiemos
el ambiente. Hay que sacar de aquí a esta puta. A ver...
vistámosla de puta. Te sueltan el pelo que cae hasta tu
cintura. Después de quitarte el abrigo te ponen un
suéter muy ceñido sobre tus tetas, y tú, María que
eres chicoca préstanos tu pollera verde para que le

quede corta y apretada y se le note bien el trasero
además de las tetas, te pintan las cejas con hollín, los
párpados sumisos con un poco de carboncillo dilui-
do, la boca inmensa y colorada para que quedís bien
vistosa a ver cómo te va en tu negocio pues Iris, no,
el abrigo no, aunque te dé frío, con el abrigo no se te
va a ver el cuerpo y a los hombres les gusta verle el
cuerpo a las putas como tú. La Rita y la Dora se arre-
bozan en sus chales y como tienen que obedecerle al
niño te sacan a la calle: así, flanqueada por esos dos
cuerpos andrajosos Inés se va de la Casa encarnada
en una muñecona artificial y pintarrajeada igual al
Gigante. Ya, vamos, no te quedís parada ahí como tonta que tenís que trabajar y buscarte tu vida, las viejas
la empujan, ella obedece mi perentoria orden de irse
para siempre, se meten por callejones desiertos, cruzan
plazoletas sin árboles rodeadas de ventanas con todos
los postigos cerrados, recorren callejuelas sin faroles
para que nadie las reconozca como si alguien pudiera
reconocer a un par de viejas igual a todas las viejas miserables que recorren las calles, atraviesan un sitio baldío y llegan a la avenida donde fingen examinar los car-
teles de un cine bajo la marquesina de pobres luces. La
gente entra y sale del cine, y pasa gente por la calle sin
mirarlas, la Iris está tan atontada que no se da cuenta
de que este es un cine por fin, artistas, bailables, señoritas que cierran los ojos cuando las besan, nada, eres
envoltorio puro, andas en el vacío siguiendo a las
viejas que se apartan de ti un poco para que la gente
crea que estás sola. Un señor de traje oscuro pasa y
te silba. Las viejas se dan cuenta, te agarran y te meten
por una bocacalle hacia el fondo de la cuadra mal iluminada, mira, el señor nos viene siguiendo. Las tres se
esconden en un portal. El señor pasa, silba otra vez,
se queda en la otra esquina un instante y al regresar
hacia la avenida y pasar frente a ellas las viejas te
dicen, ya, anda, y la Iris avanza a trabajar así es que
es seguro que seguirá de puta, claro viejas, claro que
seguirá de puta, qué otro destino puede tener una muñeca de cartonpiedra con la cabeza vacía si no es que
la desgarren y despedacen los hombres hambrientos
como ese que se la lleva, le ofrece un cigarrillo y se

pierde con ella, adiós, Iris, adiós, no fumís, Iris, estai muy chica, en fin si vai a ser puta mejor que fumís, ya está, es un destino, capaz que hasta lo pases bien porque dicen que la vida de las putas es harto regalada levantándose tarde y todo, y una la tonta que a los trece años cuando se murió mi paire entré a trabajar en una casa de ricos y tenía que levantarme al amanecer, harto tarde le llegó la regla a esta cabra, pero es diabla la chiquilla, mira cómo aprovechó de que se estuvo hinchando y trató de engañarnos para que creyéramos que era un embarazo milagroso... sí, Rita, no llore, si le va a ir bien, ese señor tenía cara de bueno y se la llevó en taxi así es que no puede ser malo y seguro que le consigue otro empleo porque no puede ser nada de agradable pasárselo haciendo la cochinada con gente que una ni conoce aunque a una le paguen, pero como la Iris es gordita le va a ir bien porque son las gorditas las que les gustan a los hombres: sí, ellos dicen nos gustan las mujeres que tienen harto de donde agarrarse... qué querrá decir eso, ni siquiera el idioma que hablan los hombres entendemos nosotras las viejas, es como si hablaran en chino algunas veces, y cuando una se va poniendo más y más vieja, menos y menos va entendiendo lo que hablan los hombres. Por eso es que no hay que enseñarle ni una palabra al niño, hay que conseguir que se olvide de las que ya sabe y nosotras sabemos que sabe porque las dijo, diciendo una o dos cosas se comienza y después capaz que vaya a ponerse a hablar cosas malas que nosotras no entendemos.

ESTAMOS VIVIENDO EN la capilla. Como refugiadas de un territorio devastado por una catástrofe las viejas duermen sobre montones de harapos, sobre almohadas y algún colchón, unas arrimadas a otras para protegerse del frío, cada una con una bolsa que contiene sus pertenencias más queridas que piensa llevarse al cielo, improvisando braseros en latas, un grupo comenta que la desaparición de la Iris hace inminente la partida, alguien tose, otro grupo preparándome la

tina donde me meterán para bañarme: en un bidón de
parafina hacen fuego para calentar mi agua, han estado
arrancando los zócalos y echándolos al fuego, y trozos
del entablado y las jambas de las puertas y la baranda
de palos torneados del presbiterio y la sillita dorada,
y siguen comentando que esto no lo van a demoler
nunca a pesar de que ellas ya comenzaron la destrucción, están haciendo desaparecer todos los rasgos de
esta capilla donde se me rinde culto con la primitiva
liturgia de cuidarme y limpiarme y alimentarme y vestirme con la ropa de Boy, todo su ajuar entero porque les entregué las llaves, han abierto la celda de Inés
y su mundo y lo han traído todo, me engalanan y me
miman como siempre quise ser mimado. El día es
corto en esta época del año. Ellas casi no salen a la
luz. Han prohibido a las huerfanitas salir de la capilla, no vaya a haber hombres malos que se las lleven
a ellas como se llevaron, por desobediente y mentirosa, a la Iris Mateluna. Las huerfanitas también me
miman, ya no las distingo, se han puesto iguales a las
viejas, sus manos ásperas, sus toses, sus mentes obnu-
biladas, sus pasos sigilosos, no nos vayan a oír, no nos
vayan a ver, no vayan a venir hombres malos, qué miedo. Casi todo el tiempo es de noche. Yo soy casi todo
guagua.

En la noche las viejas salen de la Casa. ¿Qué será
de la Madre Benita, no? ¿Usted, Madre Anselma, no ha
sabido nada? Ah, usted no es la Madre Anselma, usted
es la Carmela no más, quibo Carmela, encontraste el
dedito de tu arcángel, ah, tú no buscabas el dedito, era
la Amalia la que lo buscaba, qué será de la Amalia,
ella fue de las primeras, acuérdense, qué será de ella
y dónde la tendrán encerrada a la pobre, no es la Carmela sino que la Eliana que se puso encima de la cabeza el chal apolillado de la Carmela y las confun-
dí... que vai a saber tú por qué no ha llamado la Madre Benita cuando te estai poniendo más tonta que
la tonta de la Iris, lástima que no tengai cuerpo de
mujer porque si no... ¿No es cierto, Rita, que podríamos...? ¿Ninguna de las huerfanitas tiene tetas,
ni poto? No, ninguna, así es que no podemos llevarlas
a la calle como a la Iris para que ganen unos buenos

pesos y traigan plata para tener con qué echarle algo al buche. Pero es raro que no haya llamado ni una sola vez la Madre Benita, no me vengan a decir que no, y lo más raro de todo es que se haya ido sin siquiera despedirse de nosotras después que alegaba que nos quería tanto... el colmo. Ni el Padre Azócar que antes se lo llevaba llamando por cualquier cosa ha llamado. ¡Qué importa! No importa nada porque el niño ya nos va a llevar y cuando ellos vengan van a encontrar la Casa vacía... se lo merecen, porque se olvidaron de nosotras, ya no queda comida, viejas seremos y con el apetito débil pero algo tenemos que comer... por eso es que yo decía disfrazar de mujer a la Frosy y sacarla a la calle para ofrecerla, pero no, los hombres se dan cuenta que no es más que una niñita de once años y no nos van a dar nada... algo para tomar que tuviéramos, té o mate o café o una sopita de cabello de ángel, cualquier cosa pero algo, es el colmo que nos hayan olvidado así, pero no importa, la van a pagar caro con la sorpresa que se van a llevar cuando se den cuenta que no queda nadie en la Casa. Una noche, la Auristela salió a mendigar y volvió con yerba y azúcar. Después salieron otras, las más atrevidas, la Rita y la Dora en collera, la Zunilda Toro que tiene una voz gangosa muy convincente, y las fueron siguiendo las demás. No se alejan mucho de la Casa porque se cansan y tienen miedo de perderse. Es como si, al anochecer, una lenta marea de cochambre y de súplicas fuera invadiendo el barrio, voces pedigüeñas, pasos menudos que siguen pero podrían perseguir, el aliento fétido que agradece, la mano retorcida que se apodera de la moneda y la esconde en la pollera raída, los ojos que brillan un minuto y se apagan. Una vieja sigue a un muchacho junto a una pared implorando que le dé algo, insistiendo con voz plañidera, el muchacho se apresura pero la vieja lo alcanza y como no se atreve a huir le da una limosna, rápido, para que se vaya, para que lo deje tranquilo, le da más plata de la que debía haberle dado. Una tarde un grupo de viejas llegó con bolsas llenas de verduras y comestibles: contaron que habían seguido a una señora que volvía de hacer las compras y fue

tanto el asedio del grupo de viejas hambrientas y llori-
quientas y sus gemidos en la calle desierta, que la
señora de repente tuvo susto de tanta tos y tanto llanto
y tanta insistencia y soltó sus bolsas y huyó corriendo,
qué le vamos a hacer, comentaron, la necesidad tiene
cara de hereje, así dicen. Comenzaron a ir en grupos al
despacho, donde unas entretenían con sus chismes de
comadre a la dueña y a las demás parroquianas mientras otras viejas sacaban cosas, a veces cosas inútiles pero siempre tratando de sacar cosas como marra-
quetas y té y azúcar, cómo alimentar a cuarenta viejas
por muy poco hambrientas que seamos las viejas, siempre pedimos algo, una tacita de té, un pedazo de pan
aunque esté añejo para ponerlo al rescoldo que deja la
leña con que calientan el agua para lavar al niño. Ponen
al niño cerca de las brasas para que no le dé frío, a
veces casi me asan pero no puedo gritar porque no
tengo voz, sí, estas arpías quieren ensartarme en un
fierro para tostar mi carne tierna sobre las brasas y de-
vorarme, pero no, me tienden en la cama, hay que tratar bien al niño, mírale Auristela, míralo Teresa, mira
los ojazos que tiene, mira cómo nos mira queriendo decir que esperemos un poquitito no más porque ya va a
hacer el milagro, que tengamos paciencia, ya van a venir las carrozas, están pedidas, esperen, mujeres, esperen, pero cómo vamos a esperar si nos estamos muriendo de hambre. La liturgia de cambiarme, de lavarme, de
cubrirme con pañales, con calzones, fajarme dentro de
una humita ante un altar inexistente, ante los restos
de híbridas deidades olvidadas cuyo yeso se desmigaja
en la humedad, cae un brazo, una cola de dragón, se
trizan en el suelo, las viejas pisan los trozos al correr
a recibir a las que vienen llegando de la calle, a ver, qué
cosas trajeron hoy, chiquillas. Cuentan que fueron a
una carnicería y mientras el dueño cortaba no sé qué
piltrafas para una cliente cegatona ellas pudieron sacar... miren, un costillar de cordero completito, fiesta,
fiesta, arrancaron más madera del suelo, derribaron
una puerta, hicieron fuego esperando que quedaran
brasas incandescentes donde pusieron a asar las costillas y el aroma magnífico llegó hasta mis narices: esa
noche, mientras encuclilladas alrededor de la fogata

roían los huesos del cordero, me metieron dentro de un saco, dejándome sólo la cabeza afuera, como un pavo retobado: me cosieron bien cosidito adentro del saco para que no se vaya a mover el niño, otra puntada, ahí con esa aguja para coser sacos, mejor ponerle otro saco más, tú que no estás comiendo Zunilda y que tienes fuerza, métele adentro de este otro saco y cóselo, yo también quisiera darle unas puntadas porque sé una puntada que no hay quien corte. Me ponen en la cuna del niño. Mientras ellas festejan el robo del costillar, mientras oigo cómo los muñones de dientes roen los huesos, mientras diviso los bultos que se mueven en la penumbra y los rostros moldeados en la sombra, yo engullo la papilla con que me alimentan, hace semanas que no me dan otra cosa y tengo asco, y no quiero y las viejas se quejan de que este niño está inapetente, qué tendrá, no vaya a ser frío, mejor meterlo adentro de otro saco más y darle otras puntadas, a ver tú Carmela, tú tienes más sacos. La Carmela cose. La materia áspera y hedionda del yute me raspa el cuello hasta hacerlo sangrar, quisiera implorarles que suelten un poco el hoyo por donde asomo la cabeza, pero cómo, si no sé hablar, nací mudo dicen que en esta Casa, y ahora que no tengo ni manos para hacer señales no puedo comunicarme con ellas. Ni mis ojos tienen poder para rogar que me alivien, ni me miran los ojos cuando me dan mi papilla, o cuando me lavan la cara con un trapo, o cuando cosen otra membrana de saco alrededor de la anterior hasta que ya me llegan a raspar el mentón, no me ven porque no importo, no existo, soy sólo materia pasiva sobre la que van proyectando imágenes, el niño, Boy, el milagro, la hora de la papa, cómo va a ser que no se la tengai lista pues María, un minutito, no me demoro nada, el niño va a llorar de hambre, pero ya no lloro ni hablo ni digo teno chueño ni pipí.

Como ahora salen casi todas las noches me dejan solo en la capilla. Quizás en un rincón oscuro queden algunas presencias que no salieron por enfermas o por débiles, agitándose en el cochambre o tosiendo o garjageando, debe ser alguna vieja agónica que no distingo y que las demás olvidaron con el entusiasmo de su

nueva empresa. Porque ahora regresan muy tarde con
el botín. Dicen que en este barrio ha habido atracos.
Viejas criminales acechan a los transeúntes en las esquinas, los siguen lloriqueando y tosiendo, insistentes
y acosadoras, plañendo y mendigando hasta obligar
a la persona que entre por cualquier callejón mal iluminado y cinco o seis viejas se desprenden de la sombra
y se dejan caer sobre la víctima, con cordeles y palos, y
la despojan de todo lo que tiene: dinero, paquetes,
ropa. Dicen que han encontrado a varias personas con-
tusas y desnudas en el barrio. Los umbrales son peligrosos. Algo que en la sombra parece tronco de árbol
puede ser una pordiosera desdentada y tiritona que
con su cantinela de miserias y enfermedades puede llevarlo a uno a un baldío y la bandada sangrienta se
puede lanzar sobre uno... mejor no andar solo de noche
por este barrio que no es lo que era antes, en los buenos
tiempos, está maleado por estas viejas... pero cómo va
a ser cierto... debe ser mentira... nadie cree... la pura
verdad... cómo vamos a creer que un grupo de pordioseras ancianas salidas quién sabe de dónde ha inva-
dido este barrio tan tranquilo, dicen que hay gente que
quiere cambiarse a otros barrios, dicen que al cabro ese
del negocio de compra-venta de revistas entraron a
pedirle limosna cuando estaba solo y que entre seis
viejas le robaron la caja, mejor buscar pieza en otra
pensión lejos de aquí, es peligroso salir de noche porque un pedazo de noche de repente se encarna y cae
sobre uno para robarle lo poco que lleva en los bolsillos, siguen a la gente, despacito, y de pronto eso que
parecía sombra se rebela y se deforma y ataca, eso es
lo que pasa, puede ser que esas viejas de que están hablando tanto aquí en el barrio no sean más que las sombras de los miedos, pero de haber muchas viejas... en
fin, no sé si muchas pero parece que hubiera más viejas
que antes... sale con su cabeza arrebozada en su chal,
arrastrando chancletas, deslizándose junto a la pared,
sola, pero cuando uno la ve avanzando sola, encorvada y renga, uno sabe que hay un grupo armado esperando detrás de la esquina, así es que uno inmediatamente cruza hacia el farol de la otra vereda, pero
divisa a un par de viejas ocultas en el umbral de la

casa de más allá, entonces uno sale al medio de la calle y se encuentra con un grupo de sombras que avanzan, y uno quiere volver atrás pero hay sólo un muro sin ventanas porque yo las tapié todas y con mi pincel simulé vejez para que nadie note ausencias, sólo rostros, sólo harapos, a veces atacan y a veces no, es cuestión de suerte porque no se puede tenerle miedo a viejecitas que se escabullen como lauchas y después llegan aquí a la capilla con su botín, a repartirlo, a comer cosas para llevarnos, este paltó de señora gorda se lo voy a llevar de regalo a la Mercedes Barroso, y esta cadena de reloj de oro a la Brígida que va a estar contenta la pobre.

—Vi a la Iris.
—¿Dónde?
—Por aquí cerca.
—¿Cómo?
—Andaba con sombrero.
—No se usan los sombreros.
—Pero esta que yo digo andaba con sombrero y me miró.
—En mi tiempo los sombreros eran...
—No se le vaya ocurrir venir a meterse aquí a la Iris.
—Se me ocurre que eso es lo que quiere.
—¿Por qué?
—No sé, ahora que estará rica...
—¿A robarnos al niño?
—¿A quitarnos al niño?
—¿Antes que haga el milagro?
—No puede...
—Tenemos que guardar al niño.
—Sí, tenemos que esconderlo.
—Que él no note que vamos a guardarlo, porque si nota le puede dar miedo.

Cada una simula hacer sus menesteres habituales, o realmente los hace: la María Benítez está cocinando pantrucas, alguien dijo que había sacado color el otro día en el despacho, dámela la color para echarle a las pantrucas que sin color son como si no fueran pantrucas pero no hay como las pantrucas hechas en caldo de pava, rompen el suelo a hachazos y atizan el fuego con las astillas, cosen a la luz de una vela, ordenan sus porquerías en sus sacos. Cuatro se acercan a mí con un saco grande: me toman en brazos diciéndome mi lindo, arrurrurrupata, no tenga miedo mi niño, nosotras lo vamos a cuidar para que esa mujer mala y pintarrajeada no se lo venga a robar para hacer cochinadas con usted que es santo. Me meten adentro del saco. Las cuatro se arrodillan alrededor mío y cosen el saco. No veo. Soy ciego. Y otras se acercan con otro saco y me vuelven a meter y me vuelven a coser mientras murmuran jaculatorias que casi no oigo, para que haga el milagro cuando sea su voluntad pero que sea luego, lueguito, porque la Ernestina López se va a morir ahí en el rincón, está enferma, está llorando porque dice que no se quiere morir, cosen, amarran más sacos sobre mi cabeza y otras se acercan y siento levantarse alrededor mío otro envoltorio de oscuridad, otra capa de silencio que atenúa las voces que apenas distingo, sordo, ciego, mudo, paquetito sin sexo, todo cosido y atado con tiras y cordeles, sacos y más sacos, respiro apenas a través de la trama de las capas sucesivas del yute, aquí adentro se está caliente, no hay necesidad de moverse, no necesito nada, este paquete soy yo entero, reducido, sin depender de nada ni de nadie, oyéndolas dirigirme sus rogativas, posternadas, implorándome porque saben que ahora soy poderoso voy a hacer el milagro.

30

—HA LLEGADO EL momento, hijas mías...

Parado en el escalón de la sala de la Rita, el Padre Azócar contempló el grupo de sus hijas: treinta y siete viejas, el detritus de treinta y siete vidas, pálidas, flacas, bébiles, sucias, estrujadas, treinta y siete según la lista que la Madre Benita le dijo encontraría en el cajón de arriba de su escritorio, ya las había contado, eran efectivamente treinta y siete viejas, todas más o menos enfermas. Iban a durar bien poco en la nueva Casa.

—...ha llegado el momento de partir...

Ellas ya lo sabían. Durante toda la mañana cuatro curitas jóvenes, sus elegantes sotanas de un negro nunca antes visto en la Casa porque en la Casa todo se pone plomizo, recorrieron los patios, pasillos, rucas y habitaciones, rodeando a las asiladas como cuatro benévolos perros negros rodean a un piño, y las condujeron a la portería ayudándolas a cargar sus sacos, atados, canastos, maletas, paquetitos y cajas amarradas con cordelitos o tiras. El Padre Azócar, sentado a la mesa de la Rita bajo el teléfono, iba tachando el nombre de cada una a medida que se iba presentando. Algunas se asomaron a la calle: ahí estaban esperándolas, blancas, enormes, relucientes, reflejando el sol de la mañana, estacionadas frente a la Casa. Claro que no eran carrozas, ya no se usan las carrozas, eran micros lindas, modernas, los cristales con un ligero tinte verdoso y quizá hasta calefaccionadas, lo que sería muy conveniente porque para subir tanto como vamos a tener que subir para llegar al cielo necesitamos calefacción.

—En el barrio alto, en medio de un jardín, las espera una casa blanca preparada especialmente para recibirlas. Dormitorios, capilla, baños, cocinas estupendas, comedor, van a ver, y si nos hemos demorado un poco en venir a buscarlas es porque queríamos tener todo listo y que no faltara ni un detalle. Estas micros que ven en la puerta de la Casa también son para ustedes, para que las lleven a pasear cuando haga buen tiempo, y la Madre Benita está estudiando la posibilidad de llevarlas a veranear a la playa...

—¿Y cómo está la Madre Benita?

El Padre Azócar movió la cabeza con un poco de pena.

—Al principio nada de bien: una especie de agotamiento nervioso dijeron los médicos, pero con una semana de descanso quedó como nueva, esperándolas. Entre ella y misiá Raquel Ruiz han arreglado todo lo de la sucesión de la Brígida Oyarce, no sé si se acuerdan de ella...

—¡Cómo no nos vamos a acordar de la pobre Brígida!

—¿Que era Oyarce la Brígida?

—No, era Reyes Oyarce...

Discutieron los apellidos de la Brígida: Oyarce por la madre y Reyes por el padre, Reyes por la madre y Oyarce por el padre, no, no es cierto Carmela, estai mintiendo, Oyarce era el apellido de su marido no más, no el de ella, cómo no va a saber misiá Raquel, que le pregunten a ella, no, Auristela, si tú no erai ni amiga de la Brígida así es que no me vengai a decir que sabís mejor que yo, mire qué mentirosa es la Lucy, Padre Azócar, que alega que Oyarce no era su apellido de soltera ni de casada, que se llamaba Brígida Farías Reyes de Castro, están gritando, tosiendo, las que minutos antes se habían negado a soltar sus bultos o las imágenes que llevaban envueltas en sacos dejan todo en el suelo para tomar parte en el alegato, cada una es la única que sabe, todas las demás están equivocadas, las versiones sobre la identidad de la Brígida se multiplican y complican y contradicen, que la había criado una familia Oyarce pero era Reyes, que una familia Reyes la había criado pero era Oyarce, que había servido en la casa de una familia Oyarce antes de entrar donde misiá Raquel, pero qué tiene que ver eso con que su apellido figure como Oyarce, debe ser Oyarzún o por lo menos Oyanedel. El Padre Azócar enmudeció ante el clamor. La Brígida sólo existía en su fábula, culminando en el legado que por fin, ahora que no había forma de salvar la Casa de manos de los demoledores, misiá Raquel entregó al Arzobispo. La Madre Benita, melancólica y cansada, se dejó convencer que ya no tenía edad para emprender una tarea nueva como la de ecónoma de la Ciudad del Niño, que las técnicas modernas requerirían mucha preparación y estudio para una cosa así y sería preferible que fuera a terminar sus días con las demás viejas en la nueva Casa adquirida con el dinero de la Brígida: la Madre Benita aceptó. Pero dijo:

—Vencida.

—No diga eso, Madre.

—Son mis años.

—A todos nos alcanzan, Madre.

—Yo creí que a mí no me iban a alcanzar.

—¿Cómo es eso...?

—...o que me iban a alcanzar de otra manera...

—No entiendo.

—No importa, Monseñor. Concédame por lo menos el privilegio que tienen las viejas, de decir cosas que no significan nada. ¿Cuándo podemos comenzar a instalarnos en la nueva Casa?

De la discusión de los apellidos de la Brígida pasan a pelearse el derecho de que se considere a una o a otra la mejor amiga de la Brígida, y de ahí a quién se quedó con qué cosa de la Brígida, la colcha de raso azulino, la radio a pilas después que se llevaron a la Amalia quién sabe para adónde, la imagen de la Anunciación, la tijerita, el *polissoir*, el gorro de bañista color frambuesa: la Brígida viva, más material que cualquiera de las presencias andrajosas y sus voces tamizadas por los años. El Padre Azócar había tenido la intención de explicarles el origen de la fortuna de la Brígida y del legado, agregando una breve reseña de la historia de la

Casa, refiriéndose a Inés de Azcoitía y a los soberbios proyectos que comenzarían a tomar cuerpo en ese mismo sitio en cuanto se iniciara la demolición dentro de una semana... inútil, inútil, las mentes de las viejas se enredaban en una maraña que impedía todo intento de iniciar un orden. En su bolsillo hizo una bolita con el papel donde esa mañana anotó algunos datos para su alocución y la tiró al suelo. Rodó hasta los pies de una vieja, que mientras alegaba con la vieja vecina, la recogió, la estiró cuidadosamente, y sin preocuparse de leer, si es que sabía leer, dobló el papelito y lo guardó: por si acaso. El Padre Azócar la estuvo observando. ¡Increíble! Con razón la pobre Madre Benita había ansiado salir de este infierno de mentes y cuerpos deteriorados. Mejor no explicarles nada. Que creyeran lo que quisieran creer porque las razones y las sinrazones, las causas y los efectos carecían de vigencia para estos seres anárquicos. En fin. Lo mejor era sacarlas de la Casa y embarcarlas en las micros. Agitando sus brazos y los papeles con las listas, las hizo callar.

—Padre Silva.

—¿Sí, Padre?

—Entre usted y el Padre Larrañaga lleven a la primera micro a esa... esa señora que está tan enferma. Hay que hospitalizarla. En fin, allá nos están esperando los médicos para comenzar por revisarlas a todas hoy mismo y ellos dirán lo que hay que hacer con ésta... ¿Cómo se llama?

—Ernestina López.

—No, Lucy, Ernestina Rivas viuda de López.

—Sí, aquí está: Ernestina Rivas viuda de López.

Abrieron la mampara para pedir una camilla. Pusieron en ella a la enferma y las viejas se hacinaron en la puerta para ver cómo la subían al maravilloso vehículo blanco. ¡Pobre, tan enferma que estaba la señora Ernestina, casi un cadáver! Pero cuando el Padre Larrañaga la sentó junto a la ventanilla de vidrio verdoso, inmediatamente pareció resucitar, y bañada por un rayo de sol que la iluminó desde una de las ventanas del techo, sonrió a sus compañeras y les hizo señas con las manos como diciéndoles, apúrense, chiquillas, está rico aquí. Cerraron la mampara otra vez.

Sí, apurémosnos para irnos. Las viejas tomaron sus paquetes y sus bultos. Por favor, lo menos posible les dijo el Padre Azócar, allá les darán de todo, nuevo. ¿No les decía yo, chiquillas, que allá en el cielo le dan de todo nuevo a una? Sí, pero esta santa con cola de dragón que me gusta tanto no la voy a estar dejando. Ni mi bolsa con mis cositas. Ni esta Arcángel San Gabriel. ¿No es el de la Amalia? Claro, lo llevo para devolvérselo, seguro que allá adonde nos llevan estará la Amalia y habrá encontrado el dedito. Lo menos posible, hijas, sólo lo indispensable. Habían pasado toda la mañana seleccionando sus pertenencias, haciendo paquetitos un poco más reducidos, la Carmela tiene una maleta de veras y mete todo en ella. Canastos, bolsas de cotí, o simples sacos que se echan al hombro sonrientes porque ahora sí que van a partir, y los curitas jóvenes también sonríen complacidos porque se llevan a estas pobres ancianas a un hogar que la misericordia dispuso para ellas, mientras aquí se va a alzar el brillante proyecto del futuro: gimnasios, torres, teatros, salas de estudio, bibliotecas que atraerán a la muchachada para que no ande maleándose en las calles, hay que demoler esto, no va a costar nada demolerlo, es puro adobe o tabique de barro, el futuro comenzará en cuanto salgan las viejas por la puerta, contentas pero llorosas de emoción y nosotros también estamos emocionados. El Padre Azócar pide silencio otra vez.

—A ver, Padre Silva...

—Sí, Padre.

—...póngase en la mampara y vaya abriendo cuando salga la asilada que yo nombre. Las huerfanitas primero. Que se vayan en la micro de la enferma para que pase a dejarlas al Orfelinato antes de ir a la Casa nueva. El chófer ya tiene órdenes. Son cinco las huerfanitas. A ver: Eliana Riquelme.

—Presente.

—Verónica González.

—Presente.

—Mirella Santander.

—Presente.

—Eufrosina Matus.

—Presente.

—Iris Mateluna.

Nadie contestó.

—¿Iris Mateluna?

Las viejas se encogieron de hombros, alzaron las manos, estiraron el labio inferior como diciendo qué sé yo, yo no tengo idea, no me vayan a echar la culpa a mí si es que piensan echarle la culpa a alguien, yo no tengo nada que ver con el asunto si es que hay asunto, y además hay que ver lo que era la Iris Mateluna, alguien debía decirle la verdad al Padre Azócar. La Rita se adelantó:

—Padre.

—¿Sí?

—La Iris se fue hace como una semana.

—¿Cómo me van a decir que se fue?

—¿No le digo? Era porfiada, viera…

—No es cuestión de ser porfiada.

—No, pero viera lo mala que era.

—No, Rita, se puso mala, antes no…

—¿Por qué se puso mala, Rita?

—No sé, Padre, comenzó a ponerse exigente y todo…

—¿Cómo, cuándo?

—Cuando ustedes nos dejaron solas.

—Sí, Padre, en la noche se arrancaba a la calle.

—Y desapareció.

—¡Por Dios! No puede desaparecer una niña de quince años.

—Casi dieciséis.

—Pero desapareció.

Qué le vamos a hacer, Padre, no es culpa de nosotras, no había a quién le obedeciera y se volvía loca por los hombres, nos contaron unas vecinas que se paraba en la ventana abierta del segundo piso a gritarles a los hombres que pasaban y todo el barrio la conocía por sus escándalos y una la tonta la última en saber y después desapareció, nosotras no tenemos la culpa, ustedes nos dejaron abandonadas, hambrientas, la Iris se puede haber arrancado de la Casa porque tenía hambre y nosotras llamábamos al Arzobispo por teléfono y a usted mismo, Padre Azócar, pero los secretarios siempre contestaban lo mismo, que esperáramos unos diítas más y cuando comenzó a correrse la voz

de que íbamos a tener que quedarnos a morirnos de
hambre aquí en la Casa sin que ustedes se acordaran
de nosotras, entonces, de miedo digo yo que sería se
debe haber arrancado la Iris Mateluna, en cuanto vea
a la Madre Benita le vamos a decir que es el colmo que
haya permitido una cosa así, yo estoy harto sentida
con ella y no sé si tengo muchas ganas de verla allá
arriba...

—¿Dónde?

—¿No dicen que también va a estar en el barrio
alto?

—Sí, también.

Eso contestó el Padre Azócar porque no sabía qué
contestar. Mejor no plantearse el problema de la Iris
Mateluna ahora. Era necesario irse inmediatamente
de la Casa. Después se arreglaría el asunto de la Iris.
Ya aparecería. Ya se iba a ver qué iban a hacer con
su desaparición, o fuga, o... lo que fuera, irse, ahora
mismo, si se demoraban un minuto más en irse de
este recinto las viejas echarían raíces aquí, se apoderarían otra vez de la Casa sin permitir que se demo-
liera. Después lo de la Iris Mateluna. Era esa más
gordita, una con el incisivo quebrado recordó de repente con el miedo, no, no, ahora había que irse inmediatamente y no pensar en lo de la Iris, que podía
traer cola. Si traía cola que la trajera afuera, con la
Casa vacía.

—Están tocando el timbre, Padre.

La Iris! Es la Iris Mateluna que regresa justo
ahora para solucionarlo todo, imploró el Padre Azócar.

—Abra, Padre Silva, por favor.

No es la Iris. Es un peoneta joven, patipelado,
con los pantalones arremangados más arriba de las
pantorrillas, cargando un zapallo descomunal, de corteza dura, grisácea, irregular como la de un animal pre-
histórico. El peoneta pregunta:

—¿Casa de Ejercicios Espirituales de la Encarnación de la Chimba?

—Aquí es...

Sin decir más cruzó a toda carrera por el callejón
que abrieron las viejas para que pasara el hombre con
ese zapallo estupendo. Al llegar al claustro del patio

de la portería se detuvo y preguntó:

—¿Adónde los dejamos?

La Dora contestó:

—Ahí mismo, en el corredor.

Lo depositó sobre las baldosas y volvió a toda carrera, pero en medio del callejón de viejas maravilladas se cruzó con otro peoneta, cargando otro zapallo, que depositó junto al otro zapallo, regresando a toda carrera y cruzándose con otro hombre cargado con otro zapallo que dejó y regresó corriendo y se cruzó con otro y con otro y con otros, todos corriendo para llenar el pasillo del patio de la portería con esa población de armaduras plateadas, de irregularidades grotescas, sin que nadie osara musitar ni una palabra ante esta invasión de seres de otra era geológica, pasada o futura, cuyo número crecía incontenible, como si estuvieran reproduciéndose obscenamente allí mismo en el corredor porque a una velocidad irrefrenable eran acarreados en los hombros de los peonetas sudorosos, eran dos los peonetas, no, tres, no, cinco, no, dos que bajaban zapallos y más zapallos del camión repleto de zapallos estacionado justo delante de los vehículos blancos: zapallos, oye, tanto zapallo, qué rico, vamos a poder hacer porotos granados ahora que va a empezar el verano, y picarones en invierno, y pan de zapallo para la noche de San Juan, el dulce de zapallo también es bueno y las cazuelas no tienen gusto a nada sin zapallo, estos de corteza gris son los de mejor calidad opinó la María Benítez, expertizándolos, hasta que desprendiéndose de su asombro, el Padre Azócar, con las listas en la mano, se asomó a la mampara y gritó:

—¿Qué es esto?

El peoneta que pasó junto a él susurró:

—Zapallos.

—Sí, pero...

El chofer, que estaba descargando los zapallos sobre los hombros de los peonetas, le contestó:

—Son del fundo Trehuenque, de parte de misiá Raquel Ruiz. Hace más de un año que dejó la orden de que trajéramos aquí a la Casa lo que quedara de las cosechas y al administrador se le había olvidado, así

es que ahora manda esta camionada de quinientos
zapallos.

—¡Quinientos!

—Sí, de los de exportación.

—¿Pero qué voy a hacer con quinientos zapallos?

—Ah, no sé, Padre. Eso lo dirá usted.

Cuando entró de nuevo a la portería el Padre Azócar encontró que el orden que había logrado establecer se había deteriorado: las huerfanitas se bajaron de la micro y mezcladas con las viejas revoloteaban alrededor de los zapallos, la Eliana bailando encima de ellos, otras cabalgando, galopa, galopa, galopa overito, galopa, galopa, galopa no más, que ya la distancia se acorta, se acorta, se acorta... no podemos dejar estos zapallos aquí, tenemos que decirle al Padre Azócar que nos queremos llevar estos zapallos al barrio alto, son de nosotras, misiá Raquel, que es tan buena, que siempre cumple con sus promesas como en el caso del funeral de la Brígida, nos mandó esta limosna de quinientos zapallos, ya chiquillas, miren a la Mirella con la Verónica, suelten ese zapallo que es muy pesado y los hombres sudorosos y acezantes entran más y más zapallos, los caparazones platinados multiplicados a lo largo de todo el corredor, las viejas cercadas por ellos, haciendo pininos para poder pasar entre los monstruos, ya, deja eso, Mirella y las huérfanas dejaron caer el zapallo que se partió, mostrando el terciopelo ricamente anaranjado de sus vísceras que derramaron semillas unidas por ligamentos babosos a la carne que los alojaba dentro de su oquedad, chiquillas de porquería que fueron a romper ese zapallo, que no saben a cuánto está el kilo de zapallo ahora y ese zapallo se va a podrir, no tirís las semillas al patio, sabes como son los zapallos que crecen donde cae la semilla y este otro año esto va a quedar hecho una selva de guías y hojas que lo ahogarán todo y se meterán por todas partes, hasta en las piezas, y flores amarillas, sí, lindo sería ver tanto zapallo creciendo, bueno, si es tan lindo por qué no nos llevamos las semillas de este zapallo al barrio alto y allá, no dicen que hay jardín, podemos sembrar la semilla y cosechar hartos zapallos para cazuela y picarones con harta chancaca, sí, Auristela, échese semillas en los bolsillos para llevarlas al barrio alto y sembrarlas allá, tanto zapallo, Dios mío, y siguen bajando más y más, parece que quinientos zapallos son más de lo que una creía, ya ni caben en el corredor, es que son tan grandes, de exportación, yo voy a contarlos, sí, contémoslos mientras el Padre Azócar discute furioso por teléfono con misiá Raquel, claro, la está retando porque mandó zapallos, claro, a él qué le importa que una pase hambre, oye, entre unas cuantas por qué no metemos un par de zapallos en las carrozas mientras él discute por teléfono, a ver si entre unas seis lo podemos, los choferes las ayudan y logran meter un zapallo en uno de los vehículos blancos: los padrecitos jóvenes gritan, tratan de reordenar el piño disperso, librarlas del ensalmo de las cucurbitáceas rugosas como fetos de rinocerontes. El Padre Azócar sale de la pieza del teléfono, da cuatro gritos y las viejas regresan a la portería. Ordena que vayan saliendo en fila inmediatamente, no, no importan las listas, que vayan acomodándose como quieran en los autobuses, todas se quieren ir en el mismo porque el otro, dicen, el que lleva a la Ernestina López y a las huerfanitas va a pasar a otra parte primero y ellas quieren llegar pronto, hasta que con órdenes y gritos de los cuatro curas y del Padre Azócar logran bajar a algunas que estaban apiñadas con sus bultos en la misma micro para repartirlas con más sentido. El Padre echa llave a la puerta de la Casa, en fin, parece que no quedó muy seguro esto, pero qué importa, quién va a entrar, y a robar qué si no hay más que mugre adentro, ni remate vamos a hacer, vamos a desmantelar en dos días y comenzar la demolición. El Padre Azócar da propina a los peonetas y el camión vacío vuelve a Trehuenque. Los chiquillos del barrio, la dueña del despacho de la esquina con su marido, la señora que se peinaba en la ventana, todos salen a despedir a las viejas, acomodadas y felices en sus asientos: mejor entreabrir un par de ventanas, oigan, hace tan bonito sol y dicen que la calefacción no es buena para los bronquios, a la edad de una hay que tener cuidado sobre todo cuando una no está acostum-

brada. Los vehículos se ponen en marcha. Las viejas se
despiden, agitando pañuelos y con lágrimas, de esas personas que les hacen señas pero que jamás han visto
antes, y para consolarse comienzan a cantar en coro:

—Venid y vamos todas
con flores a porfía,
con flores a María,
que Madre nuestra es.

De nuevo aquí nos tienes,
dulcísima doncella,
más que la luna bella
prostradas a tus pies...

YA NO HAY nadie. He recuperado entera mi claridad.
Se ordena mi pensamiento otra vez y cae hasta el fondo
de mi transparencia donde su luz desentraña los últimos miedos y ambigüedades enfundadas: soy este paquete. Estoy guarecido bajo los estratos de sacos en
que las viejas me retobaron y por eso mismo no necesito hacer paquetes, no necesito hacer nada, no siento,
no oigo, no veo nada porque no existe nada más que
este hueco que ocupo. La arpillera, los nudos torpes, las
puntadas de cordel me raspan la cara. Tengo los hoyos
de la nariz llenos de pelusas, también la garganta. Mi
cuerpo está encogido por la fuerza con que cosieron
los sacos. Sé que ésta es la única forma de existencia,
el escozor de las raspaduras, el ahogo de las pelusas,
el dolor del agarrotamiento, porque si hubiera otra
forma de existencia tendría que haber también pasado
y futuro, y no recuerdo el pasado y no sé de futuro, alojado aquí en el descanso venturoso del olvido porque
he olvidado todo y todo se ha olvidado de mí. Mi único
atributo es el de compañero de la soledad. La vigilo
para que nada perturbe el saco que me protege más
eficazmente que el adobe de estos muros. Sí, recuerdo
los muros. Pero no recuerdo nada más, y el futuro se
prolongará sólo hasta el momento que caigan. Falta
poco para que todo esto concluya como debe concluir:

se alzará una polvareda cuando las fauces hambrientas de las palas mecánicas perturben el reposo secular de los adobes que construyen el mundo, y después, la violencia de los combos y las apisonadoras doblegará la osadía de la tierra que creyó encarnar muros y laberintos, para devolverla a su estado natural de terreno raso compuesto como todos los suelos, de piedras y fragmentos de madera y hojas y ramas que irán pudriéndose o secándose, de terrones, de algún trozo de yeso pintado, un ojo, la quijada de un dragón, trapos, papeles que irán desintegrándose, sacos donde podría haber alguien que gritara no, sálvenme, no quiero morir, terror, estoy débil, tullido, inutilizado, sin sexo, sin nada, rasado, pero no gritaré porque no hay otras formas de existencia, estoy a salvo aquí dentro de esto de donde jamás he salido, dueño de esta oquedad que me aloja perfectamente porque ella es mi dueña. Dicen que hay pasadizos efímeros, patios inútiles, pasillos de largas perspectivas simuladas, objetos hacinados que ya nadie recuerda para qué sirven, manchas de podredumbre que extienden pausadamente sus paisajes por los muros, el liviano velo de polvo que cae de la madera carcomida, habitaciones repletas de ese silencio que jamás nadie ha interrumpido porque jamás ha habido nadie aunque dicen que hubo y que puede haber todavía pero no creo, alguien que se agita en un rincón afuera, hay alguien, hay afuera, hay otra tos además de la mía, pero tan apagada que quizá no sea tos, hay movimientos que yo ya no tengo, es muy leve, como el que hacen las sombras al organizarse y avanzar sin pasos porque no hay pies que los den, no es gato ni perro ni guarén ni gallina ni murciélago ni conejo lo que oigo respirar a mi lado aunque no puedo oír, cómo es posible toser tan débilmente a pesar de no ser más que una estructura de sombras que necesito ver, necesito, necesito y con la necesidad se instaura el terror, la necesidad de ver el rostro de esa sombra que respira y tose tan cerca, recobrar la vista y el afuero, muerdo, masco el saco que tapa mi boca, royendo y royendo para conocer las facciones de esa sombra que existe afuera, masco cordeles, nudos, parches, amarras, rompo pero nunca lo suficiente, otro saco, otro es-

trato que me demoraré un siglo en conquistar y un mi-
lenio en traspasar, envejeceré sin conocer otra cosa
que el gusto del yute en la boca y sin hacer otra cosa
que roer este boquete húmedo de baba, se trizan mis
dientes pero tengo que seguir royendo porque hay alguien afuera esperándome para decirme mi nombre y
quiero oírlo y masco y muerdo y rajo: masco, muerdo,
rajo la última corteza de saco para nacer o morir, pero
no alcanzo a nacer ni a morir porque hay manos que
agarran la sección rajada y con una aguja grande para
coser sacos cosen el agujero por donde yo iba a mirar
y respirar, aire, aire fresco, aire como el de una ventana
que no me dejaban abrir porque era figurada, pero por
ese agujero mi recuerdo retrocedió un instante hacia
el aire de esa ventana y quedé encerrado aquí con la
nostalgia de ese aire y esa ventana y no puedo, porque
aquí no cabemos yo y mi nostalgia, sólo yo, porque esa
nostalgia de aire fingido hace intolerable el picor de
las pelusas en la nariz y en la garganta y el gusto repugnante del yute, otro agujero, mis uñas escarban las
capas geológicas de los sacos para encontrar salida, se
rompen mis uñas, mis dedos sangran, las yemas rotas,
los nudillos coloreando, otro saco y otro y otro, sí,
ahora, otro agujero, pero las manos de afuera dan vuelta el envoltorio que soy y sin decir palabra, porque no
quiere revelarme nada si las manos son de alguien,
vuelven a coser, puntada y puntada, cosiendo la rotura
para que yo ya no pueda salir y quiero salir para contemplar ese rostro y estiro brutalmente un pie, con
el talón, con toda la fuerza que puedo abro otro boquete, pero las manos verrugosas vuelven a cocer
con la prolijidad de que sólo son capaces esas manos, puntadas menudas, muchas puntadas en cruz zurcen o bordan una cicatriz sobre la trama del saco, no
puedo salir, no puedo respirar ni siquiera el aire simulado detrás de la ventana. Esperar. Y durante siglos
espero que se forme otra capa geológica con el detritus
de los millones de vidas que dicen que existen, para
que sepulte de nuevo mi nostalgia. Mi espacio se va
reduciendo con los remiendos de la vieja que ha estado cosiendo para que yo no salga, es una vieja la que
cose, sentí la vejez de sus dedos manejando los sacos

mientras cosía, yo rajo y muerdo, de nuevo cose y cose para reducir mi espacio, las manos dan vuelta al atado por si hubiera una rotura que se escapó a sus ojos legañosos y la encuentra y la remienda cuidadosamente como si se tratara de bordar iniciales sobre la batista más fina, no de coser arpillera. No quedan orificios: el paquete es pequeño y perfecto. Guarda su aguja. De un rincón de la capilla arrastra otro saco y echa adentro el nuevo envoltorio, junto con un paquete de azúcar, varios pares de medias de lana, muchos papeles, yerba, trapos, basura. Con un gran esfuerzo se echa el saco al hombro. Sale de la capilla, deambulando por el desierto de los infinitos pasillos simulados, por los patios cotidianos, deslizándose lentamente junto a muros de oscuridad o de barro condenado, y a su paso tan leve y tan blando se escabullen arañas, ratones, murciélagos, cuyes que no hacen ruido, polillas torpes y blandas, palomas viejísimas que nadie echó a la olla... lenta, al cabo de años o siglos logra llegar al patio de la portería y se abre paso por la selva de guías y hojas de zapallo que devoran el claustro, que caen en cascadas, amplias hojas horizontales, tallos verdes y tiernos llenos de jugo, flores amarillas erguidas, la frondosidad por donde ella se abre paso vuelve a cerrarse sobre sus huellas, las huellas que pudieron o no quedar entre las hojas y guías que filtran la luz del sol y de la luna, la mampara, saca la llave de siempre y abre, el portón, también lo abre y sale a la noche con el saco a la espalda, chancleteando encorvada cerca de los muros como si no quisiera desprenderse de la protección de las sombras, cruza bocacalles, camina cuadras y cuadras lentamente, se detiene quejumbrosa a mendigar, recibe la moneda, la mete en un pliegue de su pollera, sigue camino, cruza las avenidas iluminadas, se adentrra por el parque, por la alameda de plátanos sin hoja hasta llegar al puente de fierro. Ella sabe hacerlo a pesar de sus años: lo há hecho tantas veces, desde chica, con los otros niños criados en el cauce del río: se descuelga como una chiquilla por los fierros y cae con su saco. Están debajo del puente, junto a una fogata. Avanza. Se sienta en el suelo, dentro del ruedo de claridad. Hay pocos, esta noche. La

llama descompone los rostros, luego se aquieta y todos se acercan más a los tizones que quedan y que
ya comenzaron a encanecer. Ella dice:

—No está bueno el fuego.

Mete la mano en su bolsa, saca papeles y astillas
para avivar el fuego. Se reclina en ella. Una perra enclenque y tiñosa acude para que la acaricie. Se tiende a su lado. Nadie habla. Arriba, las ramas secas de
los plátanos son una radiografía contra la lividez eléctrica del cielo de la ciudad. La vieja toma mate en un
tarrito con un asa de alambre, renegrido de tanto estar al fuego. Mete la mano en su bolsa otra vez, saca
un trozo de marraqueta, ofrece, alguien acepta mientras ella se queja:

—Malo está el fuego esta noche.

—Malazo.

La vieja vuelve a hurgar en su bolsa, saca más papeles y astillas y los echa a la llama, que momentáneamente crece. Pero dura poco. Alguien dice que se va
a buscar refugio en otra parte porque la noche va a ser
brava, sí, muy brava, y varios se van. El fuego de papeles y astillas dura poco. Adiós, no viene con nosotros
que está tan mala la noche aquí debajo del puente, no,
me quedo, estoy cansada y se van sin despedirse y la
dejan sola. Tose. Se arreboza en su chal. Se acerca más
al rescoldo porque el viento está creciendo y la perra
también se va. La llama:

—Psssttt, psssttt...

Pero la perra no vuelve. La vieja se pone de pie,
agarra el saco, y abriéndolo lo sacude sobre el fuego,
lo vacía en las llamas: astillas, cartones, medias, trapos, diarios, papeles, mugre, qué importa lo que sea
con tal que la llama se avive un poco para no sentir
frío, qué importa el olor a chamusquina, a trapos
quemándose dificultosamente, a papeles. El viento dispersa el humo y los olores y la vieja se acurruca sobre
las piedras para dormir. El fuego arde un rato junto a
la figura abandonada como otro paquete más de harapos, luego comienza a apagarse, el rescoldo a ate-
nuarse y se agota cubriéndose de ceniza muy liviana,
que el viento dispersa. En unos cuantos minutos no
queda nada debajo del puente. Sólo la mancha negra

que el fuego dejó en las piedras y un tarro negruzco con asa de alambres. El viento lo vuelca, rueda por las piedras y cae al río.

Santa Ana y Los Dominicos, Chile, 1962-1963.
Pollença, Mallorca, 1968.
Juenga, Santander, 1969.
Vallvidrera, Barcelona, 1969.

ÍNDICE